Crime e castigo

Título Original: *Преступление и наказание, Prestuplênie i nakazánie);*
Tradução do inglês *Crime and Punishment* por Constance Garnett

Copyright da tradução para o português © Editora Lafonte Ltda. 2021

Todos os direitos reservados.
Nenhuma parte deste livro pode ser reproduzida por quaisquer meios existentes sem autorização por escrito dos editores e detentores dos direitos.

DIREÇÃO EDITORIAL	*Ethel Santaella*
TRADUÇÃO	*Ciro Mioranza*
REVISÃO	*Rita Del Monaco*
TEXTOS DE CAPA	*Dida Bessana*
DIAGRAMAÇÃO E CAPA DURA	*Marcos Sousa*
IMAGEM DE CAPA DURA	*Amgun / shutterstock e IA*
IMAGEM DE CAPA BROCHURA	*Photopixel / shutterstock*

Dados Internacionais de Catalogação na Publicação (CIP)
(eDOC BRASIL, Belo Horizonte/MG)

D724c   Dostoiévski, Fiódor, 1821-1881.
Crime e castigo / Fiódor Dostoiévski; tradução Constance Garnett, Ciro Mioranza. – São Paulo, SP: Lafonte, 2024.
544 p. : 15,5 x 23 cm

Título original: Crime and Punishment por Constance Garnett
ISBN 978-65-5870-254-2 (Capa dura)
ISBN 978-65-5870-108-8 (Capa brochura)

1. Ficção russa. 2. Literatura russa – Romance. I. Garnett, Constance. II. Mioranza, Ciro. III. Título.

CDD 891.73

Elaborado por Maurício Amormino Júnior – CRB6/2422

Editora Lafonte
Av. Profª Ida Kolb, 551, Casa Verde, CEP 02518-000, São Paulo-SP, Brasil - Tel.: (+55) 11 3855-2100, Atendimento ao leitor (+55) 11 3855- 2216 / 11 – 3855 - 2213 – atendimento@editoralafonte.com.br
Venda de livros avulsos (+55) 11 3855- 2216 – vendas@editoralafonte.com.br
Venda de livros no atacado (+55) 11 3855-2275 – atacado@escala.com.br

FIÓDOR DOSTOIÉVSKI

Crime e castigo

TRADUÇÃO PARA O PORTUGUÊS
CIRO MIORANZA

Lafonte

2024 - BRASIL

SUMÁRIO

APRESENTAÇÃO — 7

PRIMEIRA PARTE — 11

SEGUNDA PARTE — 95

TERCEIRA PARTE — 199

QUARTA PARTE — 281

QUINTA PARTE — 359

SEXTA PARTE — 433

EPÍLOGO UM — 527

EPÍLOGO DOIS — 535

APRESENTAÇÃO

Segundo romance extenso após seu exílio na Sibéria, *Crime e castigo* (1866) marca o auge da forma narrativa que Dostoiévski adotou desde o romance anterior, *Humilhados e ofendidos* (1861), no qual a dramaticidade supera a narrativa descritiva e em que se mesclam os contextos experimental, literário-temático e ideológico.

Conforme seus cadernos de anotações, sua intenção inicial era escrever um conto longo, em primeira pessoa, sobre um jovem instruído e de consciência sensível levado a cometer um crime em razão da falta de firmeza em suas convicções e que se pune com mais rigor do que a lei. Todavia, meses antes de sua publicação, Dostoiévski decide mudar para um narrador em terceira pessoa, exterior aos acontecimentos e elaborado com muita precisão, e coloca no centro da narrativa a psicologia do protagonista. Raskólnikov, ex-estudante de Direito, planeja matar a velha usurária, cruel e repugnante, que o explora e a outros estudantes pobres, "justificando" seu ato com o argumento de que a vida dela é inútil. Inesperadamente, no entanto, comete um duplo assassinato. O grande enigma do romance passa a se concentrar, então, nas razões que o teriam levado a cometer esses crimes.

Ser partido por excelência, dividido entre suas paixões e racionalizações, Raskólnikov – que traz a marca dessa característica psicológica em seu nome (*raskol* em russo significa cisão) – enfrenta a angústia do embate em sua consciência: de um lado, o crime cometido pelo bem da humanidade, de outro, a fidelidade a seus princípios morais. Ao opor altruísmo a egoísmo na pessoa do protagonista, Dostoiévski ataca as bases morais e filosóficas dos niilistas, em moda à Rússia da época, denunciando as possibilidades destrutivas de seu pensamento radical.

Por fim, à medida que o enredo avança, percebe-se a maestria do autor em apontar caminhos falsos, porém convincentes, de como, e se, o protagonista poderá chegar à compreensão de suas motivações, mantendo uma crescente atmosfera de suspense e mostrando domínio absoluto da técnica de exposição dos conflitos morais. "Pela análise psicológica, os conflitos ideológicos em Dostoiévski viram conflitos dramáticos. É o único escritor da literatura universal, depois de Dante, cuja arte gira apaixonada, dir-se-ia freneticamente, em torno de ideias. A base da arte dramática de Dostoiévski é uma antropologia, uma teoria filosófica da natureza humana.", afirmou sobre ele o crítico Otto Maria Carpeaux, em *História da literatura ocidental*.

Dida Bessana

PRIMEIRA
PARTE

CAPÍTULO UM

Numa tarde excepcionalmente quente do início de julho, um jovem saiu de um quarto alugado no sótão, na praça S..., e caminhava devagar e hesitante em direção da ponte de K...

Tinha conseguido evitar encontrar-se com a dona da casa na escada. O quarto em que morava ficava debaixo do telhado de uma alta casa de cinco andares e parecia mais um armário que um quarto. A dona que lhe cedera o cômodo, alugando-o com refeições e faxina, vivia no andar debaixo e, por essa razão, sempre que o jovem saía era obrigado a passar diante da porta da cozinha que, invariavelmente, estava aberta. E todas as vezes que passava, o moço se sentia mal e receoso, que o levava a franzir a testa e a sentir-se envergonhado. Estava muito endividado com a dona da casa e tinha medo de encontrá-la.

Não era porque se achasse covarde e desprezível, bem pelo contrário; mas havia algum tempo que se encontrava numa condição excessivamente irritadiça, tendendo para a hipocondria. Tinha se tornado tão profundamente absorto em si mesmo e isolado de todos que temia encontrar-se não somente com a dona da casa, mas também com quem quer que fosse. A pobreza o deprimia; mas ultimamente a ansiedade, por causa dessa condição, havia cessado de incomodá-lo. Havia desistido de se preocupar com questões de certa importância, nem desejava dar-lhes alguma atenção. Nada do que a dona de casa pudesse fazer lhe causava verdadeiro terror. Mas ser parado por ela na escada, ser obrigado a escutar mexericos triviais e irrelevantes, maçantes pedidos de pagamento, ameaças e queixas, além de quebrar a cabeça para encontrar desculpas, tergiversar, mentir... não, antes disso, preferia disparar como um gato pelas escadas abaixo e sumir sem ser visto.

Essa tarde, no entanto, ao sair para a rua, ficou agudamente ciente de seus temores.

"Por que, diabo, me preocupo eu desta maneira e sofro todas estas inquietações por causa de uma bagatela?", pensou ele, com um sorriso estranho. "Hum!... sim, está tudo ao alcance do homem e ele deixa escapar tudo por covardia. Isso é um axioma. Seria interessante saber de que os homens têm mais medo. Dar um novo passo, proferir uma nova palavra é o que mais temem... Mas estou falando demais. É porque falo muito que não faço nada. Ou, talvez, falo porque não faço nada. Comecei a falar sem parar durante esse último mês, ao ficar dias seguidos em minha toca, pensando... sobre bobagens. Por que vou para lá, agora? Sou capaz disso? É algo sério? Não é sério, de forma alguma. É simplesmente imaginação para me divertir, uma brincadeira! Sim, talvez seja uma brincadeira!"

Na rua, o calor era terrível; e o ar seco, o alvoroço, obras, andaimes, tijolos e pó por toda parte, esse mau cheiro peculiar de Petersburgo, tão familiar a todos que não tinham condições de sair da cidade no verão... tudo isso atacava penosamente os nervos do rapaz, já bastante tensos. O insuportável mau cheiro das tabernas, particularmente numerosas nesse setor da cidade, e os bêbados, com quem ele topava continuamente, embora fosse dia de trabalho, completavam a revoltante esqualidez do quadro. Uma expressão do mais profundo desgosto se refletiu por um momento nas belas feições do rapaz. A propósito, ele era excepcionalmente simpático, de estatura acima da média, esbelto, bem-apessoado, com lindos olhos negros e cabelo castanho-escuro. Logo mergulhou em profunda reflexão ou, para falar com maior precisão, num completo alheamento mental; ia caminhando sem observar o que havia em derredor e também sem pretender observá-lo. De vez em quando murmurava qualquer coisa, pelo hábito que possuía de falar consigo mesmo, que há pouco havia confessado. Nesse momento, chegou a reconhecer que, às vezes, suas ideias eram confusas e que ora se sentia muito fraco; fazia dois dias que se alimentava muito mal.

Estava tão malvestido que, mesmo outra pessoa acostumada a essa aparência, teria vergonha de ser vista na rua com tais farrapos. Nesse setor da cidade, no entanto, dificilmente alguém malvestido teria causado surpresa. Com a proximidade do Mercado do Feno, o número de estabelecimentos de má fama, a preponderância de comerciantes e trabalhadores que se aglomeravam nessas ruas e vielas centrais de Petersburgo, tipos tão variados eram vistos nas ruas que nenhuma figura, por mais esquisita que fosse, teria causado surpresa. Mas havia tamanha amargura e desprezo acumulados no coração do rapaz que, apesar de todos os seus melindres de jovem, o que menos o importava eram os trapos com que andava pelas ruas. Bem diferente era quando se deparava com conhecidos ou com antigos colegas de escola, com os quais, na verdade, não gostava de se encontrar. E quando um bêbado que, por alguma razão desconhecida seguia naquele momento numa enorme carroça puxada por um cavalo, lhe gritou ao passar "Olá, chapeleiro alemão!", berrando-lhe isso a plenos pulmões e apontando para ele... o jovem parou de repente e, trêmulo, ficou segurando o chapéu. Era um chapéu alto, redondo, marca Zimmerman, mas desgastado pelo uso, descorado pelo tempo, amassado e salpicado de manchas, sem abas e descaído para um lado de forma indecorosa. Não foi a vergonha, porém, e sim outro sentimento, próximo ao medo, que dele se apoderou.

"Eu sabia", murmurava ele, confuso, "era o que achava! Isso é o que há de pior! Ora, uma coisa estúpida como essa, o mais trivial pormenor, pode estragar todo o plano. Sim, meu chapéu dá muito na vista... Com meus farrapos, eu deveria usar um gorro, qualquer tipo de boné, mas não essa coisa grotesca. Ninguém usa um chapéu como esse, seria visto a uma milha de distância, ficaria gravado na memória... O fato é que as pessoas se lembrariam dele e isso lhes forneceria um indício. Para esse negócio, o que importa é passar o mais despercebido possível... Ninharias, insignificâncias, é o que importa! Ora, é justamente uma bobagem dessas que pode arruinar tudo para sempre..."

Não tinha de ir muito longe. Na verdade, sabia até a quantos passos ficava do portão de sua casa: exatamente 730. Tinha-os contado uma vez quando estivera perdido em devaneios. Nesse tempo, não dava grande importância a esses devaneios e só se atormentava por causa da medonha e ousada temeridade deles. Mas agora, passado um mês, tinha começado a olhá-los de maneira bem diferente e, apesar desses monólogos em que zombava de sua própria impotência e indecisão, tinha chegado, involuntariamente, a considerar esse "horrendo" sonho como uma façanha a ser tentada, embora ele próprio ainda não acreditasse nela. Agora estava decididamente indo para um "ensaio" de seu projeto e, a cada passo, sua agitação se tornava sempre mais violenta.

Com o coração batendo forte e tomado de um tremor nervoso, aproximou-se de um enorme casarão que se erguia de um lado sobre o canal e, do outro, dava para a rua. Essa casa se compunha de reduzidas moradias e era habitada por trabalhadores das mais diversas profissões... alfaiates, serralheiros, cozinheiros, alemães de atividades variadas, mulheres que se defendiam na vida da melhor maneira possível, simples empregados etc. Havia um contínuo ir e vir pelos dois portões e pelos dois pátios da casa. Três ou quatro porteiros controlavam as entradas. O rapaz estava muito satisfeito por não se ter encontrado com nenhum deles e logo deslizou despercebido da porta da direita para a escada. Era uma escada dos fundos, escura e estreita, mas ele já a conhecia muito bem e sabia por onde seguir, além de gostar de toda essa disposição: numa obscuridade como essa não precisava temer nem mesmo olhares curiosos.

"Se agora tenho tanto medo, o que haveria de acontecer se, de algum modo, chegasse realmente a fazer isso?", foi o que se perguntou intimamente ao chegar ao quarto andar. Ali seu avanço foi barrado por alguns carregadores que estavam retirando móveis de uma das moradias. Sabia que esta havia sido ocupada por um empregado alemão com a família. Esse alemão estava se mudando e, assim, o quarto andar, nessa escada, deveria ficar vazio, excetuando-se a velha senhora. "De qualquer modo, isso seria muito bom", pensou ele, e tocou a campainha dos aposentos da velha. A campainha emitiu um toque fraco, como se fosse feita de lata e não de cobre. Os pequenos aposentos em semelhantes casas dispõem de campainhas que soam dessa forma. Já tinha esquecido o som dela e agora seu toque parecia lhe recordar qualquer coisa e trazê-la claramente à memória... Estremeceu e, dessa vez, seus nervos ficaram terrivelmente tensos. Depois de instantes, a porta mal se abriu em pequena fresta, pela qual a velha senhora fitou o visitante com evidente desconfiança e nada deixava entrever, a não ser os pequenos olhos brilhando na obscuridade. Mas, ao ver um bom número de pessoas pelo patamar, sentiu coragem e escancarou a porta. O rapaz entrou numa sala escura, dividida por um tabique, atrás do qual ficava a diminuta cozinha. A velha senhora continuou fitando-o em silêncio e de modo interrogativo. Era baixinha e seca, de uns 60 anos, olhos vivos e maliciosos e um nariz pequeno e aquilino. Seus cabelos descoloridos, um tanto grisalhos estavam lambuzados de azeite e nenhum lenço os cobria. Em torno de seu delgado e longo pescoço, parecido com a pata de uma galinha, trazia uma espécie de trapo de flanela e, apesar do calor, pendia de seus ombros uma pequena manta de pele, desgastada e amarelada pelo uso. A velha tossia e gemia a todo instante. O rapaz deve ter olhado para ela com uma expressão toda peculiar, pois um brilho de desconfiança acabou por se desenhar novamente nos olhos dela.

– Raskolnikov, estudante; já estive aqui no mês passado – apressou-se a murmurar o jovem, com uma leve reverência, lembrando-se de que devia ser mais polido.

– Lembro-me, meu senhor. Lembro muito bem que veio aqui – disse respeitosamente a velha senhora, conservando ainda seu olhar inquisidor fixo no rosto do rapaz.

– E aqui... aqui estou de novo com o mesmo pedido – continuou Raskolnikov, um pouco desconcertado e surpreso com a desconfiança da velha senhora.

"Pode ser que ela seja sempre assim, só que da outra vez não reparei", pensou ele, com uma sensação desconfortável.

A velha ficou calada, como que hesitante; depois afastou-se para um lado e, apontando a porta do quarto, disse, ao deixar o visitante entrar antes dela:

– Entre, meu senhor.

O pequeno quarto em que o rapaz entrou, de paredes forradas com papel amarelo e de cortinas de musselina com gerânios na janela, estava nesse momento bem iluminado pelo sol poente.

"Assim, o sol haverá de brilhar desse modo também, depois!", foi a ideia que passou repentinamente pela mente de Raskolnikov e, com um rápido relance, examinou o quarto, tentando, se possível, observar e gravar na memória a disposição de tudo nesse diminuto ambiente. Mas nele não havia nada de especial. A mobília, toda ela velha e de madeira amarela, consistia de um sofá com enorme recosto de madeira, uma mesa oval na frente do sofá, um toucador com um espelho fixado entre as janelas, cadeiras ao longo das paredes e dois ou três quadros de baixo valor, em molduras amarelas, representando damas alemãs com passarinhos nas mãos... era tudo. Num canto, uma vela ardia diante de uma pequena imagem. Tudo estava muito limpo; o assoalho e a mobília estavam lustrados a rigor e tudo reluzia.

"É trabalho de Lizaveta", pensou o rapaz. Não havia nem um único sinal de pó em todo o aposento. "É nas casas das desprezíveis e velhas viúvas que se encontra uma limpeza assim", continuou dizendo para si mesmo Raskolnikov e lançou um curioso olhar para a cortina de algodão que encobria a porta de outro diminuto quarto, no qual ficavam a cama e a cômoda da velha senhora, e para o qual nunca tinha olhado antes. A moradia se reduzia a esses dois cômodos.

– O que deseja? – perguntou secamente a velha, entrando na sala e, como antes, postando-se na frente dele, de modo que pudesse fitá-lo diretamente no rosto.

– Trouxe uma coisa para penhorar – e tirou do bolso um velho relógio de prata que tinha um globo gravado na parte de trás e cuja corrente era de aço.

– Mas o prazo de seu último empréstimo expirou. Os trinta dias venceram anteontem.

– Vou lhe trazer em breve os juros por outro mês, tenha um pouco de paciência.

– Mas cabe a mim fazer o que achar melhor, meu senhor; não há alternativa, ou esperar ou vender imediatamente o que penhorou.

– Quanto vai me dar pelo relógio, Aliona Ivanovna?

– Só vem aqui com ninharias, meu caro senhor; isso não vale quase nada. Da outra vez lhe dei dois rublos pelo anel, mas na joalheria poderia comprar um novo por um rublo e meio.

– Dê-me quatro rublos por ele; vou resgatá-lo, porque era de meu pai. Logo mais vou ganhar algum dinheiro.

– Um rublo e meio, com juros adiantados, se quiser!

– Um rublo e meio! – exclamou o jovem.

– Se quiser – e a velha lhe devolveu o relógio. O rapaz o tomou e ficou tão zangado que estava a ponto de ir embora; mas se deteve, lembrando-se de que não tinha nenhum outro lugar para ir.

– Aceito! – disse ele, rudemente.

A velha procurou as chaves no bolso e desapareceu atrás da cortina, entrando no quarto. O jovem ficou parado no meio da sala, escutou com atenção, pensando. Pôde ouvir a mulher abrindo a cômoda.

"Deve ser na primeira gaveta de cima", refletiu. "Pois bem, ela carrega as chaves no bolso da direita. Todas num único molho, presas a uma argola de aço... E entre elas há uma chave três vezes maior que as outras, com pronunciados entalhes; essa não pode ser da cômoda... Então, deve haver alguma arca ou cofre... Vale a pena saber. Os cofres sempre têm chaves como essa... Mas isso é aviltante..."

A velha senhora voltou.

– Aqui, senhor; como dissemos, dez copeques por rublo ao mês; assim, devo reter 15 copeques de um rublo e meio, correspondendo aos juros de um mês. Mas para os dois rublos que lhe emprestei anteriormente, me deve agora 20 copeques, que também vou reter. Ao todo são 35 copeques. Pois então, devo dar-lhe um rublo e quinze copeques pelo relógio. Aqui está.

– O quê? Só um rublo e quinze copeques?

– Isso mesmo.

O moço não discutiu e tomou o dinheiro. Olhou para a velha, mas não demonstrou nenhuma pressa em sair dali, uma vez que ainda havia algo que queria dizer ou fazer, mas nem ele próprio sabia exatamente o quê.

– Talvez lhe traga outra coisa dentro de um dia ou dois, Aliona Ivanovna... uma valiosa coisa... de prata... uma cigarreira, tão logo eu a receba de volta de um amigo... – interrompeu-se, confuso.

– Muito bem, então falaremos a respeito, senhor.

– Adeus... A senhora está sempre sozinha em casa? Sua irmã não vive aqui com a senhora? – perguntou ele, descuidadamente enquanto se dirigia para o corredor.

– Mas que lhe interessa ela, meu caro senhor?

– Oh, nada especial, perguntei por perguntar. A senhora é bem ágil... Bom dia, Aliona Ivanovna!

Raskolnikov saiu dali completamente confuso. Essa confusão se tornava cada vez mais intensa. Ao descer as escadas, chegou a parar de repente, duas ou três vezes, como se estivesse subitamente chocado por algum pensamento. E quando já estava na rua, começou a resmungar: "Oh, meu Deus! Como tudo isso é repugnante! E posso, é possível que eu possa... Não, é bobagem, é absurdo!" – acrescentou resolutamente. "E como pôde coisa tão atroz entrar em minha cabeça? De que coisas imundas meu coração é capaz! Sim, acima de tudo imundas, reprováveis, repugnantes, asquerosas!... E eu, durante um mês inteiro estive..."

Mas nenhuma palavra, nenhuma exclamação poderia expressar sua agitação. O sentimento de intensa repulsa, que tinha começado a oprimir e a torturar seu coração quando estava a caminho da casa da velha senhora, tomava agora tais proporções e se revelava com tal forma definida, que não sabia o que fazer para fugir de sua desgraça. Caminhava pela calçada como um bêbado, sem reparar nos transeuntes, esbarrando neles, e só voltou a si quando se viu na rua seguinte. Olhando em volta, notou que estava perto de uma taberna, na qual se entrava por alguns degraus que, da calçada, conduziam ao porão. Naquele instante, dois bêbados assomavam à porta e saíam insultando-se e amparando-se um ao outro. Sem se deter para pensar, Raskolnikov desceu diretamente pela escada. Até então nunca tinha entrado numa taberna, mas agora se sentia transtornado e era atormentado por uma ardente sede. Ficou com vontade de tomar cerveja gelada e atribuía sua repentina fraqueza à falta de comida. Sentou-se a uma mesinha pegajosa, num canto escuro e sujo; pediu cerveja e bebeu com avidez o primeiro copo cheio. Logo se sentiu melhor e seus pensamentos se tornaram mais claros.

"Tudo isso é bobagem", disse ele, esperançoso, "e não há nada com que deva me preocupar! É uma simples indisposição física. Um gole de cerveja, um pedaço de pão... e, num instante, o cérebro se fortalece, a mente fica mais clara e a vontade se afirma! Oh, como tudo isso é inteiramente mesquinho!"

Mas, apesar dessa desdenhosa reflexão, sentiu-se alegre no momento, como se repentinamente se tivesse libertado de um peso terrível e correu os olhos em derredor, de maneira amigável, para as pessoas que se encontravam no local. Mas até mesmo nesse momento tinha o sombrio pressentimento de que essa disposição mais alegre da mente não era algo normal.

Havia poucas pessoas na taberna, naquela hora. Além dos dois bêbados, com que havia cruzado na escada, tinha saído ao mesmo tempo um grupo composto de cinco homens e uma moça com um acordeão. A saída deles deixou a sala silenciosa e praticamente vazia. Os que permaneceram na taberna se reduziam a um homem, que parecia ser um artesão, sentado diante de um copo de cerveja, bêbado, mas não ainda completamente, e seu companheiro, corpulento e forte, de barba grisalha e jaqueta curta estofada. Estava totalmente embriagado e adormeceu no banco; de vez em quando, embora dormitando, começava a tamborilar com os dedos, esticando os braços e o tronco debruçado sobre o banco, enquanto murmurava algumas palavras sem sentido de um refrão, tentando relembrar alguns versos como estes:

"Há um ano amava loucamente sua mulher,
Sua mulher, há um ano, loucamente amava."

Ou, de repente, acordando de novo:

"Caminhando no meio da multidão apinhada,
Encontrou aquela que ele já conhecia." .

Mas ninguém compartilhava de sua alegria. O companheiro, silencioso, olhava com visível hostilidade e desconfiado de todas essas manifestações. Havia ainda outro homem no local, parecendo um funcionário público aposentado. Estava sentado sozinho, de vez em quando tomava um gole e olhava em volta. Ele também parecia um tanto agitado.

CAPÍTULO
DOIS

Raskolnikov não estava acostumado a aglomerações de pessoas e, como dissemos anteriormente, evitava companhia de qualquer tipo, sobretudo nos últimos tempos. Mas agora, de repente, sentia o desejo de estar com outras pessoas. Algo de novo se passava dentro dele e, assim, sentia uma espécie de sede de companhia. Estava tão cansado depois de um mês inteiro de tristeza solitária e de sombria agitação que ansiava por repousar, mesmo que fosse por um só momento, em outro ambiente, qualquer que fosse; e, apesar de toda a imundície do local, sentia-se satisfeito por estar na taberna.

 O dono do estabelecimento estava em outra sala, mas com frequência descia alguns degraus para chegar à sala principal; suas vistosas e lustrosas botas de ponta vermelha voltada para cima apareciam toda vez antes do resto de seu corpo. Vestia uma jaqueta comprida e um colete terrivelmente ensebado de pano preto, sem gravata, e todo o rosto parecia lambuzado de óleo como um ferrolho. Atrás do balcão ficava um rapagão de uns 14 anos e outro menino, um tanto mais novo, que serviam o que os fregueses pediam. Sobre o balcão, havia pepinos fatiados, alguns pedaços de pão preto torrado e peixe cortado em pequenos pedaços; tudo isso cheirava muito mal. A atmosfera era insuportável e tão pesada com a exalação das bebidas alcoólicas que cinco minutos nesse ambiente podia muito bem deixar uma pessoa embriagada.

 Por vezes acontecem encontros com estranhos que despertam nosso interesse desde o primeiro instante, antes que uma única palavra seja proferida. Essa foi a impressão que Raskolnikov causou na pessoa que estava sentada a pouca distância dele e que tinha o aspecto de um funcionário aposentado. O rapaz se lembrou com frequência dessa impressão mais tarde e a atribuiu até mesmo a um pressentimento. Olhava repetidamente para o funcionário, em parte, sem dúvida, porque este o estava fitando com persistência, obviamente ansioso por entabular conversa. Para as outras pessoas na sala, incluindo o dono da taberna, o funcionário olhava como se já estivesse habituado com a companhia delas e, entediado, mostrava uma sombra de condescendente desdém por elas como pessoas de nível e cultura inferiores à dele e com as quais não valia a pena conversar. Era um homem acima dos 50 anos, quase calvo e grisalho, de estatura mediana e corpulento. Seu rosto, inchado de tanto beber, era de uma cor amarela, até mesmo esverdeada, pálpebras entumecidas, das quais despontavam olhos avermelhados e penetrantes, que brilhavam como pequenas frestas iluminadas. Mas havia nele qualquer coisa de muito estranho: havia uma luz em seus olhos como se fosse de profunda percepção... talvez houvesse também ideias e inteligência, mas, ao mesmo tempo, havia um brilho de algo como que de loucura. Trajava um velho casacão preto completamente esfarrapado, com um só botão, que ele havia abotoado, evidentemente para apender a este o último traço de respeitabilidade. Por debaixo do colete se projetava uma camisa cheia de salpicos e manchas. Como os funcionários, não usava barba nem bigode, mas havia muito tempo que não se barbeava, pois seu queixo se parecia com um pincel rijo e cinzento. E havia também algo de respeitável e formal em seus modos. Mas nesse momento estava irrequieto; remexia os poucos cabelos e, de quando em quando, abatido, deixava cair a cabeça entre as mãos, apoiando os cotovelos esfarrapados sobre a mesa manchada e coberta de gordura. Finalmente, olhou diretamente para Raskolnikov e disse com voz alta e resoluta:

– Poderia eu ter a ousadia, honrado senhor, de convidá-lo a uma respeitosa conversa? Visto que, embora seu aspecto exterior não exigisse polidez, minha experiência me diz que o senhor é um homem de boa educação e não habituado a beber. Sempre respeitei a educação quando acompanhada de genuínos sentimentos e, além disso, sou conselheiro qualificado. Meu nome é Marmeladov, conselheiro titular. Ouso perguntar-lhe... o senhor também foi funcionário?

– Não, sou estudante – respondeu o jovem, um tanto surpreso pelo estilo grandiloquente do interlocutor e também pelo fato de ser interpelado tão diretamente. Apesar do momentâneo desejo que havia sentido, há pouco, pela companhia de quem quer que fosse, ao ser realmente interpelado, sentiu imediatamente sua habitual irritação e sua desconfortável aversão a todo estranho que se aproximasse ou tentasse se aproximar dele.

– Estudante então, ou ex-estudante! – exclamou o funcionário. – Exatamente o que pensava! Sou um homem de experiência, de imensa experiência, senhor.

— E bateu na testa com os dedos, num gesto de autoaprovação. — Foi estudante ou frequentou alguma instituição de ensino!... Mas, com licença... — Levantou-se, cambaleou, tomou o jarro e o copo e foi sentar-se ao lado do rapaz, fitando-o um pouco de viés. Estava bêbado, mas falava com fluência e desembaraço, só ocasionalmente perdendo o fio da meada e arrastando as palavras. Dirigia-se a Raskolnikov com tanta sofreguidão como se fizesse um mês que não falava com ninguém.

— Honrado senhor — começou ele, quase com solenidade —, a pobreza não é um pecado; esse é um ditado verdadeiro. Sei também que a embriaguez não é uma virtude, e isso é ainda mais verdadeiro. Mas a miséria, meu senhor, a miséria é um pecado. Na pobreza ainda se pode conservar a nobreza inata da alma, mas na miséria... nunca... não há como. Por causa da miséria, o homem não é expulso da sociedade com vara, mas é varrido com uma vassoura, de tal modo que a humilhação é ainda maior; e é justo também, visto que na miséria estou pronto a ser o primeiro a me humilhar a mim mesmo. Depois disso, a taberna! Honrado senhor, há um mês o senhor Lebeziatnikov bateu em minha mulher; mas eu sou muito diferente de minha mulher! Está entendendo? Permita-me fazer-lhe outra pergunta, por simples curiosidade: já passou uma noite numa barcaça do feno, no rio Neva?

— Não, ainda não — respondeu Raskolnikov. — O que quer dizer com isso?

— Bem, acabei de chegar de uma delas e foi a quinta noite que dormi assim... — Encheu o copo, esvaziou-o e ficou quieto. Pequenos fiapos de feno, de fato, pendiam de suas roupas e do cabelo. Era muito provável que nem sequer tivesse tirado a roupa do corpo nem que se tivesse lavado nos últimos cinco dias. De modo particular, as mãos estavam engorduradas. Eram gordas e avermelhadas, com as unhas sujas.

Sua conversa parecia despertar o interesse de todos, embora bem fraco. Os rapazes atrás do balcão caíram no riso. O dono da casa desceu da sala de cima, aparentemente com a ideia de escutar o "sujeito engraçado" e sentou-se a alguma distância, bocejando indolentemente, mas com dignidade. Marmeladov era uma figura familiar ali há muito tempo e provavelmente tinha adquirido essa queda por extravagantes discursos do hábito de frequentemente entabular conversas, na taberna, com estranhos de toda espécie. Esse hábito chega a tornar-se uma necessidade para alguns beberrões, especialmente naqueles que depois são tratados duramente e postos na linha em casa. Por isso, na companhia de outros beberrões, tentam se justificar e, se possível, obter consideração.

— Sujeito engraçado! – exclamou o taberneiro. – Mas por que não vai trabalhar, por que não cumpre seu dever, se está empregado?

— Por que não estou trabalhando, meu senhor? – continuou Marmeladov, dirigindo-se exclusivamente a Raskolnikov, como se fosse ele que havia feito a pergunta. – Por que não estou no trabalho? Meu coração não dói ao ver que sou um verme inútil? Há um mês, quando o senhor Lebeziatnikov bateu em minha mulher com suas próprias mãos e eu estava deitado, bêbado, acaso não sofri? Desculpe, jovem, nunca lhe aconteceu... hum!... bem, pedir dinheiro emprestado sem esperança?

— Sim, já me aconteceu. Mas o que quer dizer com sem esperança?

— Sem esperança, em sentido pleno, é quando sabe de antemão que não vai conseguir o empréstimo. O senhor sabe, por exemplo, sabe de antemão e com absoluta certeza que esse homem, esse cidadão exemplar e da maior reputação, não vai lhe dar dinheiro de jeito nenhum e, de fato, pergunto-lhe por que haveria? Ele sabe, claramente, que não vou devolvê-lo. Por compaixão? Mas o senhor Lebeziatnikov, que está a par das novas ideias, me explicou, há alguns dias, que a compaixão é proibida hoje em dia pela própria ciência e é assim que se procede agora na Inglaterra, onde existe economia política. Por que, pergunto-lhe, ele haveria de me dar dinheiro? Ainda assim, embora saiba previamente que não o dará, vou até ele e...

— Mas por que vai? – interrompeu Raskolnikov.

— Bem, quando não se tem ninguém, a gente acaba indo a qualquer lugar! Enfim, todos os homens vão aonde podem ir. Há épocas em que se deve, de algum modo, ir a algum lugar. Quando minha única filha saiu pela primeira vez com o cartão amarelo, eu tive de acompanhá-la... (pois minha filha tem passaporte amarelo) – acrescentou, interrompendo-se e olhando com certa inquietação para o rapaz. – Não é nada, senhor, não importa! – continuou logo e com aparente compostura enquanto os dois rapazes atrás do balcão gargalhavam e até o taberneiro sorria. – Não importa, não me altero pelos meneios de cabeça deles, pois todos já sabem tudo a respeito e tudo o que é secreto haverá de ficar às claras. E eu aceito tudo isso, não com desprezo, mas com humildade. Que seja! Que seja! "Eis o homem!" Desculpe-me, jovem, poderia... Não, para colocar as coisas de modo mais categórico e distinto, não poderia ou não ousaria, olhando para mim, afirmar que não passo de um porco?

O jovem não proferiu palavra em resposta.

— Bem – recomeçou o orador, impassível e até com maior dignidade, depois de esperar que as risadas na sala cessassem. – Bem, que seja, sou um porco, mas ela é uma dama. Eu tenho o aspecto de animal, mas Ekaterina Ivanovna, minha esposa, é uma pessoa bem-educada e filha de um oficial. Admitamos, admitamos que sou um velhaco, mas ela é uma mulher de coração nobre, cheia de sentimentos refinados pela educação. E ainda assim... oh, se ao menos tivesse pena de mim! Honrado senhor, honrado senhor, sabe que todos devem ter pelo menos um lugar onde as pessoas tenham pena deles! Mas Ekaterina Ivanovna, embora seja magnânima, é injusta... Ainda assim, embora eu compreenda que, ao puxar meus cabelos, ela só o faz por pena de mim... pois repito, sem me envergonhar, que ela puxa meus cabelos, rapaz – afirmou ele, com dignidade redobrada, ouvindo novamente os risos... –, mas, por amor de Deus, se ela pelo menos uma vez... Mas não, não! Tudo é em vão e não adianta falar! Porque mais de vez se cumpriu meu desejo e mais de uma vez ela teve pena de mim, mas... esse é meu destino e eu sou, por natureza, uma besta!

– Certamente! – concordou o taberneiro, bocejando. Marmeladov desferiu um soco com força sobre a mesa.

– Esse é meu destino! Sabe, senhor, sabe que vendi até as meias dela por bebida? Não foram os sapatos... que seguiria mais ou menos a ordem das coisas, mas as meias, as meias dela! Vendi o xale dela, feito de pelo de cabra, por bebida, um antigo presente, propriedade dela, não minha, e nós vivíamos numa sala gelada, e ela, neste inverno, apanhou um resfriado e começou a tossir e a cuspir sangue também. Temos três filhos pequenos e Ekaterina Ivanovna trabalha de manhã à noite, esfrega, limpa e trata das crianças, pois foi acostumada à limpeza desde criança. Mas está doente do peito e está propensa a ficar tuberculosa, pressinto isso! Acha que não o sinto? E quanto mais bebo mais o sinto. É por isso que bebo. Tento encontrar simpatia e sentimento na bebida... Bebo porque quero sofrer em dobro! – E como que em desespero, reclinou a cabeça sobre a mesa.

– Jovem – continuou ele, levantando a cabeça novamente –, parece-me ler em seu rosto alguma inquietação de espírito. Quando entrou, percebi e foi por isso que lhe dirigi a palavra. Pois ao contar-lhe a história de minha vida, não pretendia tornar-me motivo de riso diante desses inúteis ouvintes que, na verdade, já a conhecem por inteiro, mas estava à procura de um homem com sensibilidade e boa educação. Saiba, portanto, que minha mulher foi educada numa instituição para filhas de nobres e, ao concluir os estudos, ela dançou envolta num xale, na presença do governador e de outras personalidades; por isso lhe concederam uma medalha de ouro e um diploma com louvor. A medalha...

bem, a medalha, é claro, foi vendida há muito tempo, hum!... mas o diploma com louvor ela ainda o guarda na arca e, pouco tempo atrás, o mostrou à dona da casa. E, embora não mantenha continuamente boas relações com a dona da casa, ainda assim sempre quis contar aos outros sobre suas honrarias do passado e sobre os felizes dias que já se foram. Não a condeno por isso, não a recrimino, pois a única coisa que lhe restou é a recordação do passado; tudo o mais é pó e cinzas. Sim, sim, é uma mulher de vontade, orgulhosa e determinada. Ela mesma é quem esfrega o assoalho e nada tem para comer a não ser pão negro; mas não admite ser tratada com desrespeito. Foi por isso que não conseguiu suportar a rudeza do senhor Lebeziatnikov e quando ele bateu nela, caiu de cama não tanto pelos golpes que recebeu do que pela agressão a seus sentimentos. Era viúva quando me casei com ela e tinha três filhos pequenos. Casou-se com o primeiro marido, um oficial de infantaria, por amor, e fugiu com ele da casa dos pais dela. Era extremamente apaixonada pelo marido, mas este se viciou no jogo de cartas, teve inúmeros problemas e, em decorrência, acabou morrendo. Nos últimos tempos, ele costumava bater nela; e, embora revidasse, conforme pude comprovar depois por autênticas evidências documentais, ainda hoje ela o recorda com lágrimas nos olhos e me recrimina, comparando-me a ele; e eu fico satisfeito, bem satisfeito que ela, embora só em sua imaginação, possa relembrar de ter sido feliz um dia... E quando o marido morreu, ela ficou com três crianças num árido e remoto distrito, onde eu também morava na época, e estava numa miséria tão desesperadora que eu, embora tenha visto tantos altos e baixos de todo tipo, não me sinto com coragem para descrevê-la. Todos os parentes se afastaram dela. Mas ela era orgulhosa, extremamente orgulhosa... E então, honrado senhor, e então eu, que também estava viúvo, com uma filha de 14 anos de minha primeira mulher, lhe propus casamento, pois não podia suportar a visão de tanto sofrimento. Pode julgar o extremo de sua miséria ao constatar que ela, mulher educada, culta e de família distinta, consentiu em tornar-se minha esposa. Mas consentiu! Soluçando, chorando e torcendo as mãos, ela se casou comigo! Porque não tinha para onde ir. O senhor entende, entende o que significa quando não se tem realmente para onde ir? Não, o senhor não pode compreender ainda... E durante um ano inteiro, eu cumpri as minhas obrigações conscienciosa e fielmente e não toquei nisso (ele bateu na jarra com o dedo), porque tenho sentimentos. Mas mesmo assim não consegui deixá-la contente; e depois perdi meu emprego também, não por culpa minha, mas por mudanças nos escritórios centrais; e então, sim, toquei nisso... Há um ano e meio que viemos parar, finalmente, depois de muito vaguear e depois de numerosas aflições, nessa magnífica capital, adornada de tantos monumentos. Aqui encontrei um emprego... consegui-o e o perdi, outra vez. Compreende? Dessa vez o perdi por minha culpa, porque minha fraqueza se revelou... Moramos agora num canto de um aposento, na casa de Amália Fiodorovna Lippewechsel; e do que vivemos e como pagamos o aluguel, nem consigo contar. Há muitas pessoas morando ali conosco. Sujeira e desordem, uma perfeita casa de loucos... hum!... sim... E, nesse meio-tempo, minha filha de meu primeiro casamento foi crescendo e tudo o que minha filha teve de suportar da madrasta, durante todo esse tempo, é coisa em que nem quero tocar, pois, embora Ekaterina Ivanovna seja uma mulher de sentimentos generosos, é uma senhora orgulhosa, irritável e de pouca paciência... Sim. Mas não adianta falar disso! Sônia, como pode imaginar muito bem, não recebeu nenhuma educação. Quatro anos atrás, fiz um esforço para lhe ministrar um curso de geografia e de história universal; mas como eu próprio não estava muito bem a par desses assuntos e como não tivéssemos bons livros, e que livros tínhamos... hum, de qualquer modo nem os temos ainda agora; e toda a instrução dela chegou ao fim. Paramos em Ciro da Pérsia. Depois, quando já era mulher feita, leu alguns livros de tendência romântica e, ultimamente, leu com grande interesse um livro de fisiologia, que conseguiu por intermédio do senhor Lebeziatnikov, intitulado Fisiologia, de Lewes... Conhece-o?... E até nos leu algumas passagens dele; e essa é toda a sua instrução. E agora, honrado senhor, posso ter a ousadia de lhe fazer uma pergunta de caráter particular? Acha que uma moça pobre e honrada pode ganhar a vida com trabalho honesto? Se for honesta, mas não possuir aptidões especiais, nem quinze copeques por dia vai ganhar, e isso trabalhando sem parar! E o que é pior, o conselheiro civil Ivan Ivanitch Klopstock... Já ouviu falar dele?... até hoje ainda não lhe pagou a confecção de meia dúzia de camisas de linho e a mandou embora de forma rude, batendo os pés e insultando-a, com o pretexto de que o colarinho das camisas não estava na medida certa e que o corte estava errado. E as crianças passando fome... E Ekaterina Ivanovna andava de cá para lá, torcendo as mãos, e suas faces ficavam vermelhas, o que sempre lhe acontece por causa da doença. "Aqui você vive conosco", dizia ela, "come e bebe, fica aí bem aquecido e não faz nada para ajudar." Mas que podia ela comer e beber, quando havia três dias que não havia uma côdea de pão para as crianças! Eu, nessa ocasião, estava deitado... bem, queria eu saber disso! Estava deitado, bêbado, e então ouvi minha Sônia dizendo (ela é uma criatura meiga com uma vozinha suave... belos cabelos, de rostinho pálido e magro): "Ekaterina Ivanovna, devo realmente fazer isso?" E Daria Frantsovna, mulher de mau caráter e bem conhecida da polícia, já por duas ou três vezes tinha tentado agredi-la, a mando da dona da casa. "E por que não?", respondeu Ekaterina Ivanovna com uma risadinha. "Você é tão preciosa assim para ser preservada?" Mas não a recrimine, não a recrimine, honrado senhor, não a recrimine! Não era ela própria quando falou tudo isso; estava alterada pela doença e pelo choro das crianças famintas; foi dito mais para chamar a atenção do que para qualquer outra coisa... Porque esse é o caráter de Ekaterina Ivanovna e quando as crianças choram, mesmo que seja de fome, ela sai batendo nelas de imediato. Às seis horas, eu vi Sônia se levantar, pôr a touca e um lenço ao pescoço, sair do quarto e voltar somente em torno das nove horas. Subiu diretamente, foi ter com Ekaterina Ivanovna e deixou sobre a mesa, diante dela, trinta rublos de prata. Não proferiu uma palavra sequer, não olhou para ela, tomou simplesmente nosso grande xale verde, que tem um desenho do jogo de damas (porque temos um xale com esse desenho), cobriu com ele a cabeça e o rosto, deitou na cama, virada para a parede, e só seus pequenos ombros e seu corpo continuavam tremendo... E eu permanecia deitado ali, como antes... E então eu vi, meu jovem, eu vi Ekaterina Ivanovna, em silêncio absoluto, dirigir-se até a pequena cama de Sônia e passou a noite toda de joelhos beijando os pés de Sônia; não queria levantar-se e depois as duas caíram no sono, abraçadas... bem juntinhas... sim... e eu deitado, bêbado.

Marmeladov se calou, como se a voz lhe tivesse faltado. Depois encheu o copo com rapidez, bebeu e limpou a garganta.

– Desde então, meu senhor – continuou ele, depois de uma pausa –, desde então, por causa de uma infeliz ocorrência e por meio de informações dadas por pessoas mal-intencionadas... para tudo isso contribuiu principalmente Daria Frantsovna, com o pretexto de que tinha sido tratada com falta de respeito... desde então é que minha filha Sônia Semionovna se viu forçada a providenciar carteirinha amarela e, por esse motivo, não pôde mais continuar morando conosco. Porque a dona da casa, Amália Fiodorovna, não quis saber disso (apesar de antes se ter servido de Daria Frantsovna) e o senhor Lebeziatnikov também... hum... Sônia foi culpada de todos os problemas que ocorriam entre ele e Ekaterina Ivanovna. De início, era ele que assediava Sônia e então, de repente, apelou para sua dignidade. "Como pode", dizia ele, "um homem tão distinto como eu viver nos mesmos aposentos de uma menina como essa?" E Ekaterina Ivanovna não poderia deixar por isso, ela se manteve na dela... e foi o que aconteceu. Agora

Sônia só vem nos ver depois do escurecer, conforta Ekaterina Ivanovna e lhe dá tudo o que pode... Mora em casa do alfaiate Kapernaumov, onde alugou um quarto. Kapernaumov é coxo e com lábio leporino e toda a sua numerosa família tem lábio leporino também. E a mulher também tem lábio leporino. Todos vivem num único cômodo, mas Sônia tem o próprio, separado... Hum!... sim... pessoas muito pobres e todas com lábio leporino... sim. Então, na manhã seguinte, levantei, vesti meus farrapos, ergui as mãos para o céu e me dirigi à casa de Sua Excelência Ivan Afanasivitch. Conhece Sua Excelência Ivan Afanasivitch? Não? Bem, é um homem de Deus que o senhor não conhece! É como cera... cera diante da face de Deus; bem como a cera, se derrete... Seus olhos ficaram sombrios quando ouviu minha história. "Marmeladov, uma vez já desenganou minhas expectativas... Mais uma vez vou tomá-lo sob minha responsabilidade"... foi o que me disse e continuou: "Lembre-se disso e por ora pode ir." Beijei o pó de seus pés... somente em pensamento, pois na realidade não me teria permitido fazê-lo, porque é funcionário de categoria e homem da política moderna e de ideias esclarecidas. Voltei para casa e, quando anunciei que ia ser readmitido no serviço e receber um salário, Deus do céu, que confusão não foi...!

Marmeladov parou de novo, inteiramente agitado. Nesse momento, entrou todo um grupo de farristas, já embriagados, e à porta se ouviam os sons de uma sanfona e a voz estridente de um menino de sete anos cantando "The Hamlet". Dentro da taberna, a confusão era total. O taberneiro e os rapazes estavam ocupados com os recém-chegados. Marmeladov, sem lhes dar atenção, continuou sua história. A essa altura, parecia completamente fraco, mas quanto mais bêbado ficava, mais tagarela se tornava. As recordações de seu recente sucesso em reconquistar o emprego pareciam reanimá-lo, o que chegava a se refletir com certo brilho no rosto. Raskolnikov escutava com atenção.

– Isso aconteceu cinco semanas atrás, senhor. Sim... Tão logo Ekaterina Ivanovna e Sônia ficaram sabendo, meu Deus!, era como se eu tivesse entrado no reino dos céus. Antes só me diziam que ficava caído por aí como um animal e me insultavam. Agora andavam na ponta dos pés e faziam os pequenos ficar quietos: "Semion Zaharovitch chega cansado do trabalho, está descansando. Psiu!" Preparavam café antes que eu fosse para a repartição e aqueciam nata para mim. Passaram a arranjar nata genuína para mim, está ouvindo? E como fizeram para conseguir dinheiro para um uniforme decente, que custava 11 rublos e 50 copeques, não posso saber. Botas, camisas, todas esplêndidas, uniforme, tudo em ótimo estado, por 11,50 rublos. No final da primeira manhã, ao voltar do trabalho, percebi que Ekaterina Ivanovna havia preparado dois pratos para o almoço: sopa e carne com rábanos, coisa que nem sonhávamos ter até então. Ela não tinha vestidos... nenhum mesmo, mas se arrumou de tal modo que parecia que estava para receber uma visita: com o pouco que possuía, ela se arrumou da melhor forma, penteou o cabelo primorosamente, pôs um colar, estava de mangas compridas, parecia outra pessoa, rejuvenescida e mais bonita. Sônia, minha querida filha, tinha ajudado somente com dinheiro, e me disse: "Por ora, não me é possível vir vê-lo com frequência. Depois do escurecer, talvez, quando ninguém pode me ver." Está ouvindo, está ouvindo? Depois do almoço, deitei para um cochilo, coisa que antes nem pensava em fazer. Ekaterina Ivanovna tinha discutido asperamente com a dona da casa, Amália Fiodorovna, na semana anterior, mas depois a convidou para tomar café. Estiveram duas horas juntas, conversando em voz baixa. "Semion Zaharovitch está outra vez empregado e recebendo um salário", dizia ela, "e foi ter pessoalmente com Sua Excelência, e Sua Excelência foi recebê-lo, mandou todos os outros aguardar e levou Semion Zaharovitch pela mão à frente de todos no gabinete!" Está ouvindo, está ouvindo? "Certamente", disse ele, "Semion Zaharovitch, que me lembro de seus serviços passados e, apesar de sua propensão para essa tola fraqueza, como promete emendar-se agora e, além disso, como tivemos dificuldades aqui sem seus serviços (está ouvindo, está ouvindo?), assim, confio em sua palavra de cavalheiro." E tudo isso, digo-lhe, foi ela que inventou e não simplesmente por malícia, mas por fanfarronice. Não, ela própria acredita em tudo isso e se diverte com suas próprias fantasias, palavra de honra, é isso que faz! E eu não a recrimino, não, não a recrimino!... Quando, há seis dias, lhe entreguei todo o meu primeiro salário (23,40 rublos), ela me chamou de seu boneco: "Boneco, meu bonequinho", disse ela. E quando ficamos sozinhos, compreende? Não pode me considerar uma beldade, não haveria de pensar muita coisa de mim como marido, não é?... Bem, ela beliscou minha bochecha, dizendo: "Meu bonequinho!"

Marmeladov parou, tentou sorrir, mas subitamente seu queixo começou a se contrair. Conseguiu, no entanto, se controlar. A taberna, a degradante aparência do homem, as cinco noites passadas nas barcaças do feno e a garrafa de bebida, além daquele pungente amor pela mulher e pelas crianças deixavam desnorteado seu ouvinte. Raskolnikov escutava com toda a atenção, mas com uma sensação de mal-estar. Estava arrependido de ter ido parar ali.

– Honrado senhor, honrado senhor! – exclamou Marmeladov, recobrando-se. – Oh, senhor, talvez tudo isso o faça rir, como a outros, e talvez eu o esteja aborrecendo com a estupidez de todos esses inúteis pormenores de minha vida em meu lar; mas para mim não são motivo de riso. Porque posso sentir tudo isso... E durante todo aquele bendito dia de minha vida e durante toda aquela noite que passei em sonhos fugazes sobre como eu poderia arranjar tudo isso, como iria vestir todas as crianças, como haveria de lhes proporcionar sossego e como haveria de tirar minha única filha da desonra e fazê-la retornar ao seio da família... E muitas outras coisas... Desculpe-me, senhor. Pois bem, então, senhor (subitamente, Marmeladov estremeceu, ergueu a cabeça e ficou olhando fixamente para seu ouvinte), bem, no dia seguinte, depois de todos esses sonhos, isto é, exatamente há cinco dias, à noite, com uma trapaça, como um ladrão noturno, tirei de Ekaterina Ivanovna a chave da cômoda, apanhei tudo o que sobrava ainda de meu ordenado; quanto era, não me lembro. Agora olhem para mim, todos vocês! Faz cinco dias que deixei minha casa e eles estão à minha procura; é o fim de meu emprego e meu uniforme está numa taberna perto da ponte do Egito. Troquei-o pelos farrapos com que me visto... e é o fim de tudo!

Marmeladov desferiu um soco em sua própria testa, rangeu os dentes, fechou os olhos e apoiou pesadamente o cotovelo sobre a mesa. Mas, um minuto depois, seu rosto subitamente se desanuviou e, com certa malícia forçada e um ar de desafio, olhou para Raskolnikov, riu e disse:

— Esta manhã estive na casa de Sônia. Fui lhe pedir dinheiro para um aperitivo! Ha, ha, ha!

— Não vá me dizer que ela lhe deu dinheiro? — exclamou um dos recém-chegados; gritou essas palavras e caiu na gargalhada.

— Essa bebida foi paga com o dinheiro dela — afirmou Marmeladov, dirigindo-se exclusivamente a Raskolnikov. — Ela me deu 30 copeques, os últimos, tudo o que tinha, como vi... Ela não disse nada, só me olhou em silêncio... Não na terra, mas além dela... há quem se aflija pelos homens, chore por eles, mas não os recriminam, não os recriminam. Mas isso machuca mais, machuca mais quando não recriminam! Trinta copeques, sim! E talvez ela precise deles agora. O que acha, meu caro senhor? Porque agora ela precisa manter a aparência. Isso custa dinheiro, essa elegância, essa elegância especial, percebe? Compreende? E deve usar brilhantina também, deve ter coisas; saias engomadas, botinas vistosas para deixar à vista os pés quando tem de passar por cima de uma poça. Compreende, senhor, compreende o que significa toda essa elegância? E então eu, o pai dela, chego e tomo 30 copeques daquele dinheiro para beber! E estou bebendo com esse dinheiro! E já bebi com ele! Vamos lá, quem é que vai ter pena de um homem como eu? O senhor tem pena de mim ou não? Diga-me, senhor, tem pena ou não? Ha, ha, ha!

Teria enchido o copo; mas não havia mais bebida. A garrafa estava vazia.

– Por que alguém haveria de ter pena de você? – gritou o taberneiro, que se encontrava novamente no meio deles.

Seguiram-se risadas e também imprecações. As risadas e as imprecações vinham daqueles que estavam escutando e também daqueles que não haviam ouvido nada, mas que estavam simplesmente olhando para aquela figura do funcionário público demitido.

– Ter pena! Por que haveriam de ter pena de mim? – exclamou subitamente Marmeladov, levantando-se com o braço estendido, como se tivesse estado esperando somente por essas palavras. – Mas por que hão de ter pena de mim? Sim! Não há motivo para ter pena de mim. Eu devo ser crucificado, crucificado numa cruz, e não merecer pena! Crucifiquem-me, oh! Julguem-me, crucifiquem-me e tenham pena de mim! E então eu mesmo caminharei para ser crucificado, pois não é alegria que procuro, mas lágrimas e tribulação!... Você imagina, taberneiro, que essa garrafa que me vendeu tenha sido benéfica para mim? Era tribulação que eu procurava no fundo dela, lágrimas e sofrimento, e foi isso que encontrei e que sorvi. Mas piedade de nós tem aquele que teve piedade de todos os homens, aquele que compreendeu todos os homens e todas as coisas, ele e só ele, e ele é também o juiz. Nesse dia há de vir e haverá de perguntar: "Onde está a filha que se vendeu por uma cruel e desapiedada madrasta e pelos filhos pequenos de outra? Onde está a filha que teve piedade do inveterado bêbado, seu próprio pai terreno, sem se amedrontar com o embrutecimento dele?" E depois haverá de dizer: "Venha a mim! Eu já o perdoei uma vez... Já o perdoei uma vez... Perdoados estão seus pecados, que são muitos, porque muito amou..." E haverá de perdoar minha Sônia, sei disso... Foi isso que senti em meu coração quando fui vê-la, há pouco! E ele vai julgar e perdoar a todos, os bons e os maus, os prudentes e os pacíficos... E depois de julgar a todos, ele se dirigirá a nós: "Venham também vocês! Venham vocês, bêbados, venham, fracos, venham, impudicos!" E nós todos vamos nos aproximar, sem demonstrar vergonha e vamos nos deter diante dele. E ele nos dirá: "Vocês são uns imundos, feitos à imagem da besta e com o sinal distintivo dela; mas venham vocês também!" E os prudentes e os de bom entendimento vão dizer: "Oh, Senhor! Mas vai receber a esses também?" E ele dirá: "Pois bem, eu os recebo, ó prudentes, eu os recebo, ó sábios, porque nem um só deles se julgava digno disso." E ele estenderá seus braços para nós e nós vamos cair a seus pés.... vamos chorar... e vamos compreender todas as coisas! Então haveremos de compreender tudo!... E todos vão compreender, Ekaterina Ivanovna também... ela vai compreender... Senhor, venha a nós o vosso reino... – E deixou-se cair sobre o banco, exausto, desamparado, sem olhar para ninguém, aparentemente alheio a tudo o que o rodeava e caiu em profunda meditação. Suas palavras tinham causado certa impressão; houve uns momentos de silêncio, mas logo ecoaram risadas e imprecações.

– Essa é a ideia dele!
– Só falou bobagem!
– Que belo funcionário!
E assim por diante...
– Vamos embora, senhor – disse Marmeladov de repente, levantando a cabeça e dirigindo-se a Raskolnikov. – Venha comigo... à casa de Kozel, de frente para o pátio. Vou para a casa de Ekaterina Ivanovna... agora mesmo.

Havia algum tempo já que Raskolnikov queria ir embora e também já tinha feito menção de ajudá-lo. Marmeladov tinha mais dificuldade em mexer as pernas do que a língua e se apoiou pesadamente no rapaz. Tinham de percorrer um trecho de duzentos ou trezentos passos. O bêbado se sentia sempre mais dominado pelo medo e pela confusão, à medida que eles se aproximavam da casa.

– Não é de Ekaterina Ivanovna que tenho medo agora – murmurava ele, agitado. – Nem de que ela venha puxar meus cabelos. Que me importam os cabelos? Aos diabos os cabelos! Isso mesmo! Na verdade, é até melhor que se ponha a puxá-los, pois, não é disso que tenho medo... são dos olhos dela que tenho medo... sim, dos olhos dela... e também o vermelho de suas faces me assusta... e também sua respiração... Já viu como respiram as pessoas com essa doença... quando estão agitadas? Tenho medo também do choro das crianças.... porque se Sônia não lhes deu comida... não sei o que poderia acontecer! Não sei! Mas das pancadas não tenho medo... Fique sabendo, senhor, que essas pancadas não doem em mim, mas até me dão prazer. De fato, não posso passar sem elas... É melhor assim. Deixe que me bata, isso alivia o coração dela... É melhor assim... Aí está a casa. A casa de Kozel, o marceneiro... um alemão abastado. Vá na frente!

Entraram no pátio e subiram ao quarto andar. À medida que subiam, a escada se tornava sempre mais escura. Era cerca de onze horas e, embora nessa época do ano não haja verdadeira noite em Petersburgo, ainda assim estava bem escuro no alto da escada.

Uma pequena porta encardida bem no alto da escada estava entreaberta.

Um quarto paupérrimo de cerca de dez passos de comprimento era iluminado por um toco de vela; podia-se ver todo ele desde o patamar. Estava todo em desordem, entulhado com trapos de todo tipo, especialmente com roupas de crianças. No canto mais afastado, estendia-se um lençol esfarrapado. Atrás dele, provavelmente ficava a cama. Não havia nada no quarto, a não ser duas cadeiras e um sofá coberto com uma capa de couro, cheia de buracos; na frente dele, uma velha mesa de cozinha, de pinho, sem pintura e sem toalha. Na ponta da mesa ardia uma vela de sebo, num castiçal de ferro. Parecia que a família tinha um quarto só para ela, e que não era um simples canto; mas esse quarto era praticamente um corredor. A porta de acesso aos outros quartos ou cubículos em que se dividia o apartamento de Amália Lippewechsel estava entreaberta e se podia ouvir gritos, barulho e risadas. Parecia que estavam jogando cartas e tomando chá. De vez em quando ecoavam palavras de baixo calão.

Raskolnikov reconheceu imediatamente Ekaterina Ivanovna. Era uma mulher bastante alta, esbelta e graciosa, terrivelmente magra, com um cabelo castanho-escuro magnífico e com as faces bem coradas pela tísica. Andava de um lado para outro em seu pequeno quarto, de mãos cruzadas sobre o peito, de lábios ressequidos e sua respiração era nervosamente entrecortada. Os olhos brilhavam como se estivesse febril, mas seu olhar era severo e impassível. E esse rosto consumido e agitado com a última luz trêmula do toco de vela, refletindo-se nele, davam uma impressão de pessoa adoentada. A Raskolnikov lhe pareceu uma mulher de 30 anos e certamente era uma estranha esposa para Marmeladov... Ela não os ouviu entrar, nem reparou neles. Parecia perdida em pensamentos, nada ouvindo ou vendo. O quarto estava fechado e ela não tinha aberto a janela; da escada vinha um mau cheiro, mas a porta que dava para ela não estava fechada. Dos quartos internos chegavam nuvens de fumaça de cigarro e ela tossia sem parar, mas não fechava a porta. A criança mais nova, uma menina de seis anos, dormia sentada no chão, encolhida e com a cabeça apoiada no sofá. Um menino, um ano mais velho, chorava e tremia num canto; provavelmente tinha acabado de apanhar. Além deste, uma menina de nove anos, alta e magra, com uma blusa em farrapos e uma velha capa comprida de casemira pendia de seus ombros nus, fora de medida e que mal alcançava seus joelhos. Seu braço, fino como uma vara, pousava em torno do pescoço do irmão. Estava tentando consolá-lo, sussurrando-lhe qualquer coisa e fazendo de tudo para que não voltasse a choramingar. Ao mesmo tempo, seus grandes olhos negros, que pareciam ainda maiores naquele rosto magro e amedrontado, fitavam a mãe com alarme. Marmeladov não entrou no quarto, mas se pôs de joelhos justamente na soleira da porta, empurrando Raskolnikov para dentro. Ao ver o estranho, a mulher parou indiferente diante dele, mas voltou a si por um momento e aparentemente se perguntava para que ele tinha vindo. Evidentemente, porém, pensou que ele fosse para o quarto contíguo, uma vez que devia passar pelo dela para chegar lá. Sem lhe dar maior atenção, ela se dirigiu para a porta externa para fechá-la e, de repente, deu um grito ao ver o marido de joelhos na entrada.

– Ah! – gritou ela, agitada. – Ele voltou! O criminoso! O monstro!... Onde está o dinheiro? Que tem no bolso? Mostre-me! E suas roupas são totalmente diferentes! Onde estão suas roupas? Onde está o dinheiro? Fale!

E caiu sobre ele, a fim de revistá-lo. Marmeladov, inteiramente submisso e obediente, ergueu os braços para facilitar a busca, mas, de dinheiro, nem um copeque sequer.

– Onde está o dinheiro? – gritava ela. – Deus me perdoe, gastou tudo em bebida? Havia 12 rublos de prata guardados no baú! – Furiosa, agarrou-o pelos cabelos e o arrastou para dentro do quarto. Marmeladov facilitava o esforço dela, engatinhando mansamente de joelhos.

– E isso é consolo para mim! Não me magoa, mas é um verdadeiro con-so-lo, hon-ra-do senhor! – gritava ele, puxado para cá e para lá pelo cabelo, chegando até a bater a cabeça no chão, uma vez. A criança que dormia no assoalho acordou e começou a chorar. O menino, no canto, perdendo todo o controle, começou a tremer e a gritar e correu para a irmã, apavorado, como se estivesse sofrendo uma convulsão. A menina mais velha tremia como uma folha.

– Está bêbado! Totalmente bêbado! – gritava a pobre mulher em desespero. – E suas roupas se foram! E eles estão com fome, estão faminos! – E, torcendo as mãos, apontava para as crianças. – Oh, vida maldita!. E o senhor não tem vergonha? – encarando repentinamente Raskolnikov. – Na taberna! Esteve bebendo com ele também? Fora daqui!

O rapaz se apressou em sair, sem dizer palavra. A porta interna se abriu de par em par e rostos curiosos espiravam através dela. Sujeitos rudes rindo com cachimbos e cigarros na boca, com bonés na cabeça assomavam à porta. Mais atrás, entreviam-se figuras com saias esvoaçando abertas, com vestidos indecorosamente curtos, e alguns com cartas na mão. Divertiam-se sobremaneira quando Marmeladov, arrastado pelos cabelos, gritava que aquilo era um consolo para ele. Passaram, inclusive, a entrar no quarto; finalmente, ouviu-se um sinistro grito agudo: vinha da própria Amália Lippewechsel, abrindo caminho entre eles e tentando restabelecer a ordem a seu modo e, pela centésima vez, para amedrontar a pobre mulher com a ameaça terrível de que teria de abandonar o quarto no dia seguinte. Quando ia saindo, Raskolnikov teve tempo de remexer nos bolsos para tirar as moedas de cobre que tinha recebido de troco de um rublo que dera para pagar na taberna; deixou-as, sem que ninguém visse, na janela. Depois, já na escada, mudou de ideia e pretendia voltar atrás.

"Que bobagem que eu fiz", pensou ele. "Eles têm Sônia e eu preciso desse dinheiro." Mas refletindo que seria impossível retomá-lo agora e que, em última análise, não iria retomá-lo, desistiu com um gesto das mãos e voltou para seu alojamento. "Sônia também precisa de brilhantina", disse consigo, enquanto caminhava pela rua e riu maliciosamente. "A elegância custa dinheiro... Hum! E talvez a própria Sônia esteja sem dinheiro hoje, pois sempre há riscos, ao caçar grande caça... ao cavar por ouro... e então, todos eles estariam sem nada amanhã, se não fosse por meu dinheiro... Ah, Sônia! Que mina cavaram para você! E eles se aproveitam! Sim, eles fazem questão que você continue! Choraram por causa disso, mas acabaram se acostumando. O homem se acostuma a tudo, esse velhaco!"

Mergulhou em pensamentos.

– E se eu estivesse errado – exclamou ele, de súbito, depois de pensar um momento. – O que seria se o homem não fosse realmente um velhaco, todos em geral, isto é, a raça humana inteira... então todo o resto é preconceito, simplesmente terror artificial, não haveria barreira alguma e é assim que deveria ser.

CAPÍTULO TRÊS

Despertou tarde no dia seguinte, depois de um sono agitado. Mas o sono não havia sido reparador. Acordou nervoso, irritadiço, mal-humorado e olhou com raiva para seu quarto. Era uma espécie de um minúsculo roupeiro de uns seis passos de largura. Tinha a aparência de pobreza extrema com seu papel amarelo empoeirado se desprendendo das paredes por todos os lados e tinha um teto tão baixo que um homem alto mal ficava de pé nele e temia que a qualquer momento haveria de bater com a cabeça nesse teto. A mobília combinava com o ambiente; havia três cadeiras velhas, desconjuntadas; num canto, uma mesa pintada, sobre a qual havia alguns manuscritos e livros, a poeira espessa sobre estes indicava que haviam passado longo tempo sem serem tocados. Um grande sofá em péssimas condições ocupava quase uma parede inteira e metade do espaço do assoalho do quarto, sofá que estivera uma vez recoberto de chita, mas que agora estava forrado de trapos e servia de cama para Raskolnikov. Deitava-se muitas vezes em cima dele, como estava, sem se despir, sem cobertores, enrolado em seu velho casacão de estudante, apoiando a cabeça num pequeno travesseiro, sob o qual amontoava toda a roupa branca que possuía, limpa ou suja, para deixar a cabeça mais alta. Na frente do sofá havia uma mesinha.

Teria sido difícil chegar a um ponto mais baixo ainda de miséria, mas para Raskolnikov, no estado de espírito em que se encontrava, até isso era indubitavelmente agradável. Tinha-se retirado completamente de qualquer convívio, como uma tartaruga em seu casco, e até mesmo a presença da criada, que tinha obrigação de servi-lo e de arrumar de vez em quando o quarto dele, o levava a tremer com profunda irritação. Estava num estado que domina alguns maníacos que se concentram inteiramente em uma só coisa. Havia já duas semanas que a dona da casa tinha deixado de lhe mandar as refeições e ele não havia pensado ainda em pedir explicações a respeito, embora estivesse em total jejum. Nastásia, a cozinheira e única criada, ficou até contente com esse estranho humor do inquilino e tinha deixado totalmente de varrer e arrumar-lhe o quarto; apenas uma vez por semana, mais ou menos, entrava ali com uma vassoura. Nesse dia, ela foi acordá-lo.

– Levante-se, por que está dormindo? – chamou ela. – Já são mais de nove horas. Trouxe chá. Quer um pouco? Acho que está morrendo de fome!

Raskolnikov abriu os olhos, se assustou e reconheceu Nastásia.

– O chá foi mandado pela dona da casa? – perguntou, endireitando-se no sofá, lentamente e com semblante de doente.

– Claro que é da parte dela!

Colocou diante dele a chaleira velha, cheia de chá fraco e amanhecido, e pôs ao lado dois torrões de açúcar amarelo.

– Tome isso, Nastásia, por favor – disse ele, remexendo no bolso (pois tinha dormido com as roupas do corpo) e tirando um punhado de moedas de cobre –, vá comprar um pão. Vá também ao açougue e compre uma salsicha, a mais barata.

– O pão, vou buscá-lo agora mesmo, mas não prefere uma sopa de couve, em vez de salsicha? Está ótima, é de ontem à noite. Eu a reservei para você ontem, mas chegou muito tarde. É uma sopa muito boa!

Quando trouxe a sopa e o rapaz começou a tomá-la, Nastásia se sentou ao lado dele no sofá e começou a falar. Era uma camponesa e muito tagarela...

– Praskóvia Pavlovna diz que vai dar queixa na polícia contra você – disse ela.

Ele franziu a testa.

– Na polícia? O que ela quer?

– Você não paga nem vai embora. É o que ela quer, certamente.

– Com os diabos, era só o que faltava! – resmungou o rapaz, rangendo os dentes. – Não, isso não me serve... logo agora! É uma idiota! – acrescentou ele, em voz alta. – Vou hoje mesmo falar com ela.

– Idiota ela é, sem dúvida, como eu também sou. Mas por que, se é tão esperto, fica deitado aí como um saco e nunca faz nada? Antes você saía para dar aulas a crianças. Mas por que não faz nada agora?

– Faço... – começou Raskolnikov, de mau humor e relutante.

– O que é que você faz?

– Trabalho...

— Que tipo de trabalho?

— Penso — respondeu ele, sério, depois de uma pausa.

Nastásia teve um ataque de riso. Era dada ao riso e quando achava algo engraçado, ria de modo inaudível, estremecendo e sacudindo o corpo inteiro até cansar.

— E ganhou muito dinheiro, pensando? — conseguiu dizer, por fim.

— Ninguém pode sair e lecionar sem sapatos. E estou farto disso.

— Não fique brincando com seu pão.

— Pagam tão pouco por essas lições. Que se pode fazer com alguns tostões? — replicou ele, de má vontade, como se respondesse a seus próprios sentimentos.

— Então quer fazer fortuna de repente?

Ele a fitou de maneira estranha.

— Sim, quero fazer fortuna — respondeu ele com firmeza, depois de breve pausa.

— Não tenha tanta pressa, você até me assusta! Você quer o pão ou não?

— Como quiser.

— Ah, esqueci! Chegou uma carta para você quando estava fora.

— Uma carta? Para mim! De quem?

— Não sei. Dei três copeques ao carteiro. Vai me devolvê-los?

— Então vá buscá-la, pelo amor de Deus, vá buscá-la! — exclamou Raskolnikov, extremamente agitado. — Meu Deus!

Um minuto depois, a carta lhe foi entregue. Era isso: carta da mãe, da província de R... Empalideceu, quando a recebeu em mãos. Havia muito tempo que não recebia carta; mas outro sentimento também lhe trespassou o coração.

— Nastásia, deixe-me a sós, por favor! Aqui estão os três copeques; mas, por amor de Deus, vá embora!

A carta tremia em suas mãos; não queria abri-la na presença da criada; queria ser deixado a sós com a carta. Assim que Nastásia saiu, levou-a rapidamente aos lábios e a beijou; depois ficou olhando atentamente o endereço, a letra miúda e inclinada, tão cara e tão familiar, da mãe que, outrora, lhe havia ensinado a ler e a escrever. Demorou-se, contemplativo; parecia até que receava alguma coisa. Finalmente, abriu o envelope; era uma espessa e pesada carta, pesando mais de duas onças, duas grandes folhas de papel estavam cobertas de uma escrita muito pequena.

"Meu querido Rodya", escrevia a mãe, "há dois meses que não lhe envio nenhuma carta e isso me entristeceu e até tenho passado algumas noites em claro, pensando. Mas certamente você não vai me recriminar por esse meu inevitável silêncio. Sabe que o amo; você é tudo o que temos, Dúnia e eu, você é nosso tudo, nossa única esperança, nosso único esteio. Como fiquei triste ao saber que você tinha largado a universidade alguns meses atrás, por falta de meios para se sustentar e que tinha perdido as lições e seu trabalho! Como poderia ajudá-lo com minha pensão de 120 rublos por ano? Os 15 rublos que lhe enviei, há quatro meses, pedi-os emprestado, como sabe, dando como garantia minha pensão, de Vassíli Ivanovitch Vahrushin, um mercador dessa cidade. É um homem bondoso e era amigo de seu pai também. Mas, ao lhe reconhecer o direito de receber a pensão em meu lugar, tive de esperar até pagar a dívida, o que ainda não consegui, de maneira que durante todo esse tempo não pude lhe enviar nada. Mas agora, graças a Deus, acredito que vou poder lhe enviar algo mais e, de fato, podemos até nos alegrar com nossa boa sorte, da qual logo vou lhe falar. Em primeiro lugar, poderia adivinhar, querido Rodya, que sua irmã está morando comigo há seis semanas e não vamos mais nos separar. Graças a Deus, o sofrimento dela acabou! Mas vou lhe contar tudo por ordem, de modo que fique sabendo o que se passou e que até agora havíamos escondido de você. Quando você me escreveu, há dois meses, que tinha ouvido dizer que Dúnia estava sofrendo muito com os maus-tratos na casa do senhor Svidrigailov, quando escreveu isso e me pedia para que lhe contasse tudo a respeito... o que poderia lhe escrever em resposta? Se tivesse escrito toda a verdade, ouso dizer que você teria largado tudo e teria vindo para casa, mesmo que tivesse de vir a pé, pois conheço seu caráter e seus sentimentos, e você não deixaria sua irmã ser insultada. Eu mesma estava desesperada, mas o que poderia fazer? E, além disso, eu não sabia de toda a verdade. O que tornou as coisas difíceis foi o fato de Dúnia ter recebido 100 rublos como adiantamento, ao assumir a função de governanta naquela família, com a condição de descontar, por esse adiantamento, parte de seu salário todos os meses, de maneira que era impossível deixar o lugar sem ter pago primeiramente a dívida. Essa quantia (agora posso explicar-lhe tudo, querido Rodya) ela a recebeu especialmente com a finalidade de lhe enviar 60 rublos, que então você precisava urgentemente e que lhe enviamos no ano passado. Nós o enganamos, escrevendo que esse dinheiro era fruto das economias de Dúnia; mas não foi bem assim e agora vou lhe contar tudo a respeito, porque, graças a Deus, de repente as coisas mudaram para melhor e também para que saiba como Dúnia o ama e como é bondosa. De fato, de início o senhor Svidrigailov a tratava rudemente e costumava fazer observações desrespeitosas e de mau gosto à mesa... Mas não quero entrar em todos esses dolorosos detalhes, para não aborrecê-lo com nada, agora que tudo acabou. Em resumo, apesar da bondosa e generosa conduta de Marfa Petrovna, esposa do senhor Svidrigailov, e de todas as outras pessoas da casa, Dúnia sofreu muito, especialmente quando o senhor Svidrigailov se encontrava, conforme seus velhos hábitos de militar, sob a influência do deus Baco. E como você acha que tudo veio à tona mais tarde? Poderia acreditar que esse maluco se havia apaixonado, desde o começo, por Dúnia, mas escondia essa paixão sob o disfarce da grosseria e do desdém. Possivelmente ele próprio estivesse envergonhado e horrorizado diante de suas ilusórias esperanças, considerando sua idade e sua condição de pai de família; por isso se zangava com Dúnia. E possivelmente também, com essa conduta rude e desdenhosa, esperava esconder a verdade perante os outros. Finalmente, porém, perdeu totalmente o controle e teve a coragem de fazer uma aberta e vergonhosa proposta a Dúnia, prometendo-lhe toda espécie de compensação e, além disso, dizendo-lhe que estava disposto a largar tudo e viver com ela em outro local ou até mesmo no exterior. Pode imaginar o que ela passou! Abandonar imediatamente o emprego era impossível, não somente por causa da dívida em dinheiro, mas também em consideração aos sentimentos de Marfa Petrovna, que poderia passar a suspeitar, o que haveria de envolver Dúnia como causa da ruptura na família. Isso teria significado um terrível escândalo para Dúnia; teria sido inevitável. Havia várias outras razões que não permitiam que Dúnia esperasse poder abandonar aquela casa horrível, senão daí a outras seis semanas. Você conhece muito bem Dúnia; sabe como é inteligente e que firmeza de caráter ela tem. Dúnia é capaz de suportar muitas coisas e mesmo nos casos mais difíceis tem a força de manter sua firmeza. Embora estivéssemos sempre nos comunicando por carta, ela nunca me escreveu a respeito de tudo isso para não me atemorizar. Tudo terminou de modo inesperado. Marfa Petrovna, por acaso, entreouviu o marido fazendo propostas a Dúnia no jardim e, interpretando tudo ao contrário, atribuiu a ela toda a culpa, pensando que era Dúnia a causa de tudo. Uma cena horrível teve lugar então no jardim: Marfa Petrovna foi tão longe que chegou a bater em Dúnia; recusou-se a ouvir o que quer que fosse e passou uma hora inteira gritando com ela; logo em seguida, deu ordens para que Dúnia deixasse o local imediatamente e fosse mandada embora numa simples carroça de camponês, na qual jogaram todas as coisas dela, roupa branca, vestidos, tudo misturado em total confusão, sem ajeitar nada nem empacotar. Mas nesse momento começou a cair uma chuva torrencial e Dúnia, insultada e envergonhada, teve de percorrer as 17 milhas até a cidade numa carroça descoberta, em companhia de um camponês. Pense somente que resposta eu poderia dar à carta que havia recebido de você dois meses atrás e o que eu poderia ter escrito? Eu estava desesperada; não me atrevia a lhe dizer a verdade, porque o deixaria muito triste, mortificado e indignado. E mais, o que você poderia fazer? Talvez só poderia se arruinar a si mesmo e, além disso, era o que a própria Dúnia não queria. E eu não podia encher minha carta com ninharias quando meu coração estava tomado de tristeza. Durante um mês inteiro correram mexericos pela cidade sobre esse escândalo; e a coisa chegou a tal ponto que Dúnia e eu nem sequer íamos à igreja, exatamente por causa dos olhares de desprezo, dos murmúrios e até de comentários em voz alta em nossa presença. Todos os nossos conhecidos nos evitavam, ninguém nos cumprimentava na rua e fiquei sabendo que alguns comerciantes e empregados pretendiam nos insultar de modo vergonhoso, lambuzando com piche a porta de nossa casa, de modo que o senhorio passasse a insistir para que nos mudássemos. Tudo isso foi causado por Marfa Petrovna, que se empenhou em caluniar e difamar Dúnia em todas as famílias. Ela conhece a todos nas redondezas e, naquele mês, estava continuamente andando pela cidade; e como é tagarela e gosta de mexericos em questões familiares e se detém particularmente a se queixar para todos do marido... o que não é nada correto... em pouco tempo ela espalhou a história não somente na cidade, mas também em toda a área circunvizinha. Isso chegou a me deixar doente, mas Dúnia enfrentou a situação melhor do que eu e deveria ter visto como suportava tudo e como tentava me consolar e me reanimar! Ela é um anjo! Mas, graças a Deus, nossos sofrimentos não duraram muito. O senhor Svidrigailov reconsiderou as coisas e se arrependeu; e, certamente sentindo pesar por Dúnia, apresentou a Marfa Petrovna uma completa e irrefutável prova da inocência de Dúnia, na forma de uma carta que Dúnia se vira obrigada a lhe escrever e lhe entregar, antes de Marfa Petrovna surpreender os dois no jardim. Essa carta, que havia ficado com o senhor Svidrigailov depois da partida dela, tinha-a escrito para refutar explicações pessoais e encontros secretos, que ele exigia que confessasse. Nessa carta, ela o recriminava de forma veemente e com indignação pela baixeza de sua conduta para com Marfa Petrovna, lembrando-lhe que era casado e pai de família e dizendo-lhe da infâmia da parte dele de atormentar e tornar infeliz uma moça indefesa, que já era tão infeliz na vida. Enfim, querido Rodya, a carta estava escrita em termos tão nobres e tocantes, que eu soluçava ao lê-la e ainda hoje não consigo lê-la sem chorar. Além disso, o testemunho dos criados também ajudou a salvar a reputação de Dúnia; eles tinham visto e sabiam muito mais do que aquilo que o próprio senhor Svidrigailov supunha... como, aliás, sempre acontece com criados. Isso deixou Marfa Petrovna completamente perplexa e "arrasada", como ela própria nos confessou, mas ficou totalmente convencida da inocência de Dúnia. No dia seguinte, domingo, ela foi logo cedo à igreja, ajoelhou-se e pediu com lágrimas a Nossa Senhora que lhe desse forças para suportar essa nova prova e para continuar cumprindo seu dever. Depois veio diretamente da igreja para nossa casa, contou-nos toda a história, chorou amargamente e, muito arrependida, abraçou Dúnia e lhe pediu que a perdoasse. Na mesma manhã, sem demora, percorreu todas as outras casas, na cidade e nas redondezas, vertendo lágrimas, alardeando, com os mais elogiosos termos, a inocência de Dúnia e a nobreza de seus sentimentos e de sua conduta. E como se isso ainda fosse pouco, mostrou e leu a todos a carta de Dúnia endereçada ao senhor Svidrigailov e até deixou tirar cópias... o que acho, e devo dizê-lo, era supérfluo. Desse modo, esteve ocupada por vários dias percorrendo toda a cidade; como alguns se sentissem ofendidos pela precedência dada a outros, foram estabelecidos turnos, de maneira que todas as famílias a esperavam antes que ela chegasse e todos sabiam que em tal ou qual dia Marfa Petrovna estaria em determinado lugar para ler a carta; e em cada local o povo se reunia para ouvir a leitura e mesmo as pessoas que já haviam acompanhado a leitura em outro local acorriam, só para ouvi-la mais uma vez. A meu ver, muito, mas muito mesmo disso tudo era desnecessário, mas Marfa Petrovna quis assim. De qualquer modo, ela conseguiu reabilitar completamente a reputação de Dúnia e toda a ignomínia desse caso recaiu como uma indelével desgraça sobre o marido, como único culpado; por isso eu passei a sentir pena dele; foi realmente um tratamento demasiado severo o dispensado a esse sujeito doido. Dúnia passou imediatamente a ser convidada para dar lições em diversas famílias, mas ela recusou. De repente, todos começaram a tratá-la com redobrado respeito. Tudo isso contribuiu muito para determinar a circunstância pela qual, pode-se dizer, todo o nosso destino mudou. Pois fique sabendo, querido Rodya, que Dúnia arranjou um noivo e já consentiu em se casar com ele. Apresso-me a lhe contar isso e, embora tenha sido confirmado sem seu consentimento, acho que você não deverá ficar chateado comigo nem com sua irmã, pois haverá de compreender que não podíamos aguardar e adiar nossa decisão até obtermos uma resposta sua. E você não poderia julgar todos os fatos sem estar presente no local.

Foi assim que as coisas se passaram. Ele é um conselheiro, chama-se Piotr Petrovitch Luzhin e é parente distante de Marfa Petrovna, a qual teve um papel decisivo em acertar esse casamento. Começou por expressar o desejo, por intermédio dela, que ele tinha de nos conhecer. Foi recebido por nós de maneira apropriada, tomou café conosco e, no dia seguinte, nos mandou uma carta na qual, muito gentilmente, fez a proposta, solicitando uma resposta urgente e decisiva. É um homem muito ocupado e prestes a se transferir para Petersburgo; por isso cada minuto lhe é precioso. É claro que, a princípio, ficamos muito surpresas, pois tudo tinha acontecido de modo tão rápido e inesperado. Refletimos e ficamos falando disso o dia inteiro. Trata-se de um homem abastado, em quem se pode confiar, ocupa dois postos no governo e já fez fortuna. É verdade que já tem 45 anos, mas tem uma aparência cativante e ainda pode ser considerado atraente pelas mulheres e, no geral, é um homem respeitável e distinto; parece apenas um pouco fechado e presunçoso. Mas pode ser somente a impressão que transmite à primeira vista. Tome cuidado, querido Rodya, quando ele for a Petersburgo, o que se dará muito em breve, tome cuidado para não julgá-lo apressadamente demais e com severidade, como costuma fazer, se houver algo de que não goste no primeiro encontro. Permito-me dizer-lhe isso, embora esteja certa de que lhe causará boa impressão. Além disso, para conhecer qualquer pessoa, é preciso proceder de maneira prudente e discreta, a fim de evitar juízos precipitados e ideias errôneas, que são muito difíceis de corrigir e superar depois. Mas Piotr Petrovitch, julgando por muitos indícios, é um homem muito digno. De fato, em sua primeira visita, contou-nos que é um homem pragmático, mas ainda compartilha, como ele mesmo disse, de muitas das convicções "de nossa nova geração" e se opõe a todo preconceito. Disse muito mais coisas, porque parece um pouco vaidoso e gosta de ser ouvido, mas isso não chega a ser um defeito. Eu, é claro, não compreendi muita coisa, mas Dúnia me explicou que, embora não seja um homem muito culto, é inteligente e, ao que parece, bondoso. Você conhece o caráter de sua irmã, Rodya. É uma menina resoluta, sensível, paciente e generosa, mas tem um coração ardente, como bem sei. Certamente, não há grande amor da parte dele nem da parte dela, mas Dúnia é uma moça inteligente e tem o coração de um anjo e haverá de considerar seu dever fazer feliz o marido que, por sua vez, haverá de ter o cuidado de fazer a felicidade da esposa. Não temos grandes motivos para duvidar disso, embora se deva admitir que o assunto foi resolvido com excessiva pressa. Além disso, ele é um homem de grande prudência e deverá compreender, com certeza, que sua própria felicidade será tanto mais segura quanto mais feliz estiver Dúnia com ele. E com relação a alguns defeitos de caráter, a alguns hábitos e mesmo a certas divergências de opinião – o que, na verdade, são inevitáveis até nos casamentos mais felizes – Dúnia disse que, a respeito disso, confia em si mesma, que não me preocupe e que é capaz de suportar tudo, desde que a futura relação deles seja honrosa e franca. De início, ele me deu a impressão de ser um tanto abrupto, mas isso pode provir de sua natureza franca e, com certeza, deve ser isso. Por exemplo, em sua segunda visita, depois de ter obtido o consentimento de Dúnia, afirmou, no decorrer da conversa, que antes de conhecer Dúnia já havia decidido se casar com uma moça de boa reputação, sem dote e, acima de tudo, que já tivesse a experiência da pobreza, porque, como explicou, o marido não deve sentir-se obrigado perante a esposa e que é bem melhor para a mulher considerar o marido como o protetor dela. Devo acrescentar que ele se expressou em termos mais delicados e polidos do que estes que escrevi, pois esqueci as verdadeiras palavras dele e lembro-me somente da ideia. Além disso, é óbvio que foi dito sem premeditação, mas escapou dos lábios dele no entusiasmo da conversa, tanto isso é verdade que ele tentou depois retratar-se e amenizar suas palavras, mas de qualquer maneira me deixou a impressão de algo um tanto rude, e foi o que comentei mais tarde com Dúnia. Mas ela ficou aborrecida e me respondeu que "palavras não são atos" e isso, claro, é a perfeita verdade. Dúnia não dormiu a noite inteira, antes de se decidir e, julgando que eu estava dormindo, levantou-se da cama e ficou andando de um lado para outro do quarto a noite toda. Por fim, ajoelhou-se diante de uma imagem e orou por muito tempo e fervorosamente. E pela manhã me contou que havia decidido."

"Já mencionei que Piotr Petrovitch está prestes a partir para Petersburgo, onde tem muitos negócios e pretende abrir um escritório de advocacia. Durante muitos anos andou se ocupando na condução de processos civis e comerciais e ainda alguns dias atrás ganhou uma causa importante. Deverá ir a Petersburgo, porque tem uma causa importante perante o Senado. Por isso, querido Rodya, ele poderá ser de grande utilidade para você, em qualquer coisa, e Dúnia e eu concordamos que, a partir desse dia, você poderia seguir definitivamente sua carreira e considerar que seu futuro está definido e assegurado. Oh, se isso se realizasse! Seria um benefício tão grande que só poderíamos considerá-lo como uma bênção providencial. Dúnia não sonha com outra coisa. Nós até nos atrevemos a adiantar algumas palavras sobre o assunto a Piotr Petrovich.

Ele foi cauteloso na resposta e disse que, sem dúvida, visto que não pode ficar sem secretário, seria melhor pagar um salário a um parente do que a um estranho, desde que o primeiro se mostrasse apto para as funções (como se houvesse dúvida de que você é apto!); mas exprimiu também suas dúvidas sobre se seus estudos na universidade lhe deixariam tempo para trabalhar no escritório. Por ora, o assunto caiu no esquecimento; mas Dúnia não pensa em outra coisa, agora. Está entusiasmada com isso nesses últimos dias e já traçou um plano para você se tornar um sócio e até mesmo um parceiro nos negócios de Piotr Petrovitch, o que pode muito bem vir a ocorrer, uma vez que você estuda Direito. Estou plenamente de acordo com ela, Rodya, e compartilho de todos os planos e expectativas dela e acho que há toda a probabilidade de que se realizem. E apesar da evasiva de Piotr Petrovich, muito natural por ora (uma vez que não conhece você), Dúnia está firmemente persuadida de que há de conseguir tudo com sua boa influência sobre o futuro marido. É o que ela está calculando. Claro que tomamos o cuidado de não falar desses remotos planos a Piotr Petrovitch, especialmente o de você se tornar parceiro dele. Ele é um homem experiente e deverá considerar isso muito friamente, podendo lhe parecer simples devaneio. Nem Dúnia nem eu lhe dissemos ainda uma palavra a respeito de nossa esperança de que ele poderia nos ajudar a pagar seus estudos na universidade; não falamos disso, em primeiro lugar, porque seria coisa para conseguir com o tempo, mais tarde, e ele, sem dúvida, se prontificaria a fazê-lo, sem desperdiçar muitas palavras (como se ele pudesse recusar isso a Dúnia!), tanto mais que você poderia, com seu próprio esforço, tornar-se o braço direito dele no escritório e receber esse auxílio, não como uma esmola, mas como um salário ganho com seu próprio trabalho. É assim que Dúnia quer preparar todas as coisas e eu concordo plenamente com ela. E não falamos de nossos planos por outra razão, isto é, porque eu particularmente queria que você se sentisse à mesma altura dele quando se encontrassem pela primeira vez. Quando Dúnia falou a ele com entusiasmo a respeito de você, ele respondeu que uma pessoa nunca pode julgar outra sem vê-la de perto e que ele esperaria conhecê-lo antes de poder formar uma opinião sobre você. Saiba, meu querido Rodya, acho que por algumas razões (nada a ver com Piotr Petrovitch, mas simplesmente por veleidades pessoais, talvez próprias da velhice) talvez fosse melhor que eu continuasse vivendo sozinha, em separado, do que ir viver com eles quando se casarem. Estou convencida de que ele será generoso e delicado a ponto de me convidar e insistir para que fique junto de minha filha no futuro e, se até agora ainda não tocou nesse ponto, é simplesmente porque ele vê isso como descontado; mas eu vou recusar. Mais de uma vez em minha vida tenho observado que os maridos não sentem grande simpatia pelas sogras e eu não quero, de forma alguma, tornar-me um peso para ninguém, como também prefiro ser totalmente independente, desde que tenha meu próprio pedaço de pão e possa contar com filhos como você e Dúnia. Se fosse possível, iria morar em algum lugar perto de você, pois, querido Rodya, deixei a melhor notícia para o fim desta carta: pois fique sabendo, querido filho, que muito em breve talvez possamos estar juntos e nos abraçar novamente depois de uma separação de quase três anos! Já está mais que certo que Dúnia e eu vamos nos transferir para Petersburgo, não sei exatamente quando, mas muito, muito em breve, possivelmente dentro de uma semana. Tudo depende de Piotr Petrovitch, que vai nos comunicar quando tiver tido tempo para resolver todos os assuntos que lhe dizem respeito em Petersburgo. Por uma série de razões, ele está ansioso para celebrar a cerimônia do casamento o mais rápido possível, até mesmo antes da festa de Nossa Senhora, se conseguir resolver tudo ou, se não conseguir, imediatamente depois. Oh! com que felicidade vou apertá-lo em meu peito! Dúnia está tomada de contentamento com a ideia de vê-lo e um dia disse, gracejando, que só por isso valia a pena se casar com Piotr Petrovitch. Ela é um anjo! Ela não lhe escreve agora, mas só me disse para lhe escrever que tem muito, mas muito mesmo para lhe contar, que não vai empunhar a pena agora, pois em poucas linhas não poderia lhe contar nada e só conseguiria ficar atrapalhada. Ela me pede para lhe mandar um abraço e inumeráveis beijos. Mas embora nos encontremos daqui a poucos dias, vou lhe enviar tanto dinheiro quanto puder, dentro de um ou dois dias. Agora que todos ficaram sabendo que Dúnia vai se casar com Piotr Petrovitch, meu crédito aumentou de repente e eu sei que Afanasi Ivanovitch vai me emprestar até 75 rublos com a garantia de minha pensão, de maneira que poderei lhe enviar uns 25 ou até 30 rublos. Poderia enviar-lhe mais, mas estou preocupada com as despesas da viagem; e embora Piotr Petrovitch tenha sido tão bom que se ofereceu para custear parte das despesas da viagem, ou seja, ele se encarregou de enviar nossas malas e a arca grande (que conseguiu por intermédio de alguns amigos), devemos nos preocupar com eventuais despesas ao chegarmos a Petersburgo, onde não podemos ficar sem dinheiro, ao menos pelos primeiros dias. Mas calculamos tudo, Dúnia e eu, até o último rublo, e vimos que a viagem não vai custar muito. Daqui até a estação da estrada de ferro são apenas 90 quilômetros, mas nós chegamos a um acordo com um condutor que conhecemos para que fique à disposição; dali, Dúnia e eu podemos viajar bem confortáveis na terceira classe. Por isso é muito provável que, em vez de 25, possa lhe enviar 30 rublos. Mas já chega; enchi duas folhas de papel e não tenho mais espaço; contei toda a nossa história, mas muitos acontecimentos ocorreram! E agora, meu querido Rodya, abraço-o e lhe envio minha bênção materna até nos encontrarmos. Ame Dúnia, sua irmã, Rodya; ame-a como ela o ama, mas fique sabendo que ela o ama mais que tudo, mais do que a si mesma. Ela é um anjo e você, Rodya, você é tudo para nós... nossa única esperança, nosso único consolo. Desde que você seja feliz, nós também o seremos. Você ainda faz suas orações, Rodya, e acredita na misericórdia de nosso Criador e de nosso Redentor? Receio, em meu íntimo, que tenha sido contagiado pelo novo espírito de incredulidade, que hoje se difunde. Se assim for, vou orar por você. Lembre-se, querido filho, de como em sua infância, quando seu pai estava vivo, costumava balbuciar suas orações em meus joelhos e como todos éramos felizes naqueles dias! Adeus, até nosso encontro... Um abraço apertado, bem apertado e muitos beijos. Sua, até a morte,

Pulquéria Raskolnikova."

Quase desde o início, à medida que ia lendo a carta, o rosto de Raskolnikov estava banhado em lágrimas; mas quando terminou de lê-la, estava pálido e distorcido e um sorriso amargo, colérico e maligno se estampava em seus lábios. Reclinou a cabeça sobre o puído e sujo travesseiro e ficou pensando, pensando durante muito tempo. O coração batia com violência e seu cérebro fervia. Finalmente, se sentia sufocado e oprimido naquele pequeno quarto amarelo, que parecia mais um armário ou um baú. Seus olhos e sua mente ansiavam por espaço. Apanhou o chapéu e saiu, mas dessa vez sem medo de encontrar alguém na escada; havia esquecido esse medo. Seguiu em direção da ilha Vassilievski, caminhando ao longo da avenida Vassilievski, como se estivesse se apressando para algo a fazer; mas caminhava, como era seu hábito, sem reparar no percurso, murmurando e até falando em voz baixa para si mesmo, deixando surpresos os transeuntes. Muitos deles achavam que estava embriagado.

CAPÍTULO QUATRO

A carta da mãe tinha sido uma tortura para ele. Mas no tocante ao fato principal contido na missiva, não teve nem um momento de hesitação, nem enquanto lia a carta. A questão essencial estava resolvida em sua mente, e resolvida de modo irrevogável. "Esse casamento nunca vai se realizar, enquanto eu for vivo e que o senhor Luzhin vá para o inferno! O caso é perfeitamente claro", murmurava ele para si mesmo, com um sorriso maligno antecipando o triunfo de sua decisão. "Não, mamãe, não, Dúnia, não vão me enganar! E depois pedem desculpas por não pedirem meu conselho e decidirem o caso sem mim! Era o que faltava! Imaginam que está tudo arranjado e que não pode ser rompido; mas vamos ver se pode ou não! Uma desculpa magnífica: 'Piotr Petrovitch é um homem tão ocupado que até mesmo seu casamento deve ser celebrado a toda pressa, quase por expresso.' Não, Dúnia, percebo tudo e sei o que quer me contar; e sei também o que andava pensando quando caminhava pelo quarto durante toda a noite e que suas orações eram feitas diante da imagem de Nossa Senhora de Kazan, que a mamãe tem no quarto. Amarga é a subida até o Gólgota...Hum!... assim, está finalmente decidido. Vai se casar com um homem sensato e ativo, Avdótia Romanovna, com um homem que tem fortuna (que já fez fortuna, o que é bem mais sólido e impressionante), que tem dois cargos públicos e compartilha as ideias de nossas novas gerações, como escreve a mãe, e que *parece* ser bondoso, como observa a própria Dúnia. Esse *parece* é a melhor parte! E essa Dúnia vai se casar com esse *parece*! Esplêndido! Esplêndido!

"... Mas gostaria de saber por que mamãe me escreveu sobre 'nossas novas gerações'. Simplesmente como um toque descritivo ou com a ideia de me predispor em favor do senhor Luzhin? Oh, que astúcia da parte delas! Gostaria de saber mais uma coisa: até que ponto as duas foram sinceras uma para com a outra nesse dia e nessa noite e, ainda, durante todo esse tempo? Teriam realmente trocado palavras ou as duas entendiam que tinham o mesmo pressentimento no coração e na mente, de modo que não precisavam expressá-lo por palavras e que seria até mesmo melhor não falar a respeito? Provavelmente terá sido assim em parte, pois isso fica evidente pela carta da mãe. Ele a surpreendeu por ser um pouco rude e mamãe, em sua simplicidade, comentou isso com Dúnia, que ficou aborrecida e respondeu um tanto zangada. Acho que foi isso! Quem não haveria de ficar aborrecido quando o assunto está bastante claro, sem precisar de questionamentos ingênuos, e quando é subentendido que não adianta discuti-lo? E por que me escreve 'ame Dúnia, Rodya, e ela o ama mais do que a si mesma'? Teria um secreto remorso na consciência por ter obrigado a filha a se sacrificar em favor do filho? 'Você é nosso único conforto, você é tudo para nós!' Oh, mamãe!"

A amargura se tornava cada vez mais intensa e, se tivesse encontrado o senhor Luzhin nesse momento, poderia tê-lo matado.

"Hum!... sim, é verdade", continuou ele, seguindo o turbilhão de ideias que se debatiam em seu cérebro, "é verdade, que 'é preciso tempo e tato para conhecer alguém', mas não há como se enganar com o senhor Luzhin! O mais importante é que é um 'homem de negócios e *parece* bondoso'; já é alguma coisa, pois não, enviar as bagagens e a grande arca para elas! Um homem, sem dúvida, depois disso! Mas a *noiva* e a mãe têm de seguir numa carroça de um camponês, coberta com tecido grosseiro (eu sei, já viajei numa dessas). Não importa! São apenas 90 quilômetros e depois elas podem 'viajar confortavelmente na terceira classe' por mil quilômetros! Está tudo bem; corta-se o casaco de acordo com o pano; e quanto ao senhor, Luzhin? Ela é sua noiva... E o senhor devia saber que a mãe levantou dinheiro, dando como garantia a pensão dela, para fazer essa viagem. Certamente é uma questão de negócios, uma parceria com benefícios mútuos, com partes iguais nos lucros e nas despesas... comida e bebida garantidas, mas o tabaco à parte. O homem de negócios levou a melhor. O envio da bagagem custa menos do que as passagens delas e muito provavelmente segue de graça. Como é que as duas não veem isso ou não querem vê-lo? O certo é que estão contentes, bem contentes! E pensar que essa é somente a primeira floração e que os verdadeiros frutos estão por vir! O que realmente importa não é a avareza, não é a mesquinhez, mas o *tom* de tudo isso! Esse será o tom depois do casamento, pode-se prever desde já. E a mãe também, por que deveria ser tão pródiga? O que vai lhe sobrar quando chegar a Petersburgo? Três rublos de prata ou duas cédulas, como *ela* diz... essa velhinha... Hum! Com que pensará viver mais tarde em Petersburgo? Ela já tem suas razões para compreender que não *poderia* viver com Dúnia depois do casamento, mesmo nos primeiros meses. Sem dúvida, o bom homem deixou escapar alguma coisa sobre esse assunto, embora mamãe o negue: 'eu vou recusar', diz ela. Está contando com quem então? Será que está contando unicamente com os 120 rublos de pensão, quando terminar de pagar a dívida para Afanasi Ivanovitch? Ela vai passar a tricotar xales de lã e bordados, arruinando seus velhos olhos. E todos os xales que fizer não vão acrescentar mais de 20 rublos por ano aos outros 120, sei disso. Assim, ela está construindo todas as suas esperanças, o tempo todo, sobre a generosidade do senhor Lújin. 'Ele próprio vai propor isso, vai insistir comigo.' Pode esperar, e muito tempo, por isso! É o que acontece sempre com esses nobres corações românticos; até o último instante, todo ganso parece um cisne, até o último instante esperam pelo melhor e não veem nada errado; e embora suspeitem do reverso da medalha, não vislumbram a verdade até que sejam forçados a isso; o próprio fato de pensar nisso os faz estremecer; diante da verdade tapam os olhos com as mãos, até que o homem que sonharam, pintado de belas cores, mas falsas, aparece e lhes abre verdadeiramente os olhos. Gostaria de saber se o senhor Lújin tem alguma condecoração; aposto que deve ter a de Sant'Ana na lapela e a põe quando vai jantar com contratantes ou com comerciantes. Com certeza, haverá de usá-la também no dia do casamento. Já chega, que o diabo o carregue!"

"Bem... a mãe não me surpreende, é o jeito dela, que Deus a abençoe, mas e Dúnia? Querida Dúnia, como se eu não a conhecesse! Você já tinha perto de 20 anos quando a vi pela última vez; já a compreendia bem então. Mamãe escreve na carta que 'Dúnia pode suportar muito'. Eu já sabia. Já sabia há dois anos e meio e nos últimos dois anos e meio estive pensando nisso, pensando precisamente nisso, que 'Dúnia pode suportar muito'. Se pôde suportar muito com o senhor Svidrigáilov e todo o resto, certamente pode suportar muito. E agora mamãe e ela se puseram na cabeça que ela pode suportar também o senhor Lújin, que propõe a teoria da superioridade das esposas que foram criadas na pobreza e que devem tudo à generosidade dos maridos... e que a propõe logo no primeiro encontro. Conceda-se que ele 'deixou escapar isso', apesar de ser um homem sensato (ainda que, talvez, não o deixou escapar desavisadamente, mas pretendia deixar isso claro tanto quanto possível), mas e Dúnia, e Dúnia? Ela sabe como ele é, claro, mas vai viver com um homem desses! Ora! Vai viver a pão e água, mas não vai vender sua alma, não vai trocar sua liberdade moral pelo conforto; não vai trocá-la por todo o Schleswig-Holstein, muito menos pelo dinheiro do senhor Luzhin. Não, Dúnia não era desse tipo quando a conheci e... ela é ainda a mesma, claro! Sim, não há como negar, os Svidrigailov são duros de aturar! Bem duro é passar a vida inteira como governanta pelo interior por 200 rublos, mas sei que ela preferiria ser uma escrava nas plantações ou uma letã em casa de um patrão alemão do que aviltar sua alma e sua dignidade moral ao unir-se para sempre com um homem que ela não respeita e com quem nada tem em comum... só por interesse pessoal. E ainda que o senhor Luzhin fosse de ouro puro ou um enorme diamante, ela nunca consentiria em tornar-se a concubina legal dele. Então por que consente agora? Onde está o mistério? Qual é a resposta? Nada mais claro: por si própria, por seu conforto, para salvar a vida dela não se venderia, mas por alguém mais ela o faz! Por alguém que ela ama, por alguém que adora, ela se vende! Aí está a explicação de tudo: pelo irmão, pela mãe ela se vende! Em tais casos, ela venderá tudo! Se necessário, 'sufocamos até nosso senso moral', a liberdade, a paz, a consciência até, tudo, tudo é posto à venda! Que minha vida se vá, contanto que meus entes queridos sejam felizes! Mais que isso, nos tornamos casuístas, aprendemos a agir como jesuítas e, por um tempo, chegamos a nos tranquilizar, a nos persuadir de que é nosso dever, pois é para um fim nobre. É exatamente assim que somos e a coisa é clara como o dia. É claro que Rodion Romanovitch Raskolnikov é a figura central nesse caso, e ninguém mais. Oh, sim, ela pode garantir a felicidade dele, mantê-lo na universidade, torná-lo parceiro no escritório, garantir o futuro dele; talvez pode até, com o tempo, tornar-se rico, próspero, respeitado e pode até terminar a vida como homem famoso! Mas minha mãe? Para ela tudo se reduz a Rodya, ao querido Rodya, seu filho primogênito! Por tal filho, quem não haveria de sacrificar tal filha? Oh, ternos e injustos corações! Ora, por causa dele, não recuaríamos até mesmo que tivesse o destino de Sônia! Sônia, Sônia Marmeladov, a eterna vítima enquanto o mundo existir! Vocês duas já mediram a extensão do sacrifício? Está correto? Poderão suportá-lo? É de alguma utilidade? Tem sentido? E deixe que lhe diga, Dúnia, a vida de Sônia não é pior do que uma vida com o senhor Luzhin. 'Amor, ali, pode não haver', escreve mamãe. E o que acontece se não houver respeito tampouco, se, pelo contrário, houver aversão, desprezo, repulsa, e então? Então terá de 'manter a aparência' também. Não é assim mesmo? Compreendem o que quer dizer essa aparência? Compreendem que a aparência de Luzhin é exatamente a mesma daquela de Sônia, e pode até ser pior, mais vil, mais ordinária, porque em seu caso, Dúnia, no fim das contas é uma barganha por comodidades, mas com Sônia é simplesmente uma questão de sobrevivência? Deve ser paga, deve ser paga, Dúnia, essa aparência, essa elegância. E depois, se isso for além do que você pode suportar, e se você se arrepender? Amarguras, miséria, maldições, lágrimas escondidas de todos, pois você não é uma Marfa Petrovna! E como vai se sentir sua mãe então? Até mesmo agora ela está inquieta, está aborrecida; mas depois, quando chegar a ver tudo claramente? E eu? Sim, na realidade, o que você acha que eu sou? Não quero seu sacrifício, Dúnia; não o quero, mamãe! Não vai se realizar enquanto eu viver, não vai, não vai! Não vou aceitá-lo!"

De repente, fez uma pausa em suas reflexões e ficou quieto.

"Não vai se realizar? Mas o que você vai fazer para que não se realize? Vai proibi-lo? Com que direito? O que você, por sua vez, pode lhes prometer para ter esse direito? Você vai devotar a elas toda a sua vida, todo o seu futuro quando tiver concluído os estudos e conseguido um emprego? Sim, já ouvimos isso antes e tudo não passava de palavras, mas agora? Agora, algo deve ser feito, agora, compreende? E o que você está fazendo agora? Vivendo à custa delas. E elas tomaram dinheiro emprestado por conta da pensão de cem rublos, tomaram dinheiro emprestado dos Svidrigailov. Como é que você vai poder livrá-las das mãos dos Svidrigailov e de Afanasi Ivanovitch Vahrushin, oh, futuro milionário, para repor a vida delas no devido lugar? Daqui a dez anos? Dentro de dez anos, mamãe vai estar cega de tanto tricotar xales e, talvez, de tanto chorar. Vai estar reduzida a uma sombra de tanto passar fome. E minha irmã? Imagine por uns instantes o que poderá ter acontecido com sua irmã daqui a dez anos ou durante esses dez anos! Pode adivinhar?"

Assim ele se torturava, martirizando-se com essas perguntas e sentindo uma espécie de prazer nelas. Ainda assim, todas essas perguntas não eram novas, que subitamente surgiam, mas eram velhas dores familiares. Havia já algum tempo que vinham ferindo e despedaçando seu coração. Muito, muito tempo atrás teve início sua angústia atual, que foi crescendo e ganhando força, amadureceu e se intensificou até assumir a forma de uma amedrontadora, delirante e fantástica interrogação, que torturava seu coração e sua mente, exigindo insistentemente uma resposta. Agora, a carta da mãe o atingiu como um raio. Era evidente que agora não deveria sofrer passivamente, aborrecendo-se com remoer problemas não resolvidos, mas deveria fazer alguma coisa, fazê-la imediatamente, o mais depressa possível. De qualquer modo, deveria decidir-se por alguma coisa ou...

"Ou renunciar totalmente à vida!", exclamou ele, subitamente, com grande irritação. "Aceitar o próprio destino humildemente tal como é, de uma vez por todas, e abafar tudo no próprio íntimo, renunciando a toda exigência de ação, de vida e de amor!"

"Compreende, senhor, compreende o que significa isso quando você não tem para onde ir?" A pergunta de Marmeladov surgiu de repente em sua mente, "porque todo homem precisa ter algum lugar para onde ir..."

Repentinamente estremeceu; outro pensamento, que já tivera no dia anterior, aflorou em sua mente. Mas não estremeceu pelo pensamento que teve, pois sabia, já o havia pressentido, que teria voltado e o estava esperando; além disso, não era só um pensamento do dia anterior. A diferença é que um mês atrás, e até mesmo ontem, o pensamento era um mero devaneio, mas agora... agora não parecia, de forma alguma, um devaneio, mas tinha tomado nova aparência, ameaçadora e não familiar, e ele próprio subitamente reconheceu isso... Sentiu uma forte pressão na cabeça e seus olhos se turvaram.

Olhou à sua volta rapidamente, estava procurando alguma coisa. Queria sentar-se e procurava um banco; caminhava pela avenida K... Havia um banco a cerca de cem passos dali. Dirigiu-se para ele com rapidez; mas no caminho se deparou com algo que chamou sua atenção. Depois que havia localizado o banco, notou uma mulher caminhando a uns vinte passos à frente dele, mas de início não deu a mínima atenção, como não dava a nenhum dos objetos pelos quais passava. Muitas vezes lhe acontecera, ao seguir para casa, não se dar conta do caminho pelo qual andava e estava acostumado a caminhar assim a esmo! Mas, à primeira vista, havia algo de tão estranho naquela mulher que passava diante dele que, aos poucos, prendeu toda a sua atenção, de início contra sua vontade e de forma ressentida e, depois, cada vez mais intensamente. Sentiu um súbito desejo de averiguar o que havia de tão estranho naquela mulher. Em primeiro lugar, parecia ser uma moça muito jovem; estava caminhando, com todo aquele calor, de cabeça descoberta, sem sombrinha ou luvas, movendo os braços de maneira um tanto grotesca. Trajava um vestido de um tecido leve e sedoso, mas posto de modo estranhamente desajeitado, sem arrumação adequada e rasgado no alto da saia, perto do peito; um grande pedaço quase arrancado pendia solto. Um pequeno lenço envolvia seu pescoço nu, mas estava pendendo para um lado. A moça caminhava sem firmeza, tropeçando e cambaleando de um lado para outro. Finalmente, atraiu a total atenção de Raskolnikov. Alcançou a moça junto do banco; mas, ao sentar-se, ela se deixou cair sobre ele numa das extremidades, jogou sua cabeça para trás, encostando-a no espaldar do banco, e fechou os olhos, aparentemente exausta. Olhando de perto para ela, percebeu de imediato que ela estava completamente embriagada. Era um espetáculo estranho e chocante. Mal podia acreditar que ele próprio não estivesse se enganando. Via, na frente dele, o rosto de uma moça muito jovem, de cabelos lindos, de 16 anos, talvez não tivesse mais de 15, um lindo rostinho, mas corado e com aparência pesada e, como estava inchado. Parecia que a moça mal sabia o que estava fazendo; cruzou as pernas, levantando-as indecorosamente e dando mostras de que nem tinha consciência de que estava em plena rua.

Raskolnikov não se sentou, mas não se sentiu com coragem de deixá-la e ficou ali fitando-a perplexo. Essa avenida nunca era muito frequentada e agora, às duas da tarde, naquele calor sufocante, estava praticamente deserta. Ainda assim, no outro lado da avenida, a uns quinze passos de distância, um cavalheiro estava parado na beirada da calçada. Ele também parecia estar com a intenção de se aproximar da moça, por algum motivo. Ele também a tinha visto a distância, provavelmente, e a tinha seguido, mas se deparou com Raskolnikov em seu caminho. Olhou zangado para ele, embora tentasse não chamar sua atenção, e aguardava impacientemente sua vez, até que o incômodo intruso esfarrapado se retirasse. As intenções dele eram inequívocas. O cavalheiro era forte, gordo, de uns 30 anos, bem vestido, cheio de saúde, lábios vermelhos e de bigode. Raskolnikov ficou com raiva; teve uma vontade súbita de insultar, de algum modo, esse gorducho. Afastou-se da moça por um momento e caminhou em direção do cavalheiro.

– Hei! Você, Svidrigailov! Que quer por aqui? – gritou ele, fechando os punhos e rindo, falando com raiva.

– Que quer dizer? – perguntou o cavalheiro, sério, franzindo a testa com arrogante assombro.

– Saia daqui, é o que quero dizer.

– Como se atreve, vagabundo?

Ele ergueu a bengala. Raskolnikov correu para ele de punhos fechados, sem pensar que aquele homem forte valia por dois, comparado a ele. Mas nesse instante, alguém o agarrou por trás e um policial se pôs de pé entre os dois.

– Basta, cavalheiros! Nada de briga, por favor, num local público. O que quer? Quem é você? – perguntou ele, dirigindo-se severamente a Raskolnikov e reparando em seus farrapos.

Raskolnikov olhou para ele com atenção. Tinha um rosto franco e honesto de soldado, com bigodes e costeletas grisalhos.

– O senhor é exatamente o homem de que preciso – exclamou Raskolnikov, tomando-o pelo braço. Sou estudante, Raskolnikov... O senhor também pode ficar sabendo – acrescentou ele, dirigindo-se ao cavalheiro –, venha cá, tenho algo a mostrar.

E, puxando o policial pela mão, levou-o até o banco.

– Olhe só, totalmente embriagada e veio descendo há pouco pela avenida. Não há como saber quem e o que ela é, não parece uma profissional. O mais provável é que a obrigaram a beber e abusaram dela em algum lugar... pela primeira vez... compreende? E a jogaram na rua como está. Repare como o vestido está rasgado e a maneira como o puseram nela; ela foi vestida por alguém, não se vestiu a si mesma, mas por mãos inábeis, por mãos de homens, é evidente. E tem mais: não conheço esse sujeito com quem eu me preparava para brigar; eu o vi agora pela primeira vez, mas ele também tinha visto a moça na avenida, há pouco, bêbada, desnorteada e agora está ansioso por tomar conta dela, levá-la para algum lugar, mesmo no estado em que ela está... é isso, acredite-me, não estou errado. Eu mesmo o vi como ele a observava e a seguia, mas eu o evitei e ele está simplesmente esperando que eu vá embora. Agora se afastou um pouco e está quieto, fingindo que está enrolando um cigarro... Como podemos livrar essa infeliz das mãos dele? E como vamos levá-la para casa?

O policial compreendeu tudo num instante. O robusto cavalheiro se mostrou interessado e se voltou para observar a moça. O policial se inclinou para examiná-la mais de perto e seu rosto se contraiu com verdadeira compaixão.

– Ah, que pena! – exclamou ele, abanando a cabeça. – Ora, é uma criança ainda. Foi ludibriada, com toda a certeza. Ouça, menina – começou ele, falando-lhe –, onde é que você mora? – A moça abriu os olhos cansados e sonolentos, olhou vagamente para o interlocutor e acenou com a mão.

– Aqui está – interveio Raskolnikov, mexendo no bolso e tirando 20 copeques –, aqui está, chame uma carruagem e peça ao condutor que a leve para casa. A única coisa que falta é descobrirmos o endereço dela!

– Senhorita, senhorita! – insistiu novamente o policial, tomando o dinheiro. – Vou buscar uma carruagem e eu mesmo vou levá-la para casa. Para onde vou levá-la? Onde mora?

– Vão embora daqui e me deixem em paz – resmungou a moça, e uma vez mais acenou com a mão.

– Ah, ah, que chocante! É vergonhoso, senhorita, é uma vergonha! – Ele abanou novamente a cabeça, chocado, condoído e indignado.

– Não está nada fácil! – disse o policial a Raskolnikov e, enquanto dizia isso, olhou-o dos pés à cabeça, num relance. Ele também deve ter-lhe parecido uma figura estranha: vestido com farrapos e lhe passar dinheiro.

– Você a encontrou longe daqui? – perguntou-lhe.

– Já lhe disse que ela caminhava à minha frente, cambaleando, exatamente aqui na avenida. Mal chegou ao banco, ela se deixou cair.

– Ah, que coisas vergonhosas andam fazendo hoje no mundo! Que Deus tenha piedade de nós! Uma criatura inocente como essa, já bêbada! Foi enganada, isso é certo. Veja como seu vestido foi rasgado... Ah, o vício que hoje se espalha! E pode ser que pertença a uma boa família, pobre talvez... Hoje há muitas moças como essa. Mas parece refinada também, como se fosse uma dama – e, uma vez mais, se inclinou sobre ela.

Talvez ele tivesse filhas da mesma idade, "parecendo damas e refinadas", com pretensões de nobreza e elegância...

– O principal – insistiu Raskolnikov – é livrá-la das mãos desse pilantra! Também poderia abusar dela! É claro como o dia o que procura. Ah, e esse bruto não se mexe dali!

Raskolnikov falou em voz alta e apontou para ele. O cavalheiro ouviu e dava a impressão que se deixaria levar pela raiva, mas pensou melhor e se limitou a lhe dirigir um olhar de desprezo. Depois caminhou lentamente mais uns dez passos para mais longe e parou.

– Podemos impedir que ele ponha as mãos nela – disse o policial, pensativo. – Basta que nos diga onde ela mora, mas como está... Senhorita, oi, senhorita! – e outra vez se inclinou sobre ela.

A moça abriu os olhos de repente, olhou-o atentamente, como se começasse a compreender alguma coisa, levantou-se do banco e foi embora, seguindo a mesma direção de onde tinha vindo.

– Oh, malditos patifes, deixem-me em paz! – exclamou ela, agitando novamente a mão. Caminhava depressa, embora cambaleando como antes. O sujeito a seguia, mas ao longo da outra calçada, sem perdê-la de vista.

– Não fique ansioso, não vou deixar que ele a agarre – disse resolutamente o policial e partiu atrás deles. – Ah, o vício que hoje se espalha! – repetiu ele, em voz alta e suspirando.

Nesse momento, algo parecia ter picado Raskolnikov; num instante, uma completa mudança de sentimentos se operou nele.

– Hei, ouça! – gritou ele, atrás do policial.

Este parou, virando-se.

– Deixe-os! O que há com você? Deixe que ela vá! Deixe que ele se divirta! – E apontava para o pilantra. – O que é você tem a ver com isso?

O policial ficou confuso e o fitou com olhos esbugalhados. Raskolnikov ria.

– Bem! – exclamou o policial, com um gesto de desprezo, e foi caminhando atrás do patife e da menina, provavelmente tomando Raskolnikov por louco ou algo muito pior.

"Os meus 20 copeques se foram", murmurou Raskolnikov, zangado, quando ficou sozinho. "Bem, que tome outro tanto desse sujeito para que este possa ficar com a menina e, assim, tudo termina. E por que é que eu quis interferir? Cabe a mim ajudar? Tenho realmente o direito de ajudar? Que se devorem vivos um ao outro... que me interessa? Como me atrevi a dar-lhe 20 copeques? Acaso eram meus?"

Apesar dessas estranhas palavras, ele se sentia um infame. Sentou-se no banco abandonado. Seus pensamentos vagavam a esmo... Nesse momento, achava difícil fixar sua mente em qualquer coisa. Ansiava por esquecer-se totalmente, esquecer tudo e então acordar e começar a vida outra vez...

"Pobre moça!", disse ele, olhando para o canto vazio, onde ela esteve sentada. "Vai voltar aqui e chorar, e depois a mãe dela vai ficar sabendo... Vai bater nela, uma surra horrível e vergonhosa, e depois, talvez, vai expulsá-la de casa... E se não a expulsar, as Daria Frantsovna não deixarão de farejar a presa e a pobre moça logo haverá de fugir em segredo, andando por aí. Depois vem o hospital, imediatamente (é o que sempre acontece com essas garotas, filhas de honradas mães, que fugiram secretamente), e depois... novamente o hospital... a bebida... as tabernas... e mais hospital; em dois ou três anos... uma ruína e assim será sua vida aos 18 ou 19 anos... Acaso não vi casos como esse? E como chegaram a esse ponto? Ora, todas elas chegam a isso desse modo. Ufa! Mas que importa? Dizem que tem de ser assim. Dizem que certa porcentagem deve ir, todos os anos... por esse caminho... para o diabo, suponho, de modo que o resto deve permanecer casto e não se deve interferir na vida delas. Porcentagem! Que palavras esplêndidas empregam, tão científicas, tão consoladoras... Uma vez que foi dito porcentagem, não há mais nada para se preocupar com isso. Se tivéssemos qualquer outra palavra... pode ser que nos sentíssemos incomodados... E se Dúnia fosse uma dessa porcentagem! Ou de outra, se não dessa?"

"Mas para onde estou indo?", pensou ele, de repente. "Estranho, eu saí para alguma coisa. Logo que terminei de ler a carta, saí... Estava indo para a ilha Vassilievski, para a casa de Razumihin. Era isso... agora me lembro. Mas para quê? E o que foi que me pôs na cabeça a ideia de ir para a casa de Razumihin agora? É curioso."

Ficou admirado consigo mesmo. Razumihin era um de seus antigos camaradas na universidade. É digno de nota que Raskolnikov quase não tivesse amigos na universidade; mantinha-se afastado de todos, não ia visitar ninguém e não lhe agradava que o visitassem; na verdade, logo todos passaram a se distanciar dele. Não tomava parte nas reuniões dos estudantes, nas diversões e nas conversas. Estudava com grande afinco, sem ter pena de si mesmo, e por isso o respeitavam, mas ninguém gostava dele. Era muito pobre e transparecia nele uma espécie de orgulho altivo e de reserva, como se estivesse guardando algo só para si. Para alguns de seus colegas, parecia que ele os considerava como se fossem crianças, como se ele fosse superior a todos em inteligência, conhecimento e convicções, e como se as opiniões e os interesses deles fossem inferiores.

Mas com Razumíhin se dava bem ou, pelo menos, era mais franco e comunicativo com ele. Na verdade, era impossível conduzir-se de outra maneira com Razumíhin. Era um jovem excepcionalmente bem-humorado e extrovertido, bondoso em sua simplicidade, embora profundidade e dignidade se ocultassem sob essa simplicidade. Era assim que o julgavam os melhores de seus colegas e todos gostavam dele. Era extremamente inteligente, ainda que por vezes o tomassem por simplório. Seu aspecto exterior era impressionante... alto, magro, de cabelo preto, sempre mal barbeado. Às vezes tumultuava o ambiente e tinha fama de possuir grande força física. Uma noite, em que saiu com um grupo festivo, com um golpe, colocou um policial gigantesco nas costas. Não tinha limites quando bebia, mas também era capaz de deixar a bebida totalmente de lado; por vezes ia longe demais com suas brincadeiras, mas podia também abster-se delas. Outra coisa impressionante de Razumíhin era que nenhum fracasso o desanimava e parecia que nenhuma circunstância desfavorável o oprimia. Era capaz de morar em qualquer lugar e aguentar tranquilamente os extremos do frio e da fome. Era muito pobre, mantinha-se inteiramente sozinho com o que podia ganhar, fazendo trabalhos esporádicos. Passou um inverno inteiro sem acender o fogão e costumava dizer que era melhor, porque se dorme de modo mais reparador no frio. No momento, ele também foi obrigado a deixar a universidade, mas deveria ser por pouco tempo; e trabalhava muito para amealhar dinheiro suficiente, a fim de retomar os estudos. Raskolnikov não o tinha visto nos últimos quatro meses e Razumíhin, por seu lado, não sabia até mesmo o endereço do amigo. Dois meses antes, aproximadamente, eles se viram na rua, mas Raskolnikov o tinha desviado, atravessando inclusive para o outro lado, a fim de que não pudesse ser observado. E embora Razumíhin o tivesse visto, seguiu adiante, como se não quisesse incomodá-lo.

CAPÍTULO CINCO

"De fato, ultimamente estava pensando em pedir trabalho a Razumíhin, pedir-lhe que me indicasse um lugar onde dar aulas ou qualquer outra coisa...", falava Raskolnikov para si mesmo. "Mas agora, em que ele pode me ajudar? Supondo que me arrume aulas a dar, supondo que divida seus últimos tostões comigo, se é que os tem, para que eu possa comprar umas botas e assim possa me apresentar de modo decente ao dar aula... hum... Bem, e então? O que vou fazer com os tostões que ganhar? Não é isso o que quero agora. Realmente é absurdo para mim ir visitar Razumíhin."

A pergunta sobre a razão por que estava indo agora ver Razumíhin o irritou muito mais do que pensava; ficou inquieto, procurando por algum sinistro significado nesse ato aparentemente tão comum.

"Poderia eu pensar em ajeitar tudo e encontrar um meio para sair dessa, apelando unicamente a Razumíhin?" – perguntou-se a si mesmo, perplexo.

Pensava e esfregava a testa e, coisa estranha, depois de muito refletir, subitamente, como se fosse espontaneamente e por acaso, uma fantástica ideia lhe veio à cabeça.

"Hum... vou visitar Razumíhin", disse de repente, calmo, como se tivesse achado uma solução final. "Vou ter com Razumíhin, claro, mas... não agora. Não posso ir a ele... outro dia, depois disso, quando tudo tiver terminado e tudo deverá começar de novo..."

E subitamente se deu conta do que estava pensando.

"Depois disso", gritou ele, saltando do banco, "mas será que vai acontecer realmente? É possível que vá realmente acontecer?"

Deixou o banco e saiu caminhando, quase correndo; queria voltar atrás, para casa, mas a ideia de retornar para casa deixou-o repentinamente com intensa repugnância; naquele buraco, naquele horrível armário que era seu quarto, tudo isso lhe havia passado pela mente durante mais de um mês; e foi andando sem destino.

O arrepio nervoso que o acometeu o deixou num estado febril e passou a tremer; apesar do calor, sentia frio. Com uma espécie de esforço, começou, quase inconscientemente, movido por ardente desejo íntimo, a olhar para todos os objetos diante dele, como se procurasse algo para distrair sua atenção; mas não conseguiu e continuou a recair a todo o momento em suas meditações. Quando, estremecendo, levantava a cabeça e olhava em derredor, esquecia imediatamente o que estivera pensando há pouco e até para onde estava se dirigindo. Nessa caminhada, atravessou assim toda a ilha Vassilievski, chegou ao pequeno Neva, seguiu pela ponte e voltou em direção das ilhas. De início, o verdor e o frescor eram um alívio para seus olhos cansados com o pó da cidade e com as enormes casas que o cercavam e o oprimiam. Ali não havia tabernas, ambientes sufocantes nem mau cheiro. Mas logo essas novas e agradáveis sensações se tornaram irritantemente mórbidas. Às vezes parava perto de uma mansão vistosamente pintada entre a verdejante folhagem; olhava através da cerca, via, a distância, mulheres elegantemente vestidas nas varandas e nos terraços e crianças correndo pelos jardins. As flores, de modo particular, chamavam sua atenção; contemplava-as por mais tempo do que qualquer outra coisa. Passavam também por ele ricas carruagens e homens e mulheres a cavalo; observava-os com olhos curiosos e os esquecia logo que sumiam de sua vista. Uma vez parou e contou o dinheiro que tinha no bolso: 30 copeques. "Vinte que dei ao policial, três a Nastásia pela carta; assim, devo ter dado 47 ou 50 aos Marmeladov, ontem", pensou, calculando por alguma razão desconhecida, mas logo se esqueceu do objetivo de ter tirado o dinheiro do bolso. Recordou-se somente quando passou diante de uma pensão ou taberna e sentiu que estava com fome. Ao entrar nessa casa, bebeu um copo de vodca e comeu um tipo de pastel. Acabou de comê-lo enquanto saía. Havia muito tempo que não tomava vodca e por isso sentiu imediatamente os efeitos, embora tivesse bebido apenas um copo. De repente suas pernas se tornaram pesadas e foi acometido por grande sonolência. Começou a andar em direção de casa, mas, ao chegar na ilha Petrovski, parou completamente exausto, afastou-se da estrada e foi entrando no meio dos arbustos, deixou-se cair sobre a grama e adormeceu de imediato.

Num estado de morbidez do cérebro, os sonhos, com frequência, se distinguem por uma singular atualidade, vivacidade e extraordinária semelhança com a realidade. Por vezes, monstruosas imagens são criadas, mas o cenário e todo o quadro são tão verossímeis e repletos de detalhes tão delicados, tão inesperadamente, mas tão artisticamente consistentes, que o sonhador, se fosse um artista como Pushkin ou mesmo Turguenev, nunca poderia inventá-los em estado de vigília. Esses sonhos doentios sempre permanecem gravados por longo tempo na memória e produzem uma forte impressão no desordenado e abalado sistema nervoso.

Raskolnikov teve um sonho apavorante. Sonhou que estava na infância, na pequena cidade natal. Tinha sete anos e caminhava pelos campos com o pai, num dia festivo. O céu estava cinzento, o dia sufocante e o lugar era exatamente como o lembrava. Na verdade, recordava-o mais vivamente no sonho do que o tinha na memória. A pequena cidade se situava numa planície aberta e desnuda como a palma da mão; nem mesmo um salgueiro havia perto dela; só muito longe, quase no extremo do horizonte, surgia um bosque, como uma mancha escura. A poucos passos além da última horta havia uma taberna, uma grande taberna, que sempre lhe havia despertado um sentimento de aversão e até de medo quando passava diante dela com o pai. Estava sempre repleta de gente gritando, rindo, ofendendo, cantando com voz rouquenha e muitas vezes brigando. Bêbados e figuras com aparência horrível andavam cambaleando pela taberna. Ele ficava agarrado ao pai e tremia todo ao cruzar com eles. Perto da taberna, a estrada se transformava num caminho poeirento, de uma poeira que era sempre negra. Era uma estrada em curva que, a uns cem passos mais adiante, virava à direita, seguindo para o cemitério. No meio do cemitério se erguia uma igreja de pedra com uma cúpula verde, na qual entrava duas ou três vezes por ano com os pais, quando se oficiava um serviço religioso em memória da avó, que havia falecido fazia muito tempo e que ele não havia chegado a conhecer. Nessas ocasiões, costumavam levar, numa bandeja branca envolta num guardanapo, uma espécie de bolo de arroz com uva-passa, doce disposto em forma de cruz. Gostava daquela igreja e das velhas imagens, quase todas sem moldura, e do velho padre com a cabeça sempre tremendo. Junto do túmulo da avó, sobre o qual se estendia uma lousa, estava a pequena sepultura do irmão mais novo, que morrera com seis meses. Não se lembrava dele, mas disseram-lhe que tinha um irmãozinho e, sempre que visitava o cemitério, sempre se persignava religiosa e reverentemente, inclinava-se e beijava a sepultura. E agora sonhava que ia com o pai, passando diante da taberna, a caminho do cemitério. Segurava a mão do pai e olhava com terror para a taberna. Uma circunstância peculiar atraiu sua atenção: parecia que se celebrava uma festa ali, pois havia uma multidão de pessoas da cidade bem vestidas, camponeses com as respectivas mulheres e uma gentalha de todos os tipos e todos cantando e mais ou menos bêbados. Perto da entrada da taberna havia uma carroça, mas uma carroça estranha, uma daquelas grandes, geralmente puxadas por fortes cavalos de tiro e carregadas de tonéis de vinho e outras mercadorias pesadas. Sempre tinha gostado de contemplar aqueles grandes cavalos de tiro, com suas longas crinas, grossas patas e de passo lento, puxando uma verdadeira montanha sem mostrar o menor cansaço, como se fosse mais fácil andar com uma carga do que sem ela. Mas agora, coisa estranha, atrelado a essa carroça viu um animal de pelo marrom, um desses cavalos dos camponeses que, muitas vezes, havia visto puxando com o máximo de força uma pesada carga de madeira ou de feno, especialmente quando as rodas afundavam na lama ou nos sulcos. E os camponeses os chicoteavam com crueldade, até mesmo no focinho e nos olhos; isso o deixava tão triste, sentia tanta pena deles, que chegava a chorar e a mãe então o afastava da janela. De repente, houve um grande alvoroço com gritos, cantos ao som da balalaica e um bando de camponeses embriagados saiu da taberna, vestindo camisas vermelhas e azuis e com casacos atirados sobre os ombros.

– Subam, subam! – gritava um deles, um jovem camponês de pescoço grosso e de rosto gorducho, vermelho como um tomate. – Vou levá-los a todos! Subam!

Mas logo se seguiram risadas e exclamações entre a multidão.

– Levar-nos a todos com um animal desses!

– Ora, Mikolka, está louco ao atrelar um cavalo desses nessa carroça?

– E essa égua já deve ter seus vinte anos, camaradas!

– Subam, que os levo a todos! – gritou Mikolka novamente, pulando primeiro na carroça, tomou as rédeas e ficou de pé bem na frente. – Matvei levou o cavalo baio – gritou de cima da carroça. – E essa égua, meus amigos, só me faz sofrer, seria até melhor matá-la, pois nem vale o que come. Subam, vamos! Vou fazê-la galopar e vai galopar! – E brandiu o chicote, preparando-se com gosto para fustigar a pequena égua.

– Subam! Vamos! – A multidão ria. – Ouviram? Ela vai andar a galope!

– A galope! Não deve saber o que é galope faz dez anos pelo menos!

– Vai andar em marcha lenta!

– Não tenham pena dela, camaradas; cada um apanhe um chicote: preparem-se!

– Tudo bem! Aperte os arreios!

Todos sobem para a carroça de Mikolka, rindo e fazendo graça. Subiram seis homens e ainda havia lugar. Puxaram para cima uma mulher gorda, de faces rosadas. Vestia uma saia vermelha, com uma touca enfeitada de contas de vidro e calçava pesadas botas de couro; quebrava nozes e ria. Em torno dela, todos riam também e, de fato, como poderiam deixar de rir? Pensar que o infeliz animal devia puxar a galope essa carroça carregada de tanta gente! Dois moços que estavam na carroça se preparavam para brandir os chicotes, no intuito de ajudar Mikolka. Com o grito de "agora", a égua puxou com toda a força, mas, longe de galopar, mal conseguia mover-se para frente, ofegando e encolhendo-se sob os golpes de três chicotes, que caíam sobre ela como granizo. Os risos na carroça e entre a multidão dobraram, mas Mikolka se enfureceu e passou a espancar violentamente a égua, como se acreditasse que ela podia realmente ir a galope.

– Deixem-me subir também, amigos! – gritou um jovem entre a multidão, entusiasmado.

– Sobe! Subam todos! – gritava Mikolka. – Ela vai puxar a todos! Vou bater nela até a morte! – E passou a espancar com toda a fúria e repetidas vezes a égua.

– Pai, pai! – gritava ele. – Pai, o que estão fazendo? Pai, estão batendo demais no pobre animal!

– Vamos, vamos embora! – disse o pai. – Estão bêbados e loucos, estão se divertindo; vamos embora, não olhe! – E procurava afastá-lo dali; mas ele se soltou da mão do pai e, fora de si, horrorizado, correu para o animal. A pobre égua estava em péssimo estado. Ofegava, parava e depois arrancava de novo, quase caindo.

– Batam até a morte! – gritava Mikolka. – Já está se entregando. Vou dar um jeito nela!

– Mas o que é isso, você é cristão, seu demônio? – gritou um velho, na multidão.

– Alguém já viu uma coisa dessas? Um pobre animal como esse puxando uma carga dessas? – disse outro.

– Vai matá-la! – gritou um terceiro.

– Não se intrometa! A égua é minha e faço o que quiser. Subam! Podem subir todos! Vou fazê-la andar a galope!

De repente ouve-se uma gargalhada geral que abafa tudo. A égua, erguendo-se sob a saraivada de golpes, começou a dar coices, embora sem forças. Até os mais velhos não puderam evitar o riso. Pensar num pobre animal como aquele tentando dar coices!

Dois rapazes do grupo apanharam chicotes e correram até a égua para golpeá-la nas ilhargas. Cada um se postou a um dos lados.

– Batam no focinho, nos olhos, nos olhos! – gritava Mikolka.

– Entoem uma canção, amigos! – gritou alguém na carroça e todos se puseram a cantar desenfreadamente, acompanhados de um tambor e assobiando. A mulher continuava quebrando nozes e rindo.

... Ele correu para junto da égua, correu na frente dela, viu que estava sendo chicoteada nos olhos, justamente nos olhos! Começou a chorar, sentiu-se chocado, as lágrimas jorravam. Uma das chicotadas o atingiu na cabeça, mas ele nem sentiu. Torcendo as mãos e gritando, correu para o velho de cabelo e barba brancos, que abanava a cabeça em sinal de desaprovação. Uma mulher o tomou pela mão e o teria levado embora dali, mas ele se desembaraçou dela e voltou às pressas para junto da égua, que estava quase no último suspiro, mas começou a escoicear novamente.

– Vou lhe ensinar a dar coices! – gritava Mikolka, furioso. Jogou fora o chicote, agachou-se e, do fundo da carroça, tirou um varal grosso e comprido, segurou-o por uma das pontas com as duas mãos e, com toda a força, descarregou-o sobre a égua.

– Vai dar cabo dela! – gritaram, em torno dele. – Vai matá-la!

– É minha! – gritou Mikolka e desferiu uma tremenda paulada na égua. Ouviu-se o som de uma pancada surda.

– Bata, bata mais! Por que parou? – gritavam vozes no meio da multidão.

Mikolka ergueu uma segunda vez o varal e deu outro golpe nas costas da infeliz égua, que arreou para trás, mas se reergueu e deu um puxão para frente com todas as forças, puxava para um lado e depois para outro, tentando mover a carroça. Os seis chicotes a golpeavam incessantemente em todas as direções; o varal foi levantado outra vez e caiu sobre ela uma terceira vez, depois uma quarta, com golpes desmesurados. Mikolka estava furioso porque não conseguia matá-la de uma vez.

– É resistente! – gritavam alguns.

– Vai cair num instante, amigos; sua hora chegou! – exclamou um entusiasta espectador do grupo.

– Dê-lhe uma machadada! Acabe com ela! – gritou um terceiro.

– Vou lhes mostrar! Afastem-se! – gritou Mikolka, freneticamente; atirou para longe o varal, agachou-se na carroça e apanhou uma barra de ferro. – Cuidado! – gritou ele, e, com toda a força, deu um formidável golpe na pobre égua.

O golpe foi certeiro; a égua cambaleou, caiu para trás, tentou soerguer-se, mas a barra a atingiu novamente nas costas e ela tombou por terra como um toco.

– Acabou! – gritou Mikolka, e, fora de si, saltou da carroça. Vários jovens, totalmente embriagados, apanharam qualquer coisa que encontravam... chicotes, paus, estacas e correram até a égua moribunda. Mikolka estava de pé num dos lados e começou a dar golpes ao acaso com a barra de ferro. A égua mexeu a cabeça, deu um longo suspiro e morreu.

– Você arrebentou com ela – gritou alguém, entre a multidão.

– De que jeito haveria de galopar?

– Era minha! – gritou Mikolka, com olhos injetados de sangue, brandindo a barra. Ficou parado, como se estivesse pesaroso por não ter mais nada em que bater.

– Sem dúvida, você não é cristão – gritavam muitas vozes na multidão.

Mas o pobre menino, fora de si, abriu caminho, gritando, entre toda aquele gente, até a égua marrom, abraçou-lhe a cabeça ensanguentada e a beijou, beijou os olhos, beijou os lábios... Depois pulou e voou, cheio de raiva, com os pequenos punhos cerrados, contra Mikolka. Nesse momento, o pai, que havia tempo o estava procurando, o agarrou e o levou para longe desse amontoado de gente.

– Vamos, vamos embora! Vamos para casa – disse ele.

– Pai, por que é que eles... mataram... o pobre cavalo? – soluça ele, mas sua voz se embargou e as palavras saíam aos gritinhos de seu peito ofegante.

– Estão bêbados... São brutais... isso não nos interessa! – disse o pai. Pôs os braços em volta do pai, mas estava chocado, chocado. Tentou respirar fundo, gritar... e despertou.

Acordou ofegante, com os cabelos encharcados de suor, e se soergueu, aterrorizado.

"Graças a Deus, foi apenas um sonho!", exclamou ele, sentando-se ao pé de uma árvore e respirando fundo. "Mas o que é isso? Estaria com febre? Que sonho terrível!"

Sentia-se com o corpo inteiramente moído, escuridão e confusão lhe invadiam a alma. Apoiou os cotovelos nos joelhos e baixou a cabeça entre as mãos.

"Meu Deus!" – exclamou para si mesmo. "Será que, será que eu apanharia realmente um machado, que a golpearia na cabeça, que lhe abriria o crânio... que eu caminharia sobre o sangue quente e viscoso, quebraria a fechadura, roubaria e ficaria tremendo, me esconderia, todo manchado de sangue... com o machado... Meu Deus, será possível?"

Tremia como uma folha, ao dizer isso.

"Mas por que é que estou pensando dessa forma? – continuou ele, sentando-se novamente, como se estivesse tomado de profundo assombro. – Eu sabia que nunca seria capaz de chegar a isso; por que então estive me torturando até agora? Ontem, ontem, quando fui fazer aquela... *experiência*, ontem compreendi perfeitamente que nunca poderia chegar a fazer isso... Mas por que estou voltando a isso agora? Por que estive hesitando? Quando descia a escada, ontem, disse a mim mesmo que isso era abjeto, repugnante, vil, vil... o simples pensar nisso me deixa doente e me enche de horror. Não, eu não poderia fazer isso, não poderia fazer isso! Concedendo, concedendo que não haja nenhuma falha em todo o raciocínio, que tudo o que concluí neste último mês é claro como o dia, preciso como a aritmética... Meu Deus! De qualquer modo, eu não poderia ser levado a isso! Eu não poderia fazê-lo, não poderia fazê-lo! Por que, por que então estou ainda...?"

Levantou-se, olhou com espanto ao redor, como se estivesse surpreso por se encontrar nesse local e foi andando para a ponte. Estava pálido, seus olhos ardiam, sentia o cansaço em todos os membros, mas, de repente, parecia respirar mais facilmente. Sentia que se havia livrado daquele medonho fardo que por tanto tempo lhe pesava nas costas e logo foi tomado por uma sensação de alívio e de paz na alma. "Senhor", orou, "mostre-me o caminho... renuncio a esse maldito... pesadelo."

Atravessando a ponte, contemplou calma e tranquilamente o rio Neva e o radiante sol avermelhado se pondo no horizonte incandescente. Apesar de sua fraqueza, não se sentia cansado. Era como se um abscesso, que andara se formando durante um mês inteiro em seu coração, subitamente desaparecesse. Liberdade, liberdade! Agora estava livre daquele feitiço, daquele sortilégio, daquela obsessão!

Mais tarde, quando recordava aquele tempo e tudo o que lhe aconteceu durante esses dias, detalhe por detalhe, ponto por ponto, traço por traço, supersticiosamente se impressionava por uma circunstância que, embora não fosse excepcional em si, sempre lhe parecia mais tarde verdadeira prefiguração de seu destino. Nunca pôde compreender nem explicar a si próprio por que, estando cansado e abalado, quando lhe teria sido mais conveniente voltar para casa pelo caminho mais curto e direto, tinha retornado pelo Mercado do Feno, por onde não precisava passar. Obviamente estava fora da rota, embora não muito, mas totalmente desnecessário percorrê-lo. É verdade que lhe acontecera muitas vezes voltar para casa sem se dar conta por quais ruas passava. Mas por que, se perguntava sempre, por que é que aquele encontro tão importante, tão decisivo para ele e, ao mesmo tempo, altamente fortuito, no Mercado do Feno (onde não tinha motivo nenhum para ir), ocorreu exatamente naquela hora, naquele preciso minuto de sua vida quando estava naquela disposição de espírito e naquelas exatas circunstâncias, em que esse encontro haveria de exercer a mais séria e a mais decisiva influência em todo o seu destino? Era como se tivesse estado esperando por ele de propósito!

Eram quase dez horas quando ele passou pelo Mercado do Feno. Em todas as mesas e bancadas, nas barracas e nas lojas, todos os comerciantes estavam fechando ou recolhendo e empacotando as mercadorias e, como todos os clientes, se preparavam para ir para casa. Mendigos esfarrapados e vendedores ambulantes de todos os tipos se apinhavam em torno das tabernas nos pátios sujos e malcheirosos do Mercado do Feno. Raskolnikov gostava muito desse lugar e das ruas adjacentes quando vagava sem destino pela cidade. Seus farrapos não atraíam desdenhosa atenção e lhe era possível caminhar por ali com qualquer vestimenta, sem escandalizar ninguém. Na esquina de uma rua, um vendedor ambulante e a mulher tinham duas mesas em que expunham cadarços, linha, lenços de algodão e outros artigos. Eles também se preparavam para ir para casa, mas tinham parado para falar com uma amiga que ali tinha chegado naquele momento. Essa amiga era Lizaveta Ivanovna, ou simplesmente Lizaveta, como todos a chamavam, a irmã mais nova da própria velha agiota, Aliona Ivanovna, em cuja casa Raskolnikov estivera no dia anterior para penhorar um relógio e fazer sua *experiência...* Ele já sabia tudo sobre Lizaveta e ela também sabia um pouco dele. Era uma solteirona de uns 35 anos, alta, desajeitada, tímida, submissa e quase idiota. Era uma escrava na casa da irmã e tremia e morria de medo dela, que a fazia trabalhar dia e noite e ainda batia nela. Nesse momento, ela estava com um pacote na mão, diante do vendedor ambulante e da mulher, escutando-os atentamente, mas com hesitação. Estavam falando de alguma coisa com especial entusiasmo. Quando Raskolnikov a viu, foi dominado por uma estranha sensação, como se fosse de intenso espanto, embora não houvesse nada de espantoso nesse encontro.

– A senhorita poderia decidir pessoalmente, Lizaveta Ivanovna – dizia em voz alta o vendedor ambulante. – Venha amanhã em torno das sete. Eles também vão estar aqui.

— Amanhã? — disse Lizaveta, vagarosa e pensativamente, como se fosse incapaz de se decidir.

— Palavra de honra, que medo tem de Aliona Ivanovna — interveio a esposa do vendedor, mulher baixa e vivaz. — Olho para você e está me parecendo uma menininha! E ela não é somente sua própria irmã, mas também uma madrasta e como a trata com mão pesada!

— Mas dessa vez não diga uma palavra sequer a Aliona Ivanovna — acrescentou o marido. — É o conselho que lhe dou, mas volte aqui sem lhe pedir licença. É assunto de seu próprio interesse. Mais tarde, sua irmã poderá ter uma ideia do que se trata.

— Devo vir então?

— Por volta das sete horas, amanhã. E eles vão estar aqui. Poderá decidir pessoalmente.

— E vamos tomar uma xícara de chá — acrescentou a mulher do vendedor.

— Tudo bem, hei de vir — disse Lizaveta, ainda pensativa e, lentamente, começou a se afastar.

Raskolnikov já havia passado e não ouviu mais nada. Caminhava devagar, sem chamar a atenção, tentando não perder uma só palavra. Seu primeiro espanto foi seguido por uma sensação de horror, como um calafrio descendo pela espinha. Ficou sabendo, inesperadamente, que no dia seguinte, às sete horas, Lizaveta, irmã da velha senhora e única pessoa a morar com ela, estaria fora de casa e, portanto, precisamente às sete horas a velha *ficaria sozinha em casa*.

Ele estava a apenas alguns passos de seu alojamento. Entrou como um homem condenado à morte. Não pensava em nada e se via incapaz de pensar, mas repentinamente, sentiu em todo o seu ser que não tinha mais liberdade de pensamento, nem vontade, e que tudo estava, súbita e irrevogavelmente, decidido.

Certamente, se durante anos inteiros tinha esperado por uma oportunidade adequada, não poderia imaginar num passo mais certo para o sucesso do plano do que aquele que acabava de se apresentar. Em todo o caso, teria sido difícil descobrir de antemão e com certeza, com a maior exatidão e o menor risco, e sem perigosas perguntas e investigações, que no dia seguinte a certa hora uma velha senhora, contra cuja vida um atentado estava programado, deveria estar em casa e completamente sozinha.

CAPÍTULO SEIS

Mais tarde, Raskolnikov descobriu por que o vendedor ambulante e a esposa tinham convidado Lizaveta a voltar no dia seguinte. Tratava-se de uma coisa simples e não havia nada de excepcional. Uma família que havia migrado para a cidade e que havia sido reduzida à pobreza estava vendendo objetos e vestidos, tudo coisa específica de mulher. Como não era vantajoso vendê-los no mercado, estavam procurando um comprador particular e Lizaveta se dedicava a esse tipo de negócio. Esse trabalho a levava a levantar informações com frequência e tinha boa clientela, pois era muito honesta e sempre praticava bons preços. Costumava falar pouco e, como já dissemos, era tranquila e tímida.

Mas ultimamente Raskolnikov se havia tornado supersticioso. As marcas da superstição permaneceram nele por muito tempo e eram quase indeléveis. E, em tudo isso, estava sempre propenso a ver algo de estranho e misterioso, algo de semelhante à presença de certas influências e coincidências particulares. No inverno anterior, um estudante conhecido dele e chamado Pokorev, que havia partido para Harkov, lhe deu, durante uma conversa, o endereço da velha agiota Aliona Ivanovna, para o caso de alguma vez necessitar penhorar alguma coisa. Durante muito tempo, nunca a procurou, porque tinha lições e porque de algum modo conseguia se arranjar com o pouco de dinheiro que tinha. Seis semanas antes, lembrou-se do endereço; tinha dois objetos que poderia penhorar: o velho relógio de prata do pai e um anelzinho de ouro com três pedras vermelhas, presente da irmã ao se separarem. Resolveu levar o anel. Quando se viu diante da velha, sentiu uma insuperável repulsa logo à primeira vista, embora nada soubesse de particular a respeito dela. Recebeu dois rublos dela e, voltando em direção de casa, entrou numa miserável taberna. Pediu chá, sentou-se e se entregou a profundos pensamentos. Uma estranha ideia estava chocando em sua cabeça, como um pinto no ovo, e o preocupava muito, até demais.

Quase ao lado, em outra mesa, estava sentado um estudante, que não conhecia e nunca tinha visto, com um jovem oficial. Tinham jogado bilhar e agora tomavam chá. De repente, ouviu que o estudante falava com o oficial a respeito da agiota Aliona Ivanovna e lhe passava o endereço dela. Aquilo, por si só, já parecia estranho a Raskolnikov; acabava de chegar da casa dela e subitamente, nesse local, ouvia mencioná-la. Não havia dúvida de que era uma casualidade, mas não tinha conseguido ainda livrar-se de uma extraordinária impressão e aqui vinha outro que parecia falar diretamente para ele; o estudante passou a contar ao amigo vários pormenores a respeito de Aliona Ivanovna.

– Ela é da alta classe – dizia ele. – Sempre pode conseguir dinheiro com ela. É rica como um judeu; pode lhe emprestar cinco mil rublos de uma vez e não perdoa um só de juros. Muitos de nossos camaradas tiveram negócios com ela. Mas é uma velha e terrível raposa...

E começou a contar-lhe como ela era desapiedada e irredutível; bastava atrasar um dia os juros devidos e o objeto penhorado já estava perdido; emprestava a quarta parte do valor do objeto, mas cobrava cinco e até seis por cento ao mês de juros, e assim por diante. O estudante tinha a língua solta e contou que ela tinha uma irmã chamada Lizaveta, mas a malvada e baixinha velha batia nela seguidamente e a mantinha sob total controle, como se fosse uma criança, embora Lizaveta fosse muito alta.

– É um fenômeno com que pode se deparar – exclamou o estudante, e riu.

Passaram então a falar sobre Lizaveta. O estudante a descrevia com gosto peculiar, por entre risos, e o oficial escutava com grande atenção e pediu que lhe mandasse Lizaveta para arrumar suas roupas. Raskolnikov não perdia uma só palavra e ficou sabendo de tudo a respeito dela. Lizaveta era mais nova que a velha e era meia-irmã desta, filha de outra mãe. Tinha 35 anos. Trabalhava dia e noite para a irmã e, além de cozinhar e fazer a faxina da casa, costurava e trabalhava como doméstica pelas casas, entregando tudo o que ganhava à irmã. Não se atrevia a aceitar nenhuma encomenda ou tarefa sem pedir previamente autorização à velha. Esta já havia feito o testamento, que a própria Lizaveta conhecia, e por esse testamento ela não deveria receber nem um tostão; nada, excetuando-se alguns móveis, cadeiras etc.; todo o dinheiro era legado a um mosteiro, na província de N... para que fossem feitas orações por ela e para sempre. Lizaveta era de classe inferior à irmã, era solteira, de aparência extremamente rude, bastante alta, pés enormes, que pareciam voltados para fora. Sempre calçava sapatos gastos de couro de cabra, mas ela sabia se apresentar decentemente. O que mais surpreendia e divertia o estudante era o fato de que Lizaveta parecia estar sempre grávida.

– Mas você disse que ela é horrorosa? – observou o oficial.

– Sim, ela tem uma pele muito escura e parece um soldado de farda, mas, no final das contas, não é tão horrorosa assim. E tem o rosto e os olhos que exprimem bondade. Causam boa impressão. É tão meiga, afável, pronta para tudo, sempre com boa vontade, com vontade de fazer alguma coisa. E o sorriso dela é realmente doce.

– Parece até que você a acha atraente – disse rindo o oficial.

– Por sua singularidade. Não, vou lhe dizer porquê. Eu seria capaz de matar aquela maldita velha e sumir com o dinheiro dela, juro, sem o menor escrúpulo – acrescentou o estudante, exaltado. O oficial voltou a rir enquanto Raskolnikov estremeceu. Que estranho era isso tudo!

– Escute, gostaria de lhe fazer uma pergunta séria – disse o estudante, ansiosamente. – É claro que eu estava brincando, mas veja bem: de um lado temos uma velha estúpida, insensível, inútil, desdenhosa, doente, horrorosa, útil somente para causar prejuízo a todos e que, mais dia menos dia, vai morrer fatalmente. Compreende? Compreende?

– Sim, sim, compreendo – respondeu o outro, olhando atentamente para seu exaltado companheiro.

– Bem, escute então. Do outro lado, jovens e viçosas vidas são deixadas ao abandono por falta de ajuda e, aos milhares, por toda parte. Centenas de milhares de boas obras poderiam ser feitas e apoiadas com o dinheiro dessa velha, dinheiro que vai ser enterrado num mosteiro! Centenas, talvez milhares de vidas poderiam ser conduzidas ao bom caminho; dezenas de famílias salvas da miséria, da ruína, do vício, dos hospitais de tratamento de doenças venéreas... e tudo isso com o dinheiro dela. Matá-la, tomar o dinheiro e, com ele, devotar-se ao serviço da humanidade e para o bem de todos. O que você acha? Um minúsculo crime não poderia ser apagado por milhares de boas ações? Por uma vida, milhares seriam salvas da miséria e da ruína. Uma morte, e centenas de vidas em troca... é uma simples questão de aritmética. Além disso, que valor tem a vida dessa velhota doentia, estúpida e malvada na balança da existência? Não mais que a vida de um piolho, de uma barata e, de fato, menos ainda porque a velha só causa danos. Ela está infernizando a vida dos outros; ainda outro dia ela feriu um dedo de Lizaveta por maldade; quase teve de ser amputado.

– Com certeza, não merece viver – observou o oficial –, mas aí está, é da natureza.

– Oh, amigo, mas temos de corrigir e dirigir a natureza; sem isso, haveríamos de afundar num mar de preconceitos. Mas para isso, nunca teria nascido um único grande homem. Falam de dever, de consciência... não quero dizer nada contra o dever e a consciência... mas a questão é o que entendemos por dever e consciência. Espere, tenho outra pergunta a fazer. Escute.

– Não, espere você, que eu vou fazer uma pergunta. Escute.

– Muito bem.

– Você está falando e discursando sem parar, mas, diga-me, você mataria a velha com as próprias mãos?

– Claro que não! Eu só estava debatendo a justiça do ato... Nada tem a ver comigo...

– Mas acho que, se você mesmo não o fizer, não faz sentido falar em justiça... Vamos jogar outra partida.

Raskolnikov estava violentamente agitado. Claro que tudo não passava de uma conversa e de ideias comuns entre jovens, como ele já havia ouvido com frequência anteriormente sob diferentes formas e a respeito de diferentes temas. Mas por que acabou ouvindo essa discussão e essas ideias exatamente no momento em que sua própria cabeça estava precisamente revolvendo... *as mesmas ideias*? E por que é que no exato momento em que havia afastado de sua mente o pensamento da velha tinha chegado no preciso instante em que ocorria uma discussão sobre ela? Essa coincidência lhe parecia de todo estranha. Essa conversa trivial numa taberna teve uma imensa influência sobre ele, na ação que ocorreria mais tarde, como se tivesse havido nisso tudo realmente uma premonição, uma insinuação...

* * *

Ao retornar do Mercado do Feno, ele se atirou no sofá e ficou uma hora inteira imóvel. Nesse meio-tempo escureceu; não tinha velas e, na verdade, nem lhe passou pela cabeça acender uma. Nunca mais se lembrou se estivera pensando em alguma coisa durante esse tempo. Finalmente, recordou sua febre e calafrios anteriores e concluiu com alívio que agora era melhor permanecer deitado no sofá. Logo um sono pesado como chumbo se abateu sobre ele, como se o estivesse esmagando. Dormiu durante um tempo extraordinariamente longo e sem sonhar. Nastásia, ao entrar no quarto na manhã seguinte, às dez horas, teve dificuldade para despertá-lo. Trouxe-lhe chá e pão. O chá era requentado, servido na mesma chaleira de sempre.

– Minha nossa, como dorme! – exclamou ela, indignada. – Está sempre dormindo.

Ele se soergueu a custo. Estava com dor de cabeça; levantou-se, deu uma volta em seu cubículo e se jogou novamente no sofá.

– Vai dormir de novo! – exclamou Nastásia. – Está doente, é?

Ele não deu resposta.

– Quer um pouco de chá?

– Mais tarde – respondeu ele, com esforço, fechando novamente os olhos e virando-se contra a parede.

Nastásia se inclinou sobre ele.

– Talvez esteja de fato doente – disse ela, dando meia-volta e saindo.

Voltou de novo às duas horas com um pouco de sopa. Ele continuava deitado como antes. O chá permanecia intocado. Nastásia se sentiu ofendida e, zangada, tentou acordá-lo de qualquer maneira.

– Por que está deitado como um toco? – exclamou ela, olhando-o com repulsa.

Ele se ergueu e se sentou de novo, mas não disse nada e olhava para o chão.

– Está doente ou não? – perguntou Nastásia, e outra vez não obteve resposta. – É melhor que saia para tomar um pouco de ar – disse ela, depois de uma pausa. – Vai tomar a sopa ou não?

– Mais tarde – respondeu ele, com voz fraca. – Pode ir embora!

E lhe fez sinal para que saísse.

Ela permaneceu por mais alguns instantes, fitou-o com compaixão e se retirou.

Poucos minutos depois, ele ergueu os olhos e ficou olhando por longo tempo para o chá e a sopa. Tomou então o pão, apanhou uma colher e começou a comer.

Comeu um pouco, três ou quatro colheradas, sem apetite, como se fosse maquinalmente. A dor de cabeça tinha diminuído. Depois da refeição, se estirou novamente no sofá, mas não conseguia dormir; permanecia imóvel, com a cabeça enterrada no travesseiro. Era assombrado por devaneios e devaneios mais que estranhos; num deles, que continuava ocorrendo, imaginava que estava na África, no Egito, numa espécie de oásis. A caravana estava descansando, os camelos, deitados pacificamente; as palmeiras se erguiam ao redor num círculo perfeito; todos os membros da caravana estavam almoçando. Mas ele bebia água diretamente da fonte que jorrava borbulhante ali perto. E era água tão fresca, tão maravilhosa, maravilhosamente azul, fria, escorrendo entre pedras multicoloridas e sobre a areia limpa que brilhava aqui e acolá como ouro... De repente, ouviu um relógio bater as horas. Estremeceu, tornou a si, ergueu a cabeça, olhou pela janela e, vendo a hora tardia, levantou-se de um salto, totalmente acordado, como se alguém o tivesse empurrado do sofá. Encaminhou-se na ponta dos pés para a porta, abriu-a furtivamente e pôs-se a escutar da parte da escada. O coração batia com toda a força. Mas na escada, tudo estava quieto, como se todos estivessem dormindo... Parecia-lhe estranho e monstruoso o fato de ter podido dormir em tal inconsciência desde o dia anterior, sem ter feito nada, sem ter preparado nada ainda... Nesse meio-tempo, podia ser que já fossem seis horas. E essa sonolência e entorpecimento foram seguidos por uma pressa enorme, febril e desvairada. Mas poucos eram os preparativos necessários. Concentrou todas as suas energias para pensar em tudo e não esquecer nada; o coração continuava batendo com tanta força que ele mal podia respirar. Em primeiro lugar, deveria fazer um laço corrediço e costurá-lo na parte interna do casaco... trabalho de uns minutos. Remexeu debaixo do travesseiro e retirou, dentre a roupa que ali estava, uma camisa velha rasgada e suja. Arrancou dela uma longa tira de duas polegadas de largura por 16 de comprimento. Dobrou essa tira em duas, foi buscar seu amplo casaco de verão, de tecido resistente de algodão (sua única peça de vestuário digna de ser usada fora de casa) e começou a costurar as duas pontas da tira por dentro e por baixo da axila esquerda. As mãos tremiam enquanto costurava, mas o fez tão bem que nada aparecia por fora quando vestiu o casacão de novo. Fazia tempo que havia providenciado a agulha e a linha e estavam sobre a mesa, embrulhadas numa folha de papel. Quanto ao nó ou laço, era uma engenhosa invenção, totalmente sua, e se destinava à machadinha. Era impossível para ele andar pela ruas carregando a machadinha nas mãos. E se a levasse escondida por baixo do casaco, teria ainda de segurá-la com a mão, o que podia dar na vista. Agora só precisava pôr a machadinha presa ao laço e ficaria dependurada tranquilamente sob seu braço, na parte interna. Enfiando a mão no bolso externo do casaco, podia segurar também, pelo caminho, a extremidade do cabo da machadinha, para que não balançasse; e como o casaco era muito folgado, um verdadeiro saco, na realidade, ninguém poderia notar, do lado de fora, que estivesse segurando alguma coisa com a mão enfiada no bolso. Tinha projetado esse laço duas semanas antes.

Quando terminou tudo isso, enfiou a mão numa pequena fenda entre o sofá e o chão, tateou no canto esquerdo e tirou o penhor, que havia preparado muito antes e escondido nesse local. Na realidade, esse penhor não passava de um pedaço de madeira lisa, com as dimensões e a espessura de uma cigarreira. Recolhera esse pedaço de madeira numa de suas caminhadas num pátio, onde havia uma espécie de oficina. Depois havia acrescentado ao pedaço de madeira uma fina lâmina lisa de ferro, que também havia recolhido no mesmo dia na rua. Colocando a lâmina de ferro, que era um pouco menor, sobre a peça de madeira, amarrou-as firmemente, passando diversas vezes um cordãozinho em torno delas; depois embrulhou tudo cuidadosamente e com esmero, num simples papel branco e amarrou o embrulho de tal modo que fosse muito difícil desfazê-lo. Fez isso para entreter a atenção da velha por um tempo, enquanto estivesse tentando desfazer o nó e, assim, ganhar um pouco de tempo. A lâmina de ferro tinha sido posta para dar peso, a fim de que a velha não adivinhasse de imediato que o objeto era de madeira. Tudo isso tinha sido guardado de antemão sob o sofá. Mal acabara de tirar o penhor quando, de repente, ouviu alguém no pátio, dizendo:

– Já bateu seis horas faz muito tempo!

– Faz muito tempo! Meu Deus!

Correu para a porta, ficou escutando, apanhou o chapéu e começou a descer os 13 degraus cautelosamente, sem ruído, como um gato. Tinha ainda o mais importante a fazer... roubar a machadinha da cozinha. Que a ação devia ser levada a efeito com uma machadinha, havia muito tempo que o havia decidido. Tinha também uma foice de jardineiro de bolso, mas não podia confiar na foice e ainda menos em sua própria força; por isso se decidiu finalmente pela machadinha. Podemos notar, de passagem, uma peculiaridade a propósito de todas as resoluções definitivas que ele tomou sobre o assunto; elas tinham uma característica estranha: quanto mais definitivas eram, tanto mais hediondas e absurdas se tornavam de repente a seus próprios olhos. Apesar de toda a angustiante luta interior, ele nunca, por um só instante, em todo esse tempo, conseguia acreditar na efetivação de seus planos.

Na verdade, se tivesse acontecido de maneira que tudo, até nos mínimos detalhes, tivesse sido considerado e finalmente resolvido e nenhuma incerteza de qualquer espécie tivesse restado, teria, ao que parece, renunciado a tudo como algo absurdo, monstruoso e impossível. Mas todo um conjunto de pontos não resolvidos e de incertezas ainda perdurava. Quanto a conseguir a machadinha, esse pormenor trivial não o preocupava em absoluto, pois não havia coisa mais fácil. De fato, Nastásia estava sempre fora de casa, sobretudo à noite; costumava ir para a casa das vizinhas ou a uma loja, e a porta ficava sempre entreaberta. Era uma das coisas por que a dona da casa andava sempre ralhando com ela. Por isso, no momento certo, só tinha de entrar silenciosamente na cozinha e apanhar a machadinha; e uma hora depois (quando tudo tivesse terminado), voltar e recolocá-la no devido lugar. Mas esses eram pontos duvidosos. Supondo que ele retornasse uma hora mais tarde para repô-la e encontrasse Nastásia de volta no local; certamente deveria ficar à espreita e esperar que ela saísse novamente. Mas supondo que, nesse meio-tempo, ela precisasse da machadinha e se pusesse a procurá-lo e a gritar... isso suscitaria suspeitas ou, pelo menos, haveria lugar para suspeitas.

Mas essas eram ninharias que nem sequer tinha começado a considerar e, de fato, nem tinha tempo para isso. Estava pensando no ponto principal e desconsiderava os detalhes triviais até que chegasse a acreditar no plano por inteiro. Mas esse lhe parecia completamente irrealizável. Pelo menos era o que lhe parecia. Não conseguia imaginar, por exemplo, que alguma vez chegasse a deixar de pensar, se levantasse e simplesmente fosse até lá... Até mesmo sua recente experiência (isto é, a visita com o objetivo de inspecionar definitivamente o local) era somente uma tentativa de fazer uma experiência, bem longe de ser uma coisa concreta, como se alguém pudesse dizer "Vamos até lá e vamos tentar... por que só sonhar com isso!"... e logo tinha desistido e tinha saído correndo e praguejando, revoltado contra si mesmo. Entrementes, parecia que, do ponto de vista moral, sua análise estava concluída; sua casuística tinha se tornado afiada como uma navalha e não conseguia encontrar objeções racionais em si. Mas na última revisão, simplesmente deixou de acreditar em si mesmo e passou a procurar, obstinada e tenazmente, argumentos em todas as direções, remoendo-os, como se alguém o estivesse forçando a fazê-lo e o induzisse a isso.

Em primeiro lugar... na verdade, fazia muito tempo... andava preocupado com uma questão. Por que quase todos os crimes são tão mal despistados e tão facilmente resolvidos e por que quase todos os criminosos deixam pistas tão claras? Aos poucos, tinha chegado a conclusões bem diferentes e curiosas e, a seu ver, a principal razão não residia na impossibilidade material de ocultar o crime, como no próprio criminoso. Quase todos os criminosos estão sujeitos a uma espécie de falta de vontade e de poder de raciocínio por causa de uma negligência infantil e ocasional, no próprio instante em que prudência e cautela são essenciais. Estava convencido de que esse eclipse da razão e falta de força de vontade acometiam o homem como uma doença, desenvolvendo-se gradualmente e atingia seu ponto culminante exatamente antes da perpetração do crime; persistia com igual violência no momento da execução do crime e por algum tempo mais ou menos longo depois, de acordo com cada caso; e depois desaparecia como qualquer doença. A questão estava em saber se a doença engendra o crime ou se o próprio crime, por sua natureza, está sempre acompanhado de algo intimamente ligado à doença; questão que ele não se sentia capaz ainda de resolver.

Quando chegou a essas conclusões, decidiu que, em seu próprio caso, não poderia haver essa mórbida reação, que sua razão e vontade não haveriam de estar enfraquecidas no momento de executar seu plano, pela simples razão de que aquilo que se propunha fazer "não era um crime..." Vamos omitir todo o processo mediante o qual chegou a essa conclusão definitiva; já nos adiantamos demais... Podemos acrescentar apenas que as dificuldades práticas, de ordem puramente material do caso, ocupavam um lugar secundário em sua mente. "Basta conservar toda a força de vontade e da razão ao tratar com elas e todas elas serão superadas no momento em que se está familiarizado com os mínimos detalhes do plano..." Mas essa preparação não havia começado ainda. Cada vez tinha menos fé em suas decisões e, chegada a hora, todas as coisas tomavam um rumo diferente, como se fosse algo acidental e inesperado.

Uma circunstância trivial atrapalhou todos os seus cálculos, antes mesmo de ter descido toda a escadaria. Quando chegou ao patamar da cozinha da dona da casa, a porta estava aberta como de costume, olhou cautelosamente para dentro para ver se, na ausência de Nastásia, a própria dona da casa estava lá ou, se não, se a porta do quarto dela estava fechada, de modo que ela não pudesse espiar quando ele entrasse para apanhar a machadinha. Mas qual não foi sua surpresa ao reparar, de repente, que Nastásia não estava somente na cozinha, mas estava ocupada, tirando roupa branca de uma cesta e estendendo-a num varal. Ao vê-lo, deixou de estender as roupas, voltou-se para ele e fitou-o firmemente até ele se afastar. Ele desviou os olhos e foi adiante como se não tivesse notado nada. Mas era o fim de tudo; não teria a machadinha! Ficou desolado.

"O que me levou a pensar", refletiu ele, enquanto descia até o portão, "o que me levou a pensar que ela, com certeza, não estaria em casa nesse momento! Por que, por que, por que decidi isso com tanta certeza?"

Estava abatido e se sentia humilhado. Poderia até rir de si mesmo em sua raiva... Uma estúpida raiva animal fervia dentro dele.

Parou hesitante no portão. Sair para a rua, fazer uma caminhada só para disfarçar era revoltante; voltar para o quarto, ainda mais revoltante. "E que oportunidade perdi para sempre!", resmungou, ficando parado, indeciso, ao lado do portão, exatamente do outro lado do quarto escuro do porteiro, que também estava aberto. De repente, estremeceu. No quarto do porteiro, a dois passos dali, algo brilhando debaixo do banco da direita lhe chamou a atenção... Olhou à sua volta... ninguém. Aproximou-se do quarto na ponta dos pés, desceu dois degraus e chamou o porteiro em voz baixa. "Ótimo, não está em casa! Mas pode estar por aí perto, no pátio, pois a porta está escancarada." Saltou em direção da machadinha (era realmente uma machadinha) e puxou-a para fora de debaixo do banco, onde se encontrava entre dois pedaços de lenha; em seguida, antes de sair, firmou-a no laço corrediço, pôs as mãos no bolso e deixou o quarto. Ninguém o tinha visto! "Quando a razão falha, o diabo ajuda!", pensou, com um estranho sorriso. Esse acaso elevou seu bom humor ao máximo.

Saiu caminhando tranquilo e sossegado, sem pressa, para evitar levantar suspeitas. Mal olhava para os transeuntes, procurava não fitá-los no rosto e passar o mais possível despercebido. De repente, pensou no chapéu. "Meu Deus! Eu tinha dinheiro anteontem e não comprei um gorro!" Uma praga brotou do fundo de sua alma.

Olhando de soslaio para o interior de uma loja, viu, num relógio de parede, que já eram sete e dez. Tinha que andar depressa e, ao mesmo tempo, fazer uma volta para se aproximar da casa pelo outro lado...

Anteriormente, quando imaginava tudo isso, tinha pensado, por vezes, que haveria de ficar com muito medo. Mas agora não estava com receio algum, não tinha medo de nada. Sua mente, inclusive, estava ocupada com assuntos irrelevantes, mas nada por muito tempo. Enquanto passava pelos jardins de Yusupov, estava profundamente absorto em observar a construção de grandes fontes e de seu refrescante efeito na atmosfera de todas as praças. Aos poucos, chegou à convicção de que os jardins de verão se estendiam até o Campo de Marte e talvez se prolongassem até os jardins do Palácio de Mihajlovski. Seria uma coisa esplêndida e um grande benefício para a cidade. Então se perguntou por que, em todas as grandes cidades, as pessoas não são simplesmente levadas pela necessidade, mas inclinadas, de um modo todo peculiar, a morar naqueles bairros da cidade onde não há jardins nem fontes, onde prolifera a sujeira, o mau cheiro e toda espécie de sordidez. Lembrou-se então do passeio pelo Mercado do Feno e por um momento voltou à realidade. "Que bobagem!", disse para consigo, "É melhor não pensar em nada disso!"

"Assim, provavelmente, os homens levados ao patíbulo se agarram mentalmente a todo objeto que encontram pelo caminho." Esse pensamento cruzou sua mente, mas simplesmente como um lampejo, como um raio, e se apressou em afugentá-lo... E, no momento, estava perto; aí estava a casa, aqui estava o portão. Subitamente, em algum lugar, um relógio bateu as horas. "O quê! Será que já são sete e meia? Impossível, deve estar adiantado!"

Felizmente para ele, tudo estava tranquilo perto da entrada. Naquele preciso momento, como se fosse feito de propósito para favorecê-lo, uma enorme carroça de feno estava entrando pelo portão, ocultando-o completamente enquanto ia entrando e mal a carroça tinha alcançado o pátio, ele já tinha sumido pela direita. Do outro lado da carroça, ouviu várias vozes gritando e discutindo, mas ninguém o viu nem se encontrou com ele. Muitas janelas, que davam para o imenso pátio quadrangular, estavam abertas àquela hora, mas ele não levantou a cabeça... não tinha coragem para tanto. A escada que conduzia para o quarto da velha estava ao lado, precisamente à direita do portão. Ela já estava na escada...

Contendo a respiração, comprimindo com a mão as batidas do coração e, uma vez mais, apalpando a machadinha e endireitando-a, começou a subir os degraus suave e cautelosamente, apurando o ouvido a todo instante. Mas a escada também estava deserta; todas as portas estavam fechadas; não encontrou ninguém. Na verdade, um quarto no primeiro andar estava totalmente aberto e alguns pintores trabalhavam lá dentro, mas não repararam nele. Ficou parado, pensou por um momento e seguiu adiante. "É claro que teria sido melhor se não estivesse ali, mas... é dois andares acima..."

E chegou ao quarto andar; ali estava a porta, ali estava o aposento, em frente, vazio. A moradia abaixo daquela da velha também estava aparentemente vazia; o cartão de visitas pregado à porta havia sido retirado... eles tinham se mudado!... Ele estava se sufocando. Por um instante um pensamento cruzou sua mente. "Não seria melhor voltar atrás?" Mas não respondeu e passou a escutar à porta do quarto da velha; reinava um silêncio mortal. Apurou o ouvido no alto da escada, escutou atentamente por longo tempo... depois olhou em volta pela última vez, repuxou-se, endireitou-se e, uma vez mais, firmou a machadinha no laço corrediço. "Será que não estou muito pálido?", se perguntou. "Não estou excessivamente agitado? Ela está desconfiada... Não seria melhor esperar um pouco mais... até que meu coração pare de bater violentamente?"

Mas o coração não serenou. Pelo contrário, como se fosse por maldade, palpitava cada vez mais violentamente. Não poderia aguentar isso por mais tempo; lentamente estendeu a mão até o cordão da campainha e puxou. Meio minuto depois, voltou a tocar novamente, puxando com mais força.

Nenhuma resposta... Continuar a tocar era inútil e fora de propósito. A velha, com certeza, estava em casa, mas sozinha, deveria estar mais receosa. Ele conhecia em parte os costumes dela... e uma vez mais encostou o ouvido à porta. Ou seus sentidos eram particularmente aguçados (coisa difícil de supor) ou aquele rumor era realmente bem perceptível. De qualquer modo, subitamente ouviu algo como o cauteloso toque de uma mão na fechadura e o roçar de uma saia junto da própria porta. Alguém estava de pé, do outro lado, perto da fechadura e, precisamente como ele do lado de fora, estava escutando furtivamente e parecia ter o ouvido colado à porta... Ele se mexeu um pouco de propósito e resmungou em voz alta, para que não parecesse que estava se escondendo; então puxou o cordão da campainha pela terceira vez, mas devagar, suavemente e sem impaciência. Recordando mais tarde, esse momento ficou gravado em sua mente de maneira viva e distinta para sempre. Não conseguia compreender como tinha sido capaz de tal astúcia naquela ocasião, pois sua mente ficava como que atordoado por momentos e mal sentia o próprio corpo... Um instante depois, ouviu o trinco se destravando.

CAPÍTULO SETE

A porta foi aberta, como sempre, numa minúscula fresta e de novo dois olhos penetrantes e desconfiados o fitaram através da escuridão. Então Raskolnikov perdeu a compostura e esteve prestes a cometer um grande erro.

Temendo que a velha se assustasse por se encontrar sozinha com ele e não acreditando que a presença dele desarmasse a suspeita da mulher, ele segurou a porta e a puxou para si, a fim de evitar que a velha tentasse fechá-la de novo. Ao perceber isso, ela não puxou a porta, mas também não largou a maçaneta, de maneira que ele quase a arrastou para fora, até o patamar. Quando viu que a velha continuava na soleira, não lhe permitindo entrar, avançou diretamente para ela. A velha recuou alarmada, tentou dizer alguma coisa, mas parecia incapaz de falar e arregalou os olhos para ele.

– Boa noite, Aliona Ivanovna – começou ele, tentando falar calmamente, mas sua voz não lhe obedecia, fluía entrecortada e trêmula –, vim... trouxe algo... mas é melhor entrar... para a luz.

E, largando-a, entrou diretamente no quarto, sem ser convidado. A velha correu atrás dele e a língua dela se soltou.

– Deus do céu! O que é isso? Quem é o senhor? O que quer?

– Ora, Aliona Ivanovna, bem que me conhece... Raskolnikov... aqui está, trouxe-lhe o penhor que lhe prometi outro dia... – E lhe entregou o embrulho.

A velha olhou por um instante para o penhor, mas logo fitou nos olhos o visitante intruso. Olhava-o atenta, maliciosa e desconfiadamente. Passou-se um minuto. Ele até imaginou algo como que um sorriso nos olhos dela, como se já tivesse adivinhado tudo. Sentiu que perdia a cabeça, que estava quase com medo, com tanto medo que, se ela continuasse olhando assim e não dissesse palavra em mais meio minuto, pensou que teria de fugir dali.

— Por que me olha tanto, como se não me conhecesse? — disse ele, subitamente, também com malícia. — Tome-o, se quiser... senão vou a outro lugar. Estou com pressa.

Nem sequer tinha pensado em dizer isso, mas saiu de repente de sua boca. A velha se recobrou e o tom resoluto do visitante restaurou a confiança.

— Mas por que, meu senhor, tudo num minuto... O que é isso? — perguntou ela, olhando para o embrulho.

— A cigarreira de prata; falei dela na última vez que estive aqui.

Ela estendeu a mão.

— Mas como está pálido... e suas mãos tremem também! Andou tomando chuva, está doente?

— Estou com febre! — respondeu ele, abruptamente. — Não há como não ficar pálido... se não se tem do que comer — acrescentou ele, com dificuldade em articular as palavras.

As forças tornavam a lhe faltar. Mas a resposta correspondia à verdade. A velha tomou o penhor.

— Que é isso? — perguntou ela outra vez, olhando atentamente para Raskolnikov e sopesando o embrulho nas mãos.

— Uma coisa... uma cigarreira... de prata... Examine-a!

— Não parece alguma coisa de prata... Como está embrulhada!

Tentando desamarrar a fita e voltando-se para a janela, em direção da luz (todas as janelas estavam fechadas, apesar do calor sufocante), deixou-o totalmente sozinho por uns segundos e ficou de costas para ele. Raskolnikov desabotoou o casaco e liberou a machadinha do laço corrediço, mas sem tirá-la inteiramente, segurando-a somente com a mão direita por baixo do casaco. Suas mãos estavam pavorosamente fracas, sentiu que se tornavam sempre mais dormentes e enrijecidas. Tinha medo de deixar cair a machadinha... Uma súbita tontura o acometeu.

— Mas por que a amarrou desse jeito? — exclamou a velha, aborrecida e caminhou em direção de Raskolnikov.

Ele não tinha nem um minuto a perder. Puxou a machadinha, brandiu-a com as duas mãos, quase totalmente fora de si e praticamente sem esforço, com um gesto maquinal, deixou-a cair com o lado cego sobre a cabeça da velha. Pareceu-lhe não usar sua própria força nisso. Mas logo depois de dar o golpe, suas forças voltaram.

A velha, como sempre, estava de cabeça descoberta. Seus cabelos finos e claros, com listras de grisalhos, densamente lambuzados de gordura, estavam trançados em forma de cauda de rato e presos por um pente de osso posto logo acima da nuca. Como ela era muito baixa, o golpe a atingiu bem no alto do crânio. Ela gritou, mas bem baixo e subitamente caiu no chão, levando as mãos à cabeça. Numa das mãos, segurava ainda o "penhor". Depois ele desferiu mais um golpe e mais outro com a parte cega da machadinha e no mesmo lugar. O sangue jorrou como de um copo que extravasa e o corpo caiu para trás. Ele recuou, deixou-a cair e logo se inclinou sobre o rosto dela. Estava morta. Os olhos pareciam saltar das órbitas; a fronte e todo o rosto estavam repuxados e se contorciam convulsivamente.

 Ele deixou a machadinha no chão, perto do cadáver, e passou a revistar imediatamente os bolsos da velha (tentando evitar o sangue que escorria)... o mesmo bolso da direita, do qual ela havia tirado as chaves da última vez. Ele estava de plena posse de suas faculdades, livre de confusão e tontura, mas suas mãos continuavam tremendo. Mais tarde havia de recordar como havia sido particularmente prudente e cuidadoso, tentando não se manchar de sangue... Tirou as chaves, finalmente; estavam como antes num molho, presas a um aro de aço. Correu logo com elas para o quarto de dormir. Era um quarto bem pequeno com um local repleto de imagens de santos. Encostada à outra parede, havia uma grande cama, muito limpa e coberta com uma colcha de seda, estofada com retalhos. Contra a terceira parede estava a cômoda. Coisa estranha, tão logo ele começou a enfiar as chaves nas fechaduras desse móvel, tão logo ouviu o rangido delas, um convulsivo estremecimento lhe passou pelo corpo. Sentiu-se repentinamente tentado a desistir de tudo e fugir. Mas isso durou apenas um instante, pois era demasiado tarde para recuar. Já estava sorrindo para si próprio quando, de súbito, outra ideia terrível ocorreu em sua mente. Imaginou, de repente, que a velha poderia estar ainda viva e pudesse recobrar os sentidos. Deixando as chaves na cômoda, correu até o cadáver e agarrou a machadinha e a levantou uma vez mais sobre a velha, mas não a golpeou. Não havia dúvida de que estava morta. Agachando-se e examinando-a novamente mais de perto, viu claramente que o crânio estava partido e até rompido num dos lados. Estava prestes a apalpá-lo com o dedo, mas retirou a mão; era evidente que não tinha necessidade disso. Entrementes, o sangue havia formado uma poça no chão. De repente, reparou que ela trazia uma corrente ao pescoço; puxou-a, mas era muito forte e não se arrebentou; além disso estava empapada de sangue. Tentou então tirá-la por baixo do vestido, mas alguma coisa a prendia e não saía. Em sua impaciência, levantou a machadinha para cortar a corrente sobre o corpo, mas não se atreveu e, com dificuldade, manchando as mãos e a machadinha de sangue, depois de dois minutos de esforço, cortou a corrente e a tirou, sem tocar o cadáver com a machadinha. Não estava enganado... era uma bolsa! Na corrente estavam presas duas cruzes, uma de madeira de cipreste e a outra de cobre; além disso, uma pequena imagem de prata em filigrana e ainda uma pequena e gordurosa bolsa de pele de camurça com borda e fecho de metal. A bolsa estava cheia. Raskolnikov guardou-a no bolso sem examiná-la. Jogou as cruzes sobre o corpo inerte da velha e correu de volta para o quarto, levando consigo, dessa vez, a machadinha.

Estava com uma pressa terrível, apanhou as chaves e passou a tentar de novo. Mas não adiantava. Não se encaixavam nas fechaduras. Não porque suas mãos estivessem tremendo, mas porque errava sempre; embora visse, por exemplo, que não era aquela a chave certa e que não entrava, ainda assim persistia em fazê-la entrar. De repente, lembrou e compreendeu que a chave grande, bem denteada, que estava ali entre as chaves pequenas, possivelmente não devia ser da cômoda (na última visita, isso o havia impressionado), mas de um cofre; e talvez tudo estivesse escondido nesse cofre. Deixou a cômoda e imediatamente olhou por baixo da cama, porque sabia que as velhas geralmente guardam os baús debaixo da cama. E assim era; lá estava uma arca de bom tamanho, debaixo da cama, de pelo menos uma jarda de comprimento, de tampa abaulada, forrada de couro vermelho e pregada com cravos de aço. A chave denteada entrou na primeira tentativa e a abriu. Em cima, sob um pano branco, havia um casaco de pele de lebre com guarnições vermelhas; debaixo dele, um vestido de seda, depois um xale e parecia que não havia mais nada debaixo das roupas. A primeira coisa que fez foi limpar as mãos manchadas de sangue na guarnição vermelha. "É vermelha e vermelho é o sangue; assim se notará menos." Esse pensamento passou como um raio por sua mente. Subitamente, porém, caiu em si: "Meu Deus, estou perdendo o juízo?", pensou, aterrorizado.

Mas logo que tocou as roupas, um relógio de ouro rolou para baixo do casaco de pele. Apressou-se em remexer em tudo. Apareceram então, entre essas roupas, vários objetos de ouro... provavelmente todos eles penhorados, não resgatados ou aguardando por resgate... pulseiras, correntes, brincos, broches e coisas similares. Alguns estavam guardados em estojo, outros simplesmente embrulhados em papel de jornal, dispostos com cuidado e precisão, e atados com fitas. Sem demora, começou a encher os bolsos das calças e do casaco, sem examinar ou abrir os embrulhos e estojos; mas não teve tempo para recolher muitos...

De repente, ouviu passos no quarto onde jazia a velha. Ficou quieto e rígido como um cadáver. Mas estava tudo tranquilo; devia ter sido sua imaginação. Nesse momento, ouviu distintamente um leve grito, como se alguém tivesse deixado escapar um gemido surdo. A seguir, um silêncio mortal de um ou dois minutos. Agachou-se ao lado da arca e aguardou, segurando a respiração. Subitamente, saltou em pé, tomou a machadinha e correu para fora do quarto.

No meio da sala estava Lizaveta, com um grande embrulho nos braços. Olhava estupefata, branca como uma folha de papel, para a irmã assassinada, parecendo não ter forças para gritar. Ao vê-lo correndo para fora do quarto, começou a tremer de alto a baixo, quase desfalecendo, um estremecimento invadiu seu rosto, ergueu as mãos, abriu a boca, mas não conseguia gritar. Recuando lentamente, encostou-se num canto, fitando atenta e persistentemente o rapaz, mas não soltou nenhum grito, como se não tivesse coragem para gritar. Ele se lançou sobre ela com a machadinha; os lábios da moça se contraíram nervosamente, como se observa na boca das crianças que, ao serem assustadas, ficam olhando atentamente para o objeto que as assusta e passam a gritar. E essa infeliz Lizaveta era tão simplória e aparentava estar tão oprimida e apavorada que nem sequer levantou as mãos para proteger o rosto, embora esse fosse o gesto mais natural e instintivo nesse momento, pois a machadinha estava erguida acima de seu rosto. Só levantou sua mão esquerda vazia e a estendeu para a frente como se quisesse afastar o rapaz. A machadinha desceu com a lâmina afiada sobre o crânio e, com um golpe, fendeu toda a parte superior da cabeça. Ela caiu logo e pesadamente no chão. Raskolnikov perdeu totalmente a cabeça, apanhou o embrulho dela, largou-o em seguida e correu para a entrada.

O medo exercia um domínio sempre maior sobre ele, especialmente depois desse segundo assassinato, totalmente inesperado. Estava ansioso para fugir do local o mais depressa possível. E se, nesse momento, tivesse estado em condições de ver e raciocinar corretamente, se tivesse sido capaz de vislumbrar todas as dificuldades de sua situação, o desespero, a hediondez e o absurdo disso, se tivesse compreendido quantos obstáculos e talvez crimes tinha ainda que evitar ou cometer para sair daquele local e voltar para casa, era bem possível que abandonasse tudo e fosse, ele próprio, denunciar-se, não por medo, mas simplesmente por horror e repugnância do que tinha feito. O sentimento de aversão, especialmente, surgia e crescia nele a cada minuto. Por nada deste mundo teria voltado agora até a arca ou mesmo até o quarto.

Mas uma espécie de estupefação, até mesmo de devaneio, tinha começado aos poucos a apoderar-se dele; por momentos, ele se esquecia de si mesmo ou, melhor, esquecia o que era importante e se atinha a ninharias. Olhando, porém, para a cozinha e, vendo um balde com água pela metade, em cima de um banco, pensou em lavar as mãos e a machadinha. Tinha as mãos cheias de sangue. Colocou a machadinha dentro da água, apanhou um pedaço de sabão que estava na janela, num pires quebrado, e começou a lavar as mãos no balde. Uma vez limpas, tirou a machadinha, limpou a lâmina e passou longo tempo, cerca de três minutos, limpando o cabo de madeira, onde havia manchas de sangue, esfregando-as com sabão. Depois a limpou totalmente com um pano branco que estava pendurado para secar numa corda estendida na própria cozinha; em seguida, passou um bom tempo examinando atentamente a machadinha, perto da janela. Não havia mais vestígios nela, só o cabo ainda estava úmido. Com muito cuidado, pendurou a machadinha no laço corrediço por baixo do casaco. Depois, tanto quanto lhe era possível na fraca luz da cozinha, examinou o casaco, as calças e as botas. À primeira vista, parecia não haver nada, a não ser manchas nas botas. Umedeceu um trapo e esfregou as botas. Mas sabia que não estava olhando tudo atentamente, que poderia haver alguma coisa que saltasse aos olhos e que ele não conseguia ver. Ficou parado no meio da sala, perdido em pensamentos. Ideias sombrias e angustiantes surgiram em sua mente... a ideia de que estava louco e de que, naquele momento, era incapaz de raciocinar, de se proteger, que talvez devia ter feito algo bem diferente do que estava fazendo agora... "Meu Deus! Preciso fugir, fugir", murmurou e correu para a entrada. Mas ali o aguardava um choque de terror como jamais tinha provado antes.

Parou, olhou e não conseguia acreditar em seus olhos: a porta, a porta externa que dava para a escada, a mesma junto à qual, havia pouco tempo, tinha esperado e tocado a campainha, estava destrancada e levemente aberta. Não estava fechada à chave, não estava trancada, todo esse tempo, todo esse tempo! A velha não a tinha fechado depois que ele entrou, talvez por precaução. Mas, meu bom Deus! Ora, ele tinha visto Lizaveta mais tarde! E como pôde, e como pôde ele deixar de pensar que ela, de alguma forma, devia entrar! Não poderia ter entrado pela parede!

Foi até a porta e correu o trinco.

"Mas não, isso também não! Tenho de ir embora, ir embora..."

Destrancou a porta, abriu-a e passou a escutar no alto da escada.

Ficou escutando por um bom tempo. Em algum lugar distante, talvez no portão, duas vozes gritavam alto e de modo estridente, sinal de discussão e briga. "O que estariam fazendo?" Esperou pacientemente. Por fim, tudo ficou em silêncio, como se tivesse parado subitamente. Já se haviam retirado. Pensava em sair, mas de repente, no andar de baixo, uma porta se abriu com forte rangido e alguém começou a descer os degraus cantarolando. "Por que será que todos fazem barulho?", pensou. Fechou a porta de novo e esperou. Finalmente, tudo estava calmo, nada se movia. Estava precisamente dando um passo em direção da escada quando ouviu o rumor de passos.

Os passos soavam muito longe, bem no começo da escada; mas percebeu, clara e distintamente, que, desde o primeiro ruído, começou a suspeitar, por alguma razão, que esse era alguém que se dirigia para lá, para o quarto andar, para a casa da velha. Por quê? Seriam assim tão especiais e significativos esses ruídos? Os passos eram pesados, iguais e cadenciados. Ele já havia passado o primeiro andar e continuava subindo, cada vez se ouvia mais distintamente! Podia ouvir sua respiração pesada. E agora já tinha alcançado o terceiro andar. Vindo para cá! Parecia-lhe que repentinamente estava ficando petrificado, que aquilo era como um sonho em que nos perseguem, que quase nos agarram e querem nos matar e parece que estamos pregados ao chão e que nem sequer um braço conseguimos mexer.

Finalmente, quando o desconhecido estava chegando ao quarto andar, ele estremeceu, recuou rápida e destramente e fechou a porta atrás de si. Depois tomou a tranca e, suavemente, sem barulho algum, fixou-a nos anteparos. O instinto o ajudou. Feito isso, se agachou ao lado da porta, segurando a respiração. O visitante desconhecido também estava à porta. Agora os dois estavam cada um de um lado da porta, como pouco antes ele estivera com relação à velha quando a porta os separava e ele ficava escutando.

O visitante respirou várias vezes, de forma ofegante. "Deve ser um homem alto e gordo", pensou Raskolnikov, apertando a machadinha com a mão. Na verdade, parecia um pesadelo. O visitante segurou o cordão da campainha e puxou com força.

Tão logo a campainha tocou, Raskolnikov teve a impressão de que algo se movia na sala. Ficou escutando com atenção durante alguns segundos. O desconhecido voltou a tocar, esperou e, de repente, passou a sacudir violenta e impacientemente a maçaneta da porta. Raskolnikov via horrorizado o trinco se mexendo e, em completo terror, esperava a cada momento que a fechadura cedesse. Certamente, parecia possível, tão violentamente a sacudia. Sentiu-se tentado a segurar a maçaneta por dentro, mas o outro poderia adivinhar. Uma tontura tomou conta dele. "Vou cair!", pensou ele, mas o desconhecido começou a falar e ele se reanimou imediatamente.

– O que está acontecendo? Será que estão dormindo ou estão mortas? Malditas! – berrou ele, com voz grossa. – Olá, Aliona Ivanovna, velha bruxa! Lizaveta Ivanovna, minha bela! Abram a porta! Oh, malditas! Estão dormindo ou que andam fazendo?

E de novo, enraivecido, puxou com toda a força, uma dúzia de vezes, o cordão da campainha. Certamente, devia ser um homem de certa autoridade e amigo íntimo.

Nesse momento, passos leves foram ouvidos, não muito distantes, na escadaria. Alguém mais se aproximava. De início, Raskolnikov não os havia ouvido.

– Não vá me dizer que não há ninguém em casa – exclamou o recém-chegado, com voz alegre e estridente, dirigindo-se ao primeiro visitante, que continuava puxando a corda da campainha. – Boa noite, Koch!

"Pela voz, deve ser muito jovem", pensou Raskolnikov

– Que diabo é isso? Quase quebrei a fechadura – respondeu Koch. – Mas de onde me conhece?

– Ora! Anteontem eu o venci em três partidas de bilhar, na casa de Gambrinus!

– Oh!

– Então não estão em casa? É muito esquisito. Parece até algo terrivelmente estúpido. Para onde teria ido a velha? Vim por causa de uns negócios.

– Eu também tenho negócios com ela!

– Bem, o que vamos fazer? Ir embora, suponho. Ai, ai! e eu precisava tomar algum dinheiro! – exclamou o jovem.

– Temos de desistir, é claro, mas por que marcou essa hora então? Foi a velha bruxa que marcou essa hora para vir aqui. E é bem longe de minha casa. E para onde diabos ela teria ido, não posso imaginar. Entra ano sai ano e a velha bruxa está sempre aqui; tem pernas fracas e ainda assim, repentinamente, sai para uma caminhada!

– Não seria melhor perguntar ao porteiro?

– O quê?

– Aonde ela foi e quando volta.

– Hum!... Maldição!... Poderíamos perguntar... Mas sabe que ela nunca vai a lugar algum!

E mais uma vez voltou a sacudir a maçaneta da porta.

– Que se dane! Não há nada a fazer, temos de ir!

– Espere! – exclamou o jovem, subitamente. – Você reparou como a porta sacode quando puxa a maçaneta?

– E então?

– Isso quer dizer que não está trancada, mas fechada com o trinco! Não ouve como o trinco range?

– E daí?

– Ora, não percebe? Isso prova que uma delas está em casa. Se estivessem fora, teriam fechado a porta do lado de fora, com a chave, e não com o trinco por dentro. Então, não ouve como o trinco range? Para fechá-lo por dentro, elas devem estar em casa, está entendendo? Elas estão, portanto, tranquilas em casa e não querem abrir a porta!

– Muito bem! E assim devem estar! – exclamou Koch, admirado. – O que estarão fazendo lá dentro? – E voltou a sacudir furiosamente a porta.

– Espere! – exclamou novamente o jovem. – Não puxe mais o cordão! Deve haver algo de errado... Pois bem, esteve tocando a campainha e sacudindo a porta e, ainda assim, elas não abrem! Logo, ou ambas estão desmaiadas ou...

– O quê?

– Vou lhe dizer o quê. Vamos procurar o porteiro; ele vai acordá-las.

– Tudo bem.

Os dois começaram a descer as escadas.

– Espere! Fique aqui enquanto eu vou ter com o porteiro.

– Para quê?

– Bem, é melhor assim.

– Muito bem.

– Veja bem, estou estudando Direito! É evidente, e... vi... den... te... que há algo errado aqui! – gritou o jovem, com veemência, e correu escadas abaixo.

Koch ficou. Tocou uma vez mais e suavemente a campainha, que soou, e depois, com cuidado, como se refletisse e demonstrasse calma, agarrou a maçaneta e começou a puxá-la e largá-la para se certificar novamente de que estava fechada somente com o trinco. Depois, ofegante, agachou-se e passou a olhar pelo buraco da fechadura; mas a chave estava posta por dentro, de maneira que não podia ver nada.

Raskolnikov estava de pé e de machadinha pronta nas mãos. Estava numa espécie de delírio. Estava preparado para lutar, se eles entrassem. Enquanto eles batiam e conversavam, por várias vezes lhe ocorreu a ideia de terminar com isso de uma vez e gritar por trás da porta. De vez em quando se sentia tentado a amaldiçoá-los e a escarnecer deles porque não conseguiam abrir a porta! "Terminem com isso e depressa!" foi o pensamento que lhe atravessou a mente.

"Mas que diabo está ele fazendo?..." O tempo passava; um minuto, outro... ninguém aparecia. Koch começou a ficar agitado.

– Oh, diabos! – gritou ele subitamente e, impaciente, desertando de seu dever de sentinela, também desceu, correndo e tropeçando pelas escadas com suas pesadas botas. Depois os passos morreram ao longe.

"Meu Deus! Que devo fazer?"

Raskolnikov correu o trinco, abriu a porta... não se ouvia nada. Abruptamente, sem parar para pensar, saiu, fechando a porta tão bem quanto pôde e correu escadas abaixo.

Já tinha descido três lances quando, de repente, ouviu um grande vozerio lá embaixo... para onde podia ir! Não havia lugar para se esconder. Devia voltar para o aposento.

– Eh, ali! Agarrem esse animal!

Alguém se lançou para fora de um aposento abaixo, gritando e mais caía do que corria pelas escadas, berrando a plenos pulmões:

– Mitka! Mitka! Mitka! Mitka! Mitka! Acabe com ele!

O grito acabou num alarido; os últimos ruídos vinham do pátio; depois tudo ficou em silêncio. Mas no mesmo instante, vários homens, falando alto e rápido, começaram a subir rumorosamente as escadas. Eram três ou quatro. Distinguiu a voz estridente do jovem. "Eram eles!"

Em completo desespero, foi diretamente ao encontro deles, pensando "Que seja o que deve ser!" Se eles o agarrassem... tudo estava perdido; se o deixassem passar... tudo estaria perdido também; eles se lembrariam dele. Estavam se aproximando, estavam somente a um lance de escada... e, de repente, a salvação! A poucos degraus dele, à direita, havia um aposento vazio com a porta escancarada; era o aposento do segundo andar, onde os pintores tinham trabalhado, os quais, como que para salvá-lo, mal o haviam deixado. Deviam ter sido eles, sem dúvida, que tinham descido correndo e gritando. O assoalho tinha sido pintado há pouco e, no meio da sala, havia um balde e uma vasilha quebrada com tinta e brochas. Num instante, se esgueirou porta adentro e se escondeu colado à parede, bem a tempo. Os outros chegavam ao patamar; depois deram a volta e seguiram para o quarto andar, falando alto. Ele esperou, saiu na ponta dos pés e correu escadas abaixo.

Não havia ninguém na escada, nem no portão de saída. Passou por ele rapidamente e, na rua, virou à esquerda.

Sabia, sabia perfeitamente bem que, nesse momento, estavam no apartamento, totalmente atônitos por encontrá-lo aberto, quando pouco antes estava trancado, e que estavam agora contemplando os cadáveres e que não tardariam a adivinhar e a compreender que o assassino estivera ali um momento antes e que tinha conseguido se esconder em algum lugar, escapando deles e fugindo. Deveriam adivinhar também que provavelmente estivera no apartamento vazio enquanto eles subiam as escadas. Entrementes, não se atrevia a acelerar o passo, embora a próxima esquina estivesse ainda a uns cem passos dali. "Deveria esgueirar-se por um portão e esperar em algum lugar, numa rua desconhecida? Não, de modo algum! Deveria jogar fora a machadinha? Deveria tomar uma carruagem? De jeito nenhum, de jeito nenhum!"

Finalmente, chegou até a esquina. Dobrou-a, mais morto que vivo. Aqui estava a meio caminho da salvação e tinha consciência disso. Era menos arriscado, porque havia uma multidão de gente e ele se perdia no meio dela como um grão de areia. Mas tudo o que havia sofrido o enfraquecera de tal modo que mal podia se mover. O suor escorria em gotas e o pescoço estava molhado. "Palavra de honra, você está numa enrascada!", gritou alguém quando ele chegou à margem do canal.

Nesse momento, estava vagamente consciente e quanto mais avançava, tanto pior. Lembrou-se, no entanto, de que, ao chegar à margem do canal, ficou alarmado ao ver que havia pouca gente ali, podendo assim ser notado mais facilmente; pensou em voltar para trás. Embora estivesse quase desmaiando de cansaço, deu uma grande volta, de maneira que chegou em casa por um caminho totalmente diverso.

Ele não estava inteiramente consciente quando passou pelo portão da casa onde morava. Já estava na escada antes de se lembrar da machadinha. E assim tinha ainda um grande problema a resolver, isto é, repô-la no lugar e sem ser visto, se possível, ao fazer isso. É claro que era incapaz de pensar que poderia ser muito melhor não devolvê-la, mas jogá-la mais tarde no pátio de uma casa qualquer. Mas teve sorte, pois a porta da casa do porteiro estava fechada, mas não à chave, e o mais provável era que o porteiro estivesse em casa. Mas ele tinha perdido tão completamente a capacidade de raciocinar, que foi direto à porta e a abriu. Se o porteiro lhe tivesse perguntado "Que quer?", pode ser que lhe tivesse simplesmente devolvido a machadinha. Mas o porteiro não estava em casa e assim pôde colocar a machadinha no lugar, embaixo do banco; e até a cobriu com um toco de lenha, como estava antes. Depois não encontrou absolutamente ninguém a caminho de seu quarto; a porta da dona da casa estava fechada. Quando entrou no quarto, atirou-se no sofá, tal como estava... não dormiu, mas caiu num vago esquecimento. Se alguém tivesse entrado então em seu quarto, teria dado imediatamente um pulo e começado a gritar. Fragmentos e restos de pensamentos estavam simplesmente se aglomerando em seu cérebro, mas não conseguia captar nenhum deles, não conseguia se deter em nenhum, por mais esforços que fizesse...

# SEGUNDA PARTE

CAPÍTULO UM

Ficou assim deitado por longo tempo. De vez em quando parecia despertar e, nesses momentos, reparava que já era noite avançada, mas não sentia vontade de levantar-se. Finalmente, notou que o dia estava começando a raiar. Estava estirado no sofá, ainda confuso por causa de seu recente entorpecimento. Gritos temerosos e desesperados se elevavam de modo estridente na rua, gritos e sons que ouvia todas as noites, na realidade, embaixo de sua janela depois das duas da manhã. Também agora o despertaram.

"Ah! os bêbados estão saindo das tabernas", pensou ele. "São mais de duas horas," e imediatamente saltou do sofá, como se alguém o tivesse puxado.

"O quê? Mais de duas horas?

Sentou-se no sofá... e logo se lembrou de tudo! De repente, num instante, lembrou-se de tudo.

No primeiro momento, pensou que estava ficando louco. Um frio terrível se apoderou dele, mas o frio era um reflexo da febre, que havia sentido bem antes de pregar no sono. Agora era tomado repentinamente de um violento tremor, de modo que batia os dentes e todos os seus membros tremiam. Abriu a porta e apurou o ouvido... na casa, tudo estava num sono profundo. Atônito, olhou para si mesmo e para tudo o que estava no quarto, perguntando-se como podia ter entrado na noite anterior, não ter trancado a porta e atirar-se no sofá, sem despir-se e sem tirar, pelo menos, o chapéu, que havia caído e estava ali no chão, perto do travesseiro.

"Se alguém tivesse entrado, o que haveria de pensar? Que eu estava bêbado, mas..."

Correu para a janela. Havia bastante luz e começou a examinar-se todo, dos pés à cabeça, e todas as roupas; não havia nenhum vestígio? Mas era impossível verificar desse modo; tremia de frio, começou a tirar as roupas e a revistar tudo novamente. Revirou tudo e controlou peça por peça de seus trapos; e, desconfiando de si mesmo, repetiu a operação três vezes.

Parecia que não havia nada, nenhum vestígio, excetuando-se um local onde algumas espessas manchas de sangue coagulado apareciam no cós das calças. Tomou um canivete e cortou os fios soltos do tecido. Aparentemente não havia nada mais.

De repente, lembrou-se de que a bolsa e os objetos que havia tirado do baú da velha ainda estavam guardados em seus bolsos. Até então, não se havia lembrado de tirá-los e de escondê-los! Nem tinha pensado neles, enquanto examinava suas roupas! O que mais? Tirou-os instantaneamente e os espalhou sobre a mesa. Depois de ter tirado tudo, virou os bolsos ao avesso para se certificar de que não tinha deixado nada e levou tudo para um canto do quarto. Ali, ao pé da parede, o papel tinha cedido e pendia em tiras. Começou a enfiar todas as coisas nesse buraco, debaixo do papel de parede. "Está tudo guardado! Tudo fora de vista e a bolsinha também!", pensou ele com alegria, levantando-se e olhando rapidamente para o buraco, que mostrava uma saliência maior que antes. Subitamente, estremeceu com horror. "Meu Deus!", sussurrou em desespero. "O que está acontecendo comigo? Está tudo isso escondido? Será que é esse o modo de esconder as coisas?"

Não tinha imaginado que tivesse joias a esconder. Tinha pensado única e exclusivamente em dinheiro e por isso não tinha preparado um esconderijo.

"Mas agora, agora, por que deveria estar contente?", pensou ele. "É esse o jeito de esconder coisas? Estou perdendo o juízo... simplesmente!"

Sentou-se no sofá, extenuado, e imediatamente foi acometido por outro insuportável ataque de tremores. Maquinalmente, puxou da cadeira ao lado seu velho capote de inverno, de estudante, que estava ainda quente, embora quase esfarrapado; cobriu-se com ele e mergulhou uma vez mais num torpor, delirando. Enfim, adormeceu.

Menos de cinco minutos depois, deu um pulo, pela segunda vez, e logo se pôs a examinar freneticamente, e mais uma vez, suas roupas.

"Como é que pude dormir de novo sem ter feito nada? Sim, sim, não desmanchei o laço corrediço debaixo da axila! Esqueci, esqueci uma coisa como essa! Um indício desses!"

Puxou o laço, cortou-o apressadamente em pedaços, que os jogou entre as roupas, debaixo do travesseiro.

"Pedaços de roupa rasgada não devem levantar suspeitas, aconteça o que acontecer; acho que não, de qualquer modo, acho que não!", repetiu ele, de pé no meio do quarto e, com dolorosa concentração, olhou em volta, no chão e por todos os lados, tentando assegurar-se de que não tinha esquecido nada. A convicção de que todas as suas faculdades, inclusive a memória e o mais simples poder de reflexão não o tinham abandonado, começou a se transformar numa insuportável tortura.

"Certamente, não está começando ainda! Será que a punição já não está se concretizando? Parece que sim!"

Os pedaços de fiapos que tinha cortado das calças estavam ali espalhados pelo assoalho, no meio do quarto, onde podiam ser vistos por qualquer pessoa que entrasse!

"O que está acontecendo comigo?", exclamou de novo, como alguém tresloucado.

Então uma estranha ideia lhe passou pela cabeça: talvez todas as suas roupas estivessem cobertas de sangue, talvez houvesse muitas manchas, que não as via, nem as notava, porque sua percepção estava falhando, estava reduzida a cacos... sua razão estava obscurecida... De súbito, lembrou-se de que deveria haver sangue também na bolsinha. "Ah! Então deveria haver sangue no bolso também, pois enfiei nele essa bolsa!"

Num instante, virou o bolso ao avesso e, sim!... havia vestígios, manchas no forro do bolso.

"Parece que a razão não me abandonou ainda totalmente; ainda conservo um pouco de juízo e de memória, visto que pensei nisso e acertei", pensou triunfante, com um profundo suspiro de alívio. "Trata-se simplesmente de fraqueza febril, de um delírio momentâneo." E arrancou todo o forro do bolso esquerdo das calças. Nesse momento, um raio de sol incidiu sobre sua bota esquerda; na meia que aparecia acima da bota, imaginou que havia vestígios. Tirou as botas. "De fato, vestígios! O cano da meia está empapado de sangue." Devia ter pisado incautamente naquela poça... "Mas o que vou fazer agora com tudo isso? Onde é que vou jogar a meia, os fiapos e o pano do bolso?"

Recolheu-os todos e ficou de pé, no meio do quarto.

"No fogão? Mas a primeira coisa que eles vão revistar é o fogão. Queimá-los? Mas com que é que vou queimá-los? Nem sequer tenho fósforos! Não, o melhor é sair e atirar tudo isso para longe, em qualquer lugar. Sim, é melhor jogá-los fora!", repetiu, voltando a sentar-se no sofá. "E imediatamente, agora mesmo, sem demora..."

Mas, em vez disso, sua cabeça mergulhou de novo no travesseiro. Outra vez o insuportável e gelado tremor o acometeu; e voltou a envolver-se no casacão.

E por longo tempo, por algumas horas, era assombrado pelo impulso de "sair para algum lugar imediatamente, nesse momento, e jogar fora tudo isso, de modo que se perdesse de vista, e terminar com isso de uma vez por todas!" Várias vezes tentou levantar-se do sofá, mas não conseguia.

Finalmente, despertou totalmente por uma violenta batida na porta.

– Abra, vamos! Está vivo ou morto? Fica aí sempre dormindo! – gritava Nastásia, batendo com os punhos na porta. – O dia inteiro aí, roncando como um cão! E não passa de um cão! Abra, por favor! São onze horas passadas!

– Pode ser que não esteja em casa – disse uma voz de homem.

"Ha, ha! É a voz do porteiro... O que será que ele quer?"

Deu um salto e sentou-se no sofá. A pulsação do coração era dolorida.

– Então, quem teria trancado a porta? – retrucou Nastásia. – Agora tem o capricho de se trancar aí dentro! Como se alguém quisesse roubá-lo! Abra, seu tolo, acorde!

"O que querem? Por que o porteiro? Já descobriram tudo! Resisto ou abro? Aconteça o que acontecer..."

Soergueu-se, inclinou-se para frente e destravou a porta.

O quarto era tão pequeno que podia correr o trinco sem se levantar do sofá. Sim, o porteiro e Nastásia estavam ali.

Nastásia fitou-o de maneira estranha. Ele olhou com um ar de desafio e de desespero para o porteiro que, sem dizer palavra, lhe estendeu um papel cinzento, dobrado e selado com cera de garrafa.

– Uma citação da delegacia – anunciou ele, ao lhe entregar o papel.

– De que delegacia?

– Uma intimação da delegacia de polícia, claro. Já sabe de que delegacia.

– Da polícia?... Mas por quê?...

– Como posso saber? Foi intimado, deve comparecer.

O homem o fitou atentamente, deu uma olhada pelo quarto e voltou-se para ir embora.

– Ele está doente, sem dúvida! – observou Nastásia, sem tirar os olhos dele. O porteiro virou a cabeça por um instante. – Está com febre desde ontem – acrescentou ela.

Raskolnikov não deu resposta e continuava com o papel nas mãos, sem abri-lo.

– Não se levante, então – continuou Nastásia, condoída, vendo-o pôr os pés no chão. – Você está doente, então não vá; não há tanta pressa assim... O que é que você tem aí nas mãos?

Ele olhou; na mão direita tinha ainda os fiapos que tinha cortado das calças, a meia e os trapos do forro do bolso. Tinha adormecido com eles na mão. Mais tarde, ao pensar nisso, lembrou-se de que, meio acordado por causa da febre, tinha apanhado tudo isso, segurando-o firme na mão, e tinha adormecido novamente, desse jeito.

– Olhe só os trapos que recolheu e dorme com eles, como se tivesse achado um tesouro...

E Nastásia caiu em sua risadinha histérica.

Num instante, enfiou tudo isso debaixo do casaco e fitou-a com um olhar penetrante. Longe de estar em condições de uma reflexão racional nesse momento, ele achava que ninguém se comportaria daquele jeito com uma pessoa que estava para ser presa. "Mas... a polícia?"

– É melhor que tome um pouco de chá! Sim? Vou trazê-lo, há um pouco ainda.

– Não... eu vou; vou agora mesmo – murmurou ele, levantando-se.

– Ora, você nem consegue descer a escada!

– Sim, eu vou.

– Como quiser.

Ela saiu atrás do porteiro.

Imediatamente correu até a luz para examinar a meia e os trapos.

"Há manchas, mas não muito visíveis; todas cobertas de sujeira, esfregadas e já desbotadas. Quem não suspeitar de nada, nada vai notar. Nastásia, de longe, não podia reparar em nada, graças a Deus!" Depois, tremendo, rasgou o selo da notificação e começou a lê-la; ficou lendo durante muito tempo, até entender. Era uma intimação comum do distrito policial para que comparecesse nesse dia, às nove e meia, na repartição da superintendência do distrito.

"Mas quando aconteceu isso? Eu não tenho nada a ver com a polícia! E por que justamente hoje?", pensou ele, numa angustiante confusão. "Bom Deus, que isso termine logo!"

Ele estava para se jogar de joelhos e orar, mas desatou a rir... não da ideia da oração, mas de si próprio.

Começou a vestir-se às pressas. "Se estiver perdido, estou perdido, tanto faz! Devo calçar a meia?", perguntou-se, de repente. "Vai ficar mais empoeirada ainda e os vestígios vão desaparecer."

Mas assim que a calçou, logo a descalçou, com repugnância e horror. Tirou-a, mas lembrando-se de que não tinha outras meias, tomou-a e voltou a calçá-la... e desatou a rir novamente.

"Tudo isso é convencional, tudo é relativo, meramente um jeito de considerar tudo isso", pensou ele, num instante, mas apenas superficialmente, enquanto o corpo inteiro tremia. "Pois então, tenho de calçá-la! E está feito!"

Mas sua risada logo foi seguida pelo desespero.

"Não, é demais para mim...", voltou a pensar. As pernas tremiam. "De medo", murmurou ele. A cabeça rodava e doía por causa da febre. "É uma trapaça! Querem me engabelar e me confundir totalmente", disse para si mesmo, enquanto ia saindo para a escada... "O pior é que estou quase delirando... posso deixar escapar qualquer disparate..."

Na escada, lembrou-se de que estava deixando todas as coisas, daquele jeito, como estavam, enfiadas no buraco da parede, "e muito provavelmente, é de propósito, para procurá-las enquanto eu estiver ausente", pensou ele e parou de repente. Mas estava em tal desespero e, por assim dizer, em tal cinismo miserável, que, com um gesto das mãos, foi em frente. "Só para terminar com isso!"

Na rua, o calor era insuportável; nem uma gota de chuva tinha caído durante todos aqueles dias. Outra vez pó, tijolos e argamassa; outra vez o mau cheiro das lojas e das tabernas; outra vez os bêbados, os vendedores ambulantes finlandeses e carruagens meio desconjuntadas. O sol batia diretamente em seus olhos, de maneira que lhe era doloroso olhar e sentia que sua cabeça rodava... como uma pessoa com febre está acostumada a sentir quando sai à rua num dia de sol forte.

Quando chegou na esquina da rua "da noite anterior", em angustiante estremecimento ele olhou na direção... *daquela casa...* e desviou imediatamente o olhar.

"Se me perguntarem, pode ser que simplesmente conte tudo", pensou, ao se aproximar do posto policial.

Este ficava a um quarto de milha de distância. Tinha sido transferido, recentemente, para novas salas no quarto andar de uma nova casa. Já tinha estado, por uns momentos, no antigo posto, mas fazia muito tempo. Ao passar pelo portão, viu um lance de escadas à direita e um camponês subindo com um livro na mão. "Um porteiro, sem dúvida; então a delegacia deve ser aqui". Começou então a subir as escadas. Não queria perguntar absolutamente nada a ninguém.

"Vou entrar, vou cair de joelhos e confesso tudo...", pensou, ao chegar ao quarto andar.

A escada era íngreme, estreita e coberta de água suja. As cozinhas de todas as casas davam para a escada e permaneciam com as portas abertas quase o dia inteiro. Por isso havia ali um cheiro horrível e forte calor. A escada estava cheia de serviçais subindo e descendo com seus livros debaixo do braço, policiais e pessoas de todos os tipos e de ambos os sexos. A porta da delegacia também estava totalmente aberta. Camponeses aguardavam de pé. Ali também o calor era sufocante e havia um cheiro forte de pintura fresca e de óleo queimado, que vinha das salas recém-pintadas.

Depois de esperar um pouco, decidiu avançar até a sala seguinte. Todas as dependências eram pequenas e de teto baixo. Uma impaciência temerosa o levou a avançar mais. Ninguém lhe dava atenção. Na segunda sala, alguns empregados estavam sentados e escreviam, vestidos um pouco melhor do que ele, mas de semblante esquisito. Dirigiu-se a um deles.

– O que é?

Mostrou a intimação que havia recebido.

– O senhor é estudante? – perguntou o homem, olhando a intimação.

– Sim, ex-estudante.

O empregado olhou para ele, mas sem o mínimo interesse. Era um indivíduo particularmente despenteado, com o olhar de uma ideia fixa cravada nos olhos.

"Não dá para conseguir nada dele, porque não tem interesse em nada", pensou Raskolnikov.

– Entre ali, na sala do chefe – disse o funcionário, apontando para a sala mais distante.

Entrou nessa sala... já era a quarta. Era pequena e cheia de gente, um pouco mais bem vestida do que a das outras salas. Entre essas pessoas, havia duas senhoras. Uma pobremente vestida de luto estava sentada à mesa oposta à do chefe do escritório, escrevendo algo que lhe ditavam. A outra, muito gorda e de rosto corado, de um vermelho púrpura, sardenta, vestida de modo espalhafatoso, com um broche do tamanho de um pires no peito, estava de pé a um lado, aparentemente aguardando por algo. Raskolnikov apresentou a notificação ao chefe do escritório. Este a olhou e disse: "Espere um minuto." E continuou a atender a senhora de luto.

Ele respirou mais aliviado. "Não pode ser isso!"

Aos poucos, começou a recobrar confiança, continuou insistindo para si mesmo em ter coragem e manter a calma.

"Alguma tolice, a mais insignificante imprudência e posso me trair a mim mesmo! Hum!... É uma pena que aqui falte ar", acrescentou, "é sufocante... Faz a cabeça da gente rodar... e a mente também."

Tinha consciência que um turbilhão o revolvia por dentro. Tinha medo de perder o autocontrole. Tentava agarrar-se a algo e fixar sua mente nele, algo irrelevante, mas não conseguia. Ainda assim, o chefe lhe despertava grande interesse e continuava esperando vislumbrar algo através dele e adivinhar alguma coisa através do rosto dele.

Era muito jovem, de uns 22 anos, com um rosto moreno animado que parecia dar-lhe mais anos. Estava vestido de modo elegante e afetado, com o cabelo partido ao meio, bem penteado e untado, e usava vários anéis nos dedos bem afilados e uma corrente de ouro no colete. Trocou algumas palavras num francês primoroso com um estrangeiro que estava na sala.

– Sente-se, por favor, Luísa Ivanovna – disse ele, para a senhora de vestido espalhafatoso e de rosto corado, que continuava de pé, como se não se atrevesse a sentar-se, embora houvesse uma cadeira ao lado dela.

– "*Ich danke*" (obrigada) – respondeu ela e, suavemente, com um farfalhar de seda, deixou-se cair na cadeira. Seu vestido azul-celeste, guarnecido com um laço, flutuou sobre a mesa como um balão de ar e encheu quase metade da sala. E o perfume que usava também exalou pelo ambiente. Mas ficou obviamente embaraçada ao encher a metade da sala com um perfume tão forte; e, embora seu sorriso fosse ao mesmo tempo descarado e tímido, revelava evidente mal-estar.

A senhora de luto, finalmente, tinha terminado e se levantou. De repente, com algum barulho, entrou um oficial muito elegante, com um peculiar movimento dos ombros a cada passo. Arremessou o quepe sobre a mesa e sentou-se numa poltrona. A dama vistosa levantou-se de um salto ao vê-lo e lhe fez uma reverência com certa solenidade; mas o oficial não lhe deu a mínima atenção e ela já não se atreveu a sentar-se novamente na presença dele. Era o assistente do superintendente. Tinha bigodes ruivos, que se esticavam horizontalmente dos dois lados do rosto e feições extremamente diminutas, mas que não exprimiam nada, excetuando-se certa insolência. Olhou de soslaio e um tanto indignado para Raskolnikov; estava tão malvestido e, apesar de sua posição inferior, sua compostura não combinava, de modo algum, com suas roupas.

Inadvertidamente, Raskolnikov passou a olhá-lo de frente, o que acabou por levá-lo a sentir-se ofendido.

– O que é que você quer? – gritou ele, aparentemente surpreso que um maltrapilho desses não se sentisse inibido com seu olhar fulminante.

– Fui intimado... por uma notificação – gaguejou Raskolnikov.

– Para recuperar o dinheiro devido, do estudante – interferiu apressadamente o chefe do escritório, deixando de lado seus papéis. – Aqui! – e arremessou um documento a Raskolnikov, apontando-lhe o local. – Leia isso!

"Dinheiro? Que dinheiro?", pensou Raskolnikov. "Mas... então... certamente não é aquilo..."

E tremia de contentamento. Subitamente, sentiu um intenso e indescritível alívio. Um peso tinha sido tirado de suas costas.

– Por favor, a que horas foi intimado a comparecer? – gritou o assistente, parecendo, por alguma razão desconhecida, cada vez mais ofendido. – Disseram-lhe para chegar às nove e agora já são doze horas.

– A notificação me foi entregue há um quarto de hora – respondeu Raskolnikov, em voz alta, falando por sobre o ombro. Para sua surpresa, ele também ficou zangado e sentiu certo prazer nisso. – E é suficiente eu ter vindo até aqui, com a febre que estou.

– Tenha a bondade de não gritar!

– Não estou gritando; estou falando bem tranquilamente; o senhor é que está gritando comigo. Sou estudante e não permito que gritem comigo.

O assistente do superintendente ficou tão furioso que, no primeiro momento, só pôde falar de modo inarticulado, resmungando. De um pulo, levantou-se da cadeira.

– Silêncio! O senhor está numa repartição pública. Não seja malcriado, senhor!

– O senhor está numa repartição pública também – exclamou Raskolnikov – e o senhor está fumando um cigarro e gritando, ou seja, o senhor está sendo desrespeitoso para com todos nós.

Ele sentiu enorme satisfação depois de ter dito isso.

O chefe do escritório olhou para ele com um sorriso. O zangado assistente estava visivelmente desconcertado.

– Isso não é de sua conta! – esbravejou ele, finalmente, com voz exageradamente alta. – Tenha a bondade de prestar a declaração que lhe pedem. Mostre-lhe como, Alexandr Grigorievitch. Há uma queixa contra o senhor! O senhor não paga suas dívidas. E se faz de santo!

Mas Raskolnikov não o escutava mais; ele se havia agarrado avidamente ao papel, na pressa de encontrar uma explicação. Leu-o uma vez, uma segunda e ainda assim não o compreendia.

– O que é isso? – perguntou ao chefe.

– É para recuperar dinheiro por meio de um reconhecimento de dívida, uma intimação. O senhor deve pagar a dívida com todas as despesas, custas e afins ou subscrever uma declaração por escrito indicando a data em que poderá pagar e, ao mesmo tempo, comprometendo-se a não se ausentar da cidade enquanto não tiver quitado a dívida e a não vender nem ocultar seus bens. O credor tem o direito de vender os referidos bens e tomar as medidas cabíveis contra o senhor, de acordo com a lei.

– Mas eu... não devo nada a ninguém!

– Isso não é de nossa conta. Aqui está uma nota de dívida de 115 rublos, legalmente atestada, que nos trouxeram para fazer a cobrança, entregue pelo senhor à viúva do assessor Zarnitsin, há nove meses, e apresentada a pagamento pela viúva Zarnitsin ao senhor Tchebarov. Nós, portanto, o intimamos por causa disso.

– Mas ela é a dona da casa onde moro!

– E que tem a ver se ela é a dona dessa casa?

O chefe do escritório olhou para ele com um condescendente sorriso de compaixão e, ao mesmo tempo, com certo ar de triunfo, como um novato sob fogo cruzado pela primeira vez... como se quisesse dizer: "Bem, como se sente agora?" Mas que lhe importava agora uma declaração de reconhecimento de dívida, uma nota de cobrança? Valia a pena incomodar-se com isso agora, merecia até mesmo alguma atenção? Ele permanecia de pé, lia, escutava, respondia, fazia até perguntas para si mesmo, mas tudo maquinalmente. A triunfante sensação de segurança, de libertação de perigo iminente, isso era o que enchia totalmente sua alma naquele momento, sem pensar no futuro, sem análise, sem suposições ou conjeturas, sem dúvidas e sem questionamentos. Era um momento de plena, direta e puramente instintiva alegria. Mas nesse preciso momento algo como um raio eclodiu na delegacia. O assistente do delegado, ainda abalado pela falta de respeito de Raskolnikov, ainda encolerizado e obviamente ansioso em conservar intacta sua dignidade ferida, irrompeu contra a infeliz e emperiquitada dama, que o estivera olhando desde que ele entrou com um sorriso excessivamente estúpido.

– Sua mulher sem-vergonha! – gritou ele, de repente, com toda a força de sua voz. (A senhora de luto já tinha saído). – O que estava acontecendo ontem à noite em sua casa? Ah! Outra vez uma desgraça, você é um escândalo para toda a rua. Bebendo e brigando de novo? Está querendo ir para a casa de correção? Ora, já a avisei dez vezes que não a pouparia na décima primeira! E aqui está de novo, de novo, você... você...!

O papel caiu das mãos de Raskolnikov e ficou olhando impensadamente para a vistosa dama que era tratada de modo tão rude. Mas logo percebeu do que se tratava e imediatamente passou a se divertir com esse escândalo. Escutava com prazer, de modo que sentia vontade de rir, rir... todos os nervos estavam em grande tensão.

– Ilia Petrovitch! – estava ansiosamente começando a falar o chefe do escritório, mas parou de repente, pois sabia por experiência que o enfurecido assistente não poderia ser contido, senão pela força.

No tocante à senhora vistosa, de início passou a tremer diante dessa tempestade. Mas, coisa estranha, quanto mais numerosos e violentos eram os insultos, tanto mais amável ela parecia e mais sedutores os sorrisos que prodigalizava em favor do terrível assistente. Movia-se desconfortavelmente e se desfazia em reverências, aguardando com impaciência a oportunidade de falar; finalmente, conseguiu e disse:

– Não houve nenhum tipo de barulho ou de briga em minha casa, senhor capitão – começou de repente a despejar um palavrório, que jorrava de sua boca como uma enxurrada, falando fluentemente russo, embora com forte sotaque alemão –, e nenhum tipo de escândalo. Esse sujeito entrou já embriagado e é a pura verdade que estou lhe contando, senhor capitão; e eu não posso ser recriminada... Minha casa é uma casa honrada, senhor capitão, e de honrado comportamento por parte de todos, senhor capitão; e eu sempre, sempre detestei escândalos. Mas ele apareceu totalmente bêbado e pediu mais três garrafas, depois levantou uma perna e começou a tocar piano com o pé; isso não está certo numa casa decente e quebrou todo o piano; de fato, não são bons modos e eu lhe disse isso. Então ele apanhou uma garrafa e começou a bater em todos com ela. Então eu chamei o porteiro, e Karl veio; ele agarrou Karl e lhe feriu um olho e machucou também Henriette num olho e me deu cinco bofetadas no rosto. E isso não é nada cavalheiresco numa casa decente, senhor capitão, e eu gritei. Ele abriu então a janela que dá para o canal e ficou ali grunhindo como um porquinho; era uma desgraça. Que ideia estranha essa de grunhir como um porco ferido, na janela que dá para a rua! Fora com ele! Karl o puxou para longe da janela pelo casaco e é verdade, senhor capitão, que rasgou o casaco dele. E depois ele passou a gritar que eu tinha de lhe pagar 15 rublos pelos danos. Ele é um visitante pouco gentil e causou todo o escândalo. "Vou lhe mostrar", disse ele, "porque posso escrever a todos os jornais a seu respeito."

– Então era um escritor?

– Sim, senhor capitão, e que visitante nada gentil numa casa decente...

– Pois bem! Basta! Já lhe disse...

– Ilia Petrovitch! – emendou o chefe do escritório, de maneira apropriada. O assistente lhe dirigiu um olhar rápido; o chefe meneou levemente a cabeça.

– ... Bem, vou lhe dizer, minha respeitável Luise Ivanovna, vou avisá-la pela última vez – continuou o assistente – que, se houver novo escândalo em sua honrada casa, vou pôr a senhora atrás das grades, como se costuma dizer. Está entendendo? Assim, um escritor recebeu cinco rublos numa "casa decente" pelos danos causados no casaco dele? Boa gente, esses escritores!

E lançou um olhar de desprezo a Raskolnikov.

– Outro dia, houve um escândalo num restaurante, também. Um escritor tinha tomado sua refeição e não queria pagar. "Vou escrever uma sátira sobre o senhor", disse ele. Houve outro, semana passada, num barco, que usou termos de baixo calão contra a respeitável família de um conselheiro de estado, que estava acompanhado da mulher e de uma filha. E houve outro que teve de ser expulso de uma padaria, há poucos dias. São assim mesmo esses escritores, literatos, estudantes, pregoeiros... Ufa! Pode ir! Um dia desses eu mesmo vou lhe fazer uma visita. Por isso é melhor que tenha cuidado. Está ouvindo?

Com precipitada deferência, Luíse Ivanovna passou a fazer reverências em todas as direções e foi se dirigindo para a porta, sem deixar de fazê-las. Mas ali se deparou com um simpático oficial de semblante alegre e expansivo, com umas esplêndidas e fartas suíças. Era o próprio superintendente do distrito, Nikodim Fomitch. Luíse Ivanovna apressou-se em lhe fazer uma reverência quase até o chão e, com uns passinhos miúdos, foi saindo da repartição.

– Outra vez raios e trovões... um furacão! – disse Nikodim Fomitch, dirigindo-se num tom amável e amistoso a Ilia Petrovitch. – Outra vez provocando, outra vez criando problemas! Ouvi tudo subindo as escadas!

– Bem, e então? – falou Ilia Petrovitch com gentil indolência e foi caminhando com alguns papéis para outra mesa, com gracioso sacudir de ombros a cada passo. – Aqui está, se tiver a bondade de olhar. Um escritor ou um estudante, pelo menos foi estudante um dia, não paga as dívidas; assinou um reconhecimento de dívida, mas não desocupa o quarto e recebemos queixas constantes contra ele e até se permitiu protestar contra mim, por eu estar fumando na presença dele! E ele próprio se comporta como um malcriado. Mas olhe para ele, por favor. Aí está o cavalheiro, e muito atraente por sinal!

– A pobreza não é pecado, meu amigo; mas sabemos que explode como a pólvora, não consegue suportar menosprezo, atrevo-me a dizer que você se ofende por pouco e fica fora de si – continuou Nikodim Fomitch, voltando-se afavelmente para Raskolnikov. – Mas a senhora estava errada nesse ponto. Ele é um sujeito sensacional, asseguro-lhe, mas explosivo, explosivo! Fica esquentado, inflama-se, ferve e ninguém o segura! E, de repente, tudo acabou! Em resumo, tem um coração de ouro! No regimento, o apelido dele era Tenente Explosivo...

– E que belo regimento era também – exclamou Ilia Petrovitch, muito contente com esse agradável gracejo, embora ainda mal-humorado.

Raskolnikov repentinamente ficou com vontade de dizer algo excepcionalmente prazeroso a todos eles.

– Peço desculpas, capitão – começou ele, à vontade, dirigindo-se diretamente a Nikodim Fomitch –, poderia se colocar em meu lugar?.... Estou disposto a pedir perdão, se fui mal-educado. Sou um estudante pobre, doente e destruído ("destruído" foi a palavra que usou) por causa da pobreza. Interrompi os estudos porque não tenho como me sustentar agora, mas vou receber dinheiro... Tenho mãe e uma irmã na província de... Elas vão me mandar o dinheiro e então vou pagar. A dona da casa em que moro é uma mulher bondosa, mas ficou tão exasperada ao ver que perdi meus estudos e que não a paguei nos últimos quatro meses, que deixou até de me enviar minhas refeições... e não entendo muito bem o que é esse reconhecimento de dívida. Ela está exigindo, com essa intimação, que eu a pague. Como vou poder pagar? Julguem os senhores...

– Mas isso não é de nossa competência, você sabe – observou o chefe do escritório.

– Sim, sim. Concordo perfeitamente com o senhor. Mas permita-me que explique... – insistiu Raskolnikov, dirigindo-se ainda a Nikodim Fomitch, mas fazendo seu melhor para dirigir-se também a Ilia Petrovitch, embora este último aparentasse estar continuamente revirando seus papéis e preferisse demonstrar indiferença para com ele. – Permita-me explicar que estive morando na casa dela por quase três anos e que, de início... de início... pois não sei por que não deveria confessá-lo, bem no começo prometi me casar com a filha dela, promessa verbal, feita livremente... ela era uma menina... na realidade, eu gostava dela, embora não estivesse apaixonado por ela... coisas da juventude; enfim... isto é, quero dizer, que a dona da casa me deu todo o crédito naqueles tempos e eu levava uma vida de... eu era muito estouvado...

– Ninguém lhe pediu que entrasse nesses detalhes pessoais, senhor; não temos tempo a perde – interveio Ilia Petrovitch, rudemente e com ar triunfal. Mas Raskolnikov o interrompeu acaloradamente, embora logo percebesse que lhe custava muito falar.

– Peço desculpas, peço desculpas. Cabe a mim explicar... como tudo aconteceu... Por minha vez... embora concorde com o senhor... é desnecessário. Mas há um ano, a moça morreu de tifo. Fiquei morando ali como antes e quando a dona da casa se mudou para o local atual, me disse... e de modo amigável... que tinha toda a confiança em mim, mas ainda assim eu devia assinar um reconhecimento de dívida no valor de 115 rublos, que era tudo o que lhe devia. Disse-me que, se lhe desse esse documento, continuaria a confiar em mim e que nunca, nunca... essas foram as próprias palavras dela... faria uso desse documento até que eu quitasse a dívida... e agora que eu perdi meus estudos e que não tenho o que comer, ela entra com uma ação contra mim. O que posso dizer a respeito disso?

– Todos esses comoventes detalhes não nos interessam – interrompeu Ilia Petrovitch, secamente. – O senhor deve dar uma declaração por escrito, mas quanto a seus casos amorosos e a todos esses trágicos acontecimentos, não temos nada a ver.

– Convenhamos... o senhor está sendo cruel – resmungou Nikodim Fomitch, sentando-se à mesa e passando a escrever. Parecia um pouco envergonhado.

– Escreva! – disse o chefe do escritório a Raskolnikov.

– Escrever o quê? – perguntou ele, asperamente.

– Vou ditar para o senhor.

Raskolnikov imaginou que o chefe do escritório agora o tratava com mais indiferença e desdém depois que dera sua explicação; mas, coisa estranha, de repente sentiu que lhe era indiferente a opinião que pudessem ter dele e essa mudança ocorreu num instante. Se tivesse pensado um pouco, teria ficado surpreso, sem dúvida, de ter podido falar daquela maneira um pouco antes e de tê-los informado sobre seus sentimentos. E de onde tinham provindo esses sentimentos? Agora, se aquela sala estivesse cheia, não de policiais, mas de seus mais caros e íntimos amigos, não teria tido para eles nem uma só palavra mais humana, tão vazia lhe parecia estar seu coração. Uma sombria impressão de angústia, de infinita solidão e de isolamento brotava do mais íntimo de sua alma. Não era a mesquinharia de suas efusões sentimentais diante de Ilia Petrovitch, nem a mesquinharia triunfante deste último que tinha causado essa súbita modificação em seu espírito. Oh, que lhe importavam agora sua própria baixeza com todas essas triviais vaidades, os oficiais, as mulheres alemãs, as dívidas, os policiais? Se o tivessem condenado a ser queimado vivo naquele momento, não se teria alterado e mal teria escutado a sentença até o fim. Algo estava acontecendo com ele, inteiramente novo, súbito e desconhecido. Não que compreendesse, mas é que sentia claramente, com toda a intensidade de sua sensibilidade, que nunca mais deveria envolver essas pessoas do posto policial com efusões sentimentais como seu recente desabafo ou com qualquer outra coisa; e que, se essas pessoas tivessem sido seus irmãos e irmãs e não policiais, seria totalmente fora de questão envolvê-las em qualquer circunstância de sua vida. Nunca tinha experimentado uma estranha e terrível sensação como essa. E o que era mais angustiante... era mais a sensação do que a concepção da ideia, uma sensação direta, a mais angustiante de todas as sensações que tinha experimentado na vida.

O chefe do escritório começou a ditar a declaração, nos termos usuais, ou seja, que não podia pagar, que se comprometia a fazê-lo numa data futura, que não haveria de deixar a cidade, nem vender seus bens, e assim por diante.

– Mas não consegue escrever, mal pode segurar a pena – observou o chefe, olhando com curiosidade para Raskolnikov. – Está doente?

– Sim... Sinto tonturas... Continue!

– É tudo. Assine.

O chefe do escritório tomou o papel e foi atender outras pessoas.

Raskolnikov devolveu a pena, mas em vez de se levantar e se retirar, apoiou os cotovelos na mesa e segurava a cabeça com as mãos. Sentia como se lhe tivessem enfiado um prego no crânio. Uma estranha ideia lhe ocorreu de repente: levantar-se imediatamente, ir até Nikodim Fomitch, contar-lhe tudo o que havia acontecido na noite anterior e depois levá-lo até o local onde morava e mostrar-lhe todos os objetos que tinha escondido naquele buraco, num canto. O impulso foi tão forte que se levantou da cadeira para pôr em prática essa ideia. "Não seria melhor que eu pensasse um minuto?", disse mentalmente. "Não, é melhor tirar esse fardo de minha consciência sem pensar." Mas, subitamente, parou como que pregado no lugar. Nikodim Fomitch estava falando acaloradamente com Ilia Petrovitch e as palavras chegaram a seus ouvidos.

– É impossível; os dois devem ser postos em liberdade. Para começar, a história toda está repleta de contradições. Por que haveriam de chamar o porteiro, se fosse obra deles? Para se denunciarem a si próprios? Ou como disfarce? Não, seria demasiada astúcia. Além disso, Pestriakov, o estudante, foi visto no portão pelos dois porteiros e por uma mulher quando ia entrando. Estava acompanhado de três amigos, que o deixaram somente no portão, e ele pediu aos porteiros pela moradora, na presença dos amigos. Teria pedido informações sobre essa moradora, se estivesse indo para lá com esse objetivo? Quanto a Koch, esteve durante meia hora na casa do ourives, embaixo, antes de subir para ir ter com a velha, e o deixou exatamente quando faltavam 15 minutos para as oito. Agora, considere...

– Mas me desculpe, como explica essa contradição? Eles próprios afirmam que bateram à porta e que ela estava trancada; mas três minutos depois, quando subiram com o porteiro, encontraram a porta destrancada.

– Exatamente. O assassino devia estar lá dentro, trancado; e eles o teriam apanhado com toda a certeza, se Koch não tivesse sido tão pateta de ir ele também à procura do porteiro. O assassino aproveitou a oportunidade para descer pelas escadas e sumir. Koch continua se benzendo e dizendo: "Se eu tivesse ficado lá, ele teria saído de repente e me teria matado com a machadinha." Ele vai mandar celebrar um ofício religioso de agradecimento... ha, ha!

– E ninguém viu o assassino?

– Podem muito bem não tê-lo visto. Aquela casa é uma perfeita Arca de Noé – observou o chefe do escritório, que estava escutando.

– Está claro, está claro! – repetiu Nikodim Fomitch, acaloradamente.

– Não, nada está claro – insistiu Ilia Petrovitch.

Raskolnikov tomou o chapéu e caminhou em direção da porta; mas não chegou até lá...

Quando recobrou a consciência, viu-se sentado numa cadeira; amparado por alguém no lado direito, enquanto outro estava de pé do lado esquerdo, segurando um copo amarelado cheio de um líquido amarelo; e Nikodim Fomitch estava diante dele, olhando-o atentamente. Ele se levantou da cadeira.

– O que há? Está doente? – perguntou Nikodim Fomitch, num tom bastante rude.

– Ele mal conseguia segurar a pena quando estava assinando – disse o chefe do escritório, recuando para seu lugar e retomando seu trabalho.

– Está doente há muito tempo? – gritou Ilia Petrovitch, de seu lugar, onde também estava manuseando papéis. É claro que ele também se havia aproximado para ver o doente enquanto estava desmaiado, retirando-se em seguida para seu lugar, quando o rapaz recobrou os sentidos.

– Desde ontem – murmurou Raskolnikov.
– Saiu ontem?
– Saí.
– Apesar de estar doente?
– Sim.
– A que horas?
– Em torno das sete.
– Posso perguntar para onde foi?
– Fui andando pela rua.
– Breve e claro.

Raskolnikov, branco como um lenço, tinha respondido de maneira brusca e aos trancos, sem baixar seus olhos negros e febris diante de Ilia Petrovitch.

– Mal pode ficar de pé. E você... – começou a dizer Nikodim Fomitch.
– Isso não importa! – interveio Ilia Petrovitch, de modo um tanto estranho.

Nikodim Fomitch teria apresentado mais algum protesto, mas olhando para o chefe do escritório, que o estava fitando seriamente, não falou mais. Houve um repentino silêncio. Era estanho.

– Muito bem – concluiu Ilia Petrovitch. – Não vamos detê-lo.

Raskolnikov saiu. Conseguiu captar o som de viva discussão, assim que saiu, e acima de tudo se elevava a fala inquiridora de Nikodim Fomitch. Na rua, seu mal-estar desapareceu por completo.

"Uma busca... logo mais vai haver uma busca", repetia de si para consigo, apressando-se em direção de casa. "Esses brutos! Eles estão suspeitando."

O medo de antes o dominava completamente de novo.

CAPÍTULO DOIS

"E SE JÁ TIVESSEM FEITO UMA BUSCA? E SE EU OS ENCONTRASSE EM MEU QUARTO?"

Mas aí estava seu quarto. Nada, ninguém nele. Ninguém andou espiando ali. Nem sequer Nastásia o tinha tocado. Mas Deus do céu! Como é que podia ter deixado todas essas coisas no buraco?

Correu para o canto, enfiou a mão por baixo do papel, tirou os objetos dali e os guardou nos bolsos. Eram ao todo oito peças: duas caixinhas com brincos ou coisa parecida, que mal tinha visto; mais quatro pequenos estojos de couro. Havia também uma corrente, simplesmente embrulhada em papel de jornal e outra coisa, também embrulhada em papel de jornal, que parecia uma condecoração... Colocou todos os objetos em diferentes bolsos do sobretudo e no bolso vazio das calças, tentando escondê-los da melhor maneira possível. Apanhou a bolsinha também. Depois saiu do quarto, deixando a porta aberta. Caminhava depressa e resolutamente e, embora se sentisse acabado, tinha plena consciência de tudo. Tinha medo de ser perseguido, tinha medo de que, dentro de meia hora, de um quarto de hora talvez, fossem emanadas instruções para sua captura e assim, a qualquer custo, deveria eliminar todos os vestígios. Deveria deixar tudo em ordem, enquanto tinha ainda algumas forças e alguma lucidez... Para onde deveria ir?

Fazia muito tempo que havia resolvido. "Jogar tudo no canal e todas as provas afundariam na água e o caso terminaria por aí." Assim tinha decidido na noite de seu delírio quando várias vezes tinha tido o impulso de levantar-se, sair depressa e livrar-se de tudo. Mas desfazer-se disso tudo acabava se tornando uma tarefa muito difícil. Andou a esmo ao longo da margem do canal Ekateríninski por meia hora ou mais e olhou várias vezes para os degraus que desciam até a água, mas não podia executar esse plano; porque havia balsas encostadas aos degraus e, sobre elas, mulheres lavavam roupa ou havia barcos atracados na margem e pessoas andando por todos os lados. Além do mais, podia ser visto e observado desde as margens de ambos os lados; haveria de levantar suspeitas, se um homem descesse de propósito, parasse e jogasse alguma coisa na água. E se os estojos flutuassem, em vez de afundar? E certamente flutuariam. Mesmo como estavam as coisas, todos aqueles que encontrava pareciam fitá-lo e olhar em volta, como se não tivessem nada que fazer a não ser observá-lo. "Por que me olham assim, ou serei eu que imagino isso?", pensou.

Por fim, lembrou-se de que poderia ser melhor dirigir-se para o rio Neva. Ali não havia tanta gente, seria menos observado e, de qualquer modo, seria mais conveniente, pois era bem mais longe. Ficou se perguntando como podia ter andado a esmo por uma boa meia hora, aborrecido e ansioso nesses locais perigosos, sem pensar nisso antes. E tinha perdido essa meia hora por um plano irracional só porque o tinha arquitetado durante o delírio. Tinha-se tornado extremamente ausente e esquecido e estava ciente disso. Certamente devia se apressar.

Dirigiu-se ao rio Neva pela alameda V..., mas durante o trajeto ocorreu-lhe outra ideia. "Por que para o Neva? Não seria preferível ir para qualquer outro lugar, bem longe, para as ilhas e esconder ali os objetos, num local solitário, num bosque ou debaixo de um arbusto e marcar o ponto escolhido?" E embora se sentisse incapaz de pensar com toda a lucidez, a ideia lhe parecia perfeita. Mas seu destino não o levaria até lá, pois, saindo da alameda V... em direção da praça, reparou à esquerda uma passagem, entre dois muros sem aberturas, que conduzia a um pátio. À direita, o muro sem aberturas e sem pintura de um prédio de quatro andares se estendia até o pátio. À esquerda, um tapume de madeira corria paralelamente com o muro por vinte passos até o pátio e depois virava direto para a esquerda, onde havia espaço vazio, sem cerca, repleto de lixo de diferentes materiais. No fundo do pátio, via-se, do outro lado da cerca, o canto do baixo e denegrido galpão de pedra, aparentemente parte de alguma oficina. Era provavelmente o galpão de um carpinteiro ou de um fabricante de carruagens. Todo o local, desde a entrada, estava coberto de pó de carvão. Aí seria o lugar para jogar tudo, pensou o rapaz. Como não viu ninguém no pátio, entrou e logo viu, perto do portão, um espaço reservado, como costuma haver em pátios onde há muitos trabalhadores e condutores de carruagem; e no muro estava rabiscado a gesso o costumeiro aviso: "Estritamente proibido estacionar aqui." Tanto melhor, pois não haveria nada de suspeito pelo fato de ele entrar ali. "Eu poderia jogar tudo nesse local e fugir!"

Depois de olhar em volta outra vez, com as mãos nos bolsos, notou, encostada ao muro externo, entre a entrada e o galpão, uma grande pedra bruta, pesando talvez 60 quilos. Do outro lado do muro ficava a rua. Conseguia ouvir os transeuntes, sempre numerosos nesse ponto, mas não podia ser visto desde a entrada, a menos que alguém entrasse pela rua, o que poderia realmente acontecer e, portanto, era preciso agir depressa.

Inclinou-se sobre a pedra, agarrou-a firmemente com as duas mãos na parte de cima e, usando toda a sua força, a deslocou. Debaixo da pedra ficou uma pequena cavidade e imediatamente esvaziou os bolsos, jogando tudo ali. A bolsinha ficou por cima, mas ainda havia lugar para mais coisas. Depois agarrou novamente a pedra e, dando-lhe meia-volta, recolocou-a no lugar e na posição de antes, embora ficasse apenas um pouco mais alta. Mas raspou a terra em torno e a ajeitou contra a beirada da pedra com a ponta dos pés. Não podia se notar nada.

Depois saiu de lá e voltou para a praça. E de novo uma intensa e quase insuportável alegria se apoderou dele por um instante, como havia ocorrido na delegacia de polícia. "Enterrei as provas! E quem, quem é que pode pensar em olhar debaixo dessa pedra? Talvez esteja ali desde que o prédio foi construído e vai permanecer ali por muitos anos ainda. E mesmo que as encontrassem, quem haveria de pensar em mim? Acabou-se tudo! Não há vestígios!" E riu. Sim, lembrou-se de que tinha começado a rir com um riso leve, nervoso, imperceptível, e continuou rindo durante todo o tempo em que ia atravessando a praça. Mas, quando chegou à avenida K..., onde dois dias antes se havia encontrado com aquela moça, seu riso subitamente cessou. Outras ideias fervilhavam em sua mente. Pareceu-lhe também, de repente, que seria um tanto repulsivo passar diante do banco onde, depois que a moça se fora, ele se havia sentado nele a pensar e que seria também odioso encontrar aquele policial de espessas suíças, a quem havia dado vinte copeques. "Que o diabo o carregue!"

Caminhava, olhando em volta, irritado e distraído. Todos os seus pensamentos pareciam girar em torno de um só ponto; ele sentia que existia realmente esse ponto e agora, justo agora, estava diante desse ponto... e pela primeira vez, na verdade, nos dois últimos meses.

"Dane-se!", pensou, de repente, num ímpeto de fúria irreprimível. "Se começou, já começou. Que comece vida nova! Meu Deus, que coisa estúpida!...

E que mentiras contei hoje! Como me rebaixei indignamente diante daquele malvado Ilia Petrovitch! Mas tudo isso é tolice! Que me importam todos eles e minha humilhação diante deles! Não é isso que está em causa! Não é isso!"

De repente, parou; uma pergunta decisivamente inesperada e extremamente simples o deixou perplexo e o confundiu.

"Se, na realidade, tudo foi feito deliberadamente e não de modo idiota, se eu tinha realmente um objetivo certo e definido, como é que não olhei dentro da bolsa e fiquei sem saber o que havia dentro dela, pela qual enfrentei todas essas dificuldades e me empenhei deliberadamente nesse negócio abjeto, vil e degradante? E aí estava eu querendo jogar tudo dentro da água, a bolsa e todos os objetos que eu não tinha visto ainda... que significa isso?"

Sim, assim foi, assim foi. Aliás, ele já sabia disso antes e essa não era uma nova pergunta para ele, mesmo quando foi decidido, à noite, sem hesitação e consideração, como se assim tivesse de ser, como se não fosse possível ser de outra forma... Sim, sabia de tudo e compreendia tudo; certamente tudo havia sido resolvido no dia anterior, no momento em que estava se agachando sobre o baú e tirando os estojos de joias... Sim, assim foi.

"É porque estou muito doente", decidiu finalmente, mal-humorado. "Andei me aborrecendo e me martirizando, e não sei o que estou fazendo... Ontem, anteontem e todo esse tempo estive me atormentando... Vou ficar bom e não vou me aborrecer... Mas que será, se não ficar bom? Meu bom Deus, como estou farto de tudo isso!"

Caminhava sem parar. Sentia uma ânsia terrível de se distrair, mas não sabia o que fazer, o que tentar. Uma nova sensação, invencível, ia se apoderando dele sempre mais a cada momento; era uma repulsa incomensurável, quase física, por tudo o que o cercava, um sentimento obstinado e maligno de ódio. Todas as pessoas que encontrava eram repugnantes para ele... ele detestava seus rostos, seus movimentos, seus gestos. Se alguém se dirigisse a ele, pressentia que teria cuspido ou batido nele...

Parou inopinadamente ao sair da margem do pequeno Neva, perto da ponte Vassilievski. "Ora, ele mora aqui, nessa casa", pensou. "Ora, eu nunca tomei a iniciativa de visitar Razumihin! Outra vez a mesma coisa de sempre... De qualquer modo, muito interessante saber disso. Será que vim de propósito ou simplesmente vim caminhando por acaso até aqui? Não importa, falei anteontem que eu iria vê-lo no dia seguinte; bem, e assim será! Além disso, realmente não posso ir adiante agora."

Subiu ao quinto andar para fazer uma visita a Razumihin.

Ele estava em casa, em seu cubículo, escrevendo, mas ele mesmo veio abrir a porta. Fazia quatro meses que se haviam visto pela última vez. Razumihin vestia um roupão esfarrapado e estava de chinelos, despenteado, barba por fazer e se via que não tinha se lavado. Seu rosto exprimia surpresa.

– É você? – exclamou ele, olhando de alto a baixo o amigo; depois de breve pausa, começou a assobiar. – É duro vê-lo assim! Ora, irmão, você me superou! – acrescentou ele, olhando para os trapos de Raskolnikov. – Vamos lá, sente-se, que deve estar cansado.

E quando se deixou cair no sofá de couro, que estava em piores condições do que ele próprio, Razumihin reparou de imediato que seu visitante estava doente.

– Mas você está realmente doente, sabe? – Tentou tomar seu pulso. Raskolnikov afastou-lhe a mão.

– Não importa – disse ele. – Vim por causa disso: não frequento mais as lições... eu queria... mas, na realidade, não quero mais lições...

– Mas o que é isso? Você está delirando! – continuou Razumihin, observando-o atentamente.

– Não, não estou delirando.

Raskolnikov levantou-se do sofá. Enquanto ia subindo a escada até a casa de Razumihin, não pensava que teria de encontrar o amigo frente a frente. Agora, num instante, percebia que não havia coisa que mais o indispusesse no momento do que deparar-se frente a frente com quem quer que fosse neste mundo. Toda a sua bílis se revolvia dentro dele. Quase se sufocou de raiva logo que cruzou a soleira da porta do quarto de Razumihin.

– Até logo! – disse ele, abruptamente, e dirigiu-se para a porta.

– Pare, pare! Seu miserável!

– Não quero – disse o outro, afastando-lhe novamente a mão.

– Então, por que diabos veio aqui? Ficou doido ou o que acontece? Ora, isso é... quase um insulto! Não vou deixá-lo sair assim.

– Bem, escuta, vim porque não conheço ninguém, a não ser você, que possa me ajudar... para começar... porque você é mais amável do que ninguém... mais inteligente quero dizer e pode julgar... e agora vejo que não quero nada. Entendeu? Absolutamente nada... não quero favores de ninguém... simpatia de ninguém. Estou sozinho... sozinho... Bem, já chega. Deixe-me em paz!

– Fique por um minuto, anda se arrastando! Você é um doido perfeito. Por mim, faça como quiser. Olhe, eu não frequento lições e não me importo com isso, mas há um livreiro, Heruvimov... que vale mais que uma lição. Não o trocaria por cinco lições. Compõe algumas publicações e imprime manuais de ciências naturais que têm enorme circulação. Só os títulos já valem o dinheiro desembolsado! Você sempre insistiu que eu era um tolo, mas, por Júpiter, meu caro, há tolos maiores do que eu! Agora ele investe em literatura; não que tenha alguma noção disso, mas eu, é claro, o encorajo. Aqui estão duas páginas do texto em alemão... a meu ver, puro charlatanismo; discute a questão "A mulher é um ser humano?" Claro que ele demonstra triunfalmente que ela é. Heruvimov está preparando esse trabalho como uma contribuição para a questão da mulher. Eu o estou traduzindo. Ele vai expandir essas duas páginas e meia em seis, vamos dar-lhe um pomposo título de meia página e vender cada exemplar a meio rublo. Vai dar certo! Pela tradução, ele me paga seis rublos por página, o que perfaz um total de 15 rublos; mas já me adiantou seis rublos. Quando tivermos terminado este, vamos começar a tradução de um texto sobre as baleias e depois vamos extrair alguns dos escândalos mais curiosos da segunda parte do livro *Les Confessions* (As confissões), que já assinalamos para traduzir. Alguém disse a Heruvimov que Rousseau é uma espécie de Radishchev. Certamente que eu não o contradigo, que se dane! Bem, você gostaria de traduzir a segunda página do folhetim "A mulher é um ser humano?" Se quiser, aqui está o texto alemão, junto com pena e papel... tudo isso já está acertado e tome três rublos, pois, uma vez que recebi o adiantamento de seis rublos por todo o trabalho, cabem-lhe três rublos por sua participação. E, por favor, não pense que estou lhe fazendo um favor; pelo contrário, logo que você entrou, percebi como poderia me ajudar. Para começar, sou fraco em ortografia e, em segundo lugar, sinto-me, às vezes, totalmente desnorteado diante do texto alemão, de modo que acabo escrevendo coisas de minha própria lavra. Consolo-me, portanto, ao pensar que essa mudança será para melhor, embora, você possa dizer que, talvez, por vezes seja para pior. Vai aceitar essa incumbência?

Raskolnikov tomou as folhas de texto alemão em silêncio, recebeu os três rublos e, sem dizer palavra, saiu. Razumihin olhou para ele com espanto. Mas quando Raskolnikov estava na outra rua, voltou, subiu as escadas até o quarto de Razumihin e, deixando sobre a mesa o artigo alemão e os três rublos, saiu novamente e sem proferir palavra.

– Está delirando ou o quê? – exclamou Razumihin, finalmente, cheio de raiva. – Que farsa é essa? Vai me deixar louco também... para que é que você veio me ver? Vá para o diabo!

– Não quero... tradução – resmungou Raskolnikov, já na escada.
– Então que diabo você quer? – gritou Razumihin lá de cima.
Raskolnikov continuou descendo as escadas em silêncio.
– Eh, escuta! Onde é que você mora?
Não teve resposta.
– Bem, que o diabo o carregue!

Mas Raskolnikov já estava caminhando pela rua. Na ponte Nikolaevski recobrou inteiramente a consciência por causa de um incidente desagradável. Um cocheiro, depois de lhe gritar duas ou três vezes, deu-lhe uma violenta chicotada nas costas, porque quase caiu debaixo dos cascos dos cavalos. A chicotada o enfureceu de tal modo que deu um pulo até o parapeito da ponte (por alguma razão desconhecida, ele estava caminhando no meio da ponte, por onde passam as carruagens). Zangando, cerrou e rangeu dentes. Passou, naturalmente, a ouvir risadas.

– Bem feito!
– Acho que é um batedor de carteiras!
– Fingindo-se de bêbado, certamente, e atirando-se de propósito embaixo das rodas, e alguém vai ter de responder por ele.
– É uma profissão de muitos, é isso.

Mas enquanto estava de pé contra o parapeito, ainda zangado e aturdido, esfregando as costas depois que a carruagem se havia afastado, sentiu que alguém lhe punha dinheiro nas mãos. Olhou. Era uma senhora idosa, com um lenço na cabeça e sapatos de pele de cabra, acompanhada de uma moça, provavelmente sua filha, de chapéu e sombrinha verde.

– Tome, senhor, em nome de Cristo.

Ele aceitou e elas continuaram seu caminho. Era uma moeda de 20 copeques. Pelo vestido e pela aparência, elas podiam muito bem tê-lo tomado por um mendigo, pedindo esmola nas ruas, e ele, sem dúvida, atribuiu o presente de 20 copeques à chicotada, que elas presenciaram e que as levou a ter pena dele.

Fechou a mão sobre a moeda, caminhou mais dez passos e virou o rosto para o rio Neva, na direção do palácio. No céu não havia nuvens e a água estava quase azul-claro, o que é muito raro no Neva. A cúpula da catedral, que se vê com mais nitidez da ponte, a 20 passos da capela, brilhava à luz do sol e, no ar límpido, se podia distinguir claramente cada ornamento. A dor da chicotada passou e Raskolnikov a esqueceu; uma ideia inquietante e não inteiramente definida o absorvia agora. Estava parado e olhava longa e atentamente à distância; esse local lhe era particularmente familiar. Quando estava na universidade, centenas de vezes... geralmente a caminho de casa... tinha parado nesse local, contemplado esse verdadeiramente magnífico espetáculo e quase sempre ficava admirado com uma impressão vaga e misteriosa que nele surgia. Deixava-o estranhamente frio; esse esplêndido quadro era para ele monótono e sem vida. Todas as vezes ficava admirado diante dessa sombria e enigmática impressão e, desconfiando de si mesmo, desistia de procurar uma explicação a respeito. Relembrava vivamente aquelas dúvidas e perplexidades e lhe parecia que não era por simples acaso que as recordava agora. Parecia-lhe estranho e grotesco que tivesse parado no mesmo local de antes, como se imaginasse realmente que pudesse ter os mesmos pensamentos, estar interessado nas mesmas teorias e quadros que o tinham interessado... tão pouco, tempos atrás. Quase achou isso engraçado e, ainda assim, lhe apertou o coração. Bem no fundo, escondido bem distante, fora de vista, tudo isso lhe parecia agora... todo o seu remoto passado, seus antigos pensamentos, seus antigos problemas e teorias, suas antigas impressões, e todo aquele panorama, e ele mesmo, e tudo, tudo... Parecia-lhe que estava voando e que tudo estava desaparecendo de sua vista. Depois de fazer um movimento involuntário com a mão, sentia de repente que ainda segurava a moeda. Abriu a mão, fitou a moeda e, com um movimento do braço, atirou-a na água. Depois deu meia-volta e foi para casa. Parecia-lhe que se havia separado radicalmente de tudo e de todos naquele momento.

Já estava escurecendo quando chegou em casa, de modo que estivera caminhando pela cidade por cerca de seis horas. Como e por onde havia retornado, não se lembrava mais. Depois de se despir e tremendo como um cavalo cansado de correr, deitou-se no sofá, puxou o sobretudo sobre si e logo caiu no sono...

Era ainda escuro quando acordou por causa de um grito espantoso. Santo Deus, que grito! Nunca tinha ouvido semelhantes sons nada naturais, semelhante a urro, lamento, semelhante a soluços, lágrimas, pancadas e insultos.

Nunca poderia ter imaginado semelhante brutalidade, semelhante barbaridade. Aterrorizado, sentou-se na cama, quase desfalecendo de agonia. Mas a briga, os urros e os insultos se tornavam cada vez mais altos. E então, para grande espanto seu, reconheceu a voz da dona da casa. Estava gritando e berrando rápida, seguida e incoerentemente, a tal ponto que ele não conseguia perceber sobre o que ela estava falando; sem dúvida, ela estava pedindo para que parassem de bater, pois estava apanhando sem dó nas escadas. A voz do carrasco era tão horrorosa, tão cheia de desprezo e raiva, que mais parecia um grunhido; mas ele também estava dizendo qualquer coisa, e também muito depressa, de maneira ininteligível, atrapalhando-se e gaguejando. De repente, Raskolnikov começou a tremer; reconheceu aquela voz... era a voz de Ilia Petrovitch. Ilia Petrovitch ali, batendo na dona da casa! Dava-lhe pontapés e batia a cabeça dela contra os degraus... isso era evidente, podia ser deduzido pelo ruído, pelos gritos e pancadas. O que era aquilo, o mundo estaria de pernas para o ar? Podia ouvir pessoas correndo, vindo de todos os andares e de todas as escadas; ouvia vozes, exclamações, batidas, portas rangendo. "Mas por que, por que e como poderia acontecer isso?", repetia ele, pensando seriamente que tinha enlouquecido. Mas não, ouvia tudo perfeitamente! E depois viriam até ele "sem dúvida... é tudo por causa daquilo... por causa de ontem... meu bom Deus!" Teria fechado a porta com o trinco, mas não conseguia levantar a mão... além disso, seria inútil. O terror congelou seu coração, torturou-o, paralisou-o... Mas, finalmente, toda essa confusão, depois de ter durado cerca de dez minutos, aos poucos começou a diminuir. A dona da casa gemia e suspirava. Ilia Petrovitch continuava proferindo ameaças e insultos... Por fim, ele também silenciou e já não podia ser ouvido. "Será que foi embora? Meu Deus!" Sim, e a dona da casa também está indo agora, ainda chorando e gemendo... e então a porta bateu com força... Agora as pessoas deixavam as escadas e seguiam para seus alojamentos, exclamando, discutindo, chamando umas às outras, levantando a voz para gritar e, aos poucos, baixando-a até o sussurro. Devia haver muita gente ali... quase todos os habitantes do bloco. "Mas, meu bom Deus, como seria possível? E por que, por que ele tinha vindo aqui?"

    Extenuado, Raskolnikov afundou no sofá, mas não conseguiu pregar no sono. Ficou assim deitado por meia hora, numa tal angústia, numa intolerável sensação de infinito terror como nunca havia sentido. De repente uma luz clara iluminou seu quarto. Nastásia entrou com uma vela e um prato de sopa. Depois de olhá-lo atentamente e de certificar-se de que não dormia, pôs a vela em cima da mesa e começou a tirar o que tinha trazido: pão, sal, um prato, uma colher.

– Você não comeu nada desde ontem, garanto. Andou se arrastando por aí o dia todo e está tremendo de febre.

– Nastásia... por que é que estavam batendo na dona da casa?

Ela o olhou, preocupada.

– Quem bateu na dona da casa?

– Agora, há pouco... meia hora atrás, Ilia Petrovitch, o assistente do delegado, na escada... Por que a estava maltratando dessa maneira e... por ele veio até aqui?

Nastásia o examinou de alto a baixo, em silêncio e franzindo a testa, e ficou olhando para ele por longo tempo. Ele se sentiu desconfortável, até assustado diante dos olhos inquiridores dela.

– Nastásia, por que não fala? – perguntou ele, por fim, timidamente, com voz fraca.

– É o sangue! – respondeu ela, finalmente, em voz suave, como se falasse para si mesma.

– Sangue? Que sangue? – murmurou ele, empalidecendo e virando-se para a parede.

Nastásia continuava olhando para ele em silêncio.

– Ninguém andou batendo na dona da casa – disse ela, finalmente, com voz firme e resoluta.

Ele olhou para ela, respirando com dificuldade.

– Mas eu mesmo ouvi... Não estava dormindo... Estava sentado no sofá – retrucou ele, com voz ainda mais sumida. – Ouvi durante muito tempo... O assistente do delegado veio... Todos correram para as escadas, de todos os alojamentos.

– Não havia ninguém aqui. É o sangue gritando em seus ouvidos. Quando não encontra saída e está coagulado, você começa a imaginar coisas... Quer comer alguma coisa?

Ele não respondeu. Nastásia continuava ao lado dele, observando-o.

– Dê-me algo para beber... Nástásia.

Ela desceu as escadas e voltou com uma jarra branca, de terracota, cheia de água. Ele se lembrava somente de ter tomado um gole da água fria e de ter molhado um pouco o pescoço. Depois se seguiu o esquecimento.

CAPÍTULO TRÊS

Mas não ficou completamente inconsciente durante todo o tempo em que esteve doente. Estava num estado febril, às vezes delirando e, outras vezes, semiconsciente. Lembrou-se de muitas coisas mais tarde. Por vezes, lhe parecia que havia muita gente em volta dele; eles queriam levá-lo para algum lugar; havia muita disputa e discussão a respeito dele. Depois ficou sozinho no quarto; todos foram embora, com medo dele, e só de vez em quando entreabriam a porta para vê-lo; eles o ameaçavam, tramavam algo juntos, riam e zombavam dele. Lembrava-se muitas vezes de ver Nastásia a seu lado; via também outra pessoa que lhe parecia conhecer muito bem, embora não conseguisse lembrar-se de quem era, e isso o exasperava e até o fazia chorar. Às vezes parecia-lhe que estava ali deitado havia um mês; outras vezes parecia-lhe que não tinha passado ainda um dia. Mas daquilo... daquilo não tinha mais lembrança; ainda assim, a todo momento sentia que havia esquecido alguma coisa que deveria lembrar. Ficava aborrecido e atormentado, tentando relembrar, gemia, se enfurecia ou caía num medonho e intolerável terror. Então se esforçava por levantar-se, queria sair correndo, mas alguém sempre o dominava à força e caía de novo na inércia e no torpor. Até que, finalmente, voltou à consciência plena.

Isso veio a acontecer às dez horas da manhã. Em dias lindos, o sol invadia o quarto nessa hora, projetando um feixe de luz na parede da direita e no canto perto da porta. Nastásia estava ao lado dele com outra pessoa, completamente estranha, que estava olhando para ele com grande curiosidade. Era um jovem, de barba, trajando um casaco curto e parecia um mensageiro. A dona da casa espreitava pela porta enreaberta. Raskolnikov se ergueu.

– Quem é, Nastásia? – perguntou ele, apontando para o jovem.

— Vejam só, ele voltou a si! – disse ela.

— Voltou a si – repetiu o jovem.

Constatando que ele tinha realmente voltado a si, a dona da casa fechou a porta e desapareceu. Era tímida e temia conversas e discussões; devia ter uns 40 anos, não era feia, mas era gorda e corada, de olhos e sobrancelhas negros, benévola por ser gorda e indolente, e exageradamente acanhada.

— Quem... é o senhor? – insistiu ele, dirigindo-se ao jovem. Mas nesse momento a porta se abriu de par em par e, curvando-se um pouco por causa de sua elevada estatura, Razumihin entrou.

— Em que choupana você mora! – exclamou ele. – Vindo aqui, sempre vou bater a cabeça na porta. E você chama isso de moradia! Então, já voltou a si, irmão? Acabei de saber disso de Pashenka.

— Acabou de recuperar os sentidos – disse Nastásia.

— Agora mesmo – completou o jovem, novamente, com um sorriso.

— Quem é o senhor? – perguntou Razumihin, repentinamente, dirigindo-se a ele. – Meu nome é Vrazumihin, a seu dispor; não Razumihin, como costumam me chamar, mas Vrazumihin, estudante e cavalheiro, e ele é meu amigo. E o senhor, quem é?

— Eu sou empregado do escritório do comerciante Shelopaev e vim a negócios.

— Por favor, sente-se. – Razumihin se sentou do outro lado da mesa. – Foi ótimo você ter recuperado os sentidos, irmão – continuou ele, dirigindo-se a Raskolnikov. – Nos últimos quatro dias você quase não comeu nem bebeu nada. Tivemos de lhe dar chá com uma colher. Trouxe duas vezes Zossimov para vê-lo. Lembra-se de Zossimov? Ele o examinou cuidadosamente e logo disse que não era nada sério... parecia que alguma coisa tinha subido à sua cabeça. Qualquer bobagem dos nervos, resultado de má alimentação, diz ele, falta de cerveja e de rabanetes, mas coisa sem importância, vai passar e você logo vai ficar bom. Zossimov é um sujeito de primeira! Já começa a ficar famoso. Vamos lá, não vou atrasar seu lado – disse ele, dirigindo-se ao jovem. – Poderia dizer o que deseja. Deve saber, Rodya, que esta é a segunda vez mandam alguém do escritório, mas era outro homem, da última vez, e falei com ele. Quem foi que veio da outra vez?

— Foi anteontem, atrevo-me a dizer, senhor. Foi Alexei Semionovitch que veio; ele também trabalha em nosso escritório.

— É um pouco mais expansivo do que o senhor, não acha?

— Sim, na verdade, senhor, ele é mais importante do que eu.

— Exatamente, continue.

— A pedido de sua mãe, por intermédio de Afanasi Ivanovitch Vahrushin, de quem suponho que já deve ter ouvido falar mais de uma vez, foi feita uma remessa para você, através de nosso escritório – começou o jovem, dirigindo-se a Raskolnikov. – Se estiver em boas condições, tenho 35 rublos para lhe entregar, que Afanasi Ivanovitch repassou a Semion Semionovitch, segundo instruções de sua mãe, como da outra vez. O senhor o conhece?

— Sim, lembro-me... Vahrushin – disse Raskolnikov, pensativo.

— Ouviram? Ele conhece Vahrushin! – exclamou Razumihin. – Ele está em ótimas condições! E vejo que o senhor é um homem sensato. Bem, é sempre agradável ouvir palavras sábias.

— É esse o cavalheiro, Vahrushin, Afanasi Ivanovitch. E a pedido de sua mãe, que lhe fez uma remessa anteriormente da mesma maneira através dele, dessa vez também não recusou a intermediação e mandou instruções a Semion Semionovitch, há alguns dias, para lhe entregar 35 rublos, na esperança de mandar mais.

— Essa frase "na esperança de mandar mais" é a melhor coisa que disse, embora a expressão "sua mãe" também impressione bem. Vamos lá, o que diz? Ele está plenamente consciente?

— Está tudo bem, contanto que ele assine esse recibo.

— Ele consegue rabiscar o nome. Trouxe o recibo?

— Sim, aqui está.

— Deixe-o comigo. Vamos, Rodya, soerga-se! Vou segurá-lo. Tome a pena e rabisque Raskolnikov, porque agora, meu irmão, dinheiro é mais doce que açúcar.

— Não o quero! – disse Raskolnikov, afastando a pena.

— Não o quer?

— Não vou assinar.

— Por que diabos você não quer assinar?

— Eu não quero... o dinheiro.

— Não quer o dinheiro? Vamos, irmão, isso é bobagem, e eu sou testemunha! Não se preocupe, por favor, diz isso só porque está delirando de novo. Mas isso é muito comum com ele todas as vezes... O senhor é uma pessoa sensata e nós vamos tomá-lo em nossas mãos, isto é, mas simplesmente, vamos tomar a mão dele e vai assinar. Aqui, por favor.

— Mas posso voltar outra hora.

— Não, não. Para que incomodar-se mais? O senhor é um homem sensato...

Vamos, Rodya, não detenha mais o visitante. Pode ver que ele está esperando – e se dispôs seriamente a segurar a mão de Raskolnikov.

– Deixe-me, vou fazer isso sozinho... – exclamou este último e, tomando a pena, assinou o recibo.

– O mensageiro entregou o dinheiro e saiu.

– Bravo! E agora, irmão, está com fome?

– Sim – respondeu Raskolnikov.

– Acaso, há sopa?

– Um resto da de ontem – respondeu Nastásia, que ainda estava lá.

– Com batatas e arroz?

– Sim.

– Já sei de cor. Traga a sopa e um pouco de chá.

– Muito bem.

Raskolnikov olhava para tudo isso profundamente surpreso e com um medo estúpido e absurdo. Decidiu calar-se e esperar para ver o que iria acontecer. "Creio que não estou delirando. Creio que é verdade", pensou ele.

Em poucos minutos, Nastásia voltou com a sopa e anunciou que o chá ficaria pronto logo em seguida. Junto com a sopa trouxe duas colheres, dois pratos, sal, pimenta, mostarda para o bife e outras coisas. A mesa foi posta como não se via há muito tempo. Até a toalha estava limpa.

– Não seria nada mal, Nastásia, se Praskóvia Pavlovna mandasse vir duas garrafas de cerveja. Nós as esvaziaríamos.

– Bem, você é um sujeito descarado! – murmurou Nastásia, e saiu para cumprir as ordens.

Raskolnikov continuava olhando ansiosamente, com forçada atenção. Entrementes, Razumihin se sentou no sofá ao lado dele e, desajeitadamente, pôs o braço esquerdo embaixo da cabeça de Raskolnikov, embora ele pudesse se soerguer; e com a mão direita lhe deu uma colherada de sopa, soprando antes para que não lhe queimasse a boca. Mas a sopa estava morna, quando muito. Raskolnikov engoliu sofregamente uma colherada, depois uma segunda, uma terceira. Mas depois de lhe ter dado mais algumas colheradas, Razumihin parou de repente e disse que deveria perguntar a Zossimov se poderia lhe dar mais.

Nastásia entrou com duas garrafas de cerveja.

– E gostaria de tomar um pouco de chá?

– Sim.

– Vá depressa, Nastásia, e traga o chá, pois podemos servi-lo sem consultar o médico. Mas aqui está a cerveja!

Foi para sua cadeira, puxou a sopa e a carne para a frente dele e começou a comer como se fizesse três dias que não comia.

– Devo lhe dizer, Rodya, que agora vou almoçar aqui todos os dias – murmurou ele, com a boca cheia de carne. – E tudo isso se deve a Pashenka, sua cara dona da casa, que providencia tudo; ela gosta de fazer tudo isso por mim. Não peço, é claro, mas não recuso. E aí vem Nastásia com o chá. É uma menina esperta. Nastásia, minha querida, quer um pouco de cerveja?

– Pare de falar bobagem!

– E uma xícara de chá?

– Uma xícara de chá, pode ser.

– Sirva-se. Espere, eu vou servi-la. Sente-se.

Serviu duas xícaras, deixou de lado o almoço e sentou novamente no sofá. Como antes, pôs o braço esquerdo por baixo da cabeça do doente, soergueu-o e lhe deu chá às colheradas, soprando novamente cada colherada firme e cuidadosamente, como se esse processo fosse o principal e mais efetivo meio para o restabelecimento do amigo. Raskolnikov não dizia nada e não opunha resistência, apesar de se sentir com forças suficientes para se sentar no sofá sem auxílio e para poder não somente segurar uma xícara ou uma colher, mas também para caminhar pelo quarto. Mas por certa astúcia, quase animal, teve a ideia de dissimular sua força e ficar deitado por um tempo, fingindo, se necessário, não estar ainda em plena posse de suas faculdades e, entrementes, escutar tudo para descobrir o que estava se passando. Ainda assim, não conseguia superar a sensação de repugnância. Depois de ter tomado uma dúzia de colheradas de chá, afastou caprichosamente a colher e afundou a cabeça no travesseiro. Havia realmente verdadeiros travesseiros sob sua cabeça agora, travesseiros de penas em fronhas limpas; observou isso também e guardou-o na mente.

– Pashenka deve nos arranjar geleia de framboesa para preparar um xarope para ele – disse Razumíhin, voltando para seu lugar e atacando a sopa e a cerveja de novo.

– E onde é que ela vai conseguir framboesas? – perguntou Nastásia, balançando um pires sobre os cinco dedos espalmados da mão e sorvendo chá através de um cubinho de açúcar.

– Na loja, minha querida. Veja bem, Rodya, todo tipo de coisas andou acontecendo enquanto você guardava o leito. Quando você fugiu de minha casa daquela maneira ignóbil, sem me dar seu endereço, fiquei tão indignado que resolvi procurá-lo e puni-lo. Nesse mesmo dia saí a seu encalço. Como corri por todos os lados perguntando por você! Eu tinha me esquecido dessa residência atual, embora, de fato, nunca pudesse me lembrar dela, porque não a conhecia. De sua antiga moradia, só consegui me lembrar de que ficava na Cinco Esquinas, na casa de Harlamov. Tentei encontrar essa casa de Harlamov e, mais tarde, descobri que não era de Harlamov, mas de Buch. Como a gente confunde os sons às vezes! Assim, perdi a paciência e, no dia seguinte, fui direto ao departamento de registro de endereços e, imagine só, em dois minutos eles descobriram o seu. Seu nome figura nesse registro.

– Meu nome!

– Isso mesmo; e ainda assim, eles não conseguiram encontrar, enquanto estive lá, o endereço do general Kobelev. Bem, é uma longa história. Mas logo que cheguei a este lugar, consegui saber tudo a seu respeito... tudo, tudo, meu irmão, sei tudo. Nastásia pode lhe contar. Fiquei conhecendo Nikodim Fomitch, Ilia Petrovitch, o porteiro, o senhor Zametov Alexandr Grigorievitch, o escrivão do posto policial e, por fim, Pashenka. Nastásia sabe...

– Você a enrolou – murmurou Nastásia, sorrindo furtivamente.

– Por que não põe o açúcar no chá, Nastásia Nikiforovna.

– Seu danado! – exclamou Nastásia de repente, dando uma risadinha. – Não sou Nikiforovna, mas Petrovna – acrescentou logo, depois de reter o riso.

– Vou tomar nota disso. Bem, irmão, para não falar demais, gostaria de usar de meios cabíveis para extirpar de uma vez todas as influências malignas nessa localidade, mas Pashenka levou a melhor. Eu nunca podia esperar, irmão, que ela fosse tão... cativante. Que é que você acha?

Raskolnikov não falou, mas continuava com os olhos fixos nele, apalermado.

– E tudo isso podia ser almejado, de fato, sob todos os aspectos – continuou Razumíhin, sem se sentir embaraçado com o silêncio do outro.

– Ah! esse malandro! – exclamou Nastásia novamente; essa conversa lhe propiciava um prazer indizível.

– É uma pena, irmão, que você não se tenha dado ao trabalho de modo correto, desde o início. Devia ter se aproximado dela de forma diferente. Ela é, por assim dizer, o caráter mais inexplicável. Mas vamos falar do caráter dela mais tarde... Como é que você deixou as coisas chegarem até o ponto de ela desistir de lhe mandar as refeições? E aquele reconhecimento de dívida? Você devia estar louco ao assiná-lo. E aquela promessa de casamento, quando a filha,

Natália Yegorovna, era ainda viva?... Sei tudo a respeito! Mas sei também que essa é uma questão delicada e eu sou um burro; perdoe-me. Mas falando em tolices, você sabe que Praskóvia Pavlovna não é tão tola como pode parecer à primeira vista?

– Não – resmungou Raskolnikov, olhando para outro lado, mas compreendendo que era melhor manter a conversa.

– Não é? – exclamou Razumihin, satisfeito por ter obtido uma resposta. – Mas ela tampouco é muito esperta, não é? Ela é essencialmente, essencialmente um caráter inexplicável! Às vezes, fico inteiramente perplexo, asseguro-lhe... Ela deve ter uns 40 anos; ela diz ter 36 e, claro, tem todo o direito de dizê-lo. Além disso, juro que a julgo do ponto de vista intelectual, simplesmente do ponto de vista metafísico; há uma espécie de simbolismo que surgiu entre nós dois, uma espécie de álgebra ou até não! Não o compreendo! Bem, tudo isso é bobagem. Mas, ao ver que você não era mais um estudante, que tinha perdido suas lições e suas roupas e que, por causa do falecimento da moça, ela não precisava mais tratá-lo como aparentado, repentinamente ficou com medo; e como você se escondeu em sua toca e deixou que suas relações com ela esfriassem, ela planejou se livrar de você. E vinha acalentando esse propósito havia muito tempo, mas não se conformava em perder o dinheiro do aluguel atrasado, pois você mesmo lhe garantiu que sua mãe, Raskolnikov, haveria de pagar.

– Foi coisa vil de minha parte dizer-lhe isso... Minha própria mãe é quase uma mendiga... e eu menti para conservar meu alojamento... e receber as refeições – disse Raskolnikov, em voz alta e distinta.

– Sim, fez muito bem. Mas o pior de tudo é que, naquele ponto, entra em ação o senhor Tchebarov, homem de negócios. Pashenka nunca teria pensado em fazer alguma coisa por sua própria conta, porque é muito tímida; mas um homem de negócios não se sente coibido diante de nada e a primeira coisa que fez foi lhe perguntar: "Há alguma esperança de receber esse dinheiro que ele lhe deve?" Resposta: "Sim, porque ele tem uma mãe que poderia salvar seu Rodya com os 135 rublos que ela recebe de pensão, mesmo que tivesse de morrer de fome; e ele tem uma irmã que se venderia como escrava por amor a ele." Era nisso que ele se baseava... Por que se assusta? Sei de todos os pormenores de sua vida, meu caro amigo... não é por nada que você era tão aberto com Pashenka quando você era visto como futuro genro dela; e lhe digo tudo isso como amigo... Mas vou ser franco. Um homem honesto e sensível fala com franqueza, mas um homem de negócios "escuta e vai devorando você". Bem, depois ela deu esse documento da dívida como forma de pagamento a esse Tchebarov que, sem hesitação, produziu um pedido formal de pagamento. Quando soube de tudo isso, eu quis enfrentá-lo e tirar satisfação para apaziguar minha consciência, mas por esse tempo reinava harmonia entre Pashenka e eu e insisti com ela para que suspendesse todo esse negócio, garantindo-lhe que você pagaria. Respondi por você, meu irmão. Está entendendo? Mandamos chamar Tchebarov, pusemos dez rublos na mão dele e resgatamos o documento do reconhecimento de dívida; e agora tenho a honra de apresentá-lo a você. Agora ela confia em sua palavra, Raskolnikov. Aqui está o documento, tome-o e veja que eu o rasguei.

Razumihin pôs o documento sobre a mesa; Raskolnikov olhou para o amigo e virou-se contra a parede, sem proferir palavra. Até Razumihin se sentiu condoído.

– Vejo, meu irmão – disse ele, passado um instante –, que estive fazendo tolices de novo. Achava que podia distraí-lo com minha conversa e creio que só consegui deixá-lo amargurado.

– Era você que eu não reconhecia quando estava delirando? – perguntou Raskolnikov, depois de breve pausa, sem virar a cabeça.

– Sim, e você ficou furioso com isso, especialmente no dia em que trouxe comigo Zametov.

– Zametov? O escrivão? Mas para quê? – Raskolnikov se voltou rapidamente e fixou o olhar em Razumihin.

– Mas o que é que você tem?... Por que ficou tão alterado? Ele queria conhecê-lo, porque lhe falei muito a seu respeito... Como poderia saber tanto, se não fosse por ele? É um sujeito fenomenal, irmão, de primeira linha... ao modo dele, naturalmente. Agora somos amigos... vemo-nos quase todos os dias. Eu me mudei para esses lados, há pouco tempo. Já estive com ele na casa de Luise Ivanovna, uma ou duas vezes... Você se lembra de Luise, Luise Ivanovna?

– Eu disse alguma coisa quando estava delirando?

– Acho que sim! Você estava fora de si.

– E o que dizia?

– Ora, essa! O que você dizia? O que as pessoas dizem quando deliram... Bem, irmão, não posso perder tempo. Ao trabalho! – Levantou-se e tomou o boné.

– O que eu dizia?

– E continua insistindo! Está com medo de ter revelado algum segredo? Não se preocupe, pois não disse nada a respeito da condessa. Mas falou muito de um buldogue, de brincos e correntes, da ilha de Krestovski, de um porteiro, de Nikodim Fomitch e de Ilia Petrovitch, assistente do delegado. E outra coisa que era de primordial interesse para você eram suas meias. Dizia, gemendo: "Deem-me minhas meias". Até Zametov se pôs a procurar essas meias por todos os cantos de seu quarto e, com as próprias mãos perfumadas e enfeitadas de anéis, lhe entregou o que você tanto queria. Somente então você ficou tranquilo e segurou firmemente nas mãos essa maldita coisa durante as 24 horas seguintes. Não conseguimos arrancá-las de sua mão. É bem provável que estejam agora em algum lugar, debaixo da colcha. E perguntava também ansiosamente pela borda alta de suas calças. Tentamos descobrir de que borda se trata, mas não conseguimos descobrir. Mas vamos ao que interessa! Aqui estão 35 rublos; vou retirar dez e, dentro de uma ou duas horas, lhe prestarei contas. Ao mesmo tempo, vou me informar a respeito de Zossimov, que já devia estar por aqui há algum tempo, pois já são 12 horas. E você, Nastásia, venha vê-lo com frequência, enquanto eu estiver ausente, para verificar se ele deseja beber ou qualquer outra coisa. E agora vou dizer a minha Pashenka do que preciso. Até logo!

– E a chama de minha Pashenka! Ah, esse velhaco! – exclamou Nastásia logo que ele saiu. Depois abriu a porta e ficou escutando, mas não pôde se conter e desceu as escadas correndo, atrás dele. Estava ávida por saber o que ele haveria de dizer à patroa. Evidentemente, estava fascinada por Razumihin.

– Mal ela saiu do quarto, o doente desvencilhou-se das cobertas e pulou da cama como um doido. Com febril e nervosa impaciência tinha aguardado que eles saíssem para que pudesse se pôr ao trabalho. Mas que trabalho? Agora, como se fosse para desiludi-lo, lhe escapou da mente.

"Meu bom Deus, diga-me uma única coisa: eles já sabem de tudo ou ainda não? Ou já sabem, mas só fingem não saber, zombando intimamente de mim enquanto estou de cama e depois vir aqui e me contar que tudo havia sido descoberto há muito tempo e que eles tinham somente... Que devo fazer agora? Foi isso que esqueci, como se fosse de propósito; esqueci tudo de repente, porque ainda me lembrava há um minuto."

Estava parado no meio do quarto e olhava, em acachapante confusão, ao redor dele; caminhou até a porta, abriu-a, escutou; mas não era o que queria. Subitamente, como se por acaso se lembrasse de algo, correu até o canto, onde havia um buraco por baixo do papel de parede, começou a examiná-lo, pôs a mão dentro dele, remexeu... mas não era isso. Foi até o fogão, abriu-o e começou a revirar as cinzas; as bordas esfiapadas das calças e o forro arrancado do bolso continuavam lá, exatamente como os havia jogado. Então, ninguém os tinha visto! Lembrou-se das meias, sobre as quais tinha falado Razumihin. Sim, estavam no sofá, debaixo do cobertor, mas estavam tão sujas e encardidas que Zametov não poderia ter notado nada nelas.

"Oh! Zametov! O posto policial! E por que fui chamado ao posto policial? Onde está a intimação? Oh, estou misturando tudo; isso foi antes. Procurei por minhas meias então, mas agora... estive doente. Mas para que Zametov veio aqui? Por que Razumihin o trouxe?", murmurava ele, extenuado, sentando-se novamente no sofá. "O que significa isso? Estarei ainda delirando ou tudo é real?... Ah, agora me lembro! Tenho de fugir! Fugir depressa. Sim, tenho de fugir, devo fugir. Sim... mas para onde? Onde estão minhas roupas? Não tenho mais sapatos. Eles os levaram! Esconderam-nos! Entendo! Ah, aqui está meu casaco... não repararam nele! E aqui está o dinheiro, em cima da mesa, graças a Deus! Aqui está o documento de reconhecimento de dívida... Vou tomar o dinheiro, vou embora à procura de outro alojamento. Não vão mais me encontrar... Sim, mas a repartição de endereços? Eles vão me encontrar! Razumihin vai me encontrar. O melhor é fugir logo... para longe... para a América, e deixá-los a ver navios! E levar também o documento referente à dívida... poderia ser útil por lá... O que mais vou levar? Eles pensam que estou doente! Não sabem que posso caminhar, ha, ha, ha! Pude perceber nos olhos deles que já sabem tudo! Bastaria descer as escadas! E se puseram sentinelas ali... policiais! Que é isso? Chá? Ah, e aqui ficou sobrando cerveja, meia garrafa, fria!"

Apanhou a garrafa, que ainda continha um copo de cerveja, e bebeu com prazer, como se quisesse apagar um fogo no peito. Mas menos de um minuto depois, a cerveja subiu à cabeça e um leve e até agradável calafrio lhe percorreu a espinha. Deitou-se e puxou o cobertor sobre si. Seus pensamentos doentios e incoerentes se tornaram cada vez mais desconectados e logo uma sonolência suave e prazerosa tomou conta dele. Com uma sensação de conforto, aninhou a cabeça no travesseiro, enrolou-se bem no macio e estofado cobertor, que tinha substituído o velho sobretudo esfarrapado, suspirou suavemente e caiu num profundo, saudável e benéfico sono.

Despertou ao ouvir alguém entrando no quarto. Abriu os olhos e viu Razumihin parado na soleira da porta, hesitando se entrar ou não. Raskolnikov se soergueu rapidamente no sofá e o fitou, como se tentasse lembrar-se de alguma coisa.

– Ah, não está dormindo! Aqui estou! Nastásia, traga o embrulhinho! – gritou Razumihin, em direção das escadas. – Vou lhe prestar contas imediatamente.

– Que horas são? – perguntou Raskolnikov, olhando em torno, constrangido.

— Sim, teve um belo sono, irmão; está quase escurecendo. Logo deve bater seis horas. Você dormiu mais de seis horas.

— Deus do céu! Dormi tanto assim?

— E por que não? Vai lhe fazer bem. Por que essa pressa? Um encontro, é? Temos todo o tempo a nosso dispor. Estive esperando por você durante as últimas três horas. Subi duas vezes e o encontrei dormindo. Fui até a casa de Zossimov duas vezes, mas não estava! Não faz mal, ele vai vir. Estive fora para tratar de meus negócios particulares também. Sabe que estive me mudando hoje, fazendo a mudança com meu tio. Agora tenho um tio morando comigo. Mas isso não interessa para nossos negócios. Nastásia, dê-me o embrulho. Vamos abri-lo imediatamente. E como se sente agora, irmão?

— Bastante bem, não estou mais doente. Razumihin, esteve aqui muito tempo?

— Já lhe disse que estive esperando durante três horas.

— Não, antes.

— O que quer dizer?

— Quanto tempo faz que chegou aqui?

— Ora, eu lhe contei tudo hoje de manhã. Não se lembra?

Raskolnikov ficou pensativo. A manhã lhe parecia como um sonho. Não conseguia lembrar-se de tudo sozinho e olhava interrogativamente para Razumihin.

— Hum! – disse este último. – Ele se esqueceu! Imaginei então que você não estivesse bem. Agora está bem melhor, depois de dormir... Realmente, parece muito melhor. Ótimo! Bem, vamos aos negócios. Olhe aqui, meu caro.

Começou a desembrulhar o pacote que evidentemente lhe interessava.

— Acredite-me, irmão, isso é algo que me toca de modo especial, pois precisamos fazer de você um homem. Vamos começar pela parte de cima. Vê esse boné? – disse ele, tirando do embrulho um boné muito bom, embora barato e comum. – Vamos experimentá-lo.

— Logo mais – disse Raskolnikov, repelindo-o de mau humor.

— Vamos, Rodya, não se oponha; logo mais poderá ser tarde demais e não vai me deixar dormir a noite toda, pois o comprei por impulso, sem saber a medida. Perfeito! – exclamou ele, triunfante, depois de colocá-lo na cabeça do amigo. – Exatamente na medida! Cobrir a cabeça apropriadamente é a primeira coisa a se notar na vestimenta e o que nos dignifica. Meu amigo Tolstiakov sempre tira seu chapelão quando entra em qualquer lugar público, onde todos usam chapéu ou boné. Todos pensam que ele faz isso por uma polidez servil, mas é porque tem vergonha de seu ninho de pássaro na cabeça. É um sujeito mais que esquisito! Nastásia, aqui temos duas coisas para a cabeça: este Palmerston – e tirou de um canto o velho e danificado chapéu de Raskolnikov, que por alguma razão desconhecida o chamava um Palmerston – e esta joia! Adivinhe o preço, Rodya. Calcule quanto paguei por ele, Nastásia – perguntou ele, dirigindo-se a ela, uma vez que Raskolnikov ficou calado.

– Não mais de 20 copeques, atrevo-me a dizer – respondeu Nastásia.

– Vinte copeques, idiota! – exclamou ele, ofendido. – Ora, hoje em dia custaria mais que isso, talvez... 80 copeques! E isso porque é de segunda mão. Comprei-o com a condição de que, ao estar totalmente estragado, eles lhe darão outro, no próximo ano. Sim, palavra de honra! Bem, vamos passar a outras peças. Asseguro-lhe que me sinto orgulhoso dessas calças – e mostrou a Raskolnikov um par de calças de verão, de um tecido leve e cinza. – Nem um único buraco, nem uma só mancha, em ótimo estado, embora um pouco usadas; e um colete para combinar, bem na moda. E o fato de estar usado é melhor ainda: fica mais macio, mais suave... Olhe, Rodya, a meu ver, o grande segredo para se inserir na sociedade é preciso estar sempre atento à mudança das estações; se não insiste em comer aspargos em janeiro, vai economizar seu dinheiro; ocorre o mesmo com essa compra. Agora é temporada de verão e eu fiz uma compra de verão... tecidos mais quentes são próprios para o outono; por isso terá de se desfazer dessas peças, de qualquer jeito... especialmente porque elas deverão se desgastar por si, se não for por uma exigência maior de luxo de sua parte. Vamos lá, calcule o preço! O que me diz? Custaram dois rublos e 25 copeques. E lembre-se da condição: uma vez desgastadas essas peças, vai receber outras de graça. Só fazem negócios dessa forma na loja de Fediaev: se você comprou uma coisa uma vez, ficará satisfeito por toda a vida, porque nunca vai voltar para reclamar. Bem, agora vamos ao calçado. O que me diz? Pode reparar que essas botas estão um tanto desgastadas, mas podem durar ainda uns dois meses, porque é confecção estrangeira e couro estrangeiro. O secretário da embaixada inglesa as vendeu na semana passada... só as tinha usado uns seis dias, mas andava curto de dinheiro. Preço... um rublo e meio. Uma pechincha!

– Mas talvez não lhe sirvam – observou Nastásia.

– Não servem? Olhe só! – E tirou de uma bolsa uma bota velha e rota de Raskolnikov, totalmente recoberta de lama seca. – Não fui de mãos vazias... eles tiraram as medidas desse monstro. Todos fizemos nosso melhor. E quanto à roupa branca, a dona da casa providenciou tudo. Para começar, aqui estão três camisas de cânhamo, mas com a parte frontal na moda... Bem, vamos às contas: 80 copeques pelo boné, 2,25 rublos pelas outras peças do vestuário, o que perfaz 3,05 rublos... um rublo e meio pelas botas... pois são muito boas... e isso totaliza 4,55 rublos; mais cinco rublos pela roupa de baixo... porque pechinchamos... o que chega a um total de exatamente 9,55 rublos. Sobraram 45 copeques de troco, que aqui estão. E assim, Rodya, agora está com um traje completo, pois seu sobretudo ainda pode servir e tem até um aspecto decente. Aí está o que significa comprar na loja Sharmer! Quanto às meias e outras coisas, deixo isso a seu critério. Temos ainda 25 rublos. E com relação a Pashenka e ao pagamento do aluguel, não se preocupe. Ela confia plenamente em você. Agora, irmão, deixe que eu troque suas roupas, pois atrevo-me a dizer que sua doença vai desaparecer junto com essa sua camisa.

– Deixe-me! Não quero! – disse Raskolnikov, com um gesto para que se afastasse. Tinha acompanhado com desgosto os esforços de Razumihin para agradá-lo com as compras que fizera.

– Vamos, irmão, não me diga que estive andando por aí por nada – insistiu Razumihin. – Nastásia, não fique acanhada e me ajude... isso! – E apesar da resistência de Raskolnikov, trocou-lhe a roupa. Este último afundou a cabeça no travesseiro e, durante um minuto ou dois, nada disse.

"Vai demorar muito antes que me veja livre deles", pensou ele.

– Com que dinheiro comprou tudo isso? – perguntou finalmente, olhando para a parede.

– Com que dinheiro? Ora, com o seu, que o mensageiro da loja de Vahrushin trouxe e que foi enviado por sua mãe. Já esqueceu isso também?

– Agora me lembro – disse Raskolnikov, depois de longo e obstinado silêncio.

Razumihin olhou para ele, franzindo a testa, preocupado.

– A porta se abriu e um homem alto e forte, cuja aparência parecia familiar a Raskolnikov, entrou.

CAPÍTULO QUATRO

Zossimov era um homem alto e gordo, de rosto inchado, sem cor, barbeado e cabelo loiro, bem claro. Usava óculos e um grande anel de ouro num dos dedos gordos. Tinha 27 anos. Vestia um casaco cinza leve, folgado e elegante, calças claras de verão e tudo nele era amplo, elegante e novo em folha; a roupa branca era irrepreensível e a corrente do relógio, vistosa. Seus modos eram lentos, quase fleumáticos e, ao mesmo tempo, criteriosamente livres e desenvoltos; esforçava-se por esconder seus ares de importância, mas revelava-os a todo instante. Todos os seus conhecidos o achavam maçante, mas todos reconheciam que era dedicado em seu trabalho.

– Estive em sua casa duas vezes hoje, irmão. Olhe, já voltou a si – exclamou Razumihin.

– Estou vendo, estou vendo. E como está agora, hein? – disse Zossimov, dirigindo-se a Raskolnikov, olhando-o atentamente e, sentando-se no sofá a seus pés, acomodou-se tão confortavelmente quanto possível.

– Está ainda depressivo – continuou Razumihin. – Trocamos as roupas dele há pouco e quase chorou.

– É muito natural. Poderia ter deixado isso para depois, se ele não queria... O pulso está ótimo. Ainda tem dor de cabeça, hein?

– Estou bem, estou perfeitamente bem! – declarou Raskolnikov, com firmeza e irritado. Ergueu-se no sofá e o fitou com olhos faiscantes, mas logo se recostou no travesseiro e se virou para a parede.

Zossimov o observava atentamente.

– Muito bem... Está tudo bem – disse ele, de modo indolente. – Ele comeu alguma coisa?

Disseram-lhe que sim e lhe perguntaram o que podiam servir ao rapaz.

– Podem lhe servir de tudo... sopa, chá... é claro que não devem lhe dar cogumelos e pepinos; é melhor que não coma carne e... mas nem é preciso lhes dizer isso! – Trocou um olhar com Razumihin. – Nada de remédios ou coisa similar. Vou vê-lo novamente amanhã... Talvez hoje mesmo... mas não importa...

– Amanhã à tarde vou levá-lo a dar uma caminhada – disse Razumihin. – Vamos ao jardim Yusupov e depois ao Palácio de Cristal.

– Não vou perturbá-lo amanhã, mas não sei... um pouco, talvez... mas vou ver.

– Ah, que pena! Vou dar uma festa de instalação em minha nova casa esta noite, a dois passos daqui. Ele pode ir? Poderia ficar deitado no sofá. O senhor vai estar presente? – disse Razumihin a Zossimov. – Não se esqueça, o senhor prometeu.

– Tudo bem, só um pouco mais tarde. O que vai oferecer?

– Oh, quase nada... chá, vodca, arenques. E também uma torta... coisa entre amigos.

– E quem?

– Todos os vizinhos daqui, quase todos novos amigos, sem falar de meu velho tio, que é novo por aqui também... ele chegou em Petersburgo somente ontem, e veio para tratar de negócios dele. Só nos vemos a cada cinco anos.

– E o que ele faz?

– Passou toda a sua vida como agente postal num distrito. Recebe uma pequena pensão. Tem 65 anos... não vale a pena falar sobre isso... Mas eu o estimo muito. Porfirio Petrovitch, chefe do departamento de investigação, também vai vir... Mas o senhor o conhece.

– É parente seu também?

– Parente muito distante. Mas por que franziu a testa? Porque vocês discutiram uma vez, não vai vir então?

– Não me importo, que se dane ele!

– Tanto melhor. Bem, vai haver alguns estudantes, um professor, um funcionário público, um músico, um oficial e Zametov.

– Diga-me, por favor, o que você ou ele – Zossimov apontou para Raskolnikov – podem ter em comum com esse Zametov.

– Oh, seu intrometido! Princípios! Você se move por princípios, como se fosse por molas; não se atreveria a andar por aí e fazer o que bem quiser. O princípio fundamental para mim é que o homem seja bom. Zametov é uma pessoa realmente agradável.

– Embora ele aceite suborno.

– Bem, é verdade! E que há nisso? Não me importa se ele aceita propina – exclamou Razumihin, estranhamente irritado. – Não o prezo por receber propinas. Só digo que é um sujeito bom, a seu modo! Mas se olharmos para os homens sob todos os aspectos... ainda haverá muitos que são realmente bons? Ora, estou certo de que eu mesmo não valho um tostão... talvez você, inclusive.

– Isso é muito pouco; eu daria dois por você!

– E eu não daria mais que um por você. Mas chega de piadas! Zametov é um menino ainda; sou capaz de lhe dar um puxão de orelhas, mas é melhor atraí-lo e não repeli-lo. Não é repelindo o homem que ele melhora; muito menos um rapaz. Com o jovem é preciso ter o dobro de prudência. Oh, seus tolos progressistas! Vocês não compreendem. Vocês se prejudicam a si mesmos, ao desrespeitar os outros... Mas se quiser saber, nós temos realmente algo em comum.

– Gostaria de saber o quê.

– Ora, tudo gira em torno de um pintor de paredes... Estamos tentando tirá-lo de uma confusão! Embora, na verdade, não há o que temer, por ora. A coisa é de todo evidente. Nós só fazemos o que temos de fazer.

– Um pintor?

– Ora, não lhe contei? Só lhe contei o começo então sobre o assassinato da velha agiota. Bem, o pintor está implicado no caso...

– Oh, ouvi alguma coisa sobre o assassinato antes e estava bastante interessado... até certo ponto... por uma razão... Li a respeito nos jornais, também...

– Mataram também Lizaveta – exclamou Nastásia, de repente, dirigindo-se a Raskolnikov. Ela havia permanecido durante todo esse tempo no quarto, perto da porta, escutando.

– Lizaveta – murmurou Raskolnikov, numa voz quase inaudível.

– Lizaveta, que vendia roupas velhas. Não a conhecia? Costumava vir aqui. Até remendou uma camisa sua.

Raskolnikov voltou-se contra a parede, onde, no sujo papel amarelo, escolheu uma informe flor branca com linhas marrom e começou a contar quantas pétalas tinha, quantas recurvas nas pétalas e quantas nervuras havia nelas. Sentia os braços e as pernas sem vida, como se tivessem sido amputados. Não tentou se mexer, mas continuou fitando obstinadamente a flor.

– Mas o que houve com o pintor? – perguntou Zossimov, interrompendo a conversa de Nastásia, com evidente desgosto. Ela deu um suspiro e ficou em silêncio.

— Ora, foi acusado de assassinato — continuou Razumihin, acaloradamente.

— Havia provas contra ele?

— Provas, na verdade, provas que não eram provas. E é isso que temos de provar. De início, eles caíram sobre esses camaradas, Koch e Pestriaskov. Ufa! Que estupidez andaram fazendo, sinto-me até mal, embora não tenhamos nada a ver com isso. É possível que Pestriakov passe hoje à noite lá em casa... A propósito, Rodya, você já ouviu falar do caso; aconteceu antes de você adoecer, um dia antes de você desmaiar no posto policial, quando eles estavam comentando o caso.

Zossimov olhou com curiosidade para Raskolnikov, que não se mexeu.

— Sabe, Razumihin, estou admirado. Que sujeito metido você é! — observou Zossimov.

— Talvez seja, mas temos de tirar isso a limpo, de qualquer jeito — gritou Razumihin, dando um soco na mesa. — O que é mais irritante não é a mentira deles... sempre se pode esquecer a mentira... a mentira é uma coisa deliciosa, pois conduz à verdade... o que é mais irritante é que eles mentem e adoram a própria mentira... Eu respeito Porfirio, mas... O que foi que os desorientou no início? A porta estava trancada e, quando voltaram com o porteiro, estava aberta. Concluiu-se então que Koch e Pestriakov eram os assassinos... essa foi a lógica deles!

— Mas não se agite; eles simplesmente os detiveram, não podiam evitar isso... E, a propósito, eu conheço esse Koch. Ele costumava comprar penhores não resgatados da velha senhora? Será?

— Sim, é um trapaceiro. Compra também papéis de dívidas não pagas. Faz disso uma profissão. Mas chegou ao fim da linha! Sabe o que me revolta? É a repugnante podridão deles, essa rotina antiquada... E esse caso pode ser o meio de introduzir um novo método. Pode-se demonstrar, somente por meio de dados psicológicos, como chegar na pista do verdadeiro homem. "Nós temos fatos", dizem eles. Mas fatos não são tudo... pelo menos metade do caso se baseia na maneira como se interpretam esses fatos.

— Você consegue interpretá-los então?

— De qualquer modo, a gente não pode se calar quando se tem uma percepção, uma percepção tangível, que a gente poderia ajudar se somente... Hei! Você conhece os pormenores do caso?

— Estou à espera de ouvir algo sobre o pintor!

— Oh, sim! Bem, eis a história. De manhã cedo, três dias depois do assassinato, quando eles ainda estavam às voltas com Koch e Pestriakov... embora estes tivessem explicado todos os seus passos e era tudo claro como água... aconteceu um fato totalmente inesperado. Um camponês chamado Dushkin, dono de um botequim na frente da casa, levou ao posto policial um estojo de joias contendo alguns brincos de ouro e contou essa estranha história: "Anteontem à noite, depois das oito horas"... anote o dia e a hora... "veio me procurar um pintor de paredes, Nikolai, que já tinha estado antes em meu estabelecimento naquele dia, trouxe-me esta caixinha de brincos de ouro e pedras preciosas e me pediu dois rublos por ela. Quando lhe perguntei onde tinha conseguido essas joias, disse-me que as havia achado na rua. Não lhe perguntei mais nada." Estou lhe contando a história de Dushkin, que prosseguiu: "Dei-lhe uma nota, isto é, um rublo, porque calculei que, se eu não lhe desse o dinheiro, outro haveria de dá-lo. Daria no mesmo, pois ele o gastaria em bebida e era mais conveniente que eu ficasse com essa caixinha. Se depois se vier a saber ou se espalha algum boato, então vou leva-la à polícia". É claro que tudo isso é mentira; ele mente como ninguém, pois conheço esse Dushkin, que é agiota e receptador de mercadorias roubadas, e ele não ia trapacear Nikolai com um objeto que vale 30 rublos, para entregá-lo à polícia. Ele estava simplesmente com medo. Mas não importa, vamos voltar à história de Dushkin: "Eu conheço esse camponês, Nikolai Dementiev, desde pequeno, pois é natural de nossa mesma província, distrito de Zaraisk, nós dois somos de Riazan. Embora Nikolai não seja beberrão, gosta de beber e todos sabíamos que ele estava trabalhando nessa casa, pintando paredes com Dmitri, que é também oriundo do mesmo vilarejo. Logo que recebeu o rublo, trocou-o, bebeu dois copos, tomou o troco e foi embora. Mas não vi Dmitri com ele. No dia seguinte, ouvi alguém dizer que haviam assassinado Aliona Ivanovna e a irmã, Lizaveta Ivanovna, com uma machadinha. Eu as conhecia e logo fiquei suspeitando por causa dos brincos, pois eu sabia que a mulher assassinada emprestava dinheiro por meio de penhores. Fui até a casa e comecei a fazer cautelosas perguntas sem dizer nada a ninguém. Primeiramente, perguntei 'Nikolai está aqui?' Dmitri me contou que Nikolai tinha ido à farra; tinha chegado em casa ao raiar do dia, ficou ali uns dez minutos e saiu novamente. Dmitri não o viu mais e estava terminando o trabalho sozinho. E o local do trabalho deles ficava no mesmo lance de escada das vítimas, no segundo andar. Ao saber de tudo isso, eu não disse uma palavra sequer a ninguém", continuou contando sua história de Dushkin, "mas procurei descobrir o que pudesse sobre o crime e voltei para casa com as suspeitas de que já falei. E às oito horas desta manhã"... era o terceiro dia, você entende... "vi Nikolai entrando; não estava sóbrio, para não dizer muito bêbado... ele podia acompanhar perfeitamente o que lhe era dito. Sentou-se num banco e ficou calado. Havia somente um desconhecido no bar e um homem, que eu conhecia, dormia em outro banco, e nossos dois serventes. 'Você viu Dmitri?', lhe perguntei. 'Não, não o vi', respondeu ele. 'E você não esteve aqui?' 'Não, desde anteontem", respondeu. 'E onde dormiu esta noite?' 'Em Peski, com os homens de Kolomna.' 'E onde é que encontrou esses brincos?' 'Encontrei-os na rua.' E o modo como o disse me pareceu um pouco estranho. Ele não olhava para mim. 'Você ficou sabendo o que aconteceu naquela mesma noite, naquela mesma hora, naquela mesma escada?', perguntei-lhe e ele me respondeu: 'Não, não fiquei sabendo.' E durante todo o tempo em que me escutava, tinha os olhos esbugalhados e estava branco como a cal. Então lhe contei tudo e ele tomou o chapéu e, devagar, se levantou. Queria mantê-lo ali. 'Espere, Nikolai, não quer beber alguma coisa?', perguntei-lhe. Acenei para o rapaz para segurar a porta e saí da parte de trás do balcão; mas ele fugiu e correu rua abaixo até a esquina. Não o vi mais desde então. Então minhas dúvidas desapareceram... foi obra dele, tão claro como poderia ser..."

– Eu pensaria da mesma forma – disse Zossimov.

– Espere! Ouça o fim! É claro que eles procuraram Nikolai por toda a parte. Prenderam Dushkin e revistaram a casa dele. Dmitri também foi preso. Os homens de Kolomna foram rigorosamente investigados. E anteontem prenderam Nikolai numa taberna na periferia da cidade. Tinha ido para lá, havia tirado a cruz de prata do pescoço e pediu em troca uma dose de vodca. Eles o serviram. Poucos minutos depois, uma mulher foi à estrebaria e, através de uma fresta na parede, viu no estábulo contíguo que o homem tinha feito um laço com seu cinturão, dependurado numa viga, estava de pé sobre um cepo e tentava enfiar a cabeça no laço. A mulher gritou o mais alto que pôde e acorreu muita gente. "Que é que pretende fazer?" "Tirem-me daqui", disse ele, "levem-me a um posto policial e vou confessar tudo!" Bem, eles o levaram ao posto policial... que é este aqui... com uma apropriada escolta. Fizeram-lhe inúmeras perguntas, quem era, que idade tinha (22 anos) e assim por diante. À pergunta "Quando estava trabalhando com Dmitri não viu ninguém na escada a tal e tal hora?", respondeu: "Certamente, muita gente subiu e desceu, mas não reparei em ninguém." "E não ouviu nada, nenhum barulho, ou qualquer coisa?" "Não ouvimos nada de especial!" "E não soube, Nikolai, que no mesmo dia tinham assassinado e roubado certa viúva e a irmã dela?" "Nunca soube disso. O primeiro que ouvi falar a respeito foi Afanasi Pavlovitch, anteontem." "E onde encontrou os brincos?"

"Encontrei-os na rua." "Por que não foi trabalhar com Dmitri no dia seguinte?" "Porque estava bêbado." "E onde esteve bebendo?" "Oh, em vários lugares." "Por que fugiu do bar de Dushkin?" "Porque estava terrivelmente assustado." "De que tinha tanto medo?" "De ser acusado." "Como podia ter medo, se você se achava totalmente livre de culpa?" Ora, Zossimov, pode não me acreditar, essa pergunta foi feita literalmente com essas palavras. Ela foi repetida para mim exatamente no mesmo teor. O que diz disso?

– Bem, de qualquer modo, aí está a prova.

– Não estou falando de provas agora, estou falando da pergunta e que ideia eles fazem de si mesmos. Assim, eles o apertaram tanto que ele acabou confessando: "Eu não os achei na rua, mas no alojamento onde estava pintando junto com Dmitri." "E como os encontrou?" "Ora, Dmitri e eu estávamos pintando ali o dia todo e estávamos prestes a ir embora; Dmitri apanhou uma brocha e a passou em meu rosto; ele correu e eu fui atrás dele. Corri atrás dele, gritando o mais que podia e no final da escada dei um encontrão no porteiro e em alguns cavalheiros... quantos cavalheiros estavam ali, não me lembro. E o porteiro me xingou e o outro porteiro também; a mulher do primeiro apareceu e passou a me insultar também; e um cavalheiro chegou à entrada com uma dama e nos insultou a nós dois também, pois Dmitri e eu estávamos lutando no chão, no caminho deles. Eu segurava Dmitri pelos cabelos, derrubei-o e comecei a bater nele. E Dmitri também me agarrou pelos cabelos e passou a me bater. Não fazíamos isso por raiva, mas por brincadeira, por esporte. Depois Dmitri escapou e correu para a rua e eu corri atrás dele, mas não consegui apanhá-lo. Então voltei para o alojamento sozinho. Tinha de arrumar minhas coisas. Comecei a recolhê-las, esperando por Dmitri. E ali, na entrada, no canto perto da porta, deparei-me com o estojo. Estava no chão, embrulhado num papel de jornal. Tirei o papel, vi uns parafusos bem pequenos, afrouxei-os e, no estojo, estavam os brincos..."

– Atrás da porta! Estavam atrás da porta? Atrás da porta? – exclamou Raskolnikov, subitamente, lançando um olhar vago e atemorizado para Razumihin; e lentamente se soergueu no sofá, apoiando-se na mão.

– Sim... Por quê? O que há? Que lhe interessa? – Razumihin também se levantou de seu lugar.

– Nada! – respondeu Raskolnikov, baixinho, virando-se para a parede. Tudo ficou em silêncio por um momento.

– Deve ter acordado de um sonho – disse Razumihin, finalmente, olhando interrogativamente para Zossimov, que meneou a cabeça ligeiramente.

– Bem, continue – disse Zossimov. – Que mais?

– Que mais? Tão logo ele viu os brincos, esquecendo Dmitri e todo o resto, tomou seu boné e foi correndo até o bar de Dushkin e, como sabemos, recebeu deste um rublo. Ele mentiu, dizendo que os havia encontrado na rua e passou a beber. Continuou a repetir a velha história sobre o crime: "Não sei de nada, nunca ouvi falar dele até anteontem." "E por que não veio à delegacia até agora?" "Porque tinha medo." "Mas por que queria se enforcar?" "Por ansiedade." "Que ansiedade?" "Que iam me acusar do crime." E aqui está toda a história. E agora, o que supõe que eles deduziram disso?

– Ora, não há de que supor. Há uma pista, como estão as coisas, um fato. E puseram em liberdade seu pintor?

– Eles simplesmente o acusaram de assassinato. Não têm a menor sombra de dúvida.

– Isso não faz sentido. Você está delirando. E quanto aos brincos? Deve admitir que, se nesse mesmo dia e na mesma hora os brincos do estojo da velha senhora foram parar nas mãos de Nikolai, devem ter parado nelas de algum modo. É uma bela questão em tal caso.

– Como é que foram parar ali? Como é que foram parar ali? – exclamou Razumíhin. – Como pode o senhor, um médico, cujo dever é estudar o homem e que tem mais oportunidades que qualquer outro de estudar a natureza humana... como pode o senhor falhar em ver o caráter do homem em toda essa história? Não vê de imediato que todas as respostas que deu no interrogatório refletem uma verdade sacrossanta? Foram parar nas mãos dele precisamente da maneira como nos contou... ele quase pisou no estojo e o levou.

– Uma verdade sacrossanta! Mas ele próprio não afirmou que, de início, contou uma mentira?

– Escute-me, escute atentamente. O porteiro, Koch e Pestriakov, o outro porteiro e a mulher do primeiro porteiro, a mulher que estava na portaria e Kriukov, que precisamente nesse momento descia de uma carruagem e entrava no pátio dando o braço a uma senhora, ou seja, oito ou dez testemunhas, afirmam que Nikolai mantinha Dmitri no chão, que estava por cima dele e batia nele, enquanto Dmitri segurava o outro pelos cabelos e também batia. Os dois estavam atravessados no caminho, bloqueando a passagem. Eram insultados por todos e de todos os lados, enquanto eles, "como crianças" (as próprias palavras das testemunhas), estavam um em cima do outro, gritando, lutando e rindo alegremente e depois, perseguindo-se mutuamente, correram para a rua. Agora, repare bem. Os cadáveres, lá em cima, ainda estavam quentes, está entendendo, quentes quando os encontraram! Se eles, ou Nikolai sozinho, tivessem assassinado as duas mulheres e tivessem arrombado a arca ou simplesmente participado do roubo, peço-lhe que me permita fazer-lhe uma pergunta: o estado de espírito deles, seus gritos e risadas, suas brigas infantis diante do portão são compatíveis com machados, derramamento de sangue, astúcia diabólica, roubo? Mal as tinham matado, uns cinco ou dez minutos antes, pois os corpos ainda estavam quentes e, de repente, deixando o alojamento aberto, sabendo que, a qualquer momento, pessoas iriam para lá, abandonando seu saque, passam a rolar pelo chão como crianças, rindo e atraindo a atenção de todos. E há uma dúzia de testemunhas unânimes que confirmam isso!

– Claro que é estranho! Na verdade, é impossível, mas...

– Não, irmão, nenhum *mas*. Se o fato de os brincos serem encontrados nas mãos de Nikolai no mesmo dia e pouco depois do assassinato constitui uma importante peça de prova circunstancial contra ele... embora a explicação dada por ele contribua para isso, não depõe seriamente, contudo, contra ele... deve-se levar em consideração também os fatos que provam que ele é inocente, especialmente porque são fatos que *não podem ser negados*. E você acha que, pelas características de nosso sistema legal, eles vão aceitar, ou vão estar em condições de aceitar, esse fato... baseado simplesmente numa impossibilidade psicológica... como irrefutável e que põe por terra a prova circunstancial para a prossecução do processo? Não, não vão aceitá-lo, certamente não vão, porque encontraram a caixa de joias com ele e o homem tentou se enforcar, "o que não teria feito, se não se sentisse culpado". Esse é o ponto, isso é o que me deixa exasperado, compreende?

– Oh, estou vendo que está bem agitado! Espere um pouco. Esqueci de lhe perguntar, que prova há de que a caixinha pertencia à velha senhora?

– Isso foi provado – respondeu Razumihin, com aparente relutância e franzindo a testa. – Koch reconheceu a caixinha das joias e indicou o proprietário, que provou de forma conclusiva que era dele.

– Isso é ruim. E agora, outro ponto. Ninguém viu Nikolai enquanto Koch e Pestriakov estavam subindo as escadas e não seria possível provar isso?

– Ninguém o viu – respondeu Razumihin, contrariado. – Isso é que é o pior. Nem Koch nem Pestriakov os viram subir as escadas, embora, na verdade, o testemunho deles não valha grande coisa. Dizem que viram que o alojamento estava aberto e deveria haver algum trabalho em andamento lá dentro, mas não repararam muito bem e não podiam comprovar que houvesse realmente operários trabalhando nele.

– Hum!... Assim, a única prova para a defesa é que eles estavam brigando e rindo. Isso constitui uma prova decisiva, mas... Como é que você explica os fatos?

– Como os explico? Mas o que há a explicar? Está claro. De qualquer forma, o caminho que leva a procurar explicações é claro e a caixinha de joias aponta para ele. O verdadeiro assassino deixou cair esses brincos. O criminoso estava lá em cima, trancado lá dentro quando Koch e Pestriakov bateram à porta. Koch, como um tolo, não ficou guardando a porta; assim, o assassino se esgueirou para fora e correu escadas abaixo também, pois não dispunha de outra saída para fugir. Ele se escondeu de Koch, de Pestriakov e do porteiro, no alojamento debaixo, que Nikolai e Dmitri acabavam de sair dele correndo. Ficou ali, enquanto o porteiro e os outros dois subiam pelas escadas; esperou até que sumisse o ruído dos passos deles e então desceu calmamente as escadas exatamente no momento em que Dmitri e Nikolai saíam correndo para a rua e não havia mais ninguém na entrada; provavelmente foi visto, mas ninguém reparou nele mais detalhadamente. Há muitas pessoas entrando e saindo por ali. Deve ter deixado cair do bolso o porta-joias quando ficou escondido no alojamento debaixo e não notou que o deixara cair, porque tinha outras coisas a pensar. O porta-joias é uma prova conclusiva de que ele realmente esteve lá... É assim que explico o ocorrido.

– Bem engenhoso! Não, meu amigo, não se pode negar que você é muito inteligente! Tudo bate perfeitamente!

– Mas por quê, por quê?

– Ora, porque tudo se encaixa bem demais... é melodramático demais.

– Ah, não – estava para exclamar Razumihin, mas nesse momento a porta se abriu e entrou uma nova personagem, que nenhum dos presentes conhecia.

CAPÍTULO CINCO

Era um cavalheiro, não muito jovem, de aparência cerimoniosa e imponente, semblante reservado e austero. Parou na soleira da porta, olhando em derredor com ostensivo e indisfarçado espanto, como se perguntasse a si mesmo em que tipo de local se havia metido. Desconfiado e com afetação, como que alarmado e ofendido, examinou o baixo e estreito cubículo de Raskolnikov. Com a mesma estupefação, fitou Raskolnikov, que estava deitado em trajes menores, despenteado, sem ter se lavado, em seu miserável e sujo sofá, olhando fixamente para ele. Depois, com a mesma meticulosidade, examinou a estranha e despenteada figura e o rosto por barbear de Razumihin que, por sua vez, o fitava altiva e interrogativamente no rosto, sem se levantar do lugar. Um silêncio constrangedor perdurou por alguns minutos e então, como era de se esperar, ocorreu uma mudança no cenário. Tendo compreendido, provavelmente por certos sinais inteiramente claros, que nada conseguiria nesse cubículo ao tentar intimidá-los, o cavalheiro amenizou um pouco seu semblante e, de modo cortês, embora um tanto severo, destacando cada sílaba de sua pergunta, dirigiu-se a Zossimov:

– Rodion Romanovitch Raskolnikov, estudante ou ex-estudante?

Zossimov fez um leve movimento e teria respondido, se Razumihin não o tivesse antecipado.

– Aqui está ele, deitado no sofá! O que deseja?

Esse familiar "O que deseja?" parecia ter tirado o chão sob os pés do pomposo cavalheiro. Estava se voltando para Razumihin, mas se conteve a tempo e dirigiu-se novamente a Zossimov.

– Aí está Raskolnikov – murmurou Zossimov, apontando para o doente.

Então ele deu um grande bocejo, abrindo a boca de maneira desmedida.

Depois pôs a mão vagarosamente no bolso de seu colete, tirou um imenso relógio de ouro, abriu-o, olhou as horas e, lenta e indolentemente, tornou a guardá-lo.

Raskolnikov estava deitado de costas, em silêncio, olhando persistentemente, embora sem nada compreender, para o estranho. Agora que tinha desviado o olhar daquela singular flor no papel de parede, estava extremamente pálido e tinha uma aparência angustiante, como se tivesse acabado de ser submetido a uma operação dolorosa ou a uma tortura. Mas, aos poucos, o recém-chegado começou a despertar nele a atenção, depois o espanto, depois a suspeita e até medo. Quando Zossimov disse "Aí está Raskolnikov", pulou de repente, sentou no sofá e, com uma voz quase desafiadora, embora fraca e entrecortada, articulou:

– Sim, eu sou Raskolnikov! O que deseja?

O visitante olhou para ele com toda a atenção e disse, solenemente:

– Piotr Petrovitch Luzhin. Acredito que tenho razões para esperar que meu nome não lhe seja totalmente desconhecido.

Mas Raskolnikov, que esperava algo completamente diferente, continuou a olhá-lo de modo vago e ausente e nada respondeu, como se fosse essa a primeira vez que ouvia o nome de Piotr Petrovitch.

– É possível que até o presente momento não tenha recebido nenhuma informação? – perguntou Piotr Petrovitch, um tanto desconcertado.

Em resposta, Raskolnikov afundou languidamente a cabeça no travesseiro, pôs as mãos por baixo da cabeça e ficou olhando para o teto. Um olhar de desânimo brotava do rosto de Luzhin. Zossimov e Razumihin observavam-no mais interrogativamente que antes e, finalmente, ele mostrou inconfundíveis sinais de embaraço.

– Eu tinha presumido e calculado – balbuciou ele – que uma carta posta no correio há mais de dez dias, talvez há duas semanas...

– Mas por que fica aí de pé, na soleira da porta? – interrompeu-o subitamente Razumihin. – Se tiver algo a dizer, entre e sente-se. Na realidade, o senhor e Nastásia não cabem ali. Nastásia, deixe-o passar! Aqui está uma cadeira, entre de uma vez!

Ele afastou a cadeira da mesa, deixou um espaço entre esta e seus joelhos e esperou, numa posição um tanto apertada, para que o visitante entrasse. O momento era tão crítico que não era possível recusar e o visitante se esgueirou para dentro desse reduzido espaço, apressando-se e tropeçando. Ao alcançar a cadeira, sentou-se e ficou olhando de modo suspeito para Razumihin.

– Não precisa ficar nervoso – disse este último. – Rodya esteve doente por cinco dias e delirando nos três últimos; mas agora está se recuperando e até come com apetite. Este é o médico dele, que acabou de observá-lo agora mesmo; eu sou um companheiro de Rodya e, como ele, também ex-estudante; agora cuido dele. Por isso não se preocupe conosco, mas prossiga dizendo para que vem.

– Muito obrigado. Mas não vou perturbar o doente com minha presença e minha conversa? – perguntou Piotr Petrovitch a Zossimov...

– Não, não! – balbuciou Zossimov. – Pode até distraí-lo. – E tornou a bocejar.

– Esteve bem consciente durante muito tempo, desde esta manhã! – continuou Razumihin, cuja familiaridade parecia uma bonomia tão pouco afetada que Piotr Petrovitch começou a se mostrar mais animado, em parte talvez, porque esse miserável e insolente sujeito se havia apresentado como estudante.

– Sua mãe – começou Luzhin.

– Hum! – pigarreou Razumihin, bem alto.

Luzhin o olhou interrogativamente.

– Está tudo bem, continue.

Luzhin deu de ombros.

– Sua mãe começou a escrever uma carta para você quando eu ainda morava perto da casa dela. Ao chegar aqui, deixei passar uns dias, de propósito, antes de vir vê-lo, a fim de que pudesse ter toda a certeza de que você estivesse a par de tudo. Mas agora, para meu espanto...

– Já sei, já sei! – exclamou Raskolnikov, de repente, com inquietante irritação. – Assim, o senhor é o noivo? Já sei, e é melhor parar por aí!

Não havia dúvida nenhuma de que, dessa vez, Piotr Petrovitch se sentiu ofendido, mas nada disse. Fez um violento esforço para entender o que tudo isso poderia significar. Houve um momento de silêncio.

Entrementes, Raskolnikov, que se havia voltado levemente para ele quando respondeu, começou de repente a fitá-lo de novo com singular curiosidade, como se não tivesse dado ainda uma boa olhada nele ou como se algo novo o tivesse impressionado. Ergueu a cabeça do travesseiro, a fim de examiná-lo melhor. Certamente, havia algo de peculiar em toda a aparência de Piotr Petrovitch, algo que parecia justificar aquele título de "noivo" que lhe aplicaram sem qualquer cerimônia. Em primeiro lugar, era evidente, e até mesmo notável, que Piotr Petrovitch tivesse aproveitado os poucos dias em que estava na capital para aprumar-se e se suprir de roupas, enquanto esperava sua bela prometida... na verdade, procedimento perfeitamente natural e inocente. Até sua impressão pessoal, demasiado complacente talvez, do agradável aprimoramento da aparência dele poderia ser perdoada em tais circunstâncias, visto que Piotr Petrovitch tinha assumido o papel de noivo. Todas as suas roupas eram impecáveis, mal saídas do alfaiate, e lhe caíam muito bem, excetuando o fato de serem demasiado novas e demasiado apropriadas para a ocasião a que se destinavam. Até o elegante chapéu novo e redondo mostrava isso. Piotr Petrovitch tratava-o com excessivo respeito e o segurava nas mãos com o maior cuidado. O magnífico par de luvas lilás, da renomada marca Louvain, contava a mesma história, ainda que não as estivesse usando, mas carregando-as na mão, só para se exibir. No traje de Piotr Petrovitch predominavam as cores claras e juvenis. Trajava uma bela jaqueta cor de canela clara, calça de tecido leve, colete de igual feitio, camisa nova e finíssima, gravata da mais fina cambraia com listras cor-de-rosa, e o melhor era que tudo isso se ajustava perfeitamente em Piotr Petrovitch. Seu renovado e até belo rosto lhe dava uma aparência de não carregar seus 45 anos. As suíças escuras, em forma de costeleta, davam um toque agradável em ambos os lados, alargando-se sensivelmente à medida que desciam para o proeminente queixo, cuidadosamente barbeado. Até o cabelo, um pouco grisalho aqui e acolá, embora tivesse sido penteado e ondulado por um cabeleireiro, não lhe conferia uma aparência ridícula, como costuma acontecer com os cabelos ondulados artificialmente, pois sugerem inevitavelmente a figura de um alemão no dia em que vai se casar. Se havia qualquer coisa de desagradável e repulsiva naquela fisionomia apresentável e imponente, era devido a outras razões bem diferentes. Depois de ter examinado o senhor Luzhin, sem cerimônia, Raskolnikov sorriu maliciosamente, voltou a pousar a cabeça no travesseiro e ficou fitando o teto como antes.

Mas o senhor Luzhin criou coragem e parecia determinado a não reparar nas extravagâncias de todos eles.

– Sinto muito encontrá-lo nesse estado – começou ele, rompendo novamente o silêncio com esforço. – Se tivesse sabido de sua doença, teria vindo antes. Mas os negócios, sabe... Além disso, tenho agora um assunto legal muito importante no Senado, sem mencionar outras preocupações que você muito bem pode imaginar. Estou à espera de sua mãe e de sua irmã, a qualquer momento.

Raskolnikov fez um movimento e parecia pronto para falar; seu rosto mostrava certa agitação. Piotr Petrovitch fez uma pausa, esperou, mas, como ele não dizia nada, continuou:

– ... A qualquer momento. Já encontrei um alojamento para elas, por ora.

– Onde? – perguntou Raskolnikov, com voz fraca.

– Muito perto daqui, no edifício Bakaleiev.

– Fica no bairro Voskresenski – interveio Razumihin. – Há dois andares de alojamentos, alugados pelo comerciante Yushin. Estive lá.

– Sim, alojamentos...

– Um lugar horroroso... imundo, malcheiroso e, o que é pior, mal afamado. Aconteceram muitas coisas por lá e há todo tipo de pessoas estranhas morando por aqueles lados. Eu mesmo fui até lá para uma aventura escandalosa. É bem barato, no entanto...

– É claro que não podia saber tão bem dessas coisas, pois eu mesmo sou um estranho em Petersburgo – replicou Piotr Petrovitch, um tanto irritado. – Os dois cômodos, no entanto, são extremamente limpos e como é para pouco tempo... Já aluguei outro permanente, isto é, nosso futuro alojamento – disse ele, dirigindo-se a Raskolnikov – e estou terminando de arrumá-lo. Nesse meio-tempo, eu também estou confinado num quarto de um alojamento com meu amigo Andrei Semionovitch Lebeziatnikov, no apartamento da senhora Lippewechsel; foi ele que me indicou a casa de Bakaleiev...

– Lebeziatnikov? – interveio vagarosamente Raskolnikov, como se tivesse se lembrado de alguma coisa.

– Sim, Andrei Semionovitch Lebeziatnikov, funcionário do Ministério. Conhece-o?

– Sim... não – respondeu Raskolnikov.

– Desculpe-me, imaginei isso por causa de sua pergunta. Há tempo, fui tutor dele... Um ótimo jovem e de ideias avançadas. Gosto de conviver com jovens; aprende-se coisas novas com eles – disse Piotr Petrovitch Luzhin, olhando esperançoso para todos os presentes.

– Em que sentido diz isso? – perguntou Razumihin.

– No sentido mais sério e essencial – replicou Piotr Petrovitch, como se tivesse gostado da pergunta. – Havia dez anos que eu não vinha a Petersburgo. Todas as novidades, reformas, ideias, tudo nos chegava nas províncias, mas para ver as coisas mais claramente é necessário estar em Petersburgo. E minha ideia é que se aprende mais observando as novas gerações. Confesso que estou entusiasmado...

– Com quê?

– Sua pergunta é muito vasta. Posso estar enganado, mas acredito que posso ter uma visão mais clara, mais, por assim dizer, crítica, mais prática...

– É verdade – disse Zossimov, sem pensar muito.

— Bobagem! Não há visão prática — interveio Razumihin. — A visão prática é coisa difícil de encontrar; não cai do céu. E nos últimos 200 anos estivemos divorciados da vida prática. Ideias, se quiser, pululam — disse ele a Piotr Petrovitch — e o desejo do bem existe, embora sob forma pueril; e pode-se encontrar honestidade, embora os velhacos abundem. De qualquer modo, não existe visão prática. Nada de visão prática!

— Não concordo com você — retrucou Piotr Petrvitch, com visível prazer. — É claro que as pessoas se desviam e cometem erros, mas é preciso ser indulgente. Esses erros são simples prova de entusiasmo pela causa e do anormal ambiente externo em que ocorrem. Se pouco foi feito, é porque o tempo foi reduzido. Dos meios, nem vou falar. Minha opinião pessoal, se quiser saber, é que alguma coisa já tem sido feita. Novas ideias, novos trabalhos valiosos estão circulando em lugar daqueles de nossos antigos e sonhadores autores românticos. A literatura está tomando uma forma mais madura, muitos preconceitos injuriosos foram erradicados e ridicularizados... Em resumo, cortamos irrevogavelmente nossos laços com o passado e isso, a meu ver, é uma grande coisa...

— Já tinha decorado isso só para se mostrar! — exclamou Raskolnikov, de repente.

— O quê? — perguntou Piotr Petrovitch, que não tinha ouvido bem; mas não teve resposta.

— Tudo isso é verdade — apressou-se em intervir Zossimov.

— E não é assim? — prosseguiu Piotr Petrovitch, olhando afavelmente para Zossimov. — Deve admitir — continuou ele, dirigindo-se a Razumihin, com uma sombra de triunfo e de superioridade... quase acrescentou "jovem" — que há um avanço ou, como se diz agora, um progresso no ramo da ciência e da verdade econômica...

— Isso é um lugar-comum!

— Não, não é um lugar-comum! Até hoje, por exemplo, se me dissessem "Ame seu próximo", qual seria o resultado? — continuou Piotr Petrovitch, talvez com excessiva pressa. — O resultado seria eu rasgar meu manto em dois, para reparti-lo com meu próximo, e os dois ficaríamos desnudos pela metade. Como diz um provérbio russo: "Persiga várias lebres ao mesmo tempo, que não vai apanhar nenhuma.". A ciência atualmente nos prega amar-nos a nós mesmos acima de tudo, porque tudo está baseado no interesse pessoal. Se você se amar a si mesmo e conduzir seus negócios adequadamente, seu manto ficará inteiro. A verdadeira economia acrescenta que quanto mais negócios privados existirem na sociedade... mais mantos inteiros, por assim dizer... tanto mais firmes serão suas fundações e tanto melhor para a gestão do negócio coletivo. Por isso, ao conseguir riqueza única e exclusivamente para mim, estou conseguindo, por assim dizer, para todos e ajudando a meu próximo a conseguir um pouco mais do que metade de um manto rasgado; e isso sem ser devido a liberalidade privada e pessoal, mas como consequência do progresso geral. A ideia é simples, mas infelizmente só demasiado tarde chegou até nós, tendo sido retardada por idealismo e sentimentalismo. Ainda assim, parece que não era necessário ter muita perspicácia para perceber isso...

– Desculpe-me, mas eu também não tenho muita perspicácia – interveio bruscamente Razumihin. – Por isso, vamos acabar por aqui. Eu comecei essa discussão com um objetivo, mas nos últimos três anos fiquei tão enojado com essas conversas vazias, com essa incessante enxurrada de lugares-comuns, sempre a mesma coisa que, por Júpiter, fico envergonhado quando outras pessoas falam desse jeito. O senhor, naturalmente, está ansioso para exibir seus conhecimentos e não o censuro, é totalmente perdoável. Eu só queria descobrir que tipo de homem o senhor é, porque ultimamente tantas pessoas inescrupulosas se bandearam para o lado da causa progressista e distorceram em favor de seus próprios interesses tudo o que tocaram, que a causa inteira tem sido arrastada para o lamaçal. E já chega!

– Desculpe-me, senhor – disse Luzhin, ofendido e falando com toda a dignidade. – Pretende sugerir, sem mais nem menos, que eu também...

– Oh, meu caro senhor... como eu poderia... Vamos, chega! – concluiu Razumihin e, bruscamente, voltou-se para Zossimov, a fim de continuar a conversa anterior.

Piotr Petrovitch teve o bom senso de acatar a desaprovação. Decidiu que haveria de se retirar dentro de mais um ou dois minutos.

– Espero que nossa amizade – disse ele, dirigindo-se a Raskolnikov – possa se fortalecer depois de seu restabelecimento e em virtude das circunstâncias de que já tem conhecimento... Acima de tudo, espero que recobre totalmente a saúde...

Raskolnikov nem sequer moveu a cabeça. Piotr Petrovitch começou a levantar-se da cadeira.

– Um de seus clientes deve tê-la matado – afirmou Zossimov, com firmeza.

– Sem dúvida alguma – replicou Razumihin. – Porfírio não expressou sua opinião, mas está interrogando todos aqueles que penhoraram algum objeto com ela.

– Interrogando os clientes? – perguntou Raskolnikov, em voz alta.
– Sim. Por que pergunta?
– Por nada.
– Como é que ele os encontra? – perguntou Zossimov.
– Koch deu os nomes de alguns deles, outros nomes estavam nos invólucros dos objetos penhorados e alguns compareceram espontaneamente.
– Deve ter sido um astuto e experiente canalha! Que ousadia! Que frieza!
– Não é bem assim! – interveio Razumihin. – É o que tira vocês todos da pista. Sustento que ele não é astuto, não é experiente e provavelmente esse foi seu primeiro crime. A suposição de que foi um crime calculado, cometido por um criminoso astuto, não se verifica. Suponham que tenha sido um sujeito inexperiente e fica bem claro que foi somente o acaso que o livrou de apuros... e o acaso pode fazer qualquer coisa. Ora, ele não previa obstáculos, talvez! E como chegou a fazer isso? Roubou joias no valor de dez ou vinte rublos, enfiou-as nos bolsos, remexeu no baú da velha, por entre os trapos... e depois eles encontraram 1.500 rublos numa caixa na primeira gaveta de cima da cômoda, além de notas promissórias! Ele nem sabia como roubar; só conseguiu matar. Foi seu primeiro passo, eu lhes asseguro; ele perdeu a cabeça. E conseguiu se safar mais por sorte do que por um bom estratagema.
– Vocês estão falando do assassinato da velha agiota, creio – comentou Piotr Petrovitch, dirigindo-se a Zossimov. Ele já estava de pé com o chapéu e as luvas nas mãos, mas queria dizer mais algumas frases inteligentes antes de ir embora. Estava evidentemente ansioso por deixar uma boa impressão e sua vaidade superou sua prudência.
– Sim; ouviu falar a respeito?
– Oh, sim, morando na vizinhança.
– Sabe dos pormenores?
– Não posso afirmar isso; mas outra circunstância do caso me interessa... toda a questão, por assim dizer. Para não falar do fato que a criminalidade está aumentando muito entre as classes mais baixas nos últimos cinco anos, para não falar dos roubos e dos incêndios dolosos em toda parte, o que mais me impressiona é que também nas classes elevadas a criminalidade está aumentando na mesma proporção. Num lugar, é um estudante que assalta uma carruagem do correio na estrada; em outro lugar, indivíduos de respeitável posição social forjam cédulas falsas; ultimamente, em Moscou, uma gangue inteira foi presa e que costumava forjar bilhetes de loteria falsos e um dos falsários era um professor de história

universal; depois, nosso secretário do exterior foi assassinado por causa de um obscuro motivo de ganho... E se essa velha senhora, a usurária, tiver sido assassinada por alguém de uma classe mais elevada da sociedade... pois camponeses não têm joias para penhorar... como vamos explicar essa desmoralização da parte civilizada de nossa sociedade?

– Há muitas mudanças das condições econômicas – comentou Zossimov.

– Mas como explicá-lo? – interveio Razumihin. – Poderia ser explicado por nossa inveterada falta de senso prático.

– Que quer dizer com isso?

– Que resposta deu seu professor de Moscou à pergunta por que falsificava notas? "Todos enriquecem de uma maneira ou de outra; por isso também quero ficar rico e depressa." Não me recordo das palavras exatas, mas a ideia era que ele queria dinheiro de qualquer jeito, sem esperar demais ou sem trabalhar! Crescemos acostumados a ter tudo à disposição, a caminhar apoiados nos outros, a ter a comida já mastigada. Depois, chega a hora decisiva e cada um se mostra exatamente como é.

– E a moralidade? E, por assim dizer, os princípios...

– Mas por que se preocupa com isso? – interveio Raskolnikov, subitamente. – Isso está de acordo com sua teoria!

– De acordo com minha teoria?

– Ora, desenvolva logicamente a teoria que estava defendendo há pouco e segue-se que se pode matar pessoas...

– Não, por favor! – exclamou Luzhin.

– Não, não é bem assim! – observou Zossimov.

Raskolnikov estava deitado, pálido e torcendo o lábio superior, respirando com dificuldade.

– Mas há um limite em tudo – continuou Luzhin, com arrogância. – As ideias econômicas não são um incitamento ao assassinato e só temos que supor...

– Mas é verdade – interveio uma vez mais e de súbito Raskolnikov, com voz trêmula de raiva e deliciando-se em insultá-lo –, é verdade que o senhor disse à sua noiva... na mesma hora do consentimento dela, que o que mais lhe agradava... era o fato de ela ser pobre... porque era melhor ter uma esposa que tivesse vivido na pobreza, de modo que o senhor poderia ter total controle sobre ela e tratá-la a seu bel-prazer por considerar-se o benfeitor da própria.

– Por favor! – exclamou Luzhin, irritado e furioso, vermelho e descontrolado – Distorcer dessa forma minhas palavras! Desculpe, permita-me assegurar-lhe que os rumores que chegaram até seus ouvidos, ou melhor, que lhe foram transmitidos, não têm fundamento, e eu... suspeito que... numa palavra... essa alusão... numa palavra, sua mãe... Parece-me que ela tem, em diversas questões, a par de suas excelentes qualidades, certo modo de pensar altamente fantasioso e romântico... Mas eu estava bem longe de supor que ela pudesse entender e interpretar mal coisas de maneira tão fantasiosa... E, na verdade... na verdade...

– Vou lhe dizer o quê – exclamou Raskolnikov, erguendo-se de seu travesseiro e fixando nele seus olhos penetrantes e faiscantes. – Vou lhe dizer o quê.

– O quê? – perguntou Luzhin, parado e esperando com uma expressão desafiadora e ofendida. O silêncio durou alguns segundos.

– Ora, se mais uma vez... ousar dizer uma única palavra sobre minha mãe... vou fazê-lo voar escadas abaixo!

– O que há com você? – exclamou Razumihin.

– Então é assim? – Luzhin empalideceu e mordia os lábios. – Escute, senhor – começou ele, deliberadamente, fazendo o máximo para se conter, mas respirando esbaforido –, no primeiro instante que o vi, logo constatei sua antipatia por mim, mas eu permaneci aqui com o propósito de conhecê-lo melhor. Poderia perdoar muita coisa a uma pessoa doente e a um parente, mas o senhor... nunca depois disso...

– Eu não estou doente – exclamou Raskolnikov.

– Tanto pior...

– Vá para o inferno!

Mas Luzhin já estava saindo, sem terminar a fala, esgueirando-se entre a mesa e a cadeira. Dessa vez, Razumihin se levantou para lhe dar passagem. Sem olhar para ninguém e sem fazer uma inclinação sequer para Zossimov, que lhe havia feito sinais, por diversas vezes, para que deixasse o doente em paz, Luzhin se retirou, levantando o chapéu à altura dos ombros, para não encostá-lo no umbral da porta ao se agachar para sair. Até a maneira de encurvar as costas exprimia o terrível insulto de que fora vítima.

– Como pôde... como pôde! – disse Razumihin, meneando a cabeça, perplexo.

– Deixem-me em paz... deixem-me em paz todos vocês! – gritou Raskolnikov, freneticamente. – Poderiam deixar de me atormentar, de uma vez por todas? Não tenho medo de vocês! Não tenho medo de ninguém, de ninguém! Fora daqui! Quero ficar sozinho, sozinho, sozinho!

– Vamos embora! – disse Zossimov acenando para Razumihin.

– Mas não podemos deixá-lo assim!

– Vamos embora! – repetiu insistentemente Zossimov, e saiu. Razumihin pensou por um instante e correu atrás dele.

– Seria pior se não obedecêssemos – disse Zossimov, na escada. – Não devemos irritá-lo.

– Mas o que está acontecendo com ele?

– Se ao menos levasse um choque benéfico, isso lhe faria bem! De início, ele estava melhor... Sem dúvida, tem algo estranho em sua mente! Alguma ideia fixa, que o faz sofrer... Tenho muito medo que seja isso; deve ser isso!

– Talvez seja esse cavalheiro, Piotr Petrovitch! Pela conversa, se deduz que vai se casar com a irmã de Rodya, e este recebeu uma carta a respeito, logo antes de ficar doente...

– Sim, que se dane esse homem!, ele pode ter colocado tudo a perder. Mas já reparou que ele não mostra interesse por nada, não responde a nada, a não ser quando se toca num ponto, que o deixa agitado... o assassinato?

– Sim, sim! – concordou Razumihin. – Eu também reparei nisso. Fica interessado, assustado. Levou um choque no dia em que ficou doente no posto policial, chegou a desmaiar.

– Por favor, conte-me mais a respeito esta noite e eu vou lhe contar alguma coisa mais tarde. O caso me interessa muito! Dentro de meia hora vou vê-lo novamente...

Não deverá ter qualquer inflamação.

– Graças a Deus! Nesse meio-tempo, vou esperar com Pashenka e vou pedir que Nastásia cuide dele...

Ao ficar sozinho, Raskolnikov olhou com impaciência e tristeza para Nastásia; mas ela demorava a sair.

– Não gostaria de tomar um pouco de chá? – perguntou ela.

– Mais tarde! Estou com sono. Deixe-me.

Abruptamente, se virou contra a parede. Nastásia saiu.

CAPÍTULO SEIS

Mas logo que ela saiu, ele se levantou, trancou a porta, desfez o embrulho, que Razumihin havia trazido naquela noite e que havia atado de novo, e começou a se vestir. Coisa estranha: parecia que logo tinha ficado perfeitamente calmo. Nenhum vestígio de seu recente delírio nem do pavoroso temor que o havia assombrado nos últimos tempos. Era o primeiro momento de uma estranha e repentina calma. Seus movimentos eram precisos e definidos; neles transparecia um propósito firme: "Hoje, hoje mesmo!", murmurou para si mesmo. Compreendia que estava fraco ainda, mas sua intensa concentração espiritual lhe infundia forças e autoconfiança. Além do mais, esperava não cair na rua. Depois de se vestir inteiramente com as novas roupas, olhou para o dinheiro que estava em cima da mesa e, após refletir por um momento, guardou-o no bolso. Eram 25 rublos. Apanhou também todo o troco em moedas, que havia sobrado dos dez rublos usados por Razumihin na compra das roupas. Então destrancou a porta devagar, saiu, desceu as escadas e lançou um olhar para a porta aberta da cozinha. Nastásia estava de costas para ele e soprava no samovar da dona da casa. Ela não ouviu nada. Quem, na verdade, poderia imaginar que ele haveria de sair? Um minuto depois, já estava na rua.

Eram aproximadamente oito horas. O sol baixava no horizonte. Estava tão abafado como momentos antes, mas aspirou com avidez aquele malcheiroso e empoeirado ar da cidade. Sentia um pouco de tontura e sua cabeça rodava. Uma espécie de energia selvagem brilhou de repente em seus olhos febris e em seu rosto abatido e pálido. Não sabia nem pensava para onde estava indo, só tinha um pensamento: "Que tudo *isso* deveria acabar hoje, de uma vez por todas, imediatamente; que não haveria de voltar para casa sem isso, porque *não queria continuar vivendo daquele jeito."* Como, com que meio acabar? Não fazia a menor ideia a respeito; nem mesmo queria pensar nisso. Afugentava essa ideia; ideia que o torturava. Tudo o que sabia, tudo o que sentia era que tudo devia mudar "de um jeito ou de outro", repetia com desesperada e imperturbável autoconfiança e determinação.

Seguindo o antigo costume, decidiu fazer sua usual caminhada para os lados do Mercado do Feno. Um jovem de cabelo escuro estava parado na calçada, na frente de uma pequena mercearia, com um realejo, e tocava uma canção bem sentimental. Acompanhava-o uma mocinha de seus 15 anos, que também estava na calçada, diante dele. Estava vestida de crinolina, uma manta e um chapéu de palha com uma pluma cor de fogo, tudo muito velho e desgastado. Com uma voz forte e bastante agradável, por vezes falha e rude, ia entoando suas canções, esperando conseguir alguma moeda do dono da loja. Raskolnikov aproximou-se de dois ou três ouvintes, tirou uma moeda de cinco copeques e a pôs nas mãos da menina. Interrompeu abruptamente sua canção numa nota sentimental bem aguda e gritou estridentemente para o tocador de realejo: "Vamos!" E ambos seguiram adiante, em direção de outra loja.

– Gosta de música na rua? – perguntou Raskolnikov, dirigindo-se a um homem de meia idade, parado indolentemente ao lado dele. O homem o olhou assustado e admirado.

– Eu gosto de ouvir canções acompanhadas por um instrumento na rua – continuou Raskolnikov, mas de uma maneira estranhamente sem relação com o assunto. – Gosto quando entoadas nas frias, escuras e úmidas tardes de outono... têm de ser úmidas... quando todos os transeuntes estão de rosto pálido e doentio, melhor ainda, quando cai neve, quando não há vento... está compreendendo o que quero dizer?... e os lampiões da rua brilham...

– Não sei... Desculpe-me... – murmurou o passante, assustado com a pergunta e com o estranho aspecto de Raskolnikov, e cruzou a rua para o outro lado.

Raskolnikov seguiu adiante e chegou à esquina do Mercado do Feno, onde o vendedor ambulante com a mulher, da outra vez, esteve conversando com Lizaveta; mas agora os dois não estavam lá. Reconhecendo o lugar, ele parou, olhou em derredor e se dirigiu a um jovem de camisa vermelha, que bocejava diante de um armazém de cereais.

– Não há um vendedor que, com a mulher, mantinha uma barraca nessa esquina?

– Aqui todos têm suas barracas – respondeu o rapaz, olhando desdenhosamente para Raskolnikov.

– Como ele se chama?

– Com o nome que recebeu no batismo.

– Você não é de Zaraisk também? De que província?

O rapaz fitou Raskolnikov de novo.

– Não é uma província, senhor, mas um distrito. Por favor, me esqueça, senhor.

– É uma taberna, lá em cima?

– Sim, é uma casa de petiscos e tem uma sala de bilhar; e vai encontrar princesas também por lá... Lá, lá!

Raskolnikov atravessou a praça. Naquela esquina havia uma grande multidão de camponeses. Abriu caminho para chegar até a parte mais apinhada, olhando os rostos deles. Sentia uma irresistível vontade de falar com pessoas. Mas os camponeses não lhe deram atenção alguma; todos estavam falando alto, reunidos em pequenos grupos. Ficou parado, pensou um pouco e tomou a direita, em direção da rua V.

Já tinha passado muitas vezes por aquela rua, que fazia um cotovelo e levava da praça do mercado à rua Sadovi. Nos últimos tempos, com certa frequência andava vagando por esse distrito, quando era tomado pelo tédio, tanto para se entediar ainda mais.

Agora passava por ali sem pensar em nada. Naquele ponto, há um grande bloco de construções, inteiramente ocupado por tabernas e casas de pasto; mulheres iam e vinham continuamente, de cabeça descoberta e roupas sumárias. Aqui e acolá, se reuniam em grupos, na calçada, especialmente em torno da entrada dos vários locais de diversão, nos andares mais baixos. De um deles, chegavam até a rua ruídos extremamente altos, cantos, sons de guitarra e gritos de alegria. Uma multidão de mulheres se aglomerava na porta; algumas estavam sentadas nos degraus, outras na calçada e outras estavam de pé e conversavam. Um soldado bêbado, fumando um cigarro, cambaleava perto delas na rua, falando impropérios; parecia que estava tentando encontrar seu caminho para qualquer lugar, mas tinha-se esquecido para qual lugar. Um mendigo estava discutindo com outro e um beberrão estava deitado no meio da rua. Raskolnikov parou diante do tropel de mulheres, que estavam falando todas elas com voz rouca. Estavam de cabeça descoberta e usavam vestidos de algodão e calçados de pele de cabra. Havia mulheres de 40 anos e algumas não passavam dos 17; quase todas tinham olheiras.

Sentiu-se estranhamente atraído pelos cantos e por todo o barulho e tumulto do salão abaixo... ouvia-se que alguém dançava freneticamente, marcando o compasso com seus tacos, ao som da guitarra e de uma fina voz de falsete, cantando uma animada ária. Ficou escutando atenta, tristonha e pensativamente, inclinando-se à entrada e espiando curiosamente para dentro, desde a calçada.

"Ó meu lindo soldado

Não me bata sem motivo",

trinava a fina voz do cantor. Raskolnikov sentia um enorme desejo de entender o que ele estava cantando, como se tudo dependesse disso.

"Devo entrar?", pensou ele. "Estão rindo. Bêbados. Devo embriagar-me também?"

– Não vai entrar? – perguntou-lhe uma das mulheres. A voz dela era bem musical e menos rouca do que a das outras. Era jovem e nada repulsiva... a única do grupo.

– Ora, você é muito bonita! – respondeu ele, endireitando-se e olhando para ela.

A moça sorriu, sentindo-se lisonjeada pelo cumprimento.

– O senhor também é muito bonito! – disse ela.

– Mas está tão debilitado! – observou outra mulher, com voz de baixo. – Saiu há pouco do hospital?

– Parecem todas filhas de generais, mas nem por isso deixam de ter o nariz achatado – interveio um camponês embriagado, com um sorriso malicioso no rosto, usando um casacão folgado. – Veja como estão animadas!

– Entre de uma vez!

– Vou entrar, boneca!

E ele correu para dentro do salão. Raskolnikov continuou seu caminho.

– Oh, senhor! – gritou a moça atrás dele.

– O que é?

Ela hesitou.

– Eu ficaria muito contente em passar uma hora com o senhor, mas agora me sinto envergonhada. Dê-me seis copeques para um trago, simpático moço!

Raskolnikov lhe deu tudo o que tirou do bolso na primeira remexida... 15 copeques.

– Ah, que senhor bondoso!

– Qual é seu nome?

– Aqui deve perguntar por Duclida.

– Bem, isso é demais! – observou uma das mulheres, meneando a cabeça. – Não sei como você pode pedir que a chame assim. Eu certamente morreria de vergonha...

Raskolnikov olhou com curiosidade para a mulher que acabara de falar. Era uma prostituta com sinais de bexigas, de uns trinta anos, coberta de estrias, com o lábio superior inchado. Fez a crítica dela com calma e seriedade.

"Onde", pensou Raskolnikov, continuando seu caminho, "onde é que eu li que alguém condenado à morte diz ou pensa, um momento antes de morrer, que se tivesse de viver no alto de um rochedo, num espaço tão diminuto onde só tivesse lugar para ficar de pé, e ao redor dele o oceano, a eterna escuridão, eterna solidão, eterna tempestade, se tivesse de ficar de pé nesse mínimo espaço toda a sua vida, mil anos, a eternidade toda, seria melhor viver assim do que morrer imediatamente? Só viver, viver, viver! A vida, seja ela como for... Como isso é verdade! Meu Deus, como é verdade! O homem é uma criatura covarde!... E covarde é quem o chama de covarde por isso", acrescentou ele, um momento depois.

Foi para outra rua... "Oh, o Palácio de Cristal! Razumihin tinha falado há pouco do Palácio de Cristal. Mas que diacho queria eu com ele? Sim, os jornais... Zossimov disse que tinha lido isso nos jornais."

– Vocês têm jornais? – perguntou ele, ao entrar num espaçoso restaurante, extremamente limpo, composto de várias salas que, no entanto, estavam bastante vazias. Duas ou três pessoas tomavam chá e, numa sala mais ao fundo, havia um grupo de quatro homens bebendo champanha. Raskolnikov imaginou que Zametov era um deles, mas não tinha certeza por causa da distância. "E daí, se for ele", pensou.

– Quer uma dose de vodca? – perguntou o garçom.

– Prefiro chá e me traga os jornais, aqueles dos últimos cinco dias e lhe darei uma gorjeta.

– Sim, senhor. Aqui tem os de hoje. Não deseja um pouco de vodca?

Trouxeram-lhe os jornais dos dias anteriores e o chá. Raskolnikov se sentou e começou a folheá-los.

"Oh, maldição... esses são artigos de informação. Um acidente numa escada, comerciante carbonizado em incêndio provocado por álcool, um incêndio em Peski... um incêndio num bairro de Petersburgo... outro incêndio em Petersburgo... outro incêndio em Petersburgo... Ah, aqui está!"

Encontrou finalmente aquilo que estava procurando e começou a ler. As linhas dançavam diante de seus olhos, mas leu tudo e passou a procurar avidamente por notícias mais recentes nos números seguintes. Suas mãos tremiam com nervosa impaciência ao virar as páginas. De repente, alguém veio sentar-se ao lado dele à mesa. Ergueu os olhos e viu o escrivão Zametov, ele mesmo, com os anéis nos dedos e a corrente do relógio, de cabelo preto encaracolado, partido ao meio, com seu elegante colete, de sobretudo um tanto desgastado e camisa de tecido duvidoso. Estava de bom humor, pelo menos estava sorrindo de modo jovial e expansivo. Seu rosto escuro estava um pouco rubro por causa do champanhe que havia bebido.

– O quê? Você por aqui? – começou ele, surpreso, falando como se o conhecesse desde sempre. – Ora, Razumihin me disse ontem que você estava inconsciente. Estranho! E sabe que estive em sua casa?

Raskolnikov sabia que ele haveria de se aproximar. Pôs os jornais de lado e voltou-se para Zametov. Havia um sorriso em seus lábios e, nesse sorriso, transparecia uma nova sombra de irritante impaciência.

– Sei que esteve lá – respondeu ele. – Andaram me falando. Você procurou minhas meias... E sabe que Razumihin perdeu o rebolado com você? Ele diz que você esteve com ele em casa de Luise Ivanovna... aquela mulher que você tentou favorecer, pela qual você piscou para o Tenente Explosivo e ele não entendeu. Lembra-se disso? Como é que ele não entendeu?... era totalmente claro, não é?

– Que cabeça quente ele é!

– O Tenente Explosivo?

– Não, seu amigo Razumihin.

– Deve levar uma boa vida, senhor Zametov! Tem entrada franca nos melhores lugares. Quem é que o convidou para tomar champanhe?

– Estivemos apenas... bebendo um pouco... Está falando de quem me convidou?

– Como gratificação! Tudo o que vem é lucro! – riu Raskolnikov. – Tudo bem, meu caro – acrescentou ele, dando um tapinha no ombro de Zametov. – Não falo por provocação, mas de um modo amigável, por brincadeira, como dizia aquele seu trabalhador quando estava brigando com Dmitri, no caso da velha senhora...

– Como está sabendo disso?

– Talvez eu saiba mais sobre isso do que você.

– Como você é estranho... Tenho certeza de que ainda está doente. Não devia ter saído de casa.

— Oh, realmente lhe pareço estranho?
— Sim. O que está fazendo? Lendo os jornais?
— Sim.
— Há muita coisa sobre incêndios.
— Não estou lendo notícias de incêndios. — Nesse momento, ele olhou misteriosamente para Zametov; seus lábios se retorciam de novo num sorriso irônico. — Não, não estou lendo notícias de incêndios — continuou ele, piscando para Zametov. — Mas confesse, meu caro amigo, está terrivelmente ansioso por saber o que estou lendo.
— De modo algum. Posso lhe fazer uma pergunta? Por que continua...?
— Escute aqui, você é um homem culto e letrado?
— Cursei até a sexta série do ginásio — respondeu Zametov, com certa dignidade.
— Sexta classe! Ah, presunçoso! De cabelo partido e anéis... você é um cavalheiro de sorte! Oh! Que rapaz simpático! — Nesse ponto, Raskolnikov irrompeu num riso nervoso, bem nas barbas de Zametov. Este recuou, mais surpreso que ofendido.
— Oh! como você é estranho! — repetiu Zametov, muito sério. — Não posso deixar de pensar que você ainda está delirando.
— Eu, delirando? Está mentindo, seu presunçoso! Então, sou estranho? Você me acha curioso, não é?
— Sim, curioso.
— Deveria lhe dizer o que eu estava lendo nos jornais, o que estava procurando? Veja quantos jornais mandei trazer. É suspeito, não é?
— Bem, o que é que está vendo?
— Tem os ouvidos aguçados?
— Que quer dizer com... "aguçar meus ouvidos"?
— Vou lhe explicar mais tarde, mas agora, meu rapaz, afirmo... não, melhor, "confesso"... não, isso também não está certo... "declaro formalmente e você vai tomar nota". Declaro formalmente que estava lendo, que estava olhando e procurando... — piscou os olhos e fez uma pausa. — Estava procurando... e para isso é que vim aqui... notícias do assassinato da velha senhora que recebia penhores — articulou ele, finalmente, quase num suspiro, aproximando seu rosto bem perto do de Zametov. Este o fitava firmemente, sem se mexer ou desviar os olhos. O que impressionou Zametov depois, como a parte mais estranha de

tudo, foi o silêncio que se seguiu por exatamente um minuto, enquanto eles olhavam um para o outro, o tempo todo.

– E que diferença faz, se esteve lendo isso? – exclamou ele, finalmente, perplexo e impaciente. – Não é assunto meu! Que tem de especial?

– A mesma velha senhora – continuou Raskolnikov, sussurrando ainda e sem dar atenção à exclamação de Zametov –, sobre a qual vocês estavam falando no posto policial, deve se lembrar, quando desmaiei. Bem, compreende agora?

– Que quer dizer? Compreender... o quê? – exclamou Zametov, quase alarmado.

– O rosto composto e sério de Raskolnikov subitamente se transformou e logo caiu no mesmo riso nervoso de antes, como se fosse totalmente incapaz de se dominar. E, num instante, relembrou com extraordinária nitidez um momento recente, aquele momento em que estava atrás da porta, de machadinha em punho, enquanto o trinco balançava e os homens do lado de fora xingavam e sacudiam a porta, e tivera vontade de gritar com eles, de xingá-los, de puxar a língua para eles, de zombar deles, de rir, rir, rir!

– Você está louco, ou... – começou a dizer Zametov e se deteve, como se atordoado pela ideia que repentinamente lhe veio à mente.

– Ou? Ou o quê? O quê? Vamos, diga!

– Nada! – disse Zametov, ficando zangado. – É tudo bobagem!

Os dois ficaram em silêncio. Depois desse repentino ataque de riso, Raskolnikov ficou pensativo e triste. Apoiou os cotovelos sobre a mesa e abaixou a cabeça entre as mãos. Parecia ter esquecido completamente Zametov. O silêncio durou algum tempo.

– Por que não toma seu chá? Está esfriando! – disse Zametov.

– O quê! O chá? Ah, sim...

Raskolnikov sorveu um gole, pôs um pedaço de pão na boca e, olhando repentinamente para Zametov parecia relembrar tudo e se fechou. No mesmo instante, seu rosto reassumiu sua expressão irônica de antes. Continuou bebendo o chá.

– Houve muitos desses crimes ultimamente – disse Zametov. – Há poucos dias, li no jornal *Notícias de Moscou* que uma gangue inteira de falsificadores de moeda foi presa nessa cidade. Formavam uma verdadeira sociedade. Costumavam falsificar cédulas.

– Oh! mas faz muito tempo! Faz mais de um mês que li essa notícia – retrucou

Raskolnikov, calmamente. – Assim, você os considera criminosos? – acrescentou ele, sorrindo.

– Claro que são criminosos.

– É mesmo? São moleques, ingênuos, não criminosos. Ora, meia centena de sujeitos reunidos para semelhante objetivo... que ideia! Três já seria demais, e para isso precisam ter mais confiança um no outro do que em si próprios. Bastaria que um deles soltasse a língua e tudo iria tudo por água abaixo. Tolos! Contratam pessoas que não merecem confiança para passar adiante as cédulas... que piada é confiar num estranho qualquer! Bem, vamos supor que esses tolos consigam e cada um deles amealhe um milhão, o que vão fazer pelo resto da vida? Cada um deles ficará dependendo do outro por toda a vida! Melhor é enforcar-se de uma vez! Mais ainda, nem sabem como trocar essas cédulas; o sujeito que as trocou recebeu cinco mil rublos com as mãos tremendo. Contou os primeiros quatro mil, mas não o quinto... estava com pressa de pôr o dinheiro no bolso e fugir. Claro que despertou suspeitas. E toda a empreitada ruiu por causa de um único tolo! É possível?

– Que as mãos dele tremessem? – observou Zametov. – Sim, isso é bem possível! Estou totalmente convencido de que é possível. Às vezes, não se consegue controlar as coisas.

– Não se consegue controlar isso?

– Por que, você conseguiria? Eu não. Por causa de cem rublos, enfrentar uma terrível experiência dessas? Apresentar-se com cédulas falsas num banco, onde são peritos em perceber todo tipo de falsificação! Não, eu não teria coragem de fazer isso. E você teria?

Raskolnikov sentia uma intensa vontade de "soltar a língua". Calafrios continuavam percorrendo sua espinha.

– Eu teria procedido de maneira bem diferente – começou Raskolnikov. – Vou lhe contar como eu teria trocado as cédulas. Teria contado os primeiros mil rublos três ou quatro vezes, verificando frente e verso de cada nota; depois contaria o segundo milhar; teria contado até a metade e então levantaria uma nota de 50 rublos contra a luz, a viraria e voltaria a levantá-la contra a luz... para verificar se não era falsa. "Estou com medo", diria, "porque outro dia um parente meu perdeu 25 rublos com uma nota falsa." E então lhe contaria toda a história. Depois disso, contaria o terceiro milhar. "Não, me desculpe", diria, "acho que errei ao chegar a 700 no segundo milhar, não tenho certeza." Desse modo, deixaria o terceiro milhar e voltaria outra vez ao segundo; e assim por diante, até o fim. Depois de ter terminado, tiraria uma cédula do quinto e uma do segundo milhar e as teria examinado contra a luz e teria pedido "Troque-as, por favor". Dessa forma, teria deixado o funcionário tão tenso que não saberia como se livrar de mim. Depois de ter acabado e sair, voltaria, dizendo: "Não, me desculpe." E só pediria algumas informações. Assim é que eu haveria de proceder!

– Ufa! Que coisas terríveis andam dizendo! – exclamou Zametov, rindo. – Mas tudo isso é só conversa fiada. Ouso dizer que quando chegasse a hora, você iria dar para trás. Acredito que até mesmo um sujeito experiente e desesperado nem sempre pode contar consigo mesmo, muito menos você e eu. Para tomar um exemplo daqui por perto... a velha senhora assassinada em nosso distrito. Parece que o assassino era um sujeito desesperado, arriscou tudo em plena luz do dia e foi salvo por milagre... mas as mãos dele também tremiam. Não conseguiu roubar o local, não conseguiu se dominar. Está mais que claro pelo...

Raskolnikov parecia ofendido.

– Claro? Por que então não o prendem? – exclamou ele, zombando maliciosamente de Zametov.

– Bem, eles vão apanhá-lo.

– Quem? Vocês? Acham que vão conseguir prendê-lo? Um belo trabalho! Para vocês, o ponto central é se o homem está gastando dinheiro ou não. Se não tem dinheiro e de repente começa a gastar, esse deve ser o homem! Assim, qualquer criança pode enganá-los.

– O fato é que sempre agem desse modo – retrucou Zametov. – Um sujeito comete um assassinato, arriscando a própria vida e depois vai imediatamente a uma taberna para beber. É apanhado gastando dinheiro. Nem todos são tão astutos como você. Certamente, você não iria a uma taberna, não é?

Raskolnikov franziu a testa e olhou firmemente para Zametov.

– Você está gostando do assunto e gostaria de saber como me comportaria em tal caso? – perguntou ele, aborrecido.

– Gostaria – respondeu Zametov, firme e severo. Algo de muito grave começava a transparecer em suas palavras e olhares.

– Muito?

– Muito.

– Tudo bem. Pois então, assim é que eu me comportaria – começou Raskolnikov, voltando a aproximar seu rosto do de Zametov, voltando a fitá-lo e falando em sussurros, de modo que este último chegou a estremecer. – Isso é o que eu teria feito. Teria recolhido o dinheiro e as joias, teria saído dali e teria ido diretamente a algum lugar deserto, com cercados ao redor, e onde dificilmente se visse alguém, um lugar como uma horta ou coisa do gênero. Teria escolhido previamente uma grande pedra, de considerável peso, que já estivesse largada num canto desde a época da construção da casa. Teria levantado essa pedra... deveria certamente haver um buraco embaixo dela... e teria colocado as joias e o dinheiro nesse buraco. Depois rolaria a pedra de volta, de forma que ficasse como antes, haveria de ajeitá-la achegando-lhe terra com os pés e iria embora. E por um ano ou dois, talvez três, não a tocaria. Bem, eles poderiam procurar! Não haveria vestígios.

– Você é um doido varrido – disse Zametov; e, por alguma razão, ele também falou em sussurros, afastando-se logo de Raskolnikov, cujos olhos faiscavam.

Este ficou extremamente pálido e seu lábio superior se retorcia e tremia. Ele se aproximou o mais que pôde de Zametov e seus lábios começaram a se mover, sem articular uma palavra; permaneceu assim meio minuto. Sabia o que estava fazendo, mas não conseguia se conter. A terrível palavra tremia em seus lábios, como o trinco naquela porta; a qualquer momento, irromperia; a qualquer momento, a deixaria escapar; ele a soltaria.

– E se fosse eu que tivesse assassinado a velha senhora e Lizaveta? – exclamou de repente e... percebeu o que tinha feito.

Zametov olhou para ele apavorado e ficou branco como a toalha da mesa. Seu rosto esboçou um sorriso contorcido.

– Mas seria possível? – exclamou ele, com voz sumida.

Raskolnikov olhou-o, indignado.

– Admita que acreditou nisso, sim, acreditou?

– De maneira alguma, e agora, menos do que nunca! – exclamou Zametov, precipitadamente.

– Caiu na armadilha! Se agora acredita nisso menos que nunca, quer dizer que antes acreditava!

– Nada disso! – exclamou Zametov, obviamente embaraçado. – Foi para me assustar que me levou até esse ponto?

– Então não acredita? Mas o que vocês estavam falando, atrás de mim, quando saí do posto policial? E por que é que o Tenente Explosivo me interrogou depois que desmaiei? Hei, aqui! – gritou para o garçom, levantando-se e apanhando o boné. – Quanto é?

– Trinta copeques – respondeu o garçom, que viera correndo.

– E há mais 20 copeques para a vodca. Veja quanto dinheiro! – e mostrou a mão, sacudindo as notas, a Zametov. – Notas vermelhas e azuis, totalizando 25 rublos. Onde é que as consegui? E de onde vêm minhas roupas novas? Você sabe que eu não tinha um copeque. Talvez tenha perguntado à dona da casa, estou certo... Bem, basta! Até o próximo encontro!

Saiu, tremendo de alto a baixo, devido a uma violenta comoção histérica, na qual havia um elemento de insuportável arrebatamento. Ainda assim, estava triste e terrivelmente cansado. Seu rosto estava contorcido, como se tivesse acabado de sofrer um ataque. Sua fadiga se agravou rapidamente. Qualquer choque, qualquer sensação irritante estimulava e revitalizava suas energias imediatamente, mas suas forças diminuíam rapidamente, com a remoção do estímulo.

Depois de ter ficado sozinho, Zametov permaneceu sentado por longo tempo no mesmo lugar, mergulhado em reflexões. Raskolnikov havia provocado, sem querer, uma revolução em sua cabeça sobre determinado ponto e influenciou sua mente de modo incisivo.

– Ilia Petrovitch é um cabeça-dura! – decidiu ele.

Mal havia aberto a porta do restaurante, Raskolnikov deu de frente com Razumihin nos degraus que levavam à rua. Não se viam desde o momento em que quase brigaram. Ficaram parados uns instantes, medindo-se com o olhar. Razumihin se mostrou totalmente surpreso, mas depois com raiva, uma verdadeira raiva faiscava ferozmente em seus olhos.

– Você por aqui! – gritou ele, com voz forte. – Você fugiu da cama! E eu que andei à sua procura até debaixo do sofá! Ficamos quase doidos! E quase bati em Nastásia por sua causa! E, depois de tudo, aqui está ele! Rodya, o que significa isso? Diga-me toda a verdade! Confesse! Está ouvindo?

– Isso significa que estou farto de vocês até a morte e quero ficar sozinho – respondeu Raskolnikov, bem calmo.

– Sozinho? Se não pode manter-se de pé, se seu rosto está tão branco como uma folha de papel e está mais que ofegante? Idiota!... Que esteve fazendo aqui no Palácio de Cristal? Diga logo!

– Deixe-me ir! – disse Raskolnikov, tentando passar por ele.

Isso era demais para Razumihin, que o agarrou firmemente pelo braço.

– Deixá-lo ir? Ousa me dizer para que o deixe ir? Sabes o que vou fazer com você imediatamente? Vou segurá-lo, vou amarrá-lo num pacote, vou carregá-lo para casa debaixo do braço e vou trancá-lo em seu quarto!

– Escute, Razumihin – começou a dizer Raskolnikov, calmo, aparentemente sereno –, não compreende que eu não quero sua benevolência? Que desejo estranho você tem de dispensar benefícios a um homem que... amaldiçoa a todos, que sente ojeriza por todos! Por que me procurou, logo que adoeci? Talvez eu me sentisse feliz em morrer. E não lhe disse claramente hoje que você estava me torturando, que eu estava... farto de você! Parece que gosta de torturar as pessoas! Asseguro-lhe que tudo isso está retardando seriamente minha recuperação, porque está me irritando continuamente. Viu que Zossimov saiu para não me irritar. Deixe-me em paz também você, pelo amor de Deus! Na verdade, que direito tem você de me reter à força? Não vê que agora estou de plena posse de minhas faculdades? Como, como é que vou poder persuadi-lo a não me perseguir mais com sua bondade? Posso ser ingrato, posso ser mesquinho, mas só me deixe sê-lo, por amor de Deus, deixe-me sê-lo! Deixe-me sê-lo, deixe-me sê-lo!

Começou falando calmamente, regozijando-se antecipadamente com as venenosas frases que estava prestes a proferir, mas acabou respirando com dificuldade, agitado, como se estivesse com Luzhin.

Razumihin ficou parado por um momento, pensou e deixou cair as mãos.

– Bem, vá para o inferno! – disse ele, calmo e pensativo. – Espere! – gritou logo, quando Raskolnikov estava prestes a ir embora. – Escute! Deixe-me dizer que vocês todos são um bando de tagarelas, completos idiotas! Se vocês têm um pequeno problema, ficam parados pensando como uma galinha fica quietinha sobre os ovos. E vocês plagiam até nisso! Não se vê sinal de vida independente. Vocês são feitos de unguento de espermacete e têm linfa correndo nas veias, em vez de sangue. Não acredito em nenhum de vocês! Em qualquer circunstância, a primeira coisa para todos vocês é não se parecerem com seres humanos! Pare! – gritou ele, com raiva redobrada, ao notar que Raskolnikov recomeçava a caminhar... – Escute-me! Está sabendo que tenho uma reunião festiva esta noite, e até pode ser que alguns convidados já tenham chegado, mas deixei meu tio para recebê-los... e vou voltar correndo. E se você não fosse um imbecil, um tolo comum, um perfeito idiota, se você fosse um original e não uma tradução... veja bem, Rodya, reconheço que você é um sujeito inteligente, mas é um doido!... e se não fosse um doido, você viria até minha casa esta noite, em vez de gastar as solas de suas botas pelas ruas! Desde que já saiu, não há como remediar! Eu lhe ofereceria uma confortável espreguiçadeira, a dona da casa tem uma... uma xícara de chá, companhia... Ou poderia ficar deitado no sofá... de qualquer modo, você estaria conosco... Zossimov vai estar lá também. Vai comparecer?

– Não.

– Refugo! – gritou Razumihin, perdendo a paciência. – Quer saber de uma coisa? Você não pode responder por seus próprios atos. Não sabe nada a respeito de... Milhares de vezes lutei com unhas e dentes em favor de pessoas e ainda tive de correr atrás delas mais tarde... A gente se envergonha e volta... Por isso não se esqueça, casa de Potchinkov, terceiro andar...

– Ora, senhor Razumihin, creio realmente que deixaria qualquer um bater em você por pura benevolência.

– Bater? Em quem? Em mim? Quebraria o nariz dele só pela simples ideia de fazê-lo! Casa de Potchinkov, 47, no andar de Babushkin...

– Não vou, Razumihin! – replicou Raskolnikov e foi embora.

– Aposto que vai – gritou-lhe Razumihin, de longe. – Não me importarei mais com você, se não for. Hei, pare! Zametov está lá dentro?

– Sim.

– Você o viu?

– Sim.

– Falou com ele?

– Sim.

– Sobre quê? Dane-se, não precisa me dizer nada! Casa de Potchinkov, 47, andar do Babushkin, lembre-se!

Raskolnikov seguiu seu caminho e dobrou a esquina para tomar a rua Sadovi. Razumihin ficou olhando para ele de longe, pensativo. Depois, com um gesto das mãos, ia entrar no Palácio de Cristal, mas parou no meio da escada.

– Dane-se! – continuou ele, quase em voz alta. – Ele falou com consciência do que dizia, mas ainda... Sou um tolo! Como se loucos não falassem com consciência! E era disso que Zossimov tinha medo. – Bateu com um dedo na testa. – O que se... como pude deixá-lo ir embora sozinho? Pode se afogar no rio... nada, nada, bobagem! Não, não posso! – E voltou correndo para alcançar Raskolnikov, mas não havia mais rastro dele. Com uma imprecação e com passos rápidos, voltou ao Palácio de Cristal para falar com Zametov.

Raskolnikov foi caminhando diretamente para a ponte X... Parou no meio e, apoiando os braços na amurada, ficou olhando ao longe. Ao se separar de Razumihin, sentiu-se tão fraco que mal conseguiu chegar até a ponte. Sentia vontade de sentar-se ou de estender-se em qualquer lugar na rua. Inclinado sobre a água, contemplava distraidamente os últimos reflexos rosados do pôr do sol, a fileira de casas que escureciam com a chegada do crepúsculo, uma distante janela de um sótão da outra margem, que resplandecia aos derradeiros raios do sol poente, a água escura do canal e essa água parecia despertar sua atenção. Finalmente, círculos vermelhos cintilavam diante de seus olhos, as casas pareciam mover-se, os transeuntes, as margens, as carruagens, tudo dançava diante de seus olhos. De repente estremeceu, salvando-se, talvez, de desfalecer diante de uma misteriosa e horrenda visão. Teve a impressão de que alguém estava a seu lado, à direita; olhou e viu uma mulher alta, de lenço na cabeça, rosto longo, amarelo, melancólico e olhos vermelhos e fundos. Olhava diretamente para ele, mas era evidente que ela não via nada nem reconhecia ninguém. De repente, apoiou a mão direita no parapeito, levantou a perna direita sobre a grade de ferro, depois fez o mesmo com a esquerda e se atirou no canal. A água suja respingou e engoliu a vítima por um momento, mas um instante depois, a mulher flutuava na superfície, movendo-se lentamente com a corrente, com a cabeça e as pernas mergulhadas na água e a saia inflada como um balão sobre as costas.

– Uma mulher se afogando! Uma mulher se afogando! – gritavam dezenas de vozes; muita gente acorreu, as duas margens estavam repletas de espectadores; na ponte, as pessoas se apinhavam em torno de Raskolnikov e o empurravam de um lado e de outro.

– Misericórdia! É nossa Afrosínia! – exclamou uma mulher, por perto e em lágrimas. – Por favor, salvem-na! Gente, puxem-na para fora!

– Um barco, um barco! – gritavam na multidão. Mas não foi necessário barco algum. Um guarda desceu correndo a escada do canal, tirou o capote e as botas e se jogou na água. Não foi difícil alcançá-la: flutuava a poucos passos da escada; ele a agarrou pela roupa com a mão direita e, com a esquerda, amarrou nela uma corda que um colega lhe havia atirado. A mulher foi retirada imediatamente da água. Estenderam-na no pavimento de granito da murada. Logo recobrou os sentidos, ergueu a cabeça, sentou-se e começou a espirrar e a tossir, torcendo inconscientemente as roupas encharcadas com as mãos. Não disse uma palavra.

– Está mais que bêbada e fora de si! – gritava chorosamente a mesma mulher, ao lado da infeliz. – Fora de si! Outro dia tentou se enforcar e nós cortamos a corda. Há pouco fui ao mercado e deixei minha menina para cuidar dela... e aqui está ela de novo nessa desgraça! É uma vizinha, cavalheiros, uma vizinha, mora ao lado, a segunda casa, lá no fundo...

A multidão se dispersou. A polícia permaneceu em volta da mulher; alguém mencionou o posto policial... Raskolnikov assistiu a tudo com uma estranha sensação de indiferença e apatia. Não se sentia bem. "Não, aquela asquerosa... água... não dá para aturar", resmungou para si mesmo. "Não vai resultar em nada", acrescentou. "Não vale a pena esperar. No tocante ao posto policial...? Mas por que Zametov não está no posto policial? Fica aberto até as dez..." Voltou as costas para a murada e olhou em torno dele.

"Muito bem!", disse ele, resoluto. Afastou-se da ponte e caminhou em direção do posto policial. Sentia-se interiormente vazio e insensível. Não queria pensar. Até a depressão havia passado; não havia mais qualquer vestígio da energia com que havia saído de casa "para dar um fim a tudo isso". Uma completa apatia se havia seguido.

"Bem, pode ser um jeito de sair dessa", pensou, enquanto caminhava devagar e desatentamente ao longo do canal. "De qualquer modo, vou dar um fim, porque quero... Mas é uma saída? Que importa! Haverá o espaço da praça... ha! Mas que fim! É realmente um fim? Devo contar a eles ou não? Ah... dane-se! Como estou cansado! Se pudesse encontrar logo um lugar para sentar ou deitar! O que mais me envergonha é que tudo isso é tão estúpido. Mas também isso não me importa! Que ideias idiotas vêm na cabeça da gente!"

Para chegar ao posto policial, tinha de ir diretamente em frente e dobrar a segunda esquina à esquerda. Ficava a poucos passos dali. Mas ao chegar à primeira esquina, parou e, depois de pensar por um minuto, virou para uma rua lateral e seguiu por duas ruas fora de seu caminho, provavelmente sem nenhum objetivo ou possivelmente para retardar um pouco e ganhar tempo. Caminhava, olhando para o chão. De repente, parecia que alguém sussurrava alguma coisa a seu ouvido. Ergueu a cabeça e viu que estava exatamente no portão "daquela" casa. Não tinha passado por ela, não tinha chegado perto dali desde "aquela" noite. Uma invencível e inexplicável sensação se apoderou dele. Entrou no prédio, passando pelo portão, depois seguiu para a primeira entrada à direita e começou a subir a conhecida escada que levava ao quarto andar. A estreita e íngreme escada estava muito escura. Parava em cada patamar e olhava em derredor com curiosidade. No primeiro patamar, tinham tirado os caixilhos da janela. "Isso não estava assim", pensou. Aí estava o alojamento do segundo andar, onde trabalhavam Nikolai e Dmitri. "Está fechado e a porta recém-pintada. Está para ser alugado." Depois, o terceiro andar e o quarto. "Aqui!" Ficou perplexo ao encontrar a porta escancarada. Havia homens ali, podia ouvir vozes; não esperava por isso. Depois de breve hesitação, subiu os últimos degraus da escada e entrou no alojamento. Também este estava sendo restaurado; havia operários ali dentro, o que o deixou surpreso. De algum modo, tinha imaginado que encontraria tudo como ele havia deixado, talvez até mesmo os cadáveres no chão e no mesmo lugar. E agora, paredes vazias, sem nenhum móvel. Parecia estranho. Caminhou até a janela e sentou-se no parapeito. Havia dois operários, dois jovens, mas um bem mais novo que o outro. Estavam forrando as paredes com um novo papel branco recoberto de flores lilases, substituindo o antigo, amarelo e sujo. Por alguma razão, Raskolnikov ficou desagradavelmente aborrecido diante disso. Olhava para o papel novo com desgosto, como se não aprovasse essa mudança. Os trabalhadores já tinham certamente ficado mais do que o tempo previsto e agora se apressavam em colar o papel de parede para terminar logo e ir para casa. Nem sequer notaram a entrada de Raskolnikov, pois estavam conversando. Raskolnikov cruzou os braços e ficou escutando.

– Ela veio me ver pela manhã – disse o mais velho para o outro –, bem cedo, toda aprumada. "Por que está tão pintada e enfeitada?", perguntei. "Porque estou pronta para fazer algo que lhe agrada, Tit Vassilitch!" Foi assim mesmo. E estava vestida de acordo com o figurino!

– E o que é um figurino? – perguntou o mais jovem. Obviamente, ele considerava o outro como uma autoridade.

– Um figurino é uma quantidade de desenhos, coloridos, que os alfaiates daqui recebem todos os sábados, pelo correio, e que mostra como as pessoas devem se vestir, tanto as do sexo masculino como as do feminino. São desenhos. Aqueles dos cavalheiros são pintados geralmente usando casacos de pele e os das belas damas são apresentados de uma forma que vai muito além do que possa imaginar.

– Não há nada que não se possa encontrar em Petersburgo – exclamou o mais novo, entusiasmado. – Excetuando papai e mamãe, tudo se pode conseguir por aqui.

– Exceto eles, encontra-se de tudo aqui, meu rapaz – concluiu o mais velho, sentenciosamente.

Raskolnikov levantou-se e foi até o outro quarto, onde antes estavam a arca, a cama e a cômoda; o quarto lhe pareceu minúsculo, sem os móveis. O papel de parede era o mesmo; num canto, o papel mostrava os sinais do lugar em que ficava o oratório com imagens sacras. Correu os olhos por todos os lados e foi até a janela. O operário mais velho olhou para ele de soslaio.

– O que é que o senhor quer? – perguntou ele, de repente.

Em vez de responder, Raskolnikov foi até o corredor e puxou o cordão da campainha. A mesma campainha, o mesmo som falho. Puxou pela segunda e pela terceira vez; escutou e relembrou. A medonha e angustiantemente temida sensação, que havia sentido então, começou a voltar com sempre maior vivacidade. Estremecia a cada toque da campainha, que lhe dava cada vez mais satisfação.

– Bem, o que está querendo? Quem é o senhor? – gritou o operário, saindo à procura dele.

Raskolnikov entrou novamente no quarto.

– Quero alugar um apartamento – respondeu ele. – Estou olhando alguns.

– Não é hora de olhar alojamentos à noite! E deveria subir acompanhado do porteiro.

– O assoalho foi lavado; vão pintá-lo também? – continuou Raskolnikov. – Não há sangue no chão?

– Que sangue?

– Ora, a velha senhora e a irmã dela foram assassinadas aqui. Havia uma grande poça de sangue ali.

– Mas quem é o senhor? – exclamou o operário, incomodado.

– Quem sou eu?

– Sim.

– Quer saber? Vamos ao posto policial e lhe direi.

O operário olhou para ele, estupefato.

– Bem, é hora de ir embora, estamos atrasados. Vamos, Alioshka. Temos de fechar – disse o operário mais velho.

– Muito bem, vamos – disse Raskolnikov, indiferente e, saindo primeiro, desceu lentamente pela escada. – Eh, porteiro! – gritou ele, no portão.

Na entrada, havia várias pessoas paradas, olhando para os transeuntes: os dois porteiros, uma camponesa, um homem de sobretudo e mais algumas pessoas. Raskolnikov foi caminhando diretamente para eles.

– Que deseja? – perguntou um dos porteiros.

– Esteve no posto policial?

– Estive lá há pouco. Que deseja?

– Está aberto?

– Claro.

– E o assistente está lá?

– Há pouco, estava. Mas o que deseja?

Raskolnikov não respondeu, mas ficou ao lado deles, perdido em pensamentos.

– Veio ver o alojamento – disse o operário mais velho, adiantando-se.

– Que alojamento?

– Onde estávamos trabalhando. "Por que vocês limparam o sangue? Aqui foi cometido um assassinato e eu vim para alugá-lo", foi o que ele disse. E começou a puxar o cordão da campainha, que quase o arrebentou. "Vamos ao posto policial", disse ainda, "e lá contarei tudo." E não saía do alojamento.

O porteiro olhou para Raskolnikov, franzindo a testa e perplexo.

– Quem é o senhor? – perguntou ele, de modo incisivo e autoritário.

– Sou Rodion Romanovitch Raskolnikov, ex-estudante, moro na casa de Shil, não muito longe daqui, alojamento número 14, pergunte ao porteiro, ele me conhece.

Raskolnikov disse tudo isso com voz arrastada e ausente, sem se voltar, mas olhando atentamente para a rua que escurecia.

– Por que esteve no alojamento?

– Para vê-lo.

– O que há nele para ver?

– Levem-no para o posto policial – intrometeu-se abruptamente o homem de sobretudo.

Raskolnikov fitou-o com atenção por cima do ombro e, depois, com a mesma voz arrastada e indolente, disse:

– Vamos até lá!

– Sim, levem-no! – continuou o homem, mais confiante. – Por que foi justo até *aquele*, que é que ele tem na cabeça?

– Bêbado não está, mas Deus sabe o que há com ele – murmurou o operário.

– Mas o que quer? – gritou novamente o porteiro, começando a ficar zangado. – O que anda procurando por aqui?

– Tem medo do posto policial? – perguntou Raskolnikov, zombeteiramente.

– Por que teria medo? Por que anda por aqui?

– É um vagabundo! – gritou a camponesa.

– Para que perder tempo falando com ele? – exclamou o outro porteiro, um corpulento camponês, com o capote desabotoado e um molho de chaves no cinto. – Levem-no daqui! É um vagabundo, sem dúvida! Fora com ele!

E, agarrando Raskolnikov pelos ombros, empurrou-o para a rua. Ele tropeçou, mas conseguiu se endireitar, olhou, em silêncio, para os espectadores e foi embora.

– Que homem estranho! – observou o operário.

– Há gente estranha por toda parte, hoje em dia – disse a mulher.

– Vocês deviam tê-lo levado ao posto policial – acrescentou o homem de capote.

– É melhor não ter nada a ver com ele – decidiu o corpulento porteiro. – Um verdadeiro vagabundo! Exatamente o que ele é, podem estar certos, mas uma vez envolvido com um malandro desses, você não se livra mais dele... Conhecemos bem esses tipos!

"Devo ir ou não?", pensou Raskolnikov, parando no meio da rua, num cruzamento, e olhou em torno dele como se esperasse de alguém uma palavra definitiva. Mas nenhum som se fez ouvir, tudo estava mudo e silencioso como as pedras que pisava, tudo estava morto para ele, só para ele... De repente, no final da rua, a uns 200 passos de distância, na obscuridade cada vez mais densa, viu um grupo de pessoas e ouviu conversas, gritos. O grupo se aglomerava em torno de uma carruagem parada... Uma luz brilhava no meio da rua. "O que será?" Raskolnikov virou à direita e se dirigiu para o grupo de pessoas. Parecia querer agarrar-se a tudo e sorriu friamente ao reconhecer isso, pois ele já havia decidido categoricamente ir ao posto policial e sabia que logo mais tudo haveria de acabar.

CAPÍTULO SETE

Parada no meio da rua estava uma elegante carruagem, atrelada a uma parelha de fogosos cavalos cinzentos; não havia ninguém dentro dela e o condutor havia descido da boleia e estava do lado, segurando os cavalos pelas rédeas... Um grupo de pessoas se havia aglomerado em torno dela, com policiais na frente. Um deles tinha uma lanterna e, com ela, iluminava alguma coisa estendida no chão, perto das rodas. Todos falavam, gritavam, exclamavam; o cocheiro parecia transtornado e repetia sem cessar:

– Que lástima! Meu Deus, que desgraça!

Como pôde, Raskolnikov abriu caminho entre esse aglomerado de pessoas e, finalmente, conseguiu ver qual era a causa dessa comoção e curiosidade. No chão jazia um homem que havia sido atropelado, aparentemente inconsciente e coberto de sangue; estava muito malvestido, mas não como um trabalhador. Sangue escorria da cabeça e do rosto, que estava todo machucado, mutilado e desfigurado. Era evidente que estava gravemente ferido.

– Deus misericordioso! – lamentava-se o condutor. – Que mais podia eu fazer? Se estivesse conduzindo a galope ou se não tivesse gritado para o homem, mas eu vinha vindo devagar, sem pressa! Todos podiam ver que seguia calmamente com a carruagem, como todos. Um bêbado não consegue caminhar direito, é mais que sabido... Eu o vi atravessar a rua cambaleando e quase caindo. Então gritei de novo e mais uma segunda vez, uma terceira; então puxei as rédeas dos cavalos, mas ele caiu justamente sob as patas deles! Ou fez isso de propósito ou então estava completamente bêbado... Os cavalos são novos e se espantam facilmente... eles saltavam e ele gritava... isso foi pior ainda. Foi assim que aconteceu!

– Foi assim mesmo que aconteceu! – confirmou uma voz entre a multidão.

– Ele gritou, é verdade, gritou três vezes – exclamou outra voz.

– Foram três vezes, todos nós ouvimos – gritou uma terceira pessoa.

Mas o condutor não estava muito aflito nem assustado. Era evidente que a carruagem pertencia a algum rico e importante senhor, que devia estar à espera em algum lugar. Os policiais estavam, sem dúvida, mais que preocupados com o ocorrido e ansiosos por dar uma solução ao caso. Tudo o que tinham de fazer era levar o ferido para o posto policial e para o hospital. Ninguém sabia o nome dele.

Nesse meio-tempo, Raskolnikov conseguiu chegar até o homem e se agachou para olhar mais de perto. De repente, a lanterna iluminou o rosto do infeliz. Ele o reconheceu.

– Eu o conheço, eu o conheço! – gritou ele, chegando-se mais à frente. – É um funcionário público aposentado, Marmeladov. Mora aqui perto, no prédio Kozel... Chamem um médico, depressa! Eu pago, olhem aqui! – Tirou dinheiro do bolso e mostrou-o aos policiais. Estava tomado de uma agitação violenta.

Os polícias ficaram satisfeitos por terem descoberto o nome do ferido. Raskolnikov lhes deu seu próprio nome e endereço e, tão sinceramente como se fosse seu próprio pai, implorou aos policiais para que levassem o inconsciente Marmeladov para seu alojamento imediatamente.

– É logo ali, três casas mais adiante – dizia ele, ansiosamente. – A casa pertence a Kozel, um alemão muito rico. Sem dúvida, estava bêbado e seguia para casa. Eu o conheço, é um beberrão. Tem família, logo ali, uma esposa, filhos, tem uma filha... Vai levar tempo até chegar ao hospital e, na casa dele, certamente que deve haver um médico. Eu pago, eu pago! Pelo menos, terá todos os cuidados em casa... vão tratar dele imediatamente. Mas vai morrer antes de chegar, se quiserem levá-lo ao hospital.

Ele deu um jeito de pôr alguma coisa, sem ser visto, nas mãos de um dos policiais. Mas a coisa era honesta e legítima e, em todo caso, a ajuda era bem mais próxima aqui. Ergueram o ferido e as pessoas se dispuseram de boa vontade a ajudar.

A casa de Kozel ficava a uns trinta passos dali. Raskolnikov ia atrás, segurando cuidadosamente a cabeça de Marmeladov e indicando o caminho.

– Por aqui, por aqui! Temos de levá-lo escada acima com a cabeça na frente. Virem-no! Assim! Eu vou pagar tudo e o farei com satisfação – murmurou ele.

Ekaterina Ivanovna mal tinha começado, como sempre fazia ao ter um momento livre, a caminhar de um lado para outro em seu pequeno cômodo, da janela para o fogão e vice-versa, de braços cruzados sobre o peito, falando sozinha e tossindo. Nos últimos tempos, havia passado a falar mais do que nunca com a filha mais velha, Polenka, que tinha dez anos e que, embora ainda não entendesse muitas coisas, entendia muito bem que a mãe precisava dela e por isso a observava sempre com seus grandes e inteligentes olhos e se esforçava ao máximo para aparentar que entendia. Dessa vez, Polenka estava trocando a roupa do irmãozinho, que estivera adoentado durante todo o dia e que ela devia pô-lo na cama. O menino estava esperando por ela para tirar a camisa, que deveria ser lavada à noite. Ele estava sentado direitinho e imóvel numa cadeira, com uma expressão séria e silenciosa, com as pernas estendidas para frente... calcanhares juntos e os dedos dos pés virados para cima.

Escutava o que a mãe dizia à irmã, sentado perfeitamente quieto, beiços espichados, olhos esbugalhados, precisamente como todas as crianças costumam ficar quando as despem para ir para a cama. A irmãzinha menor, toda esfarrapada, estava de pé, junto do biombo, esperando sua vez. A porta que dava para as escadas estava aberta, a fim de livrá-los um pouco das nuvens de fumaça de tabaco que provinha dos outros alojamentos e que provocava terríveis ataques de tosse na pobre mulher tuberculosa. Ekaterina Ivanovna parecia ter emagrecido ainda mais durante essa semana e o rubor héctico em seu rosto brilhava mais do que nunca.

– Não pode acreditar, não pode imaginar, Polenka – dizia ela, caminhando pelo quarto –, que vida feliz e exuberante nós tínhamos na casa do papai e como esse bêbado foi minha ruína e há de ser a de vocês. Meu pai era funcionário público e esteve a um passo de se tornar governador; todos os que o visitavam lhe diziam: "Nós já o consideramos nosso governador, Ivan Mihailovitch." Quando eu... quando... – tossiu com força – Oh, maldita vida! – exclamou ela, limpando a garganta e levando as mãos ao peito. – Quando eu... quando no último baile... na casa do marechal... a princesa Bezemelni me viu... aquela que depois foi minha madrinha, quando me casei com seu pai, Polenka... perguntou logo: "Não é essa a linda menina que apresentou a dança do xale na festa de encerramento?" (Deve costurar esse rasgo; tome a agulha e a linha e conserte isso como lhe mostrei ou amanhã... cof-cof-cof... vai ficar maior ainda – disse ela, com dificuldade). – O príncipe Schegolskoy mal tinha chegado de Petersburgo então... dançou a mazurca comigo e, no dia seguinte, queria me fazer uma proposta de namoro, mas eu agradeci com palavras cordiais, dizendo-lhe que meu coração pertencia a outro, havia muito tempo. Esse outro era seu pai, Polenka; meu pai ficou muito zangado... A água está pronta? Alcance-me a camisa e as meias, Lida – disse ela, dirigindo-se à filha mais nova –, deverá dormir sem camisa esta noite... e deixe de lado suas meias... vou lavá-las ao mesmo tempo... Como é que aquele vagabundo de um bêbado não chega? Rasgou a camisa que está parecendo um trapo, está toda esfarrapada! Vou lavar tudo junto para não ter de trabalhar duas noites seguidas! Oh, querida! (cof-cof-cof). Outra vez! Que é isso? – exclamou ela, ao ver uma multidão de gente no patamar e os homens, que estavam entrando no alojamento dela, carregavam um fardo. – O que é isso? O que estão trazendo? Misericórdia!

– Onde é que vamos colocá-lo? – perguntou o policial, olhando em derredor quando entraram com Marmeladov inconsciente e coberto de sangue.

– No sofá! Ponham-no diretamente no sofá, com a cabeça para esse lado! – apontou Raskolnikov.

– Foi atropelado na rua! Bêbado! – gritou alguém no patamar.

Ekaterina Ivanovna estava de pé, pálida e respirando com dificuldade. As crianças estavam apavoradas. A pequena Lida gritava, correu até Polenka e se abraçou a ela, tremendo de alto a baixo.

Depois de acomodar Marmeladov, Raskolnikov achegou-se a Ekaterina Ivanovna.

– Por amor de Deus, fique calma, não se assuste! – disse ele, falando apressadamente. – Ele estava atravessando a rua e foi atropelado por uma carruagem. Não fique com medo, ele vai se recuperar. Fui eu que mandei trazê-lo para cá... Já estive aqui uma vez, não se lembra? Ele vai voltar a si. Eu vou pagar tudo!

– Dessa vez, ele conseguiu! – gritou Ekaterina Ivanovna, desesperada, e correu para o marido.

Raskolnikov reparou imediatamente que ela não era uma daquelas mulheres que desmaiam facilmente. No mesmo instante, ela colocou um travesseiro embaixo da cabeça do infeliz marido, coisa que ninguém tinha pensado em fazer, e começou a despi-lo e a examiná-lo. Manteve a serenidade, esquecendo-se de si mesma, mordendo os lábios trêmulos e sufocando os gritos que queriam irromper de seu peito.

Nesse meio-tempo, Raskolnikov encarregou alguém para que fosse em busca de um médico. Havia um, ao que parece, que morava em algum dos alojamentos próximos.

– Mandei chamar um médico – disse ele, consolando Ekaterina Ivanovna. – Não fique preocupada, eu vou pagar. Não há água aqui?... e dê-me um guardanapo ou uma toalha, qualquer coisa, o mais rápido possível... Está ferido, mas não está morto, acredite... Vamos ver o que o médico diz!

Ekaterina Ivanovna correu até a janela; ali, sobre uma cadeira quebrada no canto, havia uma grande vasilha de barro, cheia de água; estava reservada para lavar as roupas, à noite, das crianças e do marido. Ekaterina Ivanovna fazia esse serviço à noite, pelo menos duas vezes por semana, senão com maior frequência, pois a família tinha chegado a tal ponto que todos estavam praticamente sem outra muda de roupa íntima. E Ekaterina não suportava sujeira e, em vez de ver sujeira pela casa, preferia se sacrificar à noite, trabalhando até além de suas próprias forças, quando todos dormiam, de modo que lhe fosse possível tirar as roupas do varal pela manhã, totalmente secas. A pedido de Raskolnikov, ela foi apanhar a vasilha de água, mas quase caiu, de tão pesada. Ele, no entanto, já havia conseguido uma toalha, umedeceu-a e começou a limpar o rosto ensanguentado de Marmeladov.

Ekaterina Ivanovna permanecia ali do lado, respirando com dificuldade, e mantinha as mãos sobre o peito. Ela mesma precisava de atenção. Raskolnikov passou a se dar conta de que talvez tivesse feito mal em mandar levar o ferido para casa. O policial também se mostrava hesitante.

– Polenka – exclamou Ekaterina Ivanovna –, vá chamar Sônia, depressa! Se não a encontrar em casa, deixe um recado de que o pai foi atropelado e que ela deve vir imediatamente para cá... ao chegar em casa. Corra, Polenka! Aqui, ponha o xale!

– Corra bem depressa! – gritou-lhe subitamente o menino que estava sentado na cadeira, e depois voltou para a mesma rigidez muda, com os olhos bem abertos e os calcanhares esticados para frente com os dedos dos pés esparramados.

Entrementes, a sala tinha ficado tão cheia de gente que não cabia mais ninguém. Os policiais saíram, exceto um, que permaneceu mais um pouco, tentando fazer sair as pessoas que das escadas haviam entrado. Quase todos os inquilinos da senhora Lippewechsel começaram a afluir das salas interiores do alojamento; de início, se comprimiam na soleira da porta, mas depois acabaram invadindo o cômodo. Ekaterina Ivanovna ficou furiosa.

– Poderiam deixá-lo morrer em paz, pelo menos! – gritou ela para a multidão. – Acaso é um espetáculo para vocês ficarem tão embasbacados? E com cigarros! (cof-cof-cof) Só falta ficarem de chapéu na cabeça... E ali está um de chapéu!... Fora daqui! Poderiam respeitar o morto, pelo menos!

A tosse a sufocava... mas suas recriminações não ficaram sem efeito. Era evidente que todos tinham certo medo de Ekaterina Ivanovna. Os inquilinos, um depois do outro, retrocederam empurrando-se até o limiar da porta, com aquela estranha e íntima sensação de satisfação que se observa à vista de um súbito acidente, até nas pessoas mais chegadas e caras à vítima, e da qual nenhum ser humano está isento, apesar de demonstrar a mais sincera simpatia e compaixão.

Ouviam-se, contudo, vozes do lado de fora, falando de hospital e dizendo que não era o caso de ficar perturbando todo o mundo no prédio.

– Não se tem o direito de morrer! – gritou Ekaterina Ivanovna, e já estava correndo para a porta, a fim de despejar sua raiva contra todos, mas na soleira da porta esbarrou na senhora Lippewechsel, que acabara de saber do acidente e acorria para restabelecer a ordem. Era uma alemã particularmente irascível e rude.

– Ah, meu Deus! – exclamou ela, juntando as mãos. – Os cavalos atropelaram seu marido bêbado! Levem-no já para o hospital! Eu sou a dona da casa!

– Amália Ludvigovna, peço-lhe que repare no que está dizendo – começou a falar Ekaterina Ivanovna, altivamente (falava sempre em tom altivo com a dona da casa, para que ela pudesse se lembrar do lugar que ocupava e mesmo agora não podia se negar a si mesma essa satisfação). – Amália Ludvigovna... Já lhe disse uma vez que não ouse me chamar de Amália Ludvigovna; eu sou Amália Ivanovna.

– A senhora não é Amália Ivanovna, mas Amália Ludvigovna e, como não sou uma de seus mesquinhos aduladores, como o senhor Lebeziatnikov, que está rindo atrás da porta neste momento (de fato, atrás da porta, se ouviam um riso e uma voz, que dizia: "Vão se agarrar de novo."), sempre a chamarei de Amália Ludvigovna, embora não possa entender por que é que não gosta desse nome. A senhora bem vê o que aconteceu a Semion Zaharovitch, que está morrendo. Peço-lhe que feche imediatamente essa porta e não deixe entrar mais ninguém. Deixem-no, pelo menos, morrer em paz! Caso contrário, aviso-a de que amanhã mesmo vou informar o próprio governador geral a respeito de sua conduta. O príncipe me conhece desde pequena e se recorda muito bem de Semion Zaharovitch, a quem concedeu alguns benefícios. Todos sabem que Semion Zaharovitch tinha muitos amigos e protetores, que ele próprio abandonou por um sentimento de nobre orgulho, porque compreendia a infeliz fraqueza que tinha, mas agora (e apontou para Raskolnikov) um generoso jovem veio em nosso auxílio; ele tem meios e relações e Semion Zaharovitch o conheceu desde criança. Pode ter total certeza, Amália Ludvigovna...

Tudo isso foi dito com extrema rapidez, que aumentava sempre mais, até que um ataque de tosse interrompeu a eloquência de Ekaterina Ivanovna. Nesse momento, o moribundo recobrou os sentidos e deu um gemido; ela correu para o lado dele. O ferido abriu os olhos e, sem reconhecer e compreender ninguém, fitou Raskolnikov, que estava inclinado sobre ele. Respirava fundo, devagar e com dificuldade; sangue escorria dos cantos da boca e gotas de suor deslizavam pela fronte. Não reconhecendo Raskolnikov, começou a olhar em volta, preocupado. Ekaterina Ivanovna olhou-o com uma fisionomia triste, mas severa, lágrimas corriam dos olhos dela.

– Meu Deus! Tem o peito todo esfolado! Como está sangrando – disse ela, em desespero. – Temos de lhe tirar a roupa toda! Vire-se um pouco, Semion Zaharovitch, se puder – gritou-lhe ela.

Marmeladov a reconheceu.

– Um padre! – gaguejou ele, com voz rouca.

Ekaterina Ivanovna caminhou até a janela, encostou a testa na vidraça e exclamou, desesperada:

– Oh, vida maldita!

– Um padre! – disse novamente o moribundo, depois de um momento de silêncio.

– Já foram buscá-lo! – gritou-lhe Ekaterina Ivanovna.

Ele se dobrou ao grito e se calou. Com um olhar triste e tímido, ele tentou localizá-la. Ela voltou e ficou de pé, à cabeceira do sofá. Ele parecia um pouco mais sereno, mas não por muito tempo. Logo seus olhos pousaram sobre a pequena Lida, sua preferida, que tremia num canto como se tivesse um ataque e que o contemplava com seus expressivos olhos de criança.

– A-ah! – apontou ele a menina com inquietação. Queria dizer alguma coisa.

– Que é? – perguntou Ekaterina Ivanovna.

– Descalça, descalça! – murmurou ele, indicando, com olhar desvairado, os pés descalços da pequena.

– Cale-se! – gritou-lhe Ekaterina Ivanovna, irritada. – Você sabe porque está descalça.

– Graças a Deus, o médico! – exclamou Raskolnikov, aliviado.

O médico entrou; homem baixo, alemão, olhou em volta de si, desconfiado. Aproximou-se do doente, tomou-lhe o pulso, examinou cuidadosamente a cabeça e, com o auxílio de Ekaterina Ivanovna, desabotoou a camisa manchada de sangue e desnudou o peito do ferido. Estava esfolado e apresentava cortes e fraturas; várias costelas do lado direito estavam partidas. No lado esquerdo, logo acima do coração, havia uma grande e grave contusão de um amarelo escuro... resultante de um cruel coice de cavalo. O médico franziu a testa. O policial lhe contou que o ferido fora atingido por uma roda e arrastado uns trinta passos pela rua.

– É espantoso que tenha recuperado os sentidos – sussurrou o médico, suavemente, para Raskolnikov.

– Que acha do estado dele? – perguntou este último.

– Vai morrer em seguida, a qualquer momento.

– Não há, realmente, nenhuma esperança?

– Nem a mínima! Está prestes a dar o último suspiro... A cabeça está gravemente ferida... Hum!... Poderia fazer uma sangria, se quiser, mas... seria inútil. Pode morrer dentro de cinco ou dez minutos.

– É melhor fazer a sangria, então.

– Se assim quiser... Mas previno-o de que será totalmente inútil.

Nesse momento, outros passos eram ouvidos; o grupo de curiosos no corredor deu passagem e o padre, um velhinho baixo e grisalho, apareceu na soleira da porta; vinha para ministrar os últimos sacramentos. Um policial tinha ido à procura dele, logo depois do acidente. O médico lhe cedeu o lugar, trocando olhares com ele. Raskolnikov pediu ao médico que permanecesse um pouco mais. Ele deu de ombros e ficou.

Todos recuaram. A confissão logo terminou. O moribundo provavelmente não compreendia quase nada e só conseguia emitir sons indistintos e entrecortados. Ekaterina Ivanovna tomou Lida, tirou o menino da cadeira, ajoelhou-se no canto, perto do fogão, e mandou as crianças se ajoelharem na frente dela. A pequeninha tremia sem parar, mas o menino, dobrando os joelhos nus, levantou maquinalmente a mão, benzeu-se com precisão e se inclinou até tocar o chão com a testa, o que parecia lhe propiciar especial satisfação. Ekaterina Ivanovna mordia os lábios e reprimia as lágrimas; também ela orava, repuxando de vez em quando a camisa do menino e procurando cobrir os ombros desnudos da menina com um lenço, que havia tirado da cômoda, sem levantar-se nem deixar de rezar. Nesse meio-tempo, forçada pelos curiosos, a porta que dava para os quartos interiores se abriu novamente. No patamar, a multidão de espectadores de todos os alojamentos se tornava cada vez mais densa; mas eles não se aventuravam a ultrapassar o limiar da porta. Só uma vela iluminava a cena.

Nesse momento, Polenka veio abrindo caminho entre as pessoas paradas à porta. Entrou quase sem fôlego de tanto correr, tirou o lenço da cabeça, procurou pela mãe, aproximou-se dela e disse:

– Ela vem vindo, encontrei-a na rua!

A mãe obrigou-a a ajoelhar-se ao lado dela. Tímida e discretamente, uma moça foi passando entre as pessoas aglomeradas e era estranha sua aparência naquela sala, no meio de toda essa miséria, farrapos, morte e desolação. Ela também estava vestida com roupas simples, de baixo preço, mas ajeitada no estilo da rua, de certa elegância, que traía inconfundivelmente sua vergonhosa finalidade. Sônia parou brevemente no limiar da porta e ficou olhando em volta espantada, sem entender nada. Esqueceu-se de seu berrante vestido de seda, comprado em quarta mão, impróprio para esse local, com sua longa cauda ridícula e da imensa crinolina, que ocupava todo o vão da porta, de seus sapatos coloridos, da sombrinha que trazia, desnecessária de noite, e do grotesco chapéu de palha com sua brilhante pena cor de fogo. Sob esse licencioso chapéu, havia um pálido e assustado rostinho, de boca aberta e olhos imóveis de espanto. Sônia era uma moça baixa e delgada de 18 anos, de cabelo claro, muito bonito, e maravilhosos olhos azuis. Olhava atentamente para o sofá e para o padre; ela também estava ofegante, de tanto correr. Finalmente, alguns sussurros, algumas palavras no meio da multidão chegaram provavelmente até ela. Baixou a cabeça e avançou um pouco, permanecendo ainda perto da porta.

O atendimento religioso ao ferido tinha acabado. Ekaterina Ivanovna tornou a aproximar-se do marido. O padre se afastou e, antes de se retirar, proferiu algumas palavras de apoio e consolo a Ekaterina Ivanovna.

– O que vou fazer agora com estes? – interrompeu-o ela, com voz firme e irritada, apontando para os filhos pequenos.

– Deus é misericordioso; procure socorro no altíssimo! – começou a dizer o padre.

– Ah! Ele é misericordioso, mas não para nós!

– Isso é pecado, minha senhora, é pecado! – observou o padre, meneando a cabeça.

– E isso não é pecado? – exclamou Ekaterina Ivanovna, apontando para o moribundo.

– Pode ser que aqueles que involuntariamente causaram o acidente venham a compensá-lo, pelo menos no tocante aos ganhos dele.

– O senhor não está entendendo – exclamou Ekaterina Ivanovna, agitando as mãos, zangada. – Por que haveriam de me conceder uma compensação? Ora, ele estava bêbado e se atirou embaixo dos cavalos! Que ganhos? Não nos dava nada, a não ser miséria. Gastava tudo com bebida, esse beberrão! Roubava-nos para gastar tudo com bebida, levou à ruína a vida das crianças e a minha com a maldita bebida! Graças a Deus que está morrendo! Um a menos para sustentar!

– A senhora deve perdoá-lo na hora da morte; é pecado, senhora, esses sentimentos são um grande pecado.

Ekaterina Ivanovna se ocupava do moribundo; dava-lhe água, enxugava o suor e o sangue da cabeça dele, ajeitava o travesseiro com todo o cuidado e só se virava de vez em quando e brevemente para falar com o padre. De repente, correu para ele quase fora de si.

– Ah, padre! São palavras, só palavras! Perdoar! Se não tivesse sido atropelado, ele teria voltado para casa bêbado e, com a única camisa suja e em farrapos, teria caído no sono como um toco, enquanto eu estaria pondo roupas de molho e enxaguando até de madrugada, lavando os trapos dele e os das crianças e estendendo-os diante da janela; e tão logo raiasse o dia, já os estaria remendando. Assim é que passo minhas noites!... Que sentido faz falar de perdão! Na verdade, eu já perdoei!

Uma terrível e profunda tosse interrompeu suas palavras. Levou o lenço à boca e o mostrou depois ao padre, pousando a outra mão sobre o peito dolorido. O lenço estava coberto de sangue. O padre baixou a cabeça e nada disse.

Marmeladov estava agonizando; não tirava os olhos do rosto de Ekaterina Ivanovna, inclinada sobre ele novamente. Ele continuava tentando dizer-lhe alguma coisa; começou a mover a língua com dificuldade e a articular sons indistintos, mas Ekaterina Ivanovna, compreendendo que queria lhe pedir perdão, falou-lhe com voz imperiosa:

– Cale-se! Não é preciso! Eu sei o que quer dizer!

E o doente ficou em silêncio, mas, no mesmo instante, seu olhar errante se fixou no limiar da porta e viu Sônia.

Até então não havia reparado nela, que estava de pé num canto, quase no escuro.

– Quem é aquela? Quem é aquela? – perguntou ele, de repente, com voz ofegante, agitado, volvendo seu olhar horrorizado para a porta, onde estava a filha e tentando se soerguer.

– Fique deitado! Deite-se! – gritou Ekaterina Ivanovna.

Com uma força sobre-humana, ele conseguiu se apoiar nos cotovelos. Olhou ansiosa e fixamente, por algum tempo, para a filha, como se não a reconhecesse. Até então nunca a tinha visto vestida daquela maneira. Subitamente, a reconheceu, abalada e envergonhada em sua humilhação e em suas berrantes roupas, meigamente esperando sua vez de despedir-se do pai moribundo. Uma dor intensa se refletia no rosto dele.

– Sônia! Filha! Perdão! – exclamou ele, tentando estender-lhe a mão; mas, perdendo o equilíbrio, caiu do sofá e deu com o rosto no assoalho. Todos acorreram para levantá-lo e recolocá-lo no sofá. Mas estava já expirando. Sônia deu um tênue grito e correu para abraçá-lo; permaneceu assim sem se mexer. Ele morreu nos braços dela.

– Ele teve o que queria! – exclamou Ekaterina Ivanovna, ao ver o cadáver do marido. – Bem, o que se tem de fazer agora? Como vou enterrá-lo? O que vou dar de comer a estes, amanhã?

Raskolnikov se aproximou de Ekaterina Ivanovna.

– Ekaterina Ivanovna – começou ele –, na semana passada, seu marido me contou toda a vida dele... Acredite-me, ele falou da senhora com ardente reverência. Desde aquela noite, quando pude ver como ele era devotado a todos vocês e como amava e respeitava especialmente a senhora, Ekaterina Ivanovna, apesar da lamentável fraqueza dele, desde aquela noite ficamos amigos... Permita-me agora... fazer alguma coisa... para pagar minha dívida a meu falecido amigo. Aqui tem 20 rublos, acho... e se isso puder ser-lhe de alguma ajuda, então... eu... em resumo, vou voltar aqui, estou certo de que voltarei de novo... talvez passe por aqui amanhã mesmo... Adeus!

E saiu rapidamente do quarto, esgueirando-se entre as pessoas até a escada. Mas no meio da multidão, topou subitamente com Nikodim Fomitch, que ficara sabendo do acidente e tinha vindo para dar as instruções necessárias, pessoalmente. Não se haviam mais encontrado desde aquela cena no posto policial, mas Nikodim Fomitch o reconheceu imediatamente.

– Ah, é você? – perguntou-lhe ele.

– Ele morreu – respondeu Raskolnikov. – Veio o médico, o padre também, tudo como devia ser. Não incomode demais a pobre viúva, pois já sofre de tuberculose. Tente animá-la, se possível... sei que o senhor é um homem bom... – acrescentou ele, com um sorriso, olhando-o diretamente no rosto.

– Mas você está todo manchado de sangue! – observou Nikodim Fomitch, notando, à luz do lampião, algumas manchas frescas no colete de Raskolnikov.

– Sim... Estou coberto de sangue! – disse Raskolnikov, com um ar todo peculiar; depois sorriu, acenou e continuou descendo as escadas.

Descia devagar e circunspecto, febril, mas sem percebê-lo, inteiramente absorto numa nova e transbordante sensação de vida e de força que subitamente o invadia. Essa sensação poderia ser comparada à de um homem condenado à morte, que inesperadamente havia sido perdoado. A meio caminho da escada, foi alcançado pelo padre, que voltava para casa; Raskolnikov o deixou passar, trocando com ele uma silenciosa saudação. Já estava chegando aos últimos degraus quando ouviu passos apressados atrás dele. Alguém conseguiu alcançá-lo. Era Polenka. Corria atrás dele, gritando: "Espere! Espere!"

Voltou-se. Estava no final da escada e parou um degrau acima dele. Do pátio vinha uma luz fraca. Raskolnikov podia distinguir o rostinho fino, mas lindo, da menina olhando para ele com um franco sorriso infantil. Tinha corrido atrás dele com um recado que ela, evidentemente, estava feliz em poder lhe transmitir.

– Diga, como se chama?... E onde mora? – perguntou ela, apressada e com voz ofegante.

Ele pôs as duas mãos nos ombros dela e a olhou numa espécie de êxtase. Era tamanha a alegria que sentia ao olhar para ela, que não poderia ter dito por quê!

– Quem é que a mandou?

– Foi a minha irmã Sônia – respondeu a menina, sorrindo de maneira mais franca ainda.

– Eu sabia que foi sua irmã Sônia que a mandou.

– Minha mãe também me mandou... quando minha irmã Sônia estava me dando o recado, mamãezinha chegou também e me disse: "Corra depressa, Polenka!"

– Você gosta de sua irmã Sônia?

– Gosto dela mais do que ninguém – respondeu Polenka, com peculiar gravidade, e seu sorriso se tornou mais sério.

– E gosta também de mim?

Como resposta, ele viu o rosto da menina se aproximar dele, com os lábios grossos ingenuamente estendidos para beijá-lo. Subitamente, os braços, tão finos como varetas, o enlaçaram fortemente, a cabeça pousou no ombro dele e a pequena chorou mansamente, pressionando seu rosto contra ele.

– Estou triste por causa de meu pai! – disse ela, depois de um momento, levantando o rosto marcado pelo choro e enxugando as lágrimas com as mãos. – São só desgraças agora! – acrescentou ela, repentinamente, com aquele ar peculiarmente impassível que as crianças tentam forçadamente assumir quando querem falar como pessoas adultas.

– Seu pai gostava de você?

– Ele gostava mais de Lida – continuou ela, muito séria, sem um sorriso, exatamente como falam pessoas adultas. – Ele gostava mais dela, porque é pequena e também porque está doente. Sempre lhe trazia presentes. Mas ele nos ensinava a ler e a mim ensinava também gramática e a Sagrada Escritura – acrescentou com dignidade. – A mãe nunca dizia nada; mas nós sabíamos que ela gostava disso e o pai sabia. A mãe queria me ensinar francês, porque já é tempo de começar a me instruir.

– E você sabe suas orações?

– Claro, todos nós as sabemos! Há muito tempo. Eu faço minhas orações sozinha, porque já sou crescida, mas Kolya e Lida as fazem em voz alta com a mãe. Primeiramente, repetem a "Ave Maria" e depois fazem outra oração: "Senhor, perdoe e abençoe nossa irmã Sônia", e depois outra: "Senhor, perdoe e abençoe nosso segundo pai", porque o primeiro pai já morreu, e este é outro, mas nós oramos pelo primeiro também.

– Polenka, eu me chamo Rodion. Ore algumas vezes por mim também, dizendo: "E seu servo Rodion". Nada mais.

– Vou rezar pelo senhor pelo resto de minha vida – disse a menina, com convicção; de repente, voltando a sorrir, aproximou-se mais e o abraçou calorosamente outra vez.

Raskolnikov lhe deu o nome e o endereço e prometeu que certamente passaria na casa dela no dia seguinte. A pequena foi embora encantada com ele. Eram dez horas passadas quando ele chegou à rua. Em cinco minutos já estava na ponte, no lugar em que a mulher se havia atirado na água.

"Basta! – disse ele para si mesmo, de modo resoluto e triunfante. "Chega de fantasias, terrores imaginários e fantasmas! A vida é real! Não vivi até agora? Minha vida não morreu ainda com aquela velha senhora! Para ela o reino dos céus... e agora chega, minha senhora, deixe-me em paz! Que agora se inicie o reino da razão e da luz... e da vontade, e da força... e agora vamos ver! Vamos confrontar nossas forças!", acrescentou desafiadoramente, como se desafiasse algum poder das trevas. "E eu já estou pronto para viver num pedaço diminuto de terreno! Neste momento estou muito fraco, mas... creio que minha doença se foi inteiramente. Sabia que acabaria quando eu saísse. A propósito, a casa de Potchinkov fica a poucos passos daqui. É certo que devo ir me encontrar com Razumihin, mesmo que não estivesse tão perto daqui... que ganhe a aposta! Que sinta alguma satisfação também... não importa! Energia, energia é o que é preciso; nada se consegue sem ela; e energia se obtém com energia... é isso que eles não sabem." – acrescentou ele, orgulhoso e autoconfiante; e, com passos medidos, foi se afastando da ponte.

Orgulho e autoconfiança aumentavam cada vez mais nele; estava se tornando um homem diferente a cada instante. O que havia acontecido para provocar essa revolução nele? Ele mesmo não sabia; como um náufrago agarrado a uma tábua, subitamente sentiu que ele também "podia viver, que ainda havia vida para ele, que sua vida não havia morrido com a velha senhora". Talvez tivesse se apressado demais em tirar essas conclusões, mas não ficava pensando nisso.

"Mas eu pedi para que ela se lembrasse de 'seu servo em suas orações', foi o pensamento que lhe passou pela cabeça. "Bem, isso era... em caso de emergência", acrescentou ele e riu de seu gracejo juvenil. Estava numa excelente disposição de espírito.

Foi fácil encontrar Razumihin. O novo inquilino já era conhecido na casa de Potchinkov e o porteiro lhe indicou imediatamente o caminho do quarto. No meio da escada, pôde ouvir o ruído e a animada conversa de uma grande reunião de pessoas. A porta que dava para a escada estava escancarada; pôde ouvir exclamações e discussão. O quarto de Razumihin era bastante grande; o grupo ali reunido consistia de 15 pessoas. Raskolnikov parou na entrada, onde dois criados da dona da casa estavam ocupados atrás de um tabique com samovares, garrafas, pratos e bandejas carregados de tortas e guloseimas, trazidos da cozinha da dona da casa. Raskolnikov mandou chamar Razumihin. Este acorreu logo, eufórico. Ao primeiro olhar, era evidente que ele havia bebido um pouco demais e, embora Razumihin não costumasse beber até ficar ébrio, dessa vez estava perceptivelmente afetado pela bebida.

– Escute – apressou-se em dizer Raskolnikov –, vim apenas para lhe referir que você ganhou a aposta e que, na realidade, ninguém sabe o que pode lhe acontecer. Mas não posso entrar; estou tão fraco que vou desfalecer imediatamente. Por isso, boa noite e adeus! Venha me ver amanhã.

– Sabe de uma coisa? Vou acompanhá-lo até em casa. Se você mesmo diz que está tão fraco, deve...

– E os convidados? Quem é esse de cabelo encaracolado que há pouco estava olhando para cá?

– Esse? Só Deus sabe! Algum amigo de meu tio, espero, ou talvez tenha vindo sem ser convidado... Vou deixar meu tio com eles; é um homem admirável, pena que não possa apresentá-lo a ele agora. Mas que se danem todos eles agora! Não vão notar minha ausência e, além disso, preciso tomar um pouco de ar, pois você veio no momento exato... mais dois minutos e eu teria chegado às vias de fato! Estão falando um monte de bobagens... já pode imaginar o que os homens são capazes de dizer! Embora, por que haveria de estranhar? Não falamos asneiras nós também? E deixá-los... é o meio de aprender a não... Espere um minuto, vou chamar Zossimov.

Zossimov veio ao encontro de Raskolnikov quase sofregamente; mostrava um interesse especial nele e logo seu rosto se iluminou.

– Você deve ir para a cama imediatamente – afirmou ele, ao examinar o doente do melhor modo possível. – E tome algo para passar a noite. Vai tomá-lo? Preparei-o algum tempo atrás... um pacotinho de pó.

– Até dois, se quiser – respondeu Raskolnikov. Tomou o pó no mesmo instante.

– Faz muito bem em acompanhá-lo até em casa – observou Zossimov, dirigindo-se a Razumihin. – Vamos ver como deverá estar amanhã; hoje não está nada mal... uma considerável mudança desde a tarde. Vivendo e aprendendo...

– Sabe o que Zossimov me sussurrava quando vínhamos saindo? – deixou escapar Razumihin, tão logo chegaram na rua. – Não vou lhe contar tudo, irmão, porque eles são todos uns tolos. Zossimov me pediu que, pelo caminho, eu fosse falando livremente com você e que fizesse você falar livremente comigo; e depois contasse tudo a ele, pois tem na cabeça a ideia fixa de que você está... louco ou em vias de ficar. Imagine só! Em primeiro lugar, você tem três vezes mais massa cinzenta que ele; segundo, se você não é louco, não deveria nem se importar com essa estranha ideia dele; e, em terceiro lugar, esse pobre sujeito, cuja especialidade é cirurgia, ficou doido ao opinar sobre doenças mentais; e o que o levou a essa conclusão a respeito de você foi a conversa que você teve hoje com Zametov.

– Zametov lhe contou tudo?

– Sim, e fez muito bem. Agora compreendo o que tudo isso significa e Zametov também... Bem, o fato é que, Rodya... no fundo... estou um pouco bêbado agora... Mas é que... não importa... no fundo, essa ideia... compreende?... tinha-se aninhado na cabeça deles... compreende? Ou seja, ninguém se atrevia a exprimi-la em voz alta, porque a ideia é absurda demais e, especialmente, depois da prisão daquele pintor de paredes, esse balão estourou e tudo acabou em nada. Mas por que serão tão idiotas? Nessa ocasião, dei trela a Zametov... isso fica entre nós, irmão; não deixe transparecer que você sabe a respeito. Já reparei que ele é um sujeito melindroso; notei isso na casa da Luise Ivanovna. Mas hoje, hoje, ficou tudo claro. A culpa maior é desse Ilia Petrovitch. Ele se aproveitou do desmaio que você teve no posto policial, mas agora ele próprio sente vergonha disso; sei que...

Raskolnikov escutava com avidez. Razumihin estava bêbado demais para falar livremente.

– Desmaiei então por causa do ambiente pesado e do cheiro de pintura fresca no local – disse Raskolnikov.

– Não é preciso explicar isso! E não era somente a pintura: havia um mês que a febre o afetava; Zossimov confirma isso! Mas não poderia acreditar como esse sujeito está abalado agora! "Não sou digno de chegar aos pés dele", é o que anda dizendo. E esse "ele" é você. Às vezes, ele tem bons sentimentos, irmão. Mas a lição, a lição que você lhe deu hoje no Palácio de Cristal foi o máximo! De início, você o assustou e ele quase teve um ataque! Quase chegou a convencê-lo de que aquela hedionda bobagem representava a verdade e então, de repente... você soltou a língua: "Pois então, o que vai fazer disso?" Foi perfeito! Agora está abalado, aniquilado! Foi um golpe de mestre, por Júpiter; é o que eles merecem! Oh, como eu gostaria de estar presente! Ele esperava ver você com uma impaciência terrível. Porfírio também quer conhecer você...

– Ah!... ele também!... mas por que imaginaram que eu sou louco?

– Oh, não louco. Devo ter falado demais, irmão... O que o impressionou, fique sabendo, é que você parecia se interessar somente por esse assunto; agora está claro por que realmente o interessava; conhecendo todas as circunstâncias... e como isso o irritava e estava relacionado com sua doença... Estou um pouco bêbado, irmão, mas, dane-se!, ele tem a própria ideia dele... Digo-lhe que ele não entende nada de doenças mentais. Mas não se importe com ele...

– Por meio minuto, ambos ficaram em silêncio.

– Escute, Razumihin – começou Raskolnikov –, quero lhe dizer simplesmente que estive há pouco no leito de morte de um funcionário que morreu... dei à família dele todo o meu dinheiro... e, além disso, há pouco fui beijado por alguém que, se eu não tivesse matado ninguém, teria da mesma forma... na realidade, vi alguém mais ali... com uma pluma cor de fogo... mas estou falando bobagens; estou muito fraco, ampare-me... vamos chegar na escadaria logo mais...

– O que há? O que há com você? – perguntou Razumihin, ansioso.

– Estou um pouco tonto, mas não se trata disso; estou tão triste, tão triste... como uma mulher. Olhe, o que é aquilo? Olhe, olhe!

– O que é?

– Não está vendo? Uma luz em meu quarto... não vê? Pela fresta...

Já estavam aos pés do último lance de escadas, no nível da porta da dona da casa, e podiam ver, de fato, dali debaixo que havia luz no cubículo de Raskolnikov.

– Estranho! Nastásia, talvez – observou Razumihin.

– Ela nunca entra em meu quarto a essa hora e já deve estar na cama há muito tempo, mas... não importa! Até logo!

– O que quer dizer? Vou com você, vamos entrar juntos!

– Sei que vamos entrar juntos, mas quero dar-lhe a mão aqui e me despedir de você aqui. Por isso, aperte minha mão, e até logo!

– Mas o está havendo com você, Rodya?

– Nada... vamos lá... você vai ser testemunha...

Começaram a subir as escadas e Razumihin teve a ideia de que talvez Zossimov pudesse ter razão, afinal de contas. "Ah! transtornei a mente dele com minha conversa", murmurou para si mesmo.

Quando chegaram à porta, ouviram vozes dentro do quarto.

– O que é isso? – exclamou Razumihin. Raskolnikov foi o primeiro a abrir a porta; escancarou-a e ficou parado no limiar, perplexo e emudecido.

A mãe e a irmã estavam sentadas no sofá e havia uma hora e meia que estavam aguardando por ele. Por que ele não as esperava, não pensava nelas, apesar da notícia, que recebera nesse mesmo dia, de que elas tinham partido, de que estavam a caminho e podiam chegar a qualquer momento? Tinham passado aquela hora e meia cobrindo Nastásia de perguntas. Ela estava ali, diante delas, e lhes tinha contado tudo durante esse tempo de espera. E ficaram sobremodo alarmadas quando souberam que hoje ele havia fugido doente, delirando, conforme deduziam da história dela. "Deus do céu, o que lhe teria acontecido?" As duas passaram a chorar, as duas estavam prostradas em angústia durante aquela hora e meia.

Um grito de alegria, extasiado, saudou a entrada de Raskolnikov. As duas correram para ele. Mas ele ficou parado como morto: uma súbita e insuportável sensação o atingiu como um raio. Não ergueu os braços para abraçá-las; não podia! Mãe e irmã o apertavam fortemente nos braços, o beijavam, riam e choravam. Ele deu um passo, cambaleou e caiu no chão, desmaiado.

Ansiedade, gritos de horror, gemidos... Razumihin, que estava de pé na soleira da porta, voou para dentro do quarto, tomou o doente com seus vigorosos braços e, num instante, o colocou no sofá.

– Não é nada, não é nada! – gritou ele, para a mãe e a irmã. – Não passa de um simples desmaio, coisa de nada! Ainda há pouco o médico disse que ele já estava bem melhor, que vai ficar completamente bom! Água! Vejam, já está recobrando os sentidos, já está bem novamente!

E agarrando Dúnia pelo braço, de um modo que quase o deslocou, fez com que ela se abaixasse para ver que "ele estava bem novamente". A mãe e a irmã olharam para Razumihin com emoção e gratidão, como se ele fosse a Providência. Elas já tinham ouvido Nastásia contar tudo o que havia sido feito por Rodya, durante a doença dele, por esse "competente jovem", como o definiu nessa mesma noite Pulquéria Alexandrovna Raskolnikov, em conversa com Dúnia.

TERCEIRA PARTE

CAPÍTULO UM

Raskolnikov se ergueu e sentou no sofá. Com um leve meneio da mão, fez sinal a Razumihin para que acabasse com toda aquela enxurrada de gestos e palavras de caloroso e incoerente consolo que dispensava à mãe e à irmã; tomou a ambas pelas mãos e ficou um ou dois minutos olhando ora para uma, ora para outra, sem dizer palavra. A mãe estava alarmada com a expressão dele. Revelava uma emoção extremamente pungente e, ao mesmo tempo, algo inamovível, quase insano. Pulquéria Alexandrovna começou a chorar.

Avdótia Romanovna estava pálida; sua mão tremia na mão do irmão.

– Voltem para casa... com ele – disse ele, com voz entrecortada, apontando para Razumihin. – Até logo, até amanhã; amanhã tudo... Faz muito tempo que chegaram?

– No final da tarde de hoje, Rodya – respondeu Pulquéria Alexandrovna. – O trem estava terrivelmente atrasado. Mas, Rodya, nada me convenceria a deixá-lo agora! Vou passar a noite aqui, perto de...

– Não me torture! – disse ele, com um gesto de irritação.

– Eu fico com ele! – exclamou Razumihin. – Não vou deixá-lo sozinho em momento algum. Que se danem meus visitantes lá em casa! Que se enfureçam com minha ausência! Meu tio está lá para presidir a festa.

– Como é que poderia lhe agradecer? – estava começando a falar Pulquéria Alexandrovna, apertando novamente a mão de Razumihin, mas Raskolnikov a interrompeu.

– Não posso, não posso! – repetia ele, irritado. – Não me atormentem! Já chega, vão embora... Não posso suportar isso!

— Vamos, mamãe, vamos sair do quarto, ainda que por um minuto somente — cochichou Dúnia, assustada. — Nós o estamos magoando, é evidente.

— Mas não posso ficar cuidando dele, depois de três anos sem vê-lo? — gemeu Pulquéria Alexandrovna.

— Esperem! — gritou ele de novo. — Só me interrompem e desorganizam minhas ideias... Viram Luzhin?

— Não, Rodya, mas ele já sabe de nossa chegada. Ouvimos dizer, Rodya, que Piotr Petrovitch teve a amabilidade de visitá-lo hoje — acrescentou Pulquéria Alexandrovna, com certa timidez.

— Sim... foi tão amável... Dúnia, que prometi a Luzhin que o jogaria escadas abaixo e o mandei para o inferno...

— Rodya, o que está dizendo? Com certeza, não quer nos dizer... — começou Pulquéria Alexandrovna, alarmada, mas parou ao olhar para Dúnia.

Avdótia Romanovna fitava atentamente o irmão, esperando o que haveria de se seguir. As duas já sabiam da intriga por meio de Nastásia, na medida em que esta pudera compreender o que havia ocorrido, e estavam em sentida perplexidade e ansiedade.

— Dúnia — continuou Raskolnikov, com esforço —, eu não quero esse casamento, de modo que amanhã, na primeira oportunidade que tiver, deverá recusar a mão de Luzhin; e assim, nunca mais haveremos de ouvir mencionar o nome dele.

— Deus do céu! — exclamou Pulquéria Alexandrovna.

— Irmão, pense bem no que está dizendo! — interveio Avdótia Romanovna, impetuosa, mas se conteve imediatamente. — Talvez você não esteja em condições de falar agora; está cansado — acrescentou ela, meigamente.

— Acha que estou delirando? Não... Você vai se casar com Luzhin por *minha* causa. Mas eu não vou aceitar o sacrifício. Por isso, escreva uma carta amanhã para recusá-lo... Deixe-me lê-la pela manhã e isso vai ser o fim de tudo!

— Não posso fazer isso! — exclamou a moça, ofendida. — Com que direito...

— Dúnia, você está ansiosa também; fique calma, amanhã... Não está vendo... — interveio a mãe, desanimada. — O melhor a fazer é irmos embora!

— Ele está delirando! — exclamou Razumihin, embriagado. — Ou como é que se atreveria! Amanhã, toda essa bobagem será esquecida... hoje, de fato, ele o expulsou de casa. Foi assim mesmo. E Luzhin ficou zangado também... Passou a fazer discursos, queria mostrar que sabia muito e saiu cabisbaixo...

— Então é verdade? — exclamou Pulquéria Alexandrovna.

— Até logo, até amanhã, irmão — disse Dúnia, compassiva... — Vamos embora, mãe!... Até logo, Rodya!

— Está ouvindo, irmã — repetiu ele, atrás delas, fazendo um último esforço —, eu não estou delirando; esse casamento é... uma infâmia. Deixe-me agir como um tratante, mas você não deve... um só é suficiente... e, embora eu seja um tratante, não iria reconhecer uma irmã como tal. Ou eu ou Luzhin! Podem ir agora...

— Você perdeu o juízo! Déspota! — gritou Razumihin, mas Raskolnikov não respondeu ou talvez não pôde responder. Deitou-se no sofá e se virou contra a parede, totalmente exausto. Avdótia Romanovna olhou com curiosidade para Razumihin; seus olhos negros faiscavam e Razumihin realmente estremeceu diante daquele olhar.

Pulquéria Alexandrovna estava de pé, fora de si.

— Nada vai me forçar a sair daqui — sussurrou ela, desesperada, a Razumihin. — Vou ficar aqui, em qualquer lugar... Acompanhe Dúnia até em casa.

— Você vai estragar tudo! — replicou Razumihin, também num sussurro, perdendo a paciência... — De qualquer modo, venha cá para fora. Nastásia, traga uma vela! Eu lhe asseguro — continuou ele, falando baixo, já na escada — que ele quase bateu no médico e em mim esta tarde! Está entendendo? No próprio médico! Este resolveu ir embora, para não irritá-lo mais ainda. Eu fiquei nas escadas, de guarda, mas ele se vestiu rapidamente e sumiu. E, se o irritar, ele vai sumir de novo, a essa hora da noite, e talvez faça alguma besteira contra si mesmo...

— O que está dizendo?

— E Avdótia Romanovna não pode ser deixada sozinha nesses alojamentos, sem a senhora. Pense somente em que local estão hospedadas! Esse velhaco de Piotr Petrovitch podia muito bem ter arranjado um alojamento melhor... Bem sabe que andei bebendo um pouco demais, e isso me faz... suar; não repare...

— Então vou falar com a dona da casa daqui — insistiu Pulquéria Alexandrovna. — Vou lhe pedir que arranje um canto para Dúnia e para mim, por esta noite. Não posso deixá-lo assim, não posso!

Essa conversa teve lugar no patamar da escada, precisamente em frente da porta da dona da casa. Nastásia os iluminava num degrau abaixo. Razumihin estava extremamente agitado. Meia hora antes, quando levava Raskolnikov para casa, tinha realmente falado um pouco abertamente demais, o que ele próprio reconhecia, mas tinha a cabeça no lugar, apesar da grande quantidade de bebida que havia ingerido. Agora estava num estado que beirava um êxtase e tudo o que havia bebido parecia que lhe subia à cabeça com efeito redobrado. Estava parado, junto das duas mulheres; segurava as mãos de ambas, tentando persuadi-las, expondo-lhes suas razões, com uma franqueza espantosa; e praticamente a cada palavra que proferia, provavelmente para enfatizar seus argumentos, apertava-lhes as mãos com força, como num torno. E parecia devorar Avdótia Romanovna com os olhos, sem o menor constrangimento. Por vezes, elas retiravam as mãos das manzorras ossudas do rapaz, mas sem se importar com isso, ele as retomava e as puxava com mais força contra si. Se elas, por exemplo, lhe tivessem dito para que se atirasse de cabeça para baixo da escada, ele o teria feito sem pensar nem hesitar, só para agradá-las. Pulquéria Alexandrovna, ansiosa por causa de seu querido Rodya, embora notasse claramente que esse rapaz era excêntrico demais e lhe apertasse a mão com demasiada força, considerava a presença dele como providencial e não pretendia, portanto, se deter nessas extravagâncias do jovem. Mas embora Avdótia Romanovna mostrasse sua ansiedade, se bem que não fosse de caráter medroso, não podia ver o brilho faiscante nos olhos dele sem espanto e quase assombro. Só a ilimitada confiança inspirada nas referências de Nastásia a respeito daquele estranho amigo do irmão dela é que a detinha de tentar fugir dele e de persuadir a mãe a fazer o mesmo. Compreendia também que fugir dele já não era mais possível. Dez minutos depois, contudo, estava consideravelmente tranquila. Razumihin era de tal natureza que podia revelar-se completamente num momento, qualquer que fosse o estado de espírito em que se encontrasse; por isso as pessoas compreendiam rapidamente com que tipo de homem estavam lidando.

– A senhora não pode ir falar com a dona da casa, seria uma grande tolice! – exclamou ele. – Se a senhora ficar, embora seja a mãe, ele vai ficar furioso e sabe Deus o que pode acontecer! Escute, vou lhe dizer o que vou fazer, Nastásia vai ficar com ele agora e vou acompanhar as duas até em casa, porque as senhoras não podem andar sozinhas pelas ruas; Petersburgo é um lugar muito perigoso... Mas não importa! Depois de deixá-las em casa, voltarei diretamente para cá e um quarto de hora mais tarde, palavra de honra, venho lhes trazer notícias sobre dele, se ele está dormindo e outras coisas. Depois, escutem! Depois vou até minha casa num pulo... tenho um bom número de amigos lá, todos bêbados... vou buscar Zossimov... é o médico que o está tratando e que neste momento está em minha casa, mas não está bêbado; não deve estar bêbado, porque nunca bebe! Vou trazê-lo para cá, a fim de que veja Rodya, e depois irei com ele ver as senhoras, de modo que vão ter notícias dele duas vezes numa hora... do médico, compreendem, da própria boca do médico, o que é bem diferente do relato que eu possa lhes dar! Se houver algo de errado, juro que eu próprio vou trazê-las de volta para cá, mas, se ele estiver bem, as senhoras podem se deitar tranquilas. Eu vou passar a noite aqui, no patamar da escada, de modo que ele não vai saber de nada, e vou pedir a Zossimov que passe a noite num cômodo da dona da casa, para estar ao alcance em caso de necessidade. O que é melhor para ele: as senhoras ou o médico? Por isso vamos para casa! Mas ficar com a dona da casa está fora de questão; é possível para mim, mas está fora de questão para as senhoras; ela não as aceitaria, porque ela é... é uma imbecil... Ela vai ter ciúmes, por minha causa, de Avdótia Romanovna e da senhora também, se quiserem saber... de Avdótia Romanovna, com certeza. Tem um caráter absolutamente, absolutamente inexplicável! Mas eu sou um tolo também... Não importa! Vamos, então! Confiam em mim? Vamos, confiam em mim ou não?

– Vamos, mãe – disse Avdótia Romanovna –, ele certamente vai fazer o que prometeu. Ele já salvou Rodya e, se o médico aceitar realmente passar a noite aqui, o que poderia ser melhor?

– Veja só, a senhora... a senhora... a senhora me compreende, porque é um anjo! – exclamou Razumihin, entusiasmado. – Vamos! Nastásia! Vá correndo lá para cima e fique com ele de luz acesa; dentro de um quarto de hora, estarei de volta.

Embora Pulquéria Alexandrovna não estivesse totalmente convencida, não ofereceu maior resistência. Razumihin ofereceu um braço a cada uma delas e as conduziu escadas abaixo. Ele ainda a deixou incomodada, porque, embora fosse tão competente e bondoso, seria realmente capaz de cumprir a promessa? Ele parecia estar em tal condição...

– Ah, vejo que a senhora pensa que eu, nessa condição... – interrompeu-a Razumihin, adivinhando-lhe os pensamentos, enquanto caminhava pela calçada a passos largos, de tal modo que as duas senhoras mal podiam segui-lo, fato que ele, no entanto, nem sequer percebia. – Bobagem! Isto é... estou bêbado demais, mas não é o caso; não estou bêbado de vinho. É que, ao ver as senhoras, o sangue me subiu à cabeça... Mas não se importem comigo! Não reparem nisso; estou falando bobagens, não sou digno das senhoras... Sou totalmente indigno das senhoras! Assim que as deixar em casa, vou virar dois baldes de água sobre minha cabeça aqui na sarjeta e vou ficar perfeitamente bem... Se soubessem como eu gosto das duas! Não riam e não se zanguem! Podem ficar zangadas com quem quer que seja, mas não comigo! Eu sou amigo dele e por isso sou amigo das senhoras também, eu quero ser... Eu tinha um pressentimento... No ano passado, houve um momento... embora não fosse um pressentimento realmente, pois parece que as senhoras caíram do céu. E pretendo passar a noite toda em claro... Há pouco, Zossimov estava com medo de que ele perdesse o juízo... por isso é que ele não deve ser irritado...

– O que está dizendo? – exclamou a mãe.

– O médico disse realmente isso? – perguntou Avdótia Romanovna, alarmada.

– Sim, mas não é isso, nada disso. Ele lhe deu um remédio, um pó, que eu vi, e então as senhoras chegaram... Ah! Teria sido melhor que tivessem vindo amanhã! Fizemos muito bem em sair de lá. Dentro de uma hora, o próprio Zossimov vai lhes relatar tudo. O médico não está bêbado! E então, eu já não estarei mais bêbado... E o que foi que me deixou tão ébrio? Porque eles me envolveram em discussões, esses malvados! Eu tinha jurado nunca discutir! Mas eles saem com cada disparate! Quase cheguei às vias de fato! Deixei meu tio presidir a festa. Poderiam não acreditar, mas eles insistem na completa ausência de individualismo e é justamente disso de que eles gostam! Uma pessoa não ser ela própria, parecer-se o menos possível consigo mesma. É isso que eles consideram o auge do progresso. Se as bobagens deles ficassem restritas a eles próprios, mas como vão as coisas...

– Escute! – interrompeu-o timidamente Pulquéria Alexandrovna, mas só conseguiu jogar mais combustível na fogueira.

– O que estão pensando? – exclamou Razumihin, com voz ainda mais alta. – Julgam que os ataco porque estão falando bobagens? Não! Até gosto que fiquem falando besteiras. É o único privilégio do homem sobre toda a criação. Através do erro se chega à verdade! Eu sou homem porque erro. Nunca se alcança qualquer verdade sem cometer catorze erros e, provavelmente, até cento e catorze. Não deixa de ser uma bela coisa também, de algum modo; mas nem sequer podemos cometer erros por nossa própria conta! Fale bobagem, mas fale sua própria bobagem, e vou lhe dar um beijo. É melhor errar a seu próprio modo do que acertar à maneira dos outros. No primeiro caso, você é um homem e, no segundo, nada mais que um pássaro. A verdade não escapa, mas a vida pode ser agarrada. Houve exemplos disso. E o que estamos fazendo agora? Na ciência, no desenvolvimento, no pensamento, invenção, ideais, objetivos, liberalismo, experiência e tudo, tudo, em tudo ainda estamos nos primeiros passos da escola elementar. Preferimos viver segundo as ideias dos outros; é o que estamos acostumados a fazer! Estou certo? Não tenho razão? – exclamou Razumihin, apertando e sacudindo as mãos das duas damas.

– Oh, meu Deus, não sei! – exclamou a pobre Pulquéria Alexandrovna.

– Sim, sim... embora eu não concorde em tudo com o senhor – acrescentou seriamente Avdótia Romanovna, e logo soltou um leve grito, pois ele lhe apertava fortemente a mão, causando-lhe dor.

– Sim, a senhora diz sim... bem, depois que a senhora... a senhora... – exclamou ele, exaltado – a senhora é uma fonte de bondade, de pureza, de bom senso... e de perfeição. Dê-me a mão... e a senhora me dê a sua também! Quero beijar suas mãos aqui e agora mesmo, de joelhos... – E ele caiu de joelhos na calçada, felizmente deserta naquela hora.

– Deixe disso, por favor; o que está fazendo? – exclamou Pulquéria Alexandrovna, extremamente aflita.

– Levante-se, levante-se! – disse Dúnia, rindo, embora também estivesse transtornada.

– Não, não me levantarei até que me deixem beijar suas mãos! Pronto! Chega! Agora me levanto e podemos seguir! Sou um tolo infeliz, não sou digno das senhoras e estou bêbado... e me sinto envergonhado... Não sou digno de amá-las, mas prestar-lhes homenagem é o dever de todo homem que não seja um perfeito idiota! E prestei minha homenagem... Aqui estão seus alojamentos e só por causa desses é que Rodya tinha razão de expulsar da casa dele seu Piotr Petrovitch!... Como se atreveu! Como ousou hospedar as senhoras em semelhantes alojamentos? É escandaloso! Sabem que tipo de gente vive aqui? E a senhora sendo a noiva dele! É, de fato, noiva dele? Bem, então, vou lhe dizer, seu noivo é um tratante!

– Desculpe-me, senhor Razumihin, está se esquecendo... – começou Pulquéria Alexandrovna.

– Sim, sim, tem razão; eu me esqueci. sinto vergonha – apressou-se em se desculpar Razumihin. – Mas... mas as senhoras não podem ficar zangadas comigo, por falar desse modo! Porque falo com sinceridade e não porque... hum! hum! Isso seria uma desgraça; de fato, não porque eu estou... hum!... Bem, de qualquer modo, não vou dizer por que, não me atrevo... Mas todos nós vimos hoje, quando ele entrou, que esse homem não é dos nossos. Não é porque teve seu cabelo aparado no cabeleireiro, não é porque estivesse tão ansioso em mostrar sua inteligência, mas porque ele é um espião, um especulador, porque é um sovina e um charlatão. Isso é evidente. Acham que ele é inteligente? Não, é um tolo, um tolo. E é um bom pretendente para a senhora? Deus do céu! Estão vendo, senhoras? – parou de repente quando iam subindo a escada do alojamento delas. – Embora todos os meus amigos em minha casa estejam bêbados, ainda assim, são todos honestos; e embora falemos muita bobagem, e eu também, ainda assim vamos falando a nosso modo até chegar, finalmente, à verdade, pois estamos no bom caminho, enquanto Piotr Petrovitch... não está no bom caminho. Embora eu os tenha classificado com todos os tipos de nomes, justo agora, eu os respeito a todos... embora não respeite Zametov, gosto dele, porque é um garoto inconsequente; e esse pateta do Zossimov, porque é honesto e conhece sua profissão. Mas basta, já está tudo dito e perdoado. Está perdoado? Bem, vamos adiante, então! Conheço o corredor; já estive aqui, houve um escândalo no número 3... Mas qual é seu quarto? Que número é? Oito? Bem, tranquem-se por dentro de noite. Não deixem ninguém entrar. Dentro de um quarto de hora voltarei com notícias e, meia hora mais tarde, vou trazer Zossimov, vão ver! Até logo, vou correndo!

– Meu Deus, Dúnia! O que vai acontecer? – disse Pulquéria Alexandrovna, dirigindo-se à filha, com ansiedade e desânimo.

– Não se preocupe, mãe – replicou Dúnia, tirando o chapéu e a capa. – Foi Deus que nos enviou esse rapaz em nosso auxílio, embora tenha vindo de uma festa regada a bebidas. Podemos confiar nele, garanto-lhe. E tudo o que ele fez por Rodya...

– Ah! Dúnia! Sabe lá Deus, se ele vai voltar! Mas como é que eu fui capaz de me decidir a deixar Rodya?... E como eu imaginava nosso encontro diferente, bem diferente! Como estava mal-humorado, como se detestasse ver-nos...

Lágrimas brotaram dos olhos dela.

– Não, não é isso, mãe. A senhora não reparou bem, estava chorando o tempo todo. Ele estava bastante perturbado por causa da grave doença... esse é o motivo.

– Ah, essa doença! O que é que vai acontecer, o que vai acontecer? E a maneira como ele falou para você, Dúnia! – disse a mãe, olhando timidamente para a filha, tentando ler seus pensamentos e já meio consolada por ver que Dúnia até defendia o irmão, o que era indicativo de que ela já o havia perdoado. – Estou convencida de que amanhã ele já deverá pensar melhor a respeito – acrescentou ela, tentando convencer mais ainda a mãe.

– E tenho certeza de que amanhã vai dizer a mesma coisa... sobre aquilo – interveio Avdótia Romanovna, por fim. Sem dúvida, não havia mais como ir além disso, pois esse era um ponto que Pulquéria Alexandrovna receava discutir.

Dúnia se aproximou e beijou a mãe. Esta a abraçou calorosamente, sem dizer palavra. Depois se sentou, esperando ansiosamente pelo retorno de Razumihin, olhando timidamente para a filha, que caminhava de um lado a outro da sala, de braços cruzados, perdida em pensamentos. Esse andar de cá para lá, quando estava pensando, era um costume de Avdótia Romanovna; e a mãe sempre tinha medo de interromper as meditações da filha, nesses momentos.

É claro que Razumihin se mostrava ridículo com essa súbita paixão de bêbado por Avdótia Romanovna. Ainda assim, à parte a excêntrica condição dele, muitas pessoas o teriam desculpado se tivessem visto Avdótia Romanovna, sobretudo nesse momento em que dava voltas pela sala, de braços cruzados, pensativa e melancólica. Ela era muito bonita, alta, maravilhosamente bem proporcionada, forte e autoconfiante... esta última qualidade transparecia em cada gesto, embora não lhe tirasse minimamente a graça e a suavidade de seus movimentos. No rosto, ela se parecia com o irmão, mas poderia ser descrita como uma autêntica beleza. Tinha os cabelos castanhos, um pouco mais claros que os do irmão; havia uma altiva luz em seus olhos quase negros e, ao mesmo tempo, às vezes, de extraordinária doçura. Era pálida, mas de uma palidez sadia; seu rosto resplandecia de frescor e vigor. Sua boca era um tanto pequena; o lábio inferior, de um vermelho carregado, era um pouco saliente, bem como o queixo; era a única irregularidade em seu belo rosto, mas lhe conferia uma expressão particularmente individual e quase altiva. Seu rosto era sempre mais sério e compenetrado do que alegre; mas como sorria com graça, como lhe caía bem o riso juvenil, jovial, despreocupado! Era bastante natural que um ardente, extrovertido, sincero e impetuoso gigante como Razumihin, que nunca tinha visto ninguém como ela e que não estava bastante sóbrio nessa hora, perdesse a cabeça imediatamente. Além disso, o acaso, como de propósito, mostrou-lhe Dúnia pela primeira vez transfigurada pelo amor que sentia pelo irmão e pela alegria ao encontrá-lo. Mais tarde viu o lábio inferior dela tremer de indignação diante das palavras insolentes, cruéis e ingratas do irmão... e o destino dele estava selado.

Além do mais, tinha dito a verdade, quando despejou aquelas palavras em sua conversa de bêbado na escada, que Praskóvia Pavlovna, a excêntrica dona da casa, haveria de ficar com ciúme de Pulquéria Alexandrovna, bem como de Avdótia Romanovna, por causa dele. Embora Pulquéria Alexandrovna tivesse 43 anos, seu rosto conservava ainda vestígios de sua antiga beleza; na verdade, parecia muito mais jovem, apesar da idade, como quase sempre acontece com as mulheres que têm serenidade de espírito, sensibilidade e sincero calor do coração até a proximidade da velhice. Podemos acrescentar, de passagem, que preservar tudo isso é o único meio de reter a beleza até a velhice. Os cabelos dela tinham começado a branquear e a escassear, havia já algum tempo que tinha pequenos pés de galinha em torno dos olhos, as faces eram encovadas e vincadas por causa da ansiedade e dos desgostos e, ainda assim, era um rosto muito bonito. Era o retrato de Dúnia, com 20 anos a mais, mas sem o saliente lábio inferior. Pulquéria Alexandrovna era emotiva, mas não sentimental, tímida e condescendente, mas só até certo ponto. Podia ceder e aceitar muitas coisas, até aquelas que eram contrárias a suas convicções, mas havia certa barreira fixada pela honestidade, pelos princípios e pelas mais profundas convicções, que nada poderia persuadi-la a ultrapassar.

Exatamente 20 minutos depois da partida de Razumihin, houve duas batidas fracas e seguidas na porta; ele tinha voltado.

– Não vou entrar, não tenho tempo! – apressou-se em dizer quando lhe abriram a porta. – Ele dorme como um toco, com um sono plácido, tranquilo e Deus queira que durma assim dez horas. Nastásia está com ele; pedi-lhe para que não vá embora até que eu volte. Agora vou buscar Zossimov. Ele vai lhes contar tudo e é melhor que fiquem aí repousando; vejo que estão cansadas demais para fazer alguma coisa...

E se retirou apressado, corredor abaixo.

– Que jovem competente e... devotado! – exclamou Pulquéria Alexandrovna, extremamente contente.

– Parece uma excelente pessoa! – replicou Avdótia Romanovna, com certo entusiasmo, retornando a caminhar de um lado para outro da sala.

Quase uma hora mais tarde, ouviram passos no corredor e outra batida na porta. Dessa vez, as duas mulheres aguardavam inteiramente confiantes na promessa de Razumihin; realmente, ele tinha conseguido trazer Zossimov. Este tinha concordado imediatamente em deixar a festa para ir à casa de Raskolnikov, mas foi de modo relutante e com a maior suspeita que veio ver as senhoras, desconfiando de Razumihin, por causa de seu estado de embriaguez. Mas sua suspeita logo desapareceu e serenou. Viu que elas o esperavam realmente como um oráculo. Permaneceu ali por dez minutos e conseguiu convencer e tranquilizar completamente Pulquéria Alexandrovna. Falou-lhes com a maior simpatia, mas com a reserva e com a extrema seriedade de um jovem médico de 27 anos, chamado a uma importante consulta. Não proferiu palavra alguma sobre qualquer outro assunto e não mostrou o menor desejo de entrar em relações mais pessoais com as duas damas. Ao notar, logo na entrada, a deslumbrante beleza de Avdótia Romanovna, esforçou-se por não reparar nela durante sua visita, dirigindo-se exclusivamente a Pulquéria Alexandrovna. Tudo isso o encheu de extraordinária satisfação interior. Afirmou que pensava que o doente, nesse momento, estava em condições satisfatórias. De acordo com suas observações, a doença do paciente se devia em parte às péssimas condições ambientais em que vivera durante os últimos meses, mas tinha também, em parte, uma origem moral; "era, por assim dizer, o produto de várias influências materiais e morais, ansiedades, apreensões, perturbações, certas ideias... e assim por diante." Ao notar furtivamente que Avdótia Romanovna seguia suas palavras com a maior atenção, Zossimov se permitiu alongar-se um pouco sobre o tema. Diante da ansiosa e tímida pergunta de Pulquéria Alexandrovna com relação a "alguma suspeita de insanidade", ele respondeu com um sorriso plácido e sincero que haviam exagerado suas palavras; mas que certamente o paciente tinha alguma ideia fixa, algo que se aproximava da monomania... ele, Zossimov, estava agora estudando, de modo particular, esse interessante ramo da medicina... mas que era preciso relembrar que até o dia de hoje o doente tinha estado delirando e... e não havia dúvida de que a presença da família deveria ter um efeito favorável em seu restabelecimento e na distração de sua mente, "desde que sejam evitadas novas comoções", acrescentou ele, de maneira significativa. Depois se levantou e se despediu com uma impressionante e afável reverência, enquanto choviam sobre ele bênçãos, calorosa gratidão e súplicas, e Avdótia Romanovna lhe estendeu espontaneamente a mão. Ele se retirou extremamente satisfeito com a visita e ainda mais consigo mesmo.

– Vamos conversar amanhã; agora, vão para a cama imediatamente! – disse Razumihin concluindo, ao sair com Zossimov. – Amanhã vou voltar, pela manhã, o mais cedo possível, com mais notícias.

– É encantadora, essa Avdótia Romanovna! – observou Zossimov, quase lambendo os lábios quando os dois já estavam na rua.

– Encantadora? Você disse que é encantadora? – gritou Razumihin e pulou em cima de Zossimov, agarrando-o pelo pescoço. – Se algum dia se atrever... está entendendo? Está entendendo? – gritou ele, sacudindo-o pelo colarinho e encostando-o contra o muro. – Está ouvindo?

– Largue-me, seu beberrão dos diabos! – disse Zossimov, lutando para se desvencilhar, e depois que o outro o tinha largado, fitou-o de perto e desatou numa gargalhada. Razumihin ficou parado, encarando-o com ar carregado e pensativo.

– É claro que eu sou um asno – observou ele, sombrio como uma nuvem de tempestade –, mas... você é outro.

– Não, irmão, nada disso de ser outro como você. Eu não sonho com loucuras.

Continuaram caminhando em silêncio e, somente quando estavam perto do alojamento de Raskolnikov, Razumihin rompeu o silêncio com grande ansiedade.

– Escute – disse ele –, você é um ótimo rapaz, mas entre outros defeitos que possui, você é um libertino, que eu saiba, e um dos piores também. Você é um fraco, um canalha nervoso e uma massa de caprichos, você está ficando gordo e preguiçoso e não consegue se privar de nada... e é a isso que eu chamo de porcaria, porque conduz qualquer um diretamente para a sujeira. Você se deixou levar de tal modo ao relaxamento que não sei como é que continua sendo um bom e até dedicado médico. Você... um médico... dorme em cama de penas e se levanta de noite para visitar seus pacientes! Dentro de três ou quatro anos não se levantará mais para ver seus pacientes... Mas dane-se! Não é disso que se trata... Você vai passar a noite no alojamento da dona da casa (tive muita dificuldade para convencê-la!). E eu vou estar na cozinha. Pois então, aí está uma oportunidade para você conhecê-la melhor... Não é o que está pensando! Não se trata de qualquer coisa desse tipo, irmão...

– Mas eu não estou pensando em nada!

– Aí você encontra modéstia, irmão, silêncio, timidez, uma virtude selvagem... e, ainda assim, ela está suspirando e se derretendo como cera, simplesmente derretendo! Livre-me dela, por tudo o que é sagrado! Ela é mais que cativante... Vou compensá-lo, farei qualquer coisa...

Zossimov desatou a rir com mais vontade que antes.

– Bem, você está apaixonado! Mas o que quer que eu faça com ela?

– Não vai dar muito trabalho, asseguro-lhe. Basta que lhe diga qualquer asneira que quiser, enquanto ficar sentado ao lado dela e lhe falar. Além do mais, você é médico; tente curá-la de qualquer coisa. Juro que você não se arrependerá. Ela tem um piano, e sabe que arranhei algumas músicas nele, cantei uma ária tipicamente russa, intitulada *"Verti ardentes lágrimas"*. Ela gosta de canções genuínas... bem, tudo começou com essa canção. Mas você toca bem, é um mestre, um Rubinstein... Asseguro-lhe que não vai se arrepender!

– Mas você lhe prometeu alguma coisa? Algo por escrito? Uma promessa de casamento, talvez?

– Nada, nada, absolutamente nada desse tipo! Além do mais, ela também não é dessas... Tchebarov tentou isso...
– Bem, deixe-a então!
– Mas não posso deixá-la assim, sem mais nem menos.
– Por que não pode?
– Bem, não posso, é tudo! Há um elemento de atração no caso, irmão.
– Então, por que você a cativou?
– Não a cativei; talvez ela me enfeitiçou e me deixou louco. Mas, para ela, tanto faz que seja você ou eu, desde que se sente ao lado dela, suspirando... não posso explicar a posição, irmão... veja bem, você é bom em matemática e começando por aí, agora... comece a lhe ensinar cálculo integral. Juro que não estou brincando, estou falando sério, para ela tanto faz. Ela passará a olhar para você e a suspirar, por um ano inteiro. Uma vez, eu falei com ela durante dois dias sobre o parlamento prussiano (pois tinha de falar de alguma coisa)... ela só suspirava e transpirava! E você não deve falar de amor... ela é extremamente acanhada... mas só a deixe perceber que você não consegue sair de perto dela... é o que basta. É totalmente confortável, é como estar na própria casa; você pode ler, sentar-se, deitar, escrever. Pode até arriscar um beijo, desde que seja cuidadoso.
– Mas o que é que eu vou querer com ela?
– Ah, não consigo fazê-lo entender! Olhe, vocês são feitos um para o outro! Seguidamente me lembrei de você... No fim, você vai chegar lá! Tanto faz que seja mais cedo ou mais tarde! Ali você tem um colchão de penas, irmão... ah! e não só isso! Há uma atração... aí você tem o fim do mundo, uma âncora, um porto tranquilo, o umbigo da terra, os três peixes que são a base do mundo, a essência da panqueca, de saborosas tortas de peixe, do samovar da noite, de suaves suspiros e de cobertores quentes, a estufa para dormir... tão aconchegante como se estivesse morto e, ainda assim, bem vivo... gozando das vantagens dos dois estados de uma só vez! Bem, dane-se, irmão, mas o que ando falando, é hora de dormir! Escute, costumo acordar de noite, por isso vou entrar e ver como ele está. Mas não é preciso, está tudo bem. Não se preocupe, mas se quiser, poderá também entrar e verificar. Se notar alguma coisa... delírio ou febre... acorde-me logo. Mas não haverá...

CAPÍTULO DOIS

Razumihin acordou na manhã seguinte, às oito horas, preocupado e sério. Defrontou-se com muitas perplexidades novas e inesperadas. Jamais havia imaginado que pudesse acordar sentindo-se dessa forma. Lembrava-se de cada detalhe do dia anterior e sabia perfeitamente que uma nova experiência o havia surpreendido, que havia sido invadido com uma impressão diferente de tudo o que havia sentido anteriormente. Ao mesmo tempo, reconhecia claramente que o sonho que havia surgido em sua imaginação era inteiramente inatingível... tão inatingível que se sentia realmente envergonhado e se apressou em substituí-lo por outros cuidados práticos e dificuldades legados por aquele "três vezes amaldiçoado dia anterior".

A lembrança mais terrível do dia anterior era a maneira como se havia mostrado "desprezível e mesquinho", não só porque estava bêbado, mas também porque tinha tirado proveito da situação daquela moça para insultar o noivo dela, com ciúmes estúpidos, sem saber nada de suas mútuas relações e obrigações e quase nada do próprio homem. E que direito ele tinha de criticá-lo daquela maneira precipitada e sem reservas? Quem tinha pedido sua opinião? Era de se pensar que uma criatura como Avdótia Romanovna pudesse se casar com um homem indigno por dinheiro? Deveria haver algo mais nele. Os alojamentos? Mas, afinal de contas, como poderia conhecer as condições dos alojamentos? Ele estava providenciando um apartamento... Ufa! Que mesquinho era tudo aquilo! E que desculpa era essa de estar bêbado? Uma desculpa estúpida era sempre mais degradante! No vinho está a verdade e a verdade viera à luz, "isto é, toda a imundície de seu grosseiro e invejoso coração"! E tal sonho poderia ser acalentado por ele, Razumihin? Quem era ele, comparado com essa moça... ele, o bêbado fanfarrão e barulhento da noite anterior? Era possível imaginar justaposição tão absurda e cínica? Razumihin corou desesperadamente diante dessa ideia e, subitamente, veio-lhe claramente à memória o que havia dito nas escadas, na noite anterior, ou seja, que a dona da casa iria sentir ciúme de Avdótia Romanovna... isso era simplesmente intolerável! Deu um soco, com toda a força, sobre o fogão da cozinha, feriu a mão, partiu um dos tijolos e um pedaço saiu voando.

"É claro", resmungou para si mesmo, depois de um minuto, com um sentimento de humilhação, "é claro, todas essas infâmias nunca poderão ser apagadas ou amenizadas... e, portanto, é inútil até mesmo pensar nisso. O que devo fazer é chegar até elas em silêncio e cumprir minha obrigação... em silêncio... sem pedir perdão, sem dizer nada... pois, tudo já está perdido."

Ainda assim, ao se vestir, examinou suas roupas com mais cuidado do que de costume. Não tinha outro traje... se o tivesse, talvez não o teria posto. "Teria feito questão de não vesti-lo." Mas, de qualquer modo, não podia ficar como um desleixado cínico e sujo. Não tinha o direito de ferir os sentimentos dos outros, sobretudo quando necessitassem de sua assistência e pedissem para vê-lo. Escovou as roupas com todo o cuidado. Sua roupa de baixo estava sempre limpa; nesse ponto, ele era bem asseado.

Nessa manhã, ele se lavou com todo o esmero... apanhou o sabão de Nastásia... lavou o cabelo, o pescoço e especialmente as mãos. Quando se perguntou se devia barbear-se ou não (Praskóvia Pavlovna tinha magníficas navalhas, que haviam pertencido a seu falecido marido), a pergunta foi respondida com um não irritado. "Que fique assim! Será que não vão pensar que me barbeei por causa de...? Certamente pensariam isso! Não, portanto!"

E... o pior de tudo é que estava tão desleixado, tão sujo, tinha os modos de um sujeito qualquer de botequim; e... e mesmo admitindo que soubesse que possuía algumas das qualidades de um cavalheiro... "Que havia para se orgulhar? Qualquer um deve ser um cavalheiro e mais que isso... e, da mesma forma (lembrava-se), ele também tinha feito algumas coisas... não exatamente desonestas e, ainda assim... E que pensamentos lhe haviam ocorrido por vezes; hum... e pôr tudo isso diante de Avdótia Romanovna! Com os diabos! Que seja assim!" Bem, ele fez questão então de ficar sujo, desalinhado, com modos de sujeito de botequim e não haveria de se importar com isso! Seria ainda pior...

Estava envolto nesses monólogos quando Zossimov, que havia passado a noite no vestíbulo de Praskóvia Pavlovna, entrou.

Estava se dirigindo para casa e tinha pressa em dar uma olhada no doente, antes de sair. Razumihin o informou de que Raskolnikov tinha passado a noite dormindo como um anjo. Zossimov deu instruções para não acordá-lo e prometeu voltar para vê-lo novamente em torno das onze horas.

— Se ele ainda estiver em casa — acrescentou ele. — Que diabo! Se não se consegue controlar o paciente, como é que se vai conseguir curá-lo? Sabe se ele vai visitá-las ou se elas é que vêm vê-lo?

— Acho que elas é que vão vir — respondeu Razumihin, compreendendo o objetivo da pergunta — e deverão discutir seus assuntos de família, sem dúvida. Eu vou me retirar. Você, como médico, tem mais direito de estar aqui do que eu.

— Mas não sou nenhum diretor espiritual; virei e sairei logo em seguida; tenho muitas coisas a fazer, além de ficar cuidando delas...

— Uma única coisa me preocupa — acrescentou Razumihin, franzindo a testa. — Ontem à noite, a caminho de casa, eu, bêbado como estava, falei uma porção de bobagens para ele... todo tipo de coisas... e, entre elas, que você temia que ele... pudesse ficar louco.

— Você disse isso às damas também.

— Sei que foi uma estupidez. Pode me bater, se quiser! Você chegou a pensar nisso seriamente?

— É uma grande bobagem, é o que lhe digo! Como é que eu poderia pensar seriamente sobre uma coisa dessas? Foi você mesmo que o descreveu como monomaníaco quando me trouxe para vê-lo... e acrescentamos combustível à fogueira ontem, você o fez, isto é, com essa sua história do pintor; era um belo assunto para conversa, mas talvez tivesse sido isso que o deixou meio doido! Se eu tivesse sabido o que aconteceu no posto policial e que algum infeliz... o havia insultado com essa suspeita! Hum... Não teria permitido aquela conversa de ontem. Esses monomaníacos fazem de um gatinho um tigre... e veem suas fantasias como sólidas realidades... Se bem me lembro, foi a história de Zametov que esclareceu a metade do mistério em minha mente. Ora, conheço o caso de um neurótico, de uns 40 anos, que cortou a garganta de um menino de oito anos, porque não podia suportar as brincadeiras que esse menino fazia à mesa todos os dias! E nesse caso, os farrapos dele, o insolente oficial de polícia, a febre e essa suspeita! Tudo isso revolvendo na cabeça de um homem meio desvairado pela hipocondria e com essa mórbida e excepcional vaidade! Esse pode ter muito bem sido o ponto de partida da doença. Bem, para os diabos tudo isso!... A propósito, esse Zametov é certamente um bom sujeito, mas, hum... ele não poderia ter falado tudo isso ontem à noite. É um tremendo tagarela!

– Mas a quem é que ele falou? A você e a mim?

– E a Porfírio.

– E que importância tem isso?

– A propósito, você tem alguma influência sobre elas, a mãe e a irmã dele? Diga-lhes que tomem mais cuidado com ele hoje...

– É o que vão fazer, direitinho – respondeu Razumihin, relutante.

– Por que é que se revoltou tanto contra esse Luzhin? Um homem com dinheiro e parece que ela gosta dele... e elas não têm um tostão, pelo que me consta, não é assim?

– Por acaso, isso lhe diz respeito? – exclamou Razumihin, irritado. – Como posso lhe dizer se elas têm algum dinheiro? Pergunte a elas e talvez fique sabendo...

– Ufa! Que asno que você é, por vezes! O vinho de ontem à noite ainda não se evaporou... Até logo; agradeça por mim à sua Praskóvia Pavlovna pela hospitalidade da noite passada. Ela se trancou no quarto e não respondeu ao bom-dia que lhe desejei do lado de fora. Levantou-se às sete horas e, da cozinha, lhe levaram o samovar para o quarto. Não tive a honra de ser brindado com uma conversa pessoal com ela...

Às nove horas em ponto, Razumihin chegou aos alojamentos da casa de Bakaleiev. As duas senhoras o aguardavam com nervosa impaciência. Tinham levantado às sete horas ou até mais cedo. Ele entrou sombrio como a noite, fez uma reverência desajeitada e logo ficou irritado consigo mesmo por causa disso. Ele não tinha contado com sua hóspede: Pulquéria Alexandrovna correu para ele, tomou-lhe as duas mãos e quase as beijava. Ele olhou timidamente para Avdótia Romanovna, mas o altivo semblante dela, naquele momento, se abriu numa expressão de tamanha gratidão e amizade, de tão completo e inesperado respeito por ele (em vez dos olhares irônicos e do mal disfarçado desprezo que esperava), que o deixou na mais profunda confusão, muito mais do que se tivesse sido recebido com insultos. Felizmente, havia um assunto predeterminado de conversa e ele se apressou em agarrar-se a ele.

Ao ouvir que tudo estava bem e que Rodya não tinha acordado ainda, Pulquéria Alexandrovna declarou que ficava contente ao ouvir isso, porque "tinha algo que era realmente, mas realmente necessário falar, antes de qualquer outra coisa". Seguiu-se então uma pergunta sobre o café da manhã e ele recebeu o convite para acompanhá-las no café; tinham esperado para tomá-lo com ele. Avdótia Romanovna tocou a sineta e logo chegou um garçom esfarrapado e sujo. Pediram-lhe para trazer o chá que, finalmente, foi servido, mas de um modo tão desordenado e pouco higiênico, que as damas ficaram envergonhadas. Razumihin atacou vigorosamente os alojamentos, mas, lembrando-se de Luzhin, se deteve embaraçado e se sentiu imensamente aliviado quando as perguntas de Pulquéria Alexandrovna começaram a chover sem parar sobre ele.

Falou durante três quartos de hora, sendo continuamente interrompido pelas perguntas delas, e conseguiu lhes descrever todos os fatos mais importantes, que ele conhecia, do ano anterior da vida de Raskolnikov, concluindo com um minucioso relato da doença. Omitiu, contudo, muitas coisas, que achava melhor omiti-las, incluindo a cena no posto policial com as suas consequências. Elas escutavam a narrativa com avidez; e quando ele pensou que tinha terminado e satisfeito suas ouvintes, descobriu que elas acreditavam que ele mal havia começado.

– Diga, diga! O que acha...? Desculpe-me, mas ainda não sei seu nome! – disse-lhe precipitadamente Pulquéria Alexandrovna.

– Dmitri Prokofitch.

– Eu gostaria muito, mas muito mesmo de saber, Dmitri Prokofitch... como ele está... de maneira geral, isto é, como é que posso explicar, do que ele gosta e não gosta. Está sempre tão irritadiço? Diga-me, se puder, quais são suas esperanças e, por assim dizer, quais são seus sonhos? Sob que influências está agora? Numa palavra, gostaria...

– Ah, mãe! Como ele pode responder a tudo isso de uma vez? – observou Dúnia.

– Deus do céu! Nem de longe eu esperava encontrá-lo desse jeito, Dmitri Prokofitch!

– Naturalmente – respondeu Razumihin. – Eu sou órfão de mãe, mas meu tio vem me ver todos os anos e quase nunca consegue me reconhecer, até mesmo na aparência, embora seja um homem esperto. E os três anos em que vocês estiveram separados significam muito. O que é que posso lhes dizer? Há um ano e meio que conheço Rodion; ele é introvertido, tristonho, orgulhoso e altivo e, ultimamente... e talvez já muito tempo antes... tornou-se desconfiado e extravagante. Mas é nobre de caráter e tem um grande coração. Não gosta de exteriorizar seus sentimentos e prefere agir com dureza a revelar o que guarda no coração. Embora, às vezes, não seja de todo mórbido, mas simplesmente frio e desumanamente insensível; é como se ele tivesse dois caracteres que se manifestam alternadamente. Às vezes é tremendamente reservado! Diz que não tem tempo para nada, que tudo é difícil e, ainda assim, fica na cama sem fazer nada. Não costuma rir de certas coisas, não porque não tenha perspicácia, mas porque não tem tempo a perder com ninharias. Nunca dá atenção ao que os outros lhe dizem. Nunca está interessado naquilo que interessa a outras pessoas, em determinado momento. Alimenta elevada opinião positiva de si mesmo e talvez esteja certo. Bem, o que mais? Acredito que a chegada das senhoras deverá exercer uma benéfica influência sobre ele.

– Deus queira! – exclamou Pulquéria Alexandrovna, aflita com o relato de Razumihin sobre seu Rodya.

Finalmente, Razumihin se aventurou a olhar com mais atrevimento para Avdótia Romanovna. Dirigiu-lhe olhares fugazes com bastante frequência enquanto falava e logo desviava o rosto. Avdótia Romanovna estava sentada à mesa, escutando com toda a atenção; depois levantou-se e passou a caminhar novamente de um lado para outro, de braços cruzados, lábios comprimidos, fazendo ocasionalmente uma pergunta, sem parar de caminhar. Tinha também o hábito de não escutar o que os outros diziam. Usava um vestido de um tecido leve e escuro e trazia ao pescoço um lenço branco transparente. Razumihin logo detectou sinais de extrema pobreza nos pertences das duas mulheres. Se Avdótia Romanovna estivesse trajada como uma rainha, sentia que ela não lhe teria inspirado nenhum temor, mas precisamente porque estava pobremente vestida e porque chegou a perceber toda a miséria que a cercava, o coração dele se encheu de pavor e ele começou a ter medo de qualquer palavra que proferisse, de qualquer gesto que fizesse, o que era muito penoso para um homem que já se sentia desconfortável.

– O senhor nos contou muitas coisas interessantes a respeito do caráter de meu irmão... e o referiu de modo bem imparcial. Estou satisfeita. Eu pensava que o senhor sentia demasiada admiração por ele, sem nenhum senso crítico – observou Avdótia Romanovna, esboçando um sorriso. – Acho que está certo ao dizer que ele precisa das atenções de uma mulher – acrescentou ela, pensativa.

– Eu não diria isso, mas ouso dizer que a senhora tem razão, só...

– O quê?

– Ele não ama ninguém e talvez nunca chegue a amar – disse Razumihin, incisivo.

– Isso quer dizer que ele é incapaz de amar?

– Sabe, Avdótia Romanovna, que a senhora é muito parecida com seu irmão, em tudo, na verdade! – disse ele, subitamente e sem pensar, para sua própria surpresa, mas lembrando-se imediatamente do que havia dito há pouco do irmão dela, ficou vermelho como um pimentão e totalmente confuso. Avdótia Romanovna não pôde deixar de sorrir, ao olhar para ele.

– Os dois podem muito bem estar enganados a respeito de Rodya – observou Pulquéria Alexandrovna, levemente melindrada. – Não estou falando de nossa dificuldade atual, Dúnia. O que Piotr Petrovitch escreve nessa carta e o que você e eu supúnhamos pode ser falso; mas não pode imaginar, Dmitri Prokofitch, como ele é taciturno e, por assim dizer, cheio de caprichos. Nunca confiei no que ele poderia fazer quando tinha quinze anos. Estou convencida de que agora seria capaz de fazer qualquer coisa que nenhum homem pensaria em fazer... Bem, por exemplo, sabem que, há um ano e meio, ele me deixou estupefata e me chocou de tal modo que quase morri, quando teve a ideia de se casar com aquela moça... qual era o nome dela... filha da dona da casa?

– O senhor ficou sabendo desse caso? – perguntou Avdótia Romanovna.

– O senhor imagina... – continuou Pulquéria Alexandrovna, com veemência – O senhor imagina que minhas lágrimas, minhas súplicas, minha doença, minha possível morte de dor, nossa pobreza o teriam detido? Não, ele teria passado por cima de todos os obstáculos com a maior tranquilidade. E, ainda assim, não é que não nos ame!

– Ele nunca me disse uma palavra a respeito desse caso – replicou Razumihin, com cautela. – Mas fiquei sabendo de alguma coisa da boca da própria Praskóvia Pavlovna, embora ela não seja, de forma alguma, uma mexeriqueira. E o que ouvi, era certamente um tanto estranho.

– E que foi que ouviu? – perguntaram as duas mulheres, ao mesmo tempo.

– Bem, nada de muito especial. Só fiquei sabendo que o casamento, que só não se realizou por causa do falecimento da moça, não era do agrado da própria Praskóvia Pavlovna. Dizem também que a moça não era nada bonita; na realidade, me disseram que era até bastante feia... e doentia... e muito estranha. Mas parece que tinha algumas boas qualidades. Devia ter algumas qualidades, caso contrário, seria inexplicável... ela não tinha dinheiro e, portanto, ele não poderia ter considerado esse ponto... Mas é sempre difícil opinar sobre esses assuntos.

– Tenho certeza de que devia ser uma boa moça – observou laconicamente Avdótia Romanovna.

– Deus me perdoe, mas eu me senti aliviada com sua morte, embora não saiba qual dos dois teria causado mais sofrimento ao outro... se ele ou ela! – concluiu Pulquéria Alexandrovna.

Depois ela começou a questioná-lo sobre a discussão do dia anterior entre

Rodion e Luzhin, hesitando e olhando continuamente para Dúnia, o que, obviamente, deixava esta última constrangida. Esse incidente, mais que todo o resto, lhe causava desconforto e, até mesmo, consternação. Razumihin descreveu-o com detalhes, mas, dessa vez, acrescentou suas próprias conclusões: criticou abertamente Raskolnikov por ter insultado intencionalmente Piotr Petrovitch, sem procurar desculpá-lo em razão da doença que o acometia.

– Já o tinha planejado antes de ficar doente – acrescentou ele.

– Também acho – concordou Pulquéria Alexandrovna, com semblante abatido. Mas ficou muito surpresa ao ouvir Razumihin se exprimir com tanta discrição e até com certo respeito em relação a Piotr Petrovitch. Também Avdótia Romanovna ficou impressionada com isso.

– Essa é, portanto, sua opinião a respeito de Piotr Petrovitch? – perguntou Pulquéria Alexandrovna, sem poder se conter.

– Não posso ter outra opinião sobre o futuro marido de sua filha – respondeu Razumihin, com firmeza e ardor. – Não o digo simplesmente por trivial cortesia, mas porque... simplesmente porque Avdótia Romanovna, por sua livre e espontânea vontade, se dignou aceitar esse homem. Se eu falei dele tão rudemente ontem à noite, foi porque estava odiosamente bêbado e... além disso, doido; sim, doido, louco, perdi completamente a cabeça... e hoje me sinto envergonhado.

Corou e parou de falar.

Avdótia Romanovna corou também, mas não rompeu o silêncio. Não havia proferido palavra desde o momento em que começaram a falar de Luzhin.

Sem o apoio dela, Pulquéria Alexandrovna não sabia obviamente o que fazer. Finalmente, titubeando e olhando constantemente para a filha, confessou que estava extremamente preocupada por uma circunstância.

– Veja bem, Dmitri Prokofitch – começou ela. – Posso ser totalmente franca com Dmitri Prokofitch, Dúnia?

– Claro que sim, mãe! – respondeu Avdótia Romanovna, enfaticamente.

– Aqui está do que se trata – começou Pulquéria, de modo precipitado, como se a permissão de falar de sua preocupação lhe tirasse um peso da consciência. – Hoje de manhã, bem cedo, recebemos um bilhete de Piotr Petrovitch, em resposta à carta em que lhe comunicávamos nossa chegada. Ele tinha prometido nos esperar na estação; em vez disso, mandou um criado para nos acompanhar até esse endereço dos alojamentos e nos indicar o caminho; além disso, nos enviou uma mensagem, dizendo que viria nos visitar esta manhã. Mas recebemos há pouco este bilhete. É melhor que o senhor mesmo o leia. Há nele um ponto que me preocupa sobremaneira... logo vai ver qual é e... espero sua sincera opinião, Dmitri Prokofitch! O senhor conhece melhor do que ninguém o caráter de Rodya e ninguém pode nos aconselhar melhor a respeito. Previno-o de que Dúnia já tomou sua decisão desde o primeiro momento, mas eu ainda não me sinto segura sobre como agir... fiquei aqui à espera da opinião do senhor.

Razumihin desdobrou o bilhete, que tinha a data do dia anterior, e leu o seguinte:

"Prezada senhora Pulquéria Alexandrovna. Tenho a honra de informá-la que, devido a obstáculos imprevistos, não pude ir esperá-las na estação ferroviária; enviei uma pessoa muito competente para esse fim. De igual modo, me verei privado da honra de vê-la amanhã de manhã por causa de um assunto inadiável no Senado e também porque não poderia me apresentar como intruso no seio de sua família, enquanto a senhora estiver recebendo a visita do seu filho, e Avdótia Romanovna, do irmão. Deverei ter a honra de visitá-las e de prestar-lhes meus respeitos em seus alojamentos às oito horas da noite em ponto; e, a propósito, ouso fazer-lhe um encarecido e, posso acrescentar, imperativo pedido para que Rodion Romanovitch não esteja presente nesse nosso encontro... uma vez que ele me insultou de modo grosseiro e sem precedentes por ocasião de minha visita a ele, ontem, ao saber que estava doente; além do mais, porque desejaria ouvir pessoalmente da senhora uma explicação indispensável e pormenorizada a respeito de certo ponto, sobre o qual desejo saber sua interpretação. Tenho a honra de participar-lhe de antemão que, se apesar de meu pedido, encontrar aí presente Rodion Romanovitch, me veria impelido a me retirar imediatamente e então unicamente as senhoras deveriam se sentir culpadas. Escrevo isso na estranha suposição de que Rodion Romanovitch, estando tão doente quando o visitei, pudesse recobrar a saúde subitamente duas horas mais tarde e, desse modo, pudesse sair de casa e, inclusive, visitar as senhoras. Convenci-me disso pelo testemunho de meus próprios olhos na casa de um homem bêbado, que havia sido atropelado e logo morreu em decorrência do acidente, a cuja filha, moça de certo comportamento notório, ele deu 25 rublos, com o pretexto de ajudar nas despesas do funeral, o que me deixou abismado, sabendo quanto custou à senhora amealhar essa soma. Aproveitando o ensejo para expressar meu especial respeito à sua estimada filha, Avdótia Romanovna, peço-lhe que se digne aceitar a respeitosa homenagem de seu humilde servidor.

P. Luzhin."

– Que devo fazer agora, Dmitri Prokofitch? – perguntou Pulquéria Alexandrovna, quase chorando. – Como posso pedir a Rodya que não venha? Ontem ele insistiu tão seriamente para que rompêssemos com Piotr Petrovitch, e agora somos intimadas a não receber Rodya! Se ficar sabendo, ele vai vir de propósito e... o que vai acontecer então?

– Faça aquilo que Avdótia Romanovna decidiu – replicou Razumihin, bem calmo.

– Oh, meu Deus! Ela diz... sabe lá Deus o que ela diz; ela não se explica! Diz que o melhor é, pelo menos, não que seja o melhor, mas que é absolutamente necessário que Rodya faça questão de estar aqui às oito horas e que os dois se encontrem... Eu não queria nem mesmo lhe mostrar a carta, mas avisá-lo para não vir como algum estratagema, se o senhor me ajudar... porque ele é tão irritadiço... Além do mais, não entendo nada a respeito desse bêbado que morreu e dessa filha, e como é que ele pôde dar a essa filha todo o dinheiro... que...

– Que lhe custou tanto sacrifício, mãe – interveio Avdótia Romanovna.

– Ontem, ele estava fora de si – disse Razumihin, pensativo. – Se soubessem o que ele fez ontem num restaurante, embora com grande esperteza também... Hum! Ele realmente me falou alguma coisa, quando estávamos indo para casa ontem à noite, sobre certo morto e uma moça, mas não entendi absolutamente nada... Mas a noite passada, eu mesmo...

– O melhor para nós, mãe, seria ir para a casa dele e lá, asseguro-lhe, veríamos imediatamente o que poderia ser feito. Além disso, já está ficando tarde... meu Deus, já passa das dez horas! – exclamou ela, consultando seu esplêndido relógio banhado a ouro, que pendia de seu pescoço numa delicada corrente veneziana e que destoava inteiramente do resto de sua indumentária. "Presente do noivo", pensou Razumihin.

– Devemos ir, Dúnia, devemos ir! – exclamou a mãe, agitada. – Deve estar pensando que estamos zangadas ainda por causa do que se passou ontem, se demorarmos muito. Deus do céu!

Enquanto dizia isso, pôs apressadamente o chapéu e o manto; Dúnia também se arrumou. Razumihin reparou que as luvas dela não eram somente desgastadas, mas tinham também buracos; ainda assim, essa evidente pobreza conferia às duas mulheres um aspecto de especial dignidade, que sempre se encontra nas pessoas que sabem usar roupas pobres. Razumihin olhou com reverência para Dúnia e se sentiu orgulhoso por acompanhá-la. "Parece aquela rainha que remendava suas meias na prisão", pensou ele, "uma verdadeira rainha e muito mais rainha do que aquela dos suntuosos banquetes e das magníficas recepções".

– Meu Deus! – exclamou Pulquéria. – Como poderia imaginar que algum dia teria medo de ver meu filho, meu querido Rodya! Estou com medo, Dmitri Prokofitch! – acrescentou ela, olhando-o timidamente.

– Não tenha medo, mãe – interveio Dúnia, beijando-a. – O melhor é ter confiança nele.

– Oh, meu Deus! Eu confio nele, mas não consegui dormir a noite inteira! – exclamou a pobre mulher.

Saíram à rua.

– Sabe, Dúnia, quando cochilava esta manhã, sonhei com Marfa Petrovna... estava toda de branco... aproximou-se de mim, tomou minha mão, sacudiu a cabeça para mim, mas de uma maneira tão severa, como se estivesse me censurando... Será um bom presságio? Oh, meu Deus! Não sabe, Dmitri Prokofitch, que Marfa Petrovna morreu?

– Não, não sabia; quem era Marfa Petrovna?

– Morreu de repente. E imagine só...

– Depois, mãe – interveio Dúnia. – Ele não sabe quem era Marfa Petrovna.

– Ah! Não sabe? E eu estava pensando que o senhor sabia tudo a nosso respeito. Perdoe-me, Dmitri Prokofitch, nem sei o que ando pensando nesses últimos dias. Eu o considero realmente como nossa providência; por isso eu dava como certo que o senhor sabia tudo sobre nós. Considero-o como um parente... Não leve a mal que eu fale assim. Meu Deus, o que é que tem na mão direita? Machucou-se?

– Sim, machuquei-a – murmurou Razumihin, muito contente.

– Eu, às vezes, me deixo levar facilmente pela conversa, tanto que Dúnia me repreende... Mas, meu Deus, em que toca ele vive! Será que já está acordado? Será que essa mulher, a dona da casa, considera aquilo um quarto? Escute, o senhor disse que ele não gosta de externar seus sentimentos, de modo que talvez possa aborrecê-lo com minhas... fraquezas! Aconselhe-me, Dmitri Prokofitch, como devo tratá-lo? Sinto-me um tanto desnorteada, sabe.

– Não lhe faça muitas perguntas, se chegar a ver que ele franze a testa; não lhe pergunte demasiadamente sobre a saúde, ele não gosta disso.

– Ah, Dmitri Prokofitch, como é difícil ser mãe! Mas aqui está a escada... Que escada horrorosa!

– Mãe, a senhora está muito pálida, não se aflija, querida – disse Dúnia, acariciando-a; depois, com olhos faiscantes, acrescentou: – Ele deve ficar contente ao vê-la e a senhora está se atormentando dessa maneira!

– Esperem, vou espiar antes e ver se já acordou.

As duas mulheres seguiram vagarosamente Razumihin, que ia à frente; e quando chegaram à porta da dona da casa, no quarto andar, observaram que ela estava aberta de maneira a deixar uma fresta, pela qual os espreitavam dois olhos negros e penetrantes através da escuridão que reinava lá dentro. Quando seus olhos se cruzaram, a porta foi subitamente fechada e com tal batida que Pulquéria Alexandrovna quase deixou escapar um grito.

CAPÍTULO TRÊS

— Ele está bem, muito bem! — exclamou Zossimov alegremente, quando eles entraram.

Ele tinha chegado dez minutos antes e estava sentado num canto do sofá. Raskolnikov estava sentado no lado oposto, completamente vestido e se havia lavado e penteado cuidadosamente, coisa que fazia tempo não ocorria. O quarto logo ficou apinhado de gente; ainda assim, Nastásia deu um jeito de entrar com os visitantes para ficar escutando.

De fato, Raskolnikov estava quase totalmente restabelecido, em comparação com a condição do dia anterior, mas ainda estava pálido, desatento e sério. Parecia um homem ferido ou alguém que tivesse passado por um terrível sofrimento físico. Mantinha a testa franzida, os lábios comprimidos, os olhos febris. Falava pouco e de má vontade, como se fosse para cumprir uma obrigação e havia inquietação em seus gestos.

Só lhe faltava uma tipoia no braço ou uma atadura num dedo para completar a impressão de um homem com um abscesso dolorido ou com o braço quebrado. O rosto pálido e sombrio se iluminou, por um momento, quando a mãe e a irmã entraram, mas isso só lhe conferiu uma aparência de sofrimento mais intenso, em lugar de seu lânguido abatimento. Essa luz logo desapareceu, mas a aparência de dor persistiu, e Zossimov, observando e assistindo a seu doente com todo o ardor juvenil de um médico em início de carreira, não verificou nele qualquer expressão de alegria com a chegada da mãe e da irmã, mas uma espécie de amarga e oculta determinação de suportar outra hora ou duas de inevitável tortura. Notou, depois, que quase cada palavra da conversa que se seguiu parecia tocar num local dolorido e acirrar a dor. Mas ao mesmo tempo, se admirava com o poder de se controlar e de esconder os próprios sentimentos que um paciente que, no dia anterior, como um monomaníaco, ficava histérico ante à mais simples palavra.

– Sim, eu mesmo sinto que agora estou praticamente bom – disse Raskolnikov, beijando a mãe e a irmã, como sinal de boas-vindas, o que deixou imediatamente radiante Pulquéria Alexandrovna. – E não digo isso como dizia ontem – acrescentou ele, dirigindo-se a Razumihin e apertando-lhe amigavelmente a mão.

– Sim, na verdade, estou bastante surpreso com ele, hoje – começou Zossimov, muito contente ao ver as senhoras que entravam, porque não tinha conseguido manter uma boa conversa com o paciente por dez minutos. – Daqui a três ou quatro dias, se continuar assim, estará outra vez como antes, isto é, como estava há um mês ou dois... ou talvez até três. Porque isso foi sendo incubado há um bom tempo... Confesso, agora, que talvez tenha sido você mesmo o culpado? – acrescentou ele, com um sorriso furtivo, como se ainda receasse irritá-lo.

– É bem possível – respondeu Raskolnikov, friamente.

– Poderia dizer também – continuou Zossimov, contente – que seu completo restabelecimento depende unicamente de você. Agora que já se pode falar com você, gostaria de recomendar-lhe que é essencial evitar as causas elementares, para não dizer, fundamentais, que tendem a produzir seu estado mórbido; nesse caso, haverá de se curar, do contrário, recairá de forma ainda pior. Essas causas fundamentais, não as conheço, mas você deve saber quais são. Você é um homem inteligente e, sem dúvida, se observa a si mesmo. Imagino que o primeiro estágio de sua doença coincida com sua saída da universidade. Não deve ficar sem ocupação e, portanto, trabalhe; e, se tiver um objetivo definido para seu futuro, isso poderá, acredito, lhe ser muito benéfico.

– Sim, sim, o senhor tem toda a razão... Vou ver se me apresso em retornar à universidade e então tudo deverá se reencaminhar tranquilamente...

Zossimov, que havia começado a dar sábios conselhos, em parte para impressionar as senhoras, ficou certamente um tanto desconcertado quando, ao olhar para seu paciente, observou um inequívoco sinal de escárnio no rosto dele. Isso, no entanto, durou apenas um instante. Pulquéria Alexandrovna passou logo a agradecer a Zossimov, especialmente pela visita aos alojamentos delas na noite anterior.

– O quê! Ele as visitou ontem à noite? – perguntou Raskolnikov, quase sobressaltado. – Então não descansaram até mesmo depois da viagem!

– Ah, Rodya, foi somente até as duas horas. Dúnia e eu nunca nos deitamos antes das duas, em casa.

– Eu também não sei como lhe agradecer – continuou Raskolnikov, franzindo repentinamente a testa e baixando a cabeça. – Deixando de lado a questão do pagamento... desculpe-me por me referir a isso (dirigindo-se a Zossimov)... realmente não sei o que fiz para merecer atenção tão especial de sua parte! Simplesmente não entendo... e... e... isso, de fato, me aborrece, porque não consigo entender. Digo-lhe isso com toda a franqueza.

– Não se irrite – disse Zossimov, com um riso forçado. – Lembre-se de que você é meu primeiro paciente... bem... quando um de nós começa a praticar sua profissão se afeiçoa a seu primeiro paciente, como se fosse seu próprio filho, e alguns quase se apaixonam até. E eu, já sabe, não tenho muitos pacientes.

– Não digo nada desse aí – acrescentou Raskolnikov, apontando para Razumihin –, que nada tem recebido de mim a não ser insultos e preocupações.

– Que bobagem está falando! Ora, ora, está todo sentimental hoje, não é? – gritou Razumihin.

Se tivesse sido mais perspicaz, teria percebido que não havia vestígio algum de sentimentalismo nele, mas, na verdade, algo bem diferente. Mas Avdótia Romanovna o percebeu. Estava atenta e inquietamente observando o irmão.

– Quanto à senhora, mãe, não me atrevo a falar – continuou ele, como se repetisse uma lição aprendida de cor. – Só hoje pude imaginar um pouco como deve ter ficado aflita aqui ontem, esperando por minha volta.

Depois de ter proferido essas palavras, estendeu repentinamente a mão para a irmã, sorrindo e sem dizer palavra. Mas nesse sorriso havia um lampejo de verdadeiro e autêntico sentimento. Dúnia tomou-a de imediato e apertou calorosamente a mão dele, extremamente feliz e reconhecida. Era a primeira vez que ele se dirigia a ela depois da discussão do dia anterior. O rosto da mãe se iluminou de intensa felicidade à vista dessa reconciliação definitiva e tácita dos dois. "Sim, é por isso que gosto dele", murmurou para si mesmo Razumihin, que exagerava tudo, com um vigoroso movimento em sua cadeira. "Ele tem esses ímpetos!"

"E como ele faz bem todas as coisas", pensava a mãe consigo mesma. "Que impulsos generosos ele tem e como pôs um fim de modo simples e delicado com todo o mal-entendido com a irmã... estendendo-lhe a mão no momento certo e olhando para ela desse jeito... E que olhos tão lindos ele tem, e que rosto bonito!... Tem até uma aparência mais atraente do que Dúnia... Mas, meu Deus, que roupa... como está malvestido!... Vásia, o entregador da loja de Afanasi Ivanitch, anda mais bem-vestido! Gostaria de correr até ele e apertá-lo em meus braços!... chorar abraçada a ele... mas tenho medo... Oh, meu Deus, ele está tão estranho! Está falando com ternura, mas tenho medo! Ora, por que é que tenho medo dele?..."

– Oh, Rodya, você não poderia acreditar – começou ela subitamente, com pressa de responder às palavras que ele lhe havia dirigido – como Dúnia e eu ficamos tristes ontem! Agora que tudo passou e acabou, voltamos a ficar contentes... posso dizer. Imagine que viemos correndo quase diretamente do trem até aqui para abraçá-lo e abraçar também essa mulher... Ah, aqui está ela! Bom dia, Nastásia!... Ela nos contou logo que estava de cama com febre e que tinha acabado de se levantar e fugir para a rua, sem autorização do médico e delirando; todos estavam à sua procura. Imagine só como nos sentimos! Eu não pude deixar de pensar no trágico fim do tenente Potantchikov, amigo de seu pai... você não pode se lembrar dele, Rodya... que escapou da mesma maneira, com febre alta, e caiu dentro do poço, no pátio, de onde só conseguiram retirá-lo no dia seguinte. É claro que nós exagerávamos as coisas. Estávamos prestes a correr e pedir ajuda a Piotr Petrovitch... Porque estávamos sozinhas, inteiramente sozinhas – disse ela, com voz queixosa, mas parou de repente, lembrando-se de que era um tanto perigoso falar de Piotr Petrovitch, embora... "todos estamos felizes agora".

– Sim, sim... É claro que é realmente aborrecedor... – murmurou Raskolnikov, em resposta, mas com um aspecto tão despreocupado e desatento que Dúnia o olhou, perplexa.

– Que mais eu queria dizer? – continuou ele, tentando se lembrar. – Oh, sim, mãe, e você também, Dúnia, por favor, não pensem que não tinha a intenção de visitá-las hoje e que estava esperando que vocês viessem primeiro.

– O que está dizendo, Rodya? – exclamou Pulquéria Alexandrovna, igualmente surpresa.

"Será que está nos respondendo por obrigação", pensou Dúnia. "Será que está se reconciliando e pedindo perdão como se estivesse seguindo um ritual ou repetindo uma lição?"

– Eu mal tinha acordado e queria ir visitá-las, mas me atrasei por causa das roupas; ontem me esqueci de pedir a ela... Nastásia... para limpar o sangue... Acabei agora mesmo de me vestir.

– Sangue! Que sangue? – perguntou Pulquéria Alexandrovna, alarmada.

– Oh, nada... não se assuste. É coisa de ontem, quando eu estava caminhando por aí, delirando; acabei topando com um homem que havia sido atropelado por uma carruagem... um funcionário público.

– Delirando? Mas se você se lembra de tudo! – interrompeu-o Razumihin.

– É verdade – concordou Raskolnikov, com peculiar circunspecção –, lembro-me de tudo, até do menor detalhe e, ainda assim... por que fiz isso, onde fui e o que disse, agora não consigo explicar claramente.

– É um fenômeno muito conhecido – interveio Zossimov. – As ações são, por vezes, executadas de uma forma magistral e de um modo habilidoso, enquanto a direção das ações é alterada e depende de várias impressões mórbidas... é como se fosse um sonho.

"Talvez seja realmente coisa boa que ele me considere quase louco", pensou Raskolnikov.

– Ora, pessoas gozando de perfeita saúde agem da mesma forma também – observou Dúnia, olhando com desconforto para Zossimov.

– Há um pouco de verdade em sua observação – replicou este último. – Nesse sentido, nós todos, certamente e com certa frequência, somos como loucos, mas com a leve diferença de que os doentes são um pouco mais loucos do que nós, porque devemos estabelecer uma linha. Um homem normal, é verdade, dificilmente existe. Entre dezenas... talvez entre centenas de milhares... dificilmente se encontre um só.

Ao ouvir a palavra "louco", indiscretamente proferida por Zossimov em sua conversa sobre seu tema favorito, todos franziram a testa.

Raskolnikov continuou sentado, parecendo não prestar atenção, mergulhado em pensamentos com um estranho sorriso nos lábios. Estava meditando em alguma coisa.

– Bem, que aconteceu com esse homem atropelado? Eu o interrompi! – exclamou Razumihin, precipitadamente.

– O quê? – perguntou Raskolnikov, como se despertasse. – Oh... fiquei salpicado de sangue ao ajudar levá-lo para casa. A propósito, mãe, fiz uma coisa imperdoável ontem. Eu estava literalmente fora de mim. Dei todo o dinheiro que a senhora me enviou... à esposa, para o funeral. Agora é viúva, e tuberculosa, pobre criatura... três crianças pequenas, morrendo de fome... nada em casa... tem uma filha também... talvez a senhora o teria dado também, se as visse. Reconheço que não tinha o direito de fazê-lo, especialmente por saber como a senhora precisava desse dinheiro. Para ajudar os outros, deve-se ter o direito de fazê-lo; ou então "Crevez chiens, si vous n'êtes pas contents!" (Morram, cães, se não estão contentes!). – E passou a rir. – Está certo, não é, Dúnia?

– Não, não está – respondeu Dúnia, com firmeza.

– Ora essa! Você também tem ideais! – resmungou ele, olhando-a quase com ódio e sorrindo sarcasticamente. – Eu devia ter contado com isso... Bem, isso é louvável e é melhor para você... e se chegar a um limite que não puder ultrapassar, será infeliz... e se o ultrapassar, talve fique mais infeliz ainda... Mas tudo isso é bobagem – acrescentou ele, irritado e aborrecido por ter sido levado a isso. – Eu só queria dizer que lhe peço perdão, mãe – concluiu ele, rápida e bruscamente.

– Basta, Rodya; tenho certeza de que tudo o que você faz é bem feito! – disse a mãe, satisfeita.

– Não tenha tanta certeza – replicou ele, retorcendo a boca num sorriso.

Seguiu-se um silêncio. Havia certo constrangimento em toda essa conversa, no silêncio, na reconciliação, no pedido de perdão, e todos o sentiam.

"É como se eles tivessem medo de mim", pensava consigo mesmo Raskolnikov, olhando de soslaio para a mãe e a irmã. De fato, quanto mais ficava calada, Pulquéria Alexandrovna tanto mais se intimidava.

"Ainda assim, na ausência delas me parecia que as amava tanto!", foi o pensamento que passou pela mente dele.

– Você sabe, Rodya, que Marfa Petrovna morreu? – perguntou subitamente Pulqéria Alexandrovna.

– Que Marfa Petrovna?

– Oh, meu Deus!... Marfa Petrovna Svidrigailov! Eu lhe escrevi tanto a respeito dela!

– Aah! Sim, lembro... Ela morreu! Oh, sério? – de repente estremeceu, como se estivesse acordando. – De que morreu?

– Imagine só, subitamente! – respondeu Pulquéria, apressadamente, estimulada pela curiosidade dele. – Morreu exatamente no dia em que eu estava lhe enviando aquela carta! Não é de acreditar, mas dizem que foi aquele homem terrível a causa da morte da pobre mulher! Dizem que bateu nela de modo horrível.

– Mas eles se davam tão mal assim? – perguntou ele, dirigindo-se à irmã.

– Não, bem pelo contrário. Ele sempre tinha muita paciência com ela, era até carinhoso. Na realidade, durante todos esses sete anos de vida matrimonial, ele era, em muitas ocasiões, até demasiado condescendente com ela. De repente, porém, parece que perdeu a paciência.

— Então não poderia ser tão terrível, se conseguiu se controlar durante sete anos! Mas parece que você o defende, Dúnia, não é?

— Não, não, é um homem terrível! Não posso imaginar nada de mais terrível! — respondeu Dúnia, quase tremendo, cerrando as sobrancelhas e ficando pensativa.

— Isso aconteceu de manhã — continuou Pulquéria Alexandrovna, precipitadamente. — E logo depois que ela mandou atrelar os cavalos para ir à cidade, imediatamente após o almoço. Ela ia seguidamente à cidade. Almoçou bem, dizem...

— Depois de apanhar?

— Aliás, era sempre seu... costume. E logo depois do almoço, para não atrasar a partida, foi tomar um banho... Ela fazia tratamento de banhos. Eles tinham uma bela fonte de água muito fria e ela costumava banhar-se regularmente ali, todos os dias; e mal entrou na água, teve um ataque repentino!

— Coisa normal — disse Zossimov.

— E ele bateu nela com força?

— Que importância tem isso! — interveio Dúnia.

— Hum! Não sei por que a senhora faz questão de contar esses mexericos, mãe — disse Raskolnikov, irritado.

— Ah, meu querido, é que não sei do que falar! — interrompeu-o Pulquéria Alexandrovna.

— Ora, está com medo de mim? — perguntou ele, com um sorriso constrangido.

— Isso, com certeza, é verdade — disse Dúnia, olhando direta e severamente para o irmão. — A mãe estava tremendo de medo quando ia subindo as escadas.

O rosto dele se transtornou, como se tivesse uma convulsão.

— Ah, o que está dizendo, Dúnia! Não fique zangado, Rodya, por favor... Por que disse isso, Dúnia? — falou Pulquéria Alexandrovna, fora de si. — Veja bem, vindo para cá, eu andava sonhando durante todo o percurso, no trem, sobre como haveríamos de nos encontrar, como deveríamos conversar sobre todas as coisas juntos... e estava tão feliz que nem vi o tempo de viagem passar! Mas o que estou dizendo? Estou tão feliz agora... Você não, Dúnia?... Estou feliz agora... simplesmente porque o vejo, Rodya...

— Silêncio, mãe — murmurou ele, confuso, sem olhar para ela, mas apertando-lhe a mão. — Teremos tempo de falar de tudo livremente!

Depois de proferir essas palavras, subitamente se tornou confuso e empalideceu. Novamente, aquela terrível sensação que tinha experimentado ultimamente lhe invadiu a alma com um frio mortal. Novamente, ficou claro e perceptível de repente que ele havia contado uma horrível mentira... que não conseguiria mais falar francamente de tudo... que não conseguiria mais falar de qualquer coisa com ninguém. A impressão desse angustiante pensamento era tamanha que, por um momento, quase se esqueceu de si mesmo. Levantou-se e, sem olhar para ninguém, caminhou em direção da porta.

– Que pretende fazer? – perguntou Razumihin, agarrando-o pelo braço.

Sentou-se de novo e começou a olhar em torno dele, em silêncio. Todos estavam olhando para ele, perplexos.

– Mas por que é que estão todos tão abobados? – gritou ele, repentinamente e de modo inesperado. – Digam alguma coisa! De que adianta ficar sentado assim? Vamos, falem! Vamos conversar... Estamos reunidos aqui e ficamos sentados em silêncio... Vamos, digam alguma coisa!

– Graças a Deus! Estava com medo de que estivesse começando de novo a mesma coisa de ontem – disse Pulquéria Alexandrovna, benzendo-se.

– O que há, Rodya? – perguntou Avdótia Romanovna, desconfiada.

– Oh, nada! É que me lembrei de uma coisa – respondeu ele, e subitamente riu.

– Bem, se você se lembrou de alguma coisa, está tudo bem!... Eu estava começando a pensar... – murmurou Zossimov, levantando-se do sofá. – Está na hora de eu ir embora. Vou passar de novo, talvez.... se puder. – Despediu-se de todos e saiu.

– Que homem de respeito! – observou Pulquéria Alexandrovna.

– Sim, excelente, esplêndido, bem-educado, inteligente – completou Raskolnikov, falando repentinamente com uma rapidez surpreendente e com uma vivacidade que não havia mostrado até então. – Não consigo me lembrar de onde o encontrei antes de minha doença... Creio que o encontrei em algum lugar... E este também é um homem de respeito – disse ele, acenando para Razumihin. – Você gosta dele, Dúnia? – perguntou ele; e logo, por alguma razão desconhecida, passou a rir.

– Muito – respondeu Dúnia.

– Ufa!... que patife sem graça você é! – protestou Razumihin, corando, terrivelmente confuso e se levantou da cadeira. Pulquéria Alexandrovna sorriu levemente, mas Raskolnikov riu às gargalhadas.

– Aonde é que você vai?

– Devo ir.

– Não precisa ir. Fique! Zossimov foi embora e você também quer ir. Não vá. Que horas são? São doze horas? Que belo relógio você tem, Dúnia! Mas por que é que todos estão em silêncio de novo? Só eu é que falo?

– Foi um presente de Marfa Petrovna – respondeu Dúnia.

– E um presente bem caro! – acrescentou Pulquéria.

– Aah! E que grande! Quase não parece de senhora!

– Gosto desse tipo – disse Dúnia.

"Não é, portanto, um presente do noivo", pensou Razumihin e, sem motivo algum, ficou muito contente.

– Achava que fosse um presente de Luzhin – observou Raskolnikov.

– Não, ele não deu nenhum presente ainda a Dúnia.

– Aah! A senhora se lembra, mãe, de que eu estive apaixonado e queria me casar? – disse ele, de súbito, olhando para a mãe, que ficou desconcertada pela repentina mudança de assunto e pelo modo como ele se expressou.

– Oh, sim, meu querido!

Pulquéria Alexandrovna trocou olhares com Dúnia e Razumihin.

– Hum, sim! Mas o que é que ia lhes contar? Na verdade, não me lembro muito bem. Era uma moça doentia – continuou ele, parecendo sonhar e com os olhos voltados para o chão. – Ela era bastante doente. Gostava de dar esmolas aos pobres e sonhava entrar num convento; e uma vez desatou a chorar quando começou a me falar a respeito. Sim, sim, agora me lembro. Lembro-me muito bem. Ela era uma coisinha feia. Nem eu sei, realmente, o que me levou a ter uma queda por ela... acho que foi porque ela estava sempre doente. Se tivesse sido entrevada ou corcunda, acredito que teria gostado dela mais ainda – sorriu ele, cismando. – Sim, foi uma espécie de delírio de primavera.

– Não, não foi um delírio de primavera – disse Dúnia, comovida.

Ele lançou um olhar transtornado, mas atento para a irmã, sem ter ouvido ou entendido, no entanto, as palavras dela. Depois, completamente perdido em seus pensamentos, levantou-se, aproximou-se da mãe, beijou-a, voltou para seu lugar e sentou.

– Você ainda gosta dela? – perguntou Pulquéria Alexandrovna, comovida.

– Dela? Agora? Oh, sim... Pergunta a respeito dela? Não... agora, tudo isso é como se fosse coisa de outro mundo... e faz tanto tempo. E, na verdade, tudo o que acontece aqui parece estar em algum lugar distante. – Ele olhou atentamente para eles. – Vocês, agora... parece que estou olhando para vocês a milhares de milhas de distância...

mas sabe Deus por que estamos falando dessas coisas! E de que adianta perguntar a respeito delas? – acrescentou ele, aborrecido; e, roendo as unhas, caiu novamente num silêncio de sonhos.

– Que alojamento mais lúgubre você tem, Rodya! Parece um túmulo! – disse Pulquéria Alexandrovna, subitamente, interrompendo o opressivo silêncio. – Tenho certeza de que metade de sua melancolia foi causada por esse alojamento.

– Meu alojamento – replicou ele, indiferente. – Sim, meu alojamento tem muito a ver... eu também pensei nisso... Mas se a senhora soubesse, mãe, que coisa estranha acaba de dizer – acrescentou ele, rindo de modo enigmático.

Um pouco mais, e essa companhia, essa mãe e essa irmã, com ele após três anos de separação, esse tom íntimo de conversa, diante da total impossibilidade de falar realmente sobre qualquer assunto, logo se tornariam difíceis de aturar. Mas havia uma questão urgente que deveria ser abordada de um modo ou de outro nesse dia... assim tinha decidido quando acordou. Agora estava contente por recordá-la, como um meio de sair dessa situação.

– Escute, Dúnia – começou ele, grave e rispidamente. – Desde já peço-lhe perdão pelo que aconteceu ontem, mas acho que é meu dever reafirmar-lhe que não cedo de forma alguma no que tange ao ponto principal, isto é, ou eu ou Luzhin. Se eu sou um velhaco, você não deve sê-lo. Basta um. Se você se casar com Luzhin, cessarei imediatamente de considerá-la minha irmã.

– Rodya, Rodya! Você volta na mesma tecla de ontem! – exclamou Pulquéria Alexandrovna, pesarosa. – E por que você se chama de velhaco? Não posso suportar isso! Ontem dizia o mesmo.

– Meu irmão – replicou Dúnia com firmeza e ao mesmo tempo com aspereza –, em tudo isso há um erro de sua parte. Passei a noite pensando e encontrei esse erro. Baseia-se totalmente, ao que parece, no fato de que você imagina que eu me sacrifico a alguém e por alguém. Não é o caso, de forma alguma. Vou me casar simplesmente para defender minha própria causa, porque as coisas não estão nada fáceis para mim. Além disso, é claro, ficaria muito contente se, com isso, pudesse ser útil à minha família. Mas esse não é o principal motivo de minha decisão...

"Ela mente", pensou ele, roendo as unhas com raiva."Criatura orgulhosa! Não quer admitir que quer fazer isso para beneficiar alguém! Tão altiva! Oh, caracteres vis! Amam como se odiassem!... Oh, como eu... os odeio a todos!"

– De fato – continuou Dúnia –, vou me casar com Piotr Petrovitch porque de dois males, escolho o menor. Pretendo fazer honestamente tudo o que ele espera de mim; por isso não o estou enganando.... Por que você sorriu justamente agora? – Ela também corou e um lampejo de ira triscou em seus olhos.

– Tudo? – perguntou ele, com um sorriso maldoso.

– Dentro de certos limites. Tanto a maneira como a forma de Piotr Petrovitch fazer a corte me mostraram de imediato o que ele queria. É claro que ele pode ter excessivo amor-próprio, mas espero que também me estime... Por que está rindo de novo?

– E por que você está corando outra vez? Você está mentindo, irmã. Você está mentindo intencionalmente, por simples obstinação feminina, simplesmente para se colocar contra mim... Você não vai ter respeito por Luzhin. Eu o vi e falei com ele. Está claro que você se vende por dinheiro e, de qualquer maneira, está se portando com total baixeza; pelo menos fico satisfeito ao ver que ainda pode corar por causa disso.

– Não é verdade, não estou mentindo! – exclamou Dúnia, perdendo a compostura. – Não me casaria com ele, se não estivesse convencida de que ele me estima e me tem em alta consideração. Felizmente, posso ter prova convincente disso hoje mesmo... e esse casamento não é uma baixeza como você diz!. Mesmo que você tivesse razão, se eu realmente tivesse decidido a cometer uma ação vil, não é cruel de sua parte me falar dessa forma? Por que é que exige de mim um heroísmo que você também não tem? Isso é despotismo; é tirania. Se causo a ruína de alguém, é unicamente a minha que provoco... Não estou cometendo um assassinato; por que me olha desse modo? Por que está tão pálido? Rodya, querido, o que está acontecendo?

– Deus do céu! Você o fez desmaiar! – exclamou Pulquéria Alexandrovna.

– Não, não, bobagem! Não é nada! Um pouco de tontura... não chegou a ser um desmaio. Vocês têm a mania dos desmaios! Hum, sim, o que é que eu estava dizendo? Oh, sim. De que maneira vai conseguir prova convincente hoje de que pode ter respeito por ele e de que ele... a estima, como você disse? Acho que você disse que seria hoje!

– Mãe, mostre a meu irmão a carta de Piotr Petrovitch – disse Dúnia.

Com mãos trêmulas, Pulquéria Alexandrovna lhe entregou a carta. Ele a tomou com grande interesse, mas antes de abri-la, olhou repentinamente para Dúnia com uma espécie de admiração.

– É estranho – disse ele, vagarosamente, como se impressionado com uma nova ideia. – Por que estou fazendo tanto estardalhaço? Para que tudo isso? Case-se com quem quiser!

Disse isso como se fosse só para si, mas o disse em voz alta e olhou por algum tempo para a irmã, como que desnorteado. Finalmente, abriu a carta, ainda com a mesma expressão de estranho espanto no rosto. Depois, lenta e atentamente, começou a lê-la e a leu mais uma vez. Pulquéria Alexandrovna se mostrava extremamente ansiosa e os demais, na verdade, esperavam alguma coisa peculiar.

– O que me surpreende – começou ele, depois de breve pausa, devolvendo a carta à mãe, mas sem se dirigir especificamente a alguém – é que ele é um homem de negócios, um advogado, e que, na verdade, possa se exprimir de modo tão pretensioso, além de escrever uma carta tão vulgar.

Todos se espantaram. Esperavam uma reação bem diferente.

– Mas todos eles escrevem dessa maneira – observou bruscamente Razumihin.

– Você leu a carta?

– Sim.

– Nós a mostramos a ele, Rodya. Nós... o consultamos há pouco – disse Pulquéria Alexandrovna, embaraçada.

– É precisamente o estilo das cortes judiciais – interveio Razumihin. – Documentos legais são escritos dessa forma até hoje.

– Documentos legais? Sim, é coisa legal... linguagem de negócios... não muito vulgar e não bastante culta... linguagem de negócios!

– Piotr Petrovitch não faz segredo de que ele recebeu uma educação deficiente; na verdade, se orgulha de ser um autodidata – observou Avdótia Romanovna, um tanto ofendida pelo tom do irmão.

– Bem, se ele se orgulha disso, deve ter suas razões, não nego. Você parece estar ofendida, Dúnia, pelo fato de eu ter feito essa frívola crítica à carta e acha que falo dessa questão insignificante simplesmente para aborrecê-la. Mas é justamente o contrário; essa observação a respeito do estilo, que me ocorreu, não é, de forma alguma, irrelevante no presente caso. Há nela uma expressão, "Assumam a culpa vocês mesmas", inserida de modo significativo e claro; além disso, uma ameaça de que ele vai se retirar imediatamente, se eu estiver presente. Essa ameaça de retirar-se equivale à ameaça de abandoná-las, se não forem obedientes, e abandoná-las agora que as instou a vir a Petersburgo. Bem, o que acham? Pode alguém se ressentir por uma expressão igual a essa de Luzhin, como nós ficaríamos ressentidos, se ele (e apontou para Razumihin) a tivesse escrito, ou Zossimov ou qualquer um de nós?

– Não... não – respondeu Dúnia, mais tranquila. – Percebi claramente que a expressão foi lavrada de modo totalmente ingênuo e pode ser que isso reflita simplesmente que ele não tem habilidade para escrever... essa é uma verdadeira crítica, meu irmão. Na verdade, eu não esperava...

– Está escrita em estilo legal e soa mais grosseiro do que ele pretendia. Mas sinto-me obrigado a desiludi-la um pouco. Há uma expressão na carta, que é uma calúnia contra mim, e um tanto desprezível. Na noite passada, eu dei o dinheiro à viúva, uma mulher tuberculosa, cheia de problemas, e não "a pretexto do funeral", mas simplesmente para pagar o funeral e não por causa da filha... uma moça, como ele escreve, de notório comportamento (moça que vi pela primeira vez na vida, ontem à noite)... dei-o especificamente à viúva. Em tudo isso, vejo claramente o desejo de me caluniar e de provocar a discórdia entre nós. Está expresso também em estilo legal, isto é, transmitido com um objetivo demasiadamente óbvio e com uma avidez mais que ingênua. É um homem de alguma inteligência, mas para agir com sensibilidade, a inteligência não é suficiente. Tudo isso mostra o homem e... não acho que tenha grande estima por você. Digo isso unicamente para adverti-la, porque desejo sinceramente seu bem...

Dúnia não respondeu. Sua resolução já havia sido tomada. Só estava esperando a noite.

– Então, o que decidiu, Rodya? – perguntou Pulquéria Alexandrovna, que se sentia mais desconfortável que nunca diante do súbito e novo tom prático da fala dele.

– Decidi o quê?

– Ora, Piotr Petrovitch escreve que você não deverá estar conosco esta noite e que ele vai se retirar, se você estiver lá. Por isso... você vai estar presente?

– É claro que não cabe a mim decidir isso, mas a você, em primeiro lugar, se não se sentir ofendida com semelhante pedido. Em segundo lugar, a Dúnia, se tampouco se sentir ofendida. Vou fazer o que vocês acharem melhor – acrescentou ele, secamente.

– Dúnia já decidiu e eu concordo plenamente com ela – apressou-se em afirmar Pulquéria Alexandrovna.

– Decidi lhe pedir, Rodya, que se empenhe em não faltar, junto conosco, a esse encontro – disse Dúnia. – Vai vir?

– Sim.

– Peço também ao senhor para que esteja conosco às oito horas – disse ele, dirigindo-se a Razumihin. – Mãe, eu o estou convidando também.

– Muito bem, Dúnia. Bem, se você decidiu – acrescentou Pulquéria –, que assim seja. Eu mesma vou me sentir mais confortável. Não gosto de fingimento e de decepção. O melhor para todos é revelar toda a verdade... quer Piotr Petrovitch fique zangado quer não!

CAPÍTULO QUATRO

Nesse momento, a porta se abriu suavemente e uma moça entrou na sala, olhando timidamente em torno dela. Todos se voltaram para ela, surpresos e curiosos. À primeira vista, Raskolnikov não a reconheceu. Era Sofia Semionovna Marmeladov. Ele a tinha visto pela primeira vez na noite anterior, mas em tal momento, em tal ambiente e em tais vestes que sua memória reteve uma imagem dela totalmente diversa. Agora aparecia como uma moça vestida modesta e pobremente, muito nova, na verdade quase uma menina, de modos simples e decentes, com um rosto cândido, mas um tanto assustado. Vestia roupa modesta, caseira e usava um chapéu desbotado e fora de moda, mas trazia ainda uma sombrinha. Encontrando inesperadamente a sala cheia de gente, não ficou somente embaraçada, mas também completamente dominada pela timidez, como uma criança. Estava propensa até a se retirar.

– Oh!... é você? – disse Raskolnikov, extremamente surpreso, e ele também ficou confuso. Lembrou-se imediatamente de que a mãe e a irmã sabiam, por meio da carta de Luzhin, da existência de "certa moça de notório comportamento". Fazia pouco que tinha protestado contra a calúnia de Luzhin e que havia afirmado nunca ter visto a moça, a não ser na noite anterior e pela primeira vez; e, de repente, ela aparece entrando na sala. Lembrou-se também de que não havia protestado contra a expressão "de notório comportamento". Tudo isso passou vaga e fugazmente por sua cabeça, mas olhando para ela mais atentamente, percebeu que a humilde criatura se sentia tão humilhada, que ele subitamente teve pena dela. Quando ela fez um movimento para se retirar, amedrontada, uma angustiante pontada atingiu o coração dele.

– Não a esperava – disse ele, precipitadamente, com um olhar que a fez deter-se. – Por favor, sente-se! Veio, sem dúvida, da parte de Ekaterina Ivanovna. Permita-me... não ali. Sente-se aqui...

À chegada de Sônia, Razumihin, que estava sentado numa das três cadeiras ao lado de Raskolnikov, perto da porta, levantou-se para que ela pudesse entrar. De início, Raskolnikov lhe havia indicado o lugar no sofá, onde se havia sentado Zossimov, mas considerando que o sofá, que lhe servia de cama, era um local demasiadamente "familiar", apressou-se a lhe apontar a cadeira de Razumihin.

– Sente-se aqui – disse ele a Razumihin, indicando-lhe o lugar vazio do sofá.

Sônia se sentou, quase tremendo de medo, e olhou timidamente para as duas senhoras. Evidentemente, era quase inconcebível para ela que pudesse se sentar ao lado delas. Ao pensar nisso, sentiu-se tão atemorizada que se levantou precipitadamente e, totalmente confusa, se dirigiu a Raskolnikov:

– Eu... eu... vim só por um minuto. Perdoe-me por incomodá-lo – começou ela, gaguejando. – Venho da parte de Ekaterina Ivanovna, porque não tinha outra pessoa para mandar... Ekaterina Ivanovna me encarregou para lhe pedir... que esteja no funeral... pela manhã... em Mitrofanievski... e depois... em nossa casa... na casa dela... para lhe dar a honra... ela me pediu para lhe pedir... – Sônia gaguejava e então parou de falar.

– Vou fazer o possível, certamente, com toda a certeza – replicou Raskolnikov; ele também se levantou e também gaguejou e não conseguiu terminar a frase. – Por favor, sente-se – disse ele, de repente. – Quero lhe falar. Talvez esteja com muita pressa, mas, por favor, tenha a bondade de me conceder dois minutos – e lhe ofereceu uma cadeira.

Sônia voltou a sentar-se e outra vez lançou timidamente um olhar apressado e receoso para as duas senhoras, baixando depois os olhos. O pálido rosto de Raskolnikov ficou corado, ele estremeceu e seus olhos se acenderam.

– Mãe – disse ele, em tom firme e decidido –, esta é Sofia Semionovna Marmeladov, filha do infeliz senhor Marmeladov, que ontem foi atropelado por uma carruagem e do qual há pouco lhe falava.

Pulquéria Alexandrovna olhou para Sônia e soergueu levemente as sobrancelhas. Apesar de seu embaraço diante do firme e desafiador olhar de Rodya, ela não pôde se privar dessa satisfação. Dúnia olhou séria e atentamente para o rosto da pobre moça e a examinou com perplexidade. Sônia, ao ouvir que era apresentada a todos, tentou erguer os olhos novamente, mas estava mais embaraçada do que nunca.

– Gostaria de lhe perguntar – disse Raskolnikov, apressadamente – como as coisas foram resolvidas ontem? Não foram incomodadas pela polícia, por exemplo?

– Não, tudo correu bem... era por demais evidente, a causa da morte... eles não nos incomodaram... só os vizinhos estavam zangados.

– Por quê?

– Porque o cadáver permaneceu ali por muito tempo. O senhor deve convir que agora faz calor. Desse modo, hoje vão levá-lo ao cemitério, onde deverá ficar até amanhã, na capela. A princípio, Ekaterina Ivanovna não queria, mas agora vê que é necessário...

– Hoje, então?

– Ela lhe pede que nos dê a honra de assistir amanhã ao serviço fúnebre na igreja e ainda de estar presente no almoço depois do enterro.

– Mas ela vai oferecer um almoço em memória do falecido?

– Sim... pouca coisa... Ela me pediu com insistência para lhe agradecer a ajuda que nos deu ontem. Se não fosse pelo senhor, nós não teríamos nada para o funeral.

Repentinamente, seus lábios e seu queixo começaram a tremer, mas, com esforço, ela conseguiu se controlar e baixou os olhos novamente.

Durante a conversa, Raskolnikov a observava atentamente. A moça tinha um rosto pequeno, fino, muito fino, um tanto regular e angular, com um nariz pequeno e afilado, como era também o queixo. Não se poderia dizer que fosse bonita, mas seus olhos azuis eram tão claros e, quando se iluminavam, transmitiam tamanha bondade e simplicidade em sua expressão que cativavam instantaneamente, quer se quisesse quer não. Seu rosto e toda a sua compleição tinha, na verdade, outra característica peculiar. Apesar de seus 18 anos, parecia quase uma menina... quase uma criança. E em alguns de seus gestos, essa puerilidade parecia quase absurda.

– Mas Ekaterina Ivanovna conseguiu administrar tudo com tão poucos recursos? Chegou a pensar até num almoço depois do enterro? – perguntou Raskolnikov, prolongando a conversa com persistência.

– O caixão será bem simples, obviamente... e tudo será simples, de maneira que não vai custar muito. Ekaterina Ivanovna e eu já calculamos tudo e vimos que ainda sobrava bastante... e Ekaterina Ivanovna desejava ansiosamente que fosse assim. Sabe que não se pode... é um consolo para ela... ela é assim, sabe...

– Entendo, entendo... claro... por que está olhando tanto para meu quarto? Minha mãe acabou de dizer que se parece a um túmulo.

— O senhor nos deu tudo quanto tinha, ontem — disse Sônia, de repente, em resposta, murmurando em voz alta e rapidamente; e voltou a baixar os olhos, confusa. Seus lábios e o queixo passaram a tremer outra vez. Havia ficado impressionada com a extrema pobreza do quarto de Raskolnikov e aquelas palavras lhe haviam escapado espontaneamente. Seguiu-se um silêncio. Os olhos de Dúnia se iluminaram levemente e até Pulquéria Alexandrovna olhou para Sônia com afeto.

— Rodya — disse ela, levantando-se —, vamos jantar juntos, sem dúvida. Vamos, Dúnia... E você, Rodya, poderia sair para dar uma caminhada, depois descansar, deitar um pouco antes de ir para nossa casa... Receio que acabamos por deixá-lo exausto...

— Sim, sim, irei — replicou ele, levantando-se de modo esquisito. — Mas tenho algo a ver ainda.

— Mas com toda a certeza vocês vão jantar juntos, não é? — interveio Razumihin, olhando surpreso para Raskolnikov. — O que está querendo dizer?

— Sim, sim, vou também... claro, claro! Mas fique aqui mais um minuto. Não precisa dele agora, não é, mãe? Ou talvez eu o esteja tirando da senhora?

— Oh, não, não! Mas o senhor, Dmitri Prokofitch, poderia nos dar a honra de jantar conosco?

— Por favor, venha — acrescentou Dúnia.

Razumihin lhes fez uma reverência, todo radiante. Por um momento, todos eles se mostraram estranhamente embaraçados.

— Até logo, Rodya, isto é, até nos vermos logo mais. Não gosto de dizer adeus. Adeus, Nastásia!. Ah, já disse adeus de novo!

Pulquéria Alexandrovna fez menção de se despedir de Sônia, mas não conseguiu se expressar direito e saiu do quarto meio confusa.

Mas Avdótia Romanovna parecia esperar sua vez e, seguindo atrás da mãe, cumprimentou Sônia de modo atencioso e cortês. Sônia ficou envergonhada e retribuiu o cumprimento de forma apressada e receosa. Havia uma expressão de pungente desconforto em seu rosto, como se a cortesia e a atenção de Avdótia Romanovna lhe fossem mortificantes e penosas.

— Dúnia, até logo! — exclamou Raskolnikov, no corredor. — Dê-me a mão!

— Ora, eu a dei antes. Já se esqueceu? — respondeu Dúnia, voltando-se para ele, afetuosa e desajeitadamente.

— Que importa! Dê-a outra vez! — E apertou calorosamente a mão dela.

Dúnia sorriu, corou, retirou a mão e saiu toda feliz.

– Ora veja, isso é sensacional! – disse ele a Sônia, voltando e olhando feliz para ela. – Que Deus guarde em paz os mortos, e que deixe os vivos viver! Não está certo, assim? Não é?

Sônia olhou surpresa para o repentino brilho do rosto dele. E ele a fitou por uns momentos, em silêncio. Toda a história do falecido pai dela ressurgiu na memória dele nesse breve espaço de tempo...

* * *

– Deus do céu, Dúnia! – exclamou Pulquéria Alexandrovna, logo que chegaram na rua. – Realmente me sinto aliviada por ter saído dali... mais à vontade. Como é que eu podia imaginar ontem, no trem, que até isso haveria de me deixar contente!

– Volto a dizer, mãe, que ele ainda está muito doente. Não está vendo? Talvez se altere por se aborrecer conosco. Devemos ter paciência e muita, muita coisa deverá ser perdoada.

– Bem, você não teve muita paciência! – interrompeu-a Pulquéria Alexandrovna com veemência e preocupada. – Sabe, Dúnia, eu estive observando vocês dois. Você é o retrato vivo dele, não tanto no rosto, mas na alma. Os dois são melancólicos, os dois são arredios e explosivos, os dois são altivos e os dois são generosos... Com certeza, ele não é egoísta, Dúnia. E quando penso no que está reservado para nós esta noite, meu coração treme!

– Não se preocupe, mãe. O que deve ser, será.

– Dúnia, pense só em que situação estamos! E se Piotr Petrovitch romper com tudo? – exclamou sem pensar a pobre Pulquéria Alexandrovna.

– Não será digno de consideração, se o fizer – respondeu Dúnia, com voz firme e desdenhosa.

– Fizemos bem em sairmos de lá – interrompeu-a precipitadamente Pulquéria. – Ele estava todo apressado para sair e tratar de algum negócio ou fazer alguma coisa. Talvez fosse somente para tomar um pouco de ar... é de se sufocar naquele quarto... Mas onde é que se pode tomar um pouco de ar por aqui? Aqui, as próprias ruas parecem quartos fechados. Deus do céu! Que cidade!... espere... por esse lado... eles vão esmagá-la... estão carregando alguma coisa. Oh, é um piano, sim... como empurram... Eu também estou com muito medo dessa moça...

– Que moça, mãe?

– Ora, essa Sofia Semionovna, que estava lá há pouco.

— Por quê?

— Tenho um pressentimento, Dúnia. Bem, quer acredite ou não, mas logo que ela entrou, naquele mesmo instante, senti que ela era a principal causa do problema...

— Nada disso! — exclamou Dúnia, desgostosa. — Que bobagem esses seus pressentimentos, mãe! Ele só a conheceu na noite anterior e nem a reconheceu quando ela entrou.

— Bem, você vai ver... Ela me preocupa; mas você vai ver, vai ver! Fiquei tão assustada! Ela me olhava com aqueles olhos... Eu mal podia ficar quieta na cadeira quando ele a apresentou, não lembra? Parece tão estranho, mas Piotr Petrovitch escreveu na carta o que ela é, e ele a apresenta a nós... a você! Pelo visto, ele tem uma forte queda por ela!

— As pessoas escrevem o que querem. Falaram de nós também e escreveram o que bem entenderam. A senhora se esqueceu? Tenho certeza de que ela é uma boa menina e o resto é tudo bobagem.

— Deus queira que assim seja!

— E Piotr Petrovitch é um caluniador desprezível — disse Dúnia, categoricamente.

Pulquéria Alexandrovna ficou atônita. A conversa não foi mais retomada.

* * *

— Vou lhe dizer o que quero de você — disse Raskolnikov, levando Razumihin até a janela.

— Então posso dizer a Ekaterina Ivanovna que o senhor deverá comparecer — disse apressadamente Sônia, pronta para sair.

— Um minuto, Sofia Semionovna. Nós não temos segredos. Não nos atrapalha. Ainda preciso lhe dizer algumas palavras. Escute! — voltando-se novamente para Razumihin. — Você sabe que... como se chama... Porfírio Petrovitch?

— Isso mesmo! É meu parente. Por quê? — acrescentou aquele, com interesse.

— Ele não está investigando aquele caso... você sabe, aquele assassinato?... Você esteve falando sobre isso ontem.

— Sim... e então? — os olhos de Razumihin se arregalaram.

— Ele estava investigando as pessoas que haviam penhorado objetos e eu também tenho algumas coisas penhoradas por lá... bagatelas... um anel que minha irmã me deu de lembrança quando eu saí de casa e um relógio de prata, que era de meu pai... devem valer não mais de cinco ou seis rublos... mas tenho grande estima por esses objetos. Assim, o que devo fazer agora? Não quero perder esses mimos, especialmente o relógio. Há pouco estava tremendo, com medo de que minha mãe quisesse vê-lo, quando estivemos falando do relógio de Dúnia. É a única coisa que meu pai nos deixou. Ela poderia até ficar doente, se fosse perdido! Você sabe como são as mulheres! Por isso me diga o que devo fazer! Sei que devia ter declarado isso no posto policial, mas não seria melhor falar diretamente com Porfírio? Que acha? O caso deve ser resolvido com a maior rapidez. Sabe, minha mãe pode perguntar pelo relógio antes do jantar!

– Nada deve declarar no posto policial, com certeza, mas com certeza deve falar com Porfírio – exclamou Razumihin, extremamente agitado. – Bem, fico deveras contente. Vamos agora mesmo. São apenas dois passos. Estou certo de que vamos encontrá-lo.

– Muito bem, vamos!

– E ele vai ficar muito, muito contente em conhecê-lo. Já falei muitas vezes a seu respeito com ele, em diferentes ocasiões. Ainda ontem lhe falei de você. Vamos! Então, você conhecia a velha? Mais essa agora! Tudo está se encaixando perfeitamente... Oh, sim, Sofia Ivanovna...

– Sofia Semionovna – corrigiu Raskolnikov. – Sofia Semionovna, este é meu amigo Razumihin, ótima pessoa...

– Se precisa sair agora – disse Sônia, sem olhar para Razumihin e ainda mais embaraçada.

– Vamos! – decidiu Raskolnikov. – Vou passar por sua casa hoje, Sofia Semionovna. Só me diga onde mora.

Não é que se sentisse pouco à vontade, mas parecia apressado e evitou o olhar dela. Sônia lhe passou o endereço e, ao fazê-lo, corou. Saíram todos juntos.

– Não vai trancar a porta? – perguntou Razumihin, ao segui-lo até a escada.

– Nunca fecho à chave – respondeu Raskolnikov. – Faz dois anos que ando pensando em comprar uma fechadura. Felizes das pessoas que não precisam de fechaduras! – disse ele, rindo para Sônia.

Pararam um pouco no portão.

– Vai para a direita, Sofia Semionovna? A propósito, como encontrou o lugar onde moro? – perguntou ele, como se quisesse dizer algo bem diferente. Sentia vontade de olhar para os meigos olhos claros dela, mas não lhe era nada fácil.

– Ora, o senhor deu seu endereço a Polenka, ontem.

— A Polenka? Oh, sim, Polenka, a menina. É sua irmã? Eu lhe dei meu endereço?

— Ora, já se esqueceu?

— Não, me lembro, sim.

— Já tinha ouvido meu pai falar do senhor... só que eu não sabia seu nome e ele também não o sabia. E hoje vim... como já sabia seu nome, hoje perguntei "Onde mora o senhor Raskolnikov?" Não sabia que o senhor tinha somente um quarto também... Até logo, vou dizer a Ekaterina Ivanovna...

Estava sobremaneira contente por poder finalmente escapar dali. Seguiu adiante, olhando para o chão, apressando o passo para perdê-los de vista o mais rápido possível e para percorrer os vinte passos até a esquina à direita e ficar, finalmente, sozinha. Depois continuou caminhando apressada, sem olhar para ninguém, sem reparar em nada, para poder pensar, recordar, meditar em cada palavra, em cada detalhe. Nunca, nunca tinha sentido algo parecido. Todo um mundo novo, obscuro e desconhecido, estava se abrindo diante dela. Repentinamente, se lembrou-se de que Raskolnikov tinha a intenção de visitá-la naquele mesmo dia, talvez logo a seguir!

"Mas não hoje, por favor, não hoje!", murmurava ela, de coração apertado, como se implorasse a alguém, bem à maneira de uma criança assustada. "Meu Deus! À minha casa... naquele quarto... ele vai ver... oh, meu Deus!"

Naquele momento, ela não conseguia reparar que um desconhecido cavalheiro a estava observando e a seguia de perto. Acompanhava-a a distância, desde o portão. No momento em que Razumihin, Raskolnikov e ela pararam na calçada, antes de se despedirem, esse cavalheiro, que estava passando, estremeceu ao ouvir as palavras de Sônia, "E perguntei onde morava o senhor Raskolnikov". Ele dirigiu um rápido e atento olhar para os três, especialmente para Raskolnikov, com quem Sônia estava falando; depois olhou para trás e reparou na casa. Tudo isso durou um instante, enquanto ele passava, e tentando não trair seu interesse, continuou a caminhar mais devagar, como se estivesse esperando por alguém. Estava esperando por Sônia; viu que eles estavam se separando e que Sônia seguia em outra direção para sua casa.

"Para casa? Onde? Já vi esse rosto em algum lugar", pensou ele. "Tenho de descobrir."

Na esquina, ele cruzou para o outro lado, olhou em torno e viu Sônia vindo pelo mesmo caminho e sem reparar em nada. Ela dobrou a esquina. Ele a seguiu pela outra calçada. Depois de uns 50 passos, atravessou a rua de novo e continuava a segui-la, mantendo uma distância de alguns passos mais atrás.

Era um homem de aproximadamente 50 anos, bastante alto e encorpado, ombros largos e salientes, que o faziam parecer um pouco encurvado. Vestia belas e elegantes roupas, que o destacavam como um cavalheiro de elevada posição social. Levava uma estilosa bengala, com a qual batia no chão a cada passo, e calçava luvas impolutas. Tinha um rosto largo e bem-feito, bochechas um pouco ossudas e a cor da pele bem viva, como pouco se via em Petersburgo. Os cabelos louros eram ainda fartos e apenas tocados, aqui e acolá, com alguns fios cinzentos; a barba ampla e retangular era mais clara ainda que o cabelo. Seus olhos azuis revelavam um olhar frio e perscrutador; os lábios eram marcadamente vermelhos. Era um homem notavelmente bem conservado e parecia muito mais jovem do que era.

Quando Sônia chegou à margem do canal, os dois eram as únicas pessoas que caminhavam na mesma calçada. Ele observou o devaneio e a preocupação dela. Ao chegar à casa onde morava, Sônia entrou pelo portão; ele a seguiu, parecendo um tanto surpreso. No pátio, ela virou à direita. "Ora essa!", murmurou o desconhecido cavalheiro e foi subindo as escadas, atrás dela. Foi só então que Sônia reparou nele. Ela subiu até o terceiro andar, entrou por um corredor e tocou a campainha no número 9, em cuja porta estava escrito a giz, "Kapernaumov, alfaiate". "Ora essa!", repetiu o desconhecido, espantado com a estranha coincidência, e tocou a campainha da porta seguinte, de número 8. As duas portas ficavam a alguns passos uma da outra.

– Mora na casa de Kapernaumov! – disse ele, olhando para Sônia e rindo. – Ele me consertou um colete, ontem. Vou ficar aqui, na casa de madame Resslich. Que coisa!

Sônia olhou-o atentamente.

– Somos vizinhos – continuou ele, alegre. – Só cheguei à cidade anteontem. Por ora, até logo!

Sônia não lhe respondeu. A porta se abriu e ela entrou rapidamente. Por algum motivo, sentia-se envergonhada e desconfortável.

* * *

A caminho da casa de Porfírio, Razumihin estava obviamente agitado.

– Isso é fenomenal, irmão! – repetiu ele várias vezes. – E estou contente! Estou contente!

"Por que haverá de estar tão contente?", pensava Raskolnikov.

– Não sabia que você também penhorava coisas na casa da velha senhora. E... foi há muito tempo? Quero dizer, faz tempo que você esteve lá?

"Mas que tolo simplório é esse sujeito!"

– Quando foi? – Raskolnikov parou, para se lembrar. – Deve ter sido dois ou três dias antes da morte da velha. Mas não vou resgatar os objetos agora – disse ele, com uma espécie de apressada e visível ansiedade por esses objetos. – Nada mais tenho agora que um rublo de prata... depois do maldito delírio de ontem à noite...

Pôs ênfase particular na palavra *delírio*.

– Sim, sim – concordou apressadamente Razumihin... com o que não era claro. – Então foi por isso que você... ficou impressionado... em parte... sabe que em seu delírio você estava continuamente mencionando alguns anéis e correntes! Sim, sim... está claro, está tudo claro agora.

"Veja só! Como essa ideia deve ter circulado entre todos eles. E esse homem é capaz de arriscar tudo por mim e o vejo tão contente por ter esclarecido o motivo pelo qual eu falava de anéis em meu delírio! Essa ideia já devia estar arraigada na cabeça de todos eles!"

– Será que vamos encontrá-lo? – perguntou ele, subitamente.

– Oh, sim – respondeu Razumihin, rapidamente. – É um homem simpático, vai ver, irmão. Um tanto desajeitado, melhor dizendo, é um homem de maneiras delicadas, mas o chamo de desajeitado em outro sentido. Um sujeito inteligente, muito inteligente mesmo, mas tem lá suas próprias ideias... Desconfiado, cético, cínico... gosta de se impor ou, melhor, de atrapalhar as pessoas. Segue métodos antigos e desgastados... Mas entende de seu ofício... inteiramente... No ano passado, ele desvendou o caso do assassinato em que a polícia não encontrava qualquer pista. Ele está muito ansioso em poder conhecê-lo.

– Mas por que estaria tão ansioso assim?

– Oh, não é bem assim... veja bem, desde que você caiu doente, eu falei diversas vezes de você... Pois bem, quando soube de você... que era um estudante de Direito e que não conseguiu concluir seus estudos, ele disse "Que pena!" E, dessa forma, concluí... não só por isso, mas de todas as coisas... Ontem, Zametov... já sabe, Rodya, andei falando bobagem no caminho de casa, ontem, quando estava bêbado... Estou com medo, irmão, que você exagere as coisas, se me entende.

– O quê? Para que pensem que sou louco? Talvez tenham razão – disse ele, com um sorriso constrangido.

– Sim, sim... isto é, ufa!, não!... Mas tudo o que eu disse (e havia algo mais também) era bobagem, efeito da bebida.

– Mas por que está se desculpando? Já estou farto disso tudo! – exclamou Raskolnikov, com exagerada irritação. Era fingimento, contudo, pelo menos em parte.

– Sei, sei, entendo. Acredite-me, compreendo. Até tenho vergonha de falar disso...

– Se estiver com vergonha, então não fale!

Os dois ficaram em silêncio. Razumihin estava mais que entusiasmado e Raskolnikov percebeu isso com repulsa. Estava alarmado também pelo que Razumihin havia falado há pouco de Porfírio.

"Tenho de causar pena a esse tembém", pensou ele, com o coração batendo acelerado e ficando pálido, "e fazê-lo com toda a naturalidade. Mas o mais natural de tudo seria não fazer absolutamente nada. Não fazer nada, com extremo cuidado! Não, "com extremo cuidado" não seria nada natural... Oh, bem, vamos ver que caminho as coisas vão tomar... Vamos ver... imediatamente. Será que convém ir ou não? A borboleta voa para a luz. Meu coração está pulsando forte, isso é que é ruim!"

– É nesse prédio cinzento – disse Razumihin.

"A coisa mais importante, será que Porfírio sabe que eu estive no alojamento da bruxa, ontem... e será que perguntou pelo sangue? Preciso descobrir isso imediatamente, logo que eu entrar, adivinhá-lo pelas feições dele, caso contrário... vou descobrir, ou será minha ruína."

– Pois é, irmão – disse ele, repentinamente, dirigindo-se a Razumihin, com um sorriso ardiloso. – O dia todo andei notando que você parece estar curiosamente agitado. Não é isso?

– Agitado? Nem um pouquinho – retrucou Razumihin, colhido de surpresa.

– Sim, irmão, asseguro-lhe que se percebia muito bem. Ora, você se sentou na cadeira de um modo que nunca faz, quase na beirada, e parecia estar se contorcendo o tempo todo. Andava se remexendo por qualquer nada. Em dado momento estava zangado, em outro, seu rosto parecia um doce. Até corou, especialmente quando foi convidado para jantar, você ficou terrivelmente vermelho.

– Nada disso, é pura bobagem! O que quer dizer com isso?

– Mas por que está se esquivando disso, como um colegial? Por Júpiter, e aí está você corando de novo!

– Como você joga sujo!

– Mas por que fica tão acanhado por uma coisa dessas! Romeu! Escute, hoje mesmo vou lhe dizer... Ha-ha-ha! Vou fazer com que minha mãe se ponha a rir, e alguém mais também...

– Escute, escute, escute, isso é sério... Que mais, seu demônio? – gritou Razumihin, totalmente transtornado, vermelho de raiva. – O que é que vai contar a elas? Vamos, irmão... ufa! Como você joga sujo!

– Você é como uma rosa de verão. E se você soubesse somente como lhe cai bem! Um Romeu que se agiganta! E como se aprumou bem hoje... vejo que até limpou as unhas! Não é mesmo? Isso é algo inaudito! Ora, acredito que até pôs brilhantina no cabelo! Baixe a cabeça!

– Você é um sujo!

Raskolnikov riu de tal forma como se não pudesse se conter. E rindo desse modo, eles entraram nos alojamentos de Porfírio Petrovitch. Era isso que Raskolnikov queria: que de dentro se pudesse ouvi-los rindo quando entrassem, gargalhando ainda desde o corredor.

– Nem uma palavra aqui, ou eu vou.... estourar seus miolos! – cochichou furiosamente Razumihin, agarrando Raskolnikov pelo braço.

CAPÍTULO CINCO

Raskolnikov já estava entrando na sala. E entrou com o aspecto de quem tinha a maior dificuldade em se conter, para não cair no riso novamente. Atrás dele, vinha Razumihin, acanhado e desajeitado, envergonhado e vermelho como um pimentão, com uma expressão totalmente abatida, mas feroz. Realmente, seu rosto e todo o seu modo de ser eram ridículos naquele momento e justificavam a risada de Raskolnikov. Este, sem esperar uma eventual apresentação, fez uma reverência a Porfírio Petrovich, que estava parado no meio da sala, olhando para eles interrogativamente. Ele estendeu e apertou a mão, ainda aparentemente fazendo esforços para controlar seu riso e proferiu algumas palavras para se apresentar. Mal havia conseguido, porém, a assumir um ar sério e murmurar alguma coisa, quando repentinamente olhou de novo e como que acidentalmente para Razumihin e não pôde mais se controlar. O riso abafado brotou tanto mais irresistível quanto mais tentava reprimi-lo. A extraordinária indignação com que Razumihin recebeu essa "espontânea" explosão de riso conferia a toda a cena a aparência da mais genuína alegria e naturalidade. Razumihin reforçava essa impressão como que de propósito.

– Ufa! Seu demônio! – bradou ele, abrindo os braços que atingiram uma mesinha redonda com um copo de chá vazio em cima dela. Tudo saiu voando e se espatifou no chão.

– Mas por que quebrar com tudo, cavalheiros? Sabem que isso significa uma perda para o Estado – fez notar Porfírio Petrovich, divertidamente.

Raskolnikov continuava rindo, com a mão presa à de Porfírio Petrovich, mas ansioso por se dominar e esperando o momento certo para encerrar o cumprimento. Razumihin, completamente confuso com a queda da mesinha e a quebra do copo, olhou sem jeito para os cacos, disse um palavrão e foi diretamente para a janela, onde ficou olhando para fora, de costas para os outros, com uma expressão ferozmente carregada e sem ver mais nada. Porfírio Petrovitch riu e parecia continuar rindo, mas obviamente esperava explicações. Sentado à mesa, num canto, estava Zametov, que logo se levantou com a entrada dos visitantes e aguardava com um sorriso nos lábios, embora contemplasse com surpresa, e até com incredulidade, toda a cena e fitasse Raskolnikov com certo embaraço. A inesperada presença de Zametov causou uma desagradável impressão a Raskolnikov.

"Devia ter previsto isso", pensou.

– Queira me desculpar, por favor – começou Raskolnikov, fingindo-se extremamente embaraçado e se apresentou. – Raskolnikov.

– Imagine só! Muito prazer em revê-lo... e como entraram de maneira agradável... Ora, ele não quer nos desejar um bom-dia? – e Porfírio Petrovitch apontou para Razumihin.

– Palavra de honra, não sei por que está com tanta raiva de mim. Eu só lhe disse, enquanto vínhamos para cá, que ele parece um Romeu... e o provei. E foi tudo, acredito!

– Seu sujo! – vociferou Razumihin, sem se voltar.

– Deve ter havido graves razões para ele ficar tão furioso por causa de uma simples palavra – riu Porfírio.

– Oh, seus mordazes advogados!... Que o diabo os carregue! – vociferou Razumihin e, repentinamente, rindo também, aproximou-se de Porfírio com a mais efusiva alegria, como se nada tivesse acontecido. – É isso aí! Somos todos uns tolos! Vamos ao que interessa. Este é meu amigo Rodion Romanovitch Raskolnikov que, em primeiro lugar, ouviu falar de você e quer conhecê-lo; em segundo lugar, deseja tratar de um assunto especial aqui. Olá, Zametov! O que o trouxe para cá? Já se conhecem? Desde quando?

"O que significa isso?", pensou Raskolnikov.

Zametov pareceu surpreso, mas não muito.

– Ora, foi ontem, em sua casa – disse ele, despreocupado.

– Então me poupou o incômodo. Esteve toda a semana passada me pedindo para que o apresentasse a você. Porfírio e você acabaram se conhecendo sem minha ajuda. Onde está seu tabaco?

Porfírio Petrovitch estava de roupão, roupa branca muito limpa e chinelos desgastados. Era um homem de aproximadamente 35 anos, baixo, forte e até corpulento, bem barbeado. Tinha o cabelo cortado bem curto e mostrava uma cabeça grande e redonda, particularmente proeminente na nuca. Seu rosto meigo, arredondado e de nariz achatado era de uma cor amarelada, doentia, mas tinha uma expressão vigorosa e um tanto irônica. Poder-se-ia considerá-lo um homem bom, se não fosse pela expressão dos olhos, que brilhavam com uma luz aquosa e insípida, sob pestanas quase brancas, sempre piscando. A expressão desses olhos formava um contraste estranho com sua figura, um tanto feminina, e lhe conferia uma seriedade maior do que se podia adivinhar, à primeira vista.

Assim que Porfírio Petrovich ouviu dizer que o visitante tinha um assunto a tratar com ele, pediu-lhe para que se sentasse no sofá, enquanto ele se acomodava na outra ponta do mesmo sofá. Ficou esperando para que o outro expusesse o assunto, com aquela cuidadosa e compenetrada atenção que é, ao mesmo tempo, opressiva e embaraçadora, sobretudo para um estranho e, de modo particular, se aquilo que se deve discutir não tem, na própria opinião, toda aquela importância para lhe emprestar tamanha solenidade. Mas, em breves e coerentes frases, Raskolnikov lhe expôs o assunto de modo claro e preciso, e ficou tão satisfeito consigo mesmo que até conseguiu fitar tranquilamente Porfírio Petrovitch, que, por sua vez, não desviou dele os olhos nem um instante sequer. Razumihin, que estava sentado do outro lado da mesma mesa, escutava com ardor e impaciência a exposição do assunto, olhando ora para um ora para outro a todo momento, com interesse um tanto excessivo.

"Tolo", resmungou Raskolnikov, de si para consigo.

– Deve transmitir essas informações para a polícia – aconselhou Porfírio, com ar metódico. – Deve comunicar-lhe que, sabendo desse acontecimento, isto é, do assassinato, pede, por sua vez, para informar o juiz de instrução, encarregado desse caso, que tais e tais objetos lhe pertencem e que deseja resgatá-los... ou... mas depois eles vão lhe escrever.

– E este é precisamente o ponto, o do momento atual – disse Raskolnikov, tentando todo o possível para parecer embaraçado. – Não ando muito bem de dinheiro... e até mesmo essa insignificante soma está fora de meu alcance... veja bem, eu só queria, no momento, declarar que esses objetos são meus e no dia em que tiver dinheiro...

– Isso não tem importância – replicou Porfírio Petrovitch, recebendo friamente a informação sobre sua situação financeira. – Mas você pode, se preferir, escrever diretamente a mim, dizendo que, ao ficar sabendo do caso, passa a reivindicar os objetos de sua propriedade e, por isso, pede...

– Numa folha de papel comum? – interrompeu-o Raskolnikov, ansiosamente, novamente interessado pelo aspecto financeiro da questão.

– Oh, em qualquer folha! – e subitamente Porfírio Petrovitch o olhou com transparente ironia, apertando os olhos e, ao que parece, piscando para ele. Mas talvez fosse só imaginação de Raskolnikov, pois isso não durou mais de um segundo. Certamente houve algo desse tipo; Raskolnikov podia até jurar que o homem havia piscado para ele, Deus sabe por quê.

"Ele sabe", passou-lhe pela mente esse pensamento, como um relâmpago.

– Peço desculpas por incomodá-lo com essas ninharias – continuou ele, um pouco desconcertado. – Esses objetos não valem mais que cinco rublos, mas os estimo sobremodo por causa daqueles que os repassaram a mim e confesso que fiquei alarmado quando soube...

– É por isso que ficou tão impressionado quando eu disse a Zossimov que Porfírio estava investigando todos aqueles que tinham penhoras com a velha! – interveio Razumihin, intencionalmente.

Aquilo era realmente insuportável. Raskolnikov não pôde deixar de olhar para ele com um relance de raiva e vingança, refletida em seus olhos negros, mas se controlou de imediato.

– Parece que está caçoando de mim, irmão! – disse ele, com uma irritação habilmente fingida. – Concordo que estou parecendo absurdamente preocupado por causa dessas ninharias, mas não pode me julgar egoísta ou que esteja cobiçando isso, visto que essas duas coisas nada mais são que refugo a meus olhos. Há pouco lhe disse que o relógio de prata, que não vale mais que um centavo, é a única coisa que me resta de meu pai. Pode rir de mim, mas minha mãe está aqui – voltou-se subitamente para Porfírio – e, se ela souber – virou-se novamente para Razumihin, emitindo cuidadosamente uma vez trêmula – que o relógio foi perdido, entraria em desespero! Sabe como são as mulheres!

– Nada disso! Não foi essa minha intenção! Bem pelo contrário! – gritou Razumihin, amargurado.

"Foi correto? Foi natural? Não exagerei?", perguntou-se a si mesmo Raskolnikov. "Por que disse isso sobre as mulheres?"

– Oh, sua mãe está aqui com você? – perguntou Porfírio Petrovitch.

– Sim.

– Quando é que ela veio?

– Ontem à noite.

Porfírio fez uma pausa, como se refletisse.

— Seus objetos, de qualquer modo, não vão ser perdidos — continuou ele, calma e friamente. — Havia bastante tempo que eu esperava vê-lo aqui.

E como se isso fosse uma questão sem importância, ele cuidadosamente ofereceu o cinzeiro a Razumihin, que, sem cerimônia, deixava cair a cinza do cigarro sobre o tapete. Raskolnikov estremeceu, mas Porfírio parecia não estar olhando para ele, de tão preocupado que estava com o cigarro de Razumihin.

— O quê? Esperando por ele? Ora, sabia que ele tinha objetos penhorados com ela? — exclamou Razumihin.

Porfírio Petrovitch dirigiu-se a Raskolnikov:

— Os dois objetos, o anel e o relógio, estavam embrulhados juntos e, no papel, constava seu nome bem legível, escrito a lápis, bem como a data em que os deixou penhorados com ela...

— Como é observador! — sorriu desajeitadamente Raskolnikov, fazendo todo o possível para fitá-lo diretamente no rosto, mas não conseguiu e de repente acrescentou:

— Digo isso porque suponho que havia muitos objetos penhorados... que deveria ser difícil lembrar-se de todos eles... Mas o senhor se lembra muito bem de todos, e... e...

"Estúpido! Frouxo!", pensou ele. "Por que fui acrescentar isso?"

— Mas nós sabemos de todos aqueles que tinham penhores empenhados, e você é o único que não tinha se apresentado ainda — retrucou Porfírio, com uma ironia quase imperceptível.

— Eu não estive muito bem de saúde.

— Soube disso também. Na verdade, me disseram que o senhor estava muito aflito por alguma coisa. O senhor ainda está pálido.

— Não estou pálido... Não, estou muito bem — protestou Raskolnikov, impertinente e zangado, mudando inteiramente de tom. Fervia de raiva e não conseguia se conter. "E em minha raiva, acabo por me denunciar", pensou novamente. "Por que estão me torturando?"

— Não está totalmente bem! — contrapôs Razumihin. — E sabe o que mais? Ontem, estava fora de si e delirando o dia todo. Poderia acreditar, Porfírio, que tão logo viramos as costas, ele se vestiu, embora mal pudesse ficar de pé, escapou-nos e saiu a farrear em algum lugar até meia-noite, delirando o tempo todo! Poderia acreditar nisso? Extraordinário!

— Delirando, realmente? Não me diga! — Porfírio meneou a cabeça, de uma forma um tanto feminina.

— Bobagem! Não acredite! Mas, de qualquer modo, não vai acreditar — deixou escapar Raskolnikov, em sua raiva. Mas Porfírio Petrovitch não deu maior atenção a essas estranhas palavras.

— Mas como é que podia sair, se não estivesse delirando? — interveio subitamente Razumihin. — Para que você saiu? Com que finalidade? E por que saiu às escondidas? Estava em seu perfeito juízo quando o fez? Agora que o perigo passou, posso falar francamente.

— Eu estava excessivamente cansado deles, ontem — disse Raskolnikov, dirigindo-se a Porfírio, com um súbito sorriso de insolente provocação. — Fugi deles para procurar um lugar onde pudesse me encontrar e levei muito dinheiro comigo. O senhor Zametov viu. Vamos lá, senhor Zametov, eu estava em meu perfeito juízo, ontem, ou estava delirando? Vamos, decida essa questão!

Ele poderia ter estrangulado Zametov, nesse momento, tão odiosos eram a expressão e o silêncio deste para com ele.

— A meu ver, você falava de modo sensato e até com malícia, mas você estava extremamente irritado — disse Zametov, secamente.

— E Nikodim Fomitch estava me dizendo hoje — interveio Porfírio Petrovitch — que o encontrou bem tarde, na noite passada, na casa de um homem que havia sido atropelado.

— E lá — disse Razumihin —, você não estava doido? Deu até o último tostão à viúva, para o funeral. Se quisesse ajudá-la, poderia ter-lhe dado 15 ou até 20 rublos, mas devia guardar, pelo menos três rublos para você. Mas esbanjou os 25 de uma vez!

— Talvez eu tenha encontrado um tesouro em algum lugar e você não sabe nada! Por isso é que fui tão liberal ontem... O senhor Zametov sabe que encontrei um tesouro! Desculpe-nos, por favor, por tê-los perturbado durante meia hora com essas coisas triviais — disse ele, voltando-se com lábios trêmulos para Porfírio Petrovitch. — Estamos incomodando vocês, não é?

— Oh, não, bem pelo contrário! Se apenas soubesse como você me interessa! É deveras instigante olhar e escutar... e estou realmente contente por ter aparecido, finalmente.

— Mas poderia nos oferecer um pouco de chá! Minha garganta está seca! — exclamou Razumihin.

— Ótima ideia! Talvez possamos todos nos fazer companhia. Não gostaria... de algo mais substancial antes do chá?

— Depende do senhor!

Porfírio Petrovitch saiu para pedir o chá.

Os pensamentos de Raskolnikov estavam num verdadeiro redemoinho. Estava terrivelmente exasperado.

"O pior é que eles não procuram disfarçar e não fazem cerimônia! E como é que, se você não me conhecia, foi falar de mim com Nikodim Fomitch? Pelo visto, não se importam em esconder que estão me seguindo como uma alcateia de lobos. Simplesmente cospem em mim." Ele tremia de raiva. "Venham, batam em mim abertamente, não brinquem comigo como gato e rato. Isso não é civilizado, Porfírio Petrovitch, mas talvez eu não o permita! Vou me levantar e vou jogar toda a verdade nos feiosos rostos de vocês, e vão ver como os desprezo." Respirava com dificuldade. "Mas se isso tudo não passa de ilusão minha? Se eu estiver enganado e, por causa da inexperiência, me zangasse e não conseguisse desempenhar meu ignóbil papel? Pode ser que tudo isso não seja intencional! Todas as frases deles são usuais, mas nelas subsiste qualquer coisa... Tudo isso pode ser dito, mas há qualquer coisa. Por que ele disse asperamente 'com ela'? Por que é que Zametov acrescentou que eu falava com malícia? Por que falam nesse tom? Sim, o tom... Razumihin está sentado aqui; por que não vê nada? Esse inocente cabeçudo nunca vê nada! Febril de novo! Porfírio piscou para mim há pouco? Claro que é bobagem! Para que iria piscar? Será que eles estão tentando estraçalhar meus nervos ou estão só me importunando? Ou é ilusão doentia ou eles sabem realmente! Até Zametov se mostra rude... Zametov é rude? Zametov mudou de opinião. Eu previa que ele haveria de mudar de opinião! Ele está aqui como em sua casa, enquanto é a primeira vez que venho aqui. Porfírio não o considera um visitante; senta-se de costas para ele. Eles são unha e carne, sem dúvida, contra mim! Sem dúvida, estavam falando de mim antes de chegarmos. Será que sabem sobre o alojamento? Se fossem espertos! Quando eu disse que havia saído à procura de um alojamento, ele deixou passar... Foi uma ideia inteligente ter falado sobre um alojamento, pode ser útil mais tarde... Delirando, na verdade... ha-ha-ha! Ele sabe tudo com relação a ontem à noite! Ele não sabia da chegada de minha mãe! A bruxa havia escrito a lápis a data, no embrulho! Você está errando, não vai me apanhar! Não há fatos... é tudo suposição! Você fabrica fatos! O alojamento também não é um fato, mas delírio. Eu sei o que dizer a eles... Será que eles sabem alguma coisa sobre o alojamento? Não vou embora daqui sem descobrir. Mas para que vim até aqui? Mas o fato de eu estar zangado agora pode realmente ser um fato? Tolo, como estou irritadiço! Talvez seja o correto; fazer o papel de doente... Ele está me farejando. Vai tentar me apanhar. Por que vim aqui?"

Tudo isso se passou como um relâmpago por sua mente.

Porfírio Petrovitch voltou logo. De repente, se tornou mais jovial.

– Sua festa de ontem, irmão, deixou minha cabeça um tanto... Ainda me sinto meio tonto – começou ele, num tom bem diferente, rindo e dirigindo-se a Razumihin.

– Foi interessante? Ontem, eu o deixei num local mais agradável. Quem se deu melhor?

– Oh, ninguém, naturalmente. Giravam sempre em torno das mesmas e eternas questões, andavam exaltados, perdidos no espaço.

– Imagine só, Rodya, o que chegamos a discutir ontem: se o crime existe ou não. Falamos disso até não poder mais...

– Que há nisso de estranho? É uma questão social cotidiana – replicou Raskolnikov, com ar indiferente.

– Não foi bem assim que propuseram a questão – observou Porfírio.

– Não foi bem assim, é verdade – concordou logo Razumihin, acalorando-se e exaltando-se como de costume. – Escute, Rodya, e dê seu parecer; quero ouvi-lo. Eu estava lutando com unhas e dentes e queria que você me ajudasse. Disse a eles que você haveria de chegar... Tudo começou com a doutrina socialista. Já sabe a doutrina deles; o crime é um protesto contra a anormalidade da organização social e nada mais, nada mais; outras causas não são admitidas!...

– Aí é que mora o erro! – exclamou Porfírio Petrovitch. Estava notavelmente animado e continuava rindo enquanto olhava para Razumihin, o que o deixou mais exaltado ainda.

– Nada é admitido – interrompeu-o acaloradamente Razumihin.

– Mas eu não estou errado. Vou lhe mostrar os panfletos deles. Para eles, tudo é "influência do ambiente" e nada mais. É a frase favorita deles! Disso se deduz que, se a sociedade estiver normalmente organizada, todos os crimes deixariam de ocorrer de uma vez, visto que não haveria contra o que protestar e todos os homens seriam necessariamente corretos. A natureza humana não é levada em conta, é excluída, não existe! Não reconhecem que essa humanidade, desenvolvida por meio de um processo histórico de vida, se torne finalmente uma sociedade normal; mas acreditam que um sistema social, que surgiu de um cérebro matemático, vai estruturar toda a humanidade de uma vez e a tornará justa e inocente mais depressa do que qualquer processo vivo! É por isso que eles detestam instintivamente a história; nela "nada se encontra a não ser feiura e estupidez"; e tudo explicam como estupidez. É por isso também que não gostam do processo "vital" da própria vida; não querem uma "alma viva". A alma viva requer vida, a alma não obedece às leis da mecânica, a alma é objeto de suspeição, a alma é retrógrada. Mas o que eles querem cheira a morte e pode ser feita de borracha, pelo menos não é viva, não tem vontade, é servil e não vai se revoltar! E chegam ao resultado de reduzir tudo à construção de paredes e à distribuição de salas e corredores num falanstério. O falanstério, na verdade, está pronto, mas sua natureza humana não está pronta ainda para o falanstério... anseia por vida, não completou ainda o processo vital, ainda é cedo para o túmulo! Não é possível saltar por cima da natureza com a lógica. A lógica pressupõe três possibilidades, mas há milhões delas. Cortem um milhão e reduzam tudo à simples questão do conforto! Essa é a solução mais fácil do problema! É sedutoramente clara e não se deve pensar a respeito. Esse é o ponto essencial: não se tem de pensar! Todo o segredo da vida em duas páginas impressas!

– Agora está perdido, socando o ar! Segurem-no, vamos! – exclamou Porfírio, rindo. – Pode imaginar – continuou ele, voltando-se para Raskolnikov – seis pessoas exibindo-se assim numa sala, ontem à noite, com bebida alcoólica como preliminar! Não, irmão, você está errado, o ambiente conta muito na criminalidade; posso lhe assegurar isso.

– Oh, sei que conta, mas, por favor, me diga: um homem de 40 anos violenta uma criança de dez anos; foi o meio ambiente que o levou a isso?

– Bem, no sentido estrito da palavra, foi – observou Porfírio, com notável gravidade. – Um crime dessa natureza pode muito bem ser atribuído à influência do ambiente.

Razumihin quase teve um ataque de fúria.

– Oh, se quiser – bradou ele –, vou provar que suas pestanas brancas têm relação direta com a gigantesca altura da igreja de Ivã, o Grande, e vou prová-lo de modo claro, exato, progressivo e até com uma tendência liberal! Garanto! Quer apostar?

– Feito! Vamos ouvir, por favor, como é que ele vai provar!

– Ele está sempre trapaceando. Com os diabos! – exclamou Razumihin, pulando e gesticulando. – De que adianta falar com você? Faz tudo isso de propósito; você não o conhece, Rodion! Ontem ele tomou o partido deles, simplesmente para zombar deles. E as coisas que andou dizendo! E todos eles se deliciavam em ouvi-lo! É capaz de mantê-los presos a ele por duas semanas.

No ano passado, nos persuadiu de que entraria num mosteiro; insistiu nisso durante dois meses. Há pouco tempo, pôs na cabeça a ideia de alardear que iria se casar, que já estava tudo pronto para o casamento. Até mandou encomendar um terno novo. Nós todos começamos a dar-lhe os parabéns. Mas não havia noiva, nada, pura fantasia!

– Ah, você se engana! Mandei fazer o terno antes. Foi precisamente o traje novo que me deu a ideia de levar vocês na brincadeira.

– Você é assim tão bom dissimulador? – perguntou Raskolnikov, sem muito interesse.

– Você não haveria de supor isso, não é? Aguarde sua vez, vou apanhá-lo também. Ha-ha-ha! Não, vou lhe dizer a verdade. Todas essas questões sobre crime, ambiente, crianças me trazem à memória um artigo seu que, na época, me interessou: "Sobre o crime"... ou qualquer coisa do gênero; esqueci o título. Tive o prazer de lê-lo dois meses atrás, na *Revista Periódica*.

– Um artigo meu? Na *Revista Periódica*? – perguntou Raskolnikov, surpreso. – De fato, escrevi um artigo sobre um livro, seis meses atrás, quando deixei a universidade, mas eu o mandei para a *Revista Semanal*.

– Mas foi publicado na *Periódica*.

– A *Revista Semanal* parou de circular; por isso não foi publicado na época.

– É verdade, mas quando parou de circular, a *Revista Semanal* se fundiu com a *Revista Periódica*; foi por isso que seu artigo apareceu, há dois meses, na última. Não sabia disso?

Raskolnikov não sabia nada a respeito.

– Ora, você poderia reclamar algum dinheiro pelo artigo! Que pessoa estranha você é! Leva uma vida tão solitária que nem toma conhecimento das coisas que, de modo direto, lhe dizem respeito. É um fato, asseguro-lhe.

– Bravo, Rodya! Eu também não sabia nada disso! – exclamou Razumihin. – Hoje mesmo vou até a sala de leitura e vou pedir o número da revista. Dois meses atrás? Qual a data? Não importa, vou encontrar a revista. E não nos dizia nada!

– Como é que descobriu que o artigo era meu? Eu só assinei com as iniciais.

– Só consegui saber por casualidade, outro dia. Por meio do editor; conheço-o... Eu estava muito interessado...

– Eu analisava, se me lembro, o estado psicológico de um criminoso antes e depois do crime.

– Sim, e você sustentava que a perpetração de um crime é sempre acompanhada por um estado doentio. Muito, muito original, mas... não foi essa parte do artigo que me interessou tanto assim, mas uma ideia no final que, lamento dizer, você meramente a sugeriu, sem desenvolvê-la mais claramente. Se bem se recorda, há uma sugestão de que existem certas pessoas que podem... isto é, não se trata precisamente de serem capazes, mas têm um direito inalienável de cometer atos desonestos e crimes, e que a lei não é feita ou não existe para eles.

Raskólnikov sorriu perante o exagero e a distorção de sua ideia.

– O quê? Que quer dizer com isso? O direito ao crime? Mas não será por causa da influência do ambiente? – perguntou Razumíhin, um tanto alarmado.

– Não, não exatamente por causa dele – respondeu Porfírio. – Em seu artigo, os homens são divididos em "ordinários" e "extraordinários". Os homens comuns ou ordinários devem viver na obediência e não têm direito de transgredir a lei, exatamente porque são ordinários. Mas os extraordinários têm direito de cometer qualquer crime e de transgredir a lei de todas as maneiras, exatamente porque são extraordinários. Essa era sua ideia, se não me engano.

– Mas o que pretende dizer? Isso não pode ser! – resmungou Razumíhin, perplexo.

Raskólnikov voltou a sorrir. Compreendeu de imediato o ponto central da questão e sabia para onde eles queriam levá-lo. Decidiu aceitar o desafio.

– Não era precisamente essa minha argumentação – começou ele, de maneira simples e modesta. – Ainda assim, admito que o senhor a citou quase fielmente; se quiser, talvez até com perfeição (dava-lhe até prazer em reconhecer essa fidelidade). A única diferença reside no fato de que não afirmo que os homens extraordinários estejam sempre inclinados a cometer atos desonestos, como o senhor sentencia. Com efeito, chego a duvidar que semelhante argumento pudesse ser publicado. Eu me limitava simplesmente a insinuar que um homem "extraordinário" tem o direito... não é um direito oficial, mas um direito íntimo de decidir, na própria consciência, a saltar... certos obstáculos e unicamente nos casos em que é fundamental para a execução prática da ideia dele (às vezes, talvez, em benefício de toda a humanidade). O senhor diz que meu artigo não está claro; estou disposto a deixá-lo tão claro quanto puder. Talvez não me engane ao pensar que é o que o senhor deseja. Muito bem. Sustento que, se as descobertas de Kepler e de Newton não pudessem ser tornadas conhecidas de outra maneira senão mediante o sacrifício da vida de um, de uma dezena, de uma centena ou de mais homens, Newton teria tido o direito, teria tido, na verdade, até o dever... de *eliminar* esses dez ou esses cem homens para que suas descobertas chegassem ao conhecimento de toda a humanidade. Mas disso não se segue que Newton tivesse o direito de matar pessoas a torto e a direito, de roubar todos os dias no mercado. Lembro-me também de que sustento, em meu artigo, que todos... bem, legisladores e líderes de homens, como Licurgo, Sólon, Maomé, Napoleão, e assim por diante, eram todos criminosos, sem exceção, pelo simples fato de que, ao promulgar uma nova lei, transgrediam a antiga, promulgada por seus antepassados e tida como sagrada pelo povo; e eles não se teriam detido pelo derramamento de sangue, se esse derramamento de sangue... muitas vezes de pessoas inocentes que lutavam bravamente em defesa da antiga lei... pudesse ser útil à causa deles. Não deixa de ser notável também que a maioria desses benfeitores e líderes da humanidade fossem culpados de terríveis carnificinas. Em resumo, sustento que todos os grandes homens, ou mesmo aqueles um pouco acima do comum, isto é, capazes de transmitir algo de novo, deveriam ser, por natureza, criminosos... em maior ou menor grau, bem entendido. De outro modo, seria difícil para eles sair da rota comum e não podem se submeter a permanecer nessa rota comum pela própria natureza deles; e, a meu ver, não deveriam realmente se submeter a ela. Pode ver que não há nada de particularmente novo em tudo isso. A mesma coisa foi impressa e lida milhares de vezes antes. Quanto à minha distinção entre homens comuns e extraordinários, reconheço que é um tanto arbitrária; mas não insisto em números exatos. Eu só acredito em minha ideia fundamental, ou seja, que os homens são, *em geral*, divididos por uma lei da natureza em duas categorias: a inferior (comum), isto é, por assim dizer, material, que serve unicamente para reproduzir a espécie, e a dos homens que possuem o dom ou o talento para proferir *uma nova palavra*. É claro que há inumeráveis subdivisões, mas os traços diferenciais das duas categorias são bem nítidos. A primeira categoria, falando em termos gerais, é formada por indivíduos conservadores por natureza, obedientes à lei; eles vivem sob controle e gostam de ser controlados. A meu ver, é dever deles obedecer, porque essa é a vocação deles e nada há de humilhante nisso para eles. A segunda categoria é composta por aqueles que transgridem a lei; eles são destruidores ou dispostos a destruir, de acordo com as próprias capacidades. Os crimes desses homens são, naturalmente, relativos e variados; em sua maior parte procuram, de diversos modos, a destruição do presente em nome de algo melhor. Mas se um desses homens for forçado, para o bem de sua ideia, a pisar sobre cadáveres ou caminhar sobre sangue, ele pode, sustento, encontrar em seu íntimo, em sua consciência, uma sanção para caminhar por sobre sangue... dependendo obviamente da ideia e das dimensões dela, convém notar. É só nesse sentido que falo, em meu artigo, do direito deles ao crime (lembre-se de que o artigo se baseia na questão legal). Não subsiste, no entanto, razão alguma para essa ansiedade. As massas dificilmente reconhecem esse direito; elas até os castiga e os manda enforcar (mais ou menos), e desse modo, cumprem com total justiça sua vocação conservadora. As mesmas massas, porém, na geração seguinte, colocam esses criminosos num pedestal e os veneram (mais ou menos). A primeira categoria representa sempre o homem do presente; a segunda, o homem do futuro. A primeira preserva o mundo e o povoa; a segunda move o mundo e o conduz a seu objetivo. Cada uma tem igual direito de existir. Com efeito, para mim, todos têm os mesmos direitos... e *vive la guerre éternelle* (viva a guerra eterna)!... até a nova Jerusalém, é claro!

— Então, o senhor acredita na nova Jerusalém?

— Acredito — respondeu Raskolnikov, com firmeza; ao dizer essa palavra e durante toda a precedente exposição, conservou os olhos fixos num ponto do tapete.

— E... e acredita em Deus? Desculpe minha curiosidade.

— Acredito — repetiu Raskolnikov, erguendo os olhos para Porfírio.

— E... e acredita na ressurreição de Lázaro?

— Eu... acredito. Por que pergunta tudo isso?

— Acredita, literalmente?

— Literalmente.

— Não está dizendo que... Perguntei só por curiosidade. Peço desculpas. Mas vamos voltar ao assunto anterior. Nem sempre eles são executados. Alguns, pelo contrário...

— Triunfam em vida? Oh, sim, alguns atingem seus objetivos nesta vida, e então...

— Começam por executar outras pessoas?

— Se for necessário. Na verdade, na maioria das vezes é o que fazem. Sua observação foi muito pertinente.

— Muito obrigado. Mas me diga, como distingue esses homens extraordinários dos comuns? Há sinais específicos no nascimento? Parece-me que deveria haver mais exatidão, mais distinção externa. Desculpe minha natural inquietação pelo cidadão obediente à lei, mas não seria possível, por exemplo, que eles adotassem um traje especial, que usassem algum tipo de distintivo? Porque deverá concordar que, se houver confusão, um membro de uma categoria pode imaginar pertencer à outra e começa a "eliminar obstáculos", como diz, numa expressão muito feliz, então...

– Oh, isso acontece com muita frequência! Essa observação é mais pertinente ainda que a outra.

– Obrigado.

– Não há de quê. Mas tenha presente que o erro pode surgir somente na primeira categoria, isto é, entre as pessoas comuns (como as designo, talvez impropriamente). Apesar de sua predisposição à obediência, muitos desses homens, por um capricho da natureza, às vezes presente até numa vaca, gostam de se imaginar seres avançados, "destruidores", e se incluem entre os do "novo movimento", e isso com toda a sinceridade. Entrementes, os homens realmente *novos* não são observados por eles e até os desprezam como reacionários, de tendências retrógradas. Mas não acredito que haja verdadeiro perigo nisso e não há por que se inquietar, pois eles nunca vão longe. Sem dúvida, poderiam ser punidos às vezes por sua presunção e recordá-los do devido lugar que ocupam; mas não mais que isso; na realidade, nem isso é necessário, pois eles se castigam a si próprios, pois não deixam de ter consciência de sua condição: alguns acabam se punindo mutuamente e outros se castigam com as próprias mãos... Eles se impõem diversos atos de penitência pública com belo e edificante efeito. De fato, não deve se preocupar com isso... É uma lei da natureza.

– Bem, certamente me deixou muito mais tranquilo sobre esse ponto, mas há outra coisa que me incomoda. Pode me dizer, por favor, há muitos homens que têm o direito de matar os outros, há muitos desses homens extraordinários? Estou, é claro, disposto a me inclinar diante deles, mas deve admitir que seria alarmante se houvesse muitos deles, não acha?

– Oh, não precisa se preocupar com isso também – continuou Raskolnikov, no mesmo tom. – Homens com ideias novas, homens com a mais tênue capacidade de dizer algo *novo*, são extremamente poucos, de número extraordinariamente pequeno. A única coisa certa é que a ordem de geração dos indivíduos de todas essas categorias e subdivisões deve seguir com infalível regularidade alguma da lei da natureza. Essa lei, claro, nos é desconhecida atualmente, mas estou convencido de que ela existe; e um dia pode se tornar conhecida. A enorme massa da humanidade é meramente material e só existe para, finalmente, por meio de um grande esforço, por meio de um misterioso processo, por meio de algum cruzamento de raças e de espécies, trazer ao mundo um homem dentre mil com uma centelha de independência. Um dentre dez mil talvez... falo por alto, de modo aproximado... nasça com alguma independência e, com maior independência ainda, um dentre cem mil. O homem genial representa um só dentre milhões, e os maiores gênios, a coroa da humanidade, aparecem na terra talvez na proporção de um dentre milhares de milhões. De fato, eu não espiei no tubo de ensaio em que tudo isso se realiza. Mas certamente existe e deve ser uma lei bem definida. Não pode ser obra do acaso.

– Vocês estão brincando? – exclamou Razumihin, por fim. – Aí estão os dois, zombando um do outro. Afinal, você está falando sério, Rodya?

Raskolnikov levantou seu pálido e quase choroso rosto, mas não deu resposta. E aquele manifesto, persistente, nervoso e descortês sarcasmo de Porfírio, além daquele rosto calmo e sombrio, pareciam estranhos a Razumihin.

– Bem, irmão, se você é realmente sério... Claro que tem razão ao dizer que nada disso é novo, que é parecido com o que já lemos e ouvimos milhares de vezes. Mas o que é realmente original em tudo isso e, exclusivamente seu, o que me deixa horrorizado, é que você sanciona o derramamento de sangue *em nome da consciência* e, desculpe-me dizê-lo, com tal fanatismo... Esse, assinalo-o, é o ponto central de seu artigo. Mas essa sanção do derramamento de sangue, *conscientemente*, é, a meu ver... mais terrível do que a sanção oficial e legal de derramar sangue...

– Você tem toda a razão, é mais terrível – concordou Porfírio.

– Sim, você deve ter exagerado! Há algum erro aí, vou lê-lo. Você não pode pensar assim! Vou lê-lo.

– Tudo isso não está no artigo; há somente uma insinuação – disse Raskolnikov.

– Sim, sim – Porfírio não conseguia ficar quieto. – Sua visão do crime me é bastante clara, agora, mas... desculpe minha impertinência (estou realmente envergonhado por aborrecê-lo tanto), veja bem, você removeu minha ansiedade com relação à possibilidade de as duas categorias se confundirem, mas... há várias possibilidades práticas que me deixam inquieto. E se um dia, um jovem imagina que é um Licurgo ou um Maomé.. futuro, naturalmente... e comece a eliminar todos os obstáculos... Ele tem uma tarefa e tanto pela frente e necessita de dinheiro para levá-la adiante... e tenta realizá-la... compreende?

Em seu canto, Zametov subitamente deu uma gargalhada. Raskolnikov nem sequer ergueu os olhos para ele.

– Devo admitir – continuou ele, calmamente – que semelhantes casos devem certamente surgir. Especialmente os vaidosos e os tolos são presa fácil e caem nessa rede; de modo particular, os jovens.

– Sim, sem dúvida. E então?

— E então? — Raskolnikov sorriu, em resposta. — Não é culpa minha. Assim é e assim sempre vai ser. Precisamente agora, ele disse (e apontou para Razumihin) que eu sanciono o derramamento de sangue. A sociedade está muito bem protegida por meio de prisões, deportações, investigadores criminais, colônias penais. Não é preciso se inquietar. Nada mais há que fazer, a não ser apanhar o ladrão.

— E, se o apanharmos, fazer o quê?

— Então ele recebe o que merece.

— Certamente, você segue uma lógica. Mas quanto à consciência dele?

— Por que se preocupa por isso?

— Simplesmente por humanidade.

— Se ele tiver uma consciência, vai sofrer por seu erro. Essa vai ser a punição dele... além da prisão.

— Mas os verdadeiros gênios — perguntou Razumihin, franzindo a testa —, aqueles que têm o direito de matar? Não deverão sofrer nada pelo sangue que derramaram?

— Por que usou a palavra "deverão"? Não é uma questão de permissão ou de proibição. Eles vão sofrer, se sentirem compaixão pela vítima. A dor e o sofrimento são sempre inevitáveis para uma grande inteligência e para um coração sensível. Os homens realmente grandes devem, acredito, sofrer imensa tristeza neste mundo — acrescentou ele, pensativo, num tom diferente do da conversa.

Ergueu os olhos, olhou seriamente para todos, sorriu e apanhou seu boné. Estava tranquilo demais em comparação com seus modos ao entrar, e ele sentia isso. Todos se levantaram.

— Bem, pode me insultar, pode se zangar comigo, se quiser — recomeçou a falar Porfírio Petrovitch —, mas não posso resistir. Permita que lhe faça ainda uma pergunta (sei que o estou perturbando). É uma simples e breve ideia que pretendo lhe expor, só para não esquecê-la.

— Muito bem, pode expor sua pequena ideia — e Raskolnikov ficou aguardando, pálido e sério, diante dele.

— Bem, veja só... Na verdade, não sei como expô-la de modo apropriado... Trata-se de uma ideia jocosa, psicológica... Quando o senhor estava escrevendo seu artigo, com certeza não poderia evitar... he-he!... imaginar-se a si mesmo... ainda que um pouquinho, um desses homens "extraordinários", proferindo uma *nova palavra*, no sentido... Isso mesmo, não é?

— É inteiramente possível — respondeu Raskolnikov, desdenhosamente.

Razumihin fez um movimento.

– Se assim for, o senhor se julgaria no direito, em caso de dificuldades mundiais e injustiças ou para prestar um serviço à humanidade... a eliminar obstáculos?... Por exemplo, de roubar e matar?

E de novo piscou com o olho esquerdo e desatou a rir ruidosamente, exatamente como antes.

– Se eu o fizesse, certamente não haveria de lhe contar – respondeu Raskolnikov com altivo e desafiador desdém.

– Não, eu só estava interessado na exposição de seu artigo, sob o ponto de vista literário...

"Ufa! Como é óbvio e insolente tudo isso!", pensou Raskolnikov, com repulsa.

– Permita-me observar – replicou ele, secamente – que eu não me considero um Maomé ou um Napoleão, nem qualquer personagem desse tipo e, não sendo nenhum deles, não posso lhe dizer como eu haveria de agir.

– Oh, vamos lá, não pensamos todos nós agora, na Rússia, que somos um Napoleão? – disse Porfírio Petrovitch, com alarmante familiaridade.

– Talvez tenha sido algum futuro Napoleão que, na semana passada, matou Aliona Ivanovna? – interveio inesperadamente Zametov, de seu canto.

Raskolnikov ficou calado, mas olhou firme e atentamente para Porfírio. Razumihin carregou de modo sombrio o semblante. Pouco antes, parecia que ele estava notando alguma coisa. Olhou zangado em torno dele. Houve um minuto de melancólico silêncio. Raskolnikov deu as costas para se retirar.

– Já vai embora? – perguntou amigavelmente Porfírio, estendendo-lhe a mão com excessiva polidez. – Muito, muito prazer em conhecê-lo! Quanto a seu pedido, não se preocupe. Escreva da maneira que lhe falei ou, melhor ainda, venha pessoalmente entregar a petição, dentro de um dia ou dois... pode ser amanhã mesmo. Certamente estarei lá às onze horas. Vamos arranjar tudo; vamos conversar. Como um dos últimos que por lá esteve, talvez possa nos dizer alguma coisa – acrescentou ele, com a mais bondosa expressão.

– Quer me interrogar oficialmente, com toda a formalidade? – perguntou Raskolnikov, de forma categórica.

– Oh, por quê? No momento, não é necessário. O senhor me entendeu mal. Eu não perco nenhuma oportunidade, claro, e... já falei com todos os que tinham objetos penhorados... obtive indícios de alguns deles, e o senhor é o último... Sim, a propósito – exclamou ele, aparentemente satisfeito –, agora me lembro, sobre o que eu estava pensando – voltou-se para Razumihin. – Andou me atordoando os ouvidos por causa desse Nikolai... claro, sei, e sei muito bem – disse, voltando-se para Raskolnikov – que o sujeito é inocente, mas o que fazer? Tivemos de perturbar Dmitri também... Esse é o ponto principal, e isso é tudo: quando subia as escadas eram mais de sete horas, não é?

– Sim – respondeu Raskolnikov, com uma desagradável sensação, no mesmo instante em que falou, de que não precisava ter dito isso.

– Quando subiu as escadas, entre sete e oito horas, não viu num alojamento aberto, no segundo andar, lembra-se?, dois operários ou, pelo menos, um deles? Estavam pintando, não os viu? É muito, mas muito importante para eles.

– Pintores? Não, não os vi – respondeu Raskolnikov, lentamente, como se rebuscasse na memória, enquanto, no mesmo instante, ficou de nervos tensos, quase desmaiando de ansiedade, pensando em como descobrir o mais depressa possível onde estava a armadilha, procurando não cair nela. – Não, não os vi e tampouco reparei se havia algum alojamento aberto... Mas no quarto andar (já sabia qual era a armadilha e se sentia triunfante), lembro-me agora de que alguém ia saindo do alojamento do lado oposto ao de Aliona Ivanovna... lembro... lembro-me claramente. Alguns carregadores estavam transportando um sofá e me prensaram contra a parede. Mas pintores... não, não me lembro de ter visto pintor algum e não acho que havia um alojamento aberto em qualquer lugar, não, não havia.

– Mas o que está dizendo? – gritou Razumihin, de repente, como se tivesse refletido e achado a solução. – Ora, foi no dia do assassinato que os pintores estiveram trabalhando e ele tinha estado lá três dias antes! Que perguntas está fazendo?

– Ufa! Fiz confusão! – disse Porfírio, dando um tapa na testa. – Raios me partam! Esse caso está me deixando louco! – acrescentou ele, dirigindo-se a Raskolnikov, com ar de desculpas. – Seria de grande valia para nós descobrir se alguém foi visto entre sete e oito horas no alojamento; por isso pensei que talvez pudesse nos dizer alguma coisa... Andei confundindo tudo.

– Então deveria ser mais cuidadoso – observou Razumihin, mal-humorado.

As últimas palavras foram proferidas já no corredor. Porfírio Petrovitch acompanhou-os até a porta, com extrema polidez.

Saíram para a rua, tristonhos e zangados, e durante alguns passos não disseram uma palavra. Raskolnikov respirou fundo.

CAPÍTULO SEIS

– Não acredito! Não posso acreditar! – repetia Razumihin, tentando, perplexo, refutar os argumentos de Raskolnikov.

Já iam se aproximando dos alojamentos de Bakaleiev, onde Pulquéria Alexandrovna e Dúnia os estavam aguardando havia muito tempo. Razumihin andava parando a todo momento durante o caminho, no calor da discussão, confuso e agitado pelo próprio fato de estarem falando abertamente pela primeira vez sobre *aquilo*.

– Então, não acredite! – replicou Raskolnikov, com um sorriso frio e indiferente. – Como de costume, você não percebia nada, mas eu estava sopesando cada palavra.

– Você é desconfiado. Por isso é que sopesava as palavras deles... Hum!... certamente, concordo que o tom de Porfírio era bastante estranho e, mais ainda, o desse patife de Zametov!... Tem razão, havia algo nele... mas por quê? Por quê?

– Ele mudou de opinião desde ontem à noite.

– Bem pelo contrário! Se eles tivessem essa insípida ideia, fariam de tudo para disfarçar e esconder o jogo para apanhá-lo depois... Mas foi tudo vergonhoso e desatento.

– Se eles tivessem fatos... quero dizer, verdadeiros fatos... ou, pelo menos, razões para suspeitar, nesse caso teriam certamente tentado esconder o jogo, na esperança de conseguir mais (além disso, teriam feito buscas há muito tempo). Mas eles não têm fatos, nem um só. É tudo miragem... tudo ambíguo. Simplesmente uma ideia vaga. Por isso tentam descaradamente me apanhar. Talvez estivesse irritado por não ter fatos e deixou escapar isso por desgosto... ou talvez tenha algum plano... parece um homem inteligente. Talvez queira me amedrontar, fingindo que sabe. Eles têm uma psicologia toda deles, irmão! Mas é repugnante explicar tudo isso! Basta!

– E é ofensivo, ofensivo! Eu o entendo. Mas... já que estamos falando com toda a franqueza agora (e é ótimo que tenhamos chegado a isso, finalmente... fico contente), digo-lhe abertamente, agora, que faz tempo que notei neles essa ideia. Claro, a mínima suposição... uma insinuação... mas por que até mesmo uma insinuação? Como é que se atrevem? Que fundamento para tanto eles têm? Se você soubesse como fiquei furioso. Pense um pouco! Simplesmente porque um pobre estudante, atordoado pela miséria e pela hipocondria, às vésperas de uma grave doença acompanhada de delírios (repare nisso), desconfiado, vaidoso, orgulhoso, depois de ficar seis meses sem ver ninguém para conversar, vestido de trapos e com botas sem sola, comparece diante de uns policiais velhacos e tem de aturar a insolência deles; e ainda a inesperada dívida que lhe atiram debaixo do nariz, a confissão de dívida apresentada por Tchebarov, tudo isso junto com o cheiro de pintura fresca, numa temperatura de 30 graus, numa atmosfera viciada, com muita gente, a conversa sobre o assassinato de uma pessoa no local onde estivera pouco antes, e tudo isso de estômago vazio... claro que poderia muito bem desmaiar! E é só nisso que eles se baseiam! Que o diabo os carregue! Entendo como isso é aborrecedor, mas em seu lugar, Rodya, eu haveria de rir deles, ou melhor ainda, haveria de cuspir nesses feiosos rostos e haveria de cuspir doze vezes em todas as direções. Eu distribuiria pancadas por todos os lados e assim poria um fim em tudo isso. Malditos! Não fique abatido! É uma vergonha!

"Realmente, colocou as coisas no devido lugar", pensou Raskolnikov.

– Malditos? Mas e o novo interrogatório de amanhã?! – exclamou ele, com amargura. – Será que devo realmente dar explicações a eles? Já me sinto aborrecido por ter condescendido em falar com Zametov ontem, no restaurante...

– Maldito! Vou eu mesmo procurar Porfírio! Vou me achegar como alguém da família e ele deverá me contar os prós e os contras de tudo! E quanto a Zametov...

"Finalmente, começa a perceber quem é esse sujeito!", pensou Raskolnikov.

– Pare! – exclamou Razumihin, segurando-o pelo braço. – Pare! Você estava errado. Pensei no assunto. Você está errado! Como podia ser uma armadilha? Você disse que a pergunta a respeito dos trabalhadores era uma armadilha. Mas se você tivesse feito *aquilo*, teria dito que tinha visto que estavam pintando o alojamento... e os próprios pintores? Pelo contrário, não teria visto nada, ainda que os tivesse visto. Quem é que produz provas contra si mesmo?

– Se eu tivesse feito *aquela coisa*, certamente teria dito que tinha visto os trabalhadores no alojamento – respondeu Raskolnikov, com relutância e evidente desgosto.

– Mas por que falar contra si mesmo?

– Porque somente camponeses ou os novatos mais inexperientes negam redondamente tudo nos interrogatórios. Em compensação, qualquer homem pouco instruído e sem experiência vai tentar certamente admitir todos os fatos externos, que não podem ser negados, mas vai atribui-los a outras causas, vai introduzir algo especial, um viés inesperado, que vai lhes conferir outro significado e visualizá-los sob outra luz. Porfírio poderia muito bem pensar que eu haveria de lhe responder dessa maneira e dizer que os tinha visto, para dar um aspecto de verdade ao fato, e depois acrescentar uma eventual explicação.

– Mas ele lhe teria dito imediatamente que os trabalhadores não poderiam ter estado ali dois dias antes e que, portanto, você deveria ter estado ali no dia do assassinato, às oito horas. E assim o teria apanhado num pequeno detalhe.

– Sim, era com isso que ele estava contando, ou seja, que eu não teria tempo para pensar e que me apressaria a responder da maneira mais verossímil e assim me esqueceria de que os operários não podiam ter estado ali dois dias antes.

– Mas como você poderia se esquecer disso?

– Nada mais fácil. É justamente nessas coisas insignificantes que as pessoas mais espertas são mais facilmente apanhadas. Quanto mais astuto é o sujeito, tanto menos suspeita que possa ser apanhado numa coisa simples. Quanto mais astuto é o sujeito, tanto mais simples deve ser a armadilha para apanhá-lo. Porfírio não é nem de longe o tolo que você acha...

– Se for assim, ele é um velhaco!

Raskolnikov não pôde deixar de rir. Mas nesse exato momento, ficou impressionado com a singularidade de sua própria franqueza e a avidez com que tinha exposto essa explicação, embora tivesse mantido toda a conversa precedente com sombria repulsa, obviamente por um motivo, por necessidade.

"Estou tomando gosto por certos aspectos", pensou ele.

Mas quase nesse mesmo instante, sentiu-se subitamente inquieto, como se uma inesperada e alarmante ideia lhe tivesse ocorrido. Sua inquietação aumentava cada vez mais. Acabavam de chegar na entrada da casa Bakaleiev.

– Entre sozinho – disse repentinamente Raskolnikov. – Vou segui-lo logo mais.

– Para onde vai? Ora, já estamos aqui!

– Não posso evitá-lo... Vou chegar dentro de meia hora. Diga-lhes isso.

– Diga o que quiser, mas eu vou com você.

– Você também quer me torturar! – gritou ele, com tal amarga irritação, com tal desespero no olhar que Razumihin abaixou os braços. Ficou ainda algum tempo nos degraus, olhando tristemente para Raskolnikov, que se afastava rapidamente em direção de seu alojamento. Por fim, rangendo os dentes e cerrando os punhos, jurou que, nesse dia, haveria de espremer Porfírio como um limão e subiu as escadas para tranquilizar Pulquéria Alexandrovna que, nessa hora, já estava alarmada com a longa ausência deles.

Quando Raskolnikov chegou em casa, estava banhado de suor e respirava com dificuldade. Subiu rapidamente as escadas, entrou no quarto, que estava aberto, e logo passou o trinco. Depois, aterrorizado, correu até o canto, para aquele buraco por baixo do papel da parede, onde havia guardado os objetos, enfiou a mão e, durante alguns minutos, remexeu cuidadosamente no buraco, em todas as fendas e dobras do papel. Não encontrando nada, levantou-se e respirou fundo. Quando estava chegando nos degraus de entrada da casa de Bakaleiev, subitamente imaginou que alguma coisa, uma corrente, um botão ou até um pedaço de papel, em que os objetos estavam embrulhados, com a letra da velha nele, poderia ter caído e ficado no fundo de uma fresta, e depois poderia aparecer repentinamente como prova inesperada e conclusiva contra ele.

Ficou como que perdido em pensamentos e um sorriso estranho, humilde e meio sem sentido aflorou em seus lábios. Tomou o boné e, finalmente, foi se dirigindo calmamente para a rua. Suas ideias se confundiam. Cismando, passou pelo portão.

– Aqui está o próprio! – gritou uma voz bem forte.

Ele ergueu a cabeça.

O porteiro estava de pé à porta de seu pequeno alojamento e apontava para um sujeito baixo, que parecia um artesão, vestindo um longo casacão com um colete e que, a distância, parecia tratar-se incrivelmente de uma mulher. Ele se inclinou e a cabeça, coberta por um gorro engordurado, pendia para frente. Seu rosto flácido e enrugado revelava que deveria ter mais de 50 anos; os pequenos olhos encovados refletiam um brilho apagado, severo e descontente.

– Que há? – perguntou Raskolnikov, dirigindo-se ao porteiro.

O homem o fitou por baixo de suas sobrancelhas e o encarou atenta e deliberadamente; depois se voltou vagarosamente e saiu pelo portão, alcançando a rua, sem dizer uma palavra.

– Mas o que está acontecendo? – exclamou Raskolnikov.

– Ora, esse sujeito estava perguntando se um estudante residia aqui, mencionou seu nome e perguntou também com quem você morava. Vi o senhor chegando e o apontei a ele, mas o homem foi embora. É engraçado!

O porteiro também parecia intrigado, mas não muito; e, depois de ter ficado olhando por uns momentos, voltou-se e entrou em seu alojamento.

Raskolnikov correu atrás do estranho e logo o viu mais adiante, caminhando pelo outro lado da rua, com o mesmo passo lento e cadenciado, de olhos fixos no chão, como se estivesse meditando. Não tardou a alcançá-lo, mas por algum tempo caminhou atrás dele. Finalmente, emparelhando-se com ele, olhou-o de soslaio no rosto. O homem o percebeu imediatamente, lançou-lhe um rápido olhar, mas baixou novamente os olhos. Desse modo, andaram por um minuto, lado a lado, sem proferir palavra.

– O senhor estava perguntando por mim... ao porteiro? – disse Raskolnikov, finalmente, mas em voz curiosamente calma.

O homem não deu resposta, nem sequer olhou para ele. Continuaram outra vez em silêncio.

– Por que o senhor... veio e perguntou por mim... e agora não diz nada... Que significa isso? – A voz de Raskolnikov era sumida e parecia que ele não conseguia articular as palavras com clareza.

Dessa vez o homem ergueu os olhos e fitou Raskolnikov com um olhar sombrio e sinistro.

– Assassino! – disse ele, repentinamente, numa voz calma, mas clara e distinta.

Raskolnikov continuou caminhando ao lado dele. Subitamente, as pernas fraquejaram, um frio tremor correu pela espinha e o coração parecia estar parado por um momento, mas então, de repente, começou a pulsar forte, como se tivesse sido libertado. Caminharam assim por uns cem passos, lado a lado, em silêncio.

O homem não olhava para ele.

– O que quer dizer... o que é... Quem é assassino? – murmurou Raskolnikov, com uma voz quase imperceptível.

– *Você* é um assassino – respondeu o homem, de modo ainda mais articulado e enfático, com um sorriso de ódio triunfante, e voltou a olhar diretamente para o pálido rosto de Raskolnikov e para seus olhos apagados.

Mal tinham chegado à esquina, o homem virou à esquerda, sem olhar para trás. Raskolnikov ficou parado, seguindo-o com o olhar. A uns 50 passos, viu-o virar-se e olhar para ele, que permanecia imóvel no mesmo lugar. Raskolnikov não conseguia ver claramente, mas imaginou que ainda estivesse sorrindo com o mesmo sorriso de ódio frio e de triunfo.

Com passos lentos e inseguros, joelhos trêmulos, Raskolnikov voltou para seu diminuto cubículo. Tirou o boné e o pôs sobre a mesa; e por dez minutos permaneceu de pé, sem se mover. Depois, exausto, atirou-se no sofá e, com um fraco gemido de dor, estirou-se nele. Ficou assim deitado por meia hora.

Não pensava em nada. Flutuavam em sua mente alguns pensamentos ou fragmentos de pensamentos, algumas imagens sem ordem nem coerência... rostos de pessoas que tinha visto na infância ou que uma vez havia encontrado em qualquer lugar e que nunca mais havia recordado, a torre da igreja de V., a mesa de bilhar de um restaurante e alguns camaradas jogando bilhar, o cheiro de tabaco de alguma loja, o salão de uma taberna, uma escada dos fundos bastante escura, toda encharcada de lodo e coberta de cascas de ovos, enquanto ao longe badalavam os sinos do domingo... As imagens se seguiam, revoando como num redemoinho. Algumas delas eram belas e ele tentava agarrar-se nelas, mas sumiam e então sentia uma opressão por dentro, mas que não o dominava completamente e que, às vezes, era até agradável... O leve arrepio ainda persistia, mas esse também quase lhe parecia uma sensação agradável.

Ouviu os apressados passos de Razumihin, fechou os olhos e fingiu que estava dormindo. Razumihin abriu a porta e permaneceu algum tempo na soleira, hesitante. Depois entrou no quarto devagarinho e se aproximou cautelosamente do sofá. Raskolnikov ouviu Nastásia cochichando:

– Não o perturbe! Deixe-o dormir. Poderá comer mais tarde.

– Está bem – respondeu Razumihin.

Os dois saíram com muito cuidado e fecharam a porta. Passou-se outra meia hora. Raskolnikov abriu os olhos, virou de costas, enfiando as mãos atrás da cabeça.

"Quem é ele? Quem é esse homem que surgiu do chão? Onde estava, o que viu? Viu tudo, com toda a certeza. Onde ele estava então? E de onde é que viu? Por que só agora é que surgiu de debaixo da terra? E como pôde ver? É possível? Hum!...", continuou Raskolnikov, ficando frio e tremendo. "E o estojo que Nikolai encontrou atrás da porta... seria possível? Uma pista? Basta esquecer a mínima insignificância e com ela se pode construir uma pirâmide de provas! Uma mosca passou voando e viu! É possível?" Sentiu com repentina aversão como estava fraco, como se havia tornado fisicamente fraco. "Eu devia saber", pensou com um sorriso amargo. "E como me atrevi, conhecendo-me a mim mesmo, sabendo como poderia ficar, a tomar uma machadinha e derramar o sangue? Eu devia saber disso de antemão... Ah, mas eu o sabia!", sussurrou em desespero. Por um momento, ficou imóvel ante uma ideia.

"Não, esses homens não são feitos desse jeito. O verdadeiro *dominador*, a quem tudo é permitido, bombardeia Toulon, massacra Paris, *esquece* um exército no Egito, *aniquila* meio milhão de soldados no ataque a Moscou e livra-se de dificuldades com uma galhofa em Vilna. E estátuas lhe são erigidas depois de sua morte e, assim, *tudo* é permitido. Não, esses homens, ao que parece, não são de carne, mas de bronze!"

Uma repentina e irrelevante ideia quase o fez rir. Napoleão, as pirâmides, Waterloo, e uma ignóbil e macilenta velha, uma usurária com um baú vermelho debaixo da cama... é uma bela mixórdia para Porfírio Petrovitch digerir! Como poderiam eles digerir isso? Fica aquém de qualquer gosto estético! "Um Napoleão enfiando-se debaixo da cama de uma velha! Uh, que repugnante!"

Havia momentos em que sentia que estava delirando. Caiu num estado de agitação febril. "A velha mulher não faz sentido nenhum", pensou ele, acalorada e incoerentemente. "A velha é um erro talvez, mas não é o que importa! A velha não passava de uma doença... Eu estava com pressa para ultrapassar... Não matei um ser humano, mas um princípio! Matei o princípio, mas não o ultrapassei, parei desse lado... Eu só me sentia capaz de matar; e parece que eu era até mesmo incapaz disso... Princípio? Por que é que esse tolo de Razumihin estava insultando os socialistas? São pessoas laboriosas, são comerciantes; visam à 'felicidade de todos'. Não, a vida me é dada só uma vez e nunca vou ter outra; não quero esperar pela 'felicidade de todos'. Quero viver, ou então é melhor não viver de jeito nenhum. Eu simplesmente não poderia passar por minha mãe morrendo de fome e guardar meu rublo no bolso, à espera da 'felicidade de todos'. Estou colocando meu pequeno tijolo na construção da felicidade de todos e assim meu coração vai ficar em paz. Ha-ha-ha! Por que me deixaram passar despercebido? Eu vivo só uma vez, eu também quero... Oi, eu sou um piolho estético e nada mais", acrescentou ele, subitamente, rindo como um louco. "Sim, certamente sou um piolho", continuou ele, agarrando-se à ideia, alegrando-se e brincando com ela com vingativo prazer. "Em primeiro lugar, porque posso pensar que sou alguém e, em segundo lugar, porque durante um mês inteiro andei incomodando a benevolente Providência, tomando-a por testemunha de que não era para minha própria concupiscência carnal que me empenhava nisso, mas para um grandioso e nobre objetivo... ha-ha-ha! Em terceiro lugar, porque eu me propunha executá-lo com a maior justiça possível, pesando, medindo e calculando. De todos os piolhos, escolhi o mais inútil e me propus lhe tirar somente o de que precisava para o primeiro passo, nem mais nem menos (o resto poderia ir para um mosteiro, segundo sua vontade, ha-ha-ha!). E o que demonstra que sou realmente um piolho", acrescentou, rangendo os dentes, "é que sou talvez mais vil e mais repugnante do que um piolho que matei, e *senti de antemão* que eu poderia dizer isso de mim mesmo *depois* de matá-lo. Pode haver alguma coisa que se compare com o horror disso? Que vulgaridade! Que baixeza! Compreendo o 'profeta' com seu sabre, a cavalo: Alá comanda e a 'trêmula' criação deve obedecer! O 'profeta' está certo, está certo quando manda um batalhão pelas estradas e ataca os inocentes e os culpados sem se dignar em dar explicações! Cabe a você, trêmula criação, obedecer e *não ter desejos*, pois isso não é para você!... Nunca, nunca vou perdoar a velha mulher!"

Seus cabelos estavam encharcados de suor, seus lábios trêmulos estavam ressequidos e seus olhos estavam fixos no teto.

"Mãe, irmã... como as amei! Por que as odeio agora? Sim, eu as odeio, sinto um ódio físico por elas, não posso suportá-las perto de mim... Eu me aproximei de minha mãe e a beijei, lembro-me... Abraçá-la e pensar que se ela soubesse... haveria de lhe dizer isso? É exatamente o que poderia fazer... *Ela* deve ser como eu", acrescentou, esforçando-se para pensar, como se estivesse lutando contra o delírio. "Ah, como odeio a velha agora! Sinto que a mataria de novo, se ressuscitasse! Pobre Lizaveta! Por que entrou naquele momento?... É estranho, por que penso tão pouco nela, como se não a tivesse matado? Lizaveta! Sônia! Pobres coisinhas afáveis, de olhos doces... Mulheres queridas! Por que não choram? Por que não gemem? Desistem de tudo... seus olhos são meigos e amáveis... Sônia, Sônia! Afável Sônia!"

Perdeu os sentidos. Pareceu-lhe estranho não se lembrar como é que havia chegado à rua. Já era tarde avançada. O crepúsculo já ia adiantado e a lua cheia brilhava cada vez mais radiante; mas pairava um ar abafado em todo o ambiente. Havia muitas pessoas na rua, operários e comerciantes voltavam para suas casas; outras pessoas tinham saído para uma caminhada; havia um cheiro de argamassa, poeira e água estagnada. Raskolnikov ia caminhando, taciturno e ansioso; lembrava-se muito bem de ter saído de casa com um propósito, de ter algo a fazer com urgência, mas o que seria, havia esquecido. De repente parou e viu um homem parado no outro lado da rua, acenando para ele. Atravessou a rua em direção a ele, mas logo o homem se virou e se afastou, de cabeça baixa, como se não tivesse acenado para ele. "Será que ele realmente acenou?", perguntou-se Raskolnikov; assim mesmo, tentou alcançá-lo. Quando chegou a dez passos dele, reconheceu-o e ficou assustado. Era o mesmo homem de ombros caídos e vestindo o longo casacão. Raskolnikov seguiu-o a distância, com o coração batendo acelerado. Dobraram uma esquina. O homem não olhava em volta. "Será que sabe que o estou seguindo?", pensou Raskolnikov. O homem atravessou o portão de uma grande casa. Raskolnikov se apressou para chegar ao portão e ficou olhando para ver se o homem haveria de se virar e acenar para ele. No pátio, o homem realmente se voltou e parecia que acenava para ele. Raskolnikov seguiu-o logo para dentro do pátio, mas o homem já tinha ido embora. Devia ter subido a primeira escadaria. Raskolnikov apressou o passo atrás dele. Ouviu lentos e cadenciados passos, dois lances acima. A escadaria parecia estranhamente familiar. Alcançou a janela do primeiro andar; a lua brilhava através das vidraças com uma luz melancólica e misteriosa. Chegou então ao segundo andar. Oh! Esse é o alojamento em que os pintores estavam trabalhando... mas como é que não o reconheceu imediatamente? Os passos do homem acima sumiram. "Ele deve ter parado ou se escondido em algum lugar." Chegou ao terceiro andar; deveria entrar? Reinava um silêncio aterrorizante... Mas ele continuou andando. O ruído de seus próprios passos o assustava e o sobressaltava. Como era escuro! O homem deve estar escondido em algum canto por aqui. Ah! a porta do alojamento estava escancarada. Hesitou um pouco e entrou. O corredor estava muito escuro e deserto, como se tudo tivesse sido retirado; avançou na ponta dos pés até a sala, que estava inundada de luz do luar. Tudo ali estava como antes, as cadeiras, o espelho, o sofá amarelo e os quadros em suas molduras. Uma lua enorme, redonda, de um vermelho de cobre, espreitava pelas janelas. "É a lua que torna tudo tão silencioso, tecendo algum mistério", pensou Raskolnikov. Parou e esperou, esperou por longo tempo; e quanto mais silenciosa era a luz do luar, tanto mais violentamente batia o coração dele, até o ponto de sentir dor. E sempre o mesmo silêncio. De repente ouviu um pequeno ruído seco, como o estalido de uma lasca e tudo voltou ao silêncio outra vez. Uma mosca voou subitamente e bateu contra a vidraça com um choroso zumbido. Nesse momento, num canto, entre a janela e o guarda-louça, notou algo parecido com uma capa, pendurada na parede. "Por que essa capa está aqui?", pensou. "Não estava aqui antes..." Aproximou-se devagar e percebeu que havia alguém escondido atrás dela. Cautelosamente, afastou a capa e viu, sentada numa cadeira no canto, a velha mulher dobrada sobre si mesma, de modo que ele não podia ver-lhe o rosto; mas era ela. Ficou parado diante dela. "Ela está com medo", pensou. Furtivamente, tirou a machadinha do laço corredio e desferiu-lhe um golpe, depois outro, no crânio. Mas, coisa estranha, ela não se moveu, como se fosse feita de madeira. Ele se assustou, inclinou-se, chegando mais perto, e tentou olhar para ela; mas ela também abaixou mais a cabeça. Então ele se agachou até o chão e, de baixo, espiou o rosto dela; espiou e ficou gelado de horror. A velha estava sentada rindo, contorcendo-se com ruidosas risadas e fazendo o máximo esforço para que ele não a ouvisse. De repente imaginou que a porta do quarto estava entreaberta e que risadas e cochichos vinham lá de dentro. Tomado de furor, começou a bater na cabeça da velha com toda a força; mas a cada golpe da machadinha, mais e mais altos se se tornavam as risadas e os sussurros no quarto e a velha se contorcia simplesmente de alegria. Decidiu ir embora, mas o corredor estava repleto de gente; as portas dos alojamentos estavam abertas e, nos patamares e nas escadas e em toda parte, havia gente, fileiras de cabeças, todas olhando, mas todas apinhadas em silêncio e em expectativa. Sentiu um aperto no coração, as pernas estavam coladas no local, não conseguiam se mover... Ele tentou gritar e acordou.

Respirou fundo... mas o sonho parecia estranhamente persistir. A porta do quarto estava totalmente aberta e um homem, que nunca havia visto, estava de pé na soleira, olhando para ele atentamente. Raskolnikov mal havia aberto os olhos e instantaneamente os fechou de novo. Estava deitado de costas, sem se mexer.

"Estou sonhando ainda?", perguntou-se e abriu, de maneira quase imperceptível, as pestanas. O estranho continuava no mesmo lugar e ainda o fitava.

Avançou então cautelosamente para dentro do quarto, fechou com muito cuidado a porta atrás de si, aproximou-se da mesa, parou um momento, ainda com os olhos fixos em Raskolnikov, e sem rumor algum se sentou na cadeira ao lado do sofá; pôs o chapéu no chão, ao lado dele, e apoiou as mãos na bengala e o queixo sobre as mãos. Era evidente que estava preparado para esperar indefinidamente. Tanto quanto Raskolnikov podia perceber por seus furtivos olhares, esse homem já não era tão jovem, mas era forte, de cabelo cheio, barba esbranquiçada.

Passaram-se dez minutos. Estava claro ainda, mas começando a escurecer. Reinava um silêncio absoluto no quarto. Nenhum som vinha das escadas. Apenas uma enorme mosca zumbia e batia contra a vidraça. Enfim, era insuportável. De repente, Raskolnikov se levantou e ficou sentado no sofá.

– Vamos, diga-me o que quer.

– Eu sabia que não estava dormindo, mas só fingia – replicou, de modo esquisito, o estranho, rindo tranquilamente. – Permita que me apresente a mim mesmo: Arkadi Ivanovitch Svidrigailov...

QUARTA PARTE

CAPÍTULO UM

"Será que é um sonho ainda?", pensou mais uma vez Raskolnikov.

Olhava com cuidado e desconfiado para o visitante inesperado.

– Svidrigailov? Que absurdo! Não pode ser! – exclamou ele, finalmente, em voz alta e perplexo.

O visitante não parecia nada surpreso diante dessa exclamação.

– Vim vê-lo por dois motivos. Em primeiro lugar, desejava conhecê-lo pessoalmente, pois já ouvi falar muito a seu respeito, envolvendo coisas interessantes e curiosas. Em segundo lugar, acalento a esperança de que não vai recusar a me auxiliar numa questão diretamente relacionada com sua irmã, Avdótia Romanovna. Sem seu apoio, ela não vai deixar que me aproxime dela agora, por puro preconceito contra mim, mas com seu auxílio, calculo que...

– Calculou mal – interrompeu-o Raskolnikov.

– Elas só chegaram ontem, posso perguntar?

Raskolnikov não deu resposta.

– Foi ontem, eu sei. Eu mesmo só cheguei um dia antes. Bem, deixe-me lhe dizer, Rodion Romanovitch; que não julgo necessário me justificar, mas peço que, com sua bondade, me diga o que houve de particularmente criminoso de minha parte em todo esse caso, falando sem preconceito e com todo o bom senso?

Raskolnikov continuou a olhá-lo em silêncio.

– Eu persegui, em minha própria casa, uma menina indefesa e "a ofendi com as mais infames propostas..." não é isso que contam? (Eu mesmo o antecipo.) Mas o senhor deve somente considerar que eu também sou homem, *et nihil humanum* (e nada humano)... numa palavra, que sou capaz de ser atraído e de me apaixonar (o que não depende de nossa vontade), de modo que tudo pode ser explicado da maneira mais natural. A pergunta é: sou um monstro ou sou uma vítima? E o que sou, se for uma vítima? Ao propor ao objeto de minha paixão que fugisse comigo para a América ou para a Suíça, é possível que tivesse acalentado o mais profundo respeito por ela e que pensasse, ao agir dessa forma, estar fazendo a felicidade de nós dois! A razão é escrava da paixão, bem sabe; ora, com toda a probabilidade, eu estava me prejudicando mais a mim mesmo do que a qualquer outra pessoa.

– Mas não é esse o ponto – interrompeu-o Raskolnikov, com desgosto. – É simplesmente porque, tenha razão ou não, nós não gostamos do senhor. Não queremos ter nada a ver ou a fazer com o senhor. Nós lhe mostramos a porta. Vá embora!

Svidrigaílov desatou numa súbita risada.

– Mas o senhor... mas não há como agradá-lo – disse ele, rindo da forma mais franca possível. – Eu esperava poder agradá-lo, mas o senhor me cortou a chance de uma vez! Mas o senhor ainda está tentando me envolver com seus agrados!

– O que está dizendo? O que está dizendo? – exclamou Svidrigailov, rindo às gargalhadas. – Isso é o que os franceses chamam de *bonne guerre* (boa guerra), a mais inocente forma de lograr alguém!... Mas desde que me interrompeu, de um modo ou de outro, repito uma vez mais: nunca teria havido qualquer mal-entendido, se não fosse o que aconteceu no jardim. Marfa Petrovna...

– O senhor se livrou de Marfa Petrovna também, segundo dizem? – interveio rudemente Raskolnikov.

– Oh, então ouviu isso também? Certamente deveria, embora... Mas quanto à sua pergunta, realmente não sei como responder, embora tenha minha consciência tranquila nesse caso. Não pense que eu esteja apreensivo com relação a isso. Tudo era regular e em perfeita ordem. A investigação médico-legal diagnosticou apoplexia em consequência de um banho imediatamente depois de abundante jantar e de uma garrafa de vinho; e, na verdade, nada mais pôde ser provado. Mas vou lhe dizer o que andei pensando ultimamente, sobretudo durante minha viagem de trem: eu não contribuí para toda essa... calamidade, moralmente e de algum jeito, por irritação ou algo desse tipo. Mas cheguei à conclusão de que isso também estava inteiramente fora de questão.

Raskolnikov riu.

– Admira-me que se preocupe com isso!

– Mas está rindo de quê? Veja bem, eu a atingi somente duas vezes com um chicote... não ficaram nem marcas... não me considere um cínico, por favor. Sei muito bem como isso foi atroz de minha parte, mas também sei, com certeza, que Marfa Petrovna estava muito contente com esse meu, por assim dizer, ardor. A história de sua irmã foi distorcida de todas as maneiras, obrigando Marfa Petrovna a ficar em casa, pois não tinha como voltar a apresentar-se na cidade. Além disso, ela tinha aborrecido a todos com aquela carta (dever ter ouvido falar da leitura dessa carta). E, de repente, aquelas duas chicotadas caíram do céu. A primeira coisa que ela fez foi mandar atrelar a carruagem... Para não falar do fato de que há casos em que as mulheres gostam muito de ser insultadas, apesar de todo o show de indignação da parte delas. Há exemplos disso com todos; na verdade, o ser humano em geral gosta muito de apanhar, não reparou nisso? Mas isso acontece especialmente com as mulheres. Até se poderia dizer que é o único divertimento delas.

Em certo momento, Raskolnikov pensou em levantar-se, sair dali e assim terminar com a conversa. Mas um pouco de curiosidade e até certa prudência o detiveram por mais algum tempo.

– Gosta de brigar? – perguntou ele, indiferente.

– Não, não muito – respondeu Svidrigailov, tranquilamente. – Marfa Petrovna e eu raramente chegamos a brigar. Vivíamos harmoniosamente e ela estava sempre satisfeita comigo. Em sete anos de casados, só usei o chicote, para bater nela, duas vezes (sem contar uma terceira ocasião, de feição bastante ambígua). A primeira vez foi depois de dois meses de nosso casamento, imediatamente após chegarmos a essa região, e a última foi aquela de que estamos falando. O senhor acredita que eu era um monstro, um reacionário, um adepto da escravidão? Ha-ha-ha! A propósito, lembra, Rodion Romanovitch, como há poucos anos, naqueles dias de bendita liberdade de imprensa, um nobre (esqueci o nome dele) foi difamado em todos os jornais por ter espancado uma alemã no trem? Não se lembra? Foi naqueles dias, naquele mesmo ano, acredito, que teve lugar o "horrível incidente do *século*" ("As Noites Egípcias", bem sabe, fato conhecido de todos, não se lembra? Olhos negros! Ah! a época áurea de nossa juventude, lembra?). Bem, quanto ao cavalheiro que espancou a alemã, não tenho a menor simpatia por ele, porque, depois de tudo, que necessidade há de simpatia? Mas devo reconhecer que às vezes há "alemãs" tão provocantes, que julgo que não há progressista que pudesse responder totalmente por si mesmo. Nem todos consideram o assunto sob esse ponto de vista, mas é o verdadeiro ponto de vista humano, eu lhe garanto.

Depois de dizer isso, Svidrigailov desatou numa súbita risada novamente.

Raskolnikov compreendeu claramente que esse era um homem com um firme propósito em mente e capaz de levá-lo a efeito.

– Creio que faz alguns dias que o senhor não fala com ninguém, não é? – perguntou ele.

– Quase com ninguém. Julgo que deve estar admirado por eu ser homem que se adapta tão bem a novas situações, não é isso?

– Não, só me admiro por sua demasiada adaptação.

– Isso é porque não me ofendi pela rudeza de suas perguntas? É por isso? Mas para que se ofender? Assim que perguntava, eu respondia – replicou ele, com uma surpreendente expressão de simplicidade. – Bem sabe que dificilmente me interesso por alguma coisa – continuou ele, como se estivesse sonhando – especialmente agora, que nada tenho a fazer... O senhor está em seu direito de pensar que estou tentando convencê-lo por alguma razão, particularmente porque lhe disse que quero ver sua irmã para tratar de um assunto. Mas confesso francamente, estou muito aborrecido. De modo particular, nesses últimos três dias; por isso fiquei contente em vê-lo... Não se zangue, Rodion Romanovitch, mas o senhor parece estar terrivelmente estranho. Diga o que quiser, mas há algo de errado com o senhor, e agora também... não exatamente nesse momento, quero dizer, mas de maneira geral, agora... Bem, bem, não continuarei, não continuarei, não precisa franzir a testa. Eu não sou nenhum urso, como pode crer.

Raskolnikov olhou para ele de modo sombrio.

– Pode ser que o senhor não seja realmente um urso – disse ele. – Na verdade, imagino que o senhor é um homem de boa educação ou, pelo menos, sabe como, nas devidas circunstâncias, comportar-se como tal.

– Não estou particularmente interessado na opinião dos outros – respondeu Svidrigailov, secamente e até com uma sombra de altivez. – E, portanto, por que não ser vulgar, por vezes, quando a vulgaridade é um manto tão conveniente para nosso clima... e especialmente se a gente tem certa propensão para isso? – acrescentou ele, rindo novamente.

– Mas fiquei sabendo que o senhor tem muitos amigos por aqui. O senhor não é, como dizem, "um homem sem boas relações". O que quer comigo então, se não tem algum objetivo específico?

– É verdade que tenho amigos por aqui – admitiu Svidrigailov, sem responder ao ponto principal. – Já encontrei alguns deles. Estive perambulando nesses últimos três dias e eu os vi ou eles me viram. Esse é um fato. Ando bem vestido e não sou considerado como um homem pobre; a emancipação dos servos não me afetou; minha propriedade consiste sobretudo de florestas e prados encharcados, que não me dão renda, mas... Não vou visitá-los, há muito tempo andava cansado deles. Já estou aqui há três dias e não visitei ninguém... Que cidade é essa! Diga-me, como é que ela chegou a esse ponto? Uma cidade repleta de empregados e de estudantes de todos os tipos. Sim, não tinha notado nada disso quando estive aqui há oito anos, esperando impacientemente... Minha única esperança agora reside na anatomia, por Júpiter!

– Na anatomia?

– Mas, de fato, para esses clubes, restaurantes, ostentação ou progresso, pode até ser... bem, tudo isso pode continuar sem mim – continuou ele, de novo sem dar importância à pergunta. – Além disso, quem quer ser um trapaceiro no jogo!

– Por que, então o senhor foi um trapaceiro no jogo?

– Como poderia deixar de sê-lo? Havia um grupo regular entre nós, homens da mais refinada sociedade, oito anos atrás; foi uma época esplendorosa. E todos homens de boa educação, poetas, pessoas de qualidade. Na verdade, como regra geral em nossa sociedade russa, os modos mais refinados se encontram entre aqueles que levaram pancada, já reparou nisso? Foi nas áreas interioranas que me rebaixei ao nível do povo em geral. Mas nessa época eu teria ido para a prisão por uma dívida, que eu tinha com um grego vindo de Nezhin. Então apareceu Marfa Petrovna, que negociou com esse credor e quitou minha dívida por 30 mil rublos de prata (eu devia 70 mil). Nós nos unimos em legítimo matrimônio e ela me levou imediatamente para o interior do país como um tesouro. Sabe que ela tinha cinco anos mais do que eu e gostava muito de mim. Durante sete anos nunca saí do interior. E note bem que, durante toda a minha vida, ela guardou o documento do resgate da dívida de 30 mil rublos contra mim, de modo que, se eu quisesse sacudir o jugo por qualquer motivo, ela logo me apanharia em sua armadilha. E o teria feito! As mulheres não veem nada de anormal nisso!

– Mas se não fosse por esse documento, o senhor teria escapado dela?

– Não sei o que dizer. Não era tanto o documento que me retinha. Eu não tinha vontade de ir para lugar algum. A própria Marfa Petrovna, vendo que eu estava aborrecido, me convidou para viajar ao exterior, mas eu já tinha percorrido outros países e sempre ficava extremamente desapontado. Por nenhuma razão especial, mas depois de ver o nascer do sol, a baía de Nápolles, o mar... a gente olha para eles e dá uma tristeza!... E o mais revoltante é que se fica realmente triste! Não, é muito melhor ficar em casa. Aqui, pelo menos, a gente culpa os outros e se desculpa a si mesmo. Eu poderia ter ido para uma expedição ao

Polo Norte, porque *j'ai le vin mauvais* (tenho vinho ruim) e detesto beber, e nada mais me resta senão vinho. Eu o provei. Mas, a propósito, me disseram que Berg vai subir, domingo próximo, num grande balão, no jardim Yusupov, e vai levar passageiros, mediante pagamento, É verdade?

– Por que, o senhor iria embarcar nele?

– Eu... oh, não... – murmurou Svidrigailov, como se estivesse realmente em profunda meditação.

"Mas o que está querendo dizer esse sujeito? Estará falando sério?", perguntou-se Raskolnikov.

– Não, o documento não me reteve – continuou Svidrigailov, pensativo. – Eu estava decidido a não deixar o interior e, cerca de um ano atrás, Marfa Petrovna, por ocasião de meu aniversário, me entregou o documento e me deu de presente, além disso, uma considerável soma em dinheiro. Sabe que ela era dona de uma fortuna. "Pode ver como confio em você, Arkadi Ivanovitch"... essa foi exatamente o que ela me disse. Não acredita que dissesse isso? Mas fique sabendo que administrei de modo decente a propriedade; todos, na vizinhança, me conheciam. Encomendei também alguns livros. De início, Marfa Petrovna aprovou, mas depois passou a recear que eu me envolvesse demais com estudos.

– Parece que o senhor sente muita falta de Marfa Petrovna.

– Sentir falta? Talvez. Realmente, talvez sinta. A propósito, o senhor acredita em fantasmas?

– Que fantasmas?

– Ora, fantasmas comuns.

– O senhor acredita neles?

– Talvez não, *pour vous plaire* (para lhe agradar)... Não diria exatamente não.

– Então o senhor os vê?

Svidrigailov ficou olhando para ele de modo bastante esquisito.

– Marfa Petrovna tem prazer em me visitar – disse ele, retorcendo a boca num sorriso estranho.

– O que está querendo dizer com "ela tem prazer em visitá-lo"?

– Ela apareceu três vezes. Eu a vi pela primeira vez no próprio dia do funeral, uma hora depois de ter sido sepultada. Foi na véspera de minha vinda para cá. A segunda vez foi anteontem, ao amanhecer, na parada da estação de Malaia Víshera, e a terceira vez ocorreu há duas horas, no quarto onde resido. Eu estava sozinho.

– Estava acordado?

– Bem acordado. Estava acordado nas três vezes. Ela chega, fala comigo por uns momentos e sai pela porta... sempre pela porta. Parece até que a sinto.

– O que me fez pensar que algo desse tipo deveria estar acontecendo com o senhor? – disse Raskolnikov, de repente.

No mesmo momento ficou surpreso por ter dito isso. Estava muito agitado.

– O quê! O senhor pensava isso? – perguntou Svidrigailov, espantado. – Realmente? Não lhe disse que havia algo de comum entre nós?

– O senhor nunca disse isso! – exclamou Raskolnikov, categoricamente e com veemência.

– Não disse?

– Não.

– Achava que sim. Quando entrei e o vi deitado com os olhos fechados, fingindo dormir, eu logo disse para mim mesmo: "Eis o homem!"

– Que quer dizer com "eis o homem"? Do que está falando? – exclamou Raskolnikov.

– O que quero dizer? Realmente, não sei... – respondeu Svidrigailov espontaneamente, como se ele também estivesse intrigado.

Ficaram em silêncio durante um minuto. Um fitando o outro.

– Tudo isso é bobagem! – gritou Raskolnikov, irritado. – E o que ela diz quando lhe aparece?

– Ela! Nem poderia acreditar, pois ela fala das mais tolas ninharias e... é uma criatura estranha... que me deixa zangado. Na primeira vez, ela entrou (eu estava cansado: o serviço funerário, a cerimônia do sepultamento, o almoço depois; finalmente, consegui ficar sozinho em meu escritório, acendi um charuto e comecei a pensar), ela entrou pela porta: "Você esteve tão ocupado hoje, Arkadi Ivanovitch, que se esqueceu de dar corda ao relógio da sala de jantar", disse ela. Durante todos esses sete anos, eu dava corda a esse relógio uma vez por semana e, se me esquecesse, ela me recordava. No dia seguinte, saí um pouco para caminhar. Desci na estação ao clarear do dia; eu estava cansado da noite mal dormida, com os olhos semiabertos e estava tomando um café. Ergui o olhar e ali estava Marfa Petrovna sentada a meu lado, com um baralho de cartas nas mãos. "Posso tirar a sorte para sua viagem, Arkadi Ivanovitch?" Ela era mestra em tirar a sorte. Nunca vou me perdoar por não ter pedido que o fizesse. Fugi dali assustado e, além disso, o sino tocou para a partida. Hoje, estava sentado, sentindo-me desconfortável depois de um péssimo almoço num restaurante qualquer; estava sentado fumando e, de repente, me aparece Marfa Petrovna de novo. Entrou muito elegante, trajando um vestido novo de seda verde com uma longa cauda: "Bom dia, Arkadi Ivanovitch! Que tal meu vestido? Aniska não consegue fazê-lo igual" (Aniska era uma costureira do interior, uma de nossas antigas criadas que havia aprendido o ofício em Moscou, uma bela moça). Ela ficou se virando diante de mim. Olhei para o vestido e depois a olhei atentamente, bem atentamente, no rosto. "Surpreende-me que se incomode em vir ter comigo por causa dessas ninharias, Marfa Petrovna!" "Deus do céu, você não quer ser perturbado com nada!" Para importuná-la, eu lhe disse: "Marfa Petrovna, quero me casar." "É bem coisa sua, Arkadi Ivanovitch; não fica bem para você procurar uma noiva quando mal acabou de sepultar sua esposa. E se pudesse ainda fazer uma boa escolha, pelo menos, mas sei que não seria para sua felicidade nem para a dela; você haveria de se tornar motivo de piada para todo o mundo." Depois ela saiu e parecia que a cauda de seu vestido farfalhava. Não é uma bobagem?

– Mas não está talvez mentindo? – insinuou Raskolnikov.

– Raramente minto – respondeu Svidrigailov, pensativo e aparentemente sem notar a rudeza da pergunta.

– E no passado, nunca viu fantasmas?

– Sim, vi, mas somente uma vez em minha vida, há seis anos. Eu tinha um criado chamado Filka; logo depois do enterro dele, totalmente distraído gritei: "Filka, cachimbo!" Ele entrou e foi até o guarda-louça, onde eu guardava meus cachimbos. Eu continuei sentado e pensei: "Está fazendo isso por vingança", porque um pouco antes de sua morte tivemos uma briga séria. "Como é que se atreve", disse-lhe eu, "a entrar aqui com a roupa rasgada nos cotovelos? Fora daqui, seu velhaco!" Virou-se e saiu, e nunca mais voltou. Eu não disse nada a Marfa Petrovna, na época. Queria mandar celebrar um serviço de culto pela alma dele, mas fiquei com vergonha.

– Deveria consultar um médico.

– Sei que não estou bem, sem que o senhor me dissesse, embora não saiba o que está acontecendo de errado. Creio que tenho cinco vezes mais saúde que o senhor. Não lhe perguntei se acreditava que os fantasmas podem ser vistos, mas se o senhor acredita que realmente existem.

– Não, não acredito! – exclamou Raskolnikov, até com raiva.

– O que as pessoas dizem, de modo geral? – murmurou Svidrigailov, como se falasse para si mesmo, olhando de soslaio e baixando a cabeça. – Dizem: "Está doente; assim, o que lhe aparece não passa de pura fantasia." Mas isso não é estritamente lógico. Concordo que os fantasmas só aparecem aos doentes; mas isso prova somente que são incapazes de aparecer a não ser aos doentes, não que não existam.

– Nada disso! – insistiu Raskolnikov, irritado.

– Não? Acha que não? – continuou Svidrigailov, olhando para ele, deliberadamente. – Mas o que diz a respeito desse argumento (ajude-me, por favor): os fantasmas são, por assim dizer, pedaços ou fragmentos de outros mundos, o começo deles. É claro que um homem sadio não tem motivo para vê-los, porque ele é, acima de tudo, um homem dessa terra e deve viver, em vista da harmonia e da ordem, somente essa vida terrena. Mas logo que ele adoece, logo que a ordem terrena normal se altera no organismo, começa imediatamente a perceber a possibilidade da existência de outro mundo; e quanto mais doente ele estiver, tanto mais em contato se encontra com esse outro mundo, de maneira que, tão logo venha a morrer, caminha diretamente para esse outro mundo. Há muito tempo que ando meditando nisso. Se o senhor acredita numa vida futura, pode acreditar também nisso também.

– Não acredito numa vida futura – disse Raskolnikov.

Svidrigailov ficou sentado, perdido em pensamentos.

– E o que haveria de acontecer, se nela só houvesse aranhas ou alguma coisa desse gênero – disse ele, subitamente.

"É louco", pensou Raskolnikov.

– Sempre imaginamos a eternidade como algo impossível de compreender, alguma coisa extremamente vasta! Mas por que a eternidade haveria de ser interminável? Em vez disso, se fosse uma pequena sala, como um banheiro do interior, escuro e encardido, repleto de aranhas em todos os cantos, se a isso se resumisse a eternidade? Assim é que a imagino, muitas vezes.

– Não poderia imaginar nada de mais justo e consolador do que isso? – exclamou Raskolnikov, com um sentimento de angústia.

– Mais justo? Como podemos dizer, talvez isso seja justo; e fique sabendo que seria certamente o que eu teria feito – respondeu Svidrigailov, com um sorriso vago.

Essa horrorosa resposta provocou um calafrio em Raskolnikov. Svidrigailov ergueu a cabeça, olhou para ele e, de repente, começou a rir.

– Pense somente – exclamou ele –, há meia hora, nunca nos tínhamos visto, nos considerávamos como inimigos; há uma assunto sem solução entre nós; foi deixado de lado e enveredamos por uma discussão abstrata! Eu não tinha razão ao dizer que éramos farinha do mesmo saco?

– Permita-me, por favor – continuou Raskolnikov, irritado – pedir-lhe para explicar a que devo a honra de sua visita... e... estou com pressa, não tenho tempo a perder. Tenho de sair.

– Muito bem, muito bem. Sua irmã, Avdótia Romanovna, vai se casar com o senhor Luzhin, Piotr Petrovitch?

– Não poderia evitar perguntas a respeito de minha irmã e eximir-se até de pronunciar o nome dela? Não posso entender como é que se atreve a mencionar o nome dela em minha presença, se é que o senhor é, de verdade, Svidrigailov.

– Ora, se vim aqui para falar dela, como poderei deixar de mencioná-la?

– Muito bem, fale, mas seja breve.

– Tenho certeza de que já deve ter formado sua própria opinião a respeito desse senhor Luzhin, que é meu parente por parte de minha mulher, contanto que o tenha visto pelo menos por meia hora ou tenha obtido informações sobre ele. Ele não é a pessoa adequada para se casar com Avdótia Romanovna. Acredito que Avdótia Romanovna está se sacrificando generosa e imprudentemente por causa... por causa da família. Imaginei, depois de tudo o que fiquei sabendo a seu respeito, que o senhor ficaria muito contente, se esse casamento não se realizasse, sem prejuízo das aparências. Agora que o conheço pessoalmente, estou convencido disso.

– Tudo isso é muito ingênuo... desculpe-me, poderia dizer que é algo insolente de sua parte – disse Raskolnikov.

– Pretende dizer que estou procurando meus próprios interesses. Não se preocupe, Rodion Romanovitch; se eu estivesse me envolvendo para defender meus próprios interesses, não teria falado tão abertamente. Não sou nenhum tolo. Vou lhe confessar algo psicologicamente curioso a respeito disso. Há pouco, justificando meu amor por Avdótia Romanovna, disse que eu próprio era a vítima. Bem, digo-lhe agora que não sinto mais amor por ela, nem o mínimo que fosse, a tal ponto que até a mim mesmo, na verdade, parece estranho, pois eu sentia realmente algo...

– Por causa da ociosidade e da depravação – interveio Raskolnikov.

– Não há dúvida de que sou um ocioso e depravado, mas sua irmã tem tais qualidades, que não pude deixar de ficar impressionado com elas. Mas tudo isso é bobagem como eu próprio vejo agora.

– Já faz muito tempo que percebeu isso?

— Já o havia notado antes, mas fiquei realmente convencido disso anteontem, quase no momento de minha chegada a Petersburgo... Quando estava em Moscou, ainda imaginava que viria para tentar pedir a mão de Avdótia Romanovna e eliminar do páreo o senhor Lújin.

— Desculpe interrompê-lo; tenha a bondade de ser breve e ir direto ao objetivo de sua visita. Estou com pressa, tenho de sair...

— Com o maior prazer. Ao chegar aqui e, como estava decidido a realizar certa... viagem, deveria tomar algumas resoluções prévias e necessárias. Deixei meus filhos com uma tia; estão muito bem cuidados e não precisam de mim pessoalmente, embora saiba ser um bom pai também! Fiquei apenas com o que Marfa Petrovna me deu, há um ano. É o suficiente para mim. Desculpe, já vou entrar no assunto. Antes da viagem, que é possível que não faça, quero resolver o caso do senhor Lújin também. Não é que o odeie tanto assim, mas foi por culpa dele que acabei brigando com Marfa Petrovna, ao saber que tinha sido ela a arranjar esse casamento. Agora gostaria de ver Avdótia Romanovna, através de sua intermediação e, se assim o quiser, em sua presença, para explicar a ela que, em primeiro lugar, nunca haverá de obter nada do senhor Lújin, a não ser prejuízos. Depois, pedindo-lhe perdão pelas contrariedades passadas, dar-lhe um presente de dez mil rublos e suavizar dessa maneira a ruptura com o senhor Lújin, ruptura que ela própria, acredito, provocaria, se pudesse ver o meio de fazê-lo.

— Certamente que o senhor é louco — exclamou Raskólnikov, não tanto zangando quanto surpreso. — Como ousa falar desse modo?

— Já sabia que haveria de gritar comigo, mas em primeiro lugar, embora eu não seja rico, disponho com toda a liberdade desses dez mil rublos; não me fazem falta alguma. Se Avdótia Romanovna não os aceitar, talvez eu os gaste de uma maneira mais tola. Essa é a primeira coisa. A segunda, tenho a consciência totalmente tranquila; faço a oferta sem qualquer outro interesse. Pode não acreditar, mas, no final, Avdótia e o senhor vão saber. O ponto é que eu realmente causei algum incômodo e desgosto à sua irmã, a quem devoto o maior respeito; desse modo, lamentando sinceramente, desejo... não compensar, não lhe pagar esse dissabor, mas simplesmente fazer algo em proveito dela, mostrar que não tenho, acima de tudo, o privilégio de nada fazer a não ser causar dano. Se houvesse um milionésimo de interesse em minha oferta, não a teria feito de forma tão transparente; e não lhe teria oferecido somente dez mil, quando, cinco semanas atrás, lhe ofereci muito mais. Além disso, talvez eu posso, muito em breve, me casar com uma jovem dama, e só isso deve derrubar toda suspeita de meu interesse em me unir a Avdótia Romanovna. Para concluir, vou lhe dizer que, ao se casar com o senhor Lújin, Avdótia Romanovna vai receber dinheiro da mesma forma, só que de outro homem. Não se zangue, Rodion Romanovitch; pense nisso com frieza e calma.

O próprio senhor Svidrigailov estava extremamente frio e calmo, ao dizer isso.

– Peço-lhe que não diga mais nada – interveio Raskólnikov. – Afinal de contas, isso é de uma impertinência imperdoável.

– Nada disso. Então alguém não poderia fazer nada nesse mundo, a não ser prejudicar o próximo, e se ver privado de fazer o menor bem só por causa das meras formalidades convencionais? Isso é absurdo. Se eu morrer, por exemplo, e deixar à sua irmã essa quantia em meu testamento, tem certeza de que ela se negaria a aceitá-la?

– Com toda a probabilidade, ela se negaria.

– Oh, não! De qualquer modo, se os recusar, que assim seja, embora dez mil rublos não sejam para desprezar. Em todo caso, peço-lhe que transmita o que acabo de dizer a Avdótia Romanovna.

– Não, não vou fazer isso.

– Nesse caso, Rodion Romanovitch, me sinto obrigado a tentar vê-la pessoalmente e aborrecê-la, ao ter de fazer isso.

– E se eu lhe transmitir o que me disse, o senhor desistiria da tentativa de vê-la?

– Realmente, não sei o que dizer. Gostaria muito de vê-la uma vez mais.

– Não espere por isso.

– Lamento. Mas o senhor não me conhece. Talvez possamos nos tornar verdadeiros amigos.

– O senhor acha que possamos nos tornar amigos?

– E por que não? – disse Svidrigailov, sorrindo; levantou-se e tomou o chapéu. – Não pretendia perturbá-lo e vim aqui sem contar com isso... embora seu rosto me tenha causado uma forte impressão essa manhã.

– Onde é que o senhor me viu essa manhã? – perguntou Raskólnikov, inquieto.

– Eu o vi por acaso... Continuo pensando que o senhor tem qualquer coisa de parecido comigo... Mas não se preocupe. Não costumo ser intruso. Convivi sem maiores problemas com trapaceiros no jogo e nunca incomodei o príncipe Svirbey, grande personagem e parente meu distante; dei-me ao trabalho de escrever algumas linhas sobre a *Madonna* de Rafael no álbum da senhora Prilukov e nunca pensei em deixar, durante sete anos, a companhia de Marfa Petrovna;

antigamente costumava ficar à noite na casa de Viazemski no Mercado do Feno e talvez embarque num balão com Berg.

– Oh, muito bem. Vai começar logo suas viagens, se me permite perguntar?

– Que viagens?

– Ora, naquela "viagem" de que o senhor mesmo falou.

– Uma viagem? Oh, sim. Realmente falei de uma viagem. Bem, esse é um assunto em aberto... se ao menos soubesse o que está perguntando! – acrescentou ele, e deu uma súbita, alta e breve risada. – Talvez eu me case, em vez de viajar. Andaram me arranjando um casamento.

– Aqui?

– Sim.

– Como arranjou tempo para isso?

– Mas estou ansioso por ver Avdótia Romanovna uma vez. Suplico-lhe isso com toda a seriedade. Bem, até logo, por ora! Ah, sim! Eu me esqueci de uma coisa. Diga à sua irmã, Rodion Romanovitch, que Marfa Petrovna se lembrou dela no testamento e lhe deixou três mil rublos. Isso é absolutamente certo. Marfa Petrovna fez o testamento uma semana antes de morrer e foi lavrado em minha presença. Daqui a duas ou três semanas, Avdótia Romanovna pode receber o dinheiro.

– O senhor está falando sério?

– Sim, diga-lhe isso. Bem, despeço-me, seu criado. Moro bem perto do senhor.

Ao sair, Svidrigailov esbarrou com Razumihin na soleira da porta.

CAPÍTULO DOIS

Eram quase oito horas. Os dois jovens caminham depressa para a casa de Bakaleiev, para chegar antes de Luzhin.

— Bem, quem era esse sujeito? — perguntou Razumihin, logo que se encontraram na rua.

— Era Svidrigailov, aquele proprietário de terras, em cuja casa minha irmã foi insultada quando era a governanta dele. Por causa dos assédios dele é que ela teve de sair da casa, expulsa pela mulher desse homem, Marfa Petrovna. Esta, porém, pediu perdão a Dúnia, mais tarde, e Marfa morreu subitamente, há pouco tempo. Foi sobre ela que estivemos conversando esta manhã. Não sei por que sinto medo desse homem, Veio para cá imediatamente depois do sepultamento da mulher. É um homem muito estranho e está determinado a fazer alguma coisa... Devemos defender Dúnia desse homem... era isso que queria lhe dizer, está ouvindo?

— Defendê-la! Mas o que ele pode fazer contra Avdótia Romanovna? Obrigado, Rodya, por me falar dessa maneira... Vamos defendê-la, vamos defendê-la! Onde é que ele mora?

— Não sei.

— Por que não lhe perguntou? Que pena! Mas vou descobrir.

— Você o viu? — perguntou Raskolnikov, depois de uma pausa.

— Sim, reparei nele; observei-o bem.

— Você o viu realmente? Viu-o claramente? — insistiu Raskolnikov.

— Sim, recordo-o perfeitamente. Poderia reconhecê-lo entre mil; sou bom fisionomista.

Ficaram novamente em silêncio.

— Hum!... está tudo bem — murmurou Raskolnikov. — Sabe, imaginei... continuo achando que pode ter sido uma alucinação.

— Que anda dizendo? Não o entendo.

— Bem, todos vocês dizem — continuou Raskolnikov, retorcendo a boca num sorriso — que sou louco. Justamente agora, pensei que talvez eu seja realmente louco e só tenha visto um fantasma.

— O que quer dizer com isso?

— Ora, quem pode saber? Talvez eu seja realmente louco e talvez tudo o que aconteceu nesses dias pode ser unicamente obra da imaginação.

— Ah, Rodya! Você está completamente transtornado de novo... Mas o que ele disse e para que ele veio?

Raskolnikov não respondeu. Razumihin ficou pensando por um momento.

— Agora, escute o que vou lhe contar — começou ele. — Estive em sua casa e você estava dormindo. Depois almoçamos e então fui até a casa de Porfírio. Zametov estava ainda com ele. Tentei começar, mas foi inútil. Não conseguia falar de maneira clara. Parecia que não entendiam e não podiam entender, mas não ficaram nem um pouco aborrecidos. Levei Porfírio para a janela e comecei a lhe falar, mas também foi inútil. Ele olhava para um lado e eu para outro. Finalmente lhe desferi um soco no rosto e lhe disse que, como primo, lhe haveria de fazer saltar os miolos. Ficou me olhando, eu o amaldiçoei e vim embora. Isso foi tudo. Uma estupidez. Não dirigiu uma palavra sequer a Zametov. Mas, veja bem, pensava que eu pusera tudo a perder. Ao descer a escada, porém, me ocorreu uma brilhante ideia: por que iríamos nos meter nisso? Se você corresse algum perigo ou qualquer coisa similar, seria diferente; mas por que se preocupar com eles? O que devemos é rir à custa deles depois; se fosse você, eu os iludiria de todos os jeitos. Como haveriam de ficar envergonhados mais tarde! Que o diabo os carregue! Podemos acabar com eles depois, mas por ora vamos zombar deles!

— Certamente — respondeu Raskolnikov. "Mas o que vai dizer amanhã?", pensou ele. Coisa estranha, até esse momento nunca lhe tinha ocorrido de se perguntar o que Razumihin haveria de achar quando soubesse disso. Depois de pensar isso, Raskolnikov olhou para ele. O relato de Razumihin sobre a visita que acabara de fazer a Porfírio pouco lhe interessava, pois tantas coisas haviam acontecido e continuavam acontecendo agora.

No corredor, esbarraram com Luzhin. Tinha chegado pontualmente às oito e estava procurando o número, de modo que os três entraram juntos, sem se cumprimentar ou olhar um para o outro. Os dois jovens entraram logo, enquanto Piotr Petrovitch, por questão de boas maneiras, demorou-se um pouco no corredor, tirando o casaco. Pulquéria Alexandrovna logo se adiantou para cumprimentá-lo na soleira da porta. Dúnia estava cumprimentando o irmão. Piotr Petrovitch entrou e muito cordialmente, embora com redobrada dignidade, inclinou-se para as senhoras. Olhava, no entanto, como se estivesse um pouco confuso e não se tivesse tranquilizado. Pulquéria Alexandrovna, que também parecia um pouco embaraçada, apressou-se em fazer com que todos se sentassem em torno da mesa redonda, onde fervia um samovar. Dúnia e Luzhin estavam sentados um frente ao outro, em lados opostos da mesa. Razumihin e Raskolnikov ficaram de frente com Pulquéria Alexandrovna. Razumihin estava perto de Luzhin e Raskolnikov, ao lado da irmã.

Seguiu-se um silêncio momentâneo. De forma deliberada, Piotr Petrovitch puxou do lenço de cambraia, que exalou um aroma intenso, e assoou o nariz com ar de homem benevolente, embora se sentisse menosprezado e estivesse firmemente resolvido a pedir explicações. No corredor, tinha-lhe ocorrido a ideia de não tirar o casaco e ir embora, dando assim às duas mulheres uma nítida e enfática lição e levando-as a perceber a gravidade da situação. Mas não foi capaz de se decidir a fazer isso. Além do mais, não podia tolerar incertezas e queria uma explicação. Se seu pedido tinha sido desobedecido tão abertamente, havia algo por trás disso e, em tal caso, era melhor esclarecer tudo antecipadamente. Cabia a ele puni-las e sempre haveria tempo para isso.

– Espero que tenham feito uma boa viagem – disse ele, dirigindo-se cerimoniosamente a Pulquéria Alexandrovna.

– Oh, muito boa, Piotr Petrovitch.

– Fico contente em ouvi-lo. E Avdótia Romanovna não está cansada demais?

– Sou jovem e forte, não me canso; mas foi muito cansativa para a mãe – respondeu Dúnia.

– É inevitável! Nossas ferrovias nacionais são terrivelmente longas... "A mãe Rússia", como dizem, é um país muito vasto... Apesar de todo o meu desejo, não tive tempo para vir visitá-las ontem. Mas espero que tudo tenha passado sem contratempos.

– Oh, não, Piotr Petrovitch, foi tudo horrivelmente desalentador – apressou-se a afirmar Pulquéria Alexandrovna, com peculiar entonação – e, se Deus, como acredito, não nos tivesse enviado Dmitri Prokofitch, teríamos ficado completamente perdidas. Aqui está ele! Dmitri Prokofitch Razumihin – acrescentou ela, apresentando-o a Luzhin.

– Já tive o prazer... ontem – murmurou Piotr Petrovitch, com um hostil olhar de soslaio para Razumihin; depois franziu a testa e ficou calado.

Piotr Petrovitch pertencia a essa classe de homens superficialmente muito polidos em sociedade, que fazem questão cerrada dessas formalidades, mas que, ao enfrentarem diretamente algum problema mais sério, ficam completamente desconcertados e mais parecem sacos de farinha do que cavalheiros elegantes e desenvoltos da sociedade. Novamente, tudo ficou em silêncio. Raskolnikov estava obstinadamente mudo, Avdótia Romanovna não queria iniciar a conversa muito cedo. Razumihin não tinha nada a dizer; assim, Pulquéria Alexandrovna passou a ficar aflita, de novo.

– Marfa Petrovna morreu, já sabia? – começou ela, recorrendo a seu principal ponto de conversa.

– Certamente, já sabia. Fui informado de imediato e vim para deixá-la a par de que Arkadi Ivanovitch Svidrigailov partiu apressadamente para Petersburgo logo após o funeral da esposa. Foi, pelo menos, o que vim a saber de fonte confiável.

– Para Petersburgo? Para cá? – perguntou Dúnia, alarmada, olhando para a mãe.

– Sim, verdade, e sem dúvida por algum motivo sério, tendo em vista a rapidez da partida dele e as circunstâncias que a precederam.

– Meu Deus! Será que não vai deixar Dúnia em paz nem aqui? – exclamou Pulquéria Alexandrovna.

– Creio que nem a senhora nem Avdótia Romanovna têm motivos para ficar preocupadas, a menos que, obviamente, as senhoras estejam ansiosas para entrar em contato com ele. De minha parte, ando precavido e estou tentando descobrir onde está hospedado.

– Oh, Piotr Petrovitch, não pode acreditar que susto me deu – continuou Pulquéria Alexandrovna. – Eu só vi esse homem duas vezes, mas o achei horrível, horrível! Estou convencida de que ele foi a causa da morte de Marfa Petrovna.

– É impossível ter certeza nessa questão. Tenho informações precisas. Não discuto se ele pode ter contribuído para acelerar o curso dos acontecimentos pela influência moral, por assim dizer, da afronta; mas, no tocante à conduta geral e moral desse personagem, estou de acordo com a senhora. Não sei se atualmente é rico e o que lhe deixou precisamente Marfa Petrovna; serei informado disso dentro em breve; mas uma vez aqui em Petersburgo, não há dúvida de que, se dispuser de dinheiro, tornará imediatamente a seus antigos modos de vida. É o mais depravado e abjeto dessa classe de homens. Tenho fortes razões para acreditar que Marfa Petrovna, que teve a infelicidade de se apaixonar por ele e de lhe pagar as dívidas, oito anos atrás, lhe foi muito útil também de outra forma. Graças unicamente aos esforços e sacrifícios dela, foi arquivado um processo criminal, envolvendo um homicídio cruel e brutal, pelo qual ele poderia ter sido condenado a cumprir a sentença na Sibéria. Esse é o tipo de homem que ele é, se pretendiam conhecê-lo.

– Deus do céu! – exclamou Pulquéria Alexandrovna. Raskolnikov escutava, atentamente.

– Está falando a verdade quando diz que tem provas reais disso? – perguntou Dúnia, séria e com ênfase.

– Eu só repito o que me contou em segredo Marfa Petrovna. Devo observar que, do ponto de vista legal, o caso era muito obscuro. Havia, e creio que ainda haja, uma mulher vivendo aqui, chamada Resslich, estrangeira, que emprestava pequenas somas de dinheiro a juros e prestava também outros serviços. E com essa mulher, Svidrigailov manteve por longo tempo relações íntimas e misteriosas. Morava com ela uma parenta, uma sobrinha, acho, menina surda-muda de uns 15 anos, talvez não mais de 14. Resslich odiava essa menina, dando-lhe com má vontade até a crosta de pão e batendo nela sem dó. Um dia encontraram a menina enforcada no sótão. Depois da investigação, o veredito apontava para suicídio. Depois das diligências usuais, o assunto foi encerrado; mais tarde, porém, foi recebida uma denúncia, segundo a qual a menina tinha sido... cruelmente agredida por Svidrigailov. É verdade que isso não foi totalmente esclarecido, porque a denúncia vinha de outra alemã, mulher de má fama, cujas palavras não mereciam crédito; nenhum processo foi realmente instaurado na polícia, graças aos esforços e ao dinheiro de Marfa Petrovna; e tudo ficou reduzido a um boato. Ainda assim, a história é bastante significativa. Sem dúvida, deve ter ouvido, Avdótia Romanovna, quando estava na casa deles, a história do criado Philip, que morreu em consequência de maus-tratos, seis anos atrás, antes da abolição da servidão.

– Pelo contrário, ouvi dizer que esse Philip se enforcou.

– Isso mesmo, mas o que o levou, melhor, o que o impeliu ao suicídio foi a sistemática perseguição e severidade do senhor Svidrigailov.

– Não estou sabendo disso – retrucou Dúnia, secamente. – Só ouvi uma estranha história de que Philip era um hipocondríaco, uma espécie de filósofo doméstico; os criados costumavam dizer que ele lia demais e que se enforcou mais por causa das zombarias do que das pancadas do senhor Svidrigailov. Durante o tempo em que estive lá, ele tratava bem os servos e estes gostavam muito dele, embora, com certeza, o culpassem pela morte de Philip.

– Percebo, Avdótia Romanovna, que parece disposta a defendê-lo – observou Luzhin, retorcendo os lábios num sorriso ambíguo. – Não resta dúvida de que ele é um homem astuto e insinuante com relação às mulheres, de que Marfa Petrovna, que morreu de maneira tão estranha, é um terrível exemplo. Meu único desejo tem sido o de prestar-lhes um serviço, à senhora e a sua mãe, com meu conselho, em vista dos renovados esforços que ele fará para voltar a suas antigas práticas. De minha parte, estou firmemente convencido de que ele vai acabar preso novamente. Marfa Petrovna nunca teve a menor intenção de lhe deixar algo de substancial como rendimentos, por causa dos filhos; e se lhe deixou alguma coisa, pode ter sido o mínimo suficiente, algo insignificante e efêmero, que não poderia durar um ano para um homem dos hábitos dele.

– Piotr Petrovitch, peço-lhe – disse Dúnia – que não diga mais nada a respeito do senhor Svidrigailov. Isso me deixa arrasada.

– Ele acabou de me fazer uma visita – disse Raskolnikov, rompendo o silêncio pela primeira vez.

Exclamações surgiram de todos os lados e todos se voltaram para ele. Até Piotr Petrovitch ficou alvoroçado.

– Há uma hora e meia, entrou em meu quarto quando eu estava dormindo, me acordou e se apresentou – continuou Raskolnikov. – Estava bastante alegre e despreocupado e alimentava a esperança de nos tornarmos amigos. A propósito, Dúnia, ele está particularmente ansioso para se encontrar com você e me pediu para servir de intermediário para esse fim. Tem uma proposta a lhe fazer, segundo me disse. Além disso, afirmou que, uma semana antes da morte, Marfa Petrovna, em seu testamento, deixou três mil rublos para você, Dúnia, e que poderá receber esse dinheiro muito em breve.

– Graças a Deus! – exclamou Pulquéria Alexandrovna, persignando-se. – Ore pela alma dela, Dúnia!

– Isso é um fato! – interveio Luzhin.

– Conte, que mais? – Dúnia instigou Raskolnikov.

– Depois me disse que não é um homem rico e que deixou todos os bens aos filhos, que por ora estão com uma tia. E ainda, que está residindo num local não muito distante de onde moro, mas onde, não sei, não perguntei...

— Mas o que é que ele quer propor a Dúnia? – perguntou Pulquéria Alexandrovna, assustada. Ele lhe disse?

— Sim.

— O que é?

— Mais tarde vou lhe contar.

Raskolnikov parou de falar e dirigiu sua atenção ao chá. Piotr Petrovitch olhou para o relógio.

— Sou obrigado a atender a um compromisso de negócios e por isso não posso mais ficar em sua companhia – acrescentou ele, com ar de certo ressentimento e fez menção de se levantar.

— Não vá, Piotr Petrovitch – disse Dúnia. – O senhor pretendia passar a tarde conosco. Além disso, o senhor mesmo escreveu que desejava ter uma explicação da parte de minha mãe.

— Precisamente, Avdótia Romanovna – respondeu Piotr Petrovitch com ênfase, sentando-se novamente, mas sem largar o chapéu. – Certamente, desejava ter uma explicação da senhora e de sua honrada mãe sobre um ponto verdadeiramente muito importante. Mas como seu irmão não pode falar abertamente, em minha presença, a respeito de propostas do senhor Svidrigailov, também eu não desejo nem posso falar abertamente... na presença de outros... de certos assuntos da maior gravidade. Além do mais, meu pedido mais insistente e categórico foi desconsiderado...

Assumindo um ar desconsolado, Luzhin recaiu num solene silêncio.

— Seu pedido para que meu irmão não estivesse presente em nosso encontro foi desrespeitado unicamente por exigência minha – disse Dúnia. – O senhor escreveu que tinha sido insultado por meu irmão; acho que isso deve ser esclarecido de uma vez e os dois podem se reconciliar. Se Rodya de fato o ofendeu, então *pode* e *deve* pedir desculpas.

Piotr Petrovitch assumiu um ar mais sério ainda.

— Há ofensas, Avdótia Romanovna, que, por maior que seja nossa boa vontade, não é possível esquecer. Há um limite em tudo e é perigoso ultrapassá-lo; uma vez transposto, porém, não há mais retorno.

— Não era disso que eu estava falando exatamente, Piotr Petrovitch – interrompeu-o Dúnia, com certa impaciência. – Por favor, tente compreender que todo o nosso futuro depende agora de esclarecer isso e de colocar as coisas no devido lugar, imediatamente. Digo-lhe francamente desde já que não posso ver isso sob qualquer outro prisma e, se o senhor tiver o mínimo de respeito por mim, toda essa história deve terminar hoje, por mais que isso lhe custe. Repito que, se meu irmão é culpado, ele vai lhe pedir perdão.

– Surpreende-me que ponha a questão nesses termos – disse Luzhin, ficando cada vez mais irritado. – Estimando-a e, por assim dizer, adorando-a, posso muito bem, ao mesmo tempo, não sentir o menor apreço por algum membro de sua família. Embora continue aspirando à felicidade de ter sua mão, não posso aceitar obrigações incompatíveis com...

– Ah, deixe de ser tão melindroso assim, Piotr Petrovitch – interrompeu-o Dúnia, com franqueza – e seja o homem sensato e generoso como sempre o considerei e como desejo continuar a considerá-lo. Eu lhe fiz uma grande promessa, sou sua noiva. Confie em mim nesse assunto e acredite que vou saber julgar imparcialmente. Ao assumir o papel de juiz deve ser uma surpresa tanto para meu irmão como para o senhor. Quando, depois de ler sua carta, insisti para que ele viesse a nosso encontro de hoje, nada disse a ele sobre o que eu pretendia fazer. Tente compreender que, se não se reconciliarem, então deverei escolher entre os dois... pode ser o senhor ou ele. Assim é que a questão está posta de seu lado e do dele. Não quero errar em minha escolha, nem devo. Por sua causa, tenho de cortar relações com meu irmão; por causa de meu irmão, tenho de romper com o senhor. Posso descobrir agora, com certeza, se ele é um irmão para mim e quero sabê-lo; e quanto ao senhor, se realmente me ama, me estima e se pode ser um marido para mim.

– Avdótia Romanovna – replicou Luzhin, ressentido –, suas palavras são de suma importância para mim; e digo mais, são até ofensivas, em vista da posição que tenho a honra de ocupar em relação à senhora. Para não dizer nada de sua estranha e ofensiva ideia de me colocar no mesmo nível de um rapaz impertinente, a senhora admite a possibilidade de romper a promessa que me fez. De fato, disse "ou o senhor ou ele", mostrando com isso a pouca importância que tenho a seus olhos... Não posso tolerar isso, considerando as relações e... as obrigações existentes entre nós.

– O quê? – exclamou Dúnia, corando. – Coloquei seu interesse ao lado de tudo o que até aqui tem sido de mais precioso em minha vida, que tem constituído minha vida *inteira*, e agora o senhor aí está, todo ofendido, dizendo que lhe devoto *pouco* apreço.

Raskolnikov sorria sarcasticamente, em silêncio; Razumihin estava inquieto, mas Piotr Petrovitch não aceitava recriminação; pelo contrário, tornava-se mais persistente e irritado a cada palavra, como se sentisse prazer nisso.

— O amor pelo futuro parceiro de sua vida, por seu marido, deve superar seu amor por seu irmão – disse ele, sentenciosamente. – E, em todo caso, não posso ser colocado no mesmo nível... Embora eu tivesse dito que não falaria abertamente na presença de seu irmão, pretendo agora, contudo, pedir à sua honrada mãe uma explicação necessária sobre um ponto de grande importância, que afeta diretamente minha dignidade. Seu filho – disse ele, dirigindo-se a Pulquéria Alexandrovna –, ontem, na presença do senhor Razsudkin (ou... é assim? Desculpe, me esqueci de seu sobrenome – e fez uma cortês reverência a Razumihin), me ofendeu ao deturpar a ideia que eu havia exposto à senhora numa conversa particular, ao tomar café, ou seja, que o casamento com uma moça pobre, que já tivesse tido experiência de problemas e preocupações, era mais vantajoso sob o ponto de vista conjugal do que o casamento com uma que tivesse vivido sempre no luxo, uma vez que é mais proveitoso no aspecto moral. Seu filho exagerou intencionalmente o sentido das minhas palavras e as tornou ridículas, acusando-me de más intenções e, por quanto pude perceber, se apoiava numa carta que a senhora lhe havia enviado. Considerar-me-ia feliz, Pulquéria Alexandrovna, se lhe for possível me convencer do contrário e, com isso, me deixaria extremamente tranquilo. Peço-lhe que tenha a bondade de me dizer em que termos precisos a senhora reproduziu minhas palavras em sua carta a Rodion Romanovitch!

— Não me lembro – gaguejou Pulquéria Alexandrovna. – Eu as repeti como as entendi. Não sei como é que Rodya as repetiu ao senhor; talvez ele exagerou.

— Ele não poderia tê-las exagerado, a não ser por instigação sua.

— Piotr Petrovitch – protestou Pulquéria Alexandrovna, com toda a dignidade –, a prova de que Dúnia e eu não tomamos suas palavras em mau sentido é o fato de estarmos aqui.

— Muito bem, mãe! – disse Dúnia, com aprovação.

— Então, eu é que estou errado, e de novo – disse Luzhin, magoado.

— Bem, Piotr Petrovitch, continua culpando Rodion e o senhor mesmo escreveu uma falsidade a respeito dele – acrescentou Pulquéria Alexandrovna, criando coragem.

— Não me lembro de ter escrito nada de falso.

— Escreveu – interveio bruscamente Raskolnikov, sem se voltar para Luzhin. – Escreveu que ontem eu dei dinheiro não à viúva do homem que morreu atropelado, como foi de fato, mas à filha dela (que nunca a tinha visto até ontem). E escrevia isso para criar discórdia em minha família e, com o mesmo objetivo, acrescentou expressões grosseiras sobre a conduta dessa moça, que o senhor nem conhece. Tudo isso é pura calúnia.

– Desculpe-me, senhor – disse Luzhin, tremendo de raiva –, eu discorria sobre suas qualidades e sua conduta em minha carta, unicamente em resposta às perguntas de sua irmã e de sua mãe, como o via e que impressão o senhor me causava. Quanto ao que o senhor aludiu em minha carta, tenha a bondade de me indicar uma só palavra falsa, isto é, mostre que não jogou fora seu dinheiro e que não há pessoas indignas nessa família, por mais desafortunada que seja.

– A meu ver, o senhor, com todas as suas virtudes, não vale o dedo mínimo dessa infeliz moça a quem o senhor atira pedras.

– O senhor chegaria a ponto de deixar essa moça privar da companhia de sua mãe e de sua irmã?

– Se lhe interessa saber, já fiz isso. Hoje mesmo a convidei para sentar-se ao lado de minha mãe e de Dúnia.

– Rodya! – exclamou Pulquéria Alexandrovna. Dúnia corou, Razumihin cerrou as sobrancelhas. Luzhin sorriu, com evidente sarcasmo.

– Pode muito bem perceber, Avdótia Romanovna – disse ele –, se é possível entrarmos num acordo. Espero que agora esse assunto esteja encerrado, de uma vez por todas. Vou me retirar para não atrapalhar o aconchego da intimidade e a discussão de segredos familiares. – Levantou-se e tomou o chapéu. – Mas ao me retirar, ouso solicitar que, para o futuro, eu seja poupado de semelhantes encontros e, por assim dizer, compromissos. E apelo especialmente à senhora, honrada Pulquéria Alexandrovna, a respeito desse assunto, tanto mais que minha carta era dirigida à senhora e a mais ninguém.

Pulquéria Alexandrovna mostrou-se um pouco ofendida.

– Parece que o senhor pensa que estamos completamente sujeitas à sua autoridade, Piotr Petrovitch. Dúnia lhe expôs o motivo pelo qual não atendeu a seu desejo; procedeu dessa forma com as melhores intenções. E, na verdade, o senhor escrevia como se estivesse me dando ordens. Será que o senhor considera cada desejo seu uma ordem? Permita-me dizer-lhe que, pelo contrário, o senhor devia mostrar agora especial delicadeza e consideração para conosco, porque deixamos tudo e viemos para cá confiando no senhor, de modo que estamos, em qualquer caso e em certo sentido, em suas mãos.

– Isso não é inteiramente verdade, Pulquéria Alexandrovna, de modo particular no presente momento quando acabam de lhe dar a notícia de um legado de Marfa Petrovna, no valor de três mil rublos, o que, segundo parece, vem mais que a propósito, a julgar pelo novo tom que a senhora utiliza para me falar – acrescentou Luzhin, sarcástico.

– A julgar por essa observação, certamente podemos supor que o senhor estava contando com nosso desamparo – observou Dúnia, irritada.

– Mas agora, de qualquer maneira, não posso contar com isso e, de modo particular, não desejo interferir na discussão das propostas secretas de Arkadi Ivanovitch Svidrigailov, que confiou a seu irmão e que têm, pelo que percebo, para a senhora uma grande importância e possivelmente muito agradável.

– Deus do céu! – exclamou Pulquéria Alexandrovna.

Razumihin não conseguia ficar quieto na cadeira.

– Não se sente envergonhada agora, irmã? – perguntou Raskolnikov.

– Estou envergonhada, Rodya – disse Dúnia. – Piotr Petrovitch, saia daqui! – ordenou-lhe ela, branca de raiva.

Piotr Petrovitch aparentemente não esperava em absoluto esse desfecho. Confiava demais em si próprio, em seu poder e no desamparo de suas vítimas. Não podia acreditar nisso tudo. Ficou pálido e seus lábios tremiam.

– Avdótia Romanovna, se eu sair dessa porta agora, depois de semelhante decisão de sua parte, pode ficar certa de que nunca mais vou voltar. Pense bem no que está fazendo. Minha palavra não pode ser posta em dúvida.

– Que insolência! – exclamou Dúnia, saltando de sua cadeira. – Eu é que não quero que volte mais.

– O quê? É assim então? – exclamou Luzhin, totalmente incapaz de acreditar, até o último momento, na ruptura e, além disso, completamente alijado dos planos que arquitetara. – Então é assim que as coisas ficam! Mas saiba, Avdótia Romanovna, que eu poderia protestar?

– Que direito o senhor tem para falar a ela dessa maneira? – interveio Pulquéria Alexandrovna, acaloradamente. – Contra que vai protestar? Que direitos tem? Sou obrigada a entregar minha Dúnia a um homem como o senhor? Vá embora, deixe-nos em paz! Nós é que somos culpadas por termos concordado com uma ação errada e eu, acima de tudo...

– Mas a senhora me envolveu, Pulquéria Alexandrovna – trovejou Luzhin, furioso –, por sua promessa e agora a retira e... além disso... fui levado, por causa disso, a arcar com despesas...

Esta última queixa era tão característica de Piotr Petrovitch que Raskolnikov, pálido de raiva e, esforçando-se por conter-se, não pôde mais e caiu numa gargalhada. Mas Pulquéria Alexandrovna estava furiosa.

— Despesas? Que despesas? Está falando de nossa bagagem? Mas se o condutor a trouxe sem custo algum para o senhor. Meu Deus, nós o comprometemos! O que está pensando, Piotr Petrovitch? Foi o senhor que nos envolveu, não nós, e nos atou mãos e pés!

— Basta, mãe, por favor, não fale mais! – implorou Avdótia Romanovna. – Piotr Petrovitch, tenha a bondade de ir embora!

— Já vou, mas uma última palavra – disse ele, quase incapaz de se controlar. – Sua mãe parece ter esquecido completamente que eu havia decidido tomá-la por esposa, depois do boato surgido na cidade e que se havia espalhado por todo o distrito a respeito de sua reputação. Ao desafiar a opinião pública por sua causa e ao reabilitar sua boa fama, eu certamente podia contar com um retorno adequado e, de fato, podia até esperar por gratidão de sua parte. E só agora é que abri os olhos! Vejo que posso ter agido de forma temerária ao desafiar o veredito do povo...

— Será que esse sujeito quer ter a cabeça partida ao meio? – gritou Razumihin, saltando da cadeira.

— O senhor é um homem mesquinho e desprezível! – exclamou Dúnia.

— Nem uma palavra! Nem um movimento! – gritou Raskolnikov, contendo Razumihin; depois, aproximando-se de Luzhin, disse calma e claramente: – Faça o favor de deixar a sala! E nem uma única palavra mais ou...

Piotr Petrovitch olhou para ele durante alguns segundos com o rosto pálido e contraído de raiva; depois voltou-se e saiu. E possivelmente jamais um homem carregou consigo, em seu coração, tanto ódio como ele sentia contra Raskolnikov. Era a ele e só a ele que culpava de tudo. Não deixa de ser digno de nota que ele, ao descer as escadas, imaginava que seu caso não estivesse talvez totalmente perdido e que, com relação às duas mulheres, tudo poderia ser, de fato, reposto no devido lugar.

CAPÍTULO TRÊS

O fato é que, até o último momento, ele nunca teria esperado por semelhante desfecho. Ele dominava a situação com sobranceria e nunca haveria de sonhar que duas pobres e indefesas mulheres pudessem fugir de seu controle. Essa convicção era reforçada por sua vaidade e presunção, uma presunção que chegava aos limites da imbecilidade. Piotr Petrovitch, que tinha subido na vida partindo do nada, era dado a uma mórbida autoadmiração, tinha em alto conceito sua inteligência e suas aptidões, e às vezes até se regozijava sozinho ao contemplar sua própria imagem no espelho. Mas o que mais amava e valorizava era o dinheiro que havia amealhado com muito trabalho e com todos os artifícios: esse dinheiro o elevava ao nível de todos aqueles que tinham sido seus superiores.

Quando, com amargura, tinha relembrado Dúnia, que havia decidido tomá-la por esposa, apesar da má reputação dela, Piotr Petrovitch tinha falado com toda a sinceridade e, na verdade, tinha ficado até genuinamente indignado com tão insensível ingratidão. Ainda assim, quando tinha feito a proposta a Dúnia, estava absolutamente convencido de que todos os boatos eram infundados. A história tinha sido publicamente desmentida por Marfa Petrovna e desacreditada por todas as pessoas da cidade, que passaram a defender Dúnia acaloradamente. E não haveria de negar agora que ele sabia de tudo isso na época. Pelo contrário, ainda continuava firme em sua resolução de elevar Dúnia ao nível dele e considerava isso como algo heroico. Ao falar disso a Dúnia, ele deixava transparecer o secreto sentimento que acalentava e admirava e não conseguia entender como as outras pessoas não admirassem esse seu ato heroico também. Ele tinha visitado Raskolnikov com o sentimento de um benfeitor que está prestes a colher os frutos de suas boas ações e a escutar os mais agradáveis elogios. E agora, enquanto descia as escadas, considerava-se imerecidamente ofendido e incompreendido.

Dúnia era simplesmente imprescindível para ele; viver sem ela era impensável. Durante muitos anos, tinha alimentado voluptuosos sonhos de casamento, mas tinha continuado adiando o sonho, dedicando-se a amealhar dinheiro. Sonhava com gosto, em profundo segredo, com a imagem de uma moça... virtuosa, pobre (devia ser pobre), muito jovem, muito bonita, bem nascida e instruída, muito tímida, que tivesse sofrido muito e que se sentisse completamente desamparada diante ele, uma que por toda a vida haveria de olhar para ele como seu salvador, o adorasse, o admirasse e somente a ele. Quantas cenas, quantos episódios amorosos tinha imaginado sobre esse sedutor e gracioso tema, quando terminava seu trabalho! E eis que o sonho de tantos anos estava prestes a se realizar; a beleza e a educação de Avdótia Romanovna o haviam impressionado; sua situação de desamparo havia sido um grande incentivo; nela, ele havia encontrado muito mais do que sonhara. Aí estava uma moça de fibra, de caráter, de virtude, de educação e criação superior à dele próprio (sentia isso), e essa criatura seria submissamente grata por toda a vida em atenção a seu gesto heroico, e ela própria haveria de se humilhar ao máximo diante dele, e teria um poder absoluto e ilimitado sobre ela!... Pouco tempo antes, tinha feito também, depois de longa reflexão e hesitação, uma importante mudança na carreira e estava entrando agora num círculo mais amplo de negócios. Com essa mudança, o acalentado sonho de chegar a uma classe superior da sociedade parecia prestes a se realizar... Estava, de fato, decidido a tentar a sorte em Petersburgo. Sabia que as mulheres podiam significar muito. O fascínio de uma mulher encantadora, virtuosa, culta poderia facilitar o caminho, poderia operar maravilhas, atraindo pessoas para ele, criando uma espécie de auréola em torno dele, e agora tudo desabava em ruínas! Essa súbita e horrível ruptura o atingiu como o estrondo de um raio. Era como uma medonha brincadeira, um absurdo! Ele mal se mostrara um pouquinho despótico, nem tivera tempo de exprimir-se adequadamente, nada mais fizera do que gracejar, mal se distraíra um pouco... e tudo terminou tão seriamente! E é claro que ele amava Dúnia, a seu modo; já a possuía em seus sonhos... e, tudo de uma só vez! Não! No dia seguinte, sim, no dia seguinte, tudo voltaria ao normal, tudo seria esquecido, reassentado. Acima de tudo, deveria aniquilar aquele enxerido moleque que era a causa de tudo. Com uma sensação dolorosa, não podia deixar de lembrar-se também de Razumihin, mas logo se serenou a esse respeito, como se um sujeito desses pudesse ser alçado ao nível dele próprio! O homem que ele, de fato, temia seriamente era Svidrigailov... Em resumo, muita coisa ainda o esperava...

* * *

– Não, eu, eu sou mais culpada que ninguém! – disse Dúnia, abraçando e beijando a mãe. – Fui tentada pelo dinheiro dele, mas, palavra de honra, irmão, não fazia ideia de que fosse um homem tão ordinário! Se tivesse percebido isso antes, nada poderia ter me tentado! Não me culpe, irmão!

– Deus nos livrou! Deus nos livrou! – murmurou Pulquéria Alexandrovna, um pouco inconscientemente, como se mal chegasse a compreender o que tinha acontecido.

Todos estavam aliviados e, passados cinco minutos, já estavam rindo. Somente Dúnia empalidecia de quando em vez e franzia a testa, lembrando-se do que havia passado. Pulquéria Alexandrovna ficou surpresa ao descobrir que ela própria estava alegre; ainda nessa manhã pensava que a ruptura com Luzhin seria uma terrível desgraça. Razumihin se mostrava mais faceiro que nunca. Não se atrevia ainda a manifestar plenamente sua alegria, mas estava de tal modo agitado, como se tivessem tirado o peso de uma tonelada de seu peito. Agora tinha o direito de devotar sua vida a eles, de servi-los... Tudo poderia acontecer agora! Mas tinha medo de pensar em futuras possibilidades e não queria deixar que sua imaginação divagasse. Raskolnikov continuava sentado no mesmo lugar, quase mal-humorado e indiferente. Embora ele tivesse sido o que mais havia insistido para livrar-se definitivamente de Luzhin, agora parecia o menos interessado no que havia acontecido. Dúnia pensava que ele ainda estivesse zangado com ela e Pulquéria Alexandrovna o observava timidamente.

– O que é que Svidrigailov lhe disse? – perguntou Dúnia, aproximando-se dele.

– Sim, sim! – exclamou Pulquéria Alexandrovna.

Raskolnikov soergueu a cabeça.

– Quer lhe dar dez mil rublos de presente e deseja vê-la, em minha presença.

– Vê-la! De modo algum! – exclamou Pulquéria Alexandrovna. – E como se atreve a lhe oferecer dinheiro?

Então Raskolnikov repetiu (um tanto resumidamente) a conversa que tivera com Svidrigailov, omitindo o relato das aparições do fantasma de Marfa Petrovna, desejando evitar perguntas desnecessárias.

– Que resposta você lhe deu? – perguntou Dúnia.

– De início, disse-lhe que não lhe transmitiria nenhum recado. Então ele disse que faria de tudo para conseguir um encontro com você, sem minha ajuda. Assegurou-me que a paixão que teve por você foi uma loucura passageira e que agora não sente mais nada por você. Não quer que se case com Luzhin... De maneira geral, a conversa dele foi um tanto confusa.

– Que ideia você faz desse homem, Rodya? De que modo o impressionou?

– Devo confessar que não o compreendo muito bem. Oferece dez mil rublos e ainda assim diz que não é rico. Diz que está prestes a viajar e, dez minutos depois, se esquece que o disse. Depois diz que vai se casar e que já tem noiva... Não há dúvida de que tem um motivo e provavelmente não deve ser bom. Mas é estranho que pudesse se comportar tão desajeitadamente, se tivesse algum desígnio contra você... É claro que recusei decididamente esse dinheiro, em seu nome. De maneira geral, achei-o muito estranho... Pode-se até pensar que seja um louco. Mas posso estar enganado; talvez se trate apenas de um artifício dele. Parece que a morte de Marfa Petrovna lhe causou uma profunda e indelével impressão...

– Que Deus a tenha! – exclamou Pulquéria Alexandrovna. – Sempre, sempre haverei de rezar por ela! Onde estaríamos nós agora, Dúnia, sem esses três mil rublos? É como se tivessem caído do céu! Veja só, Rodya, esta manhã tínhamos ao todo apenas três rublos, e Dúnia e eu já tínhamos pensado em penhorar o relógio para não termos de pedir nada emprestado a esse homem até que oferecesse ajuda.

Dúnia parecia estranhamente impressionada com a oferta de Svidrigailov. Continuava pensando ainda.

– Anda tramando algum plano terrível! – disse ela, quase num fio de voz, estremecendo.

Raskolnikov reparou nesse terror desproporcional.

– Acho que terei de vê-lo mais de uma vez – disse ele para Dúnia.

– Vamos vigiá-lo! Vou seguir os passos dele! – exclamou Razumihin, com ênfase. – Não vou perdê-lo de vista! Rodya me deu permissão. Ainda há pouco me dizia: "Cuide de minha irmã!" Vai me dar permissão também, Avdótia Romanovna?

Dúnia sorriu e estendeu a mão, mas a aparência de ansiedade continuava em seu rosto. Pulquéria Alexandrovna olhava para ela timidamente, mas os três mil rublos tinham obviamente um efeito tranquilizador para ela.

Um quarto de hora mais tarde, todos estavam entretidos numa conversa

animada. Até Raskolnikov ficou escutando atentamente por algum tempo, embora não abrisse a boca. Razumihin era o mais falante.
— E por que, por que iriam embora daqui? — perguntava ele, agitado e pasmo.
— E que vão fazer numa pequena cidade? O principal é que estão todos reunidos aqui e vocês precisam um do outro... vocês realmente precisam um do outro, acreditem-me. De qualquer maneira, por algum tempo... Aceitem-me como sócio e lhes garanto que podemos formar uma ótima empresa. Escutem! Vou lhes explicar tudo detalhadamente, o projeto inteiro! Tudo me veio à mente esta manhã, antes de nada ter acontecido... Vou lhes contar do que se trata. Tenho um tio, devo apresentá-lo a vocês (um obsequioso e respeitável ancião). Esse tio tem um capital de mil rublos e vive de uma pensão, de maneira que não precisa desse dinheiro. Durante os últimos dois anos andou insistindo comigo para que o tomasse emprestado a seis por cento de juros. Sei o que isso significa; ele simplesmente quer me ajudar. No ano passado, não tinha necessidade desse dinheiro, mas este ano resolvi pedi-lo emprestado, tão logo ele chegasse por aqui. De maneira que, se vocês me emprestarem outros mil de seus três mil rublos, já teríamos o suficiente para começar e assim poderíamos formar uma sociedade. Mas o que iríamos fazer?

Razumihin passou então a apresentar seu projeto e explicou delongadamente que quase todos os nossos editores e livreiros nada sabem do que estão vendendo e, por essa razão, são geralmente maus editores, ao passo que o negócio editorial bem conduzido se paga bem e dá lucro, às vezes considerável. Na verdade, Razumihin andava sonhando em se estabelecer como editor. Já fazia dois anos que trabalhava para editoras e conhecia muito bem três línguas europeias, embora, seis dias antes, tivesse dito a Raskolnikov que seu alemão era fraco, mas havia dito isso com o objetivo de persuadi-lo a aceitar metade de seu trabalho de tradução e assim pudesse ganhar três rublos como pagamento. Nessa ocasião, mentiu e Raskolnikov sabia que ele estava mentindo.

— Por que, por que haveríamos de deixar nossa oportunidade escapar, se temos um dos principais meios de sucesso... dinheiro em nossas mãos? — exclamou Razumihin, entusiasmado. — É claro que vai haver muito trabalho, mas nós vamos trabalhar, você, Avdótia Romanovna, eu e Rodion... Há livros que dão ótimos lucros, hoje em dia! E a base principal do negócio é que nós sabemos o que se deve traduzir; e vamos traduzir, vamos publicar e vamos aprender, tudo ao mesmo tempo. Eu posso ser útil, porque já tenho experiência. Durante quase dois anos andei prestando serviços a editores e agora conheço praticamente cada detalhe desse negócio. Não é coisa do outro mundo, acreditem-me! E por que, por que haveríamos de perder essa chance? Ora, conheço... e guardei segredo... dois ou três livros que, só pela ideia de traduzi-los e publicá-los, poderia pedir cem rublos. Na verdade, não aceitaria nem 500 rublos pela ideia da publicação de um deles. O que pensam disso? Se eu o propusesse a algum editor, atrevo-me a dizer que haveria de hesitar... a tal ponto são imbecis todos eles! Quanto ao trabalho paralelo, impressão, papel, venda, podem confiar em mim, pois conheço tudo a respeito. Vamos começar de modo simples, procurando crescer aos poucos. Em todo caso, esse negócio vai nos dar do que viver e ainda vamos recuperar nosso capital investido. Os olhos de Dúnia brilhavam.

– Gosto do que está dizendo, Dmitri Prokofitch – disse ela.

– Eu, é claro, não entendo nada disso – interveio Pulquéria Alexandrovna. – Pode ser uma boa ideia, mas só Deus sabe. É uma coisa nova, desconhecida. Certamente, deveremos permanecer aqui por algum tempo pelo menos. – E olhou para Rodya.

– O que é que você acha, irmão? – perguntou Dúnia.

– Acho que você teve uma ótima ideia – respondeu ele. – Claro que é muito cedo sonhar com uma editora, mas certamente poderíamos publicar cinco ou seis livros com sucesso garantido. Eu também conheço uma obra que poderia fazer sucesso. Quanto à sua capacidade de dirigir o negócio, não há dúvida alguma. Você conhece o assunto... Mas podemos falar disso mais tarde...

– Oba! – exclamou Razumihin. – Esperem! Há um apartamento aqui neste prédio, que pertence ao mesmo dono dos demais. É um conjunto separado, que não se comunica com os outros alojamentos. É mobiliado, de aluguel módico, com três cômodos. Para começar, podem instalar-se nele. Amanhã vou penhorar seu relógio e lhes trago o dinheiro; então, tudo pode ser arranjado. Podem morar os três juntos e Rodya vai estar sempre com vocês duas. Mas onde vai, Rodya?

– O que, Rodya, já vai embora? – perguntou Pulquéria Alexandrovna, inquieta.

– Logo agora! – exclamou Razumihin.

Dúnia olhou para o irmão, incrédula. Ele segurava o boné nas mãos, preparando-se para deixá-los.

– Poderia parecer que vocês estão me enterrando ou se despedindo de mim para sempre – disse ele, de um modo um tanto esquisito. Tentou sorrir, mas aquilo não era um sorriso. – Quem sabe, talvez seja a última vez que nos vemos... – deixou escapar dos lábios acidentalmente. Era o que estava pensando e, de algum modo, foi proferido em voz alta.

– O que há com você? – exclamou a mãe.

– Aonde é que você vai, Rodya? – perguntou Dúnia, de modo estranho.

– Oh, sou obrigado a... – respondeu ele, vagamente, como se hesitasse a respeito do que deveria dizer. Mas uma firme determinação transparecia em seu rosto pálido. – Eu queria dizer... quando vinha vindo para cá... eu queria lhe dizer, mãe, e a você, Dúnia, que seria melhor para nós separar-nos por um tempo. Não me sinto bem, não estou em paz... Virei mais tarde, vou vir por minha própria conta... quando for possível. Vou me lembrar de vocês, eu as amo... Deixem-me, deixem-me sozinho. Decidi isso antes mesmo... Estou seriamente decidido. Aconteça o que acontecer comigo, quer me arruíne ou não, quero estar sozinho. Esqueçam-se de mim completamente, é melhor. Não perguntem por mim. Quando puder, virei por minha conta ou... mandarei chamá-las. Talvez tudo volte como era antes, mas agora, se me amam, desistam de mim, deixem-me... caso contrário, passarei a odiá-las, sinto isso... Adeus!

– Meu bom Deus! – exclamou Pulquéria Alexandrovna.

Mãe e filha estavam terrivelmente alarmadas. Razumihin também.

– Rodya! Rodya! Reconcilie-se conosco! Vamos ser como éramos antes! – exclamou a pobre mãe.

Ele se dirigiu lentamente para a porta e lentamente saiu da sala. Dúnia o fitou, séria.

– Irmão, o que está fazendo com a mãe? – sussurrou ela, com um olhar faiscando de indignação.

Ele lhe dirigiu um olhar melancólico.

– Não se preocupe, vou voltar... vou voltar – murmurou ele, em voz baixa, como se não tivesse plena consciência do que estava dizendo e saiu da sala.

– Malvado, egoísta desapiedado! – exclamou Dúnia.

– É louco, mas não desapiedado! É louco! Não estão vendo? Você é que é insensível! – sussurrou Razumihin ao ouvido dela, apertando-lhe a mão com força. – Já volto! – gritou ele, dirigindo-se à pobre mãe aterrorizada, e saiu correndo da sala.

Raskolnikov estava esperando por ele no final do corredor.

– Sabia que você viria correndo atrás de mim – disse ele. – Volte para junto delas... fique com elas amanhã e para sempre.... Eu... talvez volte... se puder. Adeus!

E sem lhe estender a mão, foi embora.

– Mas para onde vai? O que está fazendo? O que está acontecendo com você? Como pode continuar assim? – murmurou Razumihin, inteiramente fora de si.

Raskolnikov parou de novo.

– De uma vez por todas, não me pergunte mais nada. Nada tenho a lhe dizer. Não venha me ver. Talvez eu passe por aqui... Deixe-me, mas, por favor, *não* as deixe. Está entendendo?

O corredor era escuro; eles estavam parados perto da lamparina. Por um momento, ficaram olhando um para o outro, em silêncio. Por toda a vida, Razumihin se lembrou daquele minuto. O ardente e atento olhar de Raskolnikov se tornava cada vez mais penetrante, como se perfurasse sua alma, sua consciência. De repente, Razumihin teve um sobressalto. Algo de estranho passou entre eles... Uma ideia, uma insinuação, fosse o que fosse, se movia lentamente, algo terrível, medonho e, subitamente, ambos compreenderam... Razumihin empalideceu.

– Compreende agora? – disse Raskolnikov, retorcendo o rosto nervosamente. – Volte, volte para elas – exclamou ele, de repente, e virando-se rapidamente, saiu do edifício.

Não vou me deter em descrever como Razumihin voltou para as senhoras, como as tranquilizou, como insistiu que Rodya precisava de repouso em seu estado doentio, e garantiu que Rodya haveria de voltar, que haveria de voltar para vê-las todos os dias, que estava muito transtornado, que não devia ser irritado e que ele, Razumihin, haveria de cuidar delas e que haveria de procurar um médico para Rodya, o melhor médico, para uma consulta... De fato, a partir dessa noite, Razumihin passou a morar com elas, como filho e irmão.

CAPÍTULO
QUATRO

Raskolnikov foi diretamente para a casa à margem do canal, onde morava Sônia. Era uma construção velha de três andares, pintada de verde. Encontrou o porteiro e obteve vagas indicações sobre a residência de Kapernaumov, o alfaiate. Depois de localizar no canto do pátio a entrada para a escura e estreita escada, subiu até o segundo piso e chegou a um corredor que rodeava todo o segundo andar pelo lado do pátio. Enquanto estava perambulando no escuro, sem saber para onde se dirigir para chegar à porta de Kapernaumov, outra porta se abriu a três passos dele e, instintivamente, parou diante dela.

– Quem é? – perguntou, apreensiva, uma voz de mulher.

– Sou eu... vim visitá-la – respondeu Raskolnikov, e entrou pelo estreito corredor.

Sobre uma cadeira quebrada estava uma vela num danificado castiçal de cobre.

– É o senhor? Deus do céu! – exclamou Sônia, com voz fraca, e ficou estática no local em que se encontrava.

– Onde é seu quarto? Por aqui? – e Raskolnikov, tentando não olhar para ela, entrou depressa.

Um minuto depois, Sônia entrou também com uma vela, pousou o castiçal e, completamente desconcertada, ficou parada diante dele, toda agitada e aparentemente assustada com a inesperada visita. Subitamente, o sangue subiu naquele rosto pálido e seus olhos se encheram de lágrimas... Sentia-se mal, envergonhada e também feliz... Raskolnikov se afastou logo e sentou-se numa cadeira ao lado da mesa. Num rápido olhar, examinou todo o quarto.

Era um quarto espaçoso, mas com um teto excessivamente baixo, o único que os Kapernaumov tinham alugado; uma porta trancada, na parede da esquerda, daria para os aposentos dos donos. No lado oposto, à direita, havia outra porta, também sempre trancada. Essa conduzia para outro cômodo, que formava um alojamento separado. O quarto de Sônia parecia um celeiro; era um quadrado muito irregular, o que lhe conferia uma aparência grotesca. A parede, com três janelas que davam para o canal, cortava o quarto obliquamente, de modo que um canto formava um ângulo fortemente agudo e era difícil ver alguma coisa ali sem luz intensa. O outro canto era desproporcionalmente obtuso. Nesse quarto tão espaçoso, quase não havia móveis. Num canto, à direita, via-se uma cama e, ao lado dela, perto da porta, uma cadeira. Contra a mesma parede, perto da porta que dava para outro alojamento, havia uma simples mesa de pinho, coberta com um pano azul. Ao lado da mesa, havia duas cadeiras de palha. Na parede oposta, perto do ângulo agudo, havia uma simples e pequena cômoda, como se estivesse abandonada num deserto. Era tudo o que havia no quarto. O papel de parede, amarelo, esfolado e gasto, estava enegrecido nos cantos. Deve ter sido atingido pela umidade e pela fuligem durante o inverno. Havia todos os indícios de pobreza; até a cama não tinha cortinado.

Sônia olhava em silêncio o visitante que examinava tão atentamente e sem cerimônia seu quarto e chegou até, por fim, a tremer de medo, como se estivesse diante do juiz e do árbitro do destino dela.

– Cheguei tarde... São onze horas, não é? – perguntou ele, sem levantar os olhos.

– Sim – balbuciou Sônia. – Já são, sim! – respondeu ela, apressadamente, como se isso lhe parecesse uma escapatória. – O relógio da dona da casa acabou de bater as horas... Eu mesma ouvi...

– Vim vê-la pela última vez – continuou Raskolnikov, muito sério, apesar de ser essa a primeira vez. – Pode ser que nunca mais a veja...

– O senhor... está indo embora?

– Não sei... amanhã...

– Então não vai visitar Ekaterina Ivanovna amanhã? – a voz de Sônia tremia.

– Não sei. Vou saber amanhã de manhã... Não se importa que eu tenha vindo lhe dizer uma palavra...

Ergueu seu olhar meditativo para ela e subitamente notou que ele estava sentado, enquanto ela estivera o tempo todo de pé, diante dele.

– Por que está de pé? Sente-se – disse ele, com uma voz mais meiga e amigável.

Ela se sentou. Ele a fitou de forma delicada e quase compassivamente.

– Como está magra! Que mãos! Quase transparentes, como as de morto!

Tomou as mãos dela. Sônia sorriu timidamente.

— Sempre fui assim — disse ela.
— Mesmo quando vivia em sua casa?
— Sim.
— Claro que era assim — acrescentou ele, abruptamente, e a expressão de seu rosto e o timbre de sua voz mudaram de repente.

Olhou em torno dele mais uma vez.
— Você alugou esse quarto dos Kapernaumov?
— Sim.
— Eles vivem ali, atrás dessa porta?
— Sim... Eles têm outro quarto como este.
— Moram todos num único quarto?
— Sim.
— Eu teria medo num quarto desses, à noite — observou ele, sombriamente.
— Os donos são muito bons, muito amáveis — respondeu Sônia, que ainda parecia desconcertada. — E todos os móveis, tudo... tudo é deles. São muito afáveis e as crianças também; estas vêm aqui com frequência.
— São todos gagos, não é?
— Sim... Ele gagueja e é coxo também. E a mulher dele também... Não é que ela gagueje realmente, mas não consegue falar com fluência. É uma mulher muito bondosa. Ele já foi criado doméstico. Eles têm sete filhos... só o mais velho é gago e os outros estão todos doentes... mas não gaguejam... Mas como é que chegou a saber deles? — acrescentou ela, um tanto surpresa.
— Seu pai me contou. Ele me contou tudo sobre você... Como saía às seis horas e voltava às nove e como Ekaterina Ivanovna ficava ajoelhada ao lado de sua cama.

Sônia ficou confusa.
— Imaginei tê-lo visto hoje — murmurou ela, hesitante.
— Quem?
— Meu pai. Eu estava caminhando na rua, ali na esquina, em torno das dez horas e parecia que ele estava andando à minha frente. Parecia realmente ele. Eu queria ir até à casa de Ekaterina Ivanovna...
— Estava perambulando pelas ruas?
— Sim — sussurrou Sônia bruscamente, em total confusão e olhando para o chão.
— Ekaterina Ivanovna costumava bater em você, que mal pergunte?

– Oh, não! O que o senhor está dizendo? Não! – Sônia olhou para ele com certo espanto.

– Gosta dela, então?

– Se gosto dela? Claro! – exclamou Sônia, com chorosa ênfase e juntou as mãos, angustiada. – Ah! o senhor não... se o senhor a conhecesse! Olhe, ela é quase uma criança... Está totalmente perturbada da cabeça... dá pena. E como era inteligente... como era generosa... como era bondosa! Ah, o senhor não pode entender, não pode entender!

Sônia disse isso como se estivesse desesperada, torcendo as mãos agitada e aflita. Suas faces pálidas coraram, seus olhos exprimiam angústia. Era evidente que ela estava terrivelmente comovida, que sentia grande vontade de falar, de defender a madrasta. Uma espécie de *insaciável* compaixão, se é lícito exprimi-la assim, se refletia em todas as suas feições.

– Se batia em mim? Como o senhor pode pensar isso? Deus do céu, bater em mim! E se ele realmente me batesse? Que há nisso? O senhor não sabe nada, não sabe nada... Ela é tão infeliz... ah, como é infeliz! E doente... Procura ser justa em tudo e espera... E se alguém a torturasse, ela não responderia com injustiça. Não compreende que é impossível que as pessoas sejam sempre justas, e isso a irrita. Como uma criança, como uma criança! Ela é bondade pura!

– E o que vai acontecer agora com vocês?

Sônia o fitou interrogativamente.

– Veja bem, eles estão todos em suas mãos, Sônia. Já estavam em suas mãos antes, embora... E seu falecido pai se dirigia a você para lhe pedir dinheiro, para beber. Bem, como vai ser de agora em diante?

– Não sei – respondeu Sônia, tristemente.

– Eles vão continuar ali?

– Não sei.... Estão endividados com o aluguel do alojamento; sei que a dona da casa disse hoje que quer se livrar deles e Ekaterina Ivanovna diz que não quer ficar ali nem mais um minuto.

– Como é que se mostra tão corajosa? Ela confia em você?

– Oh, não, não fale assim!... Nós somos unidas, vivemos como se fôssemos uma só. – E Sônia ficou agitada de novo e até zangada, como um canário ou qualquer outro passarinho quando se irrita. – E o que ela haveria de fazer? O que, o que poderia fazer? – persistiu ela, nervosa e agitada. – Como ela chorou hoje! Está transtornada, não reparou? Em dado momento, começa a se queixar como uma criança, esperando que amanhã volte tudo ao normal, que não falte comida e outras coisas... Depois passa a torcer as mãos, cospe sangue, chora e, de repente, começa a bater a cabeça contra a parede, em desespero. Depois se consola de novo, deposita todas as suas esperanças no senhor; diz que o senhor agora vai ajudá-la e que vai pedir um pouco de dinheiro emprestado de alguém e que vai voltar para a terra natal comigo, que vai abrir um internato para as filhas dos cavalheiros, vai me deixar como superintendente e que vamos começar uma nova vida. E me abraça, me beija, me consola e, veja só, ela acredita em tudo isso, acredita nessas fantasias! Não há como contradizê-la. E passa o dia inteiro limpando, lavando e costurando. Arrastou o tanque de lavar para o quarto com seus braços debilitados e depois caiu de cama, respirando com dificuldade. Esta manhã, saímos juntas para comprar sapatos para Polenka e Lida, porque os que tinham já estavam imprestáveis. Mas o dinheiro que tínhamos não era suficiente; ainda assim escolheu uns sapatinhos muito bonitos, pois ela tem bom gosto, como não pode crer. E dentro da própria loja, ela desatou a chorar diante do lojista, porque não tinha bastante dinheiro para a compra... Ah, dava pena vê-la!...

– Bem, depois disso posso compreender porque você vive assim – disse Raskolnikov, com um sorriso amargo.

– O senhor não lamenta por eles? Não sente nada? – exclamou Sônia outra vez. – Ora, sei muito bem que o senhor deu tudo quanto tinha, sem saber de nada e, se soubesse de tudo, oh, meu Deus! E quantas vezes, quantas vezes eu a fiz chorar! Ainda na semana passada! Sim, eu! Só uma semana antes da morte dele. Eu fui cruel! E quantas vezes o fui! Ah, me sinto mal o dia todo, ao pensar nisso!

Sônia torceu as mãos enquanto falava da dor de relembrar isso.

– Você foi cruel?

– Sim, eu... eu! Um dia fui visitá-los – continuou ela, chorando – e meu pai me disse: "Leia alguma coisa para mim, Sônia, porque estou com dor de cabeça, leia, aqui está um livro." Era um livro que tinha conseguido emprestado de Andrei Semionovitch Lebeziatnikov, que mora logo ali e que lhe emprestava esses livros engraçados. E eu lhe disse que não podia ficar mais tempo, mas era porque não estava disposta a ler. Mas era porque eu tinha ido especialmente para mostrar uns colares a Ekaterina Ivanovna. A vendedora ambulante Lizaveta me havia vendido algumas correntes e luvas bem bonitas, baratas, novas e ornadas. Ekaterina Ivanovna gostou muito de todas; colocava-as e se olhava no espelho, deliciada com essas joias. "Por favor, dê algumas de presente para mim, Sônia! Por favor, por favor", dizia ela, porque estava realmente interessada. E quando haveria de usá-las? Certamente lhe relembravam os belos e felizes dias do passado. Mirava-se no espelho, admirava-se, mas ela não tem roupas decentes para vestir, nem coisas bonitas para combinar, há tantos anos! E ela nunca pede nada a ninguém, é orgulhosa, e até seria capaz de dar a última coisa que possui em vez de pedir algo a alguém. Mas essas, ela pediu, porque tinha gostado demais delas. Eu, no entanto, sentia muito em dá-las. "Para que lhe servem, Ekaterina Ivanovna?", disse eu. Foi assim que falei a ela e eu não devia ter dito isso! Ela me olhou de tal maneira e sentiu tanto aquilo, sentiu tanto minha recusa, que dava pena vê-la!... E não era por causa dos colares, mas por causa de minha recusa. Percebi isso. Ah, se eu pudesse recuar no tempo, mudar tudo isso, retirar essas palavras! Ah, se eu... mas isso não tem nada a ver com o senhor!

– Conhecia Lizaveta, a vendedora?

– Sim... O senhor a conheceu também? – perguntou Sônia, um tanto surpresa.

– Ekaterina Ivanovna está tuberculosa, gravemente tuberculosa; logo vai morrer – disse Raskolnikov, depois de uma pausa, sem responder à pergunta dela.

– Oh, não, não, não!

Sônia, inconscientemente, apertou as duas mãos dele, como se lhe implorasse que isso não acontecesse.

– Mas será melhor, se ela realmente morrer.

– Não, não será melhor, não será melhor! – repetiu Sônia, instintivamente e apavorada.

– E os filhos? O que é que pode fazer, a não ser levá-los a viver com você?

– Oh, não sei! – exclamou Sônia, quase desesperada e levando as mãos à cabeça.

Era evidente que aquela ideia lhe havia ocorrido antes e com frequência; agora, nada mais fazia que despertá-la.

– E mesmo agora, enquanto Ekaterina Ivanovna está viva, se você ficar doente e tiver de ser hospitalizada, o que vai acontecer então? – persistiu ele, sem dó.

– Como pode dizer isso? Não pode ser!

E o rosto de Sônia se contraiu de terror.

– Não pode ser? – continuou Raskolnikov com um sorriso cruel. – Você não tem seguro contra a doença, ou tem? O que vai ser deles então? Vão estar na rua, todos eles; e ela pode tossir, suplicar e dar cabeçadas contra a parede, como fez hoje, e as crianças vão chorar... Então ela vai cair por terra, vai ser levada para o posto policial, para o hospital, vai morrer e as crianças...

– Oh, não!... Deus não vai permitir isso! – foi o grito que finalmente saiu do peito oprimido de Sônia.

Ela tinha escutado, olhando para ele de modo suplicante, juntando as mãos em muda prece, como se tudo dependesse dele.

Raskolnikov se levantou e começou a andar pelo quarto. Um minuto se passou. Sônia continuava de pé, de testa e mãos pendentes, em terrível depressão.

– E não consegue ganhar algum dinheiro? Guardar para os dias difíceis? – perguntou ele, parando, de repente, diante dela.

– Não – sussurrou Sônia.

– Claro que não. Mas já tentou? – acrescentou ele, quase que ironicamente.

– Já.

– E não deu resultado! Claro que não! Nem preciso perguntar.

E recomeçou a andar pelo quarto. Outro minuto se passou.

– Não ganha dinheiro todos os dias?

Sônia ficou mais confusa ainda do que antes e voltou a ficar corada.

– Não – murmurou ela, com doloroso esforço.

– Vai acontecer o mesmo com Polenka, sem dúvida – disse ele, repentinamente.

– Não, não! Não pode ser, não! – exclamou Sônia, em voz alta, desesperada, como se tivesse sido apunhalada. – Deus não iria permitir algo de tão terrível!

– Ele permite que outras cheguem a isso.

– Não, não! Deus vai protegê-la, Deus! – repetiu ela, fora de si.

– Mas, talvez, Deus nem exista! – respondeu Raskolnikov, com uma espécie de malignidade, riu e ficou olhando para ela.

O rosto de Sônia mudou subitamente; um tremor o perpassou. Ela olhava para ele com uma indizível reprovação, tentou dizer alguma coisa, mas não conseguiu falar e irrompeu em amargos, amargos soluços, escondendo o rosto com as mãos.

– Você diz que a mente de Ekaterina Ivanovna está perturbada; sua própria mente, Sônia, está transtornada – disse ele, depois de breve silêncio.

Passaram-se cinco minutos. Ele continuava andando de um lado para outro do quarto, em silêncio e sem olhar para ela. Finalmente, se aproximou dela; os olhos dele brilhavam. Pôs as duas mãos sobre os ombros dela e olhou-a diretamente no rosto banhado em lágrimas. Os olhos dele eram ferinos, faiscantes e penetrantes, seus lábios se retorciam. De repente, se curvou rapidamente e, ajoelhando-se, beijou-lhe os pés. Sônia se afastou dele como de um louco. E, de fato, ele parecia um louco.

– O que está fazendo comigo? – murmurou ela, empalidecendo e sentindo uma súbita angústia apertando-lhe o coração.

Ele se ergueu imediatamente.

– Eu não me curvei diante de você, mas diante de todo o sofrimento da humanidade – disse ele, num tom categórico, e caminhou até a janela. – Escute – acrescentou ele, voltando a ela, um minuto depois –, eu disse, há pouco, a um insolente que ele não valia nem o que vale o dedo mínimo que você tem... e que eu havia dado a honra à minha irmã de sentar-se ao lado de você.

– E o senhor lhe disse isso? Na presença dela? – exclamou Sônia, assustada. – Sentar-se a meu lado? Uma honra! Mas se eu sou... desonrada... Ah, por que lhe disse isso?

– Não foi por causa de sua desonra nem por causa de seu pecado que eu disse isso de você, mas por causa de seu grande sofrimento. Que você é uma grande pecadora, isso é verdade – acrescentou ele, quase com solenidade –, mas seu pior pecado é que você se destruiu e se traiu *em vão*. Isso não é horroroso? Não é um horror que você viva nessa imundície que tanto detesta e que, ao mesmo tempo, você mesma sabe (precisa somente abrir os olhos) que não está ajudando ninguém, que não está salvando ninguém com isso? Diga-me – continuou ele, como num paroxismo –, como é que essa vergonha e essa degradação podem existir em você, lado a lado com outros sentimentos opostos e sagrados? Teria sido melhor, mil vezes melhor e mais sensato, atirar-se na água e acabar com tudo de uma vez!

– Mas o que seria deles? – perguntou Sônia, com voz sumida, olhando-o angustiada, mas sem demonstrar surpresa com a sugestão dele.

Raskolnikov a olhava de maneira estranha. Percebeu tudo isso no rosto dela. Sem dúvida, ela já deveria ter tido essa ideia, talvez muitas vezes, e com toda a seriedade teria pensado, em seu desespero, em como acabar com isso e tão seriamente que agora essa sugestão dele não lhe causava espanto. Nem sequer havia notado a crueldade das palavras dele. (O significado das recriminações e a peculiar atitude dele com relação à desonra dela, é claro que ela não notou também, e isso era igualmente óbvio para ele.) Mas ele percebeu de que forma medonha a ideia da miserável e vergonhosa situação dela a estava torturando e a torturava havia muito tempo. "O que será, o que será", pensava ele, "que pôde conter até agora sua resolução de acabar com isso de uma vez?" Só então percebeu o que significavam para Sônia aquelas pobres crianças órfãs e aquela deplorável Ekaterina Ivanovna, meio doida, batendo a cabeça contra a parede, em seu estado tuberculoso.

Era claro para ele, no entanto, que Sônia, com o caráter e a boa educação que havia recebido, não podia, de forma alguma, continuar assim. Perguntava-se ainda, como é que ela podia ter permanecido tanto tempo naquela situação sem perder o juízo, visto que lhe havia faltado coragem para se atirar na água e pôr um fim a tudo. Claro que ele sabia que a situação de Sônia representava um caso de exceção, embora, infelizmente, não único nem infrequente. Mas essa mesma excepcionalidade, a educação e a vida pregressa dela poderiam tê-la matado logo no primeiro passo desse repugnante caminho. O que a sustentava...? Certamente, não a depravação. Toda aquela infâmia a tinha obviamente tocado somente de modo maquinal, nem uma única gota de verdadeira depravação havia penetrado no coração dela; ele percebia isso. Via-o nela, enquanto permanecia de pé, diante dele.

"Há três caminhos para ela", pensava ele, "o canal, o hospício, ou... finalmente, mergulhar na depravação que embrutece a mente e transforma o coração em pedra.

A última ideia era a mais revoltante, mas ele era cético, era jovem, indiferente e, portanto, cruel; e por isso não podia deixar de acreditar que esse último caminho era o mais provável.

"Mas isso pode ocorrer de verdade?", murmurou para si mesmo. "Pode essa criatura, que ainda preserva a pureza de espírito ser levada conscientemente a mergulhar nessa imundície e iniquidade? Será que o processo já começou? Será que ela só foi capaz de suportar isso até agora, porque o vício começou a ser menos repugnante para ela? Não, não, isso não pode ser", exclamava ele, como Sônia, há pouco. "Não, o que a afastou do canal até agora é a ideia de pecado e elas, as crianças... Se até agora não perdeu o juízo... mas quem é que diz que ela não perdeu a razão? Estará em seu perfeito juízo? Pode-se falar, pode-se raciocinar como ela o faz? Como é que ela pode ficar sentada à beira do abismo da sordidez, para dentro do qual está escorregando, e se recusa a escutar a quem a avisa de que está me perigo? Será que espera um milagre? Sem dúvida, espera. E tudo isso não significa loucura?"

Ele se agarrava obstinadamente a essa ideia. Na verdade, gostava dessa explicação bem mais do que as outras. Começou a olhar mais atentamente para ela.

– Você ora muito a Deus, Sônia? – perguntou ele.

Sônia ficou calada. Ele permaneceu de pé ao lado dela, esperando a resposta.

– Que seria de mim sem Deus? – sussurrou ela, rápida e energicamente, olhando de imediato para ele com olhos faiscantes e apertando a mão dele.

"Ah, então é isso!", pensou ele.

– E o que é que Deus faz por você? – perguntou ele, sondando-a mais.

Sônia ficou muito tempo calada, como se não pudesse responder. Seu peito fraco continuava arfando de emoção.

– Cale-se! Não me pergunte! O senhor não merece! – exclamou ela, subitamente, olhando séria e iradamente para ele.

"É isso, é isso!", repetia ele para si mesmo.

– Ele faz tudo! – murmurou ela rapidamente, baixando a cabeça de novo.

"Esse é o caminho que escolheu! Essa é a explicação!", definiu ele, examinando-a com ávida curiosidade, com nova, estranha e quase mórbida sensação. Ele olhava aquele pequeno rosto pálido, delicado, irregular e angular, aqueles meigos olhos azuis, que brilhavam como fogo e que emitiam forte energia, olhava aquele frágil corpo que ainda tremia com indignação e raiva... e tudo aquilo lhe parecia cada vez mais estranho, quase impossível. "Ela é uma maníaca religiosa", repetia para si mesmo.

Sobre a cômoda havia um livro. Ele o havia notado quando andava de um lado para outro no quarto. Agora o tomou nas mãos e o examinou. Era o Novo Testamento, numa tradução russa. Estava encadernado em couro, era velho e desgastado.

– Onde conseguiu isso? – perguntou ele, bem alto, do outro lado do quarto.

Ela continuava de pé no mesmo lugar, a três passos da mesa.

– Alguém o trouxe para mim – respondeu ela, como se o fizesse de má vontade e sem olhar para ele.

– Quem é que o trouxe?

– Lizaveta, a meu pedido.

"Lizaveta! Estranho!", pensou ele.

Tudo o que se referia a Sônia lhe parecia cada vez mais estranho e mais notável. Aproximou o livro da vela e começou a folheá-lo.

– Onde é que está a passagem da ressurreição de Lázaro? – perguntou ele, de repente.

Sônia olhava obstinadamente para o chão e não iria responder. Estava um pouco afastada da mesa.

– Onde está a passagem da ressurreição de Lázaro? Ache-a, por favor, Sônia.

Ela lhe dirigiu um rápido olhar.

– Não está procurando no lugar certo... Está no quarto Evangelho – murmurou ela, com firmeza, sem olhar para ele.

– Procure-a e leia-a para mim – pediu ele.

Raskolnikov sentou, pôs os cotovelos sobre a mesa, apoiou a cabeça nas mãos e olhava mal-humorado para o lado, preparado para escutar.

"Dentro de três semanas, eles vão me dar as boas-vindas no hospício! Deverei estar lá, se não for para um lugar pior!", murmurou para si mesmo.

Sônia ouviu o pedido de Raskolnikov um tanto desconfiada e se aproximou, indecisa, da mesa. Mas tomou o livro.

– O senhor não o leu? – perguntou ela, olhando para ele, desde o outro lado da mesa.

Sua voz se tornava cada vez mais enérgica.

– Há muito tempo... Quando estava na escola. Leia!

– E não o ouviu na igreja?

– Eu... nunca estive na igreja. Você vai com frequência?

– Não! – sussurrou Sônia.

Raskolnikov sorriu.

– Compreendo... E você não vai ao funeral de seu pai, amanhã?

– Sim, vou. Estive na igreja a semana passada também... Mandei celebrar um serviço religioso para uma falecida.

– Por quem?

– Por Lizaveta. Foi morta com uma machadinha.

Ele sentia os nervos cada vez mais tensos. Sua cabeça começou a girar.

– Você era amiga de Lizaveta?

– Sim... Ela era muito boa... costumava me visitar... não com frequência... não podia... Costumávamos ler juntas e... conversar. Ela irá para o céu.

A última frase soava estranha aos ouvidos dele. E aqui havia algo de novo também: os misteriosos encontros com Lizaveta e as duas... maníacas religiosas.

"Logo vou me tornar um maníaco religioso! É contagioso!", pensou ele.

– Leia! – exclamou ele, irritado e insistente.

Sônia ainda hesitava. Seu coração batia com força. Não se atrevia a ler para ele, que olhava quase exasperado para a "infeliz lunática".

– Para quê? O senhor não acredita!... – sussurrou ela, suavemente, como se estivesse sem fôlego.

– Leia! Quero que leia! – insistiu ele. – Você costumava ler para Lizaveta.

Sônia abriu o livro e encontrou a passagem. Suas mãos tremiam, a voz falhava. Por duas vezes tentou começar e não conseguiu articular a primeira palavra.

– Certo homem, chamado Lázaro, de Betânia, estava doente... – conseguiu ler finalmente, mas na terceira palavra seguinte, sua voz se rompeu, como uma corda esticada demais. Houve uma quebra em sua respiração.

Raskolnikov percebeu em parte por que Sônia não conseguia ler para ele e, quanto mais percebia isso, tanto mais rudemente e com maior irritação insistia para que ela lesse. Só compreendia bem demais como era penoso para ela trair e desvelar tudo o que constituía seu *próprio íntimo*. Compreendia que esses sentimentos eram realmente o *tesouro secreto* dela, que tinha guardado por anos talvez, desde a infância talvez, quando vivia com um infeliz pai e com uma insensata madrasta, enlouquecida de mágoas, no meio de crianças famintas e de inconvenientes insultos e recriminações. Mas, ao mesmo tempo, percebia agora e tinha certeza de que, embora ela estivesse dominada pelo medo e pelo sofrimento, ainda assim tinha um intenso desejo de ler e de ler para ele, que haveria de escutar, e de ler *agora*, acontecesse depois o que pudesse acontecer... Era isso que ele lia nos olhos dela e podia vê-lo na intensa emoção dela. Ela se dominou, controlou o aperto da garganta e continuou lendo o capítulo XI do Evangelho de João. Foi lendo até o versículo 19.

"*E muitos judeus tinham vindo para a casa de Marta e de Maria, para consolá-las pela morte do irmão. Então Marta, ao ouvir que Jesus vinha vindo, saiu ao encontro dele; mas Maria ficou em casa. E Marta disse a Jesus: 'Senhor, se tivesse estado aqui, meu irmão não teria morrido. Mas também sei agora que tudo o que pedir a Deus, Deus o dará...'*"

Então parou novamente com a tímida sensação de que sua voz iria tremer e falhar outra vez.

"*Jesus lhe disse: 'Seu irmão vai ressuscitar'. Marta retrucou: 'Sei que vai ressuscitar na ressurreição do último dia'. Disse-lhe Jesus: 'Eu sou a ressurreição e a vida; aquele que acreditar em mim, ainda que esteja morto, viverá. E todo aquele que vive e crê em mim nunca haverá de morrer. Acredita nisso?' Disse-lhe ela...*"

(E respirando com dificuldade, Sônia lia de modo bem distinto e enérgico, como se estivesse fazendo uma confissão pública de fé.)

"'*Sim, Senhor, creio que o senhor é o Cristo, o Filho de Deus, que veio ao mundo...*'"

Parou e olhou rapidamente para ele, mas, controlando-se, continuou a leitura.

Raskolnikov estava sentado imóvel, com os cotovelos sobre a mesa e seus olhos voltados para longe. Ela leu até o versículo 22.

"E como Maria tivesse vindo para o lugar onde estava Jesus, ao vê-lo, lançou--se a seus pés, dizendo-lhe: 'Senhor, se tivesse estado aqui, meu irmão não teria morrido.' Quando Jesus a viu chorar, e também os judeus que vinham com ela estavam aos prantos, ele se comoveu em espírito e ficou perturbado. E disse: 'Onde o puseram?' Eles lhe disseram: 'Senhor, venha e veja.' E Jesus chorou. Os judeus então disseram: 'Vejam como ele o amava.' E alguns deles disseram: 'Não poderia este que abriu os olhos do cego, fazer com que esse homem não tivesse morrido?'"

Raskolnikov voltou-se e olhou para ela comovido. Sim, ele tinha pressentido isso! Ela estava tremendo como se estivesse realmente com febre. Era o que ele esperava. Ela se aproximava da narrativa do maior milagre e um sentimento de imenso triunfo tomava conta dela. Sua voz se tornou vibrante como um sino; triunfo e alegria lhe davam forças. As linhas dançavam diante de seus olhos, mas ela sabia de cor o que estava lendo. No último versículo, "*Não poderia este, que abriu os olhos do cego...*" baixando a voz, ela reproduziu com veemência a dúvida, a recriminação e a censura dos incrédulos e cegos judeus, que em outro momento, haveriam de cair aos pés dele, como que atingidos por um raio, soluçando e acreditando... "E *ele, ele...* também, cego e incrédulo, ele também vai ouvir, ele também vai acreditar, sim, sim! Agora mesmo!", era o que ela estava sonhando e tremia na feliz expectativa.

"*Jesus, comovendo-se novamente em seu íntimo, veio até o sepulcro. Era uma gruta e uma pedra fechava a entrada. Jesus disse: 'Removam a pedra.' Marta, irmã do morto, disse-lhe: 'Senhor, a essa hora já está cheirando mal, pois já faz quatro dias que morreu.'*"

Ela acentuou enfaticamente a palavra *quatro*.

"*Jesus lhe disse: 'Não disse que, se acreditar, verá a glória de Deus?' Então tiraram a pedra da entrada da gruta onde o morto havia sido posto. E Jesus ergueu os olhos e disse: 'Pai, dou-lhe graças por me ter ouvido. E sabia que me ouve, mas disse-lhe isso por causa do povo que está à minha volta, para que eles acreditem que me enviou.' Depois de ter dito isso, gritou em voz alta: 'Lázaro, venha para fora.' E aquele que estava morto saiu.*"

(Ela lia em voz bem alta, fria e tremendo, extasiada, como se estivesse vendo isso com seus próprios olhos.)

"*Tinha mãos e pés envoltos em ataduras e o rosto num sudário. Jesus lhes disse:*

'Desatem-no e deixem-no ir.' Então muitos dos judeus que tinham vindo para a casa de Maria e que viram o que Jesus havia feito, acreditaram nele."

Ela não conseguia mais continuar a leitura, fechou o livro e se levantou rapidamente da cadeira.

– Isto é tudo o que há sobre a ressurreição de Lázaro – sussurrou ela, severa e abruptamente e, voltando-se, ficou imóvel, sem se atrever a erguer os olhos para ele. Continuava ainda tremendo como se estivesse com febre. A luz do toco de vela tremulava ainda no castiçal danificado, iluminando sombriamente, naquele mísero quarto, o assassino e a prostituta, que tão estranhamente se haviam reunido para ler o livro da salvação eterna. Passaram-se cinco minutos ou mais.

– Vim para falar de uma coisa – disse Raskolnikov, em voz alta, franzindo a testa. Levantou-se e se aproximou de Sônia, que ergueu os olhos para ele, em silêncio. O rosto dele estava particularmente sério e havia nele uma espécie de determinação selvagem.

– Abandonei minha família, hoje – disse ele –, minha mãe e minha irmã. Não vou voltar para junto delas. Rompi com elas definitivamente.

– Por quê? – perguntou Sônia, espantada. O encontro recente com a mãe e com a irmã dele lhe havia deixado uma profunda impressão, embora não soubesse bem porquê. Ouviu a notícia da ruptura com assombro.

– Eu só tenho você, agora – acrescentou ele. – Vamos viver juntos... Vim para junto de você, somos dois amaldiçoados, vamos seguir nosso caminho juntos!

Os olhos dele brilhavam "como se fosse louco", pensou Sônia por sua vez.

– Mas para onde vamos? – perguntou ela, alarmada, e involuntariamente recuou.

– Como posso saber? Só sei que é o mesmo caminho; isso é que sei e nada mais. A mesma meta!

Ela olhava para ele e não entendia nada. Só sabia que ele estava terrível e infinitamente infeliz.

– Nenhum deles vai compreender, se lhes falar – continuou ele –, mas eu compreendi. Eu preciso de você, por isso é que vim aqui.

– Não compreendo – sussurrou Sônia.

– Mais tarde você vai compreender. Você não fez o mesmo? Você também transgrediu... teve a força de transgredir. Você levantou as mãos contra si mesma, você destruiu uma vida... *sua vida* (dá na mesma!). Você poderia ter vivido pelo espírito e pela razão, mas terminou no Mercado do Feno... Mas não vai poder aguentar isso e, se ficar sozinha, acabará por perder o juízo, como eu. Você já está meio louca. Por isso devemos seguir juntos pelo mesmo caminho. Vamos!

– Para quê? Para que tudo isso? – perguntava Sônia, de modo estranho e violento, agitada pelas palavras dele.

– Por quê? Por que você não pode permanecer assim; é por isso! Você deve, por fim, encarar as coisas direta e seriamente e não chorar como uma criança e clamar a Deus para que não o permita! O que vai acontecer, se você realmente for internada num hospital amanhã? A outra é louca e tuberculosa, logo vai morrer. E as crianças? Você quer me dizer que Polenka não vai cair na perdição? Não viu crianças por aqui, nas esquinas das ruas, mandadas pelas mães para pedir esmola? Descobri onde essas mães vivem e em que condições. Ali, crianças não podem permanecer crianças. Aos sete anos, a criança já é depravada e ladra. Ainda assim, você sabe, as crianças são a imagem de Cristo: "delas é o reino dos céus". Ele nos ordenou honrá-las e amá-las; elas são a humanidade do futuro...

– O que vou fazer, o que vou fazer? – repetia Sônia, chorando histericamente e torcendo as mãos.

– O que fazer? Romper o que deve ser rompido, de uma vez por todas, só isso, e suportar a dor. O quê? Não está entendendo? Vai entender mais tarde... Liberdade e poder, acima de tudo, poder! Sobre toda criatura que treme e sobre todo formigueiro!... Esse é o objetivo, lembre-se! Essa é minha mensagem de adeus. Talvez seja a última vez que falo com você. Se eu não vier amanhã, vai saber disso tudo e então relembre essas palavras. E algum dia, mais tarde, nos anos por vir, vai compreender talvez o que elas significam. Se eu vier amanhã, vou lhe contar quem matou Lizaveta... Adeus!

Sônia estremeceu de terror.

– Por que, você sabe quem a matou? – perguntou ela, horrorizada e olhando com assombro para ele.

– Sei e vou lhe contar... a você, só a você! Eu a escolhi para isso. Não vim para lhe pedir perdão, mas simplesmente para lhe contar. Eu a escolhi há muito tempo para que soubesse disso, desde que seu pai me falou de você, e quando Lizaveta ainda era viva, já pensei nisso. Adeus! Não me dê a mão. Até amanhã!

Saiu. Sônia seguiu-o com o olhar, como se fosse um louco. Mas ela própria estava endoidecida e o sentia. Sua cabeça girava.

"Deus do céu! Como é que sabe quem matou Lizaveta? O que significam essas palavras? É horrível!" Mas, ao mesmo tempo, *essa ideia* não lhe passava pela cabeça, nem por um momento! "Oh, ele deve estar terrivelmente infeliz!...

Abandonou a mãe e a irmã... Por quê? O que aconteceu? E o que tem em mente? E o que lhe disse? Tinha beijado seus pés e disse... disse (sim, disse isso claramente) que não podia viver sem ela... Oh, Deus do céu!"

Sônia passou toda a noite com febre e delirando. Sobressaltava-se de quando em quando, chorava, torcia as mãos; depois mergulhava novamente num sono febril e sonhava com Polenka, com Ekaterina Ivanovna, com Lizaveta, com a leitura do Evangelho, e com ele... ele, de rosto pálido e olhos de fogo... beijando seus pés, chorando.

Do outro lado da porta à direita, que separava o quarto de Sônia do alojamento de madame Resslich, havia um quarto contíguo que há muito tempo estava vazio. Um cartaz afixado no portão e um aviso colado nas janelas que davam para o canal anunciavam que estava para alugar. Fazia muito tempo que Sônia se havia acostumado a considerar esse quarto desabitado. Mas durante todo esse tempo, o senhor Svidrigailov estivera de pé e escutando por trás da porta do quarto vazio. Quando Raskolnikov saiu, ele ficou quieto, pensou por um momento e voltou, na ponta dos pés, para seu próprio quarto, que era contíguo ao vazio; tomou então uma cadeira e, sem fazer barulho, encostou-a à porta que dava para o quarto de Sônia. A conversa dos dois lhe havia parecido interessante e notável, e tinha ficado imensamente satisfeito com ela... tanto que levou para lá uma cadeira, a fim de que, não no futuro, mas no dia seguinte, por exemplo, não tivesse de suportar o inconveniente de ficar de pé uma hora inteira, mas poderia, confortavelmente instalado, ficar escutando.

CAPÍTULO CINCO

Quando na manhã seguinte, às onze em ponto, Raskolnikov entrou no departamento de investigação de causas criminais e pediu que anunciassem seu nome a Porfírio Petrovitch, ficou surpreso por ter de esperar tanto tempo para ser recebido; passaram-se pelo menos dez minutos até que o mandassem entrar. Esperava que eles se lançassem sobre ele. Mas ele ficou na sala de espera e as pessoas, que aparentemente nada tinham a ver com ele, passavam continuamente, para frente e para trás, diante dele. Na sala contígua, que tinha o aspecto de um escritório, vários escriturários estavam sentados escrevendo e, obviamente, não tinham a menor ideia de quem ou do que fosse Raskolnikov. Ele olhava com desconforto e desconfiado ao redor dele, para ver se havia algum guarda, algum misterioso vigilante que o controlava, a fim de evitar que fugisse. Mas nada disso havia. Via apenas o rosto dos empregados, absortos no trabalho, e outras pessoas que pareciam não ter nenhuma relação com ele. Para essas pessoas, ele poderia ir para onde quisesse. Cada vez mais forte se tornava a convicção de que, se esse enigmático homem do dia anterior, aquele fantasma surgido de debaixo da terra, tivesse visto tudo, eles não o teriam deixado ficar ali e esperar desse jeito. Por outra, teriam esperado tranquilamente até que ele aparecesse às onze? Ou o homem não tinha dado informação alguma ou... ou simplesmente nada sabia, nada tinha visto (e como poderia ter visto alguma coisa?) e então, tudo o que lhe havia acontecido no dia anterior nada mais era que uma aparição exagerada por sua imaginação doentia e superagitada. Essa conjetura tinha começado a se tornar mais forte no dia anterior, no momento de seu maior medo e desespero. Pensando em tudo isso agora e preparando-se para um novo conflito, percebeu repentinamente que estava tremendo... e sentiu o sangue ferver de indignação diante da ideia de que estava tremendo de medo para encarar aquele odioso Porfírio Petrovitch. O que mais temia era encontrar aquele homem de novo; odiava-o com um intenso e consumado ódio e receava que seu ódio o traísse. Sua indignação era tamanha que parou de tremer imediatamente; preparou-se para entrar com um aspecto frio e arrogante e jurou para si mesmo que se limitaria a ficar tão calado quanto possível, a observar, a escutar e, dessa vez pelo menos, a controlar seus nervos supertensos. Nesse momento, foi chamado para se apresentar a Porfírio Petrovitch.

Encontrou Porfírio Petrovitch sozinho em seu gabinete. Era uma sala de tamanho razoável, mobiliada com grande mesa de trabalho, diante de um sofá, forrado de material axadrezado, um bureau, uma estante no canto e várias cadeiras... toda a mobília do Estado, de madeira amarela polida. Na parede do fundo, havia uma porta fechada, atrás da qual deveria haver, sem dúvida, outras salas. Quando Raskolnikov entrou, Porfírio Petrovitch fechou imediatamente a porta pela qual ele havia entrado e ficaram sozinhos. Acolheu o visitante com ar aparentemente cordial e bem-humorado e foi somente depois de alguns minutos que Raskolnikov viu sinais de certo embaraço nele, como se tivesse sido atrapalhado em suas avaliações ou apanhado em algo muito secreto.

– Olá, meu caro companheiro! Aqui está você... em nosso domínio... – começou Porfírio, estendendo-lhe as duas mãos. – Vamos, sente-se, meu velho... ou talvez não goste de ser chamado "meu caro companheiro" e "meu velho"... *tout court* (sem mais nada)? Por favor, não julgue que seja por demais familiar... Aqui, no sofá.

Raskolnikov se sentou, sem desviar os olhos dele. "Em nosso domínio", aquela desculpa pela familiaridade, aquela expressão francesa "*tout court*", eram todos sinais característicos.

"Ele me estendeu as duas mãos, mas não chegou a me dar uma... retirou-as a tempo", pensou ele, desconfiado. Os dois se vigiavam mutuamente, mas quando seus olhares se cruzaram, rápidos como um raio se desviaram.

– Trago-lhe este documento... relativo ao relógio. Aqui está. Serve como está ou devo redigi-lo outra vez?

– O quê? Um documento? Sim, sim, não se preocupe, está tudo certo – disse Porfírio Petrovitch, como se estivesse com pressa e, dizendo isso, apanhou o papel e o examinou. – Sim, está correto. Não é preciso mais nada – afirmou ele, com a mesma rapidez e pôs o papel sobre a mesa.

Um minuto depois, quando estava falando de outra coisa, tirou-o da mesa e o colocou sobre seu arquivo.

– Creio que o senhor disse ontem que gostaria de me interrogar... formalmente... sobre meu relacionamento com a mulher assassinada – começava Raskolnikov a dizer. "Por que inseri esse 'Creio', foi a ideia que passou por sua mente como um raio. Por que estou tão preocupado por ter inserido esse 'Creio'?, foi como um segundo raio a atravessar sua mente. E subitamente sentiu que sua inquietação ao simples contato com Porfírio, com as primeiras palavras, com os primeiros olhares, tinha atingido, num instante, proporções monstruosas e isso era terrivelmente perigoso. Seus nervos estavam mais que tensos e sua emoção só aumentava. "É ruim, muito ruim! Vou falar demais outra vez!"

– Sim, sim, sim! Não há pressa, não há pressa – murmurou Porfírio Petrovitch, dando voltas em torno da mesa sem qualquer objetivo aparente, caminhando em direção da janela, do arquivo e da mesa, evitando em certos momentos o olhar desconfiado de Raskolnikov, ficando depois parado e fitando-o diretamente no rosto.

Sua figura pequena, gorducha e arredondada parecia muito estranha, como uma bola rolando de um lado para outro e voltando para o lugar de origem.

– Temos muito tempo! Fuma? Tem cigarros? Tome um – continuou ele, oferecendo um cigarro ao visitante. – Sabe que o estou recebendo aqui, mas tenho minhas instalações próprias logo ali do outro lado; sabe, instalações oficiais do governo. Mas de momento estou morando fora daqui; tive de fazer alguns reparos aqui. Está quase tudo pronto... Instalações à custa do Estado, bem sabe, são uma grande coisa. O que você acha?

– Sim, uma grande coisa – respondeu Raskolnikov, olhando-o quase ironicamente.

– Uma grande coisa, uma grande coisa – repetia Porfírio Petrovitch, como se tivesse pensado em algo bem diferente. – Sim, uma grande coisa! – quase gritou finalmente, fixando de repente o olhar em Raskolnikov e parando a dois passos dele.

Essa estúpida repetição era por demais incompatível em tolice com o olhar sério, compenetrado e enigmático que ele dirigia a seu visitante.

Mas isso acirrou ainda mais a raiva de Raskolnikov que não pôde resistir de lançar um desafio irônico e um tanto incauto.

– Diga-me, por favor – quis ele perguntar de repente, olhando-o de modo quase insolente e sentindo uma espécie de prazer em sua própria insolência. – Creio que é uma espécie de regra jurídica, uma espécie de tradição jurídica... para todos os advogados investigadores... começar seu ataque de longe, com um assunto trivial, ou pelo menos irrelevante, com o objetivo de encorajar, ou melhor, de distrair o interrogado, desarmar sua cautela e então, de súbito, aplicar-lhe um golpe inesperado e mortal, fazendo-lhe uma pergunta fatal. Não é assim? É uma tradição sagrada mencionada, ao que me parece, em todos os manuais de Direito.

– Sim, sim... Ora, não imagina por que falei sobre instalações do governo... hein?

E, ao dizer isso, Porfírio Petrovitch apertou os olhos e piscou; um olhar bem-humorado e astucioso se estampou em seu rosto. As rugas da testa se desfizeram, seus olhos se contraíram, suas feições se dilataram e, subitamente, desatou numa longa e nervosa risada, contorcendo-se todo e fitando Raskolnikov diretamente no rosto. Este forçou um riso, mas quando Porfírio, ao ver que ele também ria, sofreu um tal acesso de riso que ficou quase completamente vermelho, e a repugnância de Raskolnikov ultrapassou toda a prudência; deixou de rir, franziu a testa e ficou fitando Porfírio enquanto este prolongava intencionalmente sua risada. Havia, porém, falta de prudência de ambos os lados, pois Porfírio Petrovitch parecia estar rindo do semblante do visitante e estar minimamente preocupado com a reação dele. Este último fato era muito significativo para Raskolnikov; via que Porfírio Petrovitch não estava nem um pouco embaraçado, mas que era ele, Raskolnikov, que talvez tinha caído numa armadilha; que devia haver algo, algum motivo desconhecido para ele; que, talvez, estivesse tudo preparado e que, a qualquer momento, haveria de cair sobre ele...

Ele foi direto ao assunto, levantou-se e tomou o boné:

– Porfírio Petrovitch – começou ele, resolutamente, embora com considerável irritação –, ontem o senhor expressou o desejo de que eu viesse aqui para algumas indagações (acentuou especialmente a palavra "indagações"). Aqui estou e, se tiver alguma coisa a me perguntar, pergunte; se não, permita que me retire. Não tenho tempo a perder... Tenho de estar no funeral daquele homem que foi atropelado, do qual o senhor... também sabe – acrescentou ele, ficando imediatamente aborrecido por ter acrescentado isso e mais irritado ainda com sua zanga. – Estou mais que cansado disso tudo, está ouvindo? E já faz muito tempo. Em parte, foi o que me deixou doente. Em resumo – gritou ele, sentindo que a frase a respeito da doença dele estava mais ainda fora de lugar –, queira ter a bondade de me interrogar ou de deixar-me ir embora agora mesmo. Se tiver de me interrogar, faça-o de acordo com a lei. Não vou permitir que o faça de outra maneira e de repente dissesse até logo, como se evidentemente não tivéssemos nada a fazer nós dois agora.

– Deus do céu! O que quer dizer com isso? Sobre que haveria de interrogá-lo? – gaguejou Porfírio Petrovitch, mudando de tom e deixando de rir instantaneamente. – Por favor, não se preocupe – começou ele, mexendo-se de um lado a outro e, nervoso, pedindo para Raskolnikov se sentar. – Não há pressa, não há pressa, é tudo bobagem. Oh, não, estou muito contente por ter vindo finalmente me visitar... Considero-o um simples visitante. E peço, for favor, que me desculpe por meu maldito riso, Rodion Romanovitch. Rodion Romanovitch? É esse seu nome?... São os meus nervos, o senhor me fez rir com sua observação espirituosa; às vezes, asseguro-lhe, tenho um ataque de riso como uma bola de borracha por quase meia hora... Com frequência, chego a temer um ataque de paralisia. Por favor, sente-se. Faça o favor, caso contrário vou pensar que está zangado...

Raskolnikov não abriu a boca; escutava, observava-o, cada vez mais irado. Sentou-se, na verdade, mas sem largar o boné.

– Vou lhe contar uma coisa a meu respeito, meu caro Rodion Romanovitch – continuou Porfírio Petrovitch, andando pela sala e evitando os olhos do visitante. – Veja bem, eu sou solteiro, sou desconhecido e não muito acostumado a frequentar ambientes sociais; além disso, não vejo nada diante de mim, estou parado, estou procurando deitar semente e... e não sei se reparou, Rodion Romanovitch, que em nossos círculos aqui em Petersburgo, se dois homens inteligentes se encontram e que ainda não se conhecem muito bem, mas que se respeitam mutuamente, como o senhor e eu, levam meia hora antes de acharem um tema para conversar... ficam mudos, sentados um em frente ao outro e se sentem desconfortáveis. Todos têm assunto para conversar, sobretudo as damas... as pessoas da alta sociedade sempre têm variados temas para conversar, *c'est de rigueur* (é obrigatório); mas as pessoas da classe média, como nós, isto é, pessoas que pensam, ficam sempre de língua amarrada e embaraçadas. Qual é a razão disso? Ou é falta de interesse por assuntos sociais ou é porque somos tão honestos que não queremos decepcionar um ao outro. Não sei. O que é que o senhor acha? Por favor, largue seu boné; parece que está prestes a partir a qualquer momento. Isso me deixa desconfortável... Estou tão contente...

Raskolnikov largou o boné e continuou escutando, em silêncio e com a testa franzida e carregada, a vaga e vazia conversa de Porfírio Petrovitch. "Será que ele quer realmente distrair minha atenção com seu estúpido palavreado?"

— Não posso lhe oferecer café aqui; mas por que não passar cinco minutos com um amigo? — continuou falando Porfírio. — E sabe que todos esses deveres de cortesia... por favor, não se ofenda por esse meu andar de um lado para outro; desculpe-me, caro amigo; tenho muito medo de melindrá-lo, mas esse exercício é absolutamente indispensável para mim. Estou sempre sentado e me sinto bem ao me movimentar por uns cinco minutos... sofro com minha vida sedentária... sempre fico pensando em frequentar um local de ginástica; dizem que homens de todas as categorias, até conselheiros secretos, podem ser vistos se exercitando alegremente por lá; aí está, ciência moderna... sim, sim... Mas, quanto a meus deveres aqui, interrogatórios e outras formalidades... o senhor mesmo se referiu, há pouco, a interrogatórios... Garanto-lhe que essas indagações são, às vezes, mais embaraçosas para o interrogador do que para o interrogado... Há um momento, o senhor mesmo fez uma observação muito adequada e inteligente a respeito (Raskolnikov não tinha feito nenhuma observação desse tipo). Fica tudo confuso! Uma verdadeira confusão! Fica-se batendo sempre na mesma tecla, sem resultado! Deveria haver uma reforma e assim poderíamos, pelo menos, ser chamados por outro nome, he-he-he! E com relação à nossa tradição legal, como a chama de modo inteligente, estou inteiramente de acordo com o senhor. Todo acusado sob processo, mesmo o mais rude camponês, sabe que eles começam a desarmá-lo com as perguntas mais irrelevantes (como o senhor o afirmou de modo tão feliz) para depois lhe aplicar um golpe certeiro, he-he-he!... com sua expressão mais feliz ainda, he-he! Dessa maneira, o senhor realmente captou a ideia do que eu queria dizer com "instalações do governo"... he, he! O senhor é uma pessoa bem irônica. Bem, vou parar por aqui. Ah! a propósito, sim! Uma palavra leva a outra. O senhor falou há pouco de formalidade, referindo-se aos interrogatórios. Mas de que serve a formalidade? Em muitos casos é bobagem. Às vezes dá mais resultado uma boa conversa amigável. Sempre se pode recair na formalidade, permita-me lhe dizer, e, no final das contas, a que leva? Um investigador não pode ser limitado pela formalidade em todos os seus passos. O trabalho de investigação é, por assim dizer, uma arte livre, em seu próprio gênero, he-he-he!

Porfírio Petrovitch parou um momento para tomar fôlego. Tinha simplesmente falado sem parar, proferindo frases vazias, deixando escapar algumas palavras enigmáticas e recaindo em seguida na incoerência. Agora andava quase correndo pela sala, movendo suas pernas curtas e gordas sempre mais rapidamente, olhando para o chão, com a mão direita nas costas, enquanto agitava a esquerda em gestos que eram totalmente incongruentes com suas palavras. Raskolnikov observou de repente que, enquanto se movia assim pela sala, parecia ter parado duas vezes perto da porta, como se estivesse escutando.

"Estará esperando alguma coisa?"

– Certamente, o senhor tem toda a razão – começou Porfírio alegremente, olhando com extraordinária simplicidade para Raskolnikov (que o fez estremecer e ficar imediatamente de guarda). Certamente tem razão em rir de modo tão inteligente de nossas fórmulas legais, he-he! Algumas delas elaboram métodos psicológicos que são extremamente ridículos e talvez inúteis, se nos ativermos demasiadamente às formas. Sim... Voltei a falar de fórmulas. Bem, se eu reconhecer ou, falando mais estritamente, suspeitar desse ou daquele como culpado de um crime, cujo caso me foi confiado... o senhor estudava Direito, não é verdade, Rodion Romanovitch?

– Sim, estudava...

– Bem, então aqui tem um precedente que poderá lhe ser útil no futuro... embora eu não queira instruí-lo a respeito, depois dos artigos que publicou sobre o crime! Não, simplesmente me proponho a apresentá-lo como um fato. Se eu tomar este ou aquele sujeito como um criminoso, por que, pergunto, haveria de aborrecê-lo prematuramente, mesmo que eu tivesse algumas provas contra ele? Em algum caso, vejo-me obrigado, por exemplo, a mandar prender um indivíduo imediatamente; mas em outro, o sujeito pode estar numa situação bem diferente e então, por que haveria de deixá-lo ainda andar à solta pela cidade? He-he-he! Mas vejo que o senhor não está compreendendo muito bem; por isso vou lhe dar um exemplo mais claro. Se colocar na prisão cedo demais, presto-lhe com toda a probabilidade, por assim dizer, um apoio moral. He-he! O senhor está rindo?

Raskolnikov não tinha sequer ideia de rir. Estava sentado, com os lábios cerrados e com seus olhos febris fixos em Porfírio Petrovitch.

– Ainda assim esse é o caso, sobretudo com alguns tipos, porque os homens são muito diferentes. O senhor pode me dizer: e as provas? Bem, pode haver provas. Mas as provas, bem sabe, podem geralmente ser vistas de dois modos. Sou investigador e homem fraco, reconheço. Gostaria de obter uma prova, por assim dizer, matematicamente clara. Gostaria de estabelecer uma cadeia de provas, como dois e dois são quatro, o que constituísse uma prova direta e irrefutável! E se o prendo cedo demais... mesmo que estivesse convencido de ser *ele* o homem, estaria eu mesmo me privando dos meios de obter ulteriores provas contra ele.

E como? Ao lhe conferir, por assim dizer, uma situação definitiva, posso libertá-lo de qualquer suspense e deixar sua mente tranquila, de modo que ele vai se retrair e se fechar em sua concha. Dizem que em Sebastopol, quando do caso de Alma, algumas pessoas inteligentes estavam com um medo terrível de que o inimigo atacasse abertamente e tomasse Sebastopol rapidamente. Mas quando viram que o inimigo preferia um assédio regular, essas pessoas se alegraram, segundo me disseram e me asseguraram, porque a coisa poderia se arrastar por dois meses, pelo menos. O senhor está rindo, não acredita em mim, outra vez? É claro e tem razão, novamente. Tem razão, tem razão! Esses são casos particulares, admito. Mas deve observar, meu caro Rodion Romanovitch, que o presente caso, o caso para o qual são exigidas todas as fórmulas legais e todas as regras e que são descritas e impressas nos manuais, esse caso não existe na realidade, pela simples razão de que cada caso, cada crime, por exemplo, tão logo tenha realmente ocorrido, torna-se imediata e inteiramente um caso especial e, às vezes, um caso sem similar com qualquer outro anterior. Às vezes acontecem casos desse tipo muito cômicos. Se eu deixar o homem completamente só, se não o tocar nem o incomodar, mas se o deixar saber ou pelo menos suspeitar a todo momento que eu sei de tudo e que o estou observando dia e noite, e se ele ficar em contínua suspeita e terror, fatalmente está inclinado a perder a cabeça. Ele vai vir até mim por própria conta ou fará alguma coisa tão clara, como dois e dois são quatro... é delicioso! Isso pode ocorrer com um simples camponês, mas com alguém de nossa classe, um homem inteligente e culto em sua especialidade, é certeza total, pois, meu camarada, é muito importante saber em que área o homem se especializou. E depois há os nervos, os nervos, que o senhor pode inadvertidamente menosprezá-los! Ora, todos eles andam doentes, nervosos e irritadiços!... E, mais ainda, todos eles sofrem da bílis! Isso, eu lhe asseguro, é uma verdadeira mina de ouro para nós. E pouco me importa se ele anda à solta pela cidade! Deixe-o, deixe-o passear um pouco por aí! Sei muito bem que vou apanhá-lo e que ele não vai me escapar. Para onde poderia fugir, he-he! Para o estrangeiro, talvez? Um polonês poderia fugir para o estrangeiro, mas por aqui não, especialmente porque eu o vigio e tomei minhas medidas. Poderia fugir para os confins mais remotos do país, talvez? Mas bem sabe que ali vivem os camponeses, os verdadeiros e rudes russos. Um homem instruído preferiria a prisão a conviver com esses estranhos, como são nossos camponeses. He-he-he! Mas tudo isso é bobagem, superficialidade! Não é somente pelo fato de que ele não tem para onde correr, mas porque é *psicologicamente* incapaz de me escapar, he-he! Que expressão essa, hein? Não me escapa pela lei da natureza, ainda que tivesse para onde ir. Já reparou uma borboleta em torno da chama de uma vela? Por isso é que ele vai dar voltas e mais voltas em torno de mim. A liberdade vai perder qualquer atrativo. Ele vai passar a refletir, vai trançar uma rede em torno de si mesmo, vai se aborrecer até a morte! E ele próprio vai acabar por me dar uma prova matemática... sendo suficiente para tanto que eu lhe dê bastante tempo... E ele vai continuar dando voltas em torno de mim, aproximando-se cada vez mais, até que... pimba! Ele vai voar diretamente para minha boca e eu vou engoli-lo, e isso vai ser muito divertido, he-he-he! Não acredita em mim?

Raskolnikov não respondeu; continuava sentado, pálido e imóvel, olhando sempre com a mesma intensidade no rosto de Porfírio.

"Bela lição", pensou ele, esfriando a cabeça. "Isso vai além do gato brincando com o rato, como ontem. Não pode estar mostrando sua força sem motivo... sugerindo... é demasiado esperto para isso... deve ter outro objetivo. O que será? É tudo bobagem, meu amigo, está pretendendo me assustar! O senhor não tem provas e o homem que vi não existe realmente! O que quer é unicamente me levar a perder a cabeça, a me irritar de antemão e, desse modo, me agarrar. Mas está enganado, não vai conseguir! Mas por que ele insinuou tudo isso? Será que conta com meus nervos estraçalhados? Não, meu amigo, está enganado, não vai conseguir fazer isso, mesmo que tivesse alguma armadilha montada contra mim... vamos ver o que é que está guardando para mim."

Juntou todas as forças para enfrentar uma terrível e desconhecida provação. Às vezes sentia vontade de cair sobre Porfírio e estrangulá-lo. Desde o começo tinha medo desses ímpetos de raiva. Sentia que os lábios ressequidos estavam salpicados de espuma, que o coração palpitava acelerado. Mas ainda estava decidido a não falar até o momento certo. Compreendia que essa era a melhor tática na situação dele, porque, em vez de falar demais, estaria irritando o adversário com seu silêncio e incitando-o a falar mais livremente. De qualquer modo, era o que esperava.

– Não, vejo que não acredita em mim, pensa que estou fazendo um joguinho inocente com o senhor – recomeçou Porfírio, rindo furtivamente a todo instante e andando novamente pela sala. – E certamente o senhor tem razão. Deus me agraciou com uma compleição que só pode despertar ideias cômicas nas outras pessoas; sou um bobo da corte; mas peço e insisto que perdoe esse velho, meu caro Rodion Romanovitch, pois o senhor é jovem, por assim dizer, na primeira juventude, e assim põe a inteligência acima de tudo, como todos os jovens. A sutileza da inteligência e os argumentos abstratos o fascinam. E isso parece de todo igual ao antigo *Hofskriegsrath* austríaco, na medida em que posso julgar assuntos militares, ou seja, no papel eram eles que batiam em Napoleão e o faziam prisioneiro; e ali, no gabinete deles, planejavam tudo da maneira mais inteligente, mas eis que, na realidade, o general Mack se rende com todo o seu exército, he-he-he! Vejo, vejo bem, Rodion Romanovitch, que está rindo de mim, por ser um civil e procurar exemplos na crônica militar. Mas não consigo evitar isso, é meu fraco. Adoro táticas militares, como adoro também ler histórias de ações militares. Certamente errei de carreira. Devia ter ido para o exército, palavra de honra! Não teria chegado a ser nenhum Napoleão, mas teria sido major, he-he-he! Bem, vou lhe contar a verdade toda, meu camarada, sobre esse *caso especial*, quero dizer: o fato real e o caráter do homem, meu caro senhor, são aspectos importantes e é assustador como eles por vezes enganam até os cálculos mais precisos! Eu... escute um velho... estou falando sério, Rodion Romanovitch (ao dizer isso, Porfírio Petrovitch, que mal tinha 35 anos, parecia realmente ter envelhecido; até mesmo a voz tinha mudado e dava a impressão de se encolher). Além disso, sou um homem sincero... sou sincero ou não? O que me diz? Imagino que realmente o seja; digo-lhe essas coisas por nada e não espero recompensa alguma, he-he! Bem, prosseguindo, a inteligência, a meu ver, é uma coisa esplêndida; é, por assim dizer, um adorno da natureza e um consolo na vida; e que trapaças pode aprontar! É por isso que, às vezes, é difícil para um investigador saber onde está pisando, especialmente quando é passível de ser levado por sua própria imaginação, pois, deve saber que, acima de tudo, ele é homem também! Mas o pobre homem é salvo pelo temperamento do criminoso! Mas os jovens, levados por sua própria sagacidade, não pensam nisso "quando saltam todos os obstáculos", como o senhor inteligente e sabiamente expressou ontem. Ele vai mentir... isto é, o homem que representa o *caso especial*, o incógnito, e vai mentir muito bem, da maneira mais astuta; poderia achar que ele iria triunfar e gozar dos frutos da esperteza dele, mas no momento mais interessante, no momento mais flagrante, ele vai ruir. É claro que uma doença ou um ambiente abafado podem interferir, mas de qualquer modo... de qualquer modo ele nos deu no que pensar! Ele mentiu de modo descarado e o mais que pôde, mas não contava com seu próprio temperamento! Foi o que o traiu! Outra vez, levado por sua inteligência brincalhona, passa a zombar do homem que suspeita dele; empalidece de propósito para iludir, mas sua palidez é *natural demais*, parecida demais com a verdadeira, e isso nos dá novamente o que pensar! Embora tenha enganado a primeira vez o investigador, vai pensar diferente no dia seguinte, se não for um tolo e, claro, isso ocorre a cada passo! Ele próprio toma a dianteira, se põe no lugar onde não foi chamado, fala continuamente quando deveria ficar quieto, formula toda espécie de alusões, he-he! Ele próprio se apresenta e pergunta por que demoraram tanto para apanhá-lo. He-he-he! E isso pode acontecer ao homem mais esperto, ao psicólogo, ao literato. O temperamento reflete tudo, como um espelho! Olhe para ele e admire o que está vendo! Mas por que está tão pálido, Rodion Romanovitch? A sala está abafada? Quer que abra a janela?

– Oh, não se preocupe, por favor! – exclamou Raskolnikov e, de repente, caiu numa risada. – Por favor, não se incomode!

Porfírio parou diante dele, fez uma pausa momentânea e subitamente desatou a rir também. Raskolnikov levantou-se do sofá, reprimindo abruptamente aquele riso histérico.

– Porfírio Petrovitch! – começou ele, falando em voz alta e distinta, embora suas pernas tremessem e mal pudesse manter-se de pé. – Até que enfim vejo claramente que o senhor suspeita realmente que eu tenha matado aquela velha senhora e a irmã dela, Lizaveta. De minha parte, devo lhe dizer que já estou farto de tudo isso. Se julga que tem o direito de me perseguir legalmente, de me prender, então me persiga e me prenda. Mas não vou permitir que zombe de mim e me aborreça...

Seus lábios tremiam, seus olhos faiscavam de raiva e não conseguia manter a voz firme.

– Não vou permitir! – gritou ele, dando um soco na mesa. – Está ouvindo, Porfírio Petrovitch? Não vou permitir isso!

– Deus do céu! O que quer dizer isso? – exclamou Porfírio Petrovitch, aparentemente muito assustado. – Rodion Romanovitch, meu caro companheiro, o que está acontecendo com o senhor?

– Não vou permitir! – gritou novamente Raskolnikov.

– Silêncio, meu caro! Eles podem ouvir e entrar. Pense, o que iria dizer a eles? – sussurrou Porfírio Petrovitch, horrorizado, aproximando o rosto do de Raskolnikov.

– Não vou permitir, não vou permitir! – repetia Raskolnikov maquinalmente, mas ele também, repentinamente, falava em sussurros.

Porfírio se virou rapidamente e correu para abrir janela.

– Ar fresco! E o senhor deve beber um pouco de água, meu caro. Está doente!

— e estava correndo para a porta quando encontrou uma garrafa de água no canto. — Vamos, beba um pouco — murmurou ele, aproximando-se dele com a garrafa. — Certamente vai lhe fazer bem.

O susto e a simpatia de Porfírio Petrovitch foram tão naturais que Raskolnikov ficou calado e passou a olhá-lo com indômita curiosidade. Mas não provou a água.

— Rodion Romanovitch, meu caro camarada, vai perder seu juízo, asseguro-lhe, ai, ai! Beba um pouco de água, beba, só um golinho!

Obrigou-o a tomar o copo nas mãos. Raskolnikov o levou maquinalmente aos lábios; mas voltou a colocá-lo com desgosto sobre a mesa.

— Sim, o senhor teve um leve ataque! Vai recair em sua doença, meu camarada — falou Porfírio Petrovitch, com afetuosa simpatia, embora ainda parecesse um tanto desconcertado. — Deus do céu, deve ter mais cuidado consigo mesmo! Dmitri Prokofitch esteve aqui, veio me visitar ontem... sei, sei que tenho um caráter antipático e irônico, mas o que concluir daí! Meu Deus! Ele veio ontem, depois que o senhor foi embora. Jantamos juntos e ele falava e falava a mais não poder; eu só podia gesticular com as mãos em desespero! Ele veio a seu pedido? Mas sente-se, por favor, sente-se!

— Não, de minha parte não, mas sabia que ele vinha vê-lo e também por que motivo — respondeu Raskolnikov, bruscamente.

— Sabia?

— Sabia. E que tem isso?

— Ora, Rodion Romanovitch, sei mais que isso sobre o senhor. Sei de tudo. Sei que foi alugar um quarto à noite, quando estava escuro, que tocou a campainha e perguntou pelo sangue, que deixou os trabalhadores e o porteiro sem saber o que fazer. Sim, entendo seu estado de espírito naquele momento... mas o senhor vai ficar louco desse jeito, palavra de honra! Vai perder a cabeça! O senhor está fervendo de viva indignação pelas ofensas que recebeu, primeiro do destino e depois dos policiais; e assim o senhor corre de um lado a outro tentando obrigá-los a falar e a acabar com isso tudo, porque está farto de todas essas suspeitas e tolices. Não é assim, não é? Adivinhei como se sente, não é? Somente com isso vai perder a cabeça e levar Razumihin a perder a dele também; o senhor deve saber que ele é um homem muito *bom* para que lhe aconteça isso. O senhor está doente e ele é bom, e essa sua doença pode contagiá-lo... Vou lhe contar tudo quando estiver realmente senhor de si mesmo... Mas sente-se, por amor de Deus! Por favor, descanse, está sob choque, sente-se.

Raskolnikov se sentou, não estremecia mais, mas sentia calor por todo o corpo. Estupefato, escutava com reforçada atenção Porfírio Petrovitch, que parecia ainda assustado enquanto olhava para ele com amigável solicitude. Mas ele não acreditava numa única palavra do que havia dito, embora sentisse uma estranha inclinação para acreditar. As inesperadas palavras de Porfírio sobre o aluguel do quarto o haviam sobressaltado inteiramente. "Como é possível que ele saiba sobre o quarto?", pensou ele, de repente. "E é ele próprio que me diz isso!"

– Sim, em nossa prática legal, houve um caso quase exatamente igual, um caso de mórbida psicologia – continuou Porfírio, rapidamente. – Um homem confessou ter matado e como acabou se acusando! Era pura alucinação. Ele apresentou fatos e deixou a todos desorientados, e por quê? Ele havia sido em parte, só em parte, o causador absolutamente involuntário de um crime, e quando soube que dera oportunidade ao assassino, caiu em depressão, acabou afetando sua mente e transtornando seu cérebro, levando-o a imaginar coisas e a se persuadir de que ele era o assassino. Finalmente, porém, a alta Corte de Apelo interveio e o pobre infeliz foi absolvido e submetido a cuidados especiais. Graças à Corte de Apelo! Aí está, pois! Ora, meu caro camarada, o senhor pode recair em delírios, se der vazão a seus nervos e sair por aí a tocar campainhas à noite e perguntar por sangue de assassinados! Eu estudei toda essa mórbida psicologia na prática. Às vezes, um sujeito é tentado a pular pela janela ou de uma torre de igreja. É a mesma coisa que andar por aí a tocar campainhas... Tudo isso é doença, Rodion Romanovitch! O senhor começou a descuidar de sua doença. Deveria consultar um médico experiente. Para que serve esse sujeito gordo? O senhor está delirando! Estava delirando quando fez tudo isso!

Por um momento, Raskolnikov sentiu que tudo estava dando voltas em torno dele.

"É possível, é possível", foi o que passou por sua cabeça, "que ele esteja ainda mentindo? Não pode ser, não pode ser." Rejeitou essa ideia, pressentindo até que grau de fúria poderia levá-lo, pressentindo que essa fúria poderia deixá-lo louco.

– Eu não estava delirando, eu sabia o que estava fazendo – exclamou ele, empregando toda a sua inteligência para penetrar no jogo de Porfírio. – Estava em meu perfeito juízo, está ouvindo?

– Sim, estou ouvindo e entendo. Também ontem o senhor dizia que não estava delirando e insistia enfaticamente nesse ponto! Compreendo tudo o que o senhor possa me dizer. Ah!... Escute, Rodion Romanovitch, meu caro companheiro. Se o senhor fosse realmente um criminoso ou se tivesse intervindo de qualquer modo nesse condenável episódio, haveria de insistir que não estava delirando, mas de plena posse de suas faculdades? E insistir de modo tão enfático e tão persistente? Seria possível? Totalmente impossível, a meu ver. Se o senhor se sentisse realmente culpado, certamente deveria insistir que estava delirando. É isso mesmo, não é?

Havia um toque de malícia nessa pergunta. Raskolnikov se jogou para trás no sofá, enquanto Porfírio se inclinava para ele e o olhava em silêncio e perplexo.

– Outra coisa sobre Razumihin... o senhor certamente deve ter dito que ele veio espontaneamente e ter escondido sua participação nessa vinda! Mas o senhor não esconde isso! Acentua que ele veio por iniciativa que partiu do senhor.

Raskolnikov não havia afirmado nada disso. Um arrepio lhe percorreu as costas.

– O senhor continua mentindo – disse ele, lenta e debilmente, torcendo os lábios num sorriso doentio. – O senhor está tentando me mostrar de novo que conhece todo o meu jogo, que sabe tudo o que vou dizer antecipadamente – disse ele, ciente de que não estava sopesando as palavras como deveria. – O senhor quer me atemorizar... ou está simplesmente rindo de mim.

Continuou olhando fixamente para ele enquanto dizia isso e, outra vez, brilhou em seus olhos uma luz de intenso ódio.

– Continua mentindo – disse ele. – O senhor sabe perfeitamente que a melhor tática para o criminoso é dizer a verdade, na medida do possível... escondê-la o mínimo possível. Não acredito no senhor!

– Mas que pessoa astuta é! – riu mansamente Porfírio. – Não há como apanhá-lo; tem uma monomania perfeita. Então não acredita em mim? Mas ainda assim, acredita em mim, acredita um quarto do todo; logo vou fazê-lo acreditar no todo, por inteiro, porque lhe devoto sincera amizade e desejo verdadeiramente seu bem.

Os lábios de Raskolnikov tremiam.

– Sim, gosto do senhor – continuou Porfírio, tocando meigamente o braço de Raskolnikov. – O senhor deve tratar de sua doença. Além disso, sua mãe e sua irmã estão aqui agora; deve pensar nelas. Deve tranquilizá-las e confortá-las; e o senhor nada mais faz do que assustá-las...

– E o que o senhor tem a ver com isso? Como sabe disso? Acaso lhe diz respeito? Está me vigiando por toda parte e quer me mostrar isso?

– Deus do céu! Ora, eu fiquei sabendo de tudo pelo senhor mesmo! Não percebe que em sua excitação conta tudo a mim e a outros? Por meio de

Razumihin também fiquei sabendo ontem de um bom número de pormenores interessantes. Não, o senhor me interrompeu, mas devo lhe dizer que, apesar de toda a sua astúcia, sua suspeita o leva a perder a justa noção das coisas. Voltar a tocar campainhas, por exemplo. Eu, como investigador, abandonei uma coisa preciosa como essa, um fato dessa importância (porque, afinal, é um fato real), e o senhor não vê nada nisso! Ora, se eu tivesse a mais leve suspeita do senhor, teria agido dessa forma? Não, primeiramente teria desarmado sua suspeita e não teria dado a entender que tinha conhecimento desse fato, teria procurado desviar sua atenção e, repentinamente, lhe teria aplicado um golpe fatal (segundo sua expressão), dizendo: "Por favor, o que estava fazendo, senhor, às dez ou perto das onze no alojamento da senhora assassinada e por que tocou a campainha e por que perguntou sobre sangue? E por que convidou os porteiros a ir com o senhor ao posto policial, a apresentar-se ao tenente?" Esse é o modo como deveria ter agido se tivesse a mínima suspeita contra o senhor. Deveria tê-lo submetido a um interrogatório na forma da lei, ter efetuado uma busca em seu alojamento e, talvez, prendê-lo... como não fiz isso, é sinal claro de que não suspeito do senhor! Mas o senhor não consegue olhar para isso normalmente e não vê nada, repito.

Raskolnikov estremeceu de tal modo que Porfírio Petrovitch não pôde deixar de perceber.

– O senhor está mentindo o tempo todo – exclamou ele. – Não sei qual é seu objetivo, mas está mentindo. Há pouco, não me falava dessa maneira e eu não posso estar enganado!

– Estou mentindo? – repetiu Porfírio, aparentemente exaltado, mas conservando o semblante bem-humorado e irônico, como se não estivesse preocupado com a opinião de Raskolnikov sobre ele. – Eu estou mentindo... mas como o tratei há pouco eu, investigador? Ao lhe propiciar e lhe dar todos os meios para sua defesa: a doença, o delírio, as ofensas, a melancolia, os policiais e todo o resto? Ah! He-he-he! Embora, na verdade, todos esses meios psicológicos de defesa não sejam muito confiáveis e possam ser interpretados de dois modos: doença, delírio, não me lembro... tudo isso está certo, mas porque, meu bom senhor, em sua doença e em seu delírio era assombrado exatamente por essas alucinações e não por outras? Podia ter tido outras, não é? He-he-he!

Raskolnikov olhou para ele de modo altivo e desdenhoso.

– Em resumo – disse ele, em voz alta e imperiosamente, levantando-se e, ao fazê-lo, empurrando Porfírio um pouco para trás –, em resumo, quero saber: o senhor me reconhece perfeitamente livre de toda suspeita ou não? Fale, Porfírio Petrovitch, diga-me de uma vez por todas e depressa!

– Mas que trabalho que o senhor me dá! – exclamou Porfírio, com um semblante perfeitamente composto e bem-humorado. – E por que quer saber, por que quer saber tanto, se ainda não começaram a aborrecê-lo? Ora, o senhor parece uma criança pedindo uma caixa de fósforos! E por que está tão preocupado? Por que força tanto as coisas contra nós, hein? He-he-he!

– Repito – exclamou Raskolnikov, furiosamente – que não posso suportar isso.

– Mas o quê? A incerteza? – interrompeu-o Porfírio.

– Não brinque comigo! Não suporto isso! Digo-lhe que não suporto! Não posso nem quero, está ouvindo, está ouvindo? – gritou ele, dando novo soco na mesa.

– Psiu! Psiu! Eles podem ouvir! Aviso-o com toda a seriedade, tome cuidado de si mesmo. Não estou brincando! – sussurrou Porfírio, mas dessa vez o rosto dele não tinha aquela expressão efeminada de bondade e de alarme de antes. Agora era peremptório, severo, de testa franzida, deixando de lado, de uma só vez, toda mistificação.

Mas isso durou apenas um instante. Raskolnikov, desnorteado, subitamente teve um verdadeiro acesso de furor, mas, coisa estranha, obedeceu novamente à ordem de falar baixo, embora estivesse no auge de um paroxismo de fúria.

– Não vou permitir que me torturem! – sussurrou ele, reconhecendo instantaneamente com ódio que ele não poderia deixar de obedecer àquela ordem, pensamento que aumentou ao extremo sua fúria. – Procure-me, prenda-me, mas aja condignamente segundo as regras e não brinque comigo! Não se atreva!

– Não se preocupe com as formalidades – interrompeu-o Porfírio, com o mesmo sorriso furtivo de antes, fitando com satisfação Raskolnikov. – Eu o convidei a me visitar de uma forma totalmente amistosa.

– Eu não quero sua amizade e cuspo nela. Está ouvindo? Assim sendo, tomo meu boné e vou embora. O que vai dizer agora, se tem a intenção de me prender?

Tomou o boné e se dirigiu para a porta.

– E não vai ver minha pequena surpresa? – disse rindo Porfírio, tomando-o novamente pelo braço e parando-o perto da porta.

Parecia que se tornava mais jovial e bem-humorado, o que enlouquecia Raskolnikov.

– Que surpresa? – perguntou ele, parando e olhando alarmado para Porfírio.

– Minha pequena surpresa; está ali, atrás da porta, he-he-he! (Apontou para a porta trancada). – Até o tranquei à chave, para que não tentasse escapar.

– O que é isso? Onde? O quê?...

Raskolnikov achegou-se até a porta e poderia tê-la aberto, mas estava trancada.

– Está fechada, aqui está a chave.

E ele tirou do bolso uma chave.

– Está mentindo – resmungou Raskolnikov, sem poder conter-se. – Está mentindo, maldito polichinelo! – E se atirou sobre Porfírio, que recuou até a outra porta, sem demonstrar medo algum.

– Agora compreendo tudo! Está mentindo e zombando de mim para que eu me entregue...

– Ora, não haveria mais como se entregar, meu caro Rodion Romanovitch! O senhor está desesperado. Não grite, senão vou chamar os guardas.

– Está mentindo! Chame os guardas! O senhor sabia que eu estava doente e tentou me levar à loucura para que me entregasse, esse era seu objetivo. Apresente os fatos! Compreendo tudo! O senhor não tem provas, só tem refugos de infames suspeitas como as de Zametov! O senhor conhecia meu caráter, queria me irritar ao extremo e depois me aplicar o golpe fatal com seus padres e deputados... Está à espera deles, hein? Por que está esperando? Onde é que estão eles? Que venham!

– Que deputados, meu caro? Como as pessoas imaginam coisas! Se assim agisse, não estaria seguindo as formas legais, como diz; o senhor não sabe do que se trata, meu camarada... E não há forma de escapar, como pode ver – murmurou Porfírio, pondo-se a escutar à porta, por trás da qual se podia ouvir um barulho.

– Ah, estão vindo! – exclamou Raskolnikov. – Mandou chamá-los! O senhor os esperava! Bem, mostre-os todos: seus deputados, suas testemunhas, o que quiser!... Estou pronto!

Nesse momento, porém, algo estranho ocorreu, algo tão inesperado que nem Raskolnikov nem Porfírio Petrovitch poderiam imaginar semelhante desfecho de seu encontro.

CAPÍTULO SEIS

Quando, mais tarde, Raskolnikov relembrou a cena, foi assim que ele a viu.

O ruído atrás da porta aumentou e, de repente, a porta se abriu um pouco.

– O que é isso? – exclamou Porfírio Petrovitch, aborrecido. – Ora, eu dei ordens...

Não houve resposta, por um instante, mas era evidente que havia várias pessoas do outro lado da porta e que estavam aparentemente empurrando alguém para trás.

– O que é isso? – repetiu Porfírio Petrovitch, preocupado.

– Trouxemos o prisioneiro Nikolai – respondeu alguém.

– Ele não é procurado! Levem-no daqui! Deixem-no aí! Mas o que ele está fazendo aqui? Que palhaçada! – exclamou Porfírio, precipitando-se para a porta.

– Mas ele... – começou a falar a mesma voz, e logo se calou.

Dois segundos, não mais, foram gastos numa verdadeira luta; depois alguém deu um violento empurrão e um homem, muito pálido, entrou na sala.

À primeira vista, o aspecto desse homem era muito estranho. Olhava diretamente para frente, como se não visse nada. Havia um brilho decidido em seus olhos; ao mesmo tempo, uma palidez mortal cobria seu rosto, como se estivesse sendo conduzido ao cadafalso. Os lábios sem cor se retorciam debilmente.

Estava vestido como um trabalhador, de estatura mediana, muito jovem, esguio, de cabelo curto e feições finas e sobressalientes. O homem que ele havia jogado para trás o seguia para dentro da sala, segurando-o pelos braços; era um guarda; mas Nikolai puxou e livrou seu braço.

Várias pessoas curiosas se aglomeraram na soleira da porta. Algumas tentaram entrar. Tudo isso teve lugar quase instantaneamente.

– Saiam daqui, é muito cedo! Esperem até que sejam chamados!... Por que o trouxeram tão cedo? – murmurou Porfírio Petrovitch, extremamente aborrecido e como se isso tivesse alterado seus planos.

Mas subitamente Nikolai se ajoelhou no chão.

– Que é isso? – exclamou Porfírio, surpreso.

– Eu sou o culpado! A culpa é minha! Sou eu o assassino! – articulou Nikolai, de repente, quase sem fôlego, mas falando em voz bem alta.

Houve silêncio durante dez segundos, como se todos tivessem sofrido um ataque de mudez; até o guarda recuou, afastando-se instintivamente até a porta, onde ficou imóvel.

– O que é isso? – exclamou Porfírio Petrovitch, recobrando-se de seu momentâneo assombro.

– Eu... sou o assassino – repetiu Nikolai, depois de breve pausa.

– O que... você... o que... quem é que você matou? – Porfírio Petrovitch estava obviamente desnorteado.

Por um momento, Nikolai voltou a ficar calado.

– Aliona Ivanovna e a irmã, Lizaveta Ivanovna... eu... matei... com uma machadinha. A cegueira tomou conta de mim – acrescentou ele, de repente, e logo se calou novamente.

Continuava de joelhos. Porfírio Petrovitch permaneceu de pé por alguns momentos, como se estivesse meditando, mas subitamente reagiu e afastou com as mãos os espectadores indesejados. Estes desapareceram instantaneamente e a porta foi fechada. Então ele olhou para Raskolnikov, que estava de pé num canto, fitando avidamente Nikolai e se encaminhou na direção dele, mas logo parou, olhou para Nikolai e para Raskolnikov, depois novamente para Nikolai e, parecendo incapaz de se conter, se dirigiu para este último.

– Você está com pressa demais – gritou para ele, quase zangado. – Não lhe perguntei sobre o que tomou conta de você... Fale, você as matou?

– Eu sou o assassino... Quero apresentar as provas – disse Nikolai.

– Ah! Com que é que as matou?

– Com a machadinha. Já a tinha pronta.

– Ah, está com muita pressa! Sozinho?

Nikolai não compreendeu a pergunta.

– Você fez isso sozinho?

– Sim, sozinho. Mitka não tem culpa e não tomou parte nisso.

– Não tenha tanta pressa em falar de Mitka! Ah, como é que correu escada abaixo naquele dia? O porteiro encontrou vocês dois!

– Fiz isso para despistar... corri atrás de Mitka – respondeu Nikolai, apressado, como se tivesse preparado a resposta.

– Sei disso! – exclamou Porfírio, irritado. – Não é o próprio relato dele que está contando – murmurou Porfírio, como se falasse consigo mesmo e, de repente, seus olhos pousaram novamente em Raskolnikov.

Ele estava aparentemente tão concentrado em Nikolai que, por um momento, se esqueceu de Raskolnikov. Estava um tanto perplexo.

– Meu caro Rodion Romanovitch, desculpe-me – disse-lhe, aproximando-se. – Não é bem assim. Receio que tenha de ir embora... não precisa ficar aqui... vou... veja bem, que surpresa!... Até logo!.

Tomando-o pelo braço, indicou-lhe a porta.

– Suponho que o senhor não esperava por isso? – disse Raskolnikov que, embora não tivesse ainda atinado plenamente com a situação, tinha recobrado sua coragem.

– Nem o senhor esperava por isso, meu amigo. Veja como sua mão treme! He- he!

– O senhor também está tremendo, Porfírio Petrovitch.

– Sim, eu também não esperava por isso!

Já estavam junto da porta; Porfírio esperava impacientemente que Raskolnikov fosse embora.

– E sua pequena surpresa, não vai mostrá-la nem a mim? – perguntou Raskolnikov, sarcasticamente.

– Ora, até os dentes batem quando pergunta, he-he! O senhor é uma pessoa irônica! Bem, até a vista!

– Acredito que podemos nos dizer *adeus*!

– Está nas mãos de Deus! – murmurou Porfírio, com um sorriso contrafeito.

Quando passou pelo gabinete, Raskolnikov reparou que muitas pessoas estavam olhando para ele. Entre elas, viu os dois porteiros "da casa", aqueles que havia convidado, naquela noite, para acompanhá-lo até o posto policial. Estavam ali de pé, esperando. Mal ele havia chegado à escada quando ouviu a voz de Porfírio Petrovitch atrás dele. Voltando-se, viu o outro correndo para ele, quase sem fôlego.

– Uma só palavra, Rodion Romanovitch; quanto ao resto, está nas mãos de

Deus; mas para cumprir as formalidades, há algumas perguntas que terei de fazer... por isso voltaremos a nos ver, não é?

E Porfírio ficou parado, fitando-o com um sorriso.

– Não é? – acrescentou ele, novamente.

Parecia que quisesse dizer algo mais, mas não conseguia fazê-lo.

– Deve me perdoar, Porfírio Petrovitch, por aquilo que se passou há pouco... perdi a compostura – começou Raskolnikov, que havia recobrado sua coragem, de modo a se sentir irresistivelmente inclinado a mostrar sua frieza.

– Não fale disso, não fale disso – replicou Porfírio, bastante alegre. – Eu também... tenho um caráter difícil, admito! Mas devemos nos encontrar novamente. Se Deus quiser, vamos nos rever muitas vezes!

– E vamos acabar nos conhecendo a fundo – acrescentou Raskolnikov.

– Sim, vamos nos conhecer a fundo – concordou Porfírio Petrovitch; apertou os olhos, fitando-os seriamente em Raskolnikov. – Agora vai a uma festa de aniversário?

– A um funeral.

– É claro, o funeral! Cuide-se bem, cuide da saúde!

– Não sei o que posso lhe desejar – disse Raskolnikov, que tinha começado a descer as escadas, mas voltou a olhar para trás. – Gostaria de lhe desejar sucesso, mas sua profissão é tão cômica!

– Cômica, por quê? – perguntou Porfírio Petrovitch, que já estava para se retirar, mas parou e parecia apurar os ouvidos.

– Ora, como o senhor deve ter torturado e atormentado psicologicamente esse pobre Nikolai, segundo seu método, até que ele confessasse! Deve ter ficado ao lado dele dia e noite, provando-lhe que ele era o assassino e agora que ele confessou, vai começar a destroçá-lo novamente, dizendo-lhe: "Está mentindo! Você não é o assassino! Não pode ser! Não é sua própria história que está contando!" Deve admitir que é qualquer coisa de cômico!

– He-he-he! Então o senhor reparou que eu disse há pouco a Nikolai que ele não estava contando sua própria história?

– Como é que não haveria de reparar?

– He-he! O senhor é perspicaz! Repara em tudo! Realmente tem uma mente privilegiada! E sabe levar as coisas para o lado cômico... he-he! Dizem que, entre os escritores, era o sinal característico de Gogol.

– Sim, de Gogol.

– Sim, de Gogol... vou esperar até nosso próximo encontro.

– Eu também.

Raskolnikov foi direto para casa. Estava tão confuso e desnorteado que, ao chegar em casa, estirou-se por um quarto de hora no sofá, tentando coordenar suas ideias. Não se deteve em pensar sobre Nikolai; estava estupefato; percebia que na confissão dele havia qualquer coisa de inexplicável, assombroso... algo além de toda a compreensão. Mas a confissão de Nikolai era um fato real. As consequências desse fato apareceram-lhe imediatamente com clareza: a falsidade não deixaria de ser descoberta e então eles haveriam de se voltar novamente contra ele. Até então, pelo menos, estava livre e devia fazer alguma coisa para ele próprio, pois o perigo era iminente.

Mas iminente até que ponto? Sua situação começava a se esclarecer aos poucos. Relembrando, por alto, os principais traços da recente cena com Porfírio, não podia deixar de estremecer outra vez de horror. É claro que não conhecia ainda todos os objetivos de Porfírio e não podia adivinhar todos os seus planos. Mas ele já havia mostrado em parte sua mão e ninguém melhor do que Raskolnikov podia compreender como era terrível essa "jogada" de Porfírio. Um pouco mais e poderia estar completamente perdido, por algumas circunstâncias. Conhecendo seu temperamento irascível e tendo-o adivinhado desde o primeiro olhar, Porfírio, embora jogasse de modo atrevido, estava propenso a ganhar. Não há como negar que Raskolnikov se havia comprometido seriamente, mas nenhum *fato* tinha vindo à tona até o momento; não havia nada de positivo. Mas será que tinha uma visão correta da situação? Não estaria enganado? A que resultado Porfírio tinha tentado chegar? Será que tinha realmente alguma surpresa preparada para ele? E o que seria? Será que tinha ficado à espera de alguma coisa ou não? Como se teriam separado, se não tivesse sido pelo inesperado aparecimento de Nikolai?

Porfírio tinha mostrado quase todas as suas cartas... é claro que tinha arriscado alguma coisa ao mostrá-las... e se ele tivesse algo mais na manga (refletiu Raskolnikov), teria mostrado isso também. Que "surpresa" seria aquela? Era uma brincadeira? Significaria alguma coisa? Poderia tê-la escondido debaixo de qualquer coisa como um fato, uma peça de prova irrefutável? Aquele visitante do dia anterior? O que teria acontecido com ele? Onde estaria hoje? Se Porfírio contava realmente com qualquer indício, deveria estar relacionado com o homem do dia anterior...

Sentou-se no sofá, com os cotovelos apoiados nos joelhos e o rosto escondido entre as mãos. Ainda tremia nervosamente. Finalmente, levantou-se, tomou o boné, pensou por um minuto e foi até a porta.

Tinha uma espécie de pressentimento de que, por hoje, pelo menos, poderia se considerar fora de perigo. Teve uma repentina sensação como que de alegria. Queria ver-se o mais depressa possível em casa de Ekaterina Ivanovna. Já era tarde demais para assistir ao enterro, mas chegaria a tempo para a refeição depois do funeral e ali, dentro de pouco tempo, veria Sônia.

Parou, pensou por um momento e um sorriso de dor aflorou por instantes em seus lábios.

"Hoje! Hoje!", repetia para si mesmo. "Sim, hoje! Assim deve ser..."

Mas, ao se preparar para abrir a porta, ela foi se abrindo sozinha. Deu um pulo e retrocedeu. A porta se abriu suave e lentamente e subitamente apareceu a figura... do visitante do dia anterior, que surgia *de debaixo da terra*.

O homem parou no limiar da porta, olhou para Raskolnikov sem dizer palavra e deu um passo em frente, para dentro do quarto. Era precisamente o mesmo da véspera; a mesma figura, o mesmo traje, mas havia uma grande mudança em seu rosto. Parecia abatido e respirava fundo. Se tivesse levado a mão à face e inclinado a cabeça para um lado, haveria de se parecer exatamente com uma camponesa.

– Que quer? – perguntou Raskolnikov, paralisado de terror.

O homem continuava calado, mas, de súbito, inclinou-se profundamente, quase tocando o chão com a ponta dos dedos.

– O que há? – exclamou Raskolnikov.

– Pequei – disse o homem, em voz baixa.

– Como?

– Por maus pensamentos.

Olharam-se um ao outro.

– Estava atormentado. Quando o senhor veio, talvez bêbado, e pediu aos porteiros a acompanhá-lo até o posto policial e perguntou sobre o sangue, fiquei aflito ao ver que eles o deixaram ir e o tomaram por um bêbado. Fiquei tão agitado que perdi o sono. E, lembrando-me do endereço, viemos aqui ontem e perguntamos pelo senhor...

– Quem veio? – interrompeu-o Raskolnikov, começando instantaneamente a se lembrar.

– Eu vim; eu agi mal com o senhor.

– Então o senhor vem daquela casa?

– Eu estava no portão, junto com eles... não se lembra? Nós temos nosso negócio naquela casa há anos. Nós tratamos e preparamos peles e couros, trabalhamos em casa... mas acima de tudo, eu estava aflito...

E toda a cena de dois dias antes no portão reaflorou claramente na cabeça de Raskolnikov; recordou que, além dos porteiros, havia ali também várias pessoas, inclusive mulheres. Lembrou-se de uma voz que havia sugerido que o levassem diretamente ao posto policial. Não conseguiu recordar o rosto daquele que falara e mesmo agora não reconheceu aquela voz; mas conseguiu lembrar-se de que se teria voltado e lhe teria dado alguma resposta...

Assim, aí estava a solução do terror da véspera. O mais terrível de tudo era pensar que se havia quase perdido realmente, quase se havia transtornado por causa de um incidente tão "trivial". Excetuando-se o fato de perguntar sobre o alojamento e as manchas de sangue, esse homem nada mais poderia contar. Assim também Porfírio não tinha nada, a não ser aquele *delírio*, nenhum fato, a não ser essa *psicologia*, que é uma *arma branca de dois gumes*, nada de positivo. Assim, se mais fatos não viessem à tona (e não deveriam, não deveriam!), então... então que podiam fazer-lhe? Como poderiam acusá-lo de culpado, ainda que o prendessem? Além disso, havia apenas um momento que Porfírio soubera a respeito do alojamento, coisa que não sabia antes.

– Foi o senhor que disse a Porfírio... que eu tinha estado lá? – exclamou ele, assaltado por uma súbita ideia.

– Que Porfírio?

– O chefe do departamento de detetives.

– Sim. Os porteiros não foram para lá, mas eu fui.

– Hoje?

– Cheguei lá dois minutos antes do senhor. E ouvi, ouvi tudo, a maneira como o aborreceu...

– Onde? Como? Quando?

– Ora, na sala contígua. Estive sentado ali o tempo todo.

– O quê? Ah, então o senhor era a surpresa? Mas como pode ter acontecido isso? Palavra de honra!

– Eu vi que os porteiros não queriam fazer o que eu pedi – começou o homem – porque era muito tarde, disseram eles, e talvez porque ele haveria de ficar zangado por não termos ido antes. Fiquei aflito, perdi o sono e comecei a me questionar. E descobrindo ontem para onde ir, fui até lá hoje. A primeira vez que fui, ele não estava lá; quando voltei, uma hora mais tarde, ele não pôde me receber. Fui pela terceira vez e eles me mandaram entrar. Eu o informei de tudo, exatamente como aconteceu, e ele começou a caminhar pela sala e a bater no peito: "O que é que vocês pretendem, patifes? Se eu tivesse sabido disso, já o teria mandado prender!" Depois saiu correndo, chamou alguém e começou a falar com ele num canto; depois voltou para mim, para me xingar e me fazer perguntas. Ele me xingou de todas as maneiras e eu lhe contei tudo; contei também que o senhor não ousou me dizer uma só palavra em resposta para mim ontem e que não me reconheceu. E então ele recomeçou a correr de um lado para outro e continuou batendo no peito, zangado e andando sem parar pela sala. Quando o senhor foi anunciado, ele me disse para ir para a outra sala, dizendo: "Sente-se ali um pouco. Não se mexa, não importando o que possa ouvir." Ele me levou uma cadeira e me trancou naquela sala, dizendo: "Talvez eu o chame." Quando trouxeram Nikolai, ele me mandou sair, logo depois que o senhor partiu. "Vou mandá-lo chamar de novo e vou interrogá-lo", disse ele.

– E ele interrogou Nikolai enquanto o senhor esteve lá?

– Ele se livrou de mim como também do senhor, antes de falar com Nikolai.

O homem parou e, de repente, se inclinou de novo, tocando o chão com os dedos.

– Perdoe meus maus pensamentos e minha calúnia.

– Que Deus o perdoe – respondeu Raskolnikov.

Ao dizer isso, o homem se inclinou de novo, mas não até o chão, voltou-se lentamente e saiu do quarto.

"Tudo corta dos dois lados, agora tudo corta dos dois lados", repetia Raskolnikov, e saiu mais confiante do que nunca.

"Agora podemos lutar verdadeiramente", disse ele, com um sorriso malicioso, enquanto descia as escadas. Sua malícia era dirigida contra si próprio; com vergonha e desprezo recordava sua "covardia".

QUINTA PARTE

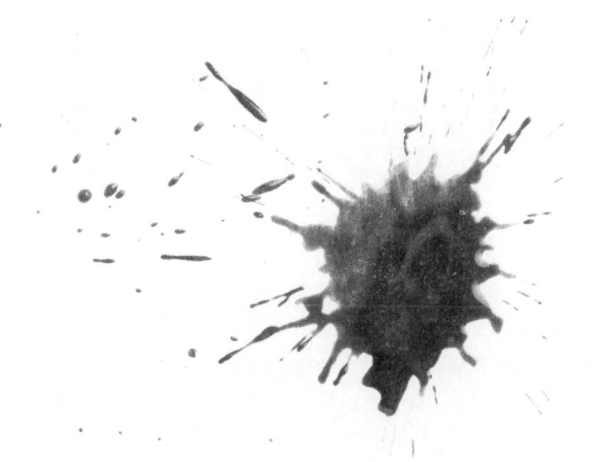

CAPÍTULO UM

A MANHÃ QUE SE SEGUIU AO FATÍDICO ENCONTRO COM DÚNIA E A MÃE dela trouxe benéficas influências para Piotr Petrovitch. Por mais intensamente desagradável que tivesse sido esse encontro, ele se viu obrigado a aceitar, aos poucos, o fato como algo sem retorno, mesmo que no dia anterior lhe parecesse fantástico e incrível. A serpente negra do orgulho ferido lhe mordeu o coração a noite toda. Quando se levantou da cama, Piotr Petrovitch foi imediatamente se olhar no espelho. Receava que sofresse de um derramamento de bílis. Mas sua saúde parecia estar ótima como sempre e, olhando para seu semblante nobre e de pele clara, que havia engordado um pouco nos últimos tempos, Piotr Petrovitch se consolou quase instantaneamente com a convicção de que haveria de encontrar outra e, talvez, uma melhor ainda. Mas, dando-se conta de sua presente situação, virou-se de lado e cuspiu energicamente, o que provocou um sorriso sarcástico em Andrei Semionovitch Lebeziatnikov, o jovem amigo com quem morava. Piotr Petrovitch notou esse sorriso e o pôs na conta de seu jovem amigo; já havia anotado um bom número de ocorrências contra ele ultimamente. Sua raiva duplicou quando pensou que não devia ter dito nada a Andrei Semionovitch a respeito do resultado do encontro do dia anterior. Esse era o segundo erro que tinha cometido em seu arroubo, precisamente por ser tão impulsivo e irritadiço... Além do mais, durante toda a manhã, um contratempo se seguiu a outro. Até se deparou com um revés que o esperava no Senado, referente a um caso legal que acompanhava. Ficou particularmente irritado com o dono da casa que havia alugado em vista de seu próximo casamento e que tinha sido redecorada à sua custa; o proprietário, um rico comerciante alemão, não queria aceitar a ideia de anular o contrato que acabara de ser assinado e insistia no pagamento total acordado, embora Piotr Petrovitch desejasse devolver o imóvel praticamente todo redecorado. De igual modo, os comerciantes se recusaram a devolver um único rublo de parte do pagamento adiantado pelos móveis comprados, mas que ainda não haviam sido transferidos para o imóvel alugado.

"Será que vou ter de me casar simplesmente por causa dos móveis?" Piotr Petrovitch rangia os dentes e, ao mesmo tempo, tinha ainda um vislumbre de esperança desesperada: "É possível que tudo isso tenha acabado irrevogavelmente? Não valeria a pena fazer mais um esforço?" A lembrança de Dúnia repercutiu em seu coração como uma voluptuosa pancada. Ele resistia à angústia naquele momento, mas tivesse sido possível matar Raskolnikov instantaneamente pelo simples desejo, Piotr Petrovitch teria prontamente transformado em palavras esse desejo.

"Foi erro meu também não lhes ter dado dinheiro", pensou ele, enquanto retornava desanimado para o quarto de Lebeziatnikov. "E por que fui tão avarento? Foi falsa economia! Eu queria mantê-las sem um tostão e elas se voltariam para mim como o homem providencial na vida delas e que passaria também a cuidar delas! Ufa! Se eu tivesse gasto uns 1.500 rublos com o enxoval da noiva e com alguns presentes, com bagatelas, com objetos de toucador, joias e todo tipo de bobagens no magazine Knopp ou na loja inglesa, minha posição teria ficado melhor e... mais firme! Não me teriam repudiado tão facilmente! Elas são o tipo de gente que se sentiria obrigada a devolver o dinheiro e os presentes, se houvesse ruptura do compromisso; e elas teriam dificuldade para fazer isso! Além do mais, teriam ficado com a consciência pesada e haveriam de dizer: 'Como podemos virar as costas a um homem que, até agora, tem sido tão generoso e delicado para conosco?...' Hum! Fiz uma tolice!"

E, rangendo de novo os dentes, Piotr Petrovitch chamou-se a si mesmo de imbecil... mas não em voz alta, é claro.

Voltou para casa, duas vezes mais irritado e zangado que antes. Os preparativos para a refeição depois do sepultamento, na casa de Ekaterina Ivanovna, despertaram sua curiosidade ao passar por ali. Tinha ouvido falar a respeito no dia anterior; na verdade, imaginava que tinha sido convidado, mas absorto em suas próprias ocupações, não tinha prestado muita atenção. Depois de perguntar à senhora Lippewechsel, que se ocupava em preparar a mesa enquanto Ekaterina Ivanovna ainda permanecia no cemitério, ficou sabendo que o festim devia se revestir de grande solenidade, que todos os inquilinos tinham sido convidados, inclusive aqueles que não tinham conhecido o falecido, que até o próprio Andrei Semionovitch Lebeziatnikov fora convidado, apesar da séria discussão que tivera com Ekaterina Ivanovna, e que ele, Piotr Petrovitch, não só estava entre os convidados, como era ansiosamente esperado como o mais importante dos hóspedes. A própria Amália Ivanovna tinha sido também convidada com muita honra, apesar dos recentes aborrecimentos, e agora estava inteiramente ocupada nos preparativos e tomava parte deles com efetivo prazer; além disso, estava vestida de luto, com uma grande saia de seda preta, que se orgulhava em mostrar. Tudo isso sugeria a Piotr Petrovitch certa ideia a respeito do jantar em memória do falecido e se dirigiu para seu quarto, ou melhor, para o quarto de Andrei Semionovitch Lebeziatnikov, um tanto pensativo. Tinha acabado de saber que Raskolnikov estava entre os convidados.

Andrei Semionovitch tinha ficado em casa a manhã toda. As relações que Piotr Petrovitch mantinha com esse cavalheiro eram um tanto estranhas, embora naturais. Piotr Petrovitch o desprezava e o odiava desde o dia em que viera morar com ele e, ao mesmo tempo, parecia ter certo receio dele. Não tinha vindo morar com ele quando chegou em Petersburgo por simples questão de economia, embora esse tivesse sido, talvez, seu principal objetivo. Tinha ouvido falar de Andrei Semionovitch, que outrora havia sido seu tutelado, como um dos jovens progressistas mais avançados, que desempenhava um papel importante em certos interessantes círculos, cujos feitos já eram lendários nas províncias. Isso tinha impressionado Piotr Petrovitch. Esses poderosos e oniscientes círculos, que desprezavam e denunciavam a todos, havia já algum tempo que lhe inspiravam certo medo, bem peculiar, mas vago. Não tinha conseguido ainda, é claro, formar uma ideia, mesmo que fosse só aproximada, do que eles pretendiam. Ele, como todos, ouvira dizer que existiam, especialmente em Petersburgo, progressistas, niilistas e outros e, como muitas pessoas, exagerava e distorcia o significado dessas palavras até o absurdo. O que, há alguns anos, lhe infundia maior pavor era a *denúncia pública* e era esse o fundamento de seu contínuo desconforto ante a ideia de transferir seus negócios para Petersburgo. Tinha medo disso como crianças pequenas quando são acometidas de um ataque de pânico. Alguns anos antes, quando estava começando sua carreira, chegara a ter conhecimento de dois casos de pessoas importantes da província, clientes seus, que tinham sofrido cruelmente com essas denúncias. Um desses casos terminou de modo realmente escandaloso para a pessoa atacada e o outro quase se encerrou de maneira drástica. Por essa razão, Piotr Petrovitch decidiu aprofundar-se nesse assunto, tão logo chegasse a Petersburgo, e, se necessário, antecipar-se aos acontecimentos conquistando a simpatia de "nossas novas gerações". Para isso, confiava em Andrei Semionovitch e, antes de sua visita a Raskolnikov, tinha conseguido amealhar algumas frases correntes... Mas logo descobriu que Andrei Semionovitch era um simplório sem expressão alguma e isso não deixava tranquilo, de forma alguma, Piotr Petrovitch. Mesmo que tivesse certeza de que todos os progressistas eram uns tolos como Andrei, nem por isso ficava mais sossegado. Todas as doutrinas, as ideias, os sistemas com os quais Andrei Semionovitch o importunava não tinham qualquer interesse para ele. Ele tinha seu próprio objetivo... queria simplesmente descobrir imediatamente o que estava acontecendo *por aqui*. Esses indivíduos tinham algum poder ou não? Devia ter medo deles? Haveriam de expor algum assunto ou negócio dele? E qual era precisamente o objeto dos ataques deles nesse momento? Poderia de algum modo infiltrar-se no meio deles e averiguar se eram realmente poderosos? Era o caso de fazê-lo ou não? Poderia ganhar alguma coisa com eles? De fato, centenas de perguntas se apresentavam por si.

Andrei Semionovitch era um homem baixo, anêmico, escrofuloso, com suíças estranhamente loiras, de que se orgulhava muito. Era um empregado e quase sempre tinha algo errado com seus olhos. Era um tanto compassivo, mas autoconfiante e às vezes extremamente presunçoso no falar, o que contrastava de maneira absurda e incongruente ante sua baixa estatura. Era um dos hóspedes mais respeitados por Amália Ivanovna, pois não se embebedava e pagava regularmente o aluguel. Na realidade, Andrei Semionovitch era um tanto estúpido; aderiu à causa do progresso e à "nossa nova geração" com entusiasmo. Era um dos membros da numerosa e variada legião de medíocres, de fracassados, de presunçosos, de patetas mal instruídos, que aderem às ideias que estão na moda só para vulgarizá-las e que desacreditam todas as causas que defendem, embora o façam de modo sincero.

Embora Lebeziatnikov fosse tão afável, também estava começando a não suportar mais Piotr Petrovitch. Isso vinha acontecendo, inconscientemente, de ambos os lados. Por mais simples que Andrei Semionovitch fosse, começou a perceber que Piotr Petrovitch o enganava e, no íntimo, o desprezava, e que "ele não era o tipo de homem que aparentava". Tinha tentado lhe expor o sistema de Fourier e a teoria de Darwin; mas ultimamente Piotr Petrovitch passou a escutá-lo com uma expressão demasiado sarcástica e até mesmo a se tornar rude. O fato é que tinha instintivamente começado a compreender que Lebeziatnikov não era somente um simplório e ordinário, mas também, talvez, um mentiroso e que não tinha de forma alguma relações de importância até mesmo em seu próprio círculo, mas que tinha colhido aleatoriamente coisas de terceira mão; e ainda que, com toda a probabilidade, não sabia muito sobre seu próprio trabalho de propaganda, pois estava sempre imerso na maior confusão. Para impressionar, ele deveria ser uma pessoa de qualidade! A propósito, convém notar que Piotr Petrovitch, durante esses dez dias, tinha aceitado com gosto os mais estranhos elogios de Andrei Semionovitch; não tinha protestado, por exemplo, quando Andrei o elogiou excessivamente por se prontificar a contribuir para o estabelecimento da nova "comuna" ou a se abster de batizar seus futuros filhos ou a não interferir se Dúnia quisesse ter um amante logo depois do primeiro mês de casada e assim por diante. Desse modo, Piotr Petrovitch se enaltecia ao ouvir esses elogios e não os desdenhava, mesmo que não fosse possuidor dessas qualidades que lhe eram atribuídas.

Piotr Petrovitch tinha tido a oportunidade de trocar, nessa manhã, alguns títulos de crédito a 5% de juros e agora está sentado à mesa, contando maços de notas. Andrei Semionovitch, que dificilmente tinha algum dinheiro, andava pelo quarto, parecendo olhar para todas essas cédulas com indiferença e até com desprezo. Nada teria convencido Piotr Petrovitch que Andrei Semionovitch fosse capaz de olhar realmente com indiferença todo aquele dinheiro; por seu lado, Andrei pensava com amargura que Piotr Petrovitch era bem capaz de pensar isso dele e até talvez de alegrar-se pela oportunidade de importunar o jovem amigo, recordando-lhe sua inferioridade e a grande diferença existente entre eles.

Encontrou-o incrivelmente desatento e irritado, embora ele, Andrei Semionovitch, começasse a desenvolver seu tema predileto, a fundação de uma nova "comuna" especial. As breves observações feitas por Piotr Petrovitch, enquanto ia movendo as bolinhas do ábaco, deixavam transparecer a mais inconfundível e descortês ironia. Mas o "humano" Andrei Semionovitch atribuía o mau humor de Piotr Petrovitch à recente ruptura com Dúnia e ele ardia de impaciência de tocar nesse assunto. Tinha umas palavras a dizer a respeito que poderiam servir de consolo a seu estimado amigo e "não haveriam de falhar" em promover a maturidade dele.

– Há uma espécie de festividade sendo preparada naquela... na casa da viúva, não é? – perguntou subitamente Piotr Petrovitch, interrompendo Andrei Semionovitch na passagem mais interessante.

– Ora, não sabe? Mas eu lhe falei ontem à noite sobre o que penso de semelhantes cerimônias. E ela o convidou também, segundo ouvi dizer. O senhor esteve falando com ela ontem...

— Eu nunca teria esperado que essa imbecil mendiga tivesse gasto nessa festa todo o dinheiro que recebeu daquele outro imbecil, Raskolnikov. Fiquei surpreso, há pouco, ao passar por lá e ver os preparativos; que vinhos! Várias pessoas foram convidadas. Vai além da conta! – continuou Piotr Petrovitch, que parecia ter algum objetivo para prosseguir na conversa. – O quê? Diz que também fui convidado? Quando foi isso? Não me lembro. Mas não irei. Por que deveria ir? Eu só lhe disse umas palavras ontem, de passagem, sobre a possibilidade de ela obter um ano de salário como viúva pobre de um funcionário público. Suponho que me tenha convidado por conta disso, não é? He-he-he!

— Eu também não pretendo ir – disse Lebeziatnikov.

— Acho que não conviria, depois de ter batido nela! Deveria realmente hesitar, he-he!

— Quem bateu? A quem? – exclamou Lebeziatnikov, confuso e vermelho.

— Ora, o senhor bateu em Ekaterina Ivanovna, no mês passado. Soube disso ontem... é assim que suas condenações chegam a... e a questão feminina também não estava lá tão bem protegida, he-he-he! – E Piotr Petrovitch, como se tivesse ficado consolado com isso, voltou a rolar as contas do ábaco.

— Tudo isso é calúnia e bobagem! – exclamou Lebeziatnikov, que tinha medo de alusões ao assunto. – Não foi nada disso, foi bem diferente. O senhor compreendeu mal. É uma calúnia! Eu estava simplesmente me defendendo. Foi ela a primeira a atirar-se sobre mim com unhas e dentes, arrancou meus cabelos... É um direito de qualquer um, assim espero, defender-se a si mesmo e eu, por princípio, nunca vou admitir que alguém use de violência contra mim, pois é um ato de despotismo. Que poderia fazer? Eu simplesmente a empurrei para trás.

— He-he-he! – continuou Luzhin, rindo maliciosamente.

— O senhor insiste nisso porque está de mau humor... Mas isso é bobagem e não tem nada, nada a ver com a questão da mulher! O senhor entende, costumava, na verdade, pensar que, se a mulher é igual ao homem em todos os aspectos, mesmo na força (como se afirma agora), deveria haver igualdade nisso também. É claro que depois pensei que essa questão não deveria sequer surgir, pois não deveria haver luta e, na sociedade futura, a luta é impensável... e seria coisa bem esquisita fomentar a igualdade por meio da luta. Não sou tão tolo... embora, é claro, há luta... não haverá mais tarde, mas no presente há... que se dane tudo isso! A gente acaba ficando confuso com o senhor! Não é por causa disso que não vou. Não vou por princípio, para não tomar parte nessa revoltante convenção social de jantares em memória dos defuntos, é por isso que não vou!

Embora, é claro, pudesse ir para zombar dessas coisas... Lamento que não haja padres presentes a esse festim. Se os houvesse, certamente que iria.

– Então iria se sentar à mesa para se refestelar com o banquete alheio e insultar aqueles que o convidaram, não é?

– Insultar, certamente que não, mas protestar. Eu o faria por um bom objetivo. Poderia, indiretamente, contribuir para o esclarecimento e a propaganda da causa. Todos nós temos obrigação de fomentar a cultura e a propaganda, e quanto mais severamente, talvez, melhor. Eu poderia lançar a semente, uma ideia... E algo poderia brotar dessa semente. Como poderia insultar alguém? Eles poderiam ficar ofendidos no início, mas depois haveriam de perceber que lhes prestei um serviço. Bem sabe, Terebeieva (que agora está inserida na comunidade) foi criticada porque, ao deixar a família e... devotar-se... ela própria, escreveu aos pais dizendo que não continuaria vivendo de modo convencional e que optaria por um casamento livre; e foi criticada ainda por ter escrito de forma rude demais e que deveria tê-los poupado, utilizando termos mais brandos e suaves. Acho que tudo isso é bobagem e não há razão para brandura; pelo contrário, o que se deve é protestar. Mais um exemplo: a senhora Varents viveu sete anos casada; abandonou os dois filhos e escreveu uma carta ao marido diretamente nesses termos: "Compreendi que não posso ser feliz com o senhor. Nunca vou lhe perdoar por ter-me enganado, escondendo-me que havia outra organização social, chamada 'comuna'. Soube disso há pouco tempo por um homem generoso, ao qual me entreguei, e com o qual vou fundar uma comunidade. Falo-lhe francamente, porque considero desonesto enganá-lo. Faça como achar melhor. Não aguarde minha possível volta, o senhor é reacionário demais. Espero que seja feliz." É assim que se deve escrever cartas!

– Essa Terebeieva é a mesma de que o senhor me contou que tinha contraído o terceiro casamento livre?

– Não, na realidade, é só o segundo! Mas ainda que fosse o quarto, ainda que fosse o décimo quinto, tudo isso é bobagem! E se alguma vez lamentei a morte de meus pais, foi certamente agora; e às vezes penso, se meus pais ainda fossem vivos, como haveria de protestar contra eles! Teria feito alguma coisa de propósito... teria lhes mostrado, eu os teria deixado surpresos! É pena realmente que não estejam mais aqui!

– Deixá-los surpresos! He-he! Bem, que seja como quiser – interveio Piotr Petrovitch –, mas diga-me uma coisa: conhece a filha do falecido, essa mocinha de aparência delicada? É verdade o que dizem dela?

— E daí? Acho, isto é, não deixa de ser minha convicção pessoal que essa é a condição normal das mulheres. Por que não? Quero dizer, distingamos. Na sociedade atual, não é absolutamente normal, porque é uma situação forçada, mas na sociedade futura será perfeitamente normal, porque será voluntária. Mas mesmo agora, ela estava totalmente certa: estava sofrendo e esse era seu recurso, por assim dizer, seu capital, do qual tinha o pleno direito de dispor. É claro que na sociedade futura não haverá necessidade de capital, mas a profissão dela poderá ter outro significado, racional e em harmonia com o ambiente em que se encontrar. Quanto a Sofia Semionovna pessoalmente, eu considero o procedimento dela como um vigoroso protesto contra a organização da sociedade e respeito profundamente essa moça por isso; na verdade, eu me regozijo quando olho para ela!

— Andaram me contando que o senhor fez com que a expulsassem desses alojamentos!

Lebeziatnikov ficou furioso.

— Essa é outra calúnia! — gritou ele. — Não foi nada disso! Tudo isso foi invenção de Ekaterina Ivanovna, porque não compreendia nada! E eu nunca namorei Sofia Semionovna! Eu estava simplesmente me prestando a instruí-la, de maneira totalmente desinteressada, tentando despertá-la para o protesto... Tudo o que eu queria dela era que protestasse e Sofia Semionovna, de qualquer modo, não podia continuar aqui.

— Pediu-lhe para que se inserisse na comunidade?

— O senhor continua rindo e de maneira muito inapropriada, permita-me dizer. O senhor não compreende! A comunidade é constituída para que não haja essa profissão. Numa comunidade, essa profissão é essencialmente transformada e o que aqui é coisa estúpida, ali é sensata, e o que aqui, nas atuais circunstâncias, é antinatural, na comunidade se torna perfeitamente natural. Tudo depende do ambiente. O ambiente é tudo, e o homem em si não é nada. E eu me dou muito bem com Sofia Semionovna, o que é uma prova de que ela nunca me considerou como alguém que a enganou. Agora estou tentando atraí-la para a comuna, mas com um objetivo bem diferente. Por que está rindo? Estamos procurando estabelecer uma comunidade própria, nossa e especial, em bases mais amplas. Nós fomos mais longe em nossas convicções! Nós rejeitamos mais coisas! Nesse meio-tempo, continuo instruindo Sofia Semionovna. Ela tem um belo, um lindo caráter!

— E o senhor se aproveita do belo caráter, hein? He-he!

– Não, não! Oh, não! Pelo contrário!

– Oh, pelo contrário! He-he-he! Uma coisa estranha a dizer!

– Acredite em mim! Por que haveria de despistar? Na realidade, eu mesmo acho estranho ao vê-la comportar-se comigo de maneira tão tímida, casta e moderna!

– E o senhor, naturalmente, continua a instruí-la... he-he! Tentando provar a ela que toda aquela modéstia é bobagem?

– Nada disso, nada disso! De que modo grosseiro, de que modo estúpido... desculpe-me dizê-lo... o senhor interpreta a palavra instruir! Meu Deus! Como... o senhor continua bruto! Nós estamos nos empenhando pela liberdade das mulheres e o senhor só tem uma ideia na cabeça... Deixando de lado a questão da castidade e da modéstia femininas, como inúteis em si e até preconceituosas, eu aceito plenamente a castidade dela em relação a mim, porque cabe a ela decidir. Claro que, se ela própria me dissesse que me quer, eu me consideraria verdadeiramente feliz, porque gosto muito dessa moça; mas como estão as coisas, ninguém jamais a tratou com mais deferência do que eu, com mais respeito pela dignidade dela... eu aguardo e espero, é tudo!

– O senhor teria feito bem em lhe dar algum presente. Aposto que nunca pensou nisso.

– O senhor não entende nada, como já lhe disse! Claro que ela está nessa situação, mas isso é outra questão, e completamente diferente! O senhor simplesmente a despreza! Referindo-se a um fato que erroneamente considera digno de desprezo, o senhor se nega a ter uma visão humana de um ser humano. Não conhece ainda o caráter dela! Lamento somente que ultimamente ela tenha deixado de ler e de me pedir livros. Eu costumava emprestá-los a ela. Lamento também que, com toda a sua energia e determinação para protestar... que já mostrou uma vez... ela tenha ainda pouca autoconfiança, pouca, por assim dizer, independência, para romper com certos preconceitos e com certas ideias tolas. Ainda assim, ela compreende muito bem algumas questões, por exemplo, a questão do beija-mão, isto é, que um homem ofende uma mulher ao beijar-lhe a mão, porque é um sinal de desigualdade. Temos debatido esse ponto e o expliquei a ela. Escutou também com toda a atenção a exposição sobre as associações operárias da França. Agora estou lhe explicando a questão referente à entrada nos quadros da sociedade futura.

– Que questão é essa, por favor?

– Tivemos ultimamente um debate a respeito dessa questão, ou seja, se um membro da comunidade tem o direito a entrar a qualquer hora no quarto de outro membro, homem ou mulher, a qualquer hora... e decidimos que tem!

— Poderia ser num momento inconveniente, he-he!

Lebeziatnikov ficou deveras zangado.

— O senhor está sempre pensando em algo desagradável — exclamou ele, mal-humorado. — Ufa! Como me irrita, ao expor nosso sistema, ter de me referir antecipadamente à questão da privacidade pessoal! É sempre um obstáculo para pessoas como o senhor e acabam por ridicularizá-lo antes de poder entendê-lo. E como se ufanam disso também! Ufa! Já afirmei muitas vezes que essa questão não pode ser exposta aos novatos enquanto não acreditarem firmemente no sistema. Diga-me, por favor, o que acha de tão vergonhoso nas latrinas? Eu seria o primeiro a me prontificar a limpar qualquer latrina que quiser. E não é questão de sacrifício, é simplesmente um trabalho, honroso e útil trabalho que é tão digno como qualquer outro e até muito melhor do que a atividade de um Rafael e de um Pushkin, porque é mais útil.

— E mais honroso, mais honroso, he-he-he!

— O que quer dizer com "mais honroso"? Eu não compreendo essas expressões aplicadas a uma atividade humana. "Mais honroso, mais nobre"... tudo isso são velhos preconceitos que repudio. Tudo o que é útil para a humanidade é honroso. Eu compreendo uma única palavra: *útil*! Pode rir quanto quiser, mas é assim!

Piotr Petrovitch ria com gosto. Tinha acabado de contar o dinheiro e o estava guardando. Mas deixou sobre a mesa algumas notas. A "questão das latrinas" já tinha sido objeto de discussão entre os dois. O que era absurdo é que o assunto deixava Lebeziatnikov realmente zangado, enquanto Luzhin se divertia e, naquele momento, ele queria, de fato, irritar seu jovem amigo.

— Foi seu azar de ontem que o deixa tão mal-humorado e aborrecido — deixou escapar Lebeziatnikov que, apesar de sua "independência" e de seus "protestos" não se aventurava enfrentar Piotr Petrovitch e ainda lhe devotava um pouco do respeito habitual de anos anteriores.

— Seria melhor que me dissesse — interveio Piotr Petrovitch com insolente mau humor —, o senhor pode... ou melhor, é realmente tão amigo dessa jovem criatura que possa lhe pedir para que venha aqui por um minuto? Acho que estão voltando do cemitério... ouvi o ruído de passos... quero vê-la, essa jovem criatura.

— Para quê? — perguntou Lebeziatnikov, surpreso.

— Oh, eu quero vê-la. Tenho de ir embora hoje ou amanhã e por isso queria falar com ela sobre... O senhor pode assistir a nosso encontro. Na verdade, é melhor que esteja presente, pois não há como saber o que o senhor poderia imaginar.

– Eu não vou imaginar nada. Só perguntei e, se tiver algo a dizer a ela, nada mais fácil do que chamá-la para cá. Vou sair imediatamente e pode ficar tranquilo que não vou incomodá-lo.

Cinco minutos depois, Lebeziatnikov chegou com Sônia. Ela entrou muito espantada e, como sempre, dominada pela timidez. Sempre se mostrava tímida nessas ocasiões e sempre ficava com receio diante de pessoas desconhecidas; era assim desde a infância e agora, mais do que nunca... Piotr Petrovitch a recebeu "polida e afavelmente", mas com certo grau de expansiva familiaridade que, em sua própria opinião, ficava muito bem para um homem tão respeitável e sério como ele, no trato com uma criatura tão jovem e tão interessante como ela. Apressou-se em "tranquilizá-la" e a fez sentar-se à mesa, em frente dele. Sônia se sentou, olhou em volta... para Lebeziatnikov, para as cédulas sobre a mesa, depois novamente para Piotr Petrovitch e seus olhos permaneceram voltados para ele. Lebeziatnikov estava se dirigindo para a porta. Piotr Petrovitch fez sinal a Sônia para que continuasse sentada e fez Lebeziatnikov se deter.

– Raskolnikov está ali? Veio? – perguntou ele, num sussurro.

– Raskolnikov? Sim. Por quê? Sim, está aqui. Eu o vi chegar há pouco... Por quê?

– Bem, eu particularmente lhe peço para ficar aqui conosco e para não me deixar aqui sozinho com essa... moça. Eu só quero trocar umas palavras com ela, mas sabe Deus o que seriam capazes de comentar. Não gostaria que Raskolnikov soltasse a língua a respeito... Está entendendo o que quero dizer?

– Entendo! – Lebeziatnikov logo atinou. – Sim, tem razão... Claro, pessoalmente estou convencido de que o senhor não tem motivos para se preocupar, mas... ainda assim, tem razão. Certamente que vou ficar. Vou ficar aqui perto da janela, sem atrapalhá-lo... Acho que tem razão...

Piotr Petrovitch voltou para o sofá, sentou-se diante de Sônia, olhou-a atentamente e assumiu uma expressão extremamente digna e até severa, como se fosse dizer: "Não fique aí pensando coisas, madame". Sônia estava totalmente embaraçada.

– Em primeiro lugar, Sofia Semionovna, poderia apresentar minhas desculpas à sua respeitável mãe... Está certo, não é? Ekaterina Ivanovna faz as vezes de sua mãe, não é? – começou Piotr Petrovitch, com toda a dignidade, embora afavelmente.

Era evidente que estava animado das melhores intenções.

– Exatamente isso, sim; é como se fosse minha mãe – respondeu Sônia, tímida e apressadamente.

– Então, poderá pedir minhas desculpas a ela? Por causa de inevitáveis circunstâncias sou forçado a me ausentar e não vou poder estar presente no jantar em memória do falecido, apesar do amável convite de sua mãe.

– Sim... vou lhe dizer isso... imediatamente.

E Sônia saltou apressadamente da cadeira.

– Espere, isso não é tudo – continuou Piotr Petrovitch, retendo-a e sorrindo da simplicidade e da ignorância das conveniências por parte dela. – Bem se vê que me conhece pouco, minha cara Sônia Semionovna, se julgar que eu teria ousado incomodar uma pessoa como a senhora por um motivo de tão pouca importância e que só diz respeito a mim. Tenho outro objetivo.

Sônia se sentou rapidamente. Seus olhos pousaram de novo e por um instante sobre as cédulas de variadas cores que permaneciam sobre a mesa, mas logo os desviou e os fixou em Piotr Petrovitch. Pareceu-lhe horrivelmente indecoroso, especialmente para ela, ficar olhando para o dinheiro de outra pessoa. Dirigiu-os então para a luneta de ouro que Piotr Petrovitch segurava na mão esquerda e também para o anel maciço e extremamente belo, com uma pedra amarela, que ostentava no dedo médio. Mas subitamente desviou os olhos e, não sabendo para onde voltá-los, acabou por fitar novamente Piotr Petrovitch diretamente no rosto. Depois de uma pausa da maior deferência, ele continuou:

– Ontem, tive a oportunidade de trocar, de passagem, duas palavras com a infeliz Ekaterina Ivanovna. Isso foi suficiente para me levar a constatar que ela está numa situação... anormal, se é lícito exprimir-se assim.

– Sim... anormal... – assentiu Sônia, de imediato.

– Ou seria mais simples e mais compreensível dizer... doente.

– Sim, mais simples e compreensível... sim, doente.

– Isso mesmo. Pois então, levado por um sentimento de humanidade e, por assim dizer, de compaixão, eu me sentiria feliz em poder ser-lhe útil de alguma forma, prevendo a infeliz situação em que ela vai ficar. Acredito que toda essa família atingida pela pobreza dependa agora unicamente de você, se me permite tratá-la assim.

– Permita-me perguntar – disse Sônia, pondo-se de pé –, o senhor lhe disse alguma coisa ontem sobre a possibilidade de uma pensão? Porque ela me falou que o senhor se havia oferecido para conseguir uma pensão em favor dela. É verdade?

– Nem por sombra e, na verdade, é um absurdo! Eu simplesmente mencionei a possibilidade de obter para ela um auxílio temporário como viúva de um funcionário público falecido na ativa... desde que ela pudesse ter apoio de pessoas influentes... aparentemente, porém, seu falecido pai não somente não serviu o tempo necessário, mas também abandonou inteiramente o serviço ultimamente. De fato, ainda que possa haver esperança, seria realmente pequena, porque não haveria nenhum direito a assistência nesse caso, pelo contrário... E ela já está sonhando com uma pensão, he-he-he!... Uma senhora mais que ligeira!

– Sim, ela é, pois é muito crédula e bondosa; e ela acredita em tudo por causa da bondade de coração e... e... e ela é assim... sim... O senhor deve desculpá-la – disse Sônia, e novamente se levantou para sair.

– Mas não ouviu tudo o que tenho a dizer.

– Não, não ouvi ainda – murmurou Sônia.

– Sente-se, portanto.

Ela estava terrivelmente confusa; sentou-se pela terceira vez.

– Vendo a situação dela, com seus infelizes filhos pequenos, eu ficaria contente, como já disse e na medida de minhas forças, ser-lhe útil, isto é, apenas na medida de minhas forças e nada mais. Poderia, por exemplo, organizar uma subscrição em favor dela ou uma loteria, alguma coisa desse tipo, como sempre se faz nesses casos com pessoas amigas ou até com estranhas, que desejam ajudar o próximo. Era precisamente a respeito disso que queria lhe falar. Isso poderia ser feito.

– Sim, sim... Deus lhe pague por isso – balbuciou Sônia, olhando atentamente para Piotr Petrovitch.

– Poderia ser feito, mas vamos falar sobre isso mais tarde. Poderíamos começar hoje mesmo. Vamos falar disso hoje à noite e, por assim dizer, vamos lançar as bases. Venha para minha casa às sete horas. O senhor Lebeziatnikov, espero, vai nos ajudar. Mas há uma circunstância sobre a qual devo adverti-la previamente e por causa da qual ouso incomodá-la, Sônia Semionovna, pedindo-lhe que venha para cá. A meu ver, o dinheiro não pode ser, na verdade é perigoso, entregue nas mãos de Ekaterina Ivanovna. A prova disso é o jantar de hoje. Embora ela não tenha, por assim dizer uma crosta de pão para amanhã e... nem sequer botas ou sapatos ou qualquer coisa, ela comprou hoje rum da Jamaica e até mesmo, acredito, vinho Madeira... e café. Vi tudo isso quando passei por lá. Amanhã, tudo vai recair sobre suas costas novamente, minha cara jovem; eles não terão uma crosta de pão. É realmente absurdo e por isso, segundo me parece, uma subscrição deverá ser organizada de tal maneira que a infeliz viúva não tome conhecimento do dinheiro, a não ser a jovem com quem estou falando, por exemplo. Não estou com a razão?

– Não sei... só fez isso hoje, uma vez na vida... Ela estava tão ansiosa em prestar honras, em celebrar a memória do falecido... E ela é muito sensível... mas exatamente como o senhor pensa e eu ficarei muito, muito... todos lhe ficarão... e Deus vai recompensar... e os órfãos...

Sônia desatou em lágrimas.

– Muito bem, então guarde isso na cabeça. E agora queira aceitar, em favor de sua mãe, a pequena quantia que posso lhe repassar, como minha oferta pessoal. Desejo sinceramente que meu nome não fosse mencionado em relação a esse fato. Aqui... como tenho meus problemas também a resolver, não posso fazer mais...

E Piotr Petrovitch entregou a Sônia uma nota de dez rublos, cuidadosamente desdobrada. Sônia a tomou, ficou vermelha, levantou-se, gaguejou algumas palavras e começou a se despedir. Piotr Petrovitch a acompanhou cerimoniosamente até a porta. Finalmente, ela saiu da sala, agitada e aflita, e voltou para junto de Ekaterina Ivanovna, totalmente confusa.

Durante todo esse tempo Lebeziatnikov permaneceu perto da janela ou andou pela sala, preocupado em não interromper a conversa dos dois. Depois que Sônia saiu, ele se aproximou de Piotr Petrovitch e lhe estendeu solenemente a mão.

– Ouvi e vi tudo – disse ele, acentuando a última palavra. – Isso é nobre, quero dizer, humano. O senhor queria evitar a gratidão, eu vi. E embora não possa, confesso, por princípio simpatizar com a caridade privada, porque, se não deixa de erradicar o mal, até o fomenta; ainda assim, devo admitir que vi sua ação com prazer... sim, sim, gostei dessa atitude.

– Tudo isso é bobagem! – murmurou Piotr Petrovitch, um tanto desconcertado, olhando cuidadosamente para Lebeziatnikov.

– Não, não é bobagem. Um homem que passou por momentos de aflição e de aborrecimento como o senhor, ontem, e que ainda pode simpatizar com a miséria alheia, esse homem... mesmo que tenha cometido um erro social... é digno de respeito! Na verdade, eu não esperava isso do senhor, Piotr Petrovitch, especialmente por causa de suas ideias... oh! que empecilho são suas ideias para o senhor! Como está abatido, por exemplo, pelo azar que teve ontem! – exclamou o simplório Lebeziatnikov, sentindo renascer sua afeição por Piotr Petrovitch. – E o que o senhor quer com casamento, com casamento *legal*, meu caro e nobre Piotr Petrovitch? Por que insiste tanto nessa *legalidade* do casamento? Bem, pode me bater, se quiser, mas eu estou contente, realmente contente por ter falhado, porque o senhor está livre, porque não está inteiramente perdido para a humanidade... pronto, já disse o que tinha a dizer!

– Porque não quero ser motivo de zombaria nesse seu casamento livre e porque não quero criar os filhos de outros homens; é por isso que quero o casamento legal – replicou Luzhin, tanto para dar uma resposta.

Parecia estar preocupado com alguma coisa.

– Filhos? O senhor se refere a filhos – exclamou Lebeziatnikov, dando um salto como um cavalo de batalha ao ouvir a trombeta. – Filhos são uma questão social e uma questão de capital importância, concordo; mas a questão dos filhos tem outra solução. Alguns se recusam totalmente a ter filhos, porque eles sugerem a instituição da família. Vamos falar dos filhos mais tarde, para nos atermos agora à questão da honra que, confesso, é meu ponto fraco. Essa horrenda e militaresca expressão de Pushkin é impensável no dicionário do futuro. O que significa isso, de fato? É bobagem, não vai haver decepção no casamento livre! É unicamente a consequência natural do casamento legal, por assim dizer, o corretivo dele, um protesto, de maneira que, nesse sentido, não é humilhante... e se eu, suposição absurda, chegasse a me casar legalmente, haveria de ficar feliz com essas traições. Diria à minha mulher: "Minha querida, até hoje eu a amei, agora a respeito, pois você mostrou que pode protestar!" O senhor ri! É porque não é capaz de se livrar dos preconceitos. Com os diabos! Agora compreendo onde está o desgosto de ser traído num matrimônio legal, mas é simplesmente uma desprezível consequência de uma desprezível situação em que ambos são humilhados. Quando a traição vem a público, como num casamento livre, então não existe, é impensável. Sua mulher só vai provar como o respeita ao julgá-lo incapaz de se opor à felicidade dela e de se vingar dela por causa do novo marido que ela arranjou. Que se dane tudo! Às vezes sonho que, se tivesse de me casar, ufa!, se me casasse, legalmente ou não, tanto faz, eu apresentaria à minha mulher um amante, se ela própria não o tivessse encontrado. E lhe diria: "Minha querida, eu a amo, mas, mais que isso, quero que me respeite. Isso mesmo!" Estou certo ou não?

Piotr Petrovitch ria enquanto o escutava, mas sem muito prazer. Na verdade, não chegou a prestar grande atenção. Estava preocupado com alguma coisa e até Lebeziatnikov acabou por notar isso. Piotr Petrovitch parecia agitado e esfregava as mãos. Lebeziatnikov relembrou tudo isso mais tarde e refletiu a respeito.

CAPÍTULO
DOIS

Seria difícil explicar com exatidão o que poderia ter originado a ideia daquele jantar sem sentido na desordenada cabeça de Ekaterina Ivanovna. Quase dez dos vinte rublos que Raskolnikov havia dado para o funeral de Marmeladov foram gastos nesse festim em memória do falecido. Talvez Ekaterina Ivanovna se sentisse na obrigação de honrar a memória do falecido de maneira adequada, para que todos os vizinhos, a começar por Amália Ivanovna, ficassem sabendo "que o falecido não era inferior a eles, mas até, quem sabe, muito superior" e que ninguém ali tinha o direito "de torcer o nariz para ele". Talvez o principal elemento fosse aquele "orgulho do pobre", que impele muitos pobres a gastar suas últimas economias em alguma tradicional cerimônia social, simplesmente para fazer "como os outros" e não serem "vistos como inferiores". É muito provável também que Ekaterina Ivanovna desejasse nessa ocasião, precisamente nesse momento em que ela parecia ter sido abandonada por todos, demonstrar a "esses mesquinhos e desprezíveis vizinhos" que ela sabia "como fazer as coisas e como entreter as pessoas" e que tinha sido criada "numa família de um coronel da distinta sociedade, para não dizer da aristocracia" e não tinha nascido para esfregar o chão e lavar à noite os farrapos dos filhos. Até as pessoas mais pobres e abatidas são às vezes acometidas por esses paroxismos de orgulho e vaidade, que tomam a forma de irresistível e nervosa necessidade. Mas Ekaterina Ivanovna não era uma pessoa abatida; poderia ter sido arrasada pelas circunstâncias, mas seu espírito não se teria abatido, isto é, ela não poderia ter sido amedrontada, não poderia ser esmagada. Além do mais, Sônia tinha dito com muito acerto que a mente dela era confusa. Não se poderia dizer que fosse insana, mas durante o último ano tinha sido tão atormentada que sua mente poderia muito bem estar um tanto transtornada. Os últimos estágios da tuberculose podem, como nos dizem os médicos, afetar o intelecto.

Não havia grande variedade de vinhos nem havia vinho Madeira; mas havia vinho. Havia vodca, rum e vinho de Lisboa, todos da pior qualidade, mas em quantidade suficiente. Além do tradicional arroz e mel, havia três ou quatro pratos, um dos quais consistia de panquecas, todos preparados na cozinha de Amália Ivanovna. Dois samovares estavam fervendo, esse chá e ponche poderiam ser servidos depois do jantar. A própria Ekaterina Ivanovna havia comprado as provisões, com a ajuda de um dos vizinhos, um infeliz polonês, baixinho, que por algum motivo tinha encontrado abrigo na casa da senhora Lippewechsel. Prontamente se pôs à disposição de Ekaterina Ivanovna e durante toda a manhã e todo o dia anterior estivera correndo para cima e para baixo, tão rápido quanto suas pernas podiam carregá-lo, visivelmente ansioso para que tudo desse certo. A propósito de qualquer minúcia, logo consultava Ekaterina Ivanovna, chegando até mesmo a procurá-la no bazar e a chamava a todo instante de "Pani". Ela estava farta dele antes do fim da festa, embora tivesse declarado, de início, que não teria conseguido levar a termo os preparativos sem esse "homem serviçal e magnânimo". Era uma das características de Ekaterina Ivanovna pintar qualquer pessoa que encontrasse nas mais vivas cores. Seus elogios eram tão exagerados que, às vezes, se tornavam embaraçosos; podia até inventar variadas circunstâncias em favor da pessoa recém-conhecida e depois ingenuamente sustentar que refletiam a realidade. E subitamente ficava desiludida e chegava até a repudiar, de modo rude e desdenhoso, a pessoa que, poucas horas antes, lhe havia inspirado verdadeira adoração. Ela era por natureza uma pessoa alegre, jovial e pacífica; mas por causa de suas contínuas decepções e infortúnios, tinha chegado a desejar tão vivamente que todos vivessem em paz e em alegria, que a mais leve desarmonia, o mais insignificante contratempo logo a mergulhavam no desespero; e num instante podia passar das mais brilhantes esperanças e ilusões a amaldiçoar o destino, a tresvariar e a bater a cabeça contra as paredes.

Subitamente, também Amália Ivanovna adquiriu extraordinária importância aos olhos de Ekaterina Ivanovna e era tratada com grande respeito, provavelmente porque Amália Ivanovna se havia atirado de corpo e alma nos preparativos. Ela se havia encarregado de pôr a mesa, de providenciar a toalha, a louça e outras coisas, além de preparar os pratos em sua cozinha. Ekaterina Ivanovna havia deixado tudo nas mãos dela, enquanto ela própria foi ao cemitério. Tudo ficou muito bem arrumado. Até a toalha da mesa estava bastante limpa; a louça, facas, garfos e copos eram, claro, de todas as formas e tamanhos, emprestados pelos vizinhos, mas, na hora marcada, a mesa estava posta e Amália Ivanovna, vendo que havia desempenhado sua função a contento, pôs um vestido de seda preto e uma touca com fitas novas de luto e passou a receber com certo orgulho os que voltavam do cemitério. Esse orgulho, embora justificável, por alguma razão desagradou a Ekaterina Ivanovna, "como se a mesa não pudesse ser posta, se não fosse por Amália Ivanovna!" Também não lhe agradou a touca com as fitas novas. "Só porque era dona da casa e, por especial favor, se havia disposto a ajudar seus pobres inquilinos, andava agora toda orgulhosa, essa estúpida alemã! Por especial favor! Imaginem! Ora, em casa de meu pai, que era coronel e quase foi governador, se preparava às vezes uma mesa para quarenta pessoas, e então ninguém como Amália Ivanovna ou mesmo Ludvigovna teria sido admitida na cozinha."

Ekaterina Ivanovna, contudo, não deixou transparecer o que sentia no momento e se contentou em tratá-la friamente, embora decidisse intimamente que haveria de dar uma lição a Amália Ivanovna e colocá-la em seu devido lugar, pois sabe-se lá o que ela seria capaz de aprontar. Ekaterina Ivanovna estava irritada também pelo fato de que poucos dos vizinhos convidados haviam comparecido ao funeral, além do polaco, que tinha dado um jeito de correr para o cemitério, ao passo que, para o jantar em memória do falecido, compareceram somente os mais pobres e insignificantes dos convidados, nem todos eles inteiramente sóbrios. Os mais antigos e respeitáveis, como se estivessem de acordo, não foram vistos. Piotr Petrovitch Luzhin, por exemplo, que podia ser considerado o mais importante de todos os vizinhos, não apareceu, embora Ekaterina Ivanovna, na noite anterior, tivesse apregoado a todos, isto é, a Amália Ivanovna, a Polenka, a Sônia e ao polaco, que ele era o homem mais bondoso e mais generoso, dono de uma grande propriedade e com vastas relações, que tinha sido amigo de seu primeiro marido e hóspede assíduo na casa do pai dela e que lhe havia prometido que usaria de toda a sua influência para que ela recebesse uma razoável pensão. Deve-se salientar que, ao exaltar as relações e a fortuna de alguém, Ekaterina Ivanovna o fazia sem qualquer segunda intenção, de maneira totalmente desinteressada, pelo simples prazer de conferir maior importância à pessoa elogiada. Provavelmente "seguindo o exemplo" de Luzhin, "aquele desprezível patife de Lebeziatnikov também não havia comparecido. Que teria imaginado esse sujeito? Só foi convidado por pura bondade e porque estava dividindo o mesmo alojamento com Piotr Petrovitch e era amigo dele; teria sido deselegante não convidá-lo."

Entre aqueles que não apareceram estava "a nobre dama com sua filha solteirona", que havia apenas quinze dias morava na casa, mas que já se havia queixado por várias vezes do barulho e da confusão no alojamento de Ekaterina Ivanovna, especialmente quando Marmeladov voltava embriagado. Ekaterina Ivanovna soube disso por meio de Amália Ivanovna que, ralhando com ela e ameaçando expulsá-la da casa, lhe tinha dito, aos gritos, que eles "não eram dignos de chegar aos pés" dos honrados inquilinos que estavam incomodando. Ekaterina Ivanovna resolveu então convidar essa dama com a filha, "a cujos pés não era digna de chegar", e que lhe voltava as costas altivamente quando ela as encontrava casualmente. Essa dama deveria ficar sabendo que "ela era mais nobre em seus pensamentos e sentimentos e que não guardava rancor", além de poder constatar que ela não estava acostumada a esse modo de viver. Havia decidido deixar isso bem claro durante o jantar, com alusões a seu falecido pai, quase governador, e, ao mesmo tempo, dar-lhe a entender que era extremamente ridículo voltar-lhe as costas quando se encontravam. Também estava ausente o obeso tenente-coronel (de fato, era um capitão reformado de baixa patente), mas parecia que tinha estado "fora de si" nos últimos dois dias. O grupo consistia do polonês, de um simples empregado sardento, de casaco engordurado, que não falava e que exalava terrível mau cheiro, e um velho surdo e quase cego que, em outros tempos havia trabalhado nos correios, e que, desde tempos imemoriais, era mantido por alguém na casa de Amália Ivanovna. Veio também um oficial reformado do departamento de polícia; estava bêbado, ria alto e indecorosamente e imaginem só... estava sem colete! Um dos convidados se sentou diretamente à mesa, sem ao menos cumprimentar Ekaterina Ivanovna. Por fim, apareceu outro de roupão, pois não tinha outro traje para vestir; mas isso já era demais e Amália Ivanovna e o polonês juntaram esforços para expulsá-lo dali. O polonês, no entanto, trouxe com ele dois outros poloneses, que nunca tinham morado na casa de Amália Ivanovna e que ninguém os tinha visto antes.

Tudo isso irritou Ekaterina Ivanovna de modo excessivo. "Para quem então é que tinham feito todos esses preparativos?" Para deixar mais espaço para os visitantes, as crianças tinham sido retiradas da mesa, mas as duas menores estavam sentadas num banco, no canto mais afastado, com a comida disposta sobre uma caixa; e Polenka, que era a menina mais velha, tinha de cuidar delas, alimentá-las e manter o nariz delas bem limpo, como crianças bem-educadas.

Enfim, Ekaterina Ivanovna se viu na obrigação de receber seus hóspedes com a maior dignidade e até mesmo com altivez. Olhava para alguns deles com especial severidade e foi com sobranceria que os convidou a tomarem seus lugares à mesa. Chegando à conclusão de que Amália Ivanovna devia ser a responsável pela ausência dos outros, começou a tratá-la com a maior indiferença, a tal ponto que esta última logo percebeu e ficou ressentida. Semelhante começo não prometia um bom fim. Finalmente, todos estavam acomodados.

Raskólnikov entrou quase no mesmo momento em que regressavam do cemitério. Ekaterina Ivanovna ficou muito contente ao vê-lo; em primeiro lugar, porque era o único "visitante bem-educado e, além disso, porque, como já se sabia, dentro de dois anos haveria de colar grau na universidade"; em segundo lugar, porque de imediato e respeitosamente pediu desculpas por não ter podido comparecer ao funeral. Ela se ocupou logo dele e o fez sentar-se à sua esquerda (Amália Ivanovna estava sentada à direita). Apesar de sua contínua vigilância para que os pratos fossem passados adiante corretamente e para que todos pudessem prová-los, apesar da angustiante tosse que a interrompia a todo momento e que parecia ter-se agravado nos dois últimos dias, dirigia-se constantemente a Raskólnikov e se apressava a desabafar com ele, em sussurros, todos os sentimentos reprimidos e toda a sua justa indignação pelo fracasso do jantar, entremeando suas observações com vivo e incontrolável riso, à vista dos visitantes e especialmente da dona da casa.

– É tudo culpa daquela tonta! Sabe a quem me refiro? Ela, ela! – e Ekaterina Ivanovna acenava para a dona da casa. – Olhe para ela; está arregalando os olhos, percebe que estamos falando dela, mas não pode compreender! Ufa! É uma coruja! Ha-ha! (Cof-cof-cof) E para que foi pôr aquela touca? (Cof-cof-cof) Reparou que ela quer é que todos fiquem pensando que ela está patrocinando tudo e que me dá a honra de estar aqui presente? Pedi a ela, como mulher sensata, que convidasse as pessoas, especialmente aquelas que conheciam meu falecido marido e veja só que tropa de patifes ela trouxe! Lixo de gente! Olhe para aquele de rosto sardento. E para aqueles desprezíveis poloneses, ha-ha-ha! (Cof-cof-cof) Nenhum deles pôs algum dia o nariz aqui dentro, nunca pousei os olhos neles. Para que vieram?, pergunto-lhe. Ali estão eles, sentados em fila. "Olá!", gritou ela subitamente para um deles, "já provou as panquecas?" Sirva-se mais! Tome cerveja! Não quer vodca? Olhe, levantou-se e fez cumprimentos; deviam estar mortos de fome, coitados! Não importa, deixe que comam! Não fazem qualquer barulho, pelo menos, embora eu esteja realmente com medo das colheres de prata da dona da casa... Amália Ivanovna – dirigindo-se a ela, de repente, quase em voz alta –, se porventura suas colheres forem roubadas, aviso-a que não me responsabilizo! Ha-ha-ha! – Riu, voltando-se para Raskolnikov e acenando novamente para a dona da casa, exultando de alegria por seu gracejo. – Ela não entendeu, não entendeu de novo! Olhe como está sentada, de boca aberta! Uma coruja, uma verdadeira coruja! Uma coruja com fitas novas, ha-ha-ha!

Nesse momento, o riso dela se transformou-se num irreprimível ataque de tosse que durou cinco minutos. Gotas de suor cobriam sua testa e seu lenço estava manchado de sangue. Em silêncio, mostrou o sangue a Raskolnikov e logo que recobrou sua respiração normal, passou a sussurrar-lhe ao ouvido, com extrema agitação e com pintas vermelhas nas faces.

– Sabe que lhe dei as mais delicadas instruções, por assim dizer, para que convidasse aquela dama e a filha; percebe de quem estou falando? Para isso era preciso a maior delicadeza, a maior habilidade; mas ela se portou de tal maneira que essa tola, essa presunçosa semostradeira, essa nulidade provinciana, simplesmente porque é a viúva de um major e veio tratar de conseguir uma pensão e desfilar suas longas saias pelos gabinetes oficiais, porque aos 50 anos ainda pinta o rosto (todos sabem)... uma criatura como essa não se dignou vir nem respondeu ao convite, como exige a mais elementar cortesia! Não consigo entender por que Piotr Petrovitch não veio. Mas onde está Sônia? Para onde foi? Ah, lá está ela, finalmente! O que é isso, Sônia? Onde é que você esteve? É estranho que até no funeral de seu pai seja tão pouco pontual. Rodion Romanovitch, abra espaço para ele ficar a seu lado. Esse é seu lugar, Sônia... Sirva-se do que quiser. Sirva-se do prato de entrada com geleia, que é o melhor. Já vão trazer as panquecas. Deram alguma coisa às crianças? Polenka, tem tudo aí? (Cof-cof-cof) Seja boa menina, Lida; Kolya, não fique balançando os pés; sente-se como um menino bem-educado. O que está dizendo, Sônia?

Sônia se apressou em lhe transmitir as desculpas de Piotr Petrovitch, tentando falar bastante alto para que todos pudessem ouvir e escolhendo cuidadosamente as palavras mais respeitosas, que atribuía a Piotr Petrovitch. Acrescentou que Piotr Petrovitch lhe tinha recomendado especialmente para dizer que, logo que lhe fosse possível, viria imediatamente para tratar de certos *assuntos* a sós com ela e ver o que se poderia fazer por ela etc., etc.

Sônia sabia que isso haveria de confortar Ekaterina Ivanovna, de tranquilizá-la e de satisfazer seu orgulho. Ela estava sentada ao lado de Raskolnikov, a quem dirigira uma leve inclinação e olhando curiosamente para ele. Mas, durante todo o resto do tempo, evitou olhá-lo e lhe falar. Parecia distraída, embora continuasse olhando para Ekaterina Ivanovna, tentando agradá-la. Nem ela nem Ekaterina Ivanovna estavam de luto, por não terem roupa adequada; Sônia trazia um vestido cinzento-escuro e Ekaterina Ivanovna usava o único vestido que tinha, de algodão escuro listrado.

A mensagem de Piotr Petrovitch foi recebida com entusiasmo. Depois de escutar Sônia com toda a dignidade, Ekaterina Ivanovna perguntou com a mesma dignidade como estava Piotr Petrovitch. Depois sussurrou quase em voz alta a Raskolnikov que certamente teria sido estranho para um cavalheiro da posição de Piotr Petrovitch ver-se na companhia de tão "extraordinário grupo de pessoas", apesar do devotamento que ele demonstrava pela família dela e apesar da velha amizade com seu pai.

– É por isso que sou tão agradecida a você, Rodion Romanovitch, pois não desdenhou minha hospitalidade, apesar desse ambiente – acrescentou ela, quase em voz alta. – Mas tenho certeza de que foi apenas sua especial amizade por meu falecido marido que o levou a cumprir sua promessa.

Depois, mais uma vez, com orgulho e dignidade, correu os olhos pelos visitantes e, de repente, perguntou em voz alta, por sobre a mesa, referindo-se ao surdo: "Será que ele não quer mais carne e lhe deram um pouco de vinho?" O velho não respondeu e levou muito tempo para compreender o que lhe perguntavam, embora seus vizinhos se divertissem em cutucá-lo e sacudi-lo. Ele simplesmente olhava em volta, de boca aberta, o que só fazia aumentar a alegria de todos.

– Mas que imbecil! Olhe, olhe! Por que o trouxeram? Mas quanto a Piotr Petrovitch, sempre confiei nele – continuou Ekaterina Ivanovna – e, é claro que não é como... – com o rosto extremamente severo, ela se dirigiu a Amália Ivanovna tão direta e rudemente que esta ficou totalmente desnorteada. – Não como essas mulheres empertigadas que meu pai não teria assumido nem sequer como cozinheiras e que meu falecido marido lhes teria feito grande honra se as tivesse recebido, apenas pelo grande coração que ele tinha.

– Sim, gostava imensamente de beber, era apaixonado pela bebida e bebia muito – exclamou o oficial reformado, esvaziando seu décimo segundo copo de vodca.

– Meu falecido marido tinha certamente essa fraqueza, todos sabem – retrucou imediatamente Ekaterina Ivanovna. – Mas era um homem bom e honrado, que gostava da família e a respeitava. O pior disso era a grande bondade que o levava a confiar em todo tipo de sujeitos mal afamados e bebia com camaradas que não valiam absolutamente nada. Nem poderia acreditar, Rodion Romanovitch, que encontraram um bolo de gengibre em forma de galo no bolso dele; andava totalmente bêbado, mas não se esquecia dos filhos.

– Um galo? Disse um galo? – exclamou o oficial reformado.

Ekaterina Ivanovna não se dignou responder. Suspirou, perdida em pensamentos.

– Sem dúvida, o senhor pensa, como todos, que eu era demasiado severa para com ele – continuou ela, dirigindo-se a Raskolnikov. – Mas não era bem assim! Ele me respeitava, ele me respeitava muito! Era um homem de bom coração! E como eu tinha pena dele, às vezes! Ele se sentava num canto e ficava olhando para mim; e eu sentia muita pena dele, tinha vontade de acariciá-lo e então pensava comigo mesma: "Seja boazinha com ele e ele voltará a beber." Só com a severidade é que se podia mantê-lo dentro de certos limites.

– Sim, ela costumava puxar os cabelos dele com bastante frequência – rugiu o oficial reformado, engolindo outro copo de vodca.

– Para alguns tolos seria mais que conveniente aplicar-lhes uma boa sova, além de lhes puxar os cabelos. Agora não estou falando de meu falecido marido – Fique sabendo que não estou me referindo ao falecido! – disse rispidamente Ekaterina Ivanovna, dirigindo-se ao oficial.

O rubor em suas faces se tornava cada vez mais intenso e seu peito arfava. Um minuto a mais e estaria pronta para fazer um escândalo. Muitos visitantes riam baixinho, deleitando-se evidentemente com isso. Passaram a cutucar o oficial reformado e a sussurrar-lhe alguma coisa ao ouvido. Obviamente estavam tentando instigá-lo.

– Permita-me perguntar a que está aludindo – começou o oficial –, isto é, de quem... sobre quem... falou justamente agora... Mas não importa! É bobagem! Viúva! Eu a perdoo... Deixe para lá!

E tomou outro copo de vodca.

Raskolnikov continuava sentado em silêncio, escutando com desgosto. Só comia por polidez, provando um pouco do que Ekaterina Ivanovna lhe punha no prato continuamente, tanto para não desgostá-la. Observava Sônia atentamente. Mas Sônia se tornava sempre mais inquieta e aflita; ela também pressentia que o jantar não haveria de terminar bem e via com terror a crescente irritação de Ekaterina Ivanovna. Sabia que ela, Sônia, era o principal motivo para a desdenhosa recusa das "nobres" damas ao convite de Ekaterina Ivanovna. Ouvira da própria Amália Ivanovna que a mãe se ofendeu profundamente com o convite e que chegou a perguntar: "Como poderia deixar que sua filha se sentasse ao lado 'daquela moça'?" Sônia pressentia que Ekaterina Ivanovna já devia ter ouvido isso e um insulto a Sônia significava mais para Ekaterina Ivanovna do que se a tivessem insultado a ela pessoalmente, a seus filhos, ou ao pai; Sônia sabia que Ekaterina Ivanovna já não ficaria sossegada "enquanto não tivesse mostrado àquelas mulheres empertigadas que elas eram..." Para piorar as coisas, alguém da outra extremidade da mesa enviou a Sônia um prato com dois corações de pão negro atravessados por uma flecha. Ekaterina Ivanovna ficou vermelha e disse em voz alta, para que todos ouvissem, que o homem que o havia enviado era "um asno de um bêbado".

Amália Ivanovna, que também pressentia algo de desagradável e que se sentia profundamente ofendida pela altivez de Ekaterina Ivanovna, pôs-se a contar uma história para restaurar o bom humor do grupo e para angariar a estima de todos os presentes. A história, totalmente fora de propósito, se referia a um amigo dela, "Karl, o moço da farmácia", que certa noite tomou uma carruagem e que "o condutor queria vê-lo matar, e Karl implorava que não queria matar, chorava e torcia as mãos assustado e o medo lhe trespassou o coração". Embora Ekaterina Ivanovna sorrisse, logo observou que Amália Ivanovna não levava jeito para contar anedotas em russo. Ela ficou ainda mais ofendida e retrucou que seu "*Vater aus Berlin* (pai vindo de Berlim) era personagem muito importante e que andava sempre de mãos em bolsos". Ekaterina Ivanovna não pôde se conter e riu tanto que Amália Ivanovna perdeu a paciência e mal pôde se controlar.

– Escute aquela coruja! – sussurrou Ekaterina Ivanovna, recuperando aos poucos o bom humor. – Ela queria dizer era que ele andava com as mãos nos próprios bolsos, mas disse que punha as mãos nos bolsos dos outros (Cof-cof-cof). E já reparou, Rodion Romanovitch, que todos esses estrangeiros em Petersburgo, sobretudo os alemães, são todos mais grosseiros do que nós? Pode imaginar alguém de nós contando como "Karl, o moço da farmácia trespassou seu coração de medo" e que o idiota, em vez de bater no cocheiro, "torcia as mãos, chorava e implorava". Ah, que tonta! E ainda se julga muito engraçada e não chega a suspeitar que é uma tola! A meu ver, esse bêbado de um oficial reformado é muito mais inteligente do que ela; de qualquer modo, se pode ver que encharcou seu cérebro com bebida; mas esses estrangeiros estão sempre tão bem-comportados e sérios... Olhe como os olhos dela brilham! Está zangada, ha-ha! (Cof-cof-cof).

Ekaterina Ivanovna, já de bom humor, começou logo a contar a Raskolnikov que, ao obter sua pensão, pretendia abrir uma escola para as filhas dos cavalheiros em sua cidade natal de T... Era a primeira vez que ela lhe falava desse projeto e passou a descrevê-lo nos mais fascinantes detalhes. Subitamente ela tinha em mãos aquele honroso certificado de que o falecido Marmeladov havia falado a Raskolnikov na taberna, quando lhe falou que Ekaterina Ivanovna, sua mulher, tinha dançado "a dança do xale na presença do governador e de outras personalidades", ao concluir os estudos e deixar a escola. Esse certificado devia agora, pelo visto, servir como prova de que Ekaterina Ivanovna tinha o direito de abrir um internato; mas ela se havia armado com ele especialmente com o objetivo de se sobrepor "àquelas duas empertigadas mulheres", se elas comparecessem ao jantar, e provar incontestavelmente que Ekaterina Ivanovna era da mais nobre, "e poderia dizer até, da mais aristocrática família, filha de um coronel e, portanto, muito superior a certas aventureiras que se multiplicavam tanto, havia já algum tempo". O honroso certificado logo foi passando pelas mãos dos hóspedes embriagados, ao que Ekaterina Ivanovna não se opôs, pois continha realmente a declaração, *en toutes lettres* (com todas as letras), que o pai dela tinha a patente de major, e era também membro de uma ordem, o que realmente equivalia quase a ser filha de um coronel.

Entusiasmada, Ekaterina Ivanovna passou a falar da pacífica e feliz vida que haveriam de levar em T..., dos professores do liceu, que convidaria para lecionar em seu internato, de um respeitável ancião, o francês Mangot, que tinha ensinado à própria Ekaterina Ivanovna nos velhos tempos e que ainda morava em T..., e que, sem dúvida, poderia ainda ensinar na escola dela, por módica quantia. Em seguida, falou de Sônia, que deveria acompanhá-la a T... e que a ajudaria em todos os seus planos. Nesse momento, alguém sentado na outra ponta da mesa caiu subitamente na gargalhada.

Embora Ekaterina Ivanovna tentasse aparentar, com desdém, não ter notado essa risada, elevou a voz e passou logo a falar com convicção da indubitável aptidão de Sônia para lhe servir de auxiliar, de "sua afabilidade, paciência, abnegação, generosidade e boa educação", enquanto acariciava seu rosto e a beijava calorosamente. Sônia corou e Ekaterina Ivanovna irrompeu em lágrimas, observando imediatamente que estava "nervosa e era uma tola, que estava transtornada e que já era hora de acabar com aquele jantar e que chegara o momento de servir o chá".

Nesse momento, Amália Ivanovna, profundamente ressentida por não ter podido tomar parte na conversa e também por não a terem escutado, fez uma última tentativa e, com certa apreensão interior, aventurou-se a fazer uma observação extremamente profunda e sensata, ou seja, que "no futuro internato, deveria prestar especial atenção à roupa de baixo das meninas e que deveria certamente haver uma *senhora* capaz para cuidar da roupa branca; além disso, que não fosse permitido que as meninas lessem romances à noite".

Ekaterina Ivanovna, que certamente estava transtornada e muito cansada, bem como verdadeiramente farta do jantar, cortou de imediato a fala de Amália Ivanovna, dizendo que "ela nada sabia e estava falando bobagem, que cabia a uma lavadeira e não à diretora de uma escola, em regime de internato, cuidar da roupa branca das meninas; e quanto à leitura de romances, era simplesmente inconveniente o que dissera e pediu para que se calasse". Amália Ivanovna ficou vermelha de raiva e, zangada, observou que só "queria o bem dela, o extremo bem dela" e que "fazia tempo que ela não lhe pagava o aluguel do quarto".

Ekaterina Ivanovna revidou imediatamente, dizendo que ela mentia ao afirmar que queria seu bem, porque na noite anterior, quando seu marido jazia morto, a tinha aborrecido com a questão do aluguel. Amália Ivanovna observou com propriedade que havia convidado aquelas senhoras, mas "elas não compareceram porque elas eram realmente damas de família e não podiam se misturar com alguém que não era realmente dama". Ekaterina Ivanovna logo retrucou que ela não passava de uma mulher qualquer e que não podia avaliar o que era uma verdadeira dama. Amália Ivanovna declarou, por sua vez, que seu pai vindo de Berlim era uma pessoa muito importante e andava com as mãos nos bolsos, dizendo sempre "puf, puf!" e saltou da cadeira para imitar o pai, pondo as mãos nos bolsos, encheu as bochechas de ar e começou a emitir uns sons vagos, semelhantes a "puf, puf!", por entre as gargalhadas de todos os hóspedes, que intencionalmente instigavam Amália Ivanovna, na esperança de assistir a uma verdadeira briga.

Mas isso já era demais para Ekaterina Ivanovna, que logo declarou em alta voz, para que todos ouvissem, que Amália Ivanovna provavelmente nunca tivera pai, mas que era simplesmente uma finlandesa bêbada de Petersburgo e que antes certamente tinha sido cozinheira, se é que não fora qualquer coisa de pior. Amália Ivanovna ficou vermelha como um tomate e gritou que Ekaterina Ivanovna nunca tivera pai, "mas que ela tinha um pai vindo de Berlim, que usava um longo sobretudo e que sempre fazia puf-puf-puf!"

Ekaterina Ivanovna observou com desprezo que todos sabiam qual era sua origem familiar e que naquele certificado constava, em letra de forma, que seu pai era coronel, ao passo que o pai de Amália Ivanovna... se realmente tivesse pai... era provavelmente um leiteiro finlandês, mas que era mais provável que nunca tivesse tido um pai, uma vez que ainda não se sabia ao certo o nome completo dela, se era Amália Ivanovna ou Amália Ludvigovna.

Ao ouvir isso, Amália Ivanovna ficou furiosa, deu um soco na mesa e gritou que ela era Amália Ivanovna e não Ludvigovna, "que seu pai se chamava Ivan e que era burgomestre, ao passo que o pai de Ekaterina Ivanovna nunca tinha sido burgomestre". Ekaterina Ivanovna se levantou da cadeira e, com voz severa e aparentemente calma (embora estivesse pálida e com o peito arfando), observou que, "se ela se atrevesse a pôr, por um só momento, o desprezível patife de um pai no mesmo mesmo nível de seu pai, ela, Ekaterina Ivanovna, lhe arrancaria a touca da cabeça e a pisaria sob os pés". Amália Ivanovna saiu correndo pela sala, gritando com todas as forças que ela era a dona da casa e que Ekaterina Ivanovna teria de abandonar imediatamente o alojamento. Depois, por algum motivo, passou a retirar apressadamente as colheres de prata da mesa. Houve um grande tumulto e a algazarra tomou conta do local; as crianças começaram a chorar. Sônia correu para deter Ekaterina Ivanovna, mas quando Amália Ivanovna gritou alguma coisa sobre "o boleto amarelo", Ekaterina Ivanovna empurrou Sônia para o lado e se atirou sobre a dona da casa para cumprir a ameaça.

Nesse momento, a porta se abriu e Piotr Petrovitch Luzhin apareceu na soleira. Ficou parado, examinando o grupo com um olhar severo e perscrutador. Ekaterina Ivanovna correu até ele.

CAPÍTULO TRÊS

– Piotr Petrovitch! – exclamou ela. – Proteja-me... o senhor, pelo menos! Dê a entender a essa tresloucada mulher que não pode tratar desse modo uma dama em desgraça... que há lei para essas coisas... Eu vou pessoalmente falar com o governador geral... Ela deve responder por isso... Lembre-se da hospitalidade de meu pai e proteja esses órfãos!

– Permita-me, minha senhora... Permita-me. – E Piotr Petrovitch a afastou com as mãos. – Como sabe muito bem, não tive a honra de conhecer seu pai (alguém riu em voz alta) e não pretendo tomar parte em suas contínuas intrigas com Amália Ivanovna... Vim aqui para trocar algumas palavras com sua enteada, Sofia... Ivanovna, é esse o nome completo dela? Permita-me passar.

Piotr Petrovitch, desviando-se dela, foi para o canto oposto, onde estava Sônia.

Ekaterina Ivanovna ficou no mesmo lugar em que estava, como se tivesse sido atingida por um raio. Não podia compreender como é que Piotr Petrovitch ousava negar a hospitalidade do pai dela. Embora ela própria tivesse inventado essa possível hospitalidade, acabou por acreditar firmemente nela. Ficou também impressionada com o tom de voz metódico, seco e até um pouco desdenhoso e ameaçador de Piotr Petrovitch. Toda a algazarra se esvaiu aos poucos, com a entrada dele. Não era somente esse "homem sério e metódico" que destoava de modo gritante com o resto do grupo, mas era evidente também que ele tinha vindo por causa de algum assunto importante, que algum motivo excepcional devia tê-lo induzido a vir e que, portanto, algo haveria de acontecer. Raskolnikov, que estava de pé ao lado de Sônia, afastou-se para um lado para deixá-lo passar; aparentemente, Piotr Petrovitch nem sequer reparou nele. Um minuto depois, também Lebeziatnikov apareceu na soleira da porta; não entrou, mas ficou parado, escutando com real interesse, quase espantando e, depois de um tempo, parecia perplexo.

– Desculpem-me, se acaso os interrompo, mas venho por uma questão bastante importante – observou Piotr Petrovitch, dirigindo-se a todos. – Na verdade, fico contente ao encontrar outras pessoas presentes. Amália Ivanovna, peço-lhe humildemente que, como dona da casa, preste especial atenção ao que tenho a dizer a Sofia Ivanovna. Sofia Ivanovna – continuou ele, dirigindo-se a Sônia, que estava muito surpresa e até alarmada –, imediatamente depois de sua visita, vi que faltava uma nota de cem rublos de cima da mesa, na sala de meu amigo Lebeziatnikov. Se de qualquer modo souber e puder nos dizer onde está essa nota agora, dou-lhe minha palavra de honra e tomo todos os presentes por testemunhas que o assunto se encerra por aqui. Caso contrário, sou obrigado a tomar medidas sérias e então... deverá assumir a culpa.

Completo silêncio reinava na sala. Até as crianças, que estavam chorando, ficaram quietas. Sônia empalideceu mortalmente, olhando para Luzhin, sem conseguir pronunciar uma palavra. Parecia não entender. Passaram-se alguns segundos.

– Bem, como vai ficar isso, então? – perguntou Luzhin, olhando-a atentamente.

– Eu não sei... Não sei nada a respeito – gaguejou Sônia, finalmente, com voz fraca.

– Não? Não sabe nada? – repetiu Luzhin, e fez nova pausa de alguns segundos. – Pense um pouco, senhorita – começou ele, severamente, mas calmo, como se a estivesse advertindo. – Reflita, estou pronto para lhe dar tempo para que reconsidere. Tenha a bondade de observar isso: se eu não estivesse totalmente convencido, não iria, asseguro-lhe, com toda a minha experiência, aventurar-me a acusá-la tão diretamente, visto que, para semelhante acusação direta diante de testemunhas, se fosse falsa ou simplesmente errônea, eu mesmo, em certo sentido, me tornaria responsável. Estou ciente disso. Essa manhã, troquei, para atender a minhas próprias necessidades, alguns títulos de 5% de juros no valor de aproximadamente três mil rublos. A conta foi anotada em meu bloco de anotações. Ao voltar para casa, passei a contar o dinheiro... como Lebeziatnikov pode testemunhar... e, depois de contar dois mil e trezentos rublos, coloquei parte do resto dentro da carteira, que guardei no bolso do casaco. Em cima da mesa ficaram cerca de quinhentos rublos em notas e, entre elas, três de cem rublos. Nesse momento, a senhorita chegou (a meu convite)... e, durante todo o tempo em que esteve presente, mostrou-se extremamente embaraçada, tanto que, por três vezes se levantou para ir embora, durante a conversa, o senhor Lebeziatnikov pode testemunhar isso. Com certeza que a senhorita provavelmente não vai deixar de confirmar que eu a convidei, por meio do senhor Lebeziatnikov, unicamente para discutir sobre a situação de desespero e de desamparo de sua madrasta, Ekaterina Ivanovna (a cujo jantar não pude comparecer), e da possibilidade de abrir uma subscrição em benefício dela, que fosse uma rifa ou algo semelhante. A senhorita me agradeceu entre lágrimas. Descrevo tudo isso como se passou, em primeiro lugar para ajudá-la a lembrar-se e, em segundo lugar, para lhe mostrar que nem o mais leve detalhe se apagou de minha memória. Depois tirei da mesa uma nota de dez rublos e a entreguei à senhorita como primeira parte de minha contribuição em favor de sua madrasta. O senhor Lebeziatnikov presenciou tudo isso. Depois a acompanhei até a porta... e a senhorita continuava na mesma situação de embaraço... depois do que, ao ficar a sós com o senhor Lebeziatnikov, conversei com ele por uns dez minutos... então ele saiu e eu voltei à mesa em que estava o dinheiro, com a intenção de contá-lo e pô-lo de lado, como me havia proposto antes. Para minha surpresa, uma nota de cem rublos havia desaparecido. Tenha a bondade de considerar o fato. Não posso suspeitar do senhor Lebeziatnikov. Envergonho-me até ao aludir a semelhante suposição. Não posso ter me enganado em minha conta, pois um minuto antes de sua entrada, eu tinha fechado as contas e o total era exato. Deve admitir que, ao recordar seu embaraço, sua ânsia em partir dali, o fato de manter as mãos durante algum tempo sobre a mesa e levando em consideração sua posição social e os hábitos a ela inerentes, eu me vi *impelido*, por assim dizer, com horror e até contra minha vontade, a levantar uma suspeita... cruel, mas justificada suspeita! Vou acrescentar e repetir que, apesar de minha real convicção, compreendo que corro certo risco ao fazer esta acusação, mas, como pode ver, não posso deixá-la passar. Decidi agir desse modo e vou lhe dizer por quê: unicamente, senhorita, unicamente por causa de sua desavergonhada ingratidão! Por quê? Eu a convido para tratar de um benefício em favor de sua desamparada madrasta, faço-lhe uma doação de dez rublos e a senhorita, no próprio local, me retribui com semelhante ação! É péssimo! Precisa de uma lição. Reflita! Além do mais, como verdadeiro amigo lhe peço... e melhor amigo não poderia ter nesse momento... pense no que está fazendo, caso contrário, vou ser inexorável! Bem, o que me diz?

– Eu não tirei nada – sussurrou Sônia, aterrorizada. – O senhor me deu dez rublos; aqui estão eles, tome-os.

Sônia tirou o lenço do bolso, desatou o nó que tinha dado num canto, apanhou a nota de dez rublos e a estendeu para Luzhin.

– E não vai confessar que tomou a nota de cem rublos? – insistiu ele, recriminando-a e não aceitando a nota.

Sônia olhou em volta. Todos a fitavam com olhos terríveis, severos, irônicos e hostis. Ela olhou para Raskolnikov... ele estava de pé, encostado na parede, de braços cruzados e a contemplava com olhos faiscantes.

– Meu Deus! – deixou escapar Sônia.

– Amália Ivanovna, é preciso chamar a polícia e por isso lhe peço encarecidamente que mande chamar o porteiro – disse Luzhin, com voz meiga e até afetuosa.

– Deus misericordioso! Eu sabia que ela era uma ladra! – exclamou Amália Ivanovna, levantando as mãos.

– Já sabia? – aparteou Luzhin. – Então suponho que deve ter tido algum motivo anterior para pensar assim. Peço-lhe, respeitável Amália Ivanovna, que não se esqueça das palavras que acaba de pronunciar diante de testemunhas.

Houve um murmúrio de vozes por todos os lados. Todos estavam agitados.

– O quê? – exclamou Ekaterina Ivanovna, compreendendo repentinamente a situação, e correu em direção a Luzhin. – O quê? O senhor a acusa de roubo? Sônia? Ah, malvados, malvados!

E correndo até Sônia, enlaçou-a em seus braços descarnados e a apertou como num torno.

– Sônia! Como ousou aceitar dez rublos dele! Menina tola! Dê aqui! Dê-me os dez rublos agora mesmo... tome!

E, tirando a nota de Sônia, Ekaterina Ivanovna a amarrotou e a jogou direto no rosto de Luzhin. Acertou-lhe um olho e caiu no chão. Amália Ivanovna se apressou em recolhê-la. Piotr Petrovitch perdeu as estribeiras.

– Segurem essa louca! – gritou ele.

Nesse momento, várias outras pessoas, além de Lebeziatnikov, apareceram na soleira da porta, entre elas, as duas senhoras.

– O quê! Louca? Sou louca? Idiota! – gritou Ekaterina Ivanovna. – O senhor é que é um idiota, velhaco de um advogado, sujeito ordinário! Sônia, Sônia rouba seu dinheiro! Sônia, uma ladra! Ora, ela ainda lhe daria o último centavo! – e Ekaterina Ivanovna caiu numa risada histérica. – Já viram maior idiota que este? – disse ela, voltando-se para todos os lados. – E a senhora também? – disse subitamente, ao ver a dona da casa. – E a senhora também, devoradora de salsichas, afirma que ela é uma ladra, sua prussiana inútil, sua galinha choca! Saiba que ela não saiu dessa sala: veio diretamente de sua casa, seu patife, e se sentou ao meu lado, todos a viram. Ela se sentou aqui, ao lado de Rodion Romanovitch. Reviste-a! Uma vez que ela não saiu da sala, o dinheiro deve estar com ela! Procure, procure! Mas se não o encontrar, me desculpe, meu camarada, o senhor vai responder por isso! Vou recorrer a nosso soberano, a nosso soberano, a nosso magnânimo Czar, a ele próprio, e me atirarei aos pés dele, hoje, agora mesmo! Estou sozinha neste mundo! Eles vão me deixar entrar! Acha que não? Está enganado, vou entrar! Vou entrar! O senhor contava com a timidez dela! Era nisso que confiava! Mas eu não sou tão submissa, é o que lhe digo! O senhor foi longe demais! Reviste-a, procure!

E Ekaterina Ivanovna, enfurecida, sacudia Luzhin e o arrastou em direção de Sônia.

– Estou pronto, vou responder por isso... mas acalme-se, minha senhora, acalme-se. Vejo muito bem que a senhora não é tão submissa!... Bem, bem, mas quanto a isso... – balbuciou Luzhin – deve ser resolvido com a polícia... embora, no fim das contas, haja testemunhas suficientes... Estou pronto... Mas, em todo caso, é difícil para um homem... por causa do sexo... Mas com a ajuda de Amália Ivanovna... embora, é claro, não é o melhor modo de fazer as coisas... Que é que se deve fazer?

– Como quiser! Quem quiser que a reviste! – gritou Ekaterina Ivanovna. – Sônia, vire os bolsos ao avesso! Veja! Olhe, monstro, o bolso está vazio, era aqui que estava o lenço! Aqui está o outro bolso, olhe! Está vendo, está vendo?

E Ekaterina Ivanovna virou... melhor, revirou... os dois bolsos e os deixou ao avesso. Mas do bolso direito voou um papel que, descrevendo uma parábola no ar, foi cair aos pés de Luzhin. Todos o viram; muitos soltaram exclamações. Piotr Petrovitch se agachou, apanhou do chão o papel com dois dedos, ergueu-o à vista de todos e o desdobrou. Era uma nota de cem rublos, dobrada em oito partes. Piotr Petrovitch segurou a nota no alto, mostrando-a a todos.

– Ladra! Fora de minha casa! Polícia, polícia! – gritou Amália Ivanovna. – Deviam ser mandadas para a Sibéria! Fora!

De todos os lados se ergueram exclamações. Raskolnikov estava calado, sem tirar os olhos de Sônia, exceto quando lançava rápidos e ocasionais olhares a Luzhin. Sônia continuava quieta, como que inconsciente. Quase não dava mostras de surpresa. Subitamente, suas faces ficaram vermelhas, deu um grito e cobriu o rosto com as mãos.

– Não, não fui eu! Eu não roubei! Eu não sei de nada! – exclamou ela, com voz entrecortada de soluços e correu para Ekaterina Ivanovna, que a estreitou com força em seus braços, como se quisesse defendê-la de todos.

– Sônia! Sônia! Eu não acredito! Veja, eu não acredito! – exclamava ela, diante de um fato transparente, embalando-a nos braços como se fosse uma criança, beijando-a continuamente, depois agarrando-lhe as mãos e beijando-as também. – Diga que tomou o dinheiro! Mas que gente estúpida! Meu Deus! Vocês todos são uns tolos, tolos – exclamava ela, olhando para todos os presentes. – Vocês não sabem, não sabem que coração ela tem, que moça ela é! Ela o tomou, ela? Ela venderia seu último trapo, andaria de pés descalços para ajudá-los, se precisassem, é assim que ela é! E se tem a carteirinha amarela foi porque meus filhos morriam de fome! Foi por nós que ela se vendeu! Ah, marido, meu marido! Está vendo? Está vendo? Que jantar em sua memória! Deus do céu! Defendam-na! Por que estão todos aí parados? Rodion Romanovitch, por que não se levanta para defendê-la? Acredita nisso também? Vocês todos não valem nada, todos vocês, todos juntos! Meu bom Deus! Defendam-na agora, pelo menos!

Os lamentos da pobre mulher tuberculosa, desamparada, produziram um grande efeito sobre os presentes. O rosto angustiado, perdido, marcado pela tuberculose, os lábios cerrados e manchados de sangue, a voz rouca, as lágrimas descontroladas como as de uma criança, a confiante, infantil e mesmo desesperada imploração por ajuda eram tão tocantes que todos pareceram condoer-se por ela. Piotr Petrovitch, de qualquer modo, se sentiu também movido de *compaixão*.

– Senhora, senhora! Esse incidente não tem nada a ver com a senhora! – exclamou ele, com ênfase. – Ninguém, em sã consciência, pode acusá-la de ser instigadora ou mesmo cúmplice desse fato, tanto mais que foi a senhora quem provou a culpa dela ao revirar-lhe os bolsos, mostrando que a senhora não sabia nada disso. Estou disposto, mais que disposto a ter compaixão, se foi a pobreza, por assim dizer, que levou Sofia Semionovna a isso. Mas por que se recusou a confessar, senhorita? Tinha medo da desgraça? Foi o primeiro passo? Perdeu a cabeça, talvez? Pode-se muito bem compreender... Mas como pôde se rebaixar a tal ação? Cavalheiros – dirigindo-se a todos os presentes –, cavalheiros! Sinto compaixão e, por assim dizer, comiseração por essas pessoas; estou disposto a esquecer tudo imediatamente, apesar da ofensa pessoal de que fui vítima! E que essa vergonha lhe sirva de lição para o futuro – disse ele, dirigindo-se a Sônia. – E eu não vou levar a questão adiante. É tudo!

Piotr Petrovitch lançou um olhar de soslaio a Raskolnikov. Seus olhares se encontraram e o fogo que faiscava nos olhos de Raskolnikov parecia pronto para reduzi-lo a cinzas. Enquanto isso, Ekaterina Ivanovna aparentava não ouvir nada. Estava acariciando e beijando Sônia como louca. As crianças também se agarravam a Sônia por todos os lados e Polenka... embora não compreendesse claramente o que estava errado... estava mergulhada em lágrimas e estremecendo em soluços, enquanto escondia seu belo rosto, inchado pelo choro, no ombro de Sônia.

– Que baixaria! – gritou, subitamente, uma voz forte, na soleira da porta.

Piotr Petrovitch olhou em derredor rapidamente.

– Que baixaria! – repetiu Lebeziatnikov, fitando-o diretamente no rosto.

Piotr Petrovitch deu um salto... todos perceberam e lembraram-se disso mais tarde. Lebeziatnikov avançou sala adentro.

– E você se atreve a me chamar como testemunha? – disse ele, aproximando-se de Piotr Petrovitch.

– Que quer dizer com isso? De que está falando? – resmungou Luzhin.

– Quero dizer que você... é um caluniador; é isso que significam minhas palavras! – disse Lebeziatnikov, olhando severamente para ele com seus olhos míopes.

Estava extremamente zangado. Raskolnikov o fitou com toda a atenção, como se estivesse captando e pesando cada palavra. Houve uns momentos de silêncio. Piotr Petrovitch parecia, de fato, quase estonteado no primeiro instante.

– Se você diz isso para mim... – começou ele, gaguejando. – Mas o que está acontecendo com você? Perdeu o juízo?

– Gozo de perfeito juízo, mas você é que é um canalha! Ah, e que baixaria! Eu ouvi tudo e fiquei esperando de propósito para ver se conseguia compreender, porque mesmo agora, confesso, não vejo lógica no caso... O que você fez está além do que eu possa imaginar.

– Por que, o que é que eu fiz? Fale claramente e não nessas charadas sem sentido! Ou, quem sabe, está bêbado!

– Você pode estar bêbado, talvez, seu pilantra, e não eu! Eu nunca toquei em vodca, porque é contra minhas convicções! Vocês poderiam acreditar que foi ele mesmo, ele, ele, com suas próprias mãos que deu aquela nota de cem rublos a Sofia Semionovna... eu vi, sou testemunha disso, juro! Ele fez isso, ele! – repetia Lebeziatnikov, dirigindo-se a todos os presentes.

– Está doido, seu covarde? – gritou Luzhin. – Ela está aí, diante de você... ela própria, foi ela própria que declarou há pouco diante de todos que eu lhe dei somente dez rublos. Como poderia ter lhe dado os outros cem?

– Eu vi, eu vi! – repetia Lebeziatnikov. – E embora tenha de violar meus princípios, estou disposto agora mesmo a prestar o juramento que quiser perante a corte, pois eu vi como o senhor enfiou essa nota no bolso dela. Eu só podia estar louco ao pensar que o senhor o fazia por pura bondade! Quando estava à porta, despedindo-se dela, enquanto o senhor segurava a mão dela com uma de suas mãos, com a outra, a esquerda, enfiava a nota no bolso dela. Eu vi! Eu vi!

Luzhin empalideceu.

– Que mentira! – exclamou ele, desavergonhadamente. – Ora, como é que você poderia, estando perto da janela, ver a nota? Você imaginou isso com sua miopia. Você está delirando!

– Não, não imaginei nada! Embora eu estivesse um pouco afastado, vi tudo. E embora, de fato, fosse difícil distinguir uma nota desde a janela... é verdade... sabia com certeza de que se tratava de uma nota de cem rublos, porque, no momento em que você ia dar dez rublos a Sônia Semionovna, apanhou de cima da mesa uma nota de cem rublos (eu vi porque nesse instante eu estava perto da mesa e passei então a prestar mais atenção; por isso não me esqueci que você guardava essa nota em sua mão). Dobrou-a e a conservou na mão o tempo todo. Não pensei mais nisso até que você se levantou, passou-a da mão direita para a esquerda, e quase a deixou cair! Notei-o porque achava que você queria dar-lhe essa quantia, por pura bondade, sem que eu visse. Pode imaginar então como o fiquei observando e vi como conseguiu enfiar a nota no bolso dela. Eu vi, eu vi e posso prestar juramento sobre o fato.

Lebeziatnikov estava quase sem fôlego. Exclamações surgiram de todos os lados, exprimindo, em sua maior parte, assombro; mas algumas exprimiam um tom de ameaça. Todos se aglomeraram em torno de Piotr Petrovitch e Ekaterina Ivanovna correu na direção de Lebeziatnikov!

– Eu estava enganada a seu respeito! Proteja-a! O senhor é a única pessoa a tomar o partido dela! Ela é uma órfã. Foi Deus que o enviou!

Ekaterina Ivanovna, sem saber direito o que estava fazendo, caiu de joelhos diante dele.

– Tudo bobagem! – gritou Luzhin, furioso. – Tudo o que você andou falando não passa de bobagem! 'Prestou atenção, não pensou, notou'... o que significa tudo isso? Então lhe dei o dinheiro furtivamente, de propósito? Para quê? Com que finalidade? O que tenho a ver com essa... ?

— Para quê? É o que não consigo entender, mas o que acabo de contar é um fato, é certo! E tenho tanta certeza de que não estou enganado, seu infame criminoso, que me lembro de que, ao ver aquilo, logo me perguntei, enquanto o felicitava e lhe apertava a mão: O que o levou a enfiar furtivamente o dinheiro no bolso dela? Quero dizer, por que o fez em segredo? Seria simplesmente para esconder de mim esse gesto, sabendo que minhas convicções se opunham às suas e que não aprovo a beneficência privada, que não resolve absolutamente nada? Bem, concluí que você realmente se envergonhava em dar uma quantia tão elevada em minha presença. Pensei também que, talvez, quisesse lhe fazer uma surpresa, quando encontrasse no bolso uma polpuda nota de cem rublos (porque eu sei que há muitas pessoas que gostam de praticar suas obras de caridade dessa maneira). Depois pensei ainda que você queria testá-la para ver se, ao encontrar o dinheiro, ela voltaria para lhe agradecer. Cheguei a pensar também que você queria evitar agradecimentos e que, como o ditado diz, que sua direita não saiba... enfim, algo desse tipo. Pensei em tantas possibilidades que desisti de tecer mais considerações a respeito, mas ainda assim, julguei indelicado revelar a você que eu conhecia seu segredo. Mas outra ideia me ocorreu, ou seja, que Sofia Semionovna poderia facilmente perder o dinheiro antes de se dar conta que o tinha no bolso; por isso decidi vir até aqui para chamá-la para fora da sala e avisá-la de que você tinha enfiado uma nota de cem rublos no bolso dela. Mas, pelo caminho, passei antes na casa da senhora Kobiliatnikov para lhe entregar o "Tratado geral do método positivo" e especialmente para lhe recomendar um artigo de Piderit (e de Wagner também). Depois chego finalmente aqui e com que confusão me deparo! Então eu poderia, poderia realmente ter todas essas ideias e indagações, se não tivesse visto você enfiando a nota de cem rublos no bolso dela?

Quando Lebeziatnikov terminou seu longo e prolixo discurso com a lógica dedução final, estava muito cansado e o suor escorria no seu rosto. Infelizmente, não conseguia se expressar corretamente em russo, embora não conhecesse outra língua, de modo que se sentia totalmente exausto, quase enfraquecido depois dessa heroica proeza. Mas sua fala produziu estrondoso efeito. Tinha falado com tanta veemência, com tanta convicção que, obviamente, todos acreditaram nele. Piotr Petrovitch percebeu que as coisas iam de mal a pior para ele.

— Que posso fazer, se lhe passam pela cabeça essas ideias estúpidas? — gritou ele. — Isso não prova nada! Você andou sonhando isso, sem dúvida! E reafirmo, você está mentindo! Você está mentindo e me calunia por ter raiva de mim, simplesmente por ressentimento, porque não concordo com suas ideias de livre-pensador, ateias e socialistas!

Mas essa réplica não beneficiou Piotr Petrovitch. Pelo contrário, murmúrios de desaprovação foram ouvidos por todos os lados.

– Ah, essa é sua linha de defesa, agora! – exclamou Lebeziatnikov. – É pura bobagem! Chame a polícia, que vou fazer a declaração sob juramento! Só há uma coisa que não consigo entender: o que o levou a praticar uma ação tão desprezível. Oh, que homem miserável, mesquinho!

– Eu posso explicar por que é que ele arriscou praticar semelhante ação e, se necessário, também vou fazer a declaração sob juramento! – disse Raskolnikov, finalmente, com voz firme e dando um passo à frente.

Parecia estar sereno e sobranceiro. Todos viram claramente, ao fitá-lo, que realmente sabia do que se tratava e que o mistério deveria ser desvendado.

– Agora posso explicar tudo para mim mesmo – continuou Raskolnikov, dirigindo-se a Lebeziatnikov. – Desde o começo do incidente, suspeitei que havia alguma infame trama por trás disso. Comecei a suspeitar por causa de algumas circunstâncias especiais que só eu conheço e que vou agora mesmo explicar a todos. Elas se encaixam muito bem em todo o episódio. Sua valiosa prova deixou finalmente tudo claro para mim. Peço a todos, a todos, que escutem. Esse cavalheiro (apontando para Luzhin) estava recentemente comprometido a se casar com uma jovem dama... minha irmã, Avdótia Romanovna Raskolnikov. Mas depois de chegar a Petersburgo, há dois dias, em nosso primeiro encontro ele brigou comigo e eu o expulsei de minha casa... tenho duas testemunhas para provar isso. Trata-se de um sujeito desprezível... Até três dias atrás, eu não sabia que ele morava aqui, em sua companhia no mesmo alojamento, e que depois, no mesmo dia, nós discutimos... faz dois dias... e ele me viu entregar a Ekaterina Ivanovna um pouco de dinheiro para o funeral do marido dela, o senhor Marmeladov, de quem eu era amigo. Ele escreveu imediatamente uma carta a minha mãe, informando-a de que eu tinha dado todo o meu dinheiro, não a Ekaterina Ivanovna, mas a Sofia Semionovna, e se referia do modo mais desprezível ao... caráter de Sofia Semionovna, isto é, aludia ao tipo de minhas relações com Sofia Semionovna. Tudo isso, devem entender, ele o fazia com o objetivo de me indispor com minha mãe e minha irmã, insinuando que eu esbanjava, para fins escusos, o dinheiro que elas me mandavam e que era o último que possuíam. Ontem à noite, diante de minha mãe e de minha irmã, e na presença dele, declarei que tinha dado o dinheiro a Ekaterina Ivanovna para o funeral e não a Sofia Semionovna, que na verdade eu nem conhecia Sofia Semionovna e nunca a tinha visto antes. Ao mesmo tempo, acrescentei que ele, Piotr Petrovitch, com todas as suas qualidades, não valia nem o equivalente ao dedo mínimo de Sofia Semionovna, de quem falava tão mal. À pergunta dele... se eu deixaria Sofia Semionovna sentar ao lado de minha irmã, respondi que já o tinha feito naquele mesmo dia. Irritado porque minha mãe e minha irmã não queriam brigar comigo em vista das insinuações dele, começou aos poucos a se tornar imperdoavelmente rude para com elas. Tudo terminou com uma ruptura definitiva e ele foi expulso de casa. Tudo isso aconteceu ontem à noite. Agora lhes peço especial atenção: imaginem agora, se ele tivesse conseguido provar que Sofia Semionovna era uma ladra, teria mostrado a minha mãe e minha irmã que tinha toda a razão em suas suspeitas, que tinha razão de estar zangado por eu ter posto minha irmã no mesmo nível de Sofia Semionovna; que, ao me atacar, estava protegendo e preservando a honra de minha irmã, noiva dele. De fato, com tudo isso ele poderia até ter conseguido me separar de minha família e, sem dúvida, esperava se reaproximar e manter as boas relações com as duas; sem contar que também se vingava pessoalmente de mim, pois tem motivos para supor que a honra e a felicidade de Sofia Semionovna me são muito caras. Isso era tudo o que ele estava arquitetando! É assim que eu o entendo. Essa é a razão última e não pode haver outra!

Foi assim, ou algo assim, que Raskolnikov encerrou seu discurso, que foi seguido com toda a atenção pelos presentes, embora interrompido com frequência por exclamações dos ouvintes. Mas, apesar de todas essas interrupções, ele falou com clareza, calma, exatidão e firmeza. Sua voz vibrante, seu tom convicto e seu rosto severo causaram grande impressão em todos.

– Sim, sim, é isso! – concordou Lebeziatnikov, entusiasmado. – Deve ser isso, pois ele me perguntou, assim que Sofia Semionovna entrou em nossa sala, se você estava aqui, se eu o tinha visto entre os convidados de Ekaterina Ivanovna. Ele me chamou de lado, para perto da janela, e me perguntou isso em voz baixa. Era de vital importância para ele que você estivesse aqui. É isso, é isso!

Luzhin sorriu desdenhosamente e não falou. Mas estava muito pálido. Parecia que estava deliberando sobre algum meio de escapar dali. Talvez se desse por inteiramente satisfeito se conseguisse desistir de tudo e ir embora, mas nesse momento isso era praticamente impossível, pois isso implicava admitir a verdade das acusações feitas contra ele. Além disso, os presentes, que já estavam excitados pela bebida, agora estavam por demais revoltados para permitir isso. O oficial reformado, embora não tivesse chegado a compreender tudo muito bem, era o que mais gritava e propunha a adoção de medidas nada agradáveis contra Luzhin. Mas nem todos os presentes estavam embriagados; inquilinos tinham acudido de todos os alojamentos. Os três poloneses estavam tremendamente exaltados e gritavam continuamente "A panela está fervendo!" e murmuravam ameaças em polonês. Sônia tentava escutar, a muito custo, e parecia não compreender muito bem o que se passava, dando a impressão de que acabava de recuperar os sentidos. Ela não tirava os olhos de Raskolnikov, sentindo que nele residia sua segurança e salvação. Ekaterina Ivanovna respirava com dificuldade e dava mostras de estar totalmente exausta. Amália Ivanovna continuava ali parada, parecendo mais apatetada que qualquer outro, de boca aberta, incapaz de avaliar o que tinha acontecido. Só percebia que Piotr Petrovitch tinha fracassado.

Raskolnikov estava tentando falar novamente, mas eles não deixaram. Todos estavam se aglomerando em torno de Luzhin com ameaças e gritos. Mas Piotr Petrovitch não se intimidava. Vendo que a acusação dele contra Sônia tinha dado completamente errado, recorreu à insolência:

– Permitam-me, cavalheiros, permitam-me! Não empurrem, deixem-me passar! – disse ele, abrindo caminho por entre os presentes. – E, por favor, sem ameaças! Garanto-lhes que isso é inútil, vocês não vão ganhar nada com isso. Pelo contrário, vocês vão ter de responder, cavalheiros, por obstruir com violência o curso da Justiça. A ladra foi mais do que desmascarada e eu vou levar o caso adiante. Nossos juízes não são tão cegos e... nem tão bêbados, e não vão acreditar no testemunho de dois rebeldes, agitadores e ateus que me acusam por motivos de vingança pessoal, o que eles, por serem tolos como são, admitem... Sim, permitam-me passar!

– Não deixe rastro atrás de si em meu alojamento! Por favor, vá embora já e tudo está terminado entre nós dois! E pensar em todo o trabalho que tive, no modo como tentei lhe explicar... durante toda essa última quinzena!

– Eu mesmo lhe disse hoje que iria embora quando tentou me convencer a ficar; agora acrescento simplesmente que é um tolo e aconselho-o a consultar um médico para sua cabeça e para sua miopia. Deixem-me passar, cavalheiros!

Abriu caminho à força. Mas o oficial reformado não pretendia deixá-lo passar tão facilmente. Apanhou um copo da mesa, brandiu-o no ar e o atirou contra Piotr Petrovitch; mas o copo voou diretamente contra Amália Ivanovna. Ela gritou e o oficial reformado, perdendo o equilíbrio, caiu embaixo da mesa. Piotr Petrovitch foi abrindo caminho e, meia hora depois, tinha saído da casa.

Sônia, tímida por natureza, havia pressentido antes daquele dia que ela podia ser maltratada mais facilmente do que ninguém e que podia ser enganada impunemente. Ainda assim, até aquele momento tinha imaginado que poderia afastar a desgraça com prudência, afabilidade e submissão para com todos. Seu desapontamento, no entanto, era grande demais. É claro que pôde suportar com paciência e quase sem abrir a boca, mesmo esse. Mas no início lhe custou muito. Apesar de seu triunfo e de sua reabilitação... quando o primeiro susto e o primeiro terror tinham passado e pôde compreender tudo claramente... o sentimento de desamparo e do mal feito contra ela lhe encheu o coração de angústia e desatou num choro convulsivo. Finalmente, não podendo mais aguentar, saiu correndo da sala e foi para casa, quase imediatamente depois da partida de Luzhin. Quando, entre sonoras gargalhadas, o copo voou contra Amália Ivanovna, isso era mais do que a dona da casa podia aturar. Dando um grito, correu furiosamente até Ekaterina Ivanovna, considerando-a culpada de tudo:

– Saia de meus alojamentos! Agora mesmo! Rápido, fora daqui!

E proferindo essas palavras, ela começou a recolher tudo o que estava ao alcance das mãos, pertencente a Ekaterina Ivanovna, e o jogava no chão. Ekaterina Ivanovna, pálida, quase desmaiando e respirando penosamente, pulou da cama, onde jazia exausta, e se lançou contra Amália Ivanovna. Mas a luta era muito desigual: a dona da casa a sacudia como uma pena.

– O quê? Como se não fosse suficiente essa ímpia calúnia... essa vil criatura vem agora me atacar! O quê! Expulsar-me do alojamento no próprio dia do funeral de meu marido! Depois de comer meu pão do dia, ela vem me jogar na rua com meus órfãos! Mas para onde vou? – gritava a pobre mulher, soluçando e arfando. – Meu bom Deus! – exclamou ela, com olhos chamejantes. – Não existe justiça na terra? A quem vai proteger, se não os órfãos? Ainda vamos ver! Há lei e justiça na terra, existe sim e vou encontrá-la! Espere um pouco, ímpia criatura! Polenka, fique tomando conta das crianças, que já vou voltar. Esperem por mim, mesmo que tenham de esperar na rua. Vamos ver se não há justiça neste mundo!

E jogando na cabeça aquele xale verde que o falecido Marmeladov havia mencionado a Raskolnikov, Ekaterina Ivanovna abriu caminho por entre o desordenado grupo de vizinhos embriagados, que continuavam apinhados na sala e, entre lamúrias e prantos, correu para a rua... com a vaga intenção de ir imediatamente a qualquer lugar para buscar justiça. Polenka se agachou com as duas crianças pequenas em seus braços, aterrorizada, sobre o baú no canto da sala, onde esperou tremendo pela volta da mãe. Amália Ivanovna andava enfurecida pela sala, gritando, lamentando e atirando tudo o que encontrava no chão. Os inquilinos falavam coisas sem nexo, alguns comentavam da melhor maneira que podiam o que havia acontecido, outros discutiam e se insultavam uns aos outros, enquanto outros entoavam uma canção...

"Agora é minha vez de ir embora", pensou Raskolnikov. "Bem, Sofia Semionovna, vamos ver o que você vai dizer agora!"

E saiu em direção dos alojamentos de Sônia.

CAPÍTULO QUATRO

Raskolnikov tinha sido um vigoroso e ativo defensor de Sônia contra Luzhin, embora tivesse uma enorme carga de pavor e de angústia em seu próprio coração. Mas depois de ter sofrido tanto naquela manhã, encontrou uma espécie de alívio numa mudança de sensações, não considerando o forte sentimento pessoal que o impelia a defender Sônia. Ele estava agitado também, especialmente em certos momentos, pelo pensamento de sua próxima conversa com Sônia. Ele *tinha* de lhe contar quem havia matado Lizaveta. Sabia do terrível sofrimento que seria para ele e, como estavam as coisas, varreu da mente esse pensamento. Por isso, ao sair da casa de Ekaterina Ivanovna, exclamou "Bem, Sofia Semionovna, vamos ver o que você vai dizer agora!" Estava ainda superficialmente agitado, ainda exultante e desafiador por seu triunfo sobre Luzhin. Mas, coisa estranha, na hora em que chegou ao alojamento de Sônia, sentiu uma súbita impotência e medo. Ficou parado, hesitante, à porta, fazendo a si mesmo uma estranha pergunta: "Será realmente necessário contar-lhe quem matou Lizaveta?" Era uma pergunta estranha, porque sentiu, no mesmo instante, que não somente não podia deixar de lhe contar, mas também que não podia adiar esse relato. Não sabia ainda por que deveria ser assim, apenas o *sentia*, e o angustiante senso de sua impotência perante o inevitável quase o esmagava. Para não se perder em hesitações e sofrimento, abriu rapidamente a porta e olhou para Sônia desde a entrada do alojamento. Ela estava sentada, de cotovelos apoiados sobre a mesa e com o rosto entre as mãos; mas, ao ver Raskolnikov, levantou-se logo e foi ao encontro dele, como se o estivesse esperando.

– O que teria sido de mim sem o senhor? – disse ela, afobadamente, encontrando-se com ele no meio do quarto.

Evidentemente, ela estava com pressa em lhe dizer isso. Era por isso que estivera esperando.

Raskolnikov foi até a mesa e se sentou na mesma cadeira, da qual ela acabara de se levantar. Ficou de pé, fitando-a, a dois passos de distância, exatamente como havia feito no dia anterior.

– Então, Sônia? – disse ele, sentindo que sua voz tremia. – Tudo isso foi por causa de "sua posição social e dos costumes a ela inerentes". Está entendendo, agora?

O rosto dela mostrava aflição.

– Só não me fale como ontem! – interrompeu-o ela. – Por favor, não comece dessa forma. Há sofrimento de sobra, sem isso.

Apressou-se em sorrir, com receio de que ele não gostasse da recriminação.

– Fui tola em sair de lá. O que é que está acontecendo por lá agora? Queria voltar imediatamente, mas fiquei pensando que... o senhor haveria de vir.

Ele lhe contou que Amália Ivanovna os estava expulsando do alojamento e que Ekaterina Ivanovna tinha saído às pressas "para procurar por justiça".

– Meu Deus! – exclamou Sônia. – Vamos imediatamente...

E ela apanhou a capa.

– É eternamente a mesma coisa! – exclamou Raskolnikov, irritado. – Você não pensa em outra coisa, a não ser neles! Fique aqui um pouco comigo!

– Mas... Ekaterina Ivanovna?

– Você não vai perder Ekaterina Ivanovna, pode estar segura; ela mesma vai vir até aqui, visto que saiu de casa – acrescentou ele, entediado. – Se não a encontrar aqui, a culpa é sua...

Sônia acabou se sentando em dolorosa incerteza. Raskolnikov estava calado, olhando para o chão, pensativo.

– Por essa vez Luzhin não quis lhe mover causa – começou ele, sem olhar para Sônia. – Mas se o tivesse desejado, se isso tivesse servido a seus planos, ele poderia mandá-la para a prisão, se não fosse por Lebeziatnikov e por mim, não é?

– Sim – concordou ela, com voz fraca. – Sim – repetiu, preocupada e aflita.

– Mas eu poderia facilmente não ter estado lá. E foi inteiramente por acaso que Lebeziatnikov voltou.

Sônia ficou calada.

– E se você tivesse ido para a prisão, o que aconteceria? Lembra-se do que lhe disse ontem?

Outra vez, não respondeu. Ele ficou à espera.

– Pensei que você iria exclamar de novo "Não fale assim, deixe disso!" – riu Raskolnikov, mas com um riso um pouco forçado. – O quê? Silêncio outra vez? – perguntou ele, um minuto depois. – Devemos falar de uma coisa, você sabe.

Seria interessante para mim saber como você resolveria certo "problema", como costuma dizer Lebeziatnikov. (Ele estava começando a perder o fio da meada.) Não, na realidade, estou falando sério. Imagine, Sônia, que você tivesse sabido antecipadamente de todas as intenções de Luzhin. Sabido, isto é, com certeza, que elas seriam a ruína de Ekaterina Ivanovna e dos filhos dela, inclusive de você... visto que você nunca pensa em si para nada... Polenka também... pois ela vai seguir o mesmo caminho. Bem, se, de repente, dependesse de sua decisão se ele ou eles deveriam continuar vivendo, isto é, se Luzhin deveria continuar vivendo e praticando más ações ou se Ekaterina Ivanovna deveria morrer, como você decidiria qual deles deveria morrer? É o que lhe pergunto.

Sônia o fitou constrangida. Havia algo de peculiar nessa capciosa pergunta, que parecia refletir um trocadilho de palavras.

– Eu já calculava que haveria de me fazer uma pergunta como essa – disse ela, olhando interrogativamente para ele.

– Ouso dizer que assim é. Mas como é que haveria de responder?

– Por que me pergunta sobre o que não pode acontecer? – disse Sônia, relutante.

– Então seria melhor para Luzhin continuar vivendo e praticando más ações? Você não se atreveu a decidir nem isso!

– Mas eu não posso conhecer os segredos da divina Providência... E por que pergunta o que não pode ser respondido? Para que servem perguntas tão tolas? Como é que isso poderia depender de minha decisão... quem me transformou em juiz para decidir quem deveria viver e quem deveria morrer?

– Oh, se a divina Providência deve ser imiscuída nisso, não há o que fazer – resmungou Raskolnikov, melancólico.

– Seria melhor que dissesse de uma vez e claramente o que quer! – exclamou Sônia, aflita. – Deve estar tramando alguma coisa outra vez... Será que veio aqui só para me torturar?

Ela não conseguiu se conter e começou a chorar copiosamente. Ele olhou para ela com profunda tristeza. Passaram-se cinco minutos.

– É claro que você tem razão, Sônia – disse ele, finalmente, com voz suavizada. Subitamente, tinha mudado. Seu tom de pretensa arrogância e de impotente provocação tinha desaparecido. Até mesmo sua voz se havia enfraquecido. – Eu lhe disse ontem que não vinha para lhe pedir perdão; e quase a primeira coisa que ia fazer era a de pedir perdão... o que falei de Luzhin e da Providência era algo que se referia a mim. Eu estava pedindo perdão, Sônia...

Tentou sorrir, mas havia algo de indefinido e incompleto em seu pálido sorriso. Baixou a cabeça e cobriu o rosto com as mãos.

E repentinamente, uma estranha e inesperada sensação de uma espécie de amargo ódio a Sônia perpassou seu coração. Como tivesse ficado surpreso e assustado com essa sensação, ergueu a cabeça e olhou atentamente para ela; mas viu-a apreensiva e dolorosamente ansiosa, com os olhos fixos nele; havia amor nesses olhos; o ódio dele desapareceu como um fantasma. Não era o verdadeiro sentimento; tinha tomado um sentimento por outro. Só significava que *aquele* momento havia chegado.

Cobriu novamente o rosto com as mãos e baixou a cabeça. De repente empalideceu, levantou-se da cadeira, olhou para Sônia e, sem dizer palavra, sentou-se maquinalmente na cama dela.

As sensações desse momento eram terrivelmente parecidas com as daquele outro momento em que estava atrás da velha, com a machadinha na mão e sentia que "não tinha mais um minuto a perder".

– O que há? – perguntou Sônia, terrivelmente assustada.

Ele não conseguiu dizer palavra. Esse não era de forma alguma, não era o modo com que pretendia "contar" e não conseguia entender o que estava acontecendo com ele agora. Ela se achegou a ele, devagar, sentou-se na cama ao lado dele e esperou, sem tirar os olhos dele. O coração dela batia fortemente. Era insuportável; ele voltou o rosto mortalmente pálido para ela. Os lábios se crispavam, esforçando-se inutilmente para emitir alguma coisa. Um choque de terror perpassou o coração de Sônia.

– O que há? – repetiu ela, afastando-se um pouco dele.

– Nada, Sônia. Não fique com medo... É bobagem. Realmente bobagem, se pensar nisso... – murmurou ele, como se estivesse delirando. – Por que teria vindo para torturá-la? – acrescentou ele, subitamente, olhando para ela. – Sim, por quê? É a pergunta que me faço continuamente, Sônia...

Talvez se tivesse feito essa pergunta um quarto de hora antes, mas agora falava totalmente abatido, quase sem saber o que dizia e sentindo um contínuo tremor por todo o corpo.

– Oh, como está sofrendo! – murmurou ela, aflita, olhando atentamente para ele.

– Tudo isso é bobagem... Escute, Sônia – sorriu ele, de repente, por dois segundos, com um sorriso pálido e fugidio. – Você se lembra daquilo que eu pretendia lhe contar ontem?

Sônia ficou esperando, apreensiva.

– Quando fui embora, eu lhe disse que talvez estivesse dizendo adeus para sempre, mas que viria hoje para lhe contar quem... quem matou Lizaveta.

Ela começou a tremer por todo o corpo.

– Bem, aqui estou eu para lhe contar.

– Então, o senhor realmente pretendia isso, ontem? – sussurrou ela, com dificuldade. – Como é que sabe? – perguntou ela, rapidamente, como se de súbito recobrasse a razão.

O rosto de Sônia passou a ficar cada vez mais pálido e ela respirava com dificuldade.

– Eu sei.

Ela ficou calada por um minuto.

– Eles o encontraram? – perguntou ela, timidamente.

– Não.

– Então como é que sabe *disso*? – perguntou ela novamente, com voz quase inaudível e outra vez depois de uma pausa de um minuto.

Ele se voltou para ela e a fitou atentamente.

– Adivinhe – disse ele, com o mesmo sorriso distorcido e sombrio.

Um estremecimento percorreu o corpo de Sônia.

– Mas por que... por que me assusta desse jeito? – perguntou ela, sorrindo como uma criança.

– Pode ser que eu seja um grande amigo dele... uma vez que sei – continuou Raskolnikov, ainda olhando para o rosto dela, como se não pudesse desviar os olhos. – Ele... não pretendia matar Lizaveta... ele... a matou acidentalmente... Ele queria matar a velha quando estivesse sozinha e ele foi lá... mas nesse instante Lizaveta entrou... ele a matou também.

Outro terrível momento se passou. Os dois se entreolharam.

– Então, não consegue adivinhar? – perguntou ele, subitamente, sentindo-se como se estivesse se jogando do alto de uma torre.

– Não... – sussurrou Sônia.

– Considere bem.

Assim que terminou de dizer isso, a mesma sensação já conhecida lhe gelou o coração. Olhou para ela e imediatamente lhe pareceu ver no rosto dela o rosto de Lizaveta. Lembrou-se nitidamente da expressão estampada no rosto de Lizaveta quando ele se aproximou dela com a machadinha e ela recuou até a parede, estendendo a mão, com um terror infantil desenhado no rosto, parecendo-se com crianças pequenas quando passam a ser assustadas por alguma coisa, olhando atenta e apreensivamente para o que as assusta, encolhendo-se e estendendo as mãozinhas para a frente, e desatando em choro. Quase a mesma coisa se passava agora com Sônia. Com o mesmo abandono e com o mesmo pavor, ela olhou para ele durante certo tempo e, de repente, estendendo a mão esquerda, pressionou de leve seus dedos contra o peito dele e, vagarosamente, começou a levantar-se da cama, afastando-se cada vez mais dele e conservando os olhos, imóveis como nunca, fixos nele. O pavor dela o contagiou. O mesmo medo se estampou no rosto dele. Da mesma maneira, ele a fitou e quase com o mesmo sorriso *infantil*.

– Adivinhou? – sussurrou ele, finalmente.

– Meu bom Deus! – irrompeu como lamento terrível do peito dela.

Desamparada, ela se deixou cair na cama, com o rosto enterrado no travesseiro. Mas um momento depois, levantou, correu rapidamente para ele, tomou-lhe ambas as mãos e, apertando-as com força com seus dedos finos, passou a fitá-lo novamente no rosto, com o mesmo olhar, insistente. Nesse último e desesperado olhar, ela tentava penetrar no íntimo dele e recuperar uma última esperança. Mas já não havia esperança; não havia mais dúvida; tudo era verdade. De fato, mais tarde, quando ela recordava esse momento, achava estranho e se perguntava por que ela tinha visto de imediato que não havia dúvida. Ela não podia ter dito, por exemplo, que tivesse previsto alguma coisa desse tipo... e ainda assim, agora, tão logo ele lhe contou, ela subitamente imaginou que tinha realmente previsto isso tudo.

– Pare, Sônia, basta! Não me torture! – implorou ele, tristemente.

Não era de modo algum, não era de forma alguma desse jeito que ele tinha pensado em lhe contar, mas foi assim que aconteceu.

Ela saltou da cama, parecendo não saber o que estava fazendo e, torcendo as mãos, caminhou até o meio do quarto, mas voltou rapidamente e tornou a sentar-se ao lado dele, quase ombro a ombro. Repentinamente, estremeceu, como se tivesse recebido um golpe, deu um grito e caiu de joelhos aos pés dele, sem saber por quê.

– O que é que o senhor fez... o que é que fez contra si mesmo? – disse ela, desesperada, e, levantando-se, se atirou no pescoço dele, cingiu-o com seus braços e o apertou com força.

Raskolnikov retrocedeu e olhou-a com um sorriso pesaroso.

– Você é uma moça estranha, Sônia... você me beija e me acaricia logo quando acabo de lhe contar isso... Você não pensa no que está fazendo.

– Não há ninguém... não há ninguém agora, no mundo todo, tão infeliz como o senhor! – exclamou ela, transtornada, sem dar atenção ao que ele dizia, e subitamente desatou num violento choro convulsivo.

Um sentimento, de há muito desconhecido para ele, inundou-lhe o coração e o abrandou imediatamente. Não lutou contra ele. Duas lágrimas brotaram dos olhos dele e ficaram suspensas em suas pestanas.

– Então você não vai me abandonar, Sônia? – perguntou ele, olhando-a quase com esperança.

– Não, não, nunca, em lugar nenhum! – exclamou Sônia. – Vou segui-lo, vou segui-lo para qualquer lugar. Oh, meu Deus! Oh, como sou infeliz!... Por que, por que não o conheci antes? Por que não veio antes? Oh, meu Deus!

– Aqui estou, eu vim.

– Sim, agora! O que fazer agora?... Juntos, juntos! – repetia ela, como se estivesse inconsciente, e o abraçava novamente. – Vou segui-lo até a Sibéria!

Ao ouvir isso, ele recuou e o mesmo sorriso hostil, quase altivo, aflorou em seus lábios.

– Talvez eu não queira ir para a Sibéria ainda, Sônia – disse ele.

Sônia olhou rapidamente para ele.

Outra vez, depois da primeira ardente e dolorosa simpatia pelo infeliz, a terrível ideia do crime a oprimiu. Na mudança de tom da voz dele parecia ouvir o assassino falando. Olhou para ele, desnorteada. Ela ainda ignorava por que, como e com que objetivo ele se havia tornado criminoso. Agora, todas essas perguntas se acumulavam em sua mente. E de novo não conseguia acreditar: "Ele, ele é um assassino! Será que isso é verdade?"

– Mas o que significa isso? Onde estou? – perguntava-se ela, totalmente confusa, como se ainda não fosse capaz de voltar a si. – Como é que pôde o senhor, o senhor, um homem como o senhor... Como pôde decidir-se a fazer isso?... O que significa isso?

– Oh, bem... foi para roubar! Não continue, Sônia! – respondeu ele, demonstrando cansaço e irritação.

Sônia ficou de pé, como se tivesse perdido a fala, mas, de repente, exclamou:

– O senhor estava com fome! Foi... para ajudar sua mãe? Não é?

– Não, Sônia, não – murmurou ele, voltando-se para o lado e deixando cair a cabeça. – Eu não estava com tanta fome... certamente queria ajudar minha mãe; mas... esse tampouco é o verdadeiro motivo... Não me torture, Sônia!

Sônia juntou as mãos.

– Mas é possível, mas é possível que tudo seja verdade? Meu Deus, que verdade! Quem poderia acreditar? E como é que o senhor podia dar aos outros até o último centavo e ainda roubar e matar? Ah! – exclamou ela, de repente. – Aquele dinheiro que deu a Ekaterina Ivanovna... aquele dinheiro... Aquele dinheiro podia...

– Não, Sônia – apressou-se ele a interrompê-la. – Aquele dinheiro não era... Não se preocupe! Aquele dinheiro me foi enviado por minha mãe e chegou quando eu estava doente, no mesmo dia em que o dei a você... Razumihin viu... ele o recebeu por mim... Aquele dinheiro era meu... era meu próprio dinheiro.

Sônia o escutava apavorada e fazia o máximo esforço para tentar compreender.

– E quanto ao *outro* dinheiro... nem sei realmente se havia dinheiro ali – acrescentou ele, em voz baixa, como que refletindo. – Eu tirei uma bolsinha, feita de couro de camurça, do pescoço dela... uma bolsinha completamente cheia de coisas... mas não a revistei; acredito que não tinha tempo... E as coisas... correntes e joias... as enterrei debaixo de uma pedra, junto com a bolsa, na manhã seguinte, num pátio, na rua V... Ainda devem estar lá agora...

Sônia controlava todos os seus nervos para continuar escutando.

– Então por que... por que disse que o fez para roubar e não levou nada? – perguntou ela rapidamente, agarrando-se a qualquer coisa.

– Não sei... Não decidi ainda se vou ficar com esse dinheiro ou não – disse ele, parando para pensar. E parecendo acordar sobressaltado, esboçou um leve sorriso irônico. – Ah, sobre que coisa estúpida estou falando!

Pela cabeça de Sônia passou como um raio o pensamento "Será que ele está louco?" Mas afugentou-o imediatamente. "Não, devia ser outra coisa." Nada podia fazer, nada.

– Sabe, Sônia – disse ele, repentinamente, com convicção –, preste bem atenção no que vou lhe dizer. Se eu tivesse matado simplesmente porque estava com fome – continuou ele, acentuando cada palavra e olhando-a de maneira enigmática, mas sincera –, eu estaria *feliz* agora. Deve acreditar nisso! Que lhe importaria – exclamou ele, um momento depois, com uma espécie de desespero. – Que lhe importaria, se eu confessasse que agi mal? O que você ganharia com esse estúpido triunfo sobre mim? Ah, Sônia, será que foi por isso que vim a sua casa, hoje?

Mais uma vez Sônia tentou dizer alguma coisa, mas não abriu a boca.

– Eu lhe pedi ontem para ir comigo, porque você é tudo o que me resta.

– Ir para onde? – perguntou Sônia, timidamente.

– Não para roubar, nem para matar, não se preocupe – sorriu ele, amargamente. – Nós somos tão diferentes... Pois fique sabendo, Sônia, é só agora, só nesse momento que entendo *para onde* é que queria levá-la ontem. Ontem, quando disse que não sabia para onde. Chamei-a só por uma coisa, vim para junto de você por uma única coisa... que não me abandonasse. Não vai me deixar, Sônia?

Ela lhe apertou a mão.

– Mas por que, por que fui contá-lo a ela? Por que lhe contei agora? – exclamou ele, um minuto depois, desesperado, olhando-a com infinita angústia. – Você está esperando uma explicação de minha parte, Sônia; está sentada e esperando por isso, eu sei! Mas o que posso lhe dizer? Não vai entender e só vai sofrer... por minha causa! Bem, está chorando e me abraçando de novo. Por que faz isso? Porque eu mesmo não posso suportar o peso e vim jogá-lo nas costas de outrem. Você sofre também e assim eu me sinto mais leve! E você consegue amar um patife tão mesquinho?

– Mas o senhor não está sofrendo também? – exclamou Sônia.

Mais uma vez, uma onda do mesmo sentimento surgiu no coração dele e outra vez, por um instante, o abrandou.

– Sônia, eu tenho um coração mau, tome nota. Isso pode explicar muitas coisas. Vim porque sou mau. Há homens que não teriam vindo. Mas eu sou covarde e... um patife mesquinho. Mas... não importa! Não é disso que se trata. Preciso falar agora, mas não sei por onde começar.

Fez uma pausa e mergulhou em pensamentos.

– Ah, nós somos tão diferentes! – exclamou ele, outra vez. – Não somos parecidos. E por que, por que vim? Nunca vou me perdoar por isso.

– Não, não, foi ótimo o senhor ter vindo – exclamou Sônia. – É melhor que eu saiba, muito melhor!

Ele olhou para ela com angústia.

– O que seria, se fosse realmente assim? – disse ele, como se estivesse chegando a uma conclusão. – Sim, tinha de ser assim! Eu queria ser um Napoleão... foi por isso que a matei... Está compreendendo agora?

– Não... não! – sussurrou Sônia, ingênua e timidamente. – Mas fale, fale, e eu vou compreender, vou compreender em meu íntimo – continuou ela pedindo.

– Você vai compreender? Muito bem, vamos ver! – Fez uma pausa e, por algum tempo, ficou perdido, meditando.

– Foi assim: um dia me perguntei a mim mesmo... Se Napoleão, por exemplo, estivesse em meu lugar e não tivesse tido diante de si, para começar sua carreira, Toulon, o Egito, nem a passagem do Monte Branco, mas em vez de todas essas coisas pitorescas e monumentais tivesse tido simplesmente uma ridícula bruxa velha, usurária, que era preciso matar para lhe surripiar o dinheiro que guardava num baú (para fazer carreira, bem entendido), bem, teria ele chegado a esse ponto, se não tivesse outro recurso? Teria ficado decepcionado ao ver que aquilo estava longe de ser algo monumental e... e também delituoso? Pois bem, devo lhe dizer que essa questão me atormentou horrivelmente, de modo que fiquei profundamente envergonhado quando finalmente descobri (de maneira repentina) que não lhe teria causado a mínima decepção, como também não o teria desiludido por não ser algo monumental... que ele não teria visto nada que o levasse a vacilar e que, se não tivesse outro meio, ele a teria estrangulado num minuto, sem parar para pensar. Bem, eu também... deixei de pensar sobre isso... e a assassinei, seguindo o exemplo dele. E foi exatamente isso que aconteceu! Acha isso engraçado? Sim, Sônia, a coisa mais engraçada de todas é que talvez foi precisamente assim que aconteceu.

Sônia não achou isso nada engraçado.

– Seria melhor que me falasse abertamente... sem exemplos – pediu ela, de forma ainda mais tímida e praticamente inaudível.

Ele se voltou, olhou-a tristemente e tomou-lhe as mãos.

– Você está certa, outra vez, Sônia. Claro que tudo isso é bobagem, é quase tudo falar por falar! Veja bem, você sabe com certeza que minha mãe não tem quase nada, minha irmã teve a sorte de receber uma boa educação e estava condenada a trabalhar como governanta. Todas as suas esperanças estavam centradas em mim. Eu era estudante, mas não consegui me manter na universidade e tive de abandoná-la por algum tempo. Mesmo que tivesse continuado a frequentá-la, em dez ou doze anos, poderia (com sorte) sonhar em me tornar professor ou empregado com um salário de mil rublos (repetia isso como se fosse uma lição). Por essa época, minha mãe estaria esgotada de mágoa e ansiedade e eu não haveria de conseguir lhe propiciar algum conforto, enquanto minha irmã... bem, minha irmã poderia muito bem passar por coisa pior! E é algo duro passar de tudo na própria vida, virar as costas para tudo, esquecer a própria mãe e aceitar sem reagir os insultos infligidos contra a própria irmã. Como seria possível? Quando elas tivessem morrido, sobrecarregar-se com outras... esposa e crianças... e deixá-las também sem um tostão? Por isso decidi me apoderar do dinheiro da velha, servir-me dele nos primeiros anos sem aborrecer minha mãe, manter-me na universidade por um tempo, depois de tê-la deixado... e fazer tudo isso dentro de uma larga e perfeita escala, de modo que pudesse construir uma carreira completamente nova e ingressar numa nova vida de independência... Bem... é tudo... Bem, é claro que, ao matar a velha, agi errado.... Bem, já chega!

Chegou ao final de sua conversa exausto e baixou a cabeça.

– Oh, não é isso, não é isso! – exclamou Sônia, aflita. – Como alguém poderia... não, isso não está certo, não está certo.

– Você mesma vê que não está certo. Mas falei a verdade, é a verdade.

– Como se isso pudesse ser a verdade! Meu bom Deus!

– Eu só matei um piolho, Sônia; uma criatura inútil, repugnante, prejudicial.

– Um ser humano... um piolho!

– Eu também sabia que não era um piolho – retrucou ele, olhando-a de modo estranho. – Estou falando bobagens, Sônia – acrescentou ele. – Faz muito tempo que estou falando bobagem... Não é isso, você tem razão. Havia outras inteiramente, outras razões inteiramente diferentes! Faz tanto tempo que não falo com ninguém, Sônia... Estou com uma terrível dor de cabeça agora.

Os olhos dele brilhavam com um fulgor febril. Estava quase delirando; um sorriso inquieto vagava por seus lábios. Seu terrível esgotamento podia ser observado em sua profunda agitação. Sônia percebia como ele estava sofrendo. Ela também começava a ficar atordoada. E ele falava de maneira tão estranha; parecia até um tanto compreensível, mas ainda... "Mas como, como, meu bom Deus!" E ela torcia as mãos em desespero.

– Não, Sônia, não é isso! – recomeçou ele, de repente, erguendo a cabeça, como se um novo e súbito pensamento o surpreendesse e o despertasse. – Não é isso! Melhor... imagine... sim, certamente que é melhor... imagine que eu sou orgulhoso, invejoso, malvado, baixo, vingativo e... bem, talvez com uma propensão para a insanidade. (Vamos admitir tudo isso de uma vez! Eles já falaram de loucura, eu notei.) Eu lhe disse há pouco que não podia me manter na universidade. Mas você sabia que talvez eu pudesse ter continuado nela? Minha mãe me mandava o suficiente para pagar as taxas e eu poderia ganhar o suficiente, sem dúvida, para os gastos com roupas, calçados e alimentação. Ocasionalmente dava lições que me rendiam meio rublo cada uma. Além dos trabalhos que Razumihin me arrumava. Mas eu, em meu mau humor, não os aceitava. (Sim, mau humor, essa é a expressão certa!) E permanecia em meu quarto como uma aranha. Você já esteve em minha toca, e viu... E sabe, Sônia, que tetos baixos e quartos minúsculos sufocam a alma e a mente? Ah, como eu detestava aquele cubículo! Ainda assim, não queria sair dele! Não queria de propósito! Não saía dele por dias seguidos e não queria trabalhar, não queria comer, só queria ficar ali sem fazer nada. Se Nastásia me levava alguma coisa, eu comia; se não me trazia nada, passava o dia inteiro sem nada; não lhe pedia nada, de propósito, por tédio. À noite, não tinha luz, ficava deitado na escuridão e não queria ganhar dinheiro nem para comprar velas. Devia estudar, mas vendi meus livros; e a poeira, da espessura de um dedo, cobria os cadernos sobre a mesa. Preferia ficar deitado bem quieto e pensando. E passava o tempo todo pensando... E tinha contínuos sonhos, sonhos estranhos de todos os tipos, que não vale a pena descrever. Só então que comecei a imaginar que... Não, não foi assim! Mais uma vez estou faltando com a verdade! Passei então a me perguntar: Por que sou tão estúpido só porque os outros são estúpidos... e sei que eles o são... e não procuro ser mais sábio? Então eu vi, Sônia, que, se tivesse de esperar para que todos se tornassem mais sábios, teria de esperar tempo demais... Mais tarde compreendi que isso não haveria de mudar nunca, que os homens não mudam e ninguém pode alterar isso, além de não valer a pena desperdiçar esforços com isso. Sim, é assim mesmo! Essa é a lei da natureza deles, Sônia... é assim mesmo!... E agora sei, Sônia, que quem é forte de espírito e mente, vai ter poder sobre eles. Todo aquele que arrisca muito é que tem razão aos olhos deles. Aquele que despreza a maioria das coisas será o legislador entre eles e aquele que for mais atrevido de todos é ele que vai ter maior razão! Assim tem sido até hoje e assim será para sempre! Só um cego é que não vê isso!

Embora Raskolnikov olhasse para Sônia enquanto dizia isso, não se preocupava mais se ela entendia ou não. A febre se havia apoderado dele por completo. Estava imerso numa espécie de sombrio êxtase (certamente, devia ter ficado tempo demais sem falar com ninguém). Sônia compreendia que aquela sombria crença se havia tornado a fé e o código dele.

– Adivinhei então, Sônia – continuou ele, avidamente –, que o poder só se concede ao homem que ousa abaixar-se e apanhá-lo. Só há uma coisa, só uma coisa necessária: só se deve ousar! Então, pela primeira vez em minha vida, uma ideia tomou forma em minha mente, que ninguém jamais pensou nisso antes de mim, ninguém! Vi claramente como o dia, como é estranho que nem uma única pessoa neste mundo louco teve a ousadia de chegar diretamente a tudo isso e mandar tudo para os diabos! Eu... queria *ter a ousadia*... e a matei. Eu só queria ter a ousadia, Sônia! Essa foi a verdadeira causa disso!

– Oh, cale-se, cale-se! – exclamou Sônia, torcendo as mãos. – O senhor se afastou de Deus e Deus o feriu, o entregou ao demônio!

– Então, Sônia, quando eu costumava ficar deitado na escuridão e tudo isso se tornava claro para mim, era uma tentação do demônio, hein?

– Cale-se, não ria, blasfemador! O senhor não entende, não entende! Oh, meu Deus! Ele não vai compreender!

– Cale-se você, Sônia! Eu não estou rindo. Eu mesmo sei que era o demônio que me conduzia. Cale-se, Sônia, cale-se! – repetiu ele, com sombria insistência.

– Sei de tudo. Já pensei em tudo isso, repetidas vezes, e sussurrei tudo isso a mim mesmo, enquanto permanecia deitado ali, no escuro... Discutia tudo isso comigo mesmo, cada detalhe, e sei tudo, tudo! E como me aborrecia, como me aborrecia então ao rever tudo isso! Queria esquecer tudo e começar de novo, Sônia, e deixar de pensar. E acha que penetrei em tudo isso de cabeça, como um doido? Penetrei em tudo isso como um sábio e foi justamente isso que me levou à ruína. E não deve supor que eu não sabia, por exemplo, que se começasse a perguntar a mim mesmo se eu tinha o direito de adquirir poder... certamente eu não tinha esse direito... ou se me perguntasse se o ser humano é um piolho, era evidente que não o era para mim, embora pudesse ser para alguém que seguisse diretamente para seu objetivo, sem se fazer perguntas... Se me aborrecia durante todos esses dias, perguntando-me se Napoleão faria isso ou não, compreendia claramente que eu não era Napoleão. Tinha de aturar toda a agonia dessa batalha de ideias, Sônia, e ansiava por abandonar tudo isso. Eu queria matar sem casuística, matar por minha própria causa, matar só para mim! Não queria mentir a respeito, nem para mim mesmo! Não foi para ajudar minha mãe que matei... isso é bobagem... não matei para conquistar riqueza e poder e me tornar um benfeitor da humanidade. Bobagem! Eu simplesmente matei. Matei para mim mesmo, só para mim. E se me tornasse um benfeitor para outros ou se passasse minha vida como uma aranha, apanhando homens em minha teia e sugando a vida deles, não me teria importado nesse momento... E não era o dinheiro que eu queria, Sônia; quando matei. Não era tanto o dinheiro que eu queria, mas algo mais... Sei de tudo isso, agora... Tente me entender! Talvez nunca mais tivesse cometido um assassinato. Queria descobrir algo mais; era esse algo mais que me impelia. Queria descobrir então e rapidamente se eu era um piolho como todos ou um homem; se posso ultrapassar limites ou não, se ouso me abaixar para recolher ou não, se sou uma criatura indecisa ou se tenho o *direito*...

– De matar? Ter o direito de matar? – exclamou Sônia, torcendo as mãos.

– Ah, Sônia! – exclamou ele, irritado, e parecia prestes a replicar alguma coisa, mas ficou desdenhosamente em silêncio. – Não me interrompa, Sônia. Quero provar uma única coisa, que foi o diabo que me impeliu e me mostrou, desde então, que eu não tinha o direito de seguir aquele caminho, porque sou precisamente um piolho como todos os outros. Ele riu de mim e vim aqui para junto de você, agora! Dê as boas-vindas ao hóspede! Se eu não fosse um piolho, teria vindo a você? Escute: quando fui à casa da velha, só fui para *tentar*... Pode estar certa disso!

– E o senhor a matou!

– Mas como é que a matei? É assim que os homens cometem assassinatos? Será que é assim que os homens vão cometer assassinatos, como eu fui então? Um dia vou lhe contar como eu fui! Eu matei a velha? Eu me matei a mim mesmo, não a ela! Eu me aniquilei a mim mesmo de uma vez por todas, para sempre... Mas foi o diabo que matou a velha, não eu. Basta, basta, Sônia, basta! Deixe que seja eu! – exclamou ele, num súbito espasmo de agonia. – Deixe-me ser eu mesmo!

Apoiou os cotovelos nos joelhos e apertou a cabeça entre as mãos, como num torno.

– Que sofrimento! – deixou escapar Sônia, em angustioso lamento.

– Bem, o que vou fazer agora? – perguntou ele, erguendo repentinamente a cabeça e olhando para ela com um rosto medonhamente distorcido pelo desespero.

– O que vai fazer? – exclamou ela, levantando-se, com os olhos, que estavam inundados de lágrimas, passando subitamente a brilhar. – Levante-se! (tomou-o pelo braço, ele se ergueu, olhando para ela, como que desnorteado). Vá imediatamente, agora mesmo, até a encruzilhada, ajoelhe-se, beije primeiramente a terra que o senhor manchou e depois se incline diante de todo o mundo, e diga a todos os homens, em voz alta, "Eu sou um assassino!" Então Deus vai lhe dar nova vida. O senhor vai, o senhor vai? – perguntou ela, tremendo toda, tomando as duas mãos dele e apertando-as fortemente entre as dela, e olhando para ele com olhos faiscantes de fogo.

Ele ficou atônito diante daquele súbito arroubo.

– Está pensando na Sibéria, Sônia? Devo me entregar? – perguntou ele, de semblante sombrio.

– Sofra e expie seu pecado com isso, é o que o senhor deve fazer.

– Não! Não vou me apresentar a eles, Sônia!

– Mas como é que o senhor vai continuar vivendo? Para que vai querer viver? – exclamou Sônia. – Como será possível agora? Como é que vai falar com sua mãe? (Oh! o que vai ser delas, agora?) Mas o que estou dizendo? O senhor abandonou sua mãe e sua irmã! Já as abandonou! Oh, Deus! – exclamou ela. – Ora, ele próprio já sabe tudo. Como, como é que vai viver sem ninguém? O que vai ser do senhor agora?

– Não seja criança, Sônia – disse ele, meigamente. – Que mal eu fiz a eles? Por que deveria ir até eles? O que haveria de dizer a eles? Isso é apenas uma alucinação... Eles próprios aniquilam milhões de homens e consideram isso uma bravura. Eles são velhacos e pilantras, Sônia! Não vou até eles. E o que haveria de lhes dizer?... Que eu a matei, mas não me atrevi a ficar com o dinheiro e o escondi debaixo de uma pedra? – acrescentou ele, com um sorriso amargo. – Ora, eles haveriam de rir de mim e me chamariam de tolo por não ter ficado com o dinheiro. Eles me chamariam de covarde e idiota! Não entenderiam nada e eles não merecem entender. Por que haveria de ir até eles? Não vou. Não seja criança, Sônia...

– Seria demais para o senhor suportar, demais! – repetia ela, erguendo as mãos em desesperada súplica.

– Talvez eu tenha sido injusto para comigo mesmo – observou ele, sombriamente, ponderando. – Talvez, afinal de contas, eu seja um homem e não um piolho, e me tenha precipitado demais ao me condenar a mim mesmo. Vou enfrentar nova luta para isso...

Um sorriso insolente apareceu em seus lábios.

– Que fardo a carregar! E por toda a vida, por toda a vida!

– Vou me acostumar com isso – disse ele, severo e pensativo. – Escute – começou ele, um minuto depois –, pare de chorar, está na hora de falar dos fatos. Vim aqui para lhe dizer que a polícia está atrás de mim, em meu encalço...

– Ah! – exclamou Sônia, aterrorizada.

– Bem, por que irrompe com essas exclamações? Você quer que eu vá para a Sibéria e agora está assustada? Mas escute bem isso: eu não vou me entregar. Vou lutar por isso e eles não vão fazer nada contra mim. Não têm nenhuma prova irrefutável. Ontem corri grande perigo e pensei que estava perdido; mas hoje as coisas estão caminhando melhor. Todos os fatos que eles conhecem podem ser explicados de dois modos, isto é, posso transformar as acusações deles em fatos a meu favor, entende? E posso fazê-lo, porque já estudei a respeito. Mas eles, com certeza, vão me prender. Se não fosse por algo que aconteceu, eu certamente já teria sido preso hoje; e pode ser que ainda hoje venham me prender... Mas não importa, Sônia; vão ter de me soltar... pois não há nenhuma prova evidente contra mim e não haverá, dou-lhe minha palavra! E eles não podem condenar um homem com base naquilo que têm contra mim. Basta... só lhe digo que você deve saber... vou tentar dar um jeito para comunicar isso a minha mãe e irmã, de modo que não fiquem assustadas... O futuro de minha irmã está seguro, no entanto, acredito... e o de minha mãe deverá ser também... Bem, é tudo. Mas tenha cuidado. Vai me ver na prisão quando eu estiver lá?

– Oh, vou sim, vou!

Estavam sentados lado a lado, ambos tristes e abatidos, como se tivessem sido lançados pela tempestade, sozinhos, numa praia deserta. Ele olhava para Sônia e sentia como era grande o amor dela para com ele e, coisa estranha, sentia subitamente que era opressivo e doloroso ser tão amado. Sim, era uma sensação estranha e terrível! Quando se encaminhava para ver Sônia, sentiu que todas as suas esperanças repousavam nela; esperava libertar-se, pelo menos, de parte de seus sofrimentos e agora, quando o coração dela se voltara para ele, sentia repentinamente que era incomensuravelmente mais infeliz do que antes.

– Sônia – disse ele –, seria melhor não ir me ver quando eu estiver na prisão! Sônia não respondeu; estava chorando. Passaram-se vários minutos.

– O senhor traz uma cruz consigo? – perguntou ela, como se ela se tivesse lembrado disso subitamente.

De início, ele não compreendeu a pergunta.

– Não, claro que não. Então tome esta, de madeira de cipreste. Tenho outra, de cobre, que pertencia a Lizaveta. Fiz uma troca com Lizaveta; ela me deu a cruz dela e eu lhe dei minha pequena imagem. Agora vou usar essa de Lizaveta e vou lhe dar esta. Tome... é minha! É minha, o senhor sabe – implorou ela. – Vamos sofrer juntos e juntos vamos carregar nossa cruz!

– Dê-me essa cruz! – disse Raskolnikov.

Ele não queria ferir os sentimentos dela. Mas recolheu imediatamente a mão que havia estendido para receber a cruz.

– Agora não, Sônia. É melhor mais tarde – acrescentou ele, para tranquilizá-la.

– Sim, sim, é melhor – concordou ela, com convicção. – Quando partir para o sofrimento, então ponha-a. Venha para cá e eu vou pô-la no senhor; vamos orar e partir juntos.

Naquele momento alguém bateu três vezes na porta.

– Sofia Semionovna, posso entrar? – ouviram eles uma voz bem conhecida e cortês.

Sônia correu para a porta, assustada. A cabeça loura do senhor Lebeziatnikov apareceu à porta.

CAPÍTULO
CINCO

Lebeziatnikov parecia perturbado.

– Venho vê-la, Sofia Semionovna – começou ele. – Desculpe-me... pensei que poderia encontrá-lo aqui – disse ele, dirigindo-se repentinamente a Raskolnikov –, isto é, não pensava nada... desse tipo... Mas pensava há pouco... Ekaterina Ivanovna enlouqueceu – deixou escapar subitamente, voltando-se para Sônia.

Sônia deu um grito.

– Pelo menos é o que parece. Mas... não sabemos o que fazer, essa é a questão! Ela voltou... parece que a expulsaram de algum lugar, talvez bateram nela... É o que parece, pelo menos... Tinha ido procurar o antigo chefe do falecido marido, mas não o encontrou em casa; ele tinha sido convidado para um jantar na casa de outro general... Ela então correu para lá, para a casa desse último general e, imagine, foi tão persistente que obteve permissão para ver esse chefe e, ao que parece, conseguiu tirá-lo do jantar. Pode calcular o que aconteceu. É claro que a mandaram embora, mas, de acordo com o próprio relato dela, o cobriu de insultos e atirou alguma coisa contra ele. Pode-se muito bem acreditar nisso... Não posso entender como não a prenderam! Agora está contando tudo a todos, inclusive a Amália Ivanovna; mas é difícil entender o que ela diz, anda gritando e rodando por aí... Oh, sim! Grita que, uma vez que todos a abandonaram, vai tomar as crianças, vai para a rua com um realejo e as crianças vão cantar e dançar, bem como ela, para recolher dinheiro; e deverão ir todos os dias exatamente embaixo da janela da casa do general... "para que vejam como filhos bem-criados, cujo pai era um funcionário público, andam pedindo esmola pelas ruas!" Continua batendo nos filhos e todos eles só fazem chorar. Está ensinando Lida a cantar *My Village*, ao menino a dançar, e a Polenka, também. Está rasgando uma porção de roupas para fazer pequenos bonés para eles, a fim de que se pareçam com atores; pretende ainda levar uma bacia de metal para produzir tinido, em vez de som de instrumento musical... Não escuta nada de ninguém... Imagine em que pé andam as coisas! Vai além de tudo o que se pode pensar!

Lebeziatnikov teria continuado, mas Sônia, que o havia escutado com a respiração suspensa, apanhou a capa e o chapéu e saiu correndo do quarto, vestindo-se enquanto saía. Raskolnikov a seguiu e Lebeziatnikov foi atrás dele.

– Ela está certamente louca! – dizia ele para Raskolnikov, enquanto os dois iam para a rua. – Eu não queria assustar Sofia Semionovna; por isso disse "ao que parece", mas não há dúvida a respeito. Dizem que, nos tuberculosos, se verifica, às vezes, a presença de tubérculos ou bacilos no cérebro; é pena que eu não saiba nada de medicina. Além disso, tentei dissuadi-la, mas ela não quis nem escutar.

– Falou a ela sobre os bacilos?

– Não disse nada sobre isso. Além do mais, ela não teria compreendido. O que quero dizer é que, se acaso se consegue convencer alguém, pela lógica, de que não tem motivos para chorar, ela vai parar de chorar. Isso é claro. Não está convencido disso também?

– A vida seria muito fácil, se assim fosse – respondeu Raskolnikov.

– Desculpe, desculpe. Claro que seria bastante difícil para Ekaterina Ivanovna compreender, mas acaso o senhor sabe que em Paris andaram fazendo experiências sérias a respeito da possibilidade de curar os loucos simplesmente por meio de argumentação lógica? Um professor, cientista renomado, recentemente falecido, acreditava na possibilidade de semelhante tratamento. A ideia dele era que não há nada de realmente errado com o organismo físico do louco e que a loucura é, por assim dizer, um erro de lógica, um erro no raciocínio, uma visão incorreta das coisas. Ela mostrava aos poucos ao louco o erro em que incorria e, acredite se quiser, dizem que obtinha resultados. Mas como ele costumava aplicar banhos também, até que ponto o sucesso era resultante desse tratamento permanece incerto... É o que parece, pelo menos.

Fazia tempo que Raskolnikov tinha deixado de escutá-lo. Ao chegar na casa em que morava, acenou a Lebeziatnikov e entrou. Lebeziatnikov caiu em si, olhou em volta e continuou seu caminho apressadamente.

Raskolnikov entrou em seu pequeno quarto e ficou parado no meio dele. Por que tinha voltado para cá? Olhou para o papel de parede amarelo e rasgado, para o pó, para o sofá... Do pátio vinham contínuas batidas fortes; parecia que alguém estava pregando alguma coisa com o martelo... Foi até a janela, ergueu-se na ponta dos pés e ficou olhando para o pátio durante muito tempo e com toda a atenção. Mas o pátio estava deserto e não conseguir ver quem estava dando essas marteladas. Na casa à esquerda, viu algumas janelas abertas; no peitoril vasos de gerânios murchos. Das janelas pendia roupa estendida... Mantinha tudo isso gravado na mente. Voltou-se e foi sentar-se no sofá.

Nunca, nunca se havia sentido tão espantosamente só!

Sim, sentia mais uma vez que talvez pudesse acontecer que chegasse a odiar Sônia, especialmente agora que a havia tornado mais infeliz.

"Por que teria ido até ela, para implorar suas lágrimas? Que necessidade tinha de envenenar a vida dela? Oh, que mesquinharia! Vou ficar sozinho", disse ele, resolutamente. "Ela não deverá ir para a prisão!"

Cinco minutos depois, ergueu a cabeça com um sorriso estranho. Era um pensamento também estranho.

"Talvez fosse realmente melhor na Sibéria", pensou ele, de repente.

Não poderia dizer quanto tempo ficou sentado ali, com pensamentos vagos circulando por sua mente. Subitamente, a porta se abriu e Dúnia entrou. De início, ficou parada olhando para ele desde a soleira da porta, como ele tinha feito há pouco com Sônia; depois ela avançou e se sentou no mesmo lugar do dia anterior, na cadeira na frente dele, que olhava silenciosamente e quase despreocupado para ela.

– Não fique zangado, meu irmão; vim só por um momento – disse Dúnia.

A expressão do rosto dela era pensativa, mas não severa. O olhar, claro e suave. Ele percebia que ela tinha vindo também com amor.

– Irmão, agora sei tudo, *tudo*. Dmitri Prokofitch me explicou e me contou tudo. Eles estão aborrecendo e perseguindo você por causa de uma estúpida e desprezível suspeita... Dmitri Prokofitch me disse que não há perigo nenhum e que você erra ao levar isso tão a sério. Eu não penso assim e compreendo plenamente como isso o deixa indignado e que essa indignação pode deixar uma marca indelével em você. É disso que tenho medo. Quanto ao motivo que o levou a separar-se de nós, não o julgo, não me atrevo a julgá-lo e peço que me perdoe por tê-lo censurado com relação a isso. Sinto que eu também, se eu mesma estivesse envolvida em tão grande problema, me afastaria de todos. Não vou dizer nada *disso* à mãe, mas vou falar com ela continuamente sobre você e vou dizer a ela que você logo mais vai voltar. Não se preocupe com ela; eu vou me empenhar para deixá-la tranquila; mas não a aflija em demasia... venha nos visitar pelo menos uma vez; lembre-se de que é sua mãe! E agora eu vim só para lhe dizer (Dúnia começou a se levantar) que, se você precisar de mim... toda a minha vida, seja para o que for... não hesite em me chamar, que eu virei. Adeus!

Voltou-se abruptamente e se dirigiu para a porta.

– Dúnia! – chamou Raskolnikov, parando-a e caminhando em direção a ela. – Esse Razumihin, Dmitri Prokofitch, é um sujeito muito bom.

Dúnia corou levemente.

– E daí? – perguntou ela, depois de ter esperado um momento.

– Ele é competente, trabalhador, honesto e capaz de verdadeiro amor... Adeus, Dúnia!

Dúnia ficou vermelha; depois, subitamente, mostrou-se espantada.

– Mas o que significa isso, irmão? Vamos nos separar para sempre, visto que você... me dá semelhante mensagem de separação?

– Não importa... Adeus!

Ele se voltou e caminhou até a janela. Ela ficou parada por um momento, olhou inquieta para ele e, finalmente, saiu perturbada.

Não, ele não se mostrava frio para com ela. Houve um instante (precisamente o último) em que sentiu um impulso de abraçá-la, de *despedir-se* dela e de *lhe dizer* tudo, mas nem sequer se atreveu a dar-lhe a mão.

"Mais tarde poderia estremecer ao lembrar-se de que eu a abracei e sentir-se como se eu lhe tivesse roubado um beijo."

"Será que ela haveria de suportar esse golpe?", continuou ele, pensando consigo mesmo, poucos minutos depois. "Não, não haveria; moças como ela não podem suportar essas coisas! Nunca haverão de suportar."

E pensou em Sônia.

Uma brisa fresca entrava pela janela. A luz do dia ia esmorecendo. Tomou o boné e saiu.

É claro que não podia nem deveria considerar seu estado doentio. Mas toda aquela contínua ansiedade e agonia do espírito só podiam afetá-lo. E se não estava ainda de cama com febre alta, talvez fosse porque essa contínua inquietação interior o ajudava a manter-se de pé e na posse de suas faculdades. Mas essa excitação artificial não poderia durar muito tempo.

Perambulou sem destino. O sol estava se pondo. Uma forma especial de tristeza tinha começado a oprimi-lo ultimamente. Não tinha nada de pungente, nada de agudo nela, mas havia nela certo sentido de algo permanente, de algo eterno; trazia em si um antegosto de anos desesperados dessa fria e plúmbea tristeza, um antegosto de uma eternidade "no espaço de um metro quadrado".

Ao cair da tarde, essa sensação começava geralmente a pesar de forma mais intensa.

"Com essa fraqueza idiota e puramente física, que depende do pôr do sol ou de algo semelhante, não se pode deixar de fazer algo estúpido! Você deve ir ver Dúnia, bem como Sônia", murmurou ele, amargamente.

Ouviu chamar seu nome. Olhou em volta; Lebeziatnikov corria para ele.

– Imagine só, estive em seu quarto, procurando por você. Imagine só que ela executou o plano dela e levou as crianças para a rua. A muito custo, Sofia Semionovna e eu as encontramos. Ela fica batendo numa frigideira e obriga as crianças a dançar. As coitadas choram. Param nas esquinas e na frente das lojas. Uma multidão de tolos fica correndo atrás delas. Vamos até lá.

– E Sônia? – perguntou Raskolnikov, ansioso, estugando o passo atrás de Lebeziatnikov.

– Simplesmente desvairada. Melhor dizendo, quem está enlouquecida não é Sofia Semionovna, mas Ekaterina Ivanovna, embora Sofia Semionovna esteja também endoidecida. Garanto-lhe que está completamente louca. Vão levá-las ao posto policial. Pode imaginar que efeito isso vai ter... Agora estão à margem do canal, perto da ponte, não muito longe da Sofia Semionovna, logo ali mais adiante.

À margem do canal, perto da ponte e a apenas duas casas de distância daquela em que Sônia morava, havia uma pequena multidão, composta especialmente de crianças de rua. A voz rouca e entrecortada de Ekaterina Ivanovna podia ser ouvida até a ponte e, certamente, era um estranho espetáculo, capaz de atrair gente que andava pelas ruas. Ekaterina Ivanovna, com seu vestido velho e o xale verde, com seu chapéu de palha amarrotado, esfiapado de forma medonha num dos lados, parecia estar realmente louca. Estava exausta e quase sem fôlego. Seu emaciado rosto de tuberculosa parecia mais sofrido do que nunca; na verdade, fora de casa, sob o sol, um tuberculoso sempre parece mais doente que em casa. Mas sua agitação não arrefecia e a cada momento sua irritação se tornava mais intensa. Ela corria para as crianças, gritava com elas, incitava-as, dizia-lhes, diante da multidão, como deviam dançar e o que deviam cantar e passava a lhes explicar porque tinham de fazer isso, desesperando-se ao ver que não entendiam direito, e então batia nelas... Depois, corria para a multidão. Se notasse alguma pessoa decentemente vestida que tivesse parado para olhar, aproximava-se imediatamente dela, mostrando-lhe em que estado haviam sido reduzidas essas crianças "de uma família distinta, para não dizer aristocrática".

Se ouvisse alguma risada ou alguma zombaria no meio da multidão, corria imediatamente para os zombadores e passava a recriminá-los. Algumas pessoas riam, outras abanavam a cabeça, mas para todas era curioso ver aquela louca com as crianças assustadas. A frigideira, de que Lebeziatnikov havia falado, não estava nas mãos dela, pelo menos Raskolnikov não chegou a vê-la. Mas em vez de bater na frigideira, Ekaterina Ivanovna começava a bater suas esquálidas mãos quando obrigava Lida e Kolya a dançar e Polenka a cantar. Ela também se juntou ao canto, mas parou logo na segunda nota por causa da terrível tosse, que passou a amaldiçoá-la, desesperada e chegando a derramar lágrimas. O que a deixava mais furiosa eram o choro e o medo de Kolya e Lida. De fato, ela se havia empenhado em vestir as crianças como costumam vestir-se os cantores de rua. O menino trazia na cabeça um turbante vermelho e branco, imitando um turco. Lida não tinha vestimenta especial, mas usava simplesmente um gorro vermelho tricotado, ou melhor, uma touca de dormir que tinha pertencido ao falecido Marmeladov, touca decorada com um pedaço de pena branca de avestruz, que pertencera à avó de Ekaterina Ivanovna e que esta guardava como relíquia de família. Polenka trazia o mesmo vestido caseiro de todo dia. Olhava para a mãe com tímida perplexidade e ficava ao lado dela, escondendo as lágrimas. Percebia vagamente a situação da mãe e olhava inquieta à sua volta. Estava terrivelmente assustada, vendo-se na rua diante de uma multidão. Sônia seguia de perto Ekaterina Ivanovna, chorando e suplicando-lhe para que voltasse para casa. Mas Ekaterina Ivanovna não se deixava convencer.

– Deixe-me, Sônia, deixe-me – gritava ela, falando às pressas, ofegando e tossindo. – Você não sabe o que está pedindo, parece uma criança! Já lhe disse antes que não vou voltar para a casa daquela beberrona alemã. Deixe que todos, que toda Petersburgo veja as crianças pedindo esmola nas ruas, embora o pai delas fosse um homem honrado, que serviu por toda a vida lealmente e com fidelidade o Estado e que, pode dizer-se, morreu no serviço. (Ekaterina Ivanovna tinha inventado nesse momento essa fantasiosa história e passara a acreditar inteiramente nela.) Deixe que esse malvado general veja isso! E você é uma tola, Sônia; o que é que temos para comer? Diga-me! Já a exploramos bastante, não quero continuar assim! Ah, Rodion Romanovitch, é o senhor mesmo? – exclamou ela, ao ver Raskolnikov, e correu até ele. – Diga para essa tola de uma menina, por favor, que nada melhor poderia ser feito! Até os tocadores de realejo ganham a vida e todos podem ver de imediato que nós somos diferentes, que somos uma honrada e despojada família, reduzida à miséria.

E aquele general vai perder o posto, pode crer! Vamos nos apresentar todos os dias embaixo da janela dele e, se o Czar passar por aqui, vou me ajoelhar a seus pés, vou lhe mostrar meus filhos e lhe dizer: "Proteja-nos, pai!" Ele é o pai dos órfãos, ele é misericordioso e vai nos proteger, vai ver; e esse patife de um general... Lida! Fique bem comportada! Kolya, comece a dançar de novo! Por que está choramingando? Chorando outra vez! De que é que tem medo, estúpido? Meu Deus! O que é que vou fazer com eles, Rodion Romanovitch? Se soubesse como são uns tolos! O que é que se pode fazer com tais crianças?

E ela, quase chorando também... o que não deteve sua ininterrupta e rápida enxurrada de palavras... apontava para os filhos, que choravam. Raskolnikov tentou persuadi-la a voltar para casa e até lhe disse, esperando feri-la em sua vaidade, que era inconveniente para ela perambular pelas ruas como os tocadores de realejo, uma vez que ela estava pretendendo tornar-se diretora de um internato para meninas.

– Um internato, ha, ha, ha! Um castelo no ar – exclamou Ekaterina Ivanovna, depois de uma risada que terminou em tosse. – Não, Rodion Romanovitch, esse sonho já era! Todos nos abandonaram!... E esse general... Bem sabe, Rodion Romanovitch, que cheguei a atirar um tinteiro contra ele... por acaso estava lá, na sala de espera, ao lado do papel em que se assina o nome. Assinei o meu, atirei-o contra ele e fui embora. Oh, que velhacos, que velhacos! Não quero mais saber deles, agora vou dar um jeito eu mesma para dar de comer a essas crianças e não vou baixar a cabeça para ninguém! Ela teve de aguentar demais por nossa causa! – e apontava para Sônia. – Polenka, quanto é que conseguiu recolher? Mostre! O que, só dez copeques! Oh, que mesquinhos! Não nos dão nada, só andam correndo atrás de nós, puxando a língua. Olhe lá, por que é que esse cabeçudo está rindo? (Apontou para um sujeito na multidão.) Tudo por causa de Kolya, que é tão estúpido; esse menino me incomoda demais. O que é que você quer, Polenka? Fale em francês: *parlez-moi français*. Ora, eu lhe ensinei, você sabe algumas frases. Não sendo assim, como é que vocês vão mostrar que são de boa família, crianças bem-educadas e não como esses tocadores de realejo? Não viemos para a rua para apresentações espetaculares, mas para cantar canções elegantes... Ah, sim... O que é que vamos cantar? Vocês não fazem senão me interromper, mas eu... repare, Rodion Romanovitch, nós paramos aqui para escolher algo para cantar e para ganhar algum dinheiro, para pensar que dança Kolya pode apresentar... Porque, como pode imaginar, nossas apresentações são todas de improviso... Devemos combinar tudo e ensaiar tudo perfeitamente; depois poderemos ir até Nevski, onde há muita gente da alta sociedade e logo haverão todos de reparar em nós. Lida só conhece *My Village* e todos cantam essa canção. Temos de cantar alguma coisa mais distinta... Bem, você pensou em alguma coisa, Polenka? Se, pelo menos, ajudasse sua mãe! Minha memória já se foi ou teria pensado em alguma coisa. Realmente não podemos cantar o "Hussardo". Ah, vamos cantar em francês *Cinq sous* (Cinco soldos); eu o ensinei a vocês, eu o ensinei. E como está em francês, as pessoas vão ver de imediato que vocês são crianças de boa família, e vamos comover muito mais... Vocês poderiam cantar *Marlborough s'en vat-en guerre* (Marlborough vai para a guerra), pois é uma canção infantil e é cantada como canção de ninar em todas as casas aristocráticas.

Marlborough s'en va-t-en guerre,
ne sait quand reviendra!...
   (Marlborough vai para a guerra,
   não sabe quando irá voltar!...)

Ela começou a cantarolar.
– Não, é melhor cantar *Cinq sous*. Agora, Kolya, ponha as mãos no quadril, depressa, e você, Lida, volte-se para o outro lado, que Polenka e eu vamos cantar e bater palmas!

Cinq sous, cinq sous,
pour monter notre ménage...
   (Cinco soldos, cinco soldos
   para abastecer nossa casa...)

(Cof-cof-cof)
– Arrume direito esse seu vestido, Polenka, está caindo dos ombros – observou ela, ofegante com a tosse. – Agora é preciso, de qualquer jeito, comportar-se bem e com distinção, para que todos possam ver que vocês são crianças bem-educadas. Eu disse que essa saia devia ter sido cortada mais longa e com o dobro da largura. Foi culpa sua, Sônia, com suas ideias de fazê-la mais curta, e agora está vendo como cai mal na menina... Ora essa, estão aí chorando de novo! O que está acontecendo, seus bobinhos? Vamos, Kolya, comece. Depressa, depressa! Oh, que criança insuportável!

Cinq sous, cinq sous...

– Mais um policial! O que o senhor quer?

De fato, um policial estava abrindo caminho no meio da multidão. Mas, nesse momento, um senhor de uniforme civil e capote... um respeitável funcionário de uns 50 anos, com uma condecoração pendendo do pescoço (pormenor que agradou a Ekaterina Ivanovna e teve efeito imediato sobre o policial)... aproximou-se e, sem dizer uma palavra, entregou a ela uma nota verde de três rublos. Seu rosto deixava transparecer uma expressão de genuína simpatia. Ekaterina Ivanovna aceitou a nota e lhe fez uma polida e cerimoniosa reverência.

– Muito obrigada, honrado senhor – começou ela, de forma solene. – Os motivos que nos induziram (tome o dinheiro, Polenka; veja como ainda há pessoas respeitáveis que estão prontas a ajudar uma pobre senhora necessitada). Esses são órfãos de boa família, honrado senhor... eu poderia dizer até mesmo de linhagem aristocrática... e aquele patife de um general estava sentado comendo perdizes... e batia com os pés, dizendo que eu o perturbava. "Excelência", disse-lhe eu, "proteja os órfãos, visto que conheceu meu falecido marido, Semion Zaharovitch, e no próprio dia da morte dele, a única filha que ele tinha foi caluniada pelo mais vil dos canalhas..." Outra vez aquele policial! Proteja-me! – exclamou ela, dirigindo-se ao funcionário. – Por que esse policial anda rondando aqui perto de mim? Acabamos de fugir de um deles. O que é que o senhor quer, seu tolo?

– É proibido fazer isso na rua. Não deve armar confusão.

– O senhor é que está fazendo confusão. É a mesma coisa que se eu estivesse tocando realejo. O que tem a ver isso com o senhor?

– Deve ter licença para tocar realejo na rua; a senhora não tem licença alguma e com essas coisas todas está atraindo uma multidão. Onde é que a senhora mora?

– Que licença? – perguntou Ekaterina Ivanovna, queixosa. – Meu marido foi sepultado hoje. Que necessidade há de licença?

– Acalme-se, senhora, acalme-se – começou o policial. – Vamos embora, eu a acompanho... Esse não é lugar para a senhora, no meio da multidão. A senhora está doente.

– Honrado senhor, honrado senhor, o senhor não sabe – gritou Ekaterina Ivanovna. – Nós estamos nos dirigindo para Nevski... Sônia, Sônia! Onde está ela? Está chorando também! Mas o que é que têm vocês todos? Kolya, Lida, para onde estão indo? – gritou ela, subitamente, alarmada. – Oh, crianças tolas! Kolya, Lida, para onde é que estão indo?...

Kolya e Lida, extremamente assustados com a presença da multidão e com os disparates da mãe ensandecida, subitamente se deram as mãos e saíram correndo à vista do policial que queria levá-los para algum lugar. Chorando e gritando, a pobre Ekaterina Ivanovna passou a correr atrás deles. Ela dava um espetáculo lamentável e pouco digno, ao correr, chorando e quase sem fôlego. Sônia e Polenka seguiam a todos, correndo também.

– Traga-os de volta, Sônia, traga-os de volta! Oh, crianças tolas e ingratas!... Polenka! Apanhe-os!... É por sua causa que eu...

Correndo como estava, ela tropeçou e caiu.

– Ela se feriu, está ensanguentada! Oh, meu Deus! – exclamou Sônia, inclinando-se sobre ela.

Todos correram e se apinharam em torno dela. Raskolnikov e Lebeziatnikov foram os primeiros a chegar; o funcionário também correu até o local e, atrás dele, o policial que resmungava "Diacho!", com um gesto de impaciência, pressentindo que o trabalho que iria ter não era nada fácil.

– Afastem-se! Afastem-se! – dizia ele para a multidão que se aglomerava por perto.

– Está morrendo! – gritou alguém.

– Enlouqueceu! – disse outro.

– Senhor, tenha piedade de nós! – exclamou uma mulher, benzendo-se. – Conseguiram apanhar as meninas e o menino? Estão sendo trazidos de volta, a mais velha os alcançou... Ah, suas crianças desobedientes e levadas!

Quando examinaram cuidadosamente Ekaterina Ivanovna, viram que não se havia ferido ao tropeçar numa pedra, como pensava Sônia, mas que o sangue que manchava o pavimento saía do peito dela.

– Já vi isso antes – murmurou o funcionário a Raskolnikov e a Lebeziatnikov. – É a tuberculose; o sangue escorre e sufoca o paciente. Vi a mesma coisa com um parente meu, não faz muito tempo... quase uma caneca de sangue, num minuto... Mas o que se pode fazer? Ela está morrendo.

– Por aqui, por aqui, para meu quarto! – implorou Sônia. – Eu moro aqui!... Olhem, naquela casa, a segunda daqui... Venham para minha casa, depressa! –- dizia ela, dirigindo-se ora para um ora para outro. – Mandem vir um médico!... Oh, meu Deus!

Graças aos esforços do funcionário, esse plano foi seguido e até o policial ajudou a transportar Ekaterina Ivanovna. Levaram-na, quase inconsciente, para a residência de Sônia e a deitaram na cama. O sangue ainda fluía, mas parecia que ela voltava a si. Raskolnikov, Lebeziatnikov e o funcionário acompanharam Sônia até dentro do quarto, sendo seguidos pelo policial, depois de ter dispersado os curiosos que se aproximaram até a porta da casa. Polenka entrou, trazendo pela mão Kolya e Lida, que estavam tremendo e choravam. Várias pessoas da casa dos Kapernaumov também entraram: o dono da casa, homem coxo e cego de um olho, de aparência estranha, com as suíças e os cabelos espetados como os pelos de uma escova, a mulher dele, com uma perene expressão de assustada e várias crianças boquiabertas, de rostos marcados pela curiosidade. Entre todas essas pessoas, subitamente apareceu também Svidrigailov. Raskolnikov olhou para ele surpreso, não conseguindo entender de onde tinha vindo, pois não o havia visto no meio da multidão. Houve quem falasse de um médico e de um padre. O funcionário sussurrou ao ouvido de Raskolnikov que achava que era tarde demais para chamar um médico, mas ainda assim pediu que o chamassem. Foi o próprio Kapernaumov que se encarregou disso.

Nesse meio-tempo, Ekaterina Ivanovna tinha readquirido sua respiração normal. A hemorragia tinha estancado. Fitou com olhos doentios, mas atentos e penetrantes, Sônia, que estava de pé, pálida e trêmula, enxugando-lhe o suor da testa com um lenço. Finalmente, ela pediu para ser soerguida. Ajudaram-na a sentar-se na cama, amparando-a de ambos os lados.

– Onde estão as crianças? – perguntou ela, com voz fraca. – Polenka, você as trouxe? Oh, que tolas! Por que fugiram... Oh!

Uma vez mais seus lábios ressequidos estavam cobertos de sangue. Moveu os olhos para olhar em volta de si.

– Então é aqui que você mora, Sônia? Nunca tinha estado, nem uma vez sequer, em sua casa.

Olhou para ela com uma expressão carregada de sofrimento.

– Nós fomos sua ruína, Sônia! Polenka, Lida, Kolya, venham aqui! Bem, aqui estão eles, Sônia; tome-os todos! Eu os entrego a você, já fiz bastante! O baile acabou. (Cof!) Deitem-me e me deixem morrer em paz.

Eles a reclinaram, apoiando-a no travesseiro.

– O que, um padre? Não quero. Vocês não têm nem um rublo que não faça falta. Eu não tenho pecados! Deus deve me perdoar sem isso. Ele sabe como eu sofri... E se ele não me perdoar, tanto pior!

Ela foi mergulhando sempre mais num delírio inquietante. Estremecia de vez em quando, revirava os olhos, reconhecia a todos por um minuto; mas logo voltava a delirar. Sua respiração era ofegante e difícil, parecia que qualquer coisa lhe trancava a garganta.

— Eu disse a ele, Excelência! — exclamou ela, respirando penosamente depois de cada palavra. — Essa Amália Ludvigovna, ah! Lida, Kolya, mãos nos quadris, depressa! *Glissez, glissez, pas de basque!* (Deslizem, deslizem, sem erro!) Batam com os calcanhares, com toda a graça, crianças!

Du hast Diamanten und Perlen (Você tem diamantes e pérolas).

— O que vem a seguir? Isso é o que devem cantar.

*Du hast die schönsten Augen,
Mädchen, was willst du mehr?...*
    (Você tem os mais belos olhos,
      Moça, o que quer mais?...)

— Que ideia! *Was willst du mehr*? Que coisas os tolos inventam! Ah, sim!
— No calor do meio-dia, no vale de Daguestão.
— Ah, como eu gostava dela! Gostava loucamente dessa canção, Polenka! Seu pai, você sabe, costumava cantá-la quando ainda éramos noivos... Oh, que dias aqueles! Oh, isso é que deveríamos cantar! Como é mesmo que começa? Esqueci. Relembre-me! Como era?

Estava extremamente agitada e tentava se soerguer. Finalmente, com uma voz horrivelmente rouca e entrecortada, começou, gritando e sufocando-se a cada palavra, com uma expressão de crescente terror:

"No calor do meio-dia!... no vale... de Daguestão
Com chumbo em meu peito..."

— Excelência! — exclamou ela, subitamente, com um grito de cortar o coração e uma enxurrada de lágrimas — Proteja os órfãos! O senhor foi hóspede na casa do pai deles... pode-se até dizer aristocrática... — Ela estremeceu, recuperando a consciência, e olhou para todos com uma espécie de terror, mas imediatamente reconheceu Sônia.

— Sônia, Sônia! — articulou ela, meiga e carinhosamente, como se estivesse surpresa ao vê-la ali. — Sônia querida, você também está aqui?

Voltaram a soerguê-la.

— Basta! Acabou! Adeus, pobrezinha! É o fim! Estou aniquilada! — gritou ela, em desespero, e sua cabeça caiu pesadamente para trás, sobre o travesseiro.

Ficou inconsciente de novo, mas dessa vez esse estado não durou muito. Seu rosto pálido, amarelado e descarnado se virou de lado, a boca se abriu, as pernas se moveram convulsivamente, deu um profundo, profundo suspiro e expirou.

Sônia se lançou sobre ela, enlaçou-a com os dois braços e permaneceu imóvel com a cabeça reclinada sobre o peito encovado da morta. Polenka se atirou aos pés da mãe, beijando-os e chorando copiosamente. Embora Kolya e Lida não entendessem o que acabava de acontecer, sentiam que era algo de terrível; colocaram as mãos nos ombros um do outro e ficaram se olhando e, de repente, os dois abriram a boca e começaram a gritar. Ambos estavam ainda com suas roupas de atores, um com o turbante, a outra com o gorro encimado por uma pena de avestruz.

E como é que aquele "certificado de honra" foi parar na cama, ao lado de Ekaterina Ivanovna? Estava ali, ao lado do travesseiro. Raskolnikov o viu.

Ele se dirigiu até a janela. Lebeziatnikov se aproximou dele.

– Está morta! – disse ele.

– Rodion Romanovitch, preciso lhe dizer duas palavras – falou Svidrigailov, aproximando-se dos dois.

Lebeziatnikov cedeu imediatamente o lugar e se retirou discretamente. Svidrigailov levou Raskolnikov para um canto da sala.

– Vou tomar a meu encargo tudo o que for necessário, isto é, o funeral e coisas afins. O senhor sabe que tudo isso envolve dinheiro e, como já lhe disse, tenho bastante a meu dispor. Vou colocar esses dois pequenos e Polenka num bom orfanato e vou disponibilizar 1.500 rublos para cada um, a serem pagos quando atingirem a maioridade, de modo que Sofia Semionovna possa ficar inteiramente tranquila com relação a eles. E também vou tirar a ela da lama, pois é uma boa moça, não é? Pode dizer, portanto, a Avdótia Romanovna que essa é a maneira pela qual estou empregando os dez mil rublos dela.

– Qual é a razão para semelhante benevolência? – perguntou Raskolnikov.

– Ah! seu cético! – riu Svidrigailov. – Já lhe disse que eu não precisava desse dinheiro. Não vai admitir que o faço simplesmente por generosidade? Ela não era "um piolho", bem o sabe (ele apontou com o dedo para o canto onde jazia a morta), ou era, como qualquer velha usurária? Vamos lá, deve concordar, é Luzhin que vai continuar vivendo e praticando más ações ou será que ela deve morrer? E se eu não os ajudar, Polenka vai seguir o mesmo caminho.

Disse isso com um ar de uma espécie de jovial malícia, conservando os olhos fixos em Raskolnikov, que empalideceu e gelou ao ouvir suas próprias frases dirigidas anteriormente a Sônia. Recuou rapidamente e olhou sombriamente para Svidrigailov.

– Como é que sabe? – sussurrou ele, quase incapaz de respirar.

– Ora, eu moro aqui na casa da senhora Resslich, do outro lado dessa parede. Aqui mora Kapernaumov e ali, madame Resslich, minha velha e leal amiga. Somos vizinhos.

– O senhor?

– Sim – continuou Svidrigailov, rindo com gosto. – Posso lhe assegurar, palavra de honra, meu caro Rodion Romanovitch, que o senhor tem despertado em mim enorme interesse. Já lhe disse que nos tornaríamos bons amigos, eu o previ. Pois, acho que acertei. E vai ver como sou um homem adaptável. Vai ver como pode conviver muito bem comigo!

SEXTA PARTE

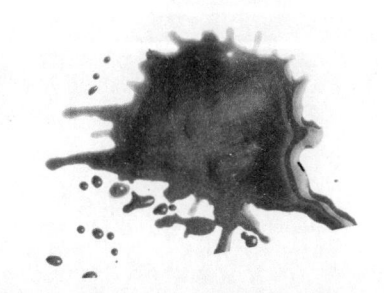

CAPÍTULO UM

Um estranho período começou então para Raskolnikov; era como se uma névoa tivesse descido sobre ele e o tivesse envolto numa medonha solidão, da qual não podia se safar. Ao relembrar esse período mais tarde, acreditava que sua mente chegou a ficar empanada por vezes e que se prolongou assim, com intervalos, até a catástrofe final. Estava convencido de que se havia enganado com relação a muitas coisas naquela época, por exemplo, com relação à data de certos acontecimentos. De qualquer modo, quando tentou, mais tarde, reunir suas lembranças, ficou sabendo de muitas coisas sobre si mesmo a partir do que outras pessoas lhe contavam. Ele tinha misturado incidentes e tinha explicado os acontecimentos como consequência de circunstâncias que só existiam em sua imaginação. Por vezes, era presa de agoniante e mórbida inquietação, que chegava às vezes a degenerar em pânico. Mas lembrava-se também de momentos, horas e até dias inteiros talvez, de completa apatia, que se abatia sobre ele como reação contra o prévio terror, e que poderia ser comparada com a anormal insensibilidade, vista por vezes nos moribundos. Parecia que estava tentando, nesse último estágio, evitar uma plena e clara compreensão de sua própria situação. Certos fatos essenciais, que exigiam urgente consideração, eram particularmente preocupantes para ele. Como teria ficado contente se pudesse libertar-se de certos cuidados, cuja negligência constituía uma ameaça de completa e inevitável ruína.

Era especialmente Svidrigailov que mais o perturbava; poderia até dizer-se que ele pensava permanentemente em Svidrigailov. Desde o momento em que Svidrigailov lhe dissera aquelas palavras ameaçadoras e inequívocas no quarto de Sônia, por ocasião da morte de Ekaterina Ivanovna, a atividade normal de sua mente parecia ter sofrido uma quebra. Mas, embora esse novo fato lhe causasse extrema inquietação, Raskolnikov não tinha a mínima pressa para buscar uma explicação disso. Às vezes, ao se encontrar numa solitária e remota parte da cidade, em alguma taberna ordinária, sentado sozinho e perdido em pensamentos, quase sem saber como tinha ido parar ali, subitamente se lembrava de Svidrigailov. Logo reconhecia com clareza e com desalento que devia procurar se entender, e rapidamente, com esse homem, a fim de pôr um fim, e de qualquer jeito, a esse assunto. Um dia, caminhando fora das portas da cidade, chegou até a imaginar que eles tinham marcado um encontro ali, que estava no local esperando por Svidrigailov. Outra vez, acordou antes do raiar do dia, deitado no chão, debaixo de alguns arbustos e, de início, não conseguia entender como tinha ido parar ali.

Mas nos dois ou três dias que se seguiram à morte de Ekaterina Ivanovna, ele se encontrou duas ou três vezes com Svidrigailov no alojamento de Sônia, onde tinha ido sem objetivo por breves momentos. Trocaram poucas palavras e não fizeram nenhuma referência ao ponto capital, como se eles tivessem concordado tacitamente não tocar no assunto por algum tempo.

O corpo de Ekaterina Ivanovna jazia ainda no caixão; Svidrigailov estava ocupado nos preparativos do funeral. Sônia também estava muito ocupada. Em seu último encontro, Svidrigailov informou a Raskolnikov que havia conseguido uma colocação, e muito satisfatória, para os filhos de Ekaterina Ivanovna; que tinha conseguido, por meio de alguns amigos, chegar até certas pessoas importantes, com a ajuda das quais os três órfãos poderiam ser internados imediatamente em instituições apropriadas; que o dinheiro que lhes havia destinado tinha sido de grande valia, uma vez que é mais fácil colocar órfãos com algum capital do que aqueles totalmente desamparados. Disse também alguma coisa sobre Sônia e prometeu que viria visitar Raskolnikov dentro de um ou dois dias, mencionando que "gostaria de consultá-lo, porque havia assuntos sobre os quais deveriam conversar..."

Essa conversa teve lugar no patamar que dá acesso à escada. Svidrigailov olhou atentamente para Raskolnikov e, subitamente, depois de breve pausa, baixando a voz, lhe perguntou:

– Mas por que é que, Rodion Romanovitch, o senhor não parece o mesmo? Olha e escuta, mas parece que não compreende. Coragem! Temos muito que falar. Só lamento ter tanto a fazer com relação a meus assuntos particulares bem como em relação aos de outras pessoas. Ah, Rodion Romanovitch –

acrescentou ele, de repente –, o que todos precisam é de ar fresco, ar fresco... mais que qualquer outra coisa!

Afastou-se para um lado, a fim de deixar passar o padre e o sacristão, que vinham subindo a escada. Tinham vindo para o serviço religioso para os mortos. Por ordem de Svidrigailov, era cantado duas vezes ao dia, escrupulosamente.

Svidrigailov foi embora. Raskolnikov ficou mais um momento, pensou e seguiu o padre para o quarto de Sônia. Postou-se ao lado da porta. Eles começaram calma, lenta e pesarosamente a cantar o ofício fúnebre. Desde a infância, a ideia da morte e a presença de um morto tinha algo de opressivo e misteriosamente terrível para ele; e fazia muito tempo que não ouvia recitar um ofício religioso para os mortos. Mas havia ainda outra coisa ali, igualmente terrível e perturbadora. Ele olhava para as crianças; estavam todas de joelhos ao lado do caixão. Polenka chorava. Atrás delas, Sônia rezava em voz baixa e estava timidamente chorosa.

"Durante esses dois últimos dias, ela não me disse uma palavra, nem sequer olhou para mim", pensou repentinamente Raskolnikov. O sol iluminava o quarto; a fumaça do incenso subia em nuvens; o padre lia: "Dê-lhe descanso, Senhor...!" Raskolnikov assistiu a todo o ofício religioso. Ao dar-lhes a bênção e se despedir, o sacerdote olhou em volta de modo estranho. Depois da cerimônia, Raskolnikov se aproximou de Sônia. Ela tomou as duas mãos dele e reclinou a cabeça no ombro do amigo. Esse simples gesto amigável desnorteou Raskolnikov. Parecia estranho que não tivesse deixado nenhum vestígio de repugnância, nenhum vestígio de desgosto, nenhum tremor nas mãos dela. Era o cúmulo da autoabnegação; pelo menos foi assim que interpretou o fato.

Sônia não disse nada. Raskolnikov apertou a mão dela e saiu. Sentia-se aniquilado. Se tivesse sido possível fugir para algum lugar solitário, ele se teria considerado feliz, mesmo que tivesse de passar toda a vida ali. Mas embora tivesse estado quase sempre sozinho ultimamente, nunca tinha conseguido sentir-se só. Às vezes, caminhava, fora da cidade, na rodovia principal; uma vez se havia embrenhado até num pequeno bosque, mas quanto mais deserto era o lugar, mais parecia estar ciente de que uma inquietante presença o acompanhava de perto. Não o assustava, mas o aborrecia profundamente, de maneira que se apressava em retornar à cidade, para se misturar à multidão, para entrar em restaurantes e tabernas, para caminhar pelas vias públicas. Ali se sentia mais à vontade e até mais solitário. Um dia, à tardinha, ficou durante uma hora numa taberna escutando canções; recordava que isso havia lhe agradado sobremaneira.

Mas, por fim, tinha sentido subitamente a mesma inquietação de novo, como se sua consciência o castigasse.

"Vou me sentar aqui para ouvir canções; é isso que devo fazer?", pensou ele. Ainda assim, logo sentiu que não era essa a única causa de sua inquietude; havia algo que exigia imediata decisão, mas era algo que não conseguia entender claramente ou colocar em palavras. Era tudo muito confuso. "Não, o melhor seria uma disputa franca. Melhor Porfírio de novo... ou Svidrigailov... Melhor um novo desafio... um ataque. Sim, sim!", pensava ele. Saiu da taberna e foi embora quase correndo. Ao pensar em Dúnia e na mãe, levou-o subitamente quase ao terror. Nessa noite, acordou antes do amanhecer entre uns arbustos na ilha Kriestovski, tremendo de febre; voltou para casa e já era de manhã, embora cedo, quando chegou. Depois de algumas horas de sono, a febre o deixou, mas acordou tarde, às duas horas.

Lembrou-se de que o funeral de Ekaterina Ivanovna estava marcado para aquele dia e ficou contente por não ter estado presente. Nastásia lhe levou alguma coisa para comer; comeu e bebeu com apetite, quase com sofreguidão. Estava com a cabeça mais aliviada e se sentia mais calmo do que nos últimos três dias. Até se admirou, por um momento, de seu ataque de pânico de antes.

A porta se abriu e Razumihin entrou.

– Ah! Ele está comendo, então não está doente – disse Razumihin, tomando uma cadeira e sentando-se à mesa, na frente de Raskolnikov.

Estava perturbado e não tentava escondê-lo. Falava com evidente aborrecimento, mas sem pressa e sem levantar a voz. Olhava como se tivesse alguma coisa muito especial a dizer.

– Escute – começou ele, resolutamente. – Pelo que me diz respeito, vocês todos podem ir para o inferno, mas pelo que vejo, nem sei o que pensar. Por favor, não imagine que vim aqui para lhe fazer perguntas. Não quero nem saber, dane-se! Se você começar a me contar seus segredos, atrevo-me a dizer que não vou ficar aqui a escutá-los, mas vou-me embora praguejando. Vim somente com o objetivo de saber, de uma vez por todas, se é verdade que você está louco. Há uma convicção geral, que corre por aí, que você é louco ou está muito perto de ficar desse jeito. Admito que eu também estive inclinado a acatar essa opinião, a julgar por suas estúpidas, repulsivas e totalmente inexplicáveis atitudes e também por seu recente comportamento para com sua mãe e sua irmã. Só um monstro ou um louco poderia tratá-las como você as tratou; portanto, deve estar louco.

– Quando você as viu pela última vez?

— Agora, há pouco. Mas você não as viu mais desde então? O que andou fazendo com você mesmo? Diga-me, por favor, pois já vim aqui três vezes. Sua mãe esteve seriamente doente, ontem. Ela queria, a todo custo, vir vê-lo; Avdótia Romanovna tentou evitar isso, mas ela não dava ouvidos a nada. "Se ele está doente, se perdeu o juízo, quem poderá cuidar dele melhor do que a mãe?", dizia ela. Por isso viemos todos até aqui; não podíamos deixá-la sozinha andando pela rua. Estivemos pedindo a ela para que ficasse tranquila. Nós entramos aqui, mas você não estava; ela se sentou e permaneceu aqui por dez minutos, enquanto nós aguardávamos em silêncio. Até que ela se levantou e disse: "Se saiu, é sinal de que está bem e se esqueceu da mãe; é humilhante e inadequado para a mãe ficar aqui à porta, mendigando um pouco de bondade." Voltou para casa e se deitou; agora está com febre. "Vejo que para sua garota ele tem tempo", disse ela. Por "sua garota", ela se refere a Sofia Semionovna, a noiva ou amante que você arrumou, não sei. Eu fui imediatamente até a casa de Sofia Semionovna, porque queria saber o que estava acontecendo. Olhei em volta, vi o caixão, as crianças chorando e Sofia Semionovna vestindo-as com roupas de luto. Nenhum sinal de você. Pedi desculpas, fui embora e contei tudo a Avdótia Romanovna. Assim, tudo não passava de coisa sem sentido e você não tinha arranjado garota alguma. O mais provável era que você estivesse louco. Mas aqui está você sentado, devorando um belo naco de carne, como se não tivesse comido nada por três dias. Embora, pelo que me consta, os loucos também comem; mas como não me disse uma única palavra até agora... você não está louco. Eu o juraria! Fora de dúvida, você não está louco. Por isso vão para o inferno, todos vocês, pois deve haver algum mistério, algum segredo nisso tudo e não pretendo quebrar a cabeça por causa de seus enigmas. Vim simplesmente para amaldiçoá-lo – concluiu ele, levantando-se –, para aliviar meu espírito. E agora sei o que devo fazer.

— O que pretende fazer agora?

— Que lhe interessa o que pretendo fazer?

— Você está indo para uma bela rodada de bebida.

— Como... como soube?

Razumihin fez uma pausa de um minuto.

— Você sempre foi uma pessoa muito racional e nunca esteve louco, nunca – observou ele, subitamente, com veemência. – Tem razão. Agora vou beber. Adeus!

E ele se moveu, dispondo-se a sair.

— Estive falando com minha irmã... anteontem, acredito... sobre você, Razumihin.

— Sobre mim? Mas... onde pode tê-la visto anteontem? – perguntou Razumihin, parando imediatamente, chegando até a corar um pouco.

Podia-se ver que seu coração batia lenta e violentamente.

— Ela veio aqui espontaneamente, sentou-se ali e falou comigo.

— É mesmo?

— Sim.

— O que você disse a ela... quero dizer, sobre mim?

— Disse-lhe que você era um rapaz bom, honesto e laborioso. Não lhe disse que você a amava, porque ela própria já o sabe.

— Ela própria já sabe?

— Bem, é bastante simples. Para onde quer que eu vá, aconteça-me o que acontecer, você haverá de ficar para cuidar delas. Eu, por assim dizer, as entrego a seus cuidados, Razumihin. Digo isso porque sei muito bem como você gosta dela e estou convencido da pureza de seu coração. Sei também que ela pode amá-lo e talvez já o ame realmente. Agora decida-se, uma vez que está melhor informado, se deve ir para uma bela rodada de bebida ou não.

— Rodya! Veja bem... bem... Ah, dane-se! Mas para onde é que você pretende ir? Bem, se é um grande segredo, está bem... Mas eu... eu vou descobrir o segredo... e tenho certeza de que deve ser alguma ridícula bobagem e que você exagera tudo. De qualquer modo, você é um ótimo sujeito, um ótimo sujeito!...

— Isso era justamente o que queria acrescentar, só que me interrompeu; seria ótima decisão sua não tentar descobrir esses segredos. Dê tempo ao tempo, não se aborreça com isso. Vai saber tudo no devido momento. Ontem, alguém me disse que o homem precisa de ar fresco, ar fresco, ar fresco. Pretendo ir imediatamente à procura dele, para descobrir o que ele queria dizer com isso.

Razumihin continuava de pé, perdido em pensamentos e em agitação, tentando chegar a alguma conclusão silenciosa.

"Ele é um conspirador político! Deve ser. E está na véspera de um passo desesperador, com certeza. Não pode ser só isso! E... e Dúnia sabe", pensou ele, de repente.

— Assim, Avdótia Romanovna vem aqui para vê-lo – disse ele, pesando cada sílaba – e você vai procurar um sujeito que diz que precisamos de mais ar, e assim, claro, aquela carta... – "essa também deve ter algo a ver com isso", concluiu ele, em seu íntimo.

– Que carta?

– Ela recebeu uma carta hoje. Deixou-a muito perturbada... muito, de fato. Demais até. Comecei a falar de você, mas ela me pediu que me calasse. Depois... depois me disse que talvez tivéssemos de nos separar muito em breve... depois passou a me agradecer encarecidamente por alguma coisa; por fim, foi para o quarto e se trancou lá dentro.

– Recebeu uma carta? – perguntou Raskolnikov, pensativo.

– Sim, e você não sabia? Hum!

– Ambos ficaram calados.

– Adeus, Rodya! Houve um tempo, irmão, quando eu... Nada, nada, adeus! Veja bem, houve um tempo... Bem, adeus! Eu também tenho de ir embora. Não vou beber. Agora não é preciso... É tudo tolice!

Ele saiu rapidamente, mas quando estava fechando a porta atrás de si, repentinamente a abriu de novo e disse, olhando de soslaio:

– Oh, a propósito, você se lembra daquele assassinato, daquele que Porfírio está investigando, daquela velha? Fique sabendo que o assassino foi encontrado, ele confessou e apresentou as provas. É um daqueles operários, os pintores, imagine só! Você lembra que eu os defendi firmemente? Você acredita que toda aquela cena de briga e de risadas com seus companheiros pelas escadas, enquanto o porteiro e as duas testemunhas estavam subindo, foi montada de propósito para despistar? Que astúcia, que presença de espírito do sujeito! Custa a acreditar, mas ele confessou tudo e com todas as explicações que podia dar. E que tolo eu fui nesse caso! Bem, ele é simplesmente um gênio da hipocrisia e da desenvoltura para afastar suspeitas até dos advogados... por isso não há razão para ficarmos admirados, suponho! Claro que pessoas desse tipo sempre podem surgir. E o fato de não ter podido resistir em sua posição, mas confessar, me leva mais facilmente a crer nele. Mas como fui tolo! Eu era capaz de pôr a mão no fogo por eles!

– Diga-me, por favor, de quem soube isso e por que lhe interessa tanto? – perguntou Raskolnikov, com evidente agitação.

– Que mais? Pergunta por que isso me interessa!... Bem, soube por Porfírio, entre outros... Foi por meio dele que soube quase tudo.

– Por meio de Porfírio?

– De Porfírio.

– O que... o que é que ele disse? – perguntou Raskolnikov, com temor.

— Ele me deu uma explicação cabal de tudo. Psicologicamente, segundo seu modo de ver.

— Ele explicou? Ele próprio?

— Sim, sim; adeus! Vou lhe contar tudo a respeito em outra hora, porque agora tenho muito que fazer. Houve um momento em que eu imaginava... Mas não importa, em outra hora!... Que necessidade há para que eu vá beber agora? Você me embebedou sem vinho. Estou bêbado, Rodya. Adeus, estou indo. Voltarei em breve.

Saiu.

"É um conspirador político, não há dúvida alguma", concluiu Razumihin, enquanto descia lentamente a escada. "E arrastou a irmã consigo; está totalmente metido nisso, envolvendo também Avdótia Romanovna. Eles conversam entre si!... Ela insinuou isso também... Tantas palavras dela... e insinuações... levam para isso! E de que outra forma se pode explicar toda essa enrascada? Hum! E eu que estava pensando... Deus do céu, o que cheguei a pensar! Sim, foi uma alucinação e eu que o atormentei! Foi obra dele, naquele mesmo dia, sob a lamparina, no corredor! Ufa! Que ideia mais grosseira, sórdida, vil de minha parte! Menos mal que Nikolai confessou... E como está tudo claro agora! A doença dele então, todas as estranhas atitudes dele... antes disso, na universidade, como costumava ser taciturno, tristonho... Mas qual é o significado agora dessa carta? Deve haver qualquer coisa nela também, talvez. Quem a enviou? Suspeito... Não, tenho de descobrir!

Ele só pensava em Dúnia, recordando tudo o que tinha ouvido e seu coração palpitava forte; subitamente, partiu em disparada.

Logo que Razumihin saiu, Raskolnikov se levantou, foi até a janela, caminhou até um canto e depois até outro, como se tivesse esquecido o pequeno tamanho do quarto e se sentou novamente no sofá. Sentiu-se, por assim dizer, renovado; ia começar a luta outra vez, tinha chegado o momento de encontrar um meio de sair dessa.

"Sim, um meio de sair dessa! Tinha sido sufocante e oprimente demais, o fardo tinha sido angustiante demais. Uma letargia o abatia por vezes. A partir do momento da cena com Nikolai no gabinete de Porfírio, passou a sentir-se asfixiado, encurralado, sem esperança de escapar. Depois da confissão de Nikolai, naquele mesmo dia tinha ocorrido a cena com Sônia; o comportamento e as últimas palavras dele tinham sido totalmente diferentes do que qualquer coisa que ele pudesse ter imaginado previamente; tinha fraquejado instantânea e radicalmente! E, no momento, tinha concordado com Sônia, tinha reconhecido do fundo do coração que não podia continuar vivendo sozinho com tal peso na consciência!"

"E Svidrigailov era um enigma... Ele o aborrecia, isso era verdade, mas não exatamente no mesmo ponto. Era possível que ainda tivesse que enfrentar uma luta com Svidrigailov. E Svidrigailov também poderia representar um meio de se safar dessa; mas Porfírio era um caso bem diferente. De fato, o próprio Porfírio havia explicado tudo a Razumihin, e o tinha explicado *psicologicamente*. Tinha passado a recorrer de novo à sua maldita psicologia! Porfírio? Mas pensar que Porfírio pudesse acreditar, por um instante que fosse, que Nikolai era o culpado, depois do que se havia passado entre eles antes da chegada de Nikolai, depois daquela conversa frente a frente, que só podia ter uma *única* explicação? (Durante todos esses dias, Raskolnikov havia recordado muitas vezes passagens dessa cena com Porfírio; não conseguia deixar sua mente se deter nela.) Tinham trocado entre si tais palavras, tais gestos, tais olhares, coisas haviam sido ditas em tal tom e tinham atingido tal extremo que Nikolai, em cujo íntimo Porfírio havia penetrado desde a primeira palavra, desde o primeiro gesto... que Nikolai não podia ter abalado sua convicção. E pensar que até Razumihin tinha começado a suspeitar! A cena do corredor, sob a lamparina, tinha produzido seu efeito. Ele havia corrido ao encontro de Porfírio... Mas o que havia induzido este último a recebê-lo desse modo? Com que objetivo pretendia desviar para Nikolai as suspeitas de Razumihin? Devia ter algum plano; havia algum desígnio, mas qual era? É verdade que já havia passado muito tempo desde aquela manhã... tempo demais... e Porfírio não era visto nem ouvido. Ora, isso era um mau sinal..."

Raskolnikov tomou o boné e saiu do quarto, ainda fazendo suas ponderações. Era a primeira vez, durante muito tempo, que se sentia que estava perfeitamente lúcido, pelo menos. "Devo pôr as coisas em ordem com Svidrigailov", pensou ele, "e o mais depressa possível; ele também parece estar à espera de que eu vá procurá-lo espontaneamente." E nesse momento, houve tal explosão de ódio em seu cansado coração, que ele poderia ter matado qualquer um dos dois... Porfírio ou Svidrigailov. Pelo menos sentia que poderia ser capaz de fazer isso mais tarde, se não agora.

– Veremos, veremos – repetia para si mesmo.

Mas tão logo abriu a porta, viu-se frente a frente com o próprio Porfírio no corredor. Vinha vê-lo. Raskolnikov ficou aturdido por um momento, mas apenas por um momento. Coisa estranha, não ficou muito surpreso ao ver Porfírio e não sentiu quase medo algum. Teve um leve sobressalto, mas se refez rápida e instantaneamente. "Talvez tenha chegado o fim? Mas como é que Porfírio foi chegando tão silenciosamente, como um gato, de maneira que não ouviu nada? Será que ficou escutando atrás da porta?"

– Não esperava uma visita, Rodion Romanovitch – explicou-se Porfírio Petrovitch, rindo. – Faz tempo que pretendia vir até aqui visitá-lo. Estava passando por aqui e pensei que era o caso de entrar por uns cinco minutos. Está de saída? Não vou retê-lo muito. Só o tempo de fumar um cigarro.

– Sente-se, Porfírio Petrovitch, sente-se – disse Raskolnikov, oferecendo ao visitante uma cadeira, com uma expressão tão agradável e amistosa, que até ele próprio se teria maravilhado, se pudesse vê-la.

O último momento tinha chegado, as últimas gotas deveriam escorrer! Assim, às vezes, um homem passa meia hora de mortal terror com um bandido e, quando este, finalmente, lhe põe a faca na garganta, passa a não sentir mais medo algum.

Raskolnikov se sentou diretamente em frente de Porfírio e olhava para ele sem pestanejar. Porfírio apertou os olhos e passou a acender um cigarro.

"Fale, fale", era como se pudesse gritar do fundo do coração Raskolnikov. "Vamos, por que não fala?"

CAPÍTULO DOIS

— Ah, esses cigarros! — exclamou Porfírio Petrovitch, finalmente, acabando de acender um. — São perniciosos, realmente perniciosos, e ainda assim não consigo deixá-los! Fico tossindo, começo a sentir coceira na garganta e tenho dificuldade em respirar. O senhor sabe que sou um covarde. Há pouco tempo fui consultar o doutor B...; ele sempre dedica pelo menos meia hora para cada paciente. Olhando para mim e rindo, me disse claramente: "O tabaco lhe faz mal; seus pulmões estão afetados." Mas acha que vou largar o tabaco? Com que coisa vou substituí-lo? Eu não bebo, esse é meu mal, he-he-he, eu não bebo. Tudo é relativo, Rodion Romanovitch; tudo é relativo!

"Ora, ele está armando de novo suas costumeiras trapaças", pensou Raskolnikov, com desgosto. Todas as circunstâncias da última conversa deles lhe vieram repentinamente à memória e reviveu aquela torrente de sentimentos que o tinham envolvido então.

— Não sabe que vim vê-lo anteontem, ao entardecer? — continuou Porfírio Petrovitch, olhando em volta do quarto. — Entrei aqui, nesse mesmo quarto. Exatamente como hoje, estava passando por aqui e pensei que poderia lhe retribuir a visita. Entrei aqui porque a porta estava escancarada; olhei, esperei e saí sem deixar meu nome à sua criada. O senhor não fecha a porta?

O rosto de Raskolnikov se tornava cada vez mais sombrio. Porfírio parecia adivinhar o estado de espírito dele.

— Vim para deixar as coisas claras, meu caro Rodion Romanovitch! Eu lhe devo uma explicação e tenho de dá-la — continuou ele, com um leve sorriso, dando uma palmada no joelho de Raskolnikov.

Mas quase no mesmo instante, uma séria e aflita expressão cobriu seu rosto; para sua surpresa, Raskólnikov viu um toque de tristeza nele. Nunca tinha visto e nunca poderia suspeitar que ele deixasse transparecer semelhante expressão no rosto.

— Uma cena estranha se passou entre nós da última vez que nos encontramos, Rodion Romanovitch. Nossa primeira conversa também foi estranha; mas então... e uma coisa após outra! Esse é o ponto: talvez eu tenha agido de modo indelicado com o senhor. Sinto isso. Lembra-se da forma como nos separamos? Seus nervos estavam tensos e suas pernas tremiam e, de igual modo, as minhas. E, bem sabe, nosso comportamento foi inadequado, até mesmo pouco cortês. Isso deve ser bem-entendido. Lembra-se até que ponto chegamos?... E não deixava de ser bastante indecoroso.

"Mas onde quer chegar, por quem me toma?", perguntou-se a si mesmo Raskólnikov, estupefato, erguendo a cabeça e fitando Porfírio com olhos esbugalhados.

— Decidi que a franqueza é a melhor coisa que pode haver entre nós — continuou Porfírio Petrovitch, virando a cabeça para o lado e baixando os olhos, como se não quisesse desconcertar sua antiga vítima e como se desdenhasse seus antigos ardis. — Sim, essas suspeitas e essas cenas não podem continuar por muito tempo. Nikolai veio pôr um ponto final nisso tudo, caso contrário, não sei até onde poderíamos ter chegado. Esse maldito operário estava sentado na sala contígua... pode imaginar isso? O senhor sabe disso, é claro; e eu também sei que ele foi vê-lo depois. Mas o que o senhor supunha então não era verdade. Eu não tinha mandado chamar ninguém, eu não tinha feito qualquer tipo de arranjo. Poderá perguntar por que é que eu não tinha armado nada? O que posso lhe dizer? Tudo isso caiu sobre mim repentinamente. Mal havia mandado chamar os porteiros (o senhor deve tê-los visto ao sair, acredito). Então tive uma ideia; eu estava firmemente convencido no momento, Rodion Romanovitch. Ora, pensei... mesmo que eu deixe escapar uma coisa por um tempo, vou conseguir apanhar algo mais... de qualquer modo, não posso perder o que eu quero. O senhor é nervoso e irritadiço por natureza, Rodion Romanovitch; é desproporcional com outras qualidades de seu coração e de seu caráter, que me orgulho de tê-lo intuído pelo menos até certa extensão. Claro que ponderei, mesmo então, que não é todos os dias que acontece que alguém se decida e passe a despejar aos borbotões toda a sua história. Acontece realmente algumas vezes, se fizer com que o homem perca a paciência, embora, mesmo assim, seja raro. Eu me sentia capaz de compreender isso. Se eu tivesse apenas um fato, assim pensava, o menor fato possível para começar, algo em que eu pudesse me agarrar, algo tangível, não meramente psicológico. Porque, se o sujeito é culpado, pode-se conseguir arrancar dele algo de substancial; pode-se então contar com os resultados mais surpreendentes. Eu contava com seu temperamento, Rodion Romanovitch, com seu temperamento acima de tudo! Tinha grandes esperanças no senhor, na época.

– Mas o que o senhor está insinuando agora? – murmurou Raskolnikov, finalmente, fazendo a pergunta sem pensar.

"Sobre o que está falando?", dizia para consigo, distraidamente. "Será que me considera realmente inocente?"

– O que estou insinuando? Eu vim para me explicar e considero isso minha obrigação, por assim dizer. Quero esclarecer como toda a questão, todo o mal-entendido surgiram. Eu lhe causei grande sofrimento, Rodion Romanovitch. Mas não sou um monstro. Entendo o que deve significar para um homem que foi traído pelo destino, mas que é altivo, soberbo e, acima de tudo, impaciente, ter de aturar semelhante tratamento! De qualquer modo, eu o considero homem de nobre caráter e possuidor de alguns toques de magnanimidade, embora não concorde com todas as suas convicções. Queria, primeiramente, lhe dizer isso com toda a franqueza e sinceridade, pois, acima de tudo, não quero enganá-lo. Quando o conheci, logo simpatizei com o senhor. Talvez tenha vontade de rir ao ouvir essas palavras. Tem o direito de fazê-lo. Sei que, desde o início, o senhor não simpatizou comigo e, na verdade, não tem maior razão para gostar de mim. Pode pensar o que quiser, mas eu desejo agora fazer tudo o que estiver ao meu alcance para apagar essa impressão e mostrar-lhe que sou um homem de coração e de consciência. Estou falando com toda a sinceridade.

Porfírio Petrovitch fez uma pausa solene. Raskolnikov sentiu uma investida de renovado alarme. A ideia de que Porfírio o considerava inocente começou a deixá-lo apreensivo.

– Não é absolutamente necessário rever tudo em detalhes – continuou Porfírio Petrovitch. – Na verdade, dificilmente o tentaria. Para começar, havia boatos. Como, quando e por meio de quem esses boatos chegaram até mim... e como o afetaram, não é o caso de discorrer sobre eles. Minhas suspeitas surgiram totalmente por acaso, que poderiam facilmente não ter ocorrido. O que era? Hum! Acredito que não é preciso tocar nele também. Esses boatos e essa casualidade me levaram a alimentar uma ideia em minha mente. Admito francamente... pois podemos dizer tudo abertamente... eu fui o primeiro a reparar no senhor. As anotações da velha nos objetos penhorados e no resto... tudo isso resultou em nada. Um dentre uma centena era seu. Tive também a oportunidade de ouvir a respeito da cena do gabinete, descrita de forma magistral por um homem que reproduziu a cena com grande vivacidade. Era uma coisa depois da outra, meu caro camarada Rodion Romanovitch. Como poderia evitar alimentar certas ideias? Com cem coelhos nunca se faz um cavalo; cem suspeitas nunca formam uma prova, como diz um provérbio inglês, mas somente do ponto de vista racional... não se pode evitar ser parcial, pois o advogado, afinal de contas, é um ser humano. Pensei também em seu artigo naquele jornal, de que falamos durante sua primeira visita, lembra-se? Eu zombei do senhor na época, mas foi somente para levá-lo a falar. Repito, repito, Rodion Romanovitch, o senhor está doente e impaciente. Que o senhor era atrevido, obstinado, bem sério e... que tinha sentido muito, eu o sabia muito tempo antes. Eu também havia sentido o mesmo, de modo que seu artigo me parecia familiar. Foi concebido durante noites insones, com o coração palpitando forte, extasiado e com entusiasmo reprimido. Como é perigoso esse orgulhoso entusiasmo reprimido nos jovens! Eu, então, zombei do senhor, mas permita-me lhe dizer que, como amante de literatura, gosto demais desse primeiro ensaio, repleto de calor juvenil. Há uma nebulosidade e uma corda vibrando na névoa. Seu artigo é absurdo e fantástico, mas nele se sobressai uma transparente sinceridade, um orgulho juvenil incorruptível e a ousadia do desespero. É um artigo sombrio; mas é isso que é belo nele. Li seu artigo e o pus de lado e, ao fazer isso, pensei "esse homem vai ser alguém diferenciado". Bem, pergunto-lhe, depois disso como uma preliminar, como podia deixar de ser arrebatado por aquilo que se seguiu? Oh, meu Deus! Não estou dizendo nada, não estou proferindo absolutamente nada agora. Simplesmente notei isso, na época. Pensava, o que haverá em tudo isso? Não há nada nisso, não há realmente nada e, talvez, absolutamente nada. E não é, de modo algum, algo que o investigador se deixe levar por ideias. Nesse momento, me vejo com Nikolai em minhas mãos, com prova real contra ele... o senhor pode pensar o que quiser, mas trata-se de prova. Ele revela seu lado psicológico; deve-se considerá-lo também, pois é uma questão de vida ou morte. Mas por que estou lhe explicando isso? Para que entenda e não recrimine minha má conduta naquela ocasião. Não era má, asseguro-lhe, he-he! Acha que eu não iria fazer uma busca em seu quarto naquele momento? Foi o que fiz, foi o que fiz, he-he! Estive aqui quando o senhor estava de cama, doente; não oficialmente, não pessoalmente, mas eu estava aqui. Seu quarto foi examinado em todos os cantos até o último fio, logo à primeira suspeita; mas em vão! Então pensei: "Agora esse sujeito vai aparecer, vai vir espontaneamente e muito em breve; se for culpado, certamente vai aparecer. Outro não viria, mas este deve vir." E lembra-se como o senhor Razumihin passou a discutir o assunto com o senhor? Arranjamos isso para instigá-lo; por isso espalhamos de propósito alguns boatos, de modo que ele pudesse discutir o caso com o senhor; e Razumihin não é homem de conter sua indignação. O senhor Zametov ficou extremamente chocado com a raiva e a evidente ousadia que o senhor deixou transparecer. Pense no que deixou escapar num restaurante, ao dizer "Eu a matei!" Foi demasiado audaz, demasiado temerário. Por isso pensei comigo mesmo: "Se ele é o culpado, vai ser um formidável adversário." Foi isso o que pensei nesse dia. Eu o estava esperando. Mas o senhor simplesmente deixou Zametov perplexo e... bem, veja bem, tudo se resume nisso... que essa maldita psicologia pode ser usada de duas maneiras!. Bem, continuei esperando pelo senhor; e assim foi, o senhor veio! Meu coração palpitava acelerado. Ah!

"Ora, por que é que o senhor veio? Sua risada também, ao entrar, lembra-se? Eu via tudo claramente, como a luz do dia, mas se não estivesse à sua espera, como realmente estava, não teria notado nada em sua risada. Pode ver que influência tem a boa disposição! O senhor Razumihin então... ah, aquela pedra, aquela pedra sob a qual as coisas estavam escondidas! Parece que a estou vendo em algum lugar numa horta. Estava numa horta? Isso foi o que contou a Zametov e depois o repetiu em meu gabinete. E quando começamos a discutir seu artigo detalhadamente, como o senhor o explicou! Cada uma de suas palavras podia ser tomada com duplo sentido, como se nelas houvesse outro significado oculto. Dessa maneira, Rodion Romanovitch, cheguei até o limite e, dando voltas à minha cabeça, caí em mim, perguntando-me o que eu estava fazendo. Afinal de contas, disse eu, pode-se tomar a coisa em sentido totalmente diferente, se assim se quiser, e, na verdade, seria mais natural. Não podia deixar de admitir que era mais natural. Estava incomodado! "Não, é melhor agarrar--se a um pequeno fato", pensei. E então, quando soube dos insistentes toques de campainha, prendi a respiração e passei a tremer. "Aqui está meu pequeno fato", disse eu para mim mesmo, e não pensei mais nisso, simplesmente não queria. Nesse momento, teria dado mil rublos para vê-lo com meus próprios olhos, quando andou aqueles cem passos ao lado do operário, depois que ele o chamou de assassino, justamente em sua frente, e o senhor não se dignou a lhe fazer nenhuma pergunta durante todo o trajeto. E depois, o que dizer de seus tremores, o que dizer de seus insistentes toques de campainha que recordava, delirando, durante sua doença? E assim, Rodion Romanovitch, por que é que haveria de se admirar que eu fizesse algumas brincadeiras com o senhor? E o que foi que o levou a comparecer justamente naquele momento? Parecia que alguém o tivesse mandado, por Júpiter! E se Nikolai não nos tivesse separado... lembra-se de Nikolai na hora? Lembra-se dele claramente? Foi um raio, um autêntico raio! E como o recebi! Não acreditava nesse raio, nem por um minuto. O senhor mesmo pôde ver; e eu? Mesmo mais tarde, quando o senhor se retirou e ele começou a dar respostas totalmente plausíveis sobre certos pontos, mesmo então eu não acreditei na história dele! Pode imaginar o que é ser tão duro como uma pedra. Não, pensei, amanhã cedo. O que esse Nikolai foi fazer..."

– Razumihin acabou de me dizer que o senhor acha que Nikolai é culpado e que chegou até a convencer disso a ele próprio, Razumihin...

A voz falhou e ele parou. Estivera escutando com indescritível agitação, enquanto esse homem que havia penetrado em seu íntimo, recuou. Estava com receio de acreditar e não acreditava. Nessas palavras ainda ambíguas, continuava avidamente a procurar por algo mais preciso e conclusivo.

– O senhor Razumihin! – exclamou Porfírio Petrovitch, parecendo contente com aquela frase de Raskolnikov, que estivera calado até então. – He-he-he! Mas eu tinha de excluir Razumihin; dois é bom, três é demais. O senhor Razumihin não é o homem certo nesse caso; é um intruso. Ele veio me procurar, muito pálido... Mas não importa; por que haveríamos de envolvê-lo nisso? Retornando a Nikolai, gostaria de saber que tipo de homem ele é, isto é, como o vejo? Para começar, ele é ainda uma criança e não exatamente um covarde, mas, de alguma forma, uma espécie de artista. Peço-lhe que não ria de minha descrição desse homem. Ele é inocente e suscetível a influências. Tem bom coração e é um sujeito espetacular. Dizem que canta e dança, conta histórias, de tal maneira que pessoas de outros vilarejos vêm para ouvi-lo. Frequentou a escola, e ri até chorar quando alguém lhe aponta o dedo; bebe até perder os sentidos... não por vício, mas às vezes, quando as pessoas o tratam como criança. E já roubou também, mas sem se dar por isso, pois "como pode ser roubo quando se apanha alguma coisa do chão"? E sabe que ele é um velho crente, ou melhor, um dissidente? Houve seguidores de uma seita religiosa na família dele, chamados *Andarilhos*, e ele próprio viveu em seu vilarejo, durante um período de dois anos, sob a direção espiritual de certo ancião. Fiquei sabendo de tudo isso pelo próprio Nikolai e pelos moradores do vilarejo, amigos dele. Mas há mais: queria se refugiar e viver no deserto! Estava num estado de grande fervor, orava à noite, lia livros antigos, "os verdadeiros", e lia à exaustão. Petersburgo teve enorme efeito sobre ele, especialmente as mulheres e o vinho. Deixou-se levar por todas as coisas e se esqueceu do ancião e de tudo. Fiquei sabendo que uma artista daqui simpatizou com ele e costumava visitá-lo; e agora esse incidente veio lhe atrapalhar a vida.

"Bem, ficou apavorado, tentou se enforcar! Fugiu! Como alguém pode superar a ideia que as pessoas têm dos procedimentos legais russos? A própria palavra 'julgamento' assusta alguns deles. De quem é a culpa? Vamos ver o que os novos tribunais vão fazer. Deus queira que ajam pelo melhor! Bem, parece que na prisão ele se lembrou do venerável ancião; a Bíblia também deve ter voltado às mãos dele. Sabe, Rodion Romanovitch, a força que a palavra 'sofrimento' tem para essa gente! Não se trata de sofrer em benefício de alguém, mas simplesmente 'que é preciso sofrer'. Se essas pessoas sofrerem nas mãos das autoridades, tanto melhor. Houve em meu tempo um preso muito meigo e pacífico, que passou um ano inteiro na prisão lendo continuamente a Bíblia à noite, ao lado do fogão, e a lia e relia tão insistentemente que, certo dia, do nada, apanhou um tijolo e o atirou contra o diretor, embora este não lhe tivesse feito nada. Deve-se atentar também para o modo como ele o fez: com medo de feri-lo, mirou propositadamente para que o tijolo passasse a um palmo de distância do diretor. Bem, sabemos o que acontece com um prisioneiro que ataca um funcionário com algum tipo de arma. Desse modo 'ele assumiu seu sofrimento'. Desse modo também, suspeito que Nikolai quer assumir seu sofrimento ou algo desse tipo. Na verdade, estou convencido disso baseado em fatos. Só que ele não sabe que eu sei. Ora, o senhor não admite que existam tais pessoas fantásticas entre os camponeses? Há muitas delas. O ancião passou agora a ter influência sobre ele, especialmente depois que ele próprio quis se enforcar. Mas ele há de vir e acabará por me contar tudo. Acha que ele vai recuar? Aguarde um pouco e ele vai desmentir o que disse. Estou esperando pela vinda dele a qualquer momento para desdizer sua confissão. Cheguei a gostar desse Nikolai e o estou estudando a fundo. E o que o senhor pensa? He-he! Em alguns pontos, ele me respondeu de forma muito plausível; obviamente tinha coletado algumas provas e se havia preparado com inteligência. Mas em outros pontos, está simplesmente perdido, nada sabe e até não chega a suspeitar de que não sabe!"

"Não, Rodion Romanovitch, Nikolai não se encaixa! Esse é um caso fantástico, sombrio, um caso moderno, um episódio de nosso tempo, em que o coração do homem anda perturbado, em que se cita a frase que o "sangue rejuvenesce", em que se prega o bem-estar como o objetivo maior da vida. Aqui temos sonhos livrescos, um coração atordoado por teorias. Aqui vemos a resolução no primeiro estágio, mas uma resolução de índole especial: ele resolveu fazer isso como quem pula de um precipício ou do alto de uma torre e suas pernas tremem enquanto se encaminha para cometer o crime. Esqueceu-se de fechar a porta atrás de si e matou duas pessoas para pôr em prática sua teoria. Cometeu o crime e não conseguiu ficar com o dinheiro; e o que conseguiu apanhar foi escondê-lo debaixo de uma pedra. Não era suficiente para ele suportar aquela agonia atrás da porta enquanto outros batiam nessa porta e tocavam a campainha, não, ele tinha de ir depois ao alojamento vazio, quase em delírio, para tocar novamente aquela campainha; ele queria sentir outra vez os calafrios que o acometiam... Bem, podemos conceder que era fruto da doença, mas repare nisso: ele é um assassino, mas se considera um homem honesto, menospreza os outros e se faz passar por inocente. Não, isso não foi obra de um Nikolai, meu caro Rodion Romanovitch!"

Essas últimas palavras eram extremamente chocantes, pois soavam como uma retratação de tudo o que havia sido dito antes. Raskolnikov tremia como se tivesse sido apunhalado.

– Então... quem então... é o assassino? – perguntou ele, com voz aflita, sem poder se conter.

Porfírio Petrovitch reclinou-se para trás na cadeira, como se estivesse surpreso com a pergunta.

– Quem é o assassino? – repetiu ele, como se não conseguisse acreditar no que acabava de ouvir. – Ora, *o senhor*, Rodion Romanovitch! O senhor é o assassino! – acrescentou ele, quase num sussurro, numa voz de genuína convicção.

Raskolnikov saltou do sofá, ficou de pé por alguns segundos e tornou a sentar-se sem dizer palavra. Seu rosto se contorceu convulsivamente.

– Seus lábios estão se repuxando como da outra vez – observou Porfírio Petrovitch, quase compassivo. – Acho que andou me interpretando mal, Rodion Romanovitch – acrescentou ele, depois de breve pausa. – Por isso é que está tão surpreso. Vim de propósito para lhe dizer tudo e tratar do caso abertamente com o senhor.

– Não fui eu que a matei – sussurrou Raskolnikov, como uma criança assustada, apanhada em flagrante.

– Sim, foi o senhor, o senhor, Rodion Romanovitch, e ninguém mais – murmurou Porfírio, firmemente e com convicção,

Ficaram ambos calados e o silêncio, estranhamente, durou muito, em torno de dez minutos. Raskolnikov apoiou os cotovelos sobre a mesa e passava os dedos pelos cabelos. Porfírio Petrovitch ficou quieto, sentado e aguardando. Subitamente, Raskolnikov olhou com desprezo para Porfírio.

– O senhor vem novamente com seus velhos truques, Porfírio Petrovitch! Outra vez com seu velho método. Eu me pergunto como é que não se farta disso!

– Oh, pare com isso! Que importância tem meu método agora? Seria diferente, se houvesse testemunhas aqui e agora, mas estamos aqui aos sussurros, sozinhos. O senhor bem vê que não vim aqui para caçá-lo e capturá-lo como uma lebre. Quer o senhor confesse ou não, para mim tanto faz por ora, pois estou totalmente convencido, embora o senhor negue.

– Se é assim, para que veio? – perguntou Raskolnikov, irritado. – Volto a fazer-lhe a mesma pergunta: se me considera culpado, por que não me leva para a prisão?

– Oh, essa é sua pergunta! Vou lhe responder, ponto por ponto. Em primeiro lugar, prendê-lo assim imediatamente não é de meu interesse.

– Como assim? Se está convencido, o senhor deve...

– Ah, que tem a ver se estou convencido? Por ora, tudo isso é só fantasia. Por que haveria pô-lo em segurança? O senhor sabe que é isso, uma vez que me pediu para fazê-lo. Se eu o confrontasse com aquele operário, por exemplo, e o senhor lhe dissesse: "Você estava bêbado ou não? Quem me viu junto com você? Eu simplesmente o tomei por um beberrão e, realmente, você estava bêbado." Bem, que poderia eu objetar, tanto mais que seu relato é mais plausível que o dele? De fato, nada mais há que psicologia para servir de fundamento às declarações dele... é quase inconveniente para esse bobalhão, ao passo que o senhor acertou precisamente o alvo, pois esse patife é um notório e inveterado beberrão. E eu mesmo já admiti sinceramente, por várias vezes, que essa psicologia pode ser utilizada de dois modos e que o segundo modo é mais incisivo e parece bem mais provável, e que, além disso, eu nada tenho ainda contra o senhor. E embora pudesse mandá-lo para a prisão e, na verdade, eu tenha vindo... contra todas as regras... para informá-lo disso antecipadamente, digo-lhe francamente, também contra todas as regras, que não me convém fazê-lo. Bem, em segundo lugar, vim porque...

– Sim, sim, em segundo lugar? – Raskolnikov continuava escutando com a respiração suspensa.

– Porque, como lhe disse há pouco, acredito que lhe devo uma explicação. Não quero que o senhor me considere um monstro, tanto mais que, acredite ou não, nutro a mais sincera simpatia pelo senhor. Em terceiro lugar, vim com uma proposta direta e franca... que se renda e confesse. Será infinitamente mais vantajoso para o senhor e também para mim, porque meu trabalho estaria concluído. Bem, fui franco ou não?

Raskolnikov ficou pensando durante um minuto.

– Escute, Porfírio Petrovitch. O senhor disse há pouco que só tinha a psicologia para embasar o caso, ainda assim passa a invocar a matemática. Bem, e se o senhor estiver enganado agora?

– Não, Rodion Romanovitch, não estou enganado. E se fosse o caso, tenho um pequeno fato que a Providência me enviou.

– Que pequeno fato?

– Não vou revelá-lo, Rodion Romanovitch. Em todo caso, não tenho o direito de adiar as coisas por mais tempo, devo prendê-lo. Por isso pense bem. Para mim, não faz nenhuma diferença *agora* e só falo isso em seu benefício. Acredite-me, será melhor, Rodion Romanovitch.

Raskolnikov sorriu malignamente.

– Isso não é simplesmente ridículo, é realmente vergonhoso. Ora, mesmo que eu fosse culpado, o que não admito, que motivo teria eu para confessar, quando o senhor mesmo me diz que estaria em total segurança na prisão?

– Ah, Rodion Romanovitch, não acredite demais em palavras; talvez a prisão não seja realmente um lugar de descanso. Nada mais é que teoria e minha teoria, e que autoridade sou eu para o senhor? Talvez mesmo agora eu esteja escondendo também algo do senhor. Eu não posso revelar tudo, he-he! E como pode pedir que vantagem o senhor haveria de obter? Não sabe como isso poderia diminuir sua sentença de condenação? Estaria confessando num momento em que outro indivíduo se diz culpado pelo crime e, dessa forma, envolve em confusão todo o caso. Pense nisso! De minha parte, juro diante de Deus que irei tomar todas as providências para que sua confissão ocorra como uma total surpresa. Vamos excluir todos esses aspectos psicológicos de uma suspeita contra o senhor, de modo que seu crime possa parecer algo como uma aberração, pois, na verdade, foi uma aberração. Eu sou um homem honesto, Rodion Romanovitch, e vou cumprir minha palavra.

Raskolnikov se manteve num pesaroso silêncio e baixou a cabeça, abatido. Refletiu por longo tempo e, finalmente, sorriu de novo, mas com um sorriso triste e delicado.

– Não! – disse ele, abandonando aparentemente toda tentativa de manter as aparências diante de Porfírio. – Não vale a pena, não preciso de diminuição da pena!

– Era exatamente isso que eu temia! – exclamou Porfírio, acaloradamente e, ao que parece, involuntariamente. – Era exatamente isso o que eu temia, que não se importasse com a mitigação da pena.

Raskolnikov lançou-lhe um olhar triste e expressivo.

– Ah, não desdenhe a vida! – continuou Porfírio – O senhor tem ainda muito tempo de vida pela frente. Como é que pode dizer que não quer uma mitigação da pena? O senhor é um indivíduo impaciente!

– Um longo tempo do que se antepara diante de mim?

– De vida! Que tipo de profeta é o senhor; sabe muito sobre ela? Procure que vai encontrar. Pode ser que esse seja o meio para que Deus o leve até ele. E não será para sempre, a prisão...

– O tempo será diminuído – disse Raskolnikov, rindo.

– Por que, é da desonra burguesa que o senhor tem medo? Pode ser que esteja com medo dela, sem compreendê-la, porque o senhor é jovem! Mas, de qualquer modo, o senhor não deveria ter medo de se entregar e confessar.

– Ah, para os diabos tudo isso! – sussurrou Raskolnikov, com repugnância e desprezo, como se não quisesse falar em voz alta.

Levantou-se novamente, como se pretendesse sair, mas sentou-se outra vez, em visível desespero.

– Para os diabos, se quiser! O senhor é desconfiado e pensa que o estou engabelando grosseiramente. Mas é possível que já tenha vivido tanto? Quanto compreende de tudo o que ocorre na vida? Montou uma bela teoria e depois ficou envergonhado porque ela ruiu por terra e percebeu que não era assim tão original! Transformou-se em algo infame, é verdade, mas o senhor não é desesperadamente infame. De modo algum, tão infame! O senhor, pelo menos, não se desiludiu consigo mesmo por muito tempo; o senhor foi direto ao derradeiro ponto num salto. Como o considero? Considero-o um desses homens que haveria de aguentar e sorrir a seu algoz, enquanto este lhe extirpasse as entranhas, contanto que possuísse fé em Deus. Procure essa fé e viverá. Há muito tempo que o senhor precisa de mudança de ares. O sofrimento também é uma coisa boa. Sofra! Talvez Nikolai tenha razão em querer sofrer. Sei que o senhor não acredita nisso... mas não seja tão radical; jogue-se diretamente na vida, sem tergiversar; não tenha medo... a maré vai carregá-lo para a praia e colocá-lo a salvo e em pé novamente. Que praia? Como vou saber? Acredito somente que ainda tem longa vida pela frente. Sei que toma todas as minhas presentes palavras como um discurso previamente preparado, mas talvez vai relembrá-las mais tarde e poderão lhe ser de muito proveito. É por isso que falo. Menos mal que o senhor matou somente a velha senhora. Se tivesse inventado outra teoria, o senhor poderia, talvez, ter perpetrado um ato mil vezes mais hediondo. Deve agradecer a Deus, talvez. Como pode saber? Talvez Deus o esteja preservando para alguma coisa. Mantenha seu coração na bondade e tenha menos medo! Está com medo da grande expiação que tem pela frente? Não, seria vergonhoso ter medo dela! Uma vez que deu esse passo, deve endurecer seu coração. Há aqui uma questão de justiça. O senhor deve cumprir as exigências da Justiça. Sei que não acredita nela, mas, na verdade, a vida vai levá-lo a superar tudo. Vai viver intensamente com o tempo. O que o senhor precisa agora é de ar fresco, ar fresco, ar fresco!

Evidentemente, Raskolnikov teve um sobressalto.

– Mas quem é o senhor? Que profeta é? Desde o alto de que majestosa quietude proclama essas palavras de sabedoria?

– Quem sou eu? Sou um homem que não espero mais nada, é tudo. Talvez um homem de sentimentos e simpatia, talvez de algum conhecimento também, mas meus dias acabaram. Mas o senhor é bem diferente, há vida esperando pelo senhor. Embora, quem sabe? Pode ser que sua vida também se desvaneça em fumaça e se reduza a nada. Vamos, que importa que tenha de fazer parte de outra classe de homens? Não é o conforto que lastima, com seu coração! Que lhe importa talvez que ninguém mais o veja por tanto tempo? Não é o tempo, mas o senhor mesmo quem vai decidir isso. Seja o sol e todos o verão. O sol, antes de tudo, deve ser sol. Por que está sorrindo de novo? Porque estou imitando Schiller? Aposto que está imaginando que estou tentando engabelá-lo com elogios. Bem, talvez esteja, he-he-he! Talvez seja melhor que não acredite em minhas palavras, talvez seja melhor que não acredite em absolutamente nada do que disse... eu sou desse jeito, confesso-o. Mas permita-me somente acrescentar uma coisa: acho que pode julgar por si até que ponto sou uma espécie de homem ordinário e até que ponto sou honesto.

– Quando é que pretende me prender?

– Bem, posso deixá-lo perambulando por aí mais um dia ou dois. Reflita, meu camarada, e ore a Deus. É de seu maior interesse, acredite em mim.

– E se eu fugir? – perguntou Raskolnikov, com um estranho sorriso.

– Não, não vai fugir. Um camponês haveria de fugir, um dissidente haveria de fugir, um fanático das ideias de outro homem, pois basta lhe mostrar a ponta do dedo mínimo para que acredite em tudo quanto lhe disser pelo resto da vida. Mas o senhor já deixou de acreditar em sua própria teoria; com que haveria de fugir? E o que faria ao esconder-se? Seria odioso e difícil para o senhor e o que mais precisa na vida é de uma situação definida, de uma atmosfera que lhe sirva. E que tipo de ambiente teria? Se acaso fugisse, haveria de voltar. *Não poderia passar sem nós*. E se eu vier a prendê-lo... digamos que depois de preso por um mês, dois ou três... vai lembrar-se de minhas palavras, vai confessar a si próprio e talvez para sua própria surpresa. Uma hora antes não vai saber ainda que está maduro para essa confissão. Estou convencido de que vai decidir e "vai aceitar o sofrimento". Nesse momento, não acredita em minhas palavras, mas chegará a isso por sua própria conta. Pois o sofrimento, Rodion Romanovitch, é uma grande coisa. Não importa que eu me tenha acomodado; conheço as coisas da mesma forma. Não ria, há um sentido no sofrimento; Nikolai tem razão. Não, o senhor não vai fugir, Rodion Romanovitch.

Raskolnikov se levantou e tomou o boné. Porfírio Petrovitch também se levantou.

– Pretende fazer uma caminhada? O final da tarde vai ser lindo, caso não se levante uma tempestade, embora fosse uma coisa boa para refrescar o ar.

Ele também apanhou seu boné.

– Porfírio Petrovitch, por favor, não fique com a ideia de que confessei qualquer coisa ao senhor, hoje – falou Raskolnikov, com obstinada insistência. – O senhor é um homem estranho e o escutei por pura curiosidade. Mas não admiti nada, lembre-se disso.

– Oh, sei muito bem e vou me lembrar. Mas veja como está tremendo! Não se preocupe, meu camarada, fique à vontade. Faça uma breve caminhada, mas não vá muito longe. Se acontecer alguma coisa, tenho um pedido a fazer – acrescentou ele, baixando a voz. – É uma coisa desairosa, mas importante. Se algo acontecer (embora, na verdade, não acredite e o considere incapaz disso), ainda assim, se lhe ocorrer a ideia, durante essas 40 ou 50 horas, de pôr um fim ao caso de alguma outra forma, de algum modo drástico... dando um fim a tudo... (é uma suposição absurda, mas deve me perdoar por abordá-la), deixe, por favor, um breve, mas preciso bilhete, apenas duas linhas e indique o local daquela pedra. Seria bem mais generoso de sua parte. Vamos lá, até a vista! Desejo que tenha bons pensamentos e sábias decisões!

Porfírio saiu, inclinando-se e evitando olhar para Raskolnikov. Este foi até a janela e esperou com irritada impaciência o momento em que, segundo seus cálculos, Porfírio tivesse chegado à rua e então se afastou da janela. Depois saiu apressadamente do quarto.

CAPÍTULO TRÊS

Ele correu para a casa de Svidrigailov. O que podia esperar desse homem, não sabia. Mas esse homem exerce um poder oculto sobre ele. Depois de ter reconhecido isso, não conseguiu mais ter sossego, e agora tinha chegado o momento.

Durante o caminho, uma pergunta em particular o atormentava: Svidrigailov teria ido falar com Porfírio?

Pelo que podia julgar, poderia jurar que não tinha ido. Pensava e ponderava sem parar sobre a eventual visita dele a Porfírio. Não, não podia ter ido, claro que não.

Mas se Svidrigailov ainda não tinha ido, iria ou não procurar o outro? Pelo menos de momento, imaginava que não. Por quê? Não podia explicar a razão, mas se pudesse, não haveria de perder tanto tempo pensando nisso, por ora. Tudo isso o torturava, mas ao mesmo tempo não podia se prender a ele. Coisa estranha, ninguém poderia acreditar nisso talvez, mas ele só sentia uma vaga e débil ansiedade sobre seu imediato futuro. Outra ansiedade, muito mais grave, o atormentava... dizia respeito a ele próprio, mas de uma forma diferente, mais vital. Além do mais, sentia uma imensa fadiga moral, embora sua mente raciocinasse melhor nessa manhã do que o tinha feito ultimamente.

E valia a pena, depois de tudo o que tinha acontecido, lutar contra essas novas e triviais dificuldades? Valia a pena, por exemplo, interferir para que Svidrigailov não fosse falar com Porfírio? Valia a pena investigar, verificar os fatos, perder tempo com alguém como Svidrigailov?

Oh, como já estava farto de tudo isso!

Ainda assim, ele corria para se encontrar com Svidrigailov. Será que estava esperando algo de novo da parte desse homem, alguma informação ou algum meio de se safar? Às vezes a gente se agarra a uma palha! Será que não era o destino ou algum instinto que os impelia um para o outro? Talvez fosse somente cansaço, desespero; talvez não fosse de Svidrigailov que ele precisava, mas de outra pessoa; e Svidrigailov havia aparecido simplesmente por acaso. E Sônia? Mas para que haveria de ir ao encontro de Sônia agora? Para mendigar de novo as lágrimas dela? Além disso, ele tinha medo de Sônia. Ela significava, para ele, uma sentença irrevogável. Ele devia seguir seu próprio caminho ou o dela. Nesse instante, especialmente, não se sentia em condições de vê-la. Não, não seria melhor tentar a sorte com Svidrigailov? E não podia deixar de reconhecer, intimamente, que há muito tempo sentia a necessidade de vê-lo por alguma razão.

Mas o que eles poderiam ter de comum? Até as próprias más ações de ambos não eram do mesmo tipo. Além do mais, aquele homem era desagradável, evidentemente depravado, indubitavelmente astuto e velhaco, possivelmente maligno. Contavam muitas histórias do gênero a respeito dele. É verdade que estava ajudando os filhos de Ekaterina Ivanovna, mas quem poderia dizer com que intenção e o que significava isso? O homem sempre tinha algum desígnio, algum plano em vista.

Havia outro pensamento que, ultimamente, andava perpassando sem cessar pela mente de Raskolnikov e que lhe causava grande apreensão. Era tão doloroso que havia feito seguidos esforços para se livrar dele. Às vezes pensava que Svidrigailov estava seguindo seus passos. Svidrigailov devia ter descoberto seu segredo e devia ter alguns planos em relação a Dúnia. E se ainda os tivesse? Seria praticamente certo que os tivesse? E o que aconteceria se, conhecendo seu segredo e tendo adquirido algum poder sobre ele, fosse usá-lo como arma contra Dúnia?

Essa ideia chegava até, por vezes, a atormentar seus sonhos, mas nunca se havia apresentado tão vivamente para ele como no momento em que se dirigia para a casa de Svidrigailov. Para começar, isso haveria de mudar tudo, até mesmo sua própria situação; teria de confessar imediatamente seu segredo a Dúnia. Não faria bem talvez em ir ele próprio denunciar-se, a fim de evitar que Dúnia desse algum passo precipitado? E a carta? Nessa manhã, Dúnia havia recebido uma carta. De quem é que ela recebia cartas em Petersburgo? De Luzhin, talvez? É verdade que Razumihin estava lá para protegê-la, mas Razumihin nada sabia da situação. Não seria, talvez, obrigação sua contar a Razumihin? Mas pensou nisso com repulsa.

De qualquer maneira, decidiu finalmente que devia procurar Svidrigailov o mais breve possível. Graças a Deus, os detalhes da conversa eram de somenos importância, bastando para isso que ele conseguisse chegar ao cerne da questão; mas se Svidrigailov fosse capaz... se ele estivesse tramando algo contra Dúnia... então...

Raskolnikov estava tão exausto por aquilo que havia passado durante esse mês que só podia resolver essas questões de um modo: "Então, vou matá-lo", pensou ele, em frio desespero.

Uma súbita angústia oprimiu seu coração, parou no meio da rua e começou a olhar em volta para ver onde estava e que caminho estava seguindo. Encontrava-se na Avenida X..., a 30 ou 40 passos do Mercado do Feno, que havia atravessado. Todo o segundo andar do prédio à esquerda era ocupado por uma taberna. Todas as janelas estavam escancaradas; a julgar pelas figuras que assomavam às janelas, a taberna estava mais que apinhada. Chegavam até seus ouvidos sons de canções, de clarinete e de violino, e as batidas de um tambor turco. Ele podia ouvir mulheres gritando. Estava prestes a voltar para casa, perguntando-se a si mesmo por que havia tomado a direção da Avenida X..., quando, subitamente, numa das últimas janelas, viu Svidrigailov sentado a uma mesa de chá, de cachimbo na boca. Raskolnikov ficou profundamente perplexo, quase aterrorizado. Svidrigailov o estava observando e examinando silenciosamente e, o que deixou Raskolnikov imediatamente estupefato, parecia que ele pretendia levantar-se e escapulir-se sem ser visto. Raskolnikov logo fingiu não tê-lo visto e ficou olhando para o outro lado distraidamente, enquanto o observava com o canto dos olhos. Seu coração pulsava violentamente. Era evidente que Svidrigailov não queria ser visto. Tirou o cachimbo da boca e estava prestes a se esconder, mas ao levantar-se e afastar a cadeira, parecia ter-se dado conta de imediato que Raskolnikov o tinha visto e o estava observando. O que se passou entre eles era bem semelhante ao que havia acontecido no primeiro encontro deles em casa de Raskolnikov. Um malicioso sorriso se estampou no rosto de Svidrigailov, sorriso que foi se expandindo sempre mais. Cada um deles sabia que tinha sido visto e observado pelo outro. Finalmente, Svidrigailov caiu numa estrondosa gargalhada.

– Bem, bem, entre, se quiser falar comigo; estou aqui! – gritou ele, da janela.

Raskolnikov subiu e entrou na taberna. Encontrou Svidrigailov num minúsculo cômodo dos fundos, contíguo ao salão em que mercadores, funcionários e muitas pessoas de todos os tipos tomavam chá diante de vinte mesinhas, ouvindo os desesperados berros de um coro de cantores. Podia-se ouvir a distância o clicar das bolas de bilhar. Na mesa diante de Svidrigailov havia uma garrafa e uma taça de champanhe pela metade. No pequeno cômodo, ele encontrou também um menino com um pequeno realejo e uma moça de uns 18 anos, saudável e corada, usando uma saia listrada e franzida e um chapéu tirolês com fitas. Apesar do coro da sala vizinha, ela cantava, acompanhada pelo realejo, algumas canções populares com uma voz de contralto, um tanto rouquenha.

– Está bem, já chega – interrompeu-a Svidrigailov, à entrada de Raskolnikov.

A moça parou instantaneamente e ficou aguardando respeitosamente. Tinha cantado suas rimas guturais igualmente com uma séria e respeitosa expressão em seu rosto.

– Hey, Philip, um copo! – gritou Svidrigailov.

– Eu não vou beber nada – disse Raskolnikov.

– Como quiser, mas eu não me dirigia ao senhor. Beba, Kátia! Não quero mais nada hoje, pode ir.

Serviu-lhe um copo cheio e lhe alcançou uma nota amarela. Kátia bebeu o vinho, como as mulheres costumam fazer, sem largar o copo, em vinte goles, tomou a nota e beijou a mão de Svidrigailov, que assentiu com toda a gravidade. Ela deixou a sala e o menino a seguiu. Os dois tinham crescido na rua. Mal fazia uma semana que Svidrigailov estava em Petersburgo e tudo em torno dele parecia já estar, por assim dizer, a seu pleno dispor. Philip, o garçom, já era íntimo amigo e muito obsequioso.

A porta que dava para o salão tinha um cadeado. Svidrigailov se sentia em casa nessa sala e talvez passasse ali dias inteiros. A taberna era suja e decadente, não era nem sequer de segunda categoria.

– Eu estava a caminho de sua casa, à sua procura! – começou Raskolnikov. – Mas não sei o que me levou a enveredar pela Avenida X..., ao sair do Mercado do Feno. Nunca tomo esse caminho. Sempre giro à direita depois do Mercado do Feno. E esse também não é o caminho de sua casa. Eu simplesmente dobrei a esquina e aqui está o senhor. Muito estranho!

– Por que não diz imediatamente que "é um milagre"?

– Porque pode ser que não passe de casualidade.

– Oh, esse é o jeito de todos vocês verem as coisas – disse rindo Svidrigailov. – O senhor não o admite, mesmo que intimamente acredite que seja um milagre! Nesse caso, diz que pode ser uma simples casualidade. Não pode imaginar, Rodion Romanovitch, como todos aqui são covardes, pois não conseguem ter e manter uma opinião própria. Não me refiro ao senhor, porque sei que tem opinião própria e não tem medo de tê-la. Foi precisamente por isso que despertou minha curiosidade.

– Por nada mais que isso?

– Bem, já é bastante, não acha? – Svidrigailov estava obviamente alegre, mas bem de leve, pois não tinha tomado mais que meio copo de vinho.

– Imagino que o senhor veio me ver antes de saber que eu era capaz de ter o que chama de opinião própria – observou Raskolnikov.

– Oh, bem, era uma coisa diferente. Cada um tem seus próprios planos. A propósito de milagre, devo dizer que acho que andou dormindo nesses últimos dois ou três dias. Eu mesmo lhe indiquei esta taberna; não há nenhum milagre, portanto, no fato de ter vindo diretamente para cá. Fui eu que lhe expliquei o caminho a seguir, o local onde ficava e as horas em que podia me encontrar aqui. Não se lembra?

– Não me lembro – respondeu Raskolnikov, surpreso.

– Acredito. Disse-lhe por duas vezes. O endereço deve ter se gravado automaticamente em sua memória. E tomou esse caminho automaticamente e, de modo preciso, veio até aqui, embora não se lembrasse direito do endereço. Quando lhe falei, tive a clara impressão de que não estava me escutando. Anda distraído demais, Rodion Romanovitch. E outra coisa, estou convencido de que há muitas pessoas em Petersburgo que falam sozinhas enquanto andam caminhando por aí. Esta é uma cidade de gente doida. Se tivéssemos um pouco mais de cientistas, médicos, advogados e filósofos, eles poderiam fazer pesquisas mais valiosas em Petersburgo, e cada um deles na respectiva especialidade. A mera influência do clima pode significar muito. Pelo fato de ser o centro administrativo da Rússia, o caráter dessa cidade deve se refletir em todo o país. Mas não é disso que se trata agora. O ponto central é que eu tenho observado o senhor por várias vezes. O senhor sai de casa... de cabeça erguida... a vinte passos dali, logo a abaixa e cruza as mãos nas costas. Fica olhando e é evidente que não vê nada à sua frente ou a seu lado. Por fim, começa a mover os lábios e a falar sozinho e, às vezes, gesticula com uma das mãos e parece declamar; depois para no meio da rua. Mas isso não é tudo. Alguém poderia estar observando o senhor, além de mim, e isso não seria nada bom. Na verdade, não tenho nada a ver com isso e mesmo não posso curá-lo dessa mania, mas, é claro, espero que me compreenda.

– O senhor sabe que estou sendo seguido? – perguntou Raskolnikov, olhando-o interrogativamente.

— Não, não sei nada disso — respondeu Svidrigailov, parecendo surpreso.

— Bem, então vamos deixar isso de lado — murmurou Raskolnikov, franzindo a testa.

— Muito bem, vamos esquecer isso.

— Seria melhor que me dissesse, se vem aqui para beber e me indicou duas vezes este local para procurá-lo quando quisesse, por que é que se escondeu e tentou ir embora justamente agora, há pouco, quando eu olhava da rua para a janela? Vi muito bem.

— He-he! E por que o senhor ficou deitado no sofá, de olhos fechados, fingindo estar dormindo, embora estivesse perfeitamente acordado enquanto eu esperava à soleira da porta? Vi muito bem.

— Podia ter tido.... razões, que o senhor não sabe.

— E eu podia ter tido minhas razões, que o senhor não sabe.

Raskolnikov apoiou o cotovelo direito sobre a mesa, baixou o queixo sobre os dedos da mão direita e olhou atentamente para Svidrigailov. Por um minuto ficou examinando esse rosto que o havia impressionado antes. Era um rosto estranho, parecia uma máscara; branco e vermelho, com lábios de um vermelho brilhante, barba loira e cabelo ainda espesso, também loiro. Tinha os olhos demasiadamente azuis e a expressão deles era fixa e pesada demais. Havia algo de terrivelmente desagradável naquele belo rosto, que parecia esplendidamente jovem, apesar da idade. Svidrigailov estava elegantemente vestido com roupas leves de verão, entre as quais se destacavam particularmente a camisa e o colete. Trazia um grande anel com uma pedra preciosa num de seus dedos.

— Será que vim aqui para me aborrecer com o senhor? — perguntou Raskolnikov, repentinamente, indo direto ao assunto, com nervosa impaciência. — Embora o senhor seja talvez o mais perigoso dos homens, se estiver decidido a me prejudicar, não quero me eximir de qualquer coisa por mais tempo. Vou lhe mostrar de imediato que não me escondo como provavelmente possa pensar que eu faça. Vim para lhe dizer, de uma vez por todas, que, se o senhor persistir com os mesmos propósitos em relação à minha irmã e se pensar obter algum benefício pelo que foi descoberto ultimamente, vou matá-lo antes que tenha tido tempo de mandar-me para a prisão. Pode contar com minha palavra. Já sabe que posso cumpri-la. Em segundo lugar, se quiser me dizer alguma coisa... pois há tempo que venho imaginando que tem algo a me dizer... apresse-se e diga-o, porque o tempo é precioso e, muito provavelmente, em breve será tarde demais.

— Por que tanta pressa? — perguntou Svidrigailov, olhando-o, de forma curiosa.

— Todos têm os próprios planos — respondeu Raskolnikov, de modo sombrio e impaciente.

— O senhor mesmo acabou de me incitar à franqueza e se recusa a responder desde a primeira pergunta — observou Svidrigailov, com um sorriso. — O senhor continua pensando que tenho certos objetivos e por isso me olha com desconfiança. Claro que é perfeitamente natural de sua parte. Mas por mais que eu desejasse estar em boas relações com o senhor, não vou me preocupar em convencê-lo do contrário. Não vale a pena e eu não estava pretendendo lhe falar de nada de tão especial.

— Então, por que é que andava atrás de mim? Foi o senhor que veio se agarrando em mim.

— Ora, simplesmente como um interessante objeto de observação. Gostava da fantástica natureza de seu caso... e isso era tudo! Além disso, o senhor é irmão de uma pessoa que me interessava muito e por meio dessa pessoa fiquei sabendo de muitas coisas a seu respeito, de onde pude deduzir que o senhor tinha grande influência sobre ela; já não é bastante? Ha-ha-ha! E devo admitir ainda que sua pergunta é um tanto complexa; é difícil para mim lhe responder. Nesse momento, por exemplo, o senhor veio não só para tratar de um assunto específico, mas também para ouvir algo de novo. E não é assim? Não é assim? — insistiu Svidrigailov, com um sorriso malicioso. — Bem, então pode imaginar que eu também, a caminho daqui, no trem, estava contando com o senhor, que haveria de me contar algo novo e que me levaria a tirar algum proveito! Veja que homens ricos nós somos!

— Que proveito haveria de tirar?

— Como posso lhe dizer? Como saberia? Pode ver em que taberna passo todo o meu tempo e esse é meu divertimento; quero dizer, não é grande coisa, mas a gente tem de se sentar em algum lugar. Essa pobre Kátia agora... o senhor a viu?... Se eu fosse um simples glutão, um comilão de clube, mas pode ver o que posso comer.

Apontou para uma mesinha no canto, onde estava uma travessa de latão repleta dos restos de um horrível bife com batatas.

— A propósito, já almoçou? Eu já comi um pouco e não quero mais nada. Não bebo, por exemplo, nada mesmo. Excetuando champanhe, nunca toco em nada, e não tomo mais que uma taça de champanhe à noite e mesmo essa é suficiente para me dar dor de cabeça. Só a pedi agora para me reanimar, porque tenho de ir a um lugar e preciso me apresentar com certa disposição de espírito. Foi por isso que há pouco me escondi como um colegial, porque receava que haveria de me atrasar. Mas acredito (puxou o relógio) que posso passar uma hora com o senhor. São quatro e meia agora. Se eu ainda fosse alguma coisa, um proprietário de terras, um pai de família, um oficial da cavalaria, um fotógrafo, um jornalista... não sou nada, nenhuma profissão especial e às vezes me aborreço profundamente. Pensava realmente que o senhor haveria de me contar algo novo.

– Mas quem é o senhor e por que veio para cá?

– Quem sou eu? O senhor sabe, um cavalheiro, servi por dois anos na cavalaria, depois vim bater aqui em Petersburgo, depois me casei com Marfa Petrovna e fui morar no campo. Aí tem minha biografia!

– Creio que o senhor é um jogador.

– Não, um pobre tipo de jogador. Um trapaceiro... não um jogador.

– Tem sido um trapaceiro então?

– Sim, fui um trapaceiro também.

– E não apanhou às vezes?

– Aconteceu. Por quê?

– Ora, o senhor poderia desafiá-los... no fim das contas, deve ter sido bem animado.

– Não digo que não e, além disso, não sou forte em filosofias. Confesso que corri para cá por causa das mulheres.

– Logo depois que sepultou Marfa Petrovna?

– Exatamente – sorriu Svidrigailov, com cativante sinceridade. – Que tem isso? Parece que acha um tanto errado o fato de eu falar assim das mulheres.

– Pergunta se eu acho algo errado no vício?

– Vício! Oh, é o que procura! Mas vou lhe responder em ordem, primeiro sobre as mulheres em geral; sabe que gosto muito de falar. Diga-me, por que haveria de me conter? Por que haveria de desistir das mulheres, se tenho paixão por elas? De qualquer modo, é uma ocupação.

– Assim, não espera nada desse lugar, a não ser o vício?

– Oh, muito bem, pois que seja vício então. O senhor insiste que é vício. Mas, de qualquer modo, gosto de sua pergunta direta. Nesse vício, pelo menos, há algo permanente, fundado na verdade, na natureza e não dependente da fantasia, algo presente no sangue como uma brasa sempre acesa, nos deixando para sempre no fogo e, talvez, que não pode ser rapidamente extinta, mesmo com o peso dos anos. Deve concordar, é uma ocupação e tanto!

– Não é o caso de se regozijar, pois é uma doença e bem perigosa.

— Oh, é o que o senhor pensa! Concordo que é uma doença como tudo o que ultrapassa a moderação. E, claro, nessa se deve ultrapassar a moderação. Mas em primeiro lugar, cada um age de um modo ou de outro; em segundo lugar, é claro, convém ser moderado e prudente, por menos que seja, mas o que posso fazer? Se não tivesse isso, eu me daria um tiro na cabeça. Estou pronto a admitir que um homem decente deve até suportar o aborrecimento, mas ainda assim...

— E o senhor seria capaz de se dar um tiro na cabeça?

— Oh, vamos! — respondeu Svidrigailov, com desgosto. — Por favor, não fale disso — acrescentou ele, apressadamente e sem aquele tom de bazófia que havia mostrado na conversa anterior; até mudou a expressão do rosto. — Admito que é uma fraqueza imperdoável, mas não posso evitá-la. Tenho medo da morte e não gosto de que me falem dela. O senhor sabe que, até certo ponto, sou um místico?

— Ah, as aparições de Marfa Petrovna! Continuam ainda a visitá-lo?

— Oh, não fale delas! Não as tive mais em Petersburgo, que vão para o diabo! — exclamou ele, com ar de irritação. — É melhor falar de... embora... Hum! Não tenho muito tempo e não posso ficar mais com o senhor, é uma pena! Poderia ter encontrado muitas coisas para lhe contar.

— Qual é seu compromisso, uma mulher?

— Sim, uma mulher, um caso inesperado... Não, não é disso que quero falar.

— Mas a hediondez, a imundície de todo esse ambiente não o afetam? O senhor perdeu as forças para se dominar?

— E o senhor invoca a força também? He-he-he! Agora o senhor me surpreendeu, Rodion Romanovitch, embora eu soubesse de antemão que haveria de ser assim. E o senhor vem me pregar sobre vício e estética! O senhor... um Schiller! o senhor... um idealista! Claro que tudo está como haveria de estar e seria surpreendente se assim não fosse, ainda que seja estranho, na realidade... Ah, que pena que eu não tenha mais tempo, porque o senhor é um tipo muito interessante! E, a propósito, o senhor gosta de Schiller? Eu sou fã dele.

— Mas que fanfarrão o senhor é — disse Raskolnikov, com algum desgosto.

— Palavra de honra, não sou! — respondeu Svidrigailov, rindo. — Mas não vou discutir, até admito ser um fanfarrão; por que não gabar-se, se com isso não se ofende ninguém? Passei sete anos no interior com Marfa Petrovna; agora que me encontrei com uma pessoa inteligente como o senhor... inteligente e extremamente interessante... sinto-me simplesmente feliz em falar, sem contar que bebi esse meio copo de champanhe, que já me subiu um pouco à cabeça. Além disso, há certo fato que me impressionou tremendamente, mas sobre isso eu... vou ficar quieto. Para onde é que vai? – perguntou ele, alarmado.

    Raskolnikov havia feito um movimento para se levantar. Sentia-se oprimido e sufocado e, de qualquer forma, desconfortável por ter ido ali. Estava convencido de que Svidrigailov era o mais desprezível tratante da face da terra.

    – Ah! Sente-se, fique mais um pouco! – pediu Svidrigailov. – Espere pelo menos que lhe tragam uma xícara de chá. Fique mais um pouco. Não vou falar bobagem, quero dizer, a falar de mim. Vou lhe contar uma coisa. Se quiser, vou lhe contar como uma mulher tentou "me salvar", como o senhor haveria de chamar isso? Com isso vou responder também à sua primeira pergunta, pois a mulher era sua irmã. Posso lhe contar isso? Isso ajudaria a matar o tempo.

    – Conte, mas espero que...

    – Oh! Não se preocupe! Além disso, até num indigno e ordinário sujeito como eu, Avdótia Romanovna só pode inspirar o mais profundo respeito.

CAPÍTULO QUATRO

– Talvez o senhor saiba... sim, eu mesmo lhe contei – começou Svidrigailov – que estive preso aqui por dívidas, que atingiam uma soma vultosa e que não tinha a mínima possibilidade de pagá-las. Não é necessário entrar em detalhes sobre como Marfa Petrovna me resgatou. Sabe até que grau de loucura uma mulher pode às vezes se apaixonar? Ela era uma mulher honesta e muito sensível, embora sem instrução alguma. Poderia acreditar que essa honesta e ciumenta mulher, depois de muitas cenas de histeria e de recriminações, assentiu em assinar uma espécie de contrato comigo que cumpriu escrupulosamente durante todo o tempo de nossa vida de casados? Ela era muito mais velha do que eu e, além disso, conservava sempre na boca um cravo-da-índia ou algo semelhante. Havia tanta imundície em minha alma, embora houvesse também um tanto de honestidade, de modo que cheguei a dizer diretamente a ela que eu não podia ser absolutamente fiel. Essa confissão a deixou louca, mas ainda assim parece que, de certo modo, ela gostou de minha brutal franqueza. Pensou que isso mostrava que eu não queria decepcioná-la, uma vez que a avisei de antemão e, para uma mulher ciumenta, bem sabe, isso é o principal. Depois de muitas lágrimas, foi elaborado um contrato verbal entre nós, nesses termos: primeiro, que eu nunca abandonaria Marfa Petrovna e seria sempre seu marido; segundo, que nunca me ausentaria sem sua permissão; terceiro, que nunca teria uma amante permanente; quarto, que, em troca disso, Marfa Petrovna me dava carta branca para me aproximar de nossas criadas, mas somente diante do prévio conhecimento dela; quinto, que Deus me livrasse de me apaixonar por uma mulher de nossa classe; sexto, caso eu... que Deus não o permitisse... chegasse a me apaixonar loucamente, era obrigado a revelá-lo a Marfa Petrovna. A respeito desse último ponto, contudo, Marfa Petrovna esteve sempre inteiramente tranquila. Era uma mulher esperta e, portanto, não podia deixar de me considerar um libertino e devasso, incapaz de amar verdadeiramente. Mas uma mulher sensível e uma mulher ciumenta são duas coisas bem diferentes e foi aí que a confusão se instalou. Mas, para julgar imparcialmente certas pessoas temos de renunciar a certas opiniões preconcebidas e a nossa atitude habitual em relação às pessoas que nos rodeiam. Tenho razão em confiar mais em seu juízo do que no das outras pessoas. Talvez o senhor já tenha ouvido muitas coisas ridículas e absurdas a respeito de Marfa Petrovna. De fato, ela não deixava de ter alguns costumes ridículos, mas lhe digo francamente que eu lamento realmente pelos inumeráveis desgostos que causei a ela. Bem, e isso basta, acredito, como uma espécie de decorosa oração fúnebre do mais terno marido para sua mais terna esposa. Em nossas brigas, eu geralmente segurava a língua e não a irritava; e esse cavalheirismo raramente deixava de atingir o objetivo e, na verdade, a influenciava e lhe agradava. Esses eram tempos em que ela realmente se orgulhava de mim. Mas sua irmã, apesar de tudo, não conseguia suportá-la. E, no entanto, ela assumiu o risco de introduzir em sua casa tal bela criatura como governanta. Minha explicação para isso é que Marfa Petrovna era uma mulher ardente e sensível e simplesmente se apaixonou... literalmente, se apaixonou... por sua irmã. Bem, pequena surpresa... olhe para Avdótia Romanovna! Eu vi o perigo no primeiro olhar e, veja bem, resolvi até mesmo não olhar mais para ela. Mas foi a própria Avdótia Romanovna que deu o primeiro passo. Não acredita? E não haveria de acreditar também que Marfa Petrovna chegou ao extremo de se zangar comigo, de início, por causa de meu persistente silêncio a respeito de sua irmã e por causa de minha indiferença diante dos contínuos e apaixonados elogios, por parte dela, a Avdótia Romanovna. Não sei o que ela queria! É claro que Marfa Petrovna deve ter contado tudo a meu respeito a Avdótia Romanovna. Tinha o infeliz hábito de contar literalmente os segredos de nossa família e ainda de se queixar constantemente de mim a todas as pessoas. Como não haveria de confiá-los também a uma nova e agradável amiga? Desconfio que as duas só falavam de mim e, sem dúvida, Avdótia Romanovna ouviu todos esses sombrios e misteriosos boatos que corriam a meu respeito... aposto que o senhor também já deve ter ouvido qualquer coisa do gênero.

– Ouvi. Luzhin acusava o senhor de ter sido a causa da morte de uma criança. É verdade?

– Peço-lhe que não mencione essas histórias vulgares – disse Svidrigailov, com desgosto e repulsa. – Se o senhor insiste em querer saber mais sobre todas essas idiotices, talvez um dia lhe conte, mas, agora...

– Também me contaram a respeito de um lacaio seu, do campo, que o senhor o teria maltratado.

— Peço-lhe o favor de mudar de assunto — interrompeu-o novamente Svidrigailov com evidente impaciência.

— Não seria o criado que, depois de morto, veio lhe preparar o cachimbo?... O senhor mesmo me contou a respeito — Raskolnikov se sentia cada vez mais irritado.

Svidrigailov olhou para ele atentamente e Raskolnikov imaginou que havia percebido um lampejo de desdenhosa zombaria naquele olhar. Mas Svidrigailov se conteve e respondeu com muita delicadeza:

— Sim, era ele. Vejo que o senhor também está extremamente interessado e me sinto no dever de satisfazer sua curiosidade na primeira oportunidade que surgir. Que vão para o diabo! Vejo que poderia realmente passar por uma personagem de novela romântica para certas pessoas. Julgue como devo ser grato a Marfa Petrovna por ter repetido a Avdótia Romanovna esses misteriosos e interessantes mexericos a meu respeito. Não me atrevo a avaliar a impressão que teve nela, mas, em todo caso, trabalhou em meu favor. Com toda a aversão natural de Avdótia Romanovna e apesar de meu aspecto invariavelmente sombrio e repelente... pelo menos ela teve realmente pena de mim, pena por uma alma perdida. E se alguma vez o coração de uma moça é movido pela *compaixão*, é mais perigoso do que qualquer outra coisa. Ela se sente impelida a querer "salvá-lo", a trazê-lo de volta ao bom senso, a elevá-lo e a guiá-lo para fins mais nobres, a restaurá-lo para nova vida e plena utilidade... bem, todos sabemos até que ponto semelhantes sonhos podem chegar. Percebi imediatamente que o pássaro estava voando espontaneamente para dentro da gaiola. E eu também fiquei de sobreaviso. Acho que o senhor está franzindo a testa, Rodion Romanovitch. Não é preciso. Como bem sabe, tudo acabou em fumaça. (Com os diabos, bebi demais!) Fique sabendo que, desde o início, sempre lamentei que o destino não tivesse feito nascer sua irmã no segundo ou terceiro século de nossa era como filha de um príncipe reinante ou de algum governador ou procônsul da Ásia Menor. Sem dúvida alguma, ela teria sido uma daquelas mulheres que teriam sofrido o martírio e certamente teria sorrido enquanto lhe dilaceravam o peito com tenazes em brasa. Ela teria ido ao suplício espontaneamente. E nos séculos quarto ou quinto, ela se teria retirado para o deserto do Egito e aí teria ficado 30 anos alimentando-se de raízes e em êxtases e visões... Ela está simplesmente desejando enfrentar a tortura por alguém e, se não consegue obter o privilégio de ser torturada, é possível que se atire janela abaixo. Ouvi dizer qualquer coisa a respeito de certo senhor Razumihin... dizem que é um rapaz sensato; de fato, seu sobrenome o sugere; provavelmente é um seminarista. Bem, é melhor que vele por sua irmã. Creio que eu a compreendo e me orgulho por isso. Mas no começo de uma amizade, bem sabe, ficamos sempre um pouco descuidados e meio tolos. Não vemos claramente. Com os diabos, por que é que ela é tão bonita? Não é culpa minha! De fato, tudo começou a partir de mim; senti o mais irresistível desejo físico por ela. Avdótia Romanovna é terrivelmente casta, incrível e fenomenalmente casta. Tome nota, digo isso de sua irmã como um fato. Ela é quase morbidamente casta, apesar de sua grandeza de espírito e isso pode prejudicá-la. Havia então em nossa casa uma moça, Parasha, uma jovem de olhos negros, que eu nunca a tinha visto... tinha acabado de chegar de outra aldeia... muito bonita, mas incrivelmente estúpida; caía em lágrimas por qualquer coisa, gritava tanto que podia ser ouvida por toda parte e causava escândalo. Um dia, depois do jantar, Avdótia Romanovna me acompanhou por uma alameda do jardim e com olhos faiscantes, *insistiu* para que deixasse Parasha sozinha. Foi praticamente nossa primeira conversa a sós. Eu, é claro, fiquei mais do que contente em obedecer a seu desejo e tentei parecer desconcertado, embaraçado; na realidade, não desempenhei mal meu papel. Depois disso, sucederam-se encontros, misteriosas conversas, exortações, pedidos, súplicas, até mesmo lágrimas... o senhor acreditaria, até mesmo lágrimas? Veja até onde a paixão pela exibição pode levar certas moças! Eu, é claro, deitei a culpa de tudo em meu destino, posei como alguém faminto e sedento de luz e, finalmente, recorri à mais poderosa arma para me apoderar do coração de uma mulher, uma arma que nunca falha. É o famoso recurso... o elogio. Nada no mundo é mais difícil do que falar a verdade e nada mais fácil que o elogio. Se houver uma centésima parte de uma nota falsa ao falar a verdade, logo surge a discórdia que, por sua vez, leva ao escândalo. Mas se tudo, até a última nota, é falso no elogio, não deixa de ser agradável e é ouvido com real satisfação. Pode ser uma satisfação grosseira, mas é sempre satisfação. E por mais grosseiro que seja o elogio, metade dele, pelo menos, parece sempre verdadeiro. E assim é para todos os graus de cultura e de classes sociais. Até uma virgem vestal poderia ser seduzida pelo elogio. Nunca posso me lembrar sem rir de como seduzi uma vez uma mulher casada, devotada ao marido e aos filhos e fiel a seus princípios. Como foi divertido e como me deu pouco trabalho! E a senhora tinha realmente princípios... a seu modo, em todo caso. Toda a minha tática se reduziu simplesmente a mostrar-me inteiramente aniquilado e prostrado diante de sua pureza. Eu a elogiava desavergonhadamente e logo que conseguia apertar-lhe a mão ou obter um olhar dela, eu me recriminava por ter conseguido isso à força e afirmava que ela havia resistido, de modo que nunca poderia obter alguma coisa por ser um homem tão libertino e sem princípios. Ela era tão inocente que não podia prever minha deslealdade e se entregou inconscientemente, sem saber e assim por diante. Com efeito, eu triunfei, enquanto a boa senhora permaneceu firmemente convencida de que era inocente, casta e fiel a todos os seus deveres e obrigações e que tinha sucumbido por acidente. E como ela ficou zangada comigo quando lhe expliquei finalmente que eu estava sinceramente convicto de que ela estava tão ansiosa pelo prazer quanto eu. A pobre Marfa Petrovna se rendia totalmente ao elogio e, se eu me tivesse importado, poderia ter conseguido transferir todos os bens dela em meu nome, quando ainda era viva. (Estou bebendo muito vinho agora e sem parar, além de estar falando demais.) Espero que não vai ficar zangado se eu lhe disser agora que estava começando a produzir o mesmo efeito em Avdótia Romanovna. Mas fui estúpido e impaciente e estraguei tudo. Avdótia Romanovna tinha ficado, por diversas vezes... e numa em particular... extremamente desgostosa pela expressão de meus olhos, quer acreditar? Às vezes havia neles uma luz que a assustava e que se refletia cada vez mais forte e mais difícil de fitar, que acabou por se tornar odiosa para ela. Não é preciso entrar em detalhes, mas nos separamos. E então agi novamente de forma estúpida. Passei a zombar da maneira mais grosseira de toda aquela insistência e esforços para me converter; Parasha tornou a entrar em cena e não sozinha; de fato, houve uma tremenda confusão. Ah, Rodion Romanovitch, se pudesse ter visto como os olhos de sua irmã brilham em certas ocasiões! Não importa que eu esteja embriagado neste momento e que tenha bebido um copo de vinho. Estou falando a verdade. Afirmo que esse olhar frequentava meus sonhos; por fim, já não podia suportar sequer o próprio roçar do vestido dela. Comecei até a pensar que eu poderia ter ataques de epilepsia. Nunca podia acreditar que pudesse ser levado até tal extremo. Na verdade, era absolutamente necessário buscar uma reconciliação, mas naquele momento era impossível. E imagine o que fiz então. Até que grau de estupidez a fúria pode levar um homem! Nunca faça nada quando estiver furioso, Rodion Romanovitch. Pensei que Avdótia Romanovna era, no fundo, uma pobre (ah! desculpe-me, não é essa a palavra... mas que importa, se expressa a ideia?), que vivia do trabalho de suas mãos, que tinha a mãe e o senhor para sustentar (ah, com os diabos, o senhor está franzindo a testa de novo) e eu resolvi oferecer a ela todo o meu dinheiro... 30 mil rublos era quanto eu podia arranjar então... se ela quisesse fugir comigo para cá, para Petersburgo. É claro que eu lhe teria jurado amor eterno, felicidade e assim por diante. Deve saber que eu estava tão obcecado por ela naquele período que, se ela me tivesse pedido para envenenar

Marfa Petrovna ou degolá-la e me casar com ela, tudo teria sido feito imediatamente! Mas terminou na catástrofe que o senhor já conhece. Pode calcular como fiquei fora de mim quando soube que Marfa Petrovna havia contratado esse advogado tratante, Luzhin, e já se movimentava para celebrar o casamento dos dois... que, no fundo, teria sido o mesmo que eu lhe havia proposto. Não seria isso? Não seria isso? Percebo que o senhor começou a ficar muito atento... o senhor, jovem interessante...

Impaciente, Svidrigailov deu um soco na mesa. Estava vermelho. Raskolnikov via claramente que aquele copo ou copo e meio de champanhe que ele bebera quase sem se dar conta o estava afetando... e decidiu aproveitar a oportunidade. Estava muito desconfiado de Svidrigailov.

– Bem, depois de tudo o que disse, estou plenamente convencido de que veio para Petersburgo com alguns desígnios em relação a minha irmã – disse ele diretamente a Svidrigailov, afim de irritá-lo ainda mais.

– Oh, bobagem – disse Svidrigailov, parecendo despertar. – Ora, eu lhe disse... além disso, sua irmã não consegue me aturar.

– Sim, tenho certeza disso, mas essa não é a questão.

– Está certo de que ela não pode me aturar? – Svidrigailov piscou e sorriu ironicamente. – Tem razão, ela não gosta de mim, mas nunca se pode ter certeza do que se passou entre marido e mulher ou entre amantes. Há sempre um cantinho que permanece secreto para todos e só é conhecido dos dois. Seria capaz de afirmar que Avdótia Romanovna me olha com aversão?

– A partir de algumas palavras que deixou escapar, percebo que o senhor ainda alimenta alguns desígnios... e, claro, nada bons... em relação a Dúnia e pretende levá-los a efeito prontamente.

– O quê? Deixei escapar palavras dessas? – perguntou Svidrigailov, num ingênuo espanto, sem dar a menor atenção à denominação atribuída a seus desígnios.

– Ora, acabou agora mesmo de proferi-las. Por que está com tanto medo? De que é que o senhor tem medo agora?

– Eu... tenho medo? Medo do senhor? O senhor é que deve ter medo de mim, *cher ami* (caro amigo). Mas que bobagem... Bebi demais, sei disso. Quase estava falando demais novamente. Que se dane o vinho! Oh, aqui, água!

Apanhou a garrafa de champanhe e, sem cerimônia, jogou-a pela janela. Philip trouxe a água.

– Tudo isso é bobagem – disse Svidrigailov, molhando um guardanapo e levando-o à cabeça. – Mas posso lhe responder numa única palavra e aniquilar todas as suas suspeitas. O senhor sabe que vou me casar?

– Assim me disse outro dia.

– É mesmo? Eu me esqueci. Mas não podia ter lhe dito isso com toda a certeza, pois não tinha visto ainda minha noiva; eu só manifestei a intenção. Mas agora já tenho realmente uma noiva e o assunto está decidido; e, se não fosse o caso de ter negócios que não podem ser adiados, teria levado o senhor a vê-la, pois gostaria de pedir sua opinião. Ah, diabos! Só temos dez minutos! Olhe para o relógio. Mas tenho de lhe contar, porque meu casamento é uma história interessante, em seu gênero... Para onde vai? Indo embora outra vez?

– Não, não estou indo embora ainda.

– Não mesmo? Vamos ver. Vou levá-lo até lá e vou lhe apresentar minha noiva, mas não agora, porque o senhor logo vai ter de ir embora. O senhor deve seguir para a direita e eu, para a esquerda. Conhece essa senhora Resslich, em cuja casa estou morando agora, hein? Sei o que está pensando, que deve ser aquela mulher cuja menina, segundo dizem, se afogou nesse inverno. Está ouvindo? Ela arranjou tudo para mim. Disse-me que eu andava aborrecido, que precisava de alguma coisa para ocupar meu tempo, porque eu, não sei se sabe, sou um homem triste, deprimido. Pensava que eu era um homem despreocupado? Não, sou um homem sombrio. Não faço mal a ninguém, mas fico sentado num canto sem falar, às vezes, durante três dias seguidos. Mas essa Resslich, digo-lhe, é uma astuta mulher levada. Eu sei o que ela tem em mente; pensa que vou me aborrecer, que vou abandonar minha mulher e partir, e então ela vai tomar conta dela e vai explorá-la... em nosso meio, é claro, ou em outro mais elevado. Ela me disse que o pai dela é um funcionário aposentado decrépito, que passou os últimos três anos preso a uma cadeira, com as pernas paralisadas. Disse que sua mãe era uma senhora sensata. Tem um filho trabalhando no interior, mas não ajuda em nada. Tem uma filha, que é casada, mas não a visita. Mas tomam conta de dois sobrinhos pequenos, como se seus próprios filhos já não fossem suficientes; e tiraram da escola a filha mais nova, menina que vai completar 16 anos dentro de um mês, de modo que já pode se casar. E é esta que me destinaram. Fomos até lá. Como foi engraçado! Eu me apresentei... proprietário de terras, viúvo, de nome conhecido, com boas relações, com uma fortuna. Que importa que eu tenha 50 anos e que ela ainda não tenha completado 16? Quem repara nisso? Mas é fascinante, não é? É fascinante, ha-ha! Devia ter visto como falei com os pais dela! Impagável! E ela entra, faz uma mesura, ainda de saia curta, pode imaginar... um botão por desabrochar! Corada como o pôr do sol... sem dúvida, tinha recebido muitas recomendações. Não sei o que o senhor pensa sobre rostos femininos, mas a meu ver esses 16 anos, esses olhos infantis, essa timidez e essas lágrimas de acanhamento são muito melhores que a beleza; além do mais, ela é uma pintura perfeita. Cabelo claro, um pouco encaracolado, como o de um cordeiro, lábios carnudos e rosados, pés pequeninos, um encanto!... Bem, ficamos amigos. Eu disse a eles que estava com pressa por razões domésticas e, no dia seguinte, isto é, anteontem, noivamos. Agora, sempre que vou até lá, tomo-a imediatamente no colo e não a largo... Bem, ela fica corada como um pôr do sol e eu a beijo a todo momento. A mãe dela, naturalmente, a admoesta dizendo que esse é o marido que vai ter e que assim deve ser. É simplesmente delicioso! A atual condição de noivo é, talvez, melhor que a de marido. Isso é o que se pode definir *la nature et la vérité* (a natureza e a verdade), ha-ha! Falei com ela duas vezes e não tem nada de tola. Às vezes me olha de uma maneira que praticamente me descontrola. O rosto dela é parecido com o da *Madonna* de Rafael. Sabe que o rosto da *Madonna* da Capela Sistina tem algo de fantástico, o rosto de pesaroso êxtase celestial. Não notou isso? Bem; ela é algo desse gênero. Um dia depois de ficarmos noivos, lhe levei presentes no valor de 1.500 rublos... um conjunto de diamantes, outro de pérolas, uma caixinha de prata para o toucador, tão grande como este, com todo tipo de coisas necessárias, de modo que até o rosto de minha Madonna brilhasse. Ontem sentei-a sobre meus joelhos e suponho que o fiz um tanto sem cerimônia... ela corou e brotaram algumas lágrimas, mas não queria se render. Fomos deixados a sós; subitamente, ela se atirou em meu pescoço (pela primeira vez, espontaneamente), pôs seus pequenos braços em torno de mim, me beijou e jurou que haveria de ser uma esposa obediente, fiel e bondosa, que haveria de me fazer feliz, que haveria de me devotar toda a vida, cada minuto da vida, que haveria de sacrificar tudo, tudo, e que, em troca disso, pede apenas *respeito* e que nada, nada mais quer de mim, mesmo presentes. Deve admitir que ouvir semelhante declaração, a sós, de um anjo de 16 anos, numa saia de musselina, de cabelos encaracolados, com um rubor de timidez feminina em suas faces e com lágrimas de entusiasmo nos olhos é realmente fascinante! Não é fascinante? Há dinheiro que pague isso? Bem... escute, ainda vamos ver minha noiva, mas não agora!

– O fato é que essa monstruosa diferença de idade e de experiência excita sua sensualidade! Vai mesmo realizar esse casamento?

– Ora, é claro! Cada um pensa em sua própria vida e vive mais alegremente aquele que melhor sabe se iludir a si próprio. Ha-ha! Mas por que o senhor é tão radical em questão de virtude? Tenha piedade de mim, meu bom amigo. Sou um pecador. Ha-ha-ha!

– Mas o senhor cuidou da colocação dos filhos de Ekaterina Ivanovna. Embora... embora tivesse suas próprias razões... agora compreendo tudo.

– Sempre tive grande paixão por crianças, profundamente apaixonado por elas – riu Svidrigailov. – Quero lhe contar um episódio muito curioso. No primeiro dia em que cheguei aqui, visitei vários antros, depois de sete anos que simplesmente me havia afastado deles. Provavelmente, já notou que não tenho pressa em renovar as relações com meus velhos amigos. Posso viver muito bem sem eles. Sabe que, no período em que estive com Marfa Petrovna no interior, vivia perseguido pelo pensamento desses lugares, onde sabe lá as coisas que qualquer um pode encontrar. Sim, palavra de honra! Os camponeses têm vodca, os jovens de boa educação, entregues à ociosidade, se perdem em sonhos e devaneios impossíveis e se estragam com teorias; surgiram judeus que acumulam dinheiro, e os restantes se entregam à devassidão. Desde a primeira hora, a cidade se impregnava de odores habituais. Tive a oportunidade de ir a uma medonha espelunca... gosto de espeluncas imundas... havia dança, dançava-se um cancã tão descarado como nunca vi em minha vida. Sim, isso é progresso. De repente, vi uma menina de seus 13 anos, muito bem vestida, dançando com um virtuose e com outro à frente. A mãe dela estava sentada numa cadeira, encostada na parede. Não pode imaginar que cancã era esse! A menina estava envergonhada, corava, finalmente se sentiu ofendida e começou a chorar. O parceiro a agarrou, começou a fazê-la rodopiar e ele executava a dança diante dela; todos riam e... gosto do público, inclusive do cancã público... eles riam e gritavam: "Isso mesmo... assim é que se faz! Não podem trazer meninas!" Bem, não cabe a mim dizer se tudo isso era coisa lógica ou não. Imediatamente, pus em prática meu plano; fui me sentar ao lado da mãe da menina e comecei por lhe dizer que eu também não era da cidade, que ali todos eram mal-educados, que não sabiam distinguir pessoas decentes e tratá-las com respeito; dei-lhe a entender que eu tinha muito dinheiro e me ofereci para levá-las para casa em minha carruagem. Deixei-as em casa e as conheci melhor. Elas estavam instaladas num miserável buraco, pois tinham acabado de chegar do interior. Ela me disse que tanto ela como a filha só podiam considerar minha amizade como uma honra. Descobri que nada possuíam e que tinham vindo para a cidade para tratar de assuntos legais. Ofereci meus serviços e dinheiro. Fiquei sabendo que tinham ido para esse salão de dança por engano, acreditando que era um local onde se ensinava a arte de dançar. Eu me ofereci também para ajudar na educação da menina com cursos de francês e de dança. Minha oferta foi aceita com entusiasmo e como uma honra... e ficamos amigos até hoje... Se quiser, podemos ir vê-las, só que não exatamente agora.

– Pare! Basta com suas vis e sórdidas histórias, homem depravado e sensual!

– Schiller, o senhor é um autêntico Schiller! *O la vertu va-t-elle se nicher?* (Oh, a virtude vai se aninhar?) Mas sabe que lhe contei essas coisas de propósito, pelo prazer de ouvir seus clamores!

– Atrevo-me a dizer que me sinto verdadeiramente ridículo ao escutá-lo – resmungou Raskolnikov, zangado.

Svidrigailov riu com gosto; finalmente, chamou Philip, pagou a conta e se levantou.

– Sim, mas estou bêbado, basta! – disse ele. – Foi um prazer.

– Acharia antes que deveria ser um prazer! – exclamou Raskolnikov, levantando-se. – Sem dúvida, é um prazer para um libertino consumado descrever essas aventuras com um monstruoso plano da mesma espécie em sua mente... especialmente em tais circunstâncias e para um homem como eu... É estimulante!

– Bem, se chegou a essa conclusão – respondeu Svidrigailov, fitando Raskolnikov com certa surpresa –, se chegou a isso, o senhor é um cínico perfeito. De qualquer modo, matéria para se transformar nisso a tem de sobra. O senhor pode entender muitas coisas... e pode fazer muitas coisas também. Mas já chega! Lamento sinceramente não ter mais tempo para falar com o senhor, mas não vou perdê-lo de vista... Fique no aguardo.

Svidrigailov saiu da taberna. Raskolnikov caminhava atrás dele. Svidrigailov, contudo, não estava muito embriagado; o vinho o tinha afetado por um momento, mas o efeito estava passando rapidamente. Estava preocupado com alguma coisa importante e franzia a testa. Estava aparentemente agitado e antecipadamente apreensivo com algo. Seus modos para com Raskolnikov haviam mudado durante os últimos minutos e tornava-se cada vez mais rude e mais irônico. Raskolnikov percebeu tudo isso e ele também estava inquieto. Nutria muitas suspeitas contra Svidrigailov e resolveu segui-lo.

Saíram juntos para a rua.

– O senhor vai pela direita e eu pela esquerda ou, se quiser, ao contrário. *Adieu, mon plaisir*! (Adeus, foi um prazer!) Até o próximo encontro!

E ele foi para a direita, em direção do Mercado do Feno.

CAPÍTULO CINCO

Raskolnikov caminhava atrás dele.

– Que é isso! – exclamou Svidrigailov, voltando-se. – Achava que disse...
– Isso quer dizer que não vou perdê-lo de vista agora.
– O quê?

Os dois pararam e ficaram olhando um para o outro, como se estivessem medindo forças.

– De todas as suas histórias sob efeito da embriaguez – disse bruscamente Raskolnikov – concluí categoricamente que o senhor não desistiu de seus desígnios em relação a minha irmã, mas continua perseguindo-os mais ativamente que nunca. Soube que minha irmã recebeu uma carta esta manhã. O senhor, durante todo esse tempo, não conseguiu ficar sentado sossegado... Pode ser que o senhor tenha desenterrado uma esposa pelo caminho, mas isso não significa nada. Gostaria de me certificar pessoalmente.

Poderia ter sido difícil para Raskolnikov dizer o que queria e do que desejava se certificar.

– Palavra de honra! Vou chamar a polícia!
– Chame-a!

Pararam de novo por instantes, olhando um para o outro. Finalmente, o rosto de Svidrigailov mudou de expressão. Depois de se ter convencido de que Raskolnikov não se assustava com sua ameaça, assumiu um ar jovial e amistoso.

– Que camarada é o senhor! Propositadamente, não quis me referir a seu caso, embora a curiosidade esteja me devorando. É um caso fantástico. Adiei-o para outra vez, mas senhor é capaz de ressuscitar um morto... Bem, vamos indo. Só vou avisá-lo de antemão que estou indo para casa apenas por um momento, para buscar um pouco de dinheiro; depois fecho o aposento, tomo uma carruagem e vou passar a tarde nas ilhas. Agora vai me seguir assim mesmo?

– Vou para o mesmo bloco de alojamentos, não para sua casa, mas para a de Sofia Semionovna, a fim de lhe pedir desculpas por não ter ido ao funeral.

– Como quiser, mas Sofia Semionovna não está em casa. Ela levou as três crianças a uma velha senhora da alta sociedade, que conheci há alguns anos e que mantém alguns orfanatos. Essa senhora ficou encantada comigo quando depositei uma soma de dinheiro em favor dos três filhos pequenos de Ekaterina Ivanovna e, além disso, fiz mais uma doação para a instituição. Contei-lhe também a história de Sofia Semionovna em todos os seus pormenores, sem esconder nada. Produziu nela um efeito indescritível. Foi por isso que Sofia Semionovna foi convidada a se apresentar hoje mesmo no Hotel X..., onde se encontra atualmente a referida senhora.

– Não faz mal; vou assim mesmo.

– Como quiser, não me diz respeito, mas não vou acompanhá-lo. Aqui estamos em casa. A propósito, estou convencido de que o senhor me olha com suspeita exatamente porque demonstrei delicadeza e não o perturbei com perguntas... compreende? Impressionou-o como algo extraordinário; não me importaria em apostar que é isso. Bem, isso nos ensina a demonstrar delicadeza!

– E a escutar atrás das portas!

– Ah, é isso, não é? – riu Svidrigailov. – Sim, teria ficado surpreso se tivesse deixado passar isso depois de tudo o que aconteceu. Ha-ha! Embora eu compreendesse algo das brincadeiras que o senhor fazia e dizia a Sofia Semionovna, qual era o significado daquilo? Talvez eu seja um sujeito desatualizado e não possa entender. Pelo amor de Deus, explique isso, meu rapaz! Exponha as últimas teorias!

– O senhor não podia ter ouvido nada. Está inventando isso!

– Mas não estou falando disso (embora tenha ouvido alguma coisa). Não, estou falando do modo com que anda suspirando e gemendo agora. O Schiller que está dentro do senhor está se revoltando a todo momento e agora me diz para não escutar atrás das portas. Se é assim que se sente, vá e informe a polícia que teve esse infortúnio, que cometeu um pequeno erro em sua teoria. Mas se estiver convencido de que não se deve escutar atrás das portas, mas que se pode matar velhas senhoras a bel-prazer, então é melhor que fuja para a América, e depressa. Corra, meu jovem! Pode ser que ainda tenha tempo. Falo com toda a sinceridade. Não tem dinheiro? Eu lhe pago a passagem.

– Não estou pensando em nada disso – interrompeu-o Raskolnikov, com desgosto.

– Compreendo (mas não se preocupe; não fale, se não quiser). Compreendo os problemas que o atormentam... morais, não é? Obrigações de cidadão e de homem? Deixe-as todas de lado. Não representam nada para o senhor agora, ha-ha! Vai dizer que ainda é homem e cidadão. Se assim fosse, não devia ter-se metido nessa enrascada. É inútil assumir uma tarefa para a qual não se está preparado. Bem, seria melhor dar-se um tiro na cabeça ou não quer fazer isso?

– Parece que está tentando me enraivecer, a fim de que o deixe em paz.

– Que sujeito singular! Mas se já chegamos! Bem-vindo à escada. Esse é o alojamento de Sofia Semionovna. Veja, não há ninguém em casa. Não acredita em mim? Pergunte ao Kapernaumov. Ela deixa a chave com ele. Aqui está a senhora Kapernaumov em pessoa. O quê? Ela é um pouco surda. Saiu? Onde foi? Ouviu? Ela não está em casa e só vai voltar no final da tarde, provavelmente. Bem, venha para meu alojamento; queria vir me visitar, não é? Aqui estamos. A senhora Resslich também não está em casa. É uma mulher que anda sempre ocupada, uma excelente pessoa, garanto-lhe... Poderia ter-lhe sido muito útil, se o senhor tivesse um pouco mais de juízo. Veja, pois! Vou tirar esse título de cinco por cento da escrivaninha... veja a quantidade deles que ainda tenho... este vai ser trocado por dinheiro hoje. Não posso perder mais tempo. A escrivaninha está trancada, o alojamento está fechado e aqui estamos nós de novo na escada. Vamos tomar uma carruagem? Vou para as ilhas. Gostaria de uma carona? Vou tomar esta carruagem. Ah, o senhor a recusa? Está cansado? Venha para um passeio! Acredito que vai chover. Não importa, vamos baixar a capota...

Svidrigailov já estava na carruagem. Raskolnikov julgou que suas suspeitas eram, pelo menos naquele momento, injustas. Sem dizer uma palavra, deu meia-volta e se dirigiu para o Mercado do Feno. Se tivesse somente voltado a cabeça no caminho, poderia ter visto Svidrigailov apear, menos de cem passos adiante, dispensar a carruagem e caminhar pela calçada. Mas ele tinha virado a esquina e não pôde ver nada. Um intenso desgosto o impelia a se afastar de Svidrigailov.

– Pensar que eu pude, por um instante, esperar ajuda desse brutal grosseiro, desse depravado e tratante – exclamou ele.

O julgamento de Raskolnikov foi emitido levianamente demais e muito depressa. Havia algo em Svidrigailov que lhe conferia certo aspecto original e até misterioso. Com relação à irmã, Raskolnikov estava convencido de que

Svidrigailov não haveria de deixá-la em paz. Mas era cansativo demais e insuportável continuar a pensar e pensar sobre isso.

Quando ficou sozinho, não tinha percorrido ainda 20 passos antes de mergulhar, como de costume, em profundas reflexões. Na ponte, parou junto do peitoril e começou a olhar para a água. E a irmã estava de pé, ao lado dele.

Ele cruzou por ela na entrada da ponte; mas passou sem vê-la. Dúnia nunca o havia encontrado assim na rua e foi colhida de espanto. Parou, sem saber se devia chamá-lo ou não. De repente, percebeu Svidrigailov vindo rapidamente do Mercado do Feno.

Parecia aproximar-se cautelosamente. Não entrou pela ponte, mas parou a um lado, na calçada, fazendo de tudo para não ser visto por Raskolnikov. Já havia visto Dúnia fazia algum tempo e acenava para ela. Ela achou que ele estava fazendo sinais para lhe pedir que não falasse com o irmão, mas que fosse até ele, Svidrigailov.

Foi o que Dúnia fez. Desviou do irmão e foi diretamente até Svidrigailov.

– Vamos sair daqui depressa – sussurrou Svidrigailov. – Não quero que Rodion Romanovitch saiba de nosso encontro. Informo-a de que acabo de estar com ele numa taberna perto daqui, onde ele foi me procurar e tive grande dificuldade em me livrar dele. De algum modo, ele ficou sabendo da carta que lhe enviei e suspeita de alguma coisa. Não foi a senhora que lhe contou, com certeza, mas se não foi a senhora, quem foi?

– Bem, já dobramos a esquina – interrompeu-o Dúnia – e meu irmão não pode mais nos ver. Tenho de lhe dizer que não irei mais longe com o senhor. Diga-me o que tem a dizer aqui mesmo. Pode contar tudo em plena rua.

– Em primeiro lugar, não posso falar disso na rua; em segundo lugar, a senhora tem de ouvir Sofia Semionovna também; e, terceiro, quero lhe mostrar alguns documentos... Bem, se não concordar em vir comigo, recuso-me a dar qualquer explicação e vou embora agora mesmo. Peço-lhe, porém, que não se esqueça de que um segredo muito curioso de seu amado irmão se encontra inteiramente em meu poder.

Dúnia ficou parada, hesitante, e fitou Svidrigailov com olhos inquiridores.

– De que tem medo? – observou ele, tranquilamente. – A cidade não é o interior. E até no interior a senhora me causou mais dano do que eu à senhora.

– O senhor preparou Sofia Semionovna para isso?

– Não; eu não lhe disse uma palavra e não tenho certeza se ela está em casa agora. Mas provavelmente está. Ela sepultou a madrasta hoje; não é um dia muito adequado para visitá-la. Por ora, não quero falar disso a ninguém e até já estou arrependido de ter decidido falar com a senhora. Numa coisa dessas, a mais leve indiscrição equivale a uma traição. Eu moro ali, naquela casa, estamos chegando perto. Esse é o porteiro do casarão... ele me conhece muito bem. Veja, já está me cumprimentando; ele está vendo que estou acompanhado de uma senhora e, sem dúvida, já deve ter fixado seu rosto e isso é bom para a senhora, se estiver com medo ou suspeitar de mim. Desculpe-me por colocar as coisas de forma tão rude. Eu sou inquilino da casa; o quarto de Sofia Semionovna é contíguo ao meu... ela mora no alojamento do lado. O andar inteiro está dividido em alojamentos alugados. Por que está assustada como uma criança? Eu sou realmente tão terrível?

Os lábios de Svidrigailov se mexeram num condescendente sorriso; mas ele não estava em condições de sorrir. O coração pulsava acelerado e mal conseguia respirar. Falava bastante alto para disfarçar sua crescente agitação. Mas Dúnia não notou essa peculiar agitação; estava tão irritada pela observação dele que estava com medo do próprio como uma criança e isso lhe inspirava certo terror.

– Embora eu saiba muito bem que o senhor não é um homem... honrado, não tenho medo algum do senhor. Vá à frente – disse ela, com aparente compostura, mas seu rosto estava muito pálido.

Svidrigailov parou diante do quarto de Sônia.

– Deixe-me ver se ela está em casa... Não está. Que azar! Mas sei que deve voltar logo. Se ela saiu, foi unicamente para visitar uma senhora, por causa dos órfãos. A mãe deles morreu... Eu fui o intermediário e tomei providências em favor deles. Se Sofia Semionovna não retornar em dez minutos, vou mandá-la até sua casa, hoje mesmo, se quiser. Esse é meu alojamento. Esses são meus dois cômodos. A senhora Resslich, dona da casa, habita no aposento ao lado. Agora, olhe para cá. Vou lhe mostrar a principal peça de minhas provas: essa porta de meu quarto de dormir leva para dois quartos completamente vazios, que estão para alugar. Aqui estão eles... Deve olhar dentro deles com certa atenção.

Svidrigailov ocupava dois cômodos bastante espaçosos e mobiliados. Dúnia ficou olhando em volta desconfiada, mas não notou nada de particular na mobília e na disposição dos aposentos. Ainda assim, havia algo a reparar, por exemplo, que os cômodos ocupados por Svidrigailov ficavam exatamente entre outros dois quase completamente desabitados. A entrada não se fazia diretamente pelo corredor, mas por dois quartos quase vazios, pertencentes à dona da casa. Abrindo uma porta que levava para fora do quarto de dormir dele, Svidrigailov mostrou a Dúnia os dois cômodos vazios, que estavam para alugar. Dúnia ficou parada na entrada, sem compreender por que ele a convidava a olhar; mas Svidrigailov se apressou em explicar.

– Olhe aqui, nesse segundo quarto maior. Repare nessa porta; está fechada à chave. Ao lado da porta há uma cadeira, a única nesses dois cômodos. Eu a trouxe de meus aposentos, a fim de poder escutar mais bem acomodado. Precisamente do outro lado da porta está a mesa de Sofia Semionovna; ela se sentou ali e ficou conversando com Rodion Romanovitch. Eu permaneci aqui sentado e escutando por duas noites seguidas e durante duas horas cada vez... e, é claro, que fiquei sabendo de algumas coisas, não acha?

– Esteve escutando?

– Sim, fiquei escutando. Agora venha para meus aposentos; não há como nos sentarmos os dois aqui.

Levou Avdótia Romanovna de volta para a sala de estar e lhe ofereceu uma cadeira. Ele se sentou no lado oposto da mesa, a sete passos de distância dela, pelo menos, mas nos olhos dele persistia aquele mesmo brilho que uma vez tanto havia assustado Dúnia. Estremeceu e uma vez mais o olhou com desconfiança. Foi um gesto involuntário; era evidente que ela não queria deixar transparecer seu desconforto. Mas a solidão do quarto de Svidrigailov a tinha subitamente impressionado. Quis perguntar se a dona dos alojamentos estava em casa, mas o orgulho não lhe permitiu perguntar. Além do mais, outro sofrimento, incomparavelmente maior do que o medo em si, dilacerava seu coração. Estava mergulhada em profunda tristeza.

– Aqui está sua carta – disse ela, colocando-a em cima da mesa. – Será que é verdade o que escreve? O senhor alude a um crime cometido, assim o diz, por meu irmão. Alude a isso com toda a clareza; não vai se atrever a negá-lo agora. Devo lhe dizer que fiquei sabendo dessa estúpida história antes que o senhor escrevesse e não acreditei numa palavra sequer. É uma suspeita odiosa e ridícula. Conheço essa história e por que e como foi inventada. Não pode ter provas. Prometeu me provar isso. Fale, então! Mas permita-me avisá-lo de que não acredito no senhor! Não acredito no senhor!

Dúnia disse isso falando precipitadamente e, por um instante, o rubor lhe subiu no rosto.

– Se não acreditasse nisso, como poderia arriscar-se e vir sozinha até meus aposentos? Por que veio? Por simples curiosidade?

– Não me atormente! Fale, fale!

— Não há como negar que é uma moça corajosa. Palavra de honra, pensei que teria pedido ao senhor Razumihin para acompanhá-la até aqui. Mas ele não estava com a senhora nem o vi por perto. E olhei com atenção. É algo típico da senhora e prova que queria salvar Rodion Romanovitch! Aliás, tudo é divino na senhora... O que é que vou lhe dizer a respeito de seu irmão? A senhora mesma acabou de vê-lo. O que pensa dele?

— Certamente, não é unicamente nisso que o senhor se baseia.

— Não, não é nisso, mas nas próprias palavras dele. Veio até aqui por duas noites seguidas visitar Sofia Semionovna. Já lhe mostrei o lugar onde estavam sentados. Ele fez uma confissão completa a ela. É um criminoso. Matou uma velha, uma agiota, para quem ele próprio havia penhorado algumas coisas. Matou a irmã dela também, uma vendedora ambulante, chamada Lizaveta, que entrou inesperadamente em casa enquanto ele assassinava a outra. Matou as duas com uma machadinha que trazia consigo. Matou-as para roubá-las e roubou. Tomou o dinheiro e vários objetos... Contou tudo isso, palavra por palavra, a Sofia Semionovna, a única pessoa que conhece o segredo dele. Mas ela não teve nenhuma participação no crime, nem por palavras nem por ações. Ficou tão horrorizada com isso como a senhora está agora. Não fique ansiosa, ela não vai denunciá-lo.

— Não pode ser! — murmurou Dúnia, com os lábios brancos, respirando com dificuldade. — Não pode ser. Não existe a menor causa, nenhum tipo de motivo... É mentira, mentira!

— Roubou a mulher, essa foi a causa; levou o dinheiro e objetos. É verdade que, segundo ele próprio confessou, não fez uso do dinheiro e dos objetos, mas os escondeu debaixo de uma pedra, onde continuam até agora. Mas é porque não se atreveu a fazer uso deles.

— Mas como pôde roubar? Como teve a ideia de fazer isso? — exclamou Dúnia, saltando da cadeira. — O senhor o conhece, acabou de vê-lo, é possível que seja um ladrão?

Parecia estar implorando a Svidrigailov; tinha esquecido todo o medo.

— Há milhares e milhões de combinações e de possibilidades, Avdótia Romanovna. O ladrão rouba e sabe que é um tratante, mas ouvi falar de um cavalheiro que assaltou um posto do correio. Quem sabe, muito provavelmente ele pensava que estava praticando uma ação digna! É claro que eu mesmo não teria acreditado, como a senhora, se me tivessem contado, mas eu acredito em meus ouvidos. Ele desvendou todas as causas disso a Sofia Semionovna; mas, de início, ela não queria acreditar no que ouvia, ainda que, finalmente, tivesse de acreditar em seus próprios olhos.

— Quais... foram as causas?

— É uma longa história, Avdótia Romanovna. Aqui... como posso lhe explicar?... Trata-se de uma teoria especial, a mesma pela qual posso, por exemplo, considerar lícito um único crime, desde que o objetivo principal seja bom; um único crime e centenas de boas ações! É claro que é irritante também para um jovem, com talento e com incomensurável amor-próprio, saber que, se tivesse três mil rublos, toda a sua carreira, todo o seu futuro, tomaria uma direção bem diferente, e ainda não ter esses três mil rublos... Acrescente-se a isso a nervosa irritabilidade causada pela fome, por estar alojado num buraco, pelos farrapos, pela profunda convicção do charme de sua posição social e também da posição da mãe e da irmã. Acima de tudo, vaidade, orgulho e vaidade, embora, Deus é quem sabe, ele podia ter qualidades também... Não o estou condenando, por favor, não pense nisso; além do mais, não cabe a mim fazê-lo. Interveio também uma pequena teoria dele, especial... uma espécie de teoria... segundo a qual a humanidade se divide em pessoas materialistas e em pessoas superiores, isto é, indivíduos a quem a lei não se aplica por causa da superioridade deles e que fazem as leis para o restante da humanidade, isto é, os indivíduos materialistas. Tudo bem para uma teoria. *Une théorie comme une autre* (Uma teoria como qualquer outra.). Napoleão o atraía tremendamente, ou seja, o que o encantava era que muitos grandes homens geniais não tinham hesitado em praticar o mal, mas tinham passado por cima da lei sem pensar nisso. Parece que ele imaginou que era um gênio também... isto é, estava convencido disso durante algum tempo. Sofreu muito e sofre ainda ao pensar que soube montar sua teoria, mas se sentiu incapaz de audaciosamente passar por cima da lei; e, portanto, não é nenhum gênio. E isso é humilhante para um jovem cheio de orgulho, sobretudo em nossos dias...

— E o remorso? O senhor lhe nega qualquer sentimento moral? Ele é assim?

— Ah, Avdótia Romanovna, agora está tudo desordenado; não que algum dia estivesse em boa ordem. Os russos em geral são grandes em suas ideias, Avdótia Romanovna, grandes como o país deles e excessivamente propensos ao fantástico, ao caótico. Mas é uma desdita ter essa amplitude sem uma genialidade especial. Lembra-se de quantas vezes falamos desse assunto, sentados à noite no terraço, depois do jantar? Ora, a senhora costumava me recriminar por essa amplitude! Quem sabe, talvez estivéssemos falando dessas coisas no mesmo momento em que ele estava deitado aqui, pensando em seu plano. Não há tradições sagradas entre nós, especialmente nas classes mais instruídas, Avdótia Romanovna. Quando muito, alguém retira algo dos livros ou de uma antiga crônica. Mas esses, em sua maioria, são os eruditos e todos eles antiquados, de modo que poderiam ser vistos como ignorantes por alguém da sociedade em geral. Já sabe minha opinião em termos gerais. Eu nunca condeno ninguém. Não faço absolutamente nada e vou vivendo assim. Mas já falamos disso mais de uma vez. Na verdade, eu me sentia feliz em poder interessá-la por minhas opiniões... Mas está muito pálida, Avdótia Romanovna!

– Conheço a teoria dele. Li o artigo dele sobre os homens a quem tudo é permitido. Foi Razumihin que o trouxe para mim.

– O senhor Razumihin? Um artigo de seu irmão? Numa revista? Existe então um artigo? Eu não sabia. Deve ser interessante! Mas aonde vai, Avdótia Romanovna?

– Vou ver Sofia Semionovna – disse Dúnia, com voz fraca. – Como é que chego ao quarto dela? Talvez já tenha voltado. Preciso vê-la imediatamente. Talvez ela...

– Sofia Semionovna só vai voltar à noite. Pelo menos, assim suponho. Ela devia voltar logo, mas se não fosse assim, só voltaria muito tarde.

– Ah, então está mentindo! Vejo... está mentindo... mentindo o tempo todo... não acredito no senhor! Não acredito no senhor! – exclamou Dúnia, perdendo completamente a cabeça.

Quase desmaiando, deixou-se cair numa cadeira que Svidrigailov se apressou a aproximar dela.

– O que é isso, Avdótia Romanovna? Mantenha o controle sobre si! Aqui tem água. Beba um pouco...

– Borrifou um pouco de água sobre ela. Dúnia estremeceu e voltou a si.

– Foi um choque violento – murmurou Svidrigailov, franzindo a testa. – Avdótia Romanovna, acalme-se! Acredite em mim, ele tem amigos. Vamos salvá-lo. Gostaria de que eu o levasse para o exterior? Tenho dinheiro, posso lhe arranjar um salvo-conduto em três dias. E quanto ao assassinato, ele ainda pode realizar muitas boas ações e expiar por ele. Fique tranquila. Ainda pode ser um grande homem. Bem, como está? Como se sente?

– Cruel! Ainda é capaz de rir disso. Deixe-me ir...

– Para onde é que vai?

– Até ele. Onde está ele? O senhor sabe? Por que é que esta porta está trancada?

Entramos aqui por essa porta e agora está fechada à chave. Como é que deu um jeito de fechá-la?

– Não podemos ficar gritando para que todos acabem ouvindo o assunto que tratamos. Longe de mim a ideia de rir; é que estou farto de falar disso. Mas como pode sair nessas condições? Quer denunciá-lo? Vai deixá-lo furioso e ele próprio, por causa disso, vai se entregar. Digo-lhe francamente, eles já o mantêm sob observação; já estão no encalço dele. A senhora simplesmente atropelaria as coisas. Espere um pouco. Acabei de vê-lo e falei com ele. Ainda há a possibilidade de salvá-lo. Espere, sente-se; vamos pensar nisso juntos. Eu lhe pedi para vir exatamente para podermos discutir o assunto a sós e para encontrarmos a melhor solução. Mas, por favor, sente-se!

– Como é que pode salvá-lo? Será que realmente há meios de salvá-lo?

Dúnia se sentou. Svidrigailov tomou assento ao lado dela.

– Tudo depende da senhora, da senhora e só da senhora – começou ele, de olhos faiscantes, quase em sussurros e mal podendo pronunciar as palavras, por causa da emoção.

Dúnia, assustada, afastou-se um pouco dele. Ele também tremia de alto a baixo.

– Da senhora!... uma palavra sua e ele está salvo! Eu... eu vou salvá-lo! Tenho dinheiro e amigos. Vou mandá-lo para fora do país imediatamente. Vou conseguir um passaporte, dois passaportes, um para ele e um para mim. Tenho amigos... pessoas influentes... Se quiser, arranjo um passaporte para a senhora... para sua mãe... O que está querendo com Razumihin? Eu também a amo... Amo-a mais que tudo. Deixe-me beijar a fímbria de seu vestido, deixe-me, deixe-me... O próprio roçar de sua saia é demais para mim. Diga-me, "Faz isso" e eu o farei. Farei de tudo. Farei o impossível. Naquilo que a senhora acreditar, eu vou acreditar. Farei tudo... tudo! Não, não me olhe desse jeito! Não sabe que está me matando?...

Estava quase começando a delirar... Alguma coisa parecia ter lhe subido repentinamente à cabeça. Dúnia saltou da cadeira e correu para a porta.

– Abram! Abram! – gritou ela, sacudindo a porta. – Abram! Não há ninguém aí?

Svidrigailov se levantou e voltou a si. Seus lábios ainda trêmulos se abriram vagarosamente num sorriso maldoso e zombeteiro.

– Não há ninguém em casa – disse ele, calma e enfaticamente. – A dona da casa saiu e é perda de tempo gritar assim. A senhora só está se agitando inutilmente.

– Onde está a chave? Abra a porta imediatamente, imediatamente, seu pilantra!

— Perdi a chave e não consigo encontrá-la!

— Isso é um ultraje! — exclamou Dúnia, ficando pálida como a morte. Correu para o canto mais afastado, onde se entrincheirou atrás de uma mesinha.

Não gritava, mas fixou os olhos em seu algoz e observava cada movimento que ele fazia.

Svidrigailov permanecia parado no outro canto do quarto, fitando-a. estava perfeitamente recomposto, pelo menos na aparência, mas seu rosto continuava pálido como antes. O sorriso sarcástico não o abandonava.

— A senhora falou em ultraje, Avdótia Romanovna. Nesse caso, pode estar certa de que tomei minhas medidas. Sofia Semionovna não está em casa. Os Kapernaumov estão longe daqui... há cinco aposentos fechados em derredor. Sou pelo menos duas vezes mais forte que a senhora e nada tenho a temer, porque a senhora não poderá me denunciar mais tarde. Certamente não vai querer entregar seu irmão. Além disso, ninguém acreditaria na senhora. Como uma moça poderia ter ido sozinha visitar um homem solitário nos aposentos dele? Por isso, ainda que sacrificasse seu irmão, não poderia provar nada. É muito difícil provar um assédio, Avdótia Romanovna.

— Pilantra! — sussurrou Dúnia, indignada.

— Como quiser, mas tenha presente que eu só estava falando por hipótese. É minha convicção pessoal de que a senhora tem toda a razão... a violência é odiosa. Só falei para lhe mostrar que a senhora não precisa ter remorsos, mesmo que... estivesse querendo salvar seu irmão ou sua própria posição, como lhe sugeri. A senhora se teria simplesmente rendido às circunstâncias, à violência, de fato, se quisermos usar essa palavra. Pense nisso. O destino de seu irmão e o de sua mãe estão em suas mãos. Eu serei seu escravo... toda a vida... vou ficar esperando aqui.

Svidrigailov se sentou no sofá, a oito passos de Dúnia. Esta não tinha agora a menor dúvida sobre a inflexível decisão dele. Além disso, ela o conhecia. De repente, ela puxou do bolso um revólver, engatilhou-o e o apoiou, seguro em sua mão, sobre a mesinha. Svidrigailov deu um salto.

— Ah! Então é isso, não é? — exclamou ele, surpreso, mas sorrindo maliciosamente. — Bem, isso altera completamente o aspecto do caso. A senhora tornou as coisas maravilhosamente mais fáceis para mim, Avdótia Romanovna. Mas onde conseguiu o revólver? Foi o senhor Razumihin que o deu? Ora, é meu revólver, um velho amigo! E como procurei por ele! As lições de tiro que lhe dei no interior não foram de todo inúteis.

— Não é seu revólver, mas o de Marfa Petrovna, que o senhor matou, canalha! Não havia nada de seu na casa dela. Fiquei com ele quando comecei a suspeitar daquilo de que o senhor era capaz. Se ousar dar um passo à frente, juro que o mato — Dúnia estava furiosa.

— Mas seu irmão? Pergunto por curiosidade — disse Svidrigailov, ainda parado em seu lugar.

— Denuncie-o, se quiser! Não se mexa! Não chegue mais perto! Envenenou sua esposa, eu sei; o senhor é que é um assassino! — E ela segurava o revólver engatilhado.

— Tem certeza absoluta de que envenenei Marfa Petrovna?

— Foi o que fez! O senhor mesmo o insinuou, ao me falar de veneno... Sei que foi à procura dele... já o tinha em mãos... foi obra sua... Deve ter sido obra sua... Canalha!

— Mesmo que isso fosse verdade, teria sido por sua causa... a senhora teria sido a causa.

— Mentira! Eu sempre o odiei, sempre...

— Oho, Avdótia Romanovna! Parece que se esqueceu de como se amolecia diante de mim, no calor de seu entusiasmo. Eu o via em seus olhos. Não se lembra daquela noite de lua cheia quando o rouxinol cantava?

— Mentira! — A fúria faiscava nos olhos de Dúnia. — Isso é mentira, calúnia!

— Mentira? Bem, se quiser, é uma mentira. Inventei isso. Não se deve relembrar essas coisas às mulheres — sorriu ele. — Sei que é capaz de atirar, sua bela fera. Bem, atire!

Dúnia ergueu o revólver e, mortalmente pálida, olhou para ele, medindo a distância e esperando o primeiro movimento dele. O lábio inferior dela estava lívido e trêmulo e seus grandes olhos negros brilhavam em fogo. Ele nunca a havia visto tão bela. O fogo que fluía de seus olhos no momento em que ergueu o revólver parecia queimá-lo e sentiu uma pontada de angústia no coração. Avançou um passo e ouviu-se um disparo. A bala passou roçando os cabelos e se alojou na parede detrás. Ele parou e sorriu levemente.

— A vespa me picou. Apontou diretamente em minha cabeça. O que é isso? Sangue? — Tirou o lenço para limpar o sangue que escorria num fio tênue pela têmpora direita. A bala parecia ter arranhado a pele da cabeça.

Dúnia abaixou o revólver e ficou olhando para Svidrigailov, não tanto tomada de terror, mas numa espécie de feroz perplexidade. Parecia não compreender o que estava fazendo e o que haveria de acontecer.

— Bem, errou! Atire outra vez, estou à espera – disse Svidrigailov, com voz suave, ainda sorrindo, mas com uma expressão sombria. – Se continuar assim, vou ter tempo de agarrá-la, antes que recarregue a arma!

Dúnia estremeceu, carregou rapidamente o revólver e o ergueu de novo.

— Deixe-me! – gritou ela, desesperada. – Juro que atiro outra vez. Eu... vou matá-lo!

— Bem... a três passos, é impossível não matar. Mas se não me matar... então. – Os olhos dele brilhavam e avançou dois passos. Dúnia atirou de novo, mas a arma falhou.

— Não a carregou bem. Não importa, tem mais uma bala ali. Prepare-se, que eu espero.

Estava parado diante dela, a dois passos de distância, esperando e olhando para ela com selvagem determinação, com os olhos inflamados de paixão, fixos e resolutos. Dúnia compreendeu que ele preferia morrer a deixá-la ir. "E... agora, é claro que o mataria, a dois passos!" De repente, largou o revólver.

— Largou-o! – disse Svidrigailov, surpreso, e respirou fundo. Parecia que um peso havia sido removido de seu coração... talvez não somente o medo da morte. Na verdade, dificilmente o teria sentido naquele momento. Era a libertação de outro sentimento, mais sombrio e mais amargo, que ele próprio não conseguia definir.

Aproximou-se de Dúnia e suavemente pôs seu braço em torno da cintura dela. Ela não se opôs, mas, tremendo como uma folha, fitou-o com olhos suplicantes. Ele tentou dizer alguma coisa, mas seus lábios se mexeram sem poder articular um som.

— Deixe-me ir embora – implorou Dúnia. Svidrigailov estremeceu. A voz dela era bem diferente agora.

— Então não me ama? – perguntou ele, suavemente. Dúnia meneou negativamente a cabeça.

— E... e não pode? Nunca? – sussurrou ele, em desespero.

— Nunca!

Seguiu-se um momento de terrível e surda luta no coração de Svidrigailov. Fitou-a com uma expressão indescritível no olhar. Subitamente, retirou o braço, caminhou rapidamente até a janela e ficou olhando para fora. Passou-se outro breve momento.

— Aqui está a chave.

Tirou-a do bolso esquerdo do casaco e a colocou em cima da mesa, atrás dele, sem se voltar ou olhar para Dúnia.

– Tome-a! Depressa!

Ele olhava teimosamente para fora da janela. Dúnia se aproximou da mesa para apanhar a chave.

– Depressa! Depressa! – repetia Svidrigailov, ainda sem se voltar ou se mexer. Mas parecia haver um terrível significado no tom com que aquele "depressa" era pronunciado.

Dúnia compreendeu a situação, agarrou a chave, correu para a porta, abriu-a rapidamente e saiu do quarto. Um minuto depois, como desvairada, correu em direção da margem do canal, para a ponte X.

Svidrigailov permaneceu três minutos de pé junto da janela. Finalmente, virou-se devagar, olhou em derredor e passou a mão na testa. Um estranho sorriso contraiu seu rosto, um sorriso mesquinho, triste, fraco, um sorriso de desespero. O sangue, que já estava coagulando, sujou-lhe a mão. Olhou para o sangue com raiva, depois molhou uma toalha e lavou a fronte. O revólver que Dúnia havia largado estava perto da porta e, subitamente, lhe chamou a atenção. Apanhou-o e passou a examiná-lo. Era um pequeno revólver de bolso, de três tiros, de fabricação antiga. Restava ainda uma bala inserida no tambor. Ainda podia ser disparado uma vez. Refletiu um pouco, guardou o revólver no bolso, apanhou o chapéu e saiu.

CAPÍTULO SEIS

Ele passou essa noite, até as dez horas, entrando e saindo por várias espeluncas. Numa delas encontrou Kátia, que cantava outra canção de rua, uma que falava de certo "vilão e tirano" que começou a "beijar Kátia".

Svidrigailov ofereceu um pouco de comida e bebida a Kátia, ao tocador de realejo, aos cantores, aos criados e a dois rapazes. Ele se sentiu especialmente atraído por esses dois rapazes porque ambos tinham o nariz torto; um o tinha virado para a esquerda e o outro, para a direita. Finalmente, eles o levaram para um pequeno parque de diversões, onde ele lhes pagou a entrada. Nesse parque havia um esbelto pinheiro de uns três anos, e três arbustos, além de um local chamado "Vauxhall" que, na realidade, era uma taberna, onde serviam também chá, e havia ainda algumas mesinhas verdes e cadeiras espalhadas pelos cantos. Entretinham o público um coro de míseros cantores e um alemão de Munique, de nariz vermelho, embriagado e excessivamente deprimido. Os rapazes discutiam com outros moços e uma briga parecia iminente. Svidrigailov foi escolhido para decidir a questão. Escutou-os durante um quarto de hora, mas eles gritavam tão alto que não era possível entendê-los. O único fato que parecia certo era que um deles havia roubado algo e tinha inclusive conseguido vendê-lo no local a um judeu, mas não tinha repartido a importância recebida com o companheiro. Finalmente se conseguiu verificar que o objeto roubado era uma colherzinha de chá que pertencia à taberna. Tinha sumido e o caso começava a se complicar de modo desagradável. Svidrigailov pagou o valor da colher, levantou-se e saiu do parque. Eram cerca de seis horas. Durante todo esse tempo, não havia bebido nem uma gota de vinho e tinha pedido chá mais por causa das aparências do que por qualquer outra coisa.

Era uma noite escura e abafada. Nuvens ameaçadoras de tempestade passaram a surgir no céu em torno das dez horas. Houve trovoadas e a chuva começou a cair torrencialmente. A água não caía em gotas, mas praticamente jorrava sobre a terra. Os relâmpagos se sucediam a cada minuto e cada um deles tinha a duração do tempo que se levava para contar até cinco.

Molhado até os ossos, ele foi para casa, fechou a porta, abriu a escrivaninha, tirou dela todo o dinheiro e rasgou dois ou três papéis. Depois de pôr o dinheiro no bolso, pensou em trocar de roupa, mas, olhando pela janela e ouvindo as trovoadas e a chuva, desistiu da ideia, apanhou o chapéu e saiu do quarto, sem fechar a porta. Foi diretamente para o aposento de Sônia. Ela estava em casa.

Não estava sozinha; os quatro filhos de Kapernaumov estavam com ela. Sofia Semionovna os tinha convidado para tomar chá. Ela recebeu Svidrigailov em respeitoso silêncio, olhando maravilhada para as roupas encharcadas dele. Todas as crianças saíram correndo imediatamente, tomadas de indescritível terror.

Svidrigailov se sentou à mesa e pediu a Sônia que se sentasse ao lado. Ela se preparou timidamente para escutá-lo.

– Estou partindo para a América, Sofia Semionovna – disse Svidrigailov – e como é provável que seja a última vez que a vejo, vim aqui para definir algumas disposições. Bem, você foi visitar hoje a dama? Já sei o que ela lhe disse, não é preciso que me conte. (Sônia fez um movimento e corou.) Essa gente tem seu próprio jeito de fazer as coisas. Quanto a seus irmãos pequenos, está tudo definido e o dinheiro destinado a eles eu o coloquei em boas mãos, mediante recibos. É melhor que você conserve esses recibos para sua garantia. Aqui estão, guarde-os! Bem, agora está tudo arrumado. Aqui estão três títulos de cinco por cento, num valor total de três mil rublos. Receba-os para você, inteiramente para você, e que isso fique estritamente entre nós, de modo que ninguém venha a saber, por mais que possa ouvir. Você vai precisar desse dinheiro, porque continuar a viver como fez até aqui, Sofia Semionovna, é muito ruim; não há necessidade disso agora.

– Fico-lhe imensamente grata, bem como as crianças e minha madrasta – disse Sônia, apressadamente – e se lhe disse tão pouco para agradecer... por favor, não pense que...

– É bastante! É bastante!

– Mas quanto ao dinheiro, Arkadi Ivanovitch, sou-lhe muito grata, mas agora não preciso dele. Sempre vou poder ganhar minha própria vida. Não pense que sou ingrata. Se o senhor é tão caridoso, esse dinheiro...

– É para você, para você, Sofia Semionovna, e, por favor, não disperse palavras a respeito. Não tenho tempo para isso. Vai sentir falta dele. Rodion Romanovitch tem duas alternativas: uma bala na cabeça ou a Sibéria. (Sônia olhou apavorada para ele e estremeceu.) Não se preocupe, sei tudo a respeito do caso, ouvi-o da própria boca dele; mas não sou mexeriqueiro e não vou contá-lo a ninguém. Foi um ótimo conselho quando você lhe disse para se entregar e confessar. Teria sido muito melhor para ele. Bem, se tudo se concluir com a deportação para a Sibéria, ele deverá ir e você vai segui-lo. É assim, não é? E se assim for, você vai precisar de dinheiro. Vai precisar de dinheiro para ele, compreende? Dá-lo a você é o mesmo que dá-lo a ele. Além disso, você prometeu pagar a Amália Ivanovna o que lhe deve. Eu ouvi. Como é que pode assumir tais obrigações com tanto descuidado, Sofia Semionovna? A dívida era de Ekaterina Ivanovna e não sua; por isso você não devia dar satisfação alguma a essa alemã. Não pode viver neste mundo desse jeito. Se alguém perguntar um dia por mim... amanhã ou depois de amanhã vão lhe perguntar... não diga nada a respeito dessa visita que lhe fiz e não mostre o dinheiro a ninguém nem diga uma palavra sequer sobre ele. Bem, adeus! (Ele se levantou.) Minhas saudações a Rodion Romanovitch. A propósito, é melhor, por ora, entregar o dinheiro ao senhor Razumihin, para que o guarde. Conhece o senhor Razumihin? É claro que deve conhecê-lo. Não é um mau sujeito. Entregue-o a ele amanhã ou... quando tiver tempo. Até lá, esconda-a cuidadosamente.

Sônia se levantou também e olhou com espanto para Svidrigailov. Ela ansiava por falar, para fazer uma pergunta, mas nos primeiros momentos não se atrevia nem sabia como começar.

– Como pode... como é que o senhor pode sair com essa chuva?

– Ora, estando prestes a partir para a América, vou ser detido pela chuva! Ha-ha! Adeus, Sofia Semionovna, minha querida! Muita saúde e vida longa, porque vai ser muito útil a outros. A propósito... diga ao senhor Razumihin que lhe envio saudações. Diga-lhe que Arkadi Ivanovitch Svidrigailov lhe envia saudações. Não se esqueça.

Saiu, deixando Sônia num estado de surpreendente ansiedade e vaga apreensão.

Mais tarde, nessa mesma noite, às 11h,20, ele fez outra excêntrica e inesperada visita. A chuva persistia ainda. Completamente molhado, ele se dirigiu até o pequeno alojamento onde viviam os pais de sua noiva, na Terceira Rua, na ilha Vassilievski. Bateu à porta durante algum tempo antes de ser atendido e sua visita causou, a princípio, grande perturbação; mas Svidrigailov, quando quisesse, era um homem sedutor, de modo que a primeira e realmente fundada conjetura dos sensatos pais da noiva, de que Svidrigailov tinha provavelmente bebido tanto que nem mais sabia o que estava fazendo, logo se desfez. O velho pai foi trazido em sua cadeira de rodas para ser apresentado a Svidrigailov pela terna e discreta mãe que, como era seu costume, começou a conversa com várias perguntas irrelevantes. Ela nunca fazia perguntas diretas, mas começava por sorrir e esfregar as mãos, e depois, se precisava certificar-se de alguma coisa... por exemplo, para quando Svidrigailov pretendia marcar o casamento... começava com perguntas de interesse e quase impacientes sobre Paris e da vida da corte e, somente aos poucos, conduzia a conversa em torno da Terceira Rua. Em outras ocasiões, isso tinha sido, é claro, bastante interessante, mas dessa vez Svidrigailov parecia particularmente impaciente e insistia para ver a noiva o mais rápido possível, embora tivesse sido informado, para começar, que ela já estava deitada. A moça, é claro, logo apareceu.

    Svidrigailov a informou imediatamente que era obrigado a se ausentar por um tempo de Petersburgo por causa de negócios muito importantes e por isso lhe deixava quinze mil rublos e lhe pedia que os aceitasse a título de presente, visto que já havia pensado lhe dar esse insignificante presente antes do casamento. Não ficou clara a lógica conexão entre o presente e sua iminente viagem e a imprescindível necessidade de visitá-los para tanto à meia-noite e sob aquela chuva torrencial. Mas tudo correu bem; até as inevitáveis exclamações de espanto e de pesar, as inevitáveis perguntas foram exíguas e restritas. Por outro lado, a gratidão expressa foi mais calorosa e reforçada por lágrimas da mais sensível das mães. Svidrigailov se levantou, riu, beijou a noiva, acariciou-lhe as faces, afirmou que logo voltaria e, notando nos olhos dela, junto com uma infantil curiosidade, uma espécie de séria e tácita interrogação, refletiu um pouco e a beijou novamente, embora fosse tomado interiormente por uma sincera raiva diante do pensamento de que seu presente logo haveria de ficar sob a ciosa guarda da mais sensível das mães. Saiu, deixando a todos num estado de extraordinária agitação, mas a terna mãe, falando tranquilamente quase em sussurros, resolveu algumas das mais importantes dúvidas deles, concluindo que Svidrigailov era um grande homem, um homem de grandes negócios e relações e de grande riqueza... não havia como saber o que ele tinha em mente. Iria partir de viagem e distribuía dinheiro como bem lhe parecesse e nisso não havia nada de surpreendente. É claro que era estranho o fato de ele se ter apresentado todo encharcado, mas os ingleses, por exemplo, eram ainda mais excêntricos e todas essas pessoas da alta sociedade não se preocupam com o que possam dizer delas e não se submetem a muita cerimônia. Na verdade, não deixava de ser provável que tivesse vindo intencionalmente desse jeito, para mostrar que não tinha medo de ninguém. Mais importante, porém, era que não se dissesse uma única palavra a respeito, pois só Deus sabe o que poderia surgir disso tudo; o dinheiro deveria ficar bem guardado e não deixava de ser uma sorte que Fedósia, a cozinheira, tivesse ficado lá na cozinha. E, acima de tudo, não se devia dizer absolutamente nada àquela velha raposa, a senhora Resslich, etc. etc. Ficaram acordados conversando aos sussurros até as duas horas da madrugada, mas a moça tinha ido dormir bem mais cedo, surpresa e um tanto triste.

Nesse meio-tempo, Svidrigailov, exatamente à meia-noite, atravessava a ponte em seu caminho de volta. A chuva havia parado, mas o vento zunia. Começou a tremer e, por um instante, bateu os olhos nas águas escuras do rio Neva com singular e até interrogativo interesse. Mas logo passou a sentir frio, ao ficar parado perto da água. Voltou-se e seguiu em direção da avenida Y. Caminhou ao longo dessa interminável avenida, quase meia hora, tropeçando na escuridão por mais de uma vez no pavimento de madeira, mas procurando continuamente por algo no lado direito da avenida. Passando por aí, não fazia muito tempo, havia notado que havia, perto do final da avenida, um hotel de madeira, mas bem grande, e o nome, tanto quanto podia recordar, era algo como Adrianopol. Não estava errado. O hotel era tão visível naquele lugar abandonado por Deus que não pôde deixar de vê-lo, mesmo no meio da escuridão. Era um edifício comprido, de madeira enegrecida, e, apesar da hora avançada, havia luz nas janelas e sinais de vida em seu interior. Entrou e pediu um quarto ao serviçal esfarrapado que o atendeu. Examinando Svidrigailov, o serviçal se aprumou e o conduziu imediatamente a um minúsculo e abafado quarto no final do corredor, debaixo das escadas. Não havia outro disponível; estavam todos ocupados. O esfarrapado atendente olhava de modo interrogativo.

– É possível tomar um chá? – perguntou Svidrigailov.

– Sim, senhor.

– Há algo mais?

– Carne de vitela, vodca, petiscos.

– Traga-me carne de vitela e chá.

– Não deseja mais nada? – perguntou ele, com aparente surpresa.

– Nada, nada!

O homem esfarrapado se afastou, completamente desiludido.

"Deve ser um lugar encantador", pensou Svidrigailov. "Como é que não o conhecia? Espero que fique parecendo que acabei de sair de um café-concerto e que tive uma pequena aventura pelo caminho. Seria interessante saber que tipo de gente se aloja aqui."

 Acendeu a vela e examinou com mais cuidado o aposento. Era um quarto com o teto tão baixo que Svidrigalov quase não conseguia ficar de pé. Tinha uma única janela; a cama, que estava muito suja, uma cadeira recém-pintada e uma mesa ocupavam quase todo o espaço. As paredes pareciam feitas de pranchas de madeira, forradas com papel desbotado, tão roto e empoeirado que não se podia distinguir o padrão, embora a cor predominante... amarelo... ainda se pudesse entrever. Uma das paredes era cortada pelo teto inclinado, embora o quarto não fosse um sótão, mas um cubículo embaixo da escada.

 Svidrigailov pousou a vela, sentou-se na cama e ficou pensativo. Mas um estranho e persistente murmúrio, que às vezes chegava quase a transformar-se num grito, no quarto contíguo, prendeu sua atenção. O murmúrio não havia cessado desde o momento em que entrou no quarto. Ele se pôs a escutar. Alguém estava recriminando e, quase em choro, repreendendo, mas só conseguia ouvir uma voz.

 Svidrigailov se levantou, cobriu a luz da vela com a mão e imediatamente viu luz através de uma fresta na parede; aproximou-se e espiou. Naquele quarto, que era um pouco maior que o dele, havia dois hóspedes. Um deles, de cabelo encaracolado e rosto vermelho e inflamado, estava de pé numa atitude de orador, sem casaco, de pernas bem abertas para manter o equilíbrio e, dando socos no peito, recriminava o outro, dizendo-lhe que era miserável, que não tinha nem onde ficar. Afirmava que o tinha tirado da sarjeta e que, quando quisesse, poderia jogá-lo de volta nela, e que só o dedo de Deus podia mudar tudo. Aquele que recebia essas repreensões estava sentado numa cadeira e tinha o aspecto de um homem que tem muita vontade de espirrar e não pode. Às vezes, ele volvia os olhos tímidos e embaçados para o orador, mas obviamente não tinha a menor ideia do que este último estava falando e mal o escutava. Em cima da mesa, ardia uma vela, mas havia também copos de vinho, uma garrafa de vodca quase vazia, pão e pepino e copos com resíduos de chá envelhecido. Depois de observar atentamente tudo isso, Svidrigailov se afastou com indiferença e se sentou na cama.

 O esfarrapado atendente, ao voltar com o chá, não pôde conter-se e tornou a perguntar se não queria mais nada; recebendo novamente uma resposta negativa, finalmente se retirou. Svidrigailov se apressou em tomar uma xícara de chá, para se aquecer, mas não conseguiu comer absolutamente nada. Começava a sentir febre. Tirou o casaco e, enrolando-se no cobertor, deitou-se. Estava aborrecido. "Seria melhor me sentir bem para a ocasião", pensou, com um sorriso. O quarto estava abafado, a vela produzia uma chama fraca, o vento soprava forte lá fora, ouviu um rato arranhando no canto e o quarto cheirava a ratos e couro. Estava deitado numa espécie de devaneio; a um pensamento se seguia outro. Sentiu-se ansioso por fixar sua imaginação em alguma coisa. "Deve haver um jardim embaixo da janela", pensou. "Há um rumor de árvores. Como detesto o ruído das árvores numa noite tempestuosa, no escuro! Dá-nos uma horrorosa impressão." Lembrou-se de como o tinha detestado, ao passar pouco antes pelo Parque Petrovski. Isso lhe recordou a ponte sobre o rio Neva e tornou a sentir frio, como tinha sentido ao parar para olhar a água. "Nunca gostei de água, nem mesmo numa paisagem", pensou ele, e subitamente sorriu outra vez diante da estranha ideia. "Agora certamente, todas essas questões de gosto e de conforto não deveriam fazer a menor diferença, mas acabei me tornando mais esquisito, como um animal que vai em busca de um lugar especial... numa ocasião dessas. Eu devia mesmo ter ido ao Parque Petrovski! Parecia frio, escuro, ha-ha! Como se estivesse procurando sensações agradáveis... A propósito, por que não apaguei a vela?" Soprou e a apagou. "Os vizinhos do lado foram dormir", pensou ele, uma vez que não via luz na fresta. "Bem, agora Marfa Petrovna, agora pode voltar; está escuro e é a hora certa e o lugar apropriado para você. Mas agora você não vai aparecer!"

Subitamente se lembrou de como, uma hora antes de ir ao encontro de Dúnia, tinha recomendado a Raskolnikov que confiasse a irmã aos cuidados de Razumihin. "Suponho que realmente disse isso por brincadeira, como bem entendeu Raskolnikov, calculou. Mas que velhaco é esse Raskolnikov! Aprontou das suas! Pode ser que, com o tempo, venha a ser um pilantra de sucesso, isso quando tiver dominado sua loucura. Mas agora está profundamente ansioso por viver. Esses jovens de hoje são desprezíveis nesse aspecto. Mas, que se dane esse sujeito! Que faça o que bem quiser, nada tenho a ver com isso."

Não conseguia dormir. Aos poucos, a imagem de Dúnia surgiu diante dele e um tremor percorreu todo o seu corpo. "Não, devo desistir de tudo isso, por ora", pensou ele, num instante de lucidez. "Tenho de pensar em qualquer outra coisa. Coisa estranha e ridícula. Nunca tive tanto ódio por ninguém, nunca desejei até mesmo me vingar, e isso é mau sinal, mau sinal, mau sinal. Tampouco gostei de discutir e nunca perdi a razão... isso também é mau sinal. E as promessas que lhe fiz agora mesmo... que se dane! Mas... quem sabe?... Talvez ela tivesse feito de mim outro homem..."

Rangeu os dentes e mergulhou de novo no silêncio. A imagem de Dúnia surgiu outra vez diante dele, exatamente como ela era quando, depois de disparar pela primeira vez, baixou o revólver aterrorizada e olhou para ele meio perdida, de modo que ele tivera tempo para agarrá-la por duas vezes e ela não teria levantado uma mão para se defender, se ele não a tivesse despertado desse torpor. Lembrava-se de como, naquele instante, quase sentira pena dela e de como havia sentido uma pontada no coração...

"Ah, para os diabos com esses pensamentos! Devo afugentar tudo isso!"

Estava cochilando; o tremor da febre havia cessado quando, subitamente, algo parecia correr por seus braços e pernas, embaixo das cobertas. Estremeceu. "Ufa! Com os diabos! Creio que é um rato", pensou. "É a carne que deixei sobre a mesa." Sentia-se temerosamente pouco propenso a tirar as cobertas, levantar, apanhar frio, mas, de repente, algo desagradável corria por sua perna novamente. Levantou a coberta e acendeu a vela. Tremendo de frio e febril, agachou-se para examinar a cama. Não havia nada. Sacudiu o cobertor e, subitamente, um rato pulou sobre o lençol. Tentou agarrá-lo, mas o rato corria em ziguezagues, sem deixar a cama, escorregou entre seus dedos, correu sobre sua mão e de repente pulou debaixo do travesseiro. Puxou o travesseiro, mas num instante sentiu algo saltar em seu peito e correr por seu corpo e até pelas costas, por baixo da camisa. Tremia de nervoso e acordou.

O quarto estava às escuras. E ele, deitado na cama e enrolado nas cobertas como antes. O vento assobiava sob a janela. "Que desgosto!", pensou ele, aborrecido.

Levantou-se e sentou na beirada da cama, de costas para a janela. "O melhor é não dormir", decidiu. Além do mais, havia uma corrente de frio e umidade que entrava pela janela; sem se levantar, ele puxou o cobertor e se enrolou nele. Não pensava em nada nem queria pensar. Mas surgia uma imagem após outra, incoerentes fragmentos de ideias, sem pé nem cabeça, perpassavam por sua mente. Caiu numa sonolência. Talvez o frio, a umidade, a escuridão ou o vento que zunia sob a janela e balançava as árvores lá fora despertavam uma espécie de persistente anseio pelo fantástico. Passou a contemplar demoradamente imagens de flores, imaginava um encantador jardim repleto de flores, num dia brilhante, ameno, quase quente, um dia de festa... o dia da Trindade. Uma bela e suntuosa casa de campo, de estilo inglês, coberta de fragrantes flores, com canteiros floridos rodeando toda a casa; a varanda, coroada de trepadeiras, estava cercada de canteiros de rosas. Uma clara e fresca escada, forrada com rico tapete, era decorada com plantas raras em potes de porcelana. Reparou especialmente nas janelas ramalhetes de tenros, brancos narcisos, de intenso aroma, que pendiam de seus belos, verdes e esguios caules. Não queria afastar-se deles, mas subiu a escada e chegou a uma grande sala de estar de teto alto e ali também por toda a parte... nas janelas, nas portas que davam para a varanda e na própria varanda... havia flores. O chão estava todo atapetado de erva recém-cortada e cheirosa; as janelas estavam abertas e um ar fresco, suave e leve penetrava na sala. Os passarinhos gorjeavam sob as janelas e, no meio da sala, numa mesa coberta com uma toalha branca de cetim, havia um caixão. Esse caixão estava forrado de seda branca e guarnecido na beirada com uma espessa renda branca; coroas de flores o cercavam por todos os lados. Entre flores e dentro dele jazia uma moça vestida de musselina branca, com as mãos cruzadas sobre o peito, como se fossem esculpidas em mármore. Mas seus cabelos loiros estavam soltos e molhados; uma coroa de rosas lhe cingia a fronte. O severo e já rígido perfil de seu rosto também parecia esculpido em mármore; e o sorriso em seus pálidos lábios deixava transparecer uma imensa tristeza e um pesaroso encanto. Svidrigailov conhecia aquela moça; não havia imagens sagradas nem velas acesas em torno do caixão; não havia rumor de orações; a moça se havia afogado. Só tinha 14 anos, mas seu coração estava partido. E ela se havia destruído a si mesma, esmagada por uma afronta que havia aterrorizado e assombrado aquela alma infantil, tinha manchado aquela angélica pureza com imerecida desgraça, arrancando dela um derradeiro grito de desespero, desconsiderado e negligenciado por todos, mas que havia ressoado numa noite escura, no momento frio e úmido em que o vento rugia...

 Svidrigailov voltou a si, levantou da cama e foi até a janela. Puxou o trinco e a abriu. O vento irrompeu furiosamente no pequeno quarto, atingindo, como sopro gelado, seu rosto e seu peito, coberto unicamente pela camisa. Sob a janela devia haver qualquer coisa semelhante a um jardim e, aparentemente, um aprazível jardim. Ali também, provavelmente, havia mesas para o chá e pessoas entoando canções, durante o dia. Agora, das árvores e dos arbustos, gotas de chuva voavam pela janela adentro; a noite era um poço de escuridão, de modo que ele só podia vislumbrar algumas manchas escuras de possíveis objetos. Svidrigailov, inclinando-se para fora com os cotovelos apoiados no peitoril da janela, ficou olhando por cinco minutos no escuro; o estrondo de um canhão, seguido de outro, ressoou na escuridão da noite. "Ah, é o sinal! O rio está transbordando", pensou ele. "Pela manhã estará descendo em redemoinhos pela rua para a parte mais baixa, inundando as fundações e os porões. Os ratos vão sair nadando e os homens vão amaldiçoar a chuva e o vento enquanto arrastam seus bens para os andares de cima. Que horas são agora?" E mal o tinha pensado quando, em algum lugar por perto, um relógio de parede bateu três horas, parecendo querer anunciá-las às pressas.

"Ah, dentro de uma hora vai amanhecer! Para que esperar? Vou sair já e diretamente para o parque. Ali vou escolher um grande arbusto encharcado pela chuva, de maneira que, tão logo um ombro o tocar, milhões de gotas de água vão cair sobre a cabeça."

Afastou-se da janela, fechou-a, acendeu a vela, pôs o colete, o casaco, o chapéu e saiu com a vela para o corredor, à procura do esfarrapado atendente, que deveria estar dormindo em algum lugar, no meio de tocos de vela e toda espécie de lixo, a fim de lhe pagar a conta pela ocupação do quarto e deixar o hotel. "É o melhor momento; não podia escolher um melhor."

Caminhou por algum tempo por todo o longo e estreito corredor, sem encontrar ninguém; já se dispunha a chamar em voz alta quando, de repente, num canto escuro, entre um velho guarda-louça e a porta, percebeu um estranho objeto que parecia estar vivo. Agachou-se com a vela na mão e viu uma menina, de uns cinco anos no máximo, tremendo e chorando, com as roupas molhadas como um pano de cozinha encharcado. Parecia não ter medo de Svidrigailov, mas o olhava com vaga surpresa através de seus grandes olhos negros. De quando em quando soluçava como as crianças fazem quando estiveram chorando por longo tempo, mas começam a receber algum conforto. O rosto da criança estava pálido e cansado; ela estava paralisada de frio. "Como é que pode ter vindo parar aqui? Deve ter ficado escondida aqui e não dormiu a noite inteira." Ele começou a lhe fazer perguntas. A criança, tornando-se subitamente animada, passou a falar em sua linguagem infantil sobre "mamãe" e que "mamãe bateria nela" e ainda de uma tigela que havia "quebrado". A menina falava sem parar. Ele só conseguia adivinhar, pelo que ela dizia, que era uma criança abandonada, cuja mãe, provavelmente uma cozinheira embriagada, a serviço do hotel, bateu nela e a assustou; que a criança havia quebrado uma tigela da mãe e que ficara tão amedrontada que havia fugido na noite anterior; que se havia escondido por longo tempo em algum lugar, sob a chuva; que finalmente tinha entrado ali, escondendo-se atrás do guarda-louça e ali teria passado a noite, chorando e tremendo de frio, de medo da escuridão e de medo de que levasse uma surra por isso. Ele a tomou nos braços, voltou para o quarto, sentou-a na cama e começou a despi-la. Os sapatos rotos que ela usava sem meias estavam tão molhados como se ela tivesse passado a noite numa poça d'água. Depois de tê-la despido, deitou-a na cama e a envolveu dos pés à cabeça com o cobertor. Ela caiu no sono imediatamente. Então ele mergulhou em sombrias reflexões.

"Que tolice arranjar problemas agora", disse subitamente para si mesmo, com um opressivo sentimento de aborrecimento. "Que idiotice!" Contrariado, tomou a vela para procurar o esfarrapado atendente outra vez e se apressou para poder partir logo dali. "Que se dane a criança!", pensou ele, ao abrir a porta; mas voltou para ver se a criança dormia. Levantou o cobertor com todo o cuidado. A criança dormia profundamente, tinha se aquecido sob o cobertor e suas pálidas faces estavam coradas. Mas, coisa estranha, aquela coloração parecia mais brilhante e mais vulgar do que as faces rosadas das crianças. "É um rubor de febre", pensou Svidrigailov. Era igual à vermelhidão de um beberrão, como se ela tivesse tomado um copo cheio de bebida. Seus lábios vermelhos eram afogueados e brilhantes. Mas o que é isso? De repente lhe pareceu que suas longas e negras pestanas tremiam, como se os cílios estivessem se abrindo e um furtivo e malicioso olho espiasse com piscar nada infantil, como se a menina não estivesse dormindo, mas fingindo. Sim, e assim era. Seus lábios se abriram num sorriso. Os cantos da boca estremeceram, como se ela estivesse tentando controlá-los. Mas então desistiu de fazer esforço para se controlar e agora mostrava um sorriso maldoso, largo e malévolo. Havia algo de insolente, de provocante naquele rosto nada infantil; era depravação, era o rosto de uma prostituta, o vergonhoso rosto de uma prostituta francesa. Agora arregalou os dois olhos, que lançaram um inflamado e vergonhoso relance para ele; esses olhos riam, o convidavam... Havia algo de infinitamente hediondo e chocante naquele riso, naqueles olhos, em semelhante sordidez no rosto de uma criança. "O quê? Aos cinco anos!", murmurou Svidrigailov, com evidente horror. "Mas o que significa isso?" E então ela se voltou para ele, com seu pequeno rosto totalmente inflamado, estendendo os braços... "Maldita criança!", gritou Svidrigailov, erguendo a mão para agredi-la. Mas nesse momento acordou.

Ele estava na mesma cama, ainda envolto no cobertor. A vela não tinha sido acesa e a luz do dia penetrava pela janela.

"Tive pesadelos a noite toda!" Levantou-se zangado, sentindo-se totalmente moído; os ossos doíam. Havia um espesso nevoeiro lá fora e não conseguia ver nada. Eram quase cinco horas. Havia dormido demais. Levantou-se, vestiu sua jaqueta ainda úmida e o sobretudo. Sentindo o revólver no bolso, tirou-o e se sentou; tirou do bolso um bloco de notas e, no local mais visível da primeira página, escreveu algumas linhas em letras graúdas. Releu-as, ficou pensativo, com os cotovelos apoiados sobre a mesa. O revólver e o bloco de notas estavam ao lado dele. Algumas moscas acordaram e foram pousar sobre a carne intocada, que ainda permanecia em cima da mesa. Ficou olhando para elas e, finalmente, com sua mão direita livre, tentou apanhar uma. Tentou até se cansar. Por fim, percebendo que estava empenhado nessa interessante perseguição, estremeceu, levantou-se e saiu resolutamente do quarto. Um minuto depois estava na rua.

Uma névoa densa e leitosa cobria a cidade. Svidrigailov caminhava pelo escorregadio e sujo pavimento de madeira em direção ao rio Neva. Imaginava que as águas do rio Neva teriam subido durante a noite, pensava na ilha Petrovski, nos caminhos molhados, na grama úmida, nas árvores e nos arbustos molhados e, finalmente, no arbusto... Mal-humorado, começou a olhar para as casas, tentando pensar em outra coisa. Não havia condutor de carruagem nem qualquer transeunte na rua. As pequenas casas de madeira, de um amarelo claro, pareciam sujas e tristonhas com suas janelas fechadas. O frio e a umidade penetravam em todo o seu corpo e ele começou a tiritar. De quando em quando passava diante de letreiros de lojas e os lia com toda a atenção. Finalmente chegou até o final da calçada de madeira e se viu diante de uma grande casa de pedra. Um cão sujo e trêmulo cruzou seu caminho com a cauda entre as pernas. Um homem de sobretudo cinza jazia caído de bruços, totalmente bêbado, no meio da calçada. Olhou-o e seguiu adiante. À esquerda, se erguia uma torre bem alta. "Ora!", pensou ele, "esse é um bom lugar. Por que deveria ser o parque Petrovski? Pelo menos vai ser na presença de uma testemunha oficial..."

Esteve a ponto de sorrir ante esse novo pensamento e voltou para a rua onde se erguia a grande casa com a torre. Diante dos grandes portões fechados da casa, estava um homem baixo com os ombros encostados neles, envolto num casaco cinza de soldado, com um capacete de bronze na cabeça. Lançou um olhar sonolento e indiferente para Svidrigailov. Em seu rosto se espelhava aquela perpétua aparência de enfadonho abatimento, que tão acremente se estampa em todos os rostos, sem exceção, da raça judaica. Os dois, Svidrigailov e Aquiles, se fitaram mutuamente por alguns minutos, sem dizer palavra. Finalmente, Aquiles achou um tanto estranho que um homem, sem estar bêbado, ficasse parado a três passos dele, olhando e não proferindo uma palavra sequer.

– O que é que o senhor anda procurando por aqui? – perguntou ele, sem se mexer ou mudar de posição.

– Nada, irmão, bom dia – respondeu Svidrigailov.

– Esse não é o lugar.

– Estou partindo para o estrangeiro, meu irmão.

– Para o estrangeiro?

– Para a América.

– América.

Svidrigailov puxou o revólver e o carregou. Aquiles ergueu as sobrancelhas.

– Estou dizendo, esse não é o lugar para essas brincadeiras!

– Por que não seria o lugar?

– Porque não é.

– Bem, irmão, não me importa. É um bom lugar. Se alguém lhe perguntar, diga somente: ele me disse que ia para a América.

– Encostou o revólver na têmpora direita.

– Não pode fazer isso, justamente aqui, não, aqui não é o lugar! – gritou Aquiles, arregalando os olhos.

Svidrigailov puxou o gatilho.

CAPÍTULO SETE

No mesmo dia, em torno das sete horas da noite, Raskolnikov estava a caminho do alojamento da mãe e da irmã... no mesmo alojamento, na casa de Bakaleiev, que Razumihin tinha arranjado para elas. A escada partia logo da rua. Raskolnikov subiu com passos lentos, como se ainda hesitasse se subir ou não. Mas nada o faria voltar atrás; sua resolução estava tomada.

"Além disso, tanto faz, elas não sabem nada ainda", pensou ele, "e já estão acostumadas a me considerar como um excêntrico.

Estava pavorosamente vestido. Suas roupas estavam rasgadas e sujas, encharcadas pela chuva da noite. Seu rosto estava quase desfigurado pelo cansaço, pela exposição ao mau tempo, pelo conflito interior que tinha durado 24 horas. Tinha passado a noite anterior sozinho, Deus sabe onde. De qualquer modo, porém, tinha tomado uma decisão.

Bateu à porta, que foi aberta pela mãe. Dúnia não estava em casa. Até a criada estava fora. De início, Pulquéria Alexandrovna ficou muda de alegria e surpresa; depois o tomou pela mão e o conduziu para dentro.

– Oh, é você! – exclamou ela, gaguejando de alegria. – Não fique zangado comigo, Rodya, por recebê-lo tão tolamente entre lágrimas. Estou rindo e não chorando. Pensou que eu estava chorando? Não, estou muito contente, mas tenho esse estúpido hábito de me derreter em lágrimas. Isso me acontece desde o dia em que seu pai morreu. Choro por qualquer coisa. Sente-se, querido menino; deve estar cansado. Vejo que está. Ah, como está sujo!

– Apanhei muita chuva ontem, mãe... – começou Raskolnikov.

– Não, não! – interrompeu-o apressadamente Pulquéria Alexandrovna. – Achou, talvez, que ia submetê-lo a perguntas do jeito que as mulheres costumam fazer. Não fique ansioso, compreendo, compreendo tudo. Agora já me habituei aos modos daqui e, na verdade, vejo muito bem que assim é melhor. Decidi de uma vez por todas: como poderia eu entender seus planos e esperar que me prestasse conta deles? Deus sabe os problemas e os planos que você deve ter ou que ideias anda incubando. Por isso não cabe a mim ficar cutucando e lhe perguntando sobre o que pensa ou deixa de pensar. Mas, meu Deus! Por que estou andando de um lado a outro como se estivesse louca...? Rodya, estou lendo seu artigo na revista pela terceira vez. Foi Dmitri Prokófitch que o trouxe para mim. Logo que o vi dei um grito. "Veja só como sou tola", pensei. "É disso que ele se ocupa; essa é a solução do mistério! Pessoas instruídas são sempre assim. Ele deve ter novas ideias pela cabeça exatamente nesse momento e deve estar tentando amadurecê-las, enquanto eu o importuno e o distraio." Li o artigo, meu querido, e é claro que havia muita coisa que não compreendi; mas isso é natural... como haveria de compreender tudo?

– Mostre-me, mãe.

Raskólnikov tomou a revista e deu uma olhada no artigo. Por mais que estivesse em contradição com sua situação e com as circunstâncias atuais, teve aquela estranha e acridoce sensação que todo autor experimenta ao ver pela primeira vez impressa qualquer coisa sua; além disso, tinha somente 23 anos. Isso durou apenas um momento. Depois de ler algumas linhas, franziu a testa e seu coração foi tomado de angústia. Recordou todo o conflito interior dos meses precedentes. Jogou o artigo sobre a mesa com desgosto e raiva.

– Mas, por mais tola que eu seja, Rodya, vejo que você vai ser, muito em breve, um dos principais representantes... senão o principal... do pensamento russo no mundo. E muitos se atrevem a pensar que você é louco! Você não sabe, mas muitos pensam isso. Oh, mesquinhos! Como poderiam compreender um gênio? E Dúnia, até Dúnia estava prestes a acreditar neles... que é que você diz disso? Seu falecido pai enviou por duas vezes coisas a revistas... na primeira vez, poemas (ainda conservo o manuscrito e vou mostrá-lo a você um dia); a segunda vez, uma novela completa (eu pedi a ele que me deixasse copiá-la); e, apesar de todo o empenho para que fossem publicados... não foram! Eu andava me preocupando, Rodya, há seis ou sete dias, com sua alimentação e com suas roupas e ainda com a maneira como você está vivendo. Mas agora vejo muito bem como fui tola, pois você pode conquistar tudo o que quiser com sua inteligência e seu talento. Sem dúvida, você não se preocupa com isso por ora e está dedicando seu tempo a assuntos muito mais importantes...

– Dúnia não está em casa, mãe?

— Não, Rodya. Ela praticamente não para em casa e me deixa sozinha. Dmitri Prokófitch, vem me fazer companhia, é tão bondoso e sempre fala de você. Ele gosta muito de você e o respeita, meu querido. Não digo que Dúnia não tenha consideração para comigo. Não estou me queixando. Ela tem seu jeito de ser e eu, o meu; parece que anda guardando alguns segredos ultimamente, enquanto eu nunca tive qualquer segredo para vocês dois. Claro que eu estou certa de que Dúnia é muito sensata e, além disso, gosta de nós dois... mas não sei como vai acabar tudo isso. Você me deixou tão feliz por ter vindo, Rodya, mas ela não vai vê-lo, por ter saído; quando voltar, vou lhe dizer: "Seu irmão esteve aqui enquanto você estava fora. Por onde andou durante todo esse tempo?" Não precisa se preocupar comigo, Rodya; venha quando puder, mas se não puder, não importa, posso esperar. De qualquer modo, sei que você gosta demais de mim, e isso me basta. Vou ler o que for escrevendo, vou ouvir falar de você da parte de todos e, às vezes, pode vir pessoalmente me ver. O que poderia ser melhor do que isso? Nesse momento, você veio consolar sua mãe, compreendo.

Nesse instante, Pulquéria Alexandrovna começou a chorar.

— Aqui estou eu de novo com isso! Não se importe com minha tolice. Meu Deus, por que é que estou aqui sentada? — exclamou ela, saltando do lugar. — Há café e não ofereci a você nem um gole! Ah, assim é o egoísmo das pessoas de idade! Vou buscá-lo imediatamente!

— Não se incomode, mãe, estou indo embora agora mesmo. Não vim por isso. Por favor, me escute.

Pulquéria Alexandrovna se aproximou dele timidamente.

— Mãe, aconteça o que acontecer, mesmo que ouça o quer que seja de mim, mesmo que digam o que bem entenderem, vai me amar sempre como me ama agora? — perguntou ele, de repente, do fundo do coração, como se não estivesse pensando em suas palavras nem as estivesse sopesando.

— Rodya, Rodya, o que aconteceu? Como pode me fazer semelhante pergunta? Ora, quem é que vai falar mal de você? Além disso, eu não acreditaria em ninguém, eu me recusaria a escutar.

— Vim para lhe assegurar que sempre amei a senhora e que estou contente por estarmos a sós e por Dúnia não estar em casa — continuou ele, no mesmo ímpeto. — Vim para lhe dizer que, embora a senhora possa sentir-se infeliz, deve acreditar que seu filho a ama agora mais do que a si próprio e que tudo o que pensou a meu respeito, que eu era cruel e não me importava com vocês, nada disso era verdade. Nunca vou deixar de amá-la... Bem, é isso. pensei que devia fazer isso e começar com...

Pulquéria Alexandrovna o abraçou em silêncio, apertando-o contra o peito e chorando suavemente.

– Não sei o que está errado com você, Rodya – disse ela, finalmente. – Durante todo esse tempo estive pensando que nós estávamos simplesmente aborrecendo você e agora vejo que há uma grande tristeza que o oprime e é por isso que está tão abatido. Havia muito tempo que o pressentia, Rodya. Perdoe-me por falar sobre isso. Continuo pensando nisso e passo noites sem dormir. Sua irmã passou a noite inteira falando durante o sono e não falava senão em você. Consegui captar alguma coisa, mas não consegui decifrar seu significado. A manhã inteira senti como se estivesse caminhando para a forca, à espera de alguma coisa, aguardando não sei quê, e agora chegou! Rodya, Rodya, para onde está indo? Vai partir para algum lugar?

– Sim.

– Era o que eu pensava! Posso ir com você, bem sabe, se precisar de mim. E Dúnia também; ela o ama, ela o ama ternamente... e até Sofia Semionovna pode ir conosco, se quiser. Veja só, gosto dela como se fosse minha filha... Dmitri Prokofitch vai nos ajudar para podermos ir juntos. Mas... para onde... está indo?

– Adeus, mãe.

– O quê? Hoje? – exclamou ela, como se fosse perdê-lo para sempre.

– Não posso ficar, devo ir agora...

– E não posso ir com você?

– Não, mas ajoelhe-se e ore a Deus por mim. Talvez sua prece chegue até ele.

– Deixe-me abençoá-lo e persigná-lo com o sinal da cruz. Está certo, está certo. Oh, meu Deus, o que vamos fazer?

Sim; ele estava contente, estava muito contente, porque não havia ninguém ali, porque estava sozinho com a mãe. Pela primeira vez, depois de todos aqueles terríveis meses, seu coração estava aliviado. Caiu de joelhos diante dela, beijou-lhe os pés e os dois choravam abraçados. E ela não se mostrava surpresa nem lhe fazia perguntas agora. Durante alguns dias, ela tinha passado a compreender que alguma coisa de horrendo estava acontecendo com seu filho e que agora tinha chegado o derradeiro e terrível momento para ele.

– Rodya, meu querido, meu primogênito! – disse ela, soluçando. – Agora você está como nos tempos em que era criança. Você vinha correndo para mim como agora e se agarrava em mim e me beijava. Quando seu pai era vivo e nós estávamos com problemas, você nos consolava pelo simples fato de estar conosco; e depois de ter sepultado seu pai, quantas vezes choramos juntos sobre o túmulo dele, e abraçados como agora! E se eu estive chorando ultimamente é porque meu coração de mãe tinha um pressentimento de dificuldades. A primeira vez que o vi, naquela noite, deve se lembrar, logo que chegamos aqui, adivinhei tudo, só por seu olhar. Meu coração estremeceu imediatamente e hoje, quando abri a porta e olhei para você, pensei que a hora fatal havia chegado. Rodya, Rodya, não vai partir hoje?

– Não.

– Vai voltar aqui de novo?

– Sim... vou.

– Rodya, não se zangue, não me atrevo a lhe fazer perguntas. Sei que não devo. Só me diga duas palavras... é para muito longe que está indo?

– Para muito longe.

– O que é que o está esperando por lá? Algum posto ou carreira?

– O que Deus mandar... só ore por mim. – Raskolnikov se dirigiu para a porta; mas ela o agarrou e olhou desesperadamente para os olhos dele. O rosto dela se distorcia de terror.

– Basta, mãe – disse Raskolnikov, profundamente arrependido de ter vindo.

– Não é para sempre, não há de ser para sempre! Você vai vir, vai vir, amanhã?

– Virei, sim, adeus! – Finalmente, ele se afastou.

Era uma tarde quente, clara e um tanto amena. O mau tempo tinha passado já pela manhã. Raskolnikov se dirigiu para seu alojamento. Foi depressa. Queria terminar tudo antes do pôr do sol. Não queria encontrar ninguém até aquela hora. Subindo as escadas, percebeu que Nastásia se apressou em retirar o samovar e ficou olhando para ele com toda a atenção. "Será que alguém veio me ver?", pensou ele. Lembrou-se com desgosto de Porfírio. Mas, ao abrir a porta, viu Dúnia. Ela estava ali, sozinha, mergulhada em profundos pensamentos e parecia que fazia muito tempo que o esperava. Ele parou de chofre na soleira da porta. Ela se levantou do sofá, assustada, e ficou de pé, fitando-o. O olhar dela, fixo nele, deixava transparecer horror e infinita dor. E somente por aqueles olhos ele percebeu imediatamente que ela sabia de tudo.

– Devo entrar ou ir embora? – perguntou ele, indeciso.

– Fiquei o dia todo junto com Sofia Semionovna. Estivemos esperando por você. Pensávamos que, com certeza, você iria até lá.

Raskolnikov entrou no quarto e se deixou cair sobre uma cadeira, exausto.

— Estou me sentindo fraco, Dúnia; estou muito cansado; e bem que gostaria, nesse momento, de ser capaz de me controlar.

Ela olhou para ele, desconfiada.

— Onde esteve toda a noite passada?

— Não me lembro muito bem. Veja, minha irmã, eu queria me decidir, de uma vez por todas, e várias vezes caminhei ao longo do rio Neva; lembro-me de que eu queria acabar com tudo ali, mas... não consegui me decidir — sussurrou ele, olhando para ela, desconfiado.

— Graças a Deus! Era isso que nós receávamos, Sofia Semionovna e eu! Então, você ainda acredita na vida? Graças a Deus, graças a Deus!

Raskolnikov sorriu amargamente.

— Não acredito, mas ainda há pouco estive chorando nos braços da mãe. Não acredito, mas pedi a ela, há pouco, para que orasse por mim. Não sei como é isso, Dúnia, não o compreendo.

— Esteve com a mãe? E você lhe contou? — exclamou Dúnia, horrorizada. — Com certeza, não fez isso!

— Não, não lhe contei nada... por palavras; mas ela compreendeu em parte. Ela a ouviu falando durante o sono. Tenho certeza de que já sabe metade. Talvez eu tenha feito mal em ir vê-la. Nem sei por que fui. Sou um sujeito desprezível, Dúnia.

— Homem desprezível, mas pronto para enfrentar o sofrimento! Está pronto, não é?

— Sim, e vou. Imediatamente. Sim, para escapar da desgraça de me afogar, como pensava, Dúnia; mas, ao olhar para a água, pensei que, se até agora me havia considerado forte, seria melhor não ter medo da desgraça — disse ele, erguendo-se. — Será orgulho, Dúnia?

— É orgulho, Rodya.

Havia uma espécie de fogo em seus olhos embaçados; parecia ficar contente ao pensar que ainda era orgulhoso.

— Não pensa, irmã, que eu estava simplesmente com medo da água? — perguntou ele, olhando para o rosto dela com um sorriso sinistro.

— Oh, Rodya, por favor! — exclamou Dúnia, com amargura. Houve dois minutos de silêncio. Ele estava sentado com os olhos fixos no chão. Dúnia estava de pé, na outra ponta da mesa, e olhava para ele, angustiada. De repente, ele se levantou.

– É tarde, chegou o momento de ir. Vou agora mesmo me denunciar. Mas não sei por que estou indo fazer isso.

Grossas lágrimas escorriam pelas faces dela.

– Está chorando, minha irmã, mas pode me estender a mão?

– E ainda duvidava?

Ele a abraçou ternamente.

– Não estará expiando a metade de seu crime, ao enfrentar o sofrimento? – exclamou ela, aproximando-se e beijando-o.

– Crime? Que crime? – exclamou ele, com súbita fúria. – Por eu ter matado um vil e nocivo inseto, uma velha agiota, que não fazia falta a ninguém!... Matando-a equivalia à expiação de muitos pecados. Ela estava sugando o sangue dos pobres. Isso foi um crime? Não penso nisso e menos ainda penso em expiá-lo. E por que o estão todos exasperando por todos os lados? "É crime! É um crime!" Só agora vejo claramente a imbecilidade de minha covardia, agora que decidi enfrentar essa supérflua desgraça. É simplesmente porque sou desprezível e porque não tenho nada dentro de mim que me levasse a isso, talvez também em meu proveito, como esse... Porfírio... sugeriu!

– Irmão, irmão, o que está dizendo? Por que derramou sangue? – exclamou Dúnia, em desespero.

– Que todos os homens derramaram – insistiu ele, quase freneticamente. – Que corre e sempre escorreu em torrentes, que se derrama como champanhe e pelo qual homens são coroados no Capitólio e depois são chamados benfeitores da humanidade. Olhe isso com mais cuidado e tente compreender! Eu também queria o bem dos homens e teria feito centenas, milhares de boas ações para montar esse quadro de estupidez, que nem sequer é estupidez, mas simplesmente falta de argúcia, pois a ideia não era, de modo algum, tão estúpida como parece agora que falhou... (Tudo parece estúpido quando falha.) Com essa estupidez eu só queria me colocar numa posição independente, dar o primeiro passo, obter os meios e então tudo teria sido encoberto pelos incomensuráveis benefícios decorrentes... Mas eu... eu não pude realizar nem sequer o primeiro passo, porque sou desprezível, essa é a questão! E ainda assim, não vejo isso como você. Se eu tivesse tido sucesso, teria sido coroado de glória, mas agora caí na armadilha.

– Mas não é assim, não é assim! Irmão, o que é que está dizendo?

– Ah, não é pitoresco, não é esteticamente atraente! Não consigo entender porque bombardear pessoas por meio de assédio regular é mais honroso. O medo das aparências é o primeiro sintoma de impotência. Nunca, nunca reconheci isso mais claramente do que agora e mais do que nunca estou longe de ver o que fiz como um crime. Nunca, nunca estive mais forte e mais convencido do que agora.

A cor tinha afluído a seu pálido e exausto rosto. Mas, ao proferir sua última explicação, encontrou os olhos de Dúnia e percebeu tanta angústia neles que não pôde deixar de se conter. Sentia que, de qualquer modo, tinha transformado a vida dessas duas mulheres numa verdadeira desgraça; sentia, de qualquer jeito, que ele era a causa...

– Querida Dúnia, se sou culpado, perdoe-me (embora eu não possa ser perdoado, se for culpado). Adeus! Não vamos discutir. Já é hora, mais do que hora de ir. Não me siga, eu lhe imploro, ainda tenho de ir para outro lugar... Mas vá imediatamente para casa, junto da mãe. Eu lhe suplico! É o último pedido que lhe faço! Nunca a deixe, sob hipótese alguma; eu a deixei num estado de ansiedade, que não está preparada para suportar; ela pode morrer ou perder o juízo. Fique com ela! Razumihin estará com vocês. Estive falando com ele... Não chore por mim. Vou tentar ser honesto e corajoso durante toda a minha vida, mesmo sendo um assassino. Talvez algum dia possa ser alguém de renome. Não quero lançá-las na desgraça, vocês vão ver; ainda vou mostrar... Por ora, adeus! – concluiu ele, apressadamente, percebendo outra vez uma estranha expressão nos olhos de Dúnia, diante dessas últimas palavras e promessas. – Por que está chorando? Não chore, não chore, não estamos nos separando para sempre! Ah, sim! Espere um minuto, eu me esqueci!

Aproximou-se da mesa, tomou um volumoso e poeirento livro, abriu-o e, dentre suas páginas, tirou um pequeno retrato a aquarela sobre marfim. Era o retrato da filha da dona da casa, que havia morrido de febre, daquela estranha moça que tinha almejado ser freira. Contemplou por um minuto aquele rosto delicado e expressivo de sua noiva, beijou o retrato e entregou-o a Dúnia.

– Costumava falar muito sobre isso com ela, só com ela – disse ele, pensativo. – Confiei ao coração dela muito do que depois acabou de modo tão hediondo. Não se preocupe – acrescentou ele, voltando-se para Dúnia. – Ela se opunha tanto a isso como você e estou contente que tenha partido. A grande questão é que agora tudo vai ser diferente, tudo vai ser partido em dois – exclamou ele, subitamente, recaindo em sua depressão. – Tudo, tudo, e eu estou preparado para isso? Será que o quero realmente? Dizem que é necessário que eu sofra! Qual é o objetivo desses sofrimentos sem sentido? Será que poderei ver melhor para que servem quando me sinto esmagado por apuros e pela idiotice e fraco como um velho depois de vinte anos de presídio? E para que haverei de viver depois?

Por que estou consentindo com essa vida agora? Oh, eu sabia que eu era um ser desprezível quando parei para olhar o rio Neva, ao clarear do dia de hoje!

Finalmente, os dois saíram. Era difícil para Dúnia; mas ela o amava. Saiu caminhando, mas depois de 50 passos, ela se voltou para olhar para ele novamente. Ele ainda podia ser visto. Na esquina, ele também se voltou e, pela última vez, seus olhares se cruzaram; mas percebendo que ela o olhava, agitou a mão com impaciência e até com aborrecimento e dobrou a esquina abruptamente.

"Sou mau, vejo isso!", pensava consigo mesmo, sentindo-se envergonhado um momento depois por seu gesto indignado para Dúnia. "Mas por que elas me amam tanto, se eu não o mereço? Oh, se eu, pelo menos, fosse sozinho e ninguém gostasse de mim e eu também nunca tivesse amado ninguém! *Nada disso teria acontecido!* Mas será curioso ver se nesses futuros quinze ou vinte anos me terei serenado, a ponto de me humilhar perante as pessoas e lastimar a cada palavra o fato de eu ser um criminoso? Sim, é isso, é isso! É por isso que eles estão me enviando para lá agora; é isso que eles querem. Eles andam correndo para cima e para baixo pelas ruas, e cada um deles é um pilantra e um criminoso; ou, pior ainda, um idiota! Mas tente alguém me livrar do presídio, que todos eles ficarão revoltados com justa indignação! Oh, como os odeio a todos eles!"

Ficou refletindo seriamente por qual processo haveria de passar: ele poderia ser humilhado perante todos eles, indiscriminadamente... humilhado por convicção. E, ainda assim, por que não? Tem de ser assim. Vinte anos de contínua servidão não haveriam de domá-lo totalmente? Água mole em pedra dura tanto bate até que fura. E por que, por que haveria de viver depois disso? Por que deveria ir agora para lá, quando sabia que haveria de ser assim? Era talvez a centésima vez que se havia feito essa pergunta desde a noite anterior; mas ainda assim, ele foi.

CAPÍTULO OITO

Quando ele entrou no quarto de Sônia, já estava escurecendo. Sônia estivera o dia todo à espera dele, em terrível ansiedade. Esperou-o junto com Dúnia. Esta tinha chegado pela manhã, lembrando-se das palavras de Svidrigailov de que Sônia sabia de tudo. Não vamos descrever a conversa e as lágrimas das duas moças e como se tornaram amigas. Nesse encontro, Dúnia teve pelo menos o consolo de saber que o irmão não ficaria sozinho. Ele tinha ido até ela, Sônia, primeiramente com sua confissão; tinha ido a ela por amizade, pois lhe fazia falta e ela iria com ele para qualquer lugar que o destino lhe indicasse. Dúnia não lhe perguntou, mas sabia que seria assim. Olhava para Sônia quase com veneração e, de início, a deixou até embaraçada com isso. Sônia esteve quase a ponto de chorar. Ela, pelo contrário, mal se considerava digna de olhar para Dúnia. A graciosa imagem de Dúnia quando esta a cumprimentou com tanta deferência e tanto respeito por ocasião do primeiro encontro no quarto de Raskolnikov tinha permanecido em sua memória como uma das mais belas visões de sua vida.

Dúnia, finalmente, ficou impaciente e, deixando Sônia, foi para o quarto do irmão para esperá-lo no próprio alojamento dele. Pensava que seria ali o primeiro lugar para onde deveria ir. Quando ela foi embora, Sônia começou a ficar atormentada com o terror de que ele tentasse o suicídio. Dúnia também temia isso. Mas as duas tinham passado o dia inteiro tentando se persuadir mutuamente de que isso não seria possível e ambas se sentiam menos ansiosas quando estavam juntas. Tão logo se separaram, cada uma delas não pensou em outra coisa. Sônia se lembrava de como, no dia anterior, Svidrigailov lhe havia dito que a Raskolnikov só restavam duas alternativas... a Sibéria ou... Além disso, conhecia a vaidade, o orgulho dele, além da falta de fé.

"Será possível que ele não tenha nada a não ser covardia e medo da morte para obrigá-lo a continuar vivendo?", pensou finalmente, em desespero.

Entrementes, o sol ia se pondo. Sônia continuava abatida, olhando atentamente pela janela, mas dali só podia ver o grande muro enegrecido da casa em frente. Finalmente, quando começava a ter certeza da morte dele... ele entrou no quarto.

Ela deu um grito de alegria, mas olhando cuidadosamente para o rosto dele, empalideceu.

– Sim – disse Raskolnikov, sorrindo. – Vim por causa de sua cruz, Sônia. Foi você mesma que me disse para ir à encruzilhada; por que é que está com medo, agora chegamos a esse ponto?

Sônia olhou para ele estupefata. O tom lhe parecia estranho; teve um calafrio, mas num momento compreendeu que o tom da voz e as palavras eram uma máscara. Ele lhe falava, enquanto olhava para o lado, como se quisesse evitar os olhos dela.

– Olhe, Sônia, decidi que deverá ser melhor assim. Há um fato... Mas é uma longa história e não se faz necessário discuti-la. Mas sabe o que me deixa zangado? Aborrecem-me todos esses estúpidos e brutos rostos bocejando em minha frente, importunando-me com perguntas estúpidas, às quais tenho de responder... eles vão apontar o dedo para mim... Ufa! Saiba que não vou falar com Porfírio, estou farto dele. Prefiro dirigir-me a meu amigo, o Tenente Explosivo, que deverei deixá-lo surpreso e até mesmo estupefato! Mas preciso ser mais frio; tornei-me irritadiço demais ultimamente. Há pouco estive prestes a dar um soco em minha irmã, só porque ela se voltou para me dirigir um último olhar. Que situação dramática a minha! Ah, até onde cheguei! Bem, onde estão as cruzes?

Parecia que mal sabia o que estava fazendo. Não conseguia ficar quieto ou concentrar sua atenção em nada; suas ideias pareciam se atropelar, falava de modo incoerente, suas mãos tremiam levemente.

Sem dizer palavra, Sônia tirou duas cruzes da gaveta, uma de madeira de cipreste e a outra de cobre. Ela traçou o sinal da cruz sobre si e sobre ele e colocou a cruz de madeira no pescoço dele.

– Isso é o símbolo de que vou carregar minha cruz – riu ele. – Como se não tivesse sofrido muito até agora! A cruz de madeira é a do camponês; a de cobre, essa é de Lizaveta... você vai usá-la, mostre-a! Ela a trazia assim... naquele momento? Eu me lembro também de duas coisas semelhantes, uma de prata e a outra, uma pequena imagem. Eu as pus de volta no pescoço da velha. Aquelas poderiam ser bem apropriadas agora, realmente; aquelas é que eu devia trazer ao pescoço agora... Mas estou falando bobagem e me esquecendo do que se trata; ando meio esquecido... Vim preveni-la, Sônia, de modo que fique sabendo... é tudo... foi só por isso que vim. Achava, porém, que eu tinha mais a dizer. Você mesma queria que fosse até lá. Bem, agora vou para a prisão e você terá seu desejo satisfeito. Bem, por que está chorando? Você também? Não chore! Deixe disso! Oh, como odeio tudo isso!

Mas seus sentimentos se agitavam; seu coração doía ao olhar para ela. "Por que ela está se afligindo também?", pensou ele. "O que sou para ela? Por que chora? Por que está cuidando de mim, como minha mãe e Dúnia? Ela vai ser minha ama!"

– Persigne-se, faça pelo menos uma oração – implorou Sônia, com voz tímida e trêmula.

– Oh, certamente, tantas vezes quanto quiser! E sinceramente, Sônia, sinceramente...

Mas ele queria dizer uma coisa bem diferente.

Fez o sinal da cruz várias vezes. Sônia apanhou o xale e o colocou na cabeça. Era o xale verde de que tinha falado Marmeladov, "o xale da família". Essa ideia passou pela cabeça de Raskolnikov, mas não perguntou nada. Começou a sentir que certamente estava se esquecendo das coisas e ficou desgostosamente agitado. Isso o assustava. Subitamente, ficou perturbado com o pensamento de que Sônia pretendia ir com ele.

– O que está fazendo? Aonde vai? Fique aqui, fique! Vou sozinho – exclamou ele, com medrosa inquietação; e quase ressentido, dirigiu-se para a porta. – Para que ir em procissão? – resmungou ele, ao sair.

Sônia ficou parada no meio do quarto. Ele nem sequer se despediu dela; tinha-a esquecido. Uma pungente e teimosa dúvida surgiu no coração dele.

"Estava certo, estava certo tudo isso?", pensou ele novamente, enquanto descia a escada. "Não podia parar, desdizer tudo... e não ir?"

Mas, apesar de tudo, foi. De repente sentiu, de uma vez por todas, que não devia fazer perguntas. Quando se viu na rua, lembrou-se de que não se havia despedido de Sônia, que a tinha deixado no meio do quarto com seu xale verde, sem ousar se mexer depois que ele havia gritado com ela, e então ele parou por um momento. Nesse mesmo instante, outro pensamento lhe veio à mente, como se estivesse adormecido, à espera de atingi-lo de repente.

Por que, com que objetivo fui vê-la agora há pouco? Eu lhe disse... a negócios; a que negócios? Não tenho nenhum tipo de negócio! Dizer-lhe que "ia para lá";

mas que necessidade havia? Acaso a amo? Não, não, há pouco a conduzi como a um cão pela coleira! Queria as cruzes dela? Oh, até que ponto desci! Não, eu queria suas lágrimas, queria ver seu terror, ver como o coração lhe doía! Eu precisava ter onde me agarrar, precisava de algo para contemporizar, precisava ver um rosto amigo! E me atrevi a acreditar em mim mesmo, a sonhar com o que iria fazer! Sou um patife miserável e desprezível, desprezível!

Caminhava ao longo da margem do canal e não tinha muito mais que seguir. Mas ao chegar à ponte, parou e, desviando de seu caminho, foi para o Mercado do Feno.

Olhou avidamente para a direita e para a esquerda, fitava com esforço cada objeto, sem conseguir fixar sua atenção em nada; tudo lhe fugia. "Dentro de uma semana, de um mês vou ser levado num carro de presos por essa ponte; como é que vou poder olhar para o canal então? Gostaria de me lembrar disso!", foi o pensamento que passou por sua mente. "Olhe esse letreiro! Como é que vou poder ler essas letras então? Está escrito 'Kampani', é uma coisa a lembrar, aquela letra 'k', e olhar para ela de novo daqui a um mês... como vou poder olhar para ela então? O que vou sentir e pensar então?... Como tudo isso deverá ser trivial, como estou me inquietando com isso agora! É claro que tudo isso deve ser interessante... a seu modo... (Ha, ha, ha!, sobre que estou pensando agora?) Estou voltando a ser criança, estou me exibindo para mim mesmo; por que estou envergonhado? Ufa! Como as pessoas se atropelam! Aquele gorducho... deve ser alemão... que me deu um encontrão, será que sabe quem ele empurrou? Há uma camponesa com uma criança, pedindo esmola. Curioso é que ela pensa que sou mais feliz do que ela. Poderia dar-lhe algo, tanto por incongruência. Ainda tenho uma moeda de cinco copeques no bolso; de onde veio? Aqui, aqui... tome, minha boa senhora!

– Que Deus o abençoe! – salmodiou a mendiga, com voz chorosa.

Ele foi para o Mercado do Feno. Era detestável, verdadeiramente detestável ficar no meio de uma multidão, mas caminhava justamente para onde via mais gente. Teria dado tudo para ficar sozinho, mas sabia muito bem que não haveria de permanecer sozinho nem um momento sequer. Havia um bêbado e tumulto na multidão; o bêbado tentava dançar e caía. Um círculo se havia formado em torno dele. Raskolnikov abriu caminho, contemplou o bêbado por alguns momentos e subitamente deu uma breve e intermitente risada. Um minuto depois já o havia esquecido e não o via mais, embora ainda o fitasse. Afastou-se, finalmente, sem se lembrar de onde estava. Mas quando chegou no meio da praça, uma súbita emoção tomou conta dele, invadindo-o no corpo e na alma.

De repente recordou as palavras de Sônia: "Vá para a encruzilhada, faça uma reverência às pessoas, beije a terra, porque pecou também contra ela, e diga a todos, em voz alta, 'Sou um assassino'". Tremeu, ao lembrar-se disso. E se apoderou dele a tal ponto o sofrimento e a ansiedade de todo aquele tempo, especialmente das últimas horas, que se rendeu definitivamente a essa nova sensação clara e plena. Sobreveio-lhe como um ataque; era como uma única centelha que se acendeu em sua alma e que o envolveu totalmente em fogo. De repente, tudo nele se suavizou e as lágrimas inundaram seus olhos. Tombou por terra no local...

Ele se ajoelhou no meio da praça, inclinou-se até o chão e beijou aquela terra imunda com alegria e enlevo. Levantou-se e se inclinou uma segunda vez.

– Está mais que bêbado – observou um jovem perto dele.

Ouviu-se um rumor de risos.

– Ele vai para Jerusalém, irmãos, e está se despedindo dos filhos e da pátria. Está fazendo reverência a todos e beijando a grande cidade de São Petersburgo e seu chão – acrescentou um trabalhador, que estava meio embriagado.

– Um rapaz bem novo, aliás! – observou um terceiro.

– E um cavalheiro – notou alguém, calmamente.

– Hoje em dia, não há como saber quem é um cavalheiro e quem não é.

Essas exclamações e observações detiveram Raskolnikov e as palavras "sou um assassino", prontas talvez para saírem de sua boca, nela morreram. Suportou tranquilamente, no entanto, esses comentários e, sem olhar em derredor, encaminhou-se para uma rua que levava ao posto policial. E uma visão lhe sobrevinha pelo caminho, mas que não o surpreendia; já pressentia que deveria ser assim. A segunda vez em que se prostrou por terra no Mercado do Feno, ao voltar-se para a esquerda, viu Sônia a 50 passos dele. Estava se escondendo dele atrás de uma das barracas de madeira da praça do mercado. Ela o havia seguido em seu doloroso caminho! Raskolnikov sentiu naquele momento e compreendeu de uma vez por todas que Sônia haveria de estar com ele para sempre e que o seguiria até os confins da terra, para onde quer o destino o mandasse. O coração dele bateu forte... mas ele estava chegando no local fatídico.

Entrou no pátio inteiramente resoluto. Tinha de subir até o terceiro andar. "Devo levar algum tempo subindo", pensou ele. Tinha a impressão de que o momento fatal ainda estava longe, como se tivesse muito tempo para considerações.

Outra vez a mesma sujeira, as mesmas cascas de ovos espalhadas pela escada em espiral, outra vez as portas dos alojamentos abertas, outra vez as mesmas cozinhas, a mesma fumaça e o cheiro forte que vinham de dentro delas. Raskolnikov não tinha voltado ali desde aquele dia. Suas pernas estavam bambas e fraquejavam, mas ainda conseguia seguir adiante. Parou um momento para tomar fôlego, para cobrar ânimo, a fim de entrar *como homem*. "Mas por quê? Para quê?", perguntou-se, pensando. "Se eu tiver de tomar esse cálice, que diferença faz? Quanto mais repugnante, melhor." Imaginou por um instante a figura do "Tenente Explosivo", Ilia Petrovitch. Será que realmente iria ter com ele? Não poderia se dirigir a outro? A Nikodim Fomitch? Não poderia voltar atrás e ir direto à casa de Nikodim Fomitch? Pelo menos, a coisa seria resolvida privadamente... Não, não! Ao "Tenente Explosivo"! Se deve tomar o cálice, que o seja de uma vez.

Sentindo frio e de modo quase inconsciente, abriu a porta do posto. Havia pouca gente ali dentro nessa hora... somente o porteiro e um camponês. A sentinela nem sequer o olhou de sua guarita. Raskolnikov caminhou para a sala contígua. "Talvez ainda seja possível não precisar falar", passou por sua mente. Um tipo de empregado, sem uniforme, estava se acomodando à mesa para escrever. Em outro canto, outro escriturário estava tomando assento. Zametov não estava, nem, é claro, Nikodim Fomitch.

– Não há ninguém? – perguntou Raskolnikov, dirigindo-se à pessoa sentada à mesa.

– A quem procura?

"Ah! Nem um som ouvi, com os olhos não vi, mas é um aroma russo... como é que continua o conto de fada... esqueci!"

– A seu dispor – exclamou repentinamente uma voz conhecida.

Raskolnikov estremeceu. Diante dele estava o Tenente Explosivo. Acabava de vir da terceira sala. "É a mão do destino", pensou Raskolnikov. "Por que esse homem está aqui?"

– Veio nos ver? De que se trata? – perguntou Ilia Petrovitch. Era evidente que se achava num excelente bom humor e talvez um pouco tocado. – Se é para tratar de algum assunto, veio cedo demais... É por acaso que estou aqui... mas vou fazer o que puder. Devo admitir que eu... O que é isso, o que é isso? Desculpe-me...

– Raskolnikov.

– Mas claro, Raskolnikov! O senhor andou imaginando que o tinha esquecido? Não pense que sou assim... Rodion Ro... Ro... Rodionovitch, não é?

– Rodion Romanovitch.

– Sim, sim, é claro, Rodion Romanovitch! Era o que estava para dizer. Tenho perguntado muitas vezes pelo senhor. Asseguro-lhe que fiquei realmente sentido desde aquele... quando me comportei desse jeito... me disseram mais tarde que o senhor era um literato... um homem muito instruído também... e, por assim dizer, os primeiros passos... Oh, meu Deus! E que literato ou cientista não começa com uma conduta extravagante! Minha mulher e eu temos muito respeito pela literatura e minha mulher tem verdadeira paixão por ela! Literatura e arte! Tirando a nobreza, todo o resto pode ser adquirido com talento, estudo, bom senso, gênio! No tocante a um chapéu... bem, que tem a ver um chapéu? Posso comprar um chapéu tão facilmente como uma carapuça; mas o que está debaixo do chapéu, o que o chapéu cobre, não posso comprar! Estava até pensando em vir e lhe pedir desculpas, mas pensei que o senhor poderia... Mas estou me esquecendo de lhe perguntar, precisa realmente de alguma coisa? Fiquei sabendo de que sua família veio para cá.

– Sim, minha mãe e minha irmã.

– Tive até a honra e a felicidade de conhecer sua irmã... pessoa muito instruída e encantadora. Confesso que lamentei por ter-me excedido com o senhor. Aconteceu! Mas o fato de eu ter visto com suspeita seu desfalecimento... o caso foi explicado depois de modo decisivo! Intolerância e fanatismo! Compreendo sua indignação. Talvez esteja agora mudando de residência, por causa da chegada de sua família?

– Não... eu simplesmente olhei para dentro... vim para perguntar... achava que podia encontrar Zametov aqui.

– Oh, sim! É claro, fez amigos, ouvi falar. Bem, não, Zametov não está aqui. Sim, estamos sem Zametov. Desde ontem que não vem... ele discutiu com todos, ao sair... da maneira mais rude. Esse jovem é um cabeça de vento, é tudo! Poderíamos até alimentar algumas esperanças com ele, mas aí está, o senhor sabe como são nossos brilhantes jovens. Queria se inscrever para fazer um exame de alguma disciplina, mas era só para falar e se vangloriar diante de todos, e não iria além disso. Claro que é uma questão bem diferente com o senhor ou com o senhor Razumihin, seu amigo. Sua carreira é científica e o senhor não se deixa abater pelas derrotas! Para o senhor, pode-se dizer, todos os atrativos da vida *nihil est* (nada são)... o senhor é um asceta, um monge, um eremita... Um livro, uma pena atrás da orelha, uma pesquisa científica... essas são as fontes onde seu espírito se abebera! Eu também, de algum modo... Leu as "Viagens" de Livingstone?

– Não.

– Oh, eu li. Há muitos niilistas por aí, hoje, como sabe; na verdade, não é de se surpreender. Que tempos são esses em que vivemos? Pergunto-lhe. Mas pensamos.... o senhor não é um niilista, certo? Responda-me com franqueza, com toda a franqueza!

– N...não!

– Acredite em mim, o senhor pode falar francamente comigo, como se estivesse falando consigo mesmo! A tarefa oficial é uma coisa, mas... o senhor está pensando que eu pretendia dizer que a *amizade* é bem outra? Não, está enganado! Não se trata de amizade, mas do sentimento de um homem e de um cidadão, do sentimento de humanidade e de amor pelo Altíssimo. Eu, por mais personagem oficial que possa ser, estou sempre propenso a me sentir como homem e como cidadão... O senhor estava perguntando por Zametov. Zametov daria escândalo à maneira dos franceses numa casa mal-afamada, depois de beber uma taça de champanhe... é para isso que Zametov se presta! Enquanto eu talvez, por assim dizer, ardo em zelo e sentimentos elevados, além de ter um nome, importância e um posto! Sou casado e tenho filhos, cumpro os deveres de homem e de cidadão, mas ele, quem é? Apelo para o senhor como homem enobrecido pela educação... Então essas parteiras também se tornaram excessivamente numerosas.

Raskólnikov ergueu as sobrancelhas interrogativamente. As palavras de Ilia Petróvitch, que obviamente havia acabado de almoçar, para ele eram em sua maior parte uma torrente de sons vazios. Mas compreendeu algumas delas. Olhou-o interrogativamente, sem saber como isso iria acabar.

– Refiro-me a essas mulheres de cabelo cortado – continuou o tagarela Ilia Petróvitch. – Eu lhes dei o apelido de parteiras e acho que é bem apropriado, ha-ha! Elas vão para a Academia, estudam anatomia. Se eu ficar doente, vou chamar uma jovem dama para tratar de mim? O que me diz? Ha-ha! – ria Ilia Petróvitch, mais que satisfeito com sua tirada. – É uma ânsia imoderada por educação, mas uma vez que está instruído é suficiente. Para que abusar? Por que ofender as pessoas honradas, como faz esse patife do Zametov? Por que é que ele me insultou, pergunto? Olhe para esses suicidas também, como se tornaram comuns, nem pode imaginar! As pessoas gastam suas últimas moedas e se matam, rapazes, moças e velhos. Ainda esta manhã recebemos a informação relativa a um cavalheiro recém-chegado à cidade. Nil Pavlitch, quero dizer, como se chamava esse cavalheiro que se deu um tiro na cabeça?

– Svidrigailov – respondeu alguém da outra sala, com inerte indiferença. Raskolnikov teve um sobressalto.

– Svidrigailov! Svidrigailov se matou? – exclamou ele.

– O quê? Conhecia Svidrigailov?

– Sim... eu o conhecia... Não fazia muito que tinha chegado aqui.

– Sim, é isso mesmo. Havia perdido a mulher, era um homem de hábitos estouvados e, de repente, deu um tiro na cabeça e de um modo tão chocante... Deixou algumas palavras no bloco de notas, dizendo que morria no pleno uso de suas faculdades e que ninguém viesse a ser culpado de sua morte. Dizem que tinha dinheiro. Como é que chegou a conhecê-lo?

– Eu... o conheci... minha irmã trabalhou como governanta na família dele.

– Ora, ora! Então, sem dúvida, o senhor pode nos fornecer outras informações sobre ele. Não suspeitava de nada?

– Eu o vi ontem... ele... estava bebendo vinho; eu não sabia de nada.

Raskolnikov se sentia como se alguma coisa tivesse caído em cima dele e o estivesse sufocando.

– O senhor voltou a empalidecer. É tão abafado aqui...

– Sim, devo ir – murmurou Raskolnikov. – Desculpe por incomodá-lo...

– Oh, não há de quê, venha quando quiser! É um prazer vê-lo e o digo com satisfação.

E Ilia Petrovitch lhe estendeu a mão.

– Eu só queria... Vim para ver Zametov.

– Compreendo, compreendo; e tive muito prazer em vê-lo.

– Eu... muito prazer... adeus! – disse sorrindo Raskolnikov.

Saiu; cambaleava, sentia intensa tontura e não sabia o que estava fazendo. Começou a descer as escadas, apoiando a mão direita na parede. Imaginou que um porteiro o empurrou ao passar por ele, a caminho do posto policial, que um cão no andar debaixo não parava de latir e que uma mulher lhe atirou um rolo de massa e gritava. Desceu e chegou no pátio. Ali, não muito longe da entrada, estava Sônia, pálida e horrorizada. Olhava ansiosamente para ele. Parou diante dela. Havia no rosto dela um olhar de pungente agonia, de desespero. Ela juntou as mãos. Nos lábios dele se desenhou um sorriso vago e sem sentido. Ficou parado por um minuto, sorriu maliciosamente e voltou para o posto policial.

Ilia Petrovitch estava sentado, remexendo em alguns papéis. Diante dele estava o mesmo camponês que o havia empurrado na escada.

– Olá! Voltou! Esqueceu-se de alguma coisa? O que há?

Raskolnikov, de lábios caídos e olhos fixos, aproximou-se vagarosamente. Foi direto para a mesa, apoiou sobre ela a mão, tentou dizer alguma coisa, mas não conseguiu. Só se ouviram sons incoerentes.

– O senhor está se sentindo mal, uma cadeira! Aqui, sente-se! Água!

Raskolnikov deixou-se cair na cadeira, mas conservou os olhos fixos no rosto de Ilia Petrovitch, que expressava desagradável surpresa. Olharam-se um ao outro por um momento e ficaram à espera. Trouxeram água.

– Fui eu... – começou Raskolnikov.

– Beba um pouco de água.

Raskolnikov afastou a água com a mão e, com voz suave e entrecortada, mas distinta, disse:

– *Fui eu que matei a velha usurária e a irmã dela, Lizaveta, com uma machadinha para roubá-las.*

Ilia Petrovitch abriu a boca. De todos os lados acudiu gente.

Raskolnikov repetiu sua declaração...

EPÍLOGO
UM

Siberia. Às margens de um largo e solitário rio, se ergue uma cidade, um dos centros administrativos da Rússia; na cidade, há uma fortaleza, na fortaleza, um presídio. Na prisão, foi confinado por nove meses o condenado de segunda classe, Rodion Raskolnikov. Quase um ano e meio se passou desde o dia de seu crime.

Houve poucas dificuldades no decurso de seu processo. O criminoso manteve firme, clara e exatamente sua declaração. Não confundiu nem falseou os fatos, nem os atenuou em seu próprio favor, nem omitiu qualquer pormenor. Explicou todos os detalhes do assassinato, o mistério do "penhor" (o pedaço de madeira com uma plaqueta de metal) que encontraram na mão da assassinada. Descreveu minuciosamente como tirou as chaves da morta, a forma que apresentavam, bem como a arca e o que esta continha. Explicou o enigma do assassinato de Lizaveta, expôs a maneira como Koch e, depois dele o estudante, bateram à porta e repetiu tudo o que eles disseram um ao outro. Mais ainda, como ele depois saiu correndo pela escada e ouviu os gritos de Nikolai e Dmitri; como se havia escondido no alojamento vazio e como voltou para casa mais tarde. Terminou por indicar a pedra naquele pátio da Avenida Voznesenski, debaixo da qual foram encontrados os objetos e a pequena bolsa. O caso, em sua totalidade, estava perfeitamente esclarecido. Entre outras coisas, os advogados e os juízes ficaram impressionados pelo fato de ter escondido os objetos e a bolsinha debaixo de uma pedra, sem se aproveitar de nada e, mais ainda, pelo fato de ele não se lembrar agora que tipo de objetos eram ou mesmo quantos eram no total. A circunstância de que nem tivesse aberto a bolsinha nem chegasse a saber ao certo quanto dinheiro havia nela lhes parecia incrível. De fato, na bolsinha havia 317 rublos e 60 copeques. Por terem ficado durante tanto tempo debaixo da pedra, algumas das notas de maior valor, que tinham ficado por cima, haviam se deteriorado com a umidade. Estiveram por muito tempo tentando descobrir por que o acusado haveria de mentir sobre isso, quando, em tudo o mais, tinha feito uma verdadeira e honesta confissão? Finalmente, alguns advogados mais versados em psicologia admitiram que era possível que ele realmente não tivesse revistado a bolsinha, ignorando, portanto, o que continha quando a escondeu sob a pedra. Mas logo chegaram à conclusão de que o crime só podia ter sido cometido num estado de temporária alienação mental, de mania homicida, sem o objetivo de auferir algum lucro. Isso se encaixava muito bem na mais recente teoria, muito em voga, da insanidade temporária, aplicada tão frequentemente em nossos dias em casos criminais. Além do mais, o estado de hipocondria de Raskolnikov foi testemunhado por várias pessoas, como pelo doutor Zossimov, por seus antigos colegas de estudo, pela dona da casa e pela criada. Tudo isso contribuiu de modo incisivo para a conclusão de que Raskolnikov não era de maneira nenhuma um assassino e um ladrão vulgar, mas que havia outro elemento presente no caso.

Para grande contrariedade por parte daqueles que sustentavam essa teoria, o próprio criminoso quase não tentava se defender. Para as perguntas mais decisivas como as que se referiam ao motivo que o impeliram ao assassinato e ao roubo, respondia claramente, com a mais rude franqueza, que a causa de tudo era sua mísera condição, sua pobreza e desamparo, e o desejo de amealhar alguma coisa para seus primeiros passos na vida, com a ajuda dos três mil rublos, que esperava encontrar em casa da vítima. Tinha sido levado ao crime por causa de seu caráter indefinido e fraco, exasperado ainda mais pelas privações e pelos fracassos. À pergunta sobre o motivo que o havia impelido a confessar, respondeu que o havia feito por seu sincero arrependimento. Tudo isso era quase grosseiro...

A sentença, no entanto, foi mais benigna do que se poderia esperar, em parte, talvez, porque o criminoso não havia tentado se justificar, mas tinha mostrado até o desejo de exagerar sua culpa. Todas as estranhas e peculiares circunstâncias do crime foram levadas em consideração. Não poderia haver dúvida alguma sobre a situação anormal e de extrema pobreza do criminoso nesse período. O fato de ele não ter tirado proveito do roubo foi atribuído em parte ao efeito do remorso e, em parte, à sua condição mental anormal na época do crime. O decorrente e acidental assassinato de Lizaveta serviu, na verdade, para confirmar a última hipótese; o homem comete os dois assassinatos e, ao mesmo tempo, se esquece de que deixou a porta aberta. Finalmente, a confissão no exato momento em que o caso se havia complicado inteiramente pela falsa declaração prestada por Nikolai, baseada em alucinação e fanatismo, e no momento em que, além do mais, não havia provas contra o verdadeiro criminoso e até mesmo nem suspeitas (Porfírio Petrovitch cumpriu à risca sua palavra)... tudo isso contribuiu muito para amenizar a sentença. Outras circunstâncias também em favor do prisioneiro apareceram quase inesperadamente. Razumihin descobriu, de algum modo, e provou que, enquanto estava na universidade, Raskolnikov havia ajudado um pobre colega tuberculoso e tinha gasto todo o seu dinheiro para mantê-lo durante seis meses e, quando esse estudante morreu, deixou um pai idoso mantido por ele desde os treze anos, Raskolnikov conseguiu internar o velho pai desse estudante num hospital e pagou o funeral dele quando veio a falecer. Até a dona da casa testemunhou, contando que, na época em que moravam em outra casa, na Cinco Esquinas, Raskolnikov havia resgatado duas crianças de uma casa em chamas e chegou até a se ferir ao fazer isso. Esse fato foi investigado e confirmado por muitas testemunhas. Esses fatos vieram a pesar em seu favor.

No fim, em consideração de circunstâncias atenuantes, o criminoso foi condenado a trabalhos forçados de segunda classe por um período de apenas oito anos.

Logo no início do processo, a mãe de Raskolnikov caiu doente. Dúnia e Razumihin encontraram um meio de tirá-la de Petersburgo durante todo o processo. Razumihin escolheu uma cidade perto da estrada de ferro e a pouca distância de Petersburgo, de modo que pudesse seguir todos os passos do processo e, ao mesmo tempo, visitar com a maior frequência possível Avdótia Romanovna. A doença de Pulquéria Alexandrovna era uma estranha enfermidade nervosa, acompanhada de uma parcial alienação mental.

Quando Dúnia retornou de seu último encontro com o irmão, sua mãe já estava doente, com febre e delirando. Nessa mesma noite, Dúnia e Razumihin combinaram o que haviam de responder às perguntas da mãe a respeito de Raskolnikov e chegaram a montar uma história completa para contar à mãe sobre o fato de Raskolnikov ter de partir para um local afastado dentro do território da Rússia, a fim de assumir um cargo especial, que lhe haveria de render, com o tempo, dinheiro e reputação.

Mas ficaram impressionados porque Pulquéria Alexandrovna nunca lhes perguntava, nem então nem depois, coisa alguma sobre o assunto. Pelo contrário, ela tinha sua própria versão sobre a súbita partida do filho. Contava entre lágrimas como ele tinha vindo se despedir dela, insinuando que só ela conhecia muitos misteriosos e importantes fatos e que Rodya tinha muitos e poderosos inimigos, de modo que ele precisava se esconder. Pelo que se referia à futura carreira dele, ela não tinha dúvida alguma de que seria brilhante, desde que certas influências sinistras fossem removidas. Garantia a Razumihin que o filho haveria de ser, um dia, um grande estadista, como podiam prová-lo o artigo e o brilhante talento literário dele. Lia continuamente esse artigo e, às vezes, o lia em voz alta, pouco faltando para que dormisse com ele, mas raramente perguntava onde Rodya estava, embora o assunto obviamente fosse evitado pelos outros, o que poderia ter sido suficiente para despertar nela suspeitas.

Começaram a ficar preocupados, por fim, por causa do estranho silêncio de Pulquéria Alexandrovna a respeito de certos assuntos. Ela não se queixava, por exemplo, de não receber cartas dele, embora nos anos anteriores ela só vivia alimentando a esperança de ler novas cartas de seu amado Rodya. Esta era a causa da grande preocupação de Dúnia; ocorreu-lhe a ideia de que a mãe suspeitava que havia algo de terrível no destino do filho e receava perguntar, de medo de ouvir alguma coisa ainda mais terrível. Em todo caso, Dúnia via claramente que a mãe não estava no pleno uso de suas faculdades mentais.

Aconteceu uma ou duas vezes, no entanto, que a própria Pulquéria imprimiu esse rumo à conversa e era impossível lhe responder sem mencionar onde Rodya estava; e, ao receber respostas insatisfatórias e suspeitas, ela se entristecia imediatamente, ficava silenciosa e esse mau humor perdurava por longo tempo. Dúnia viu, finalmente, que era difícil iludi-la e concluiu que era melhor fazer absoluto silêncio sobre certos pontos; mas cada vez se tornava mais evidente que a pobre mãe suspeitava de algo terrível. Dúnia lembrou-se de que o irmão lhe havia contado que a mãe a tinha entreouvido falando durante o sono, na noite depois do encontro dela com Svidrigailov e antes do dia fatal da confissão. Será que ela teria montado alguma história a partir disso? Às vezes, dias e até semanas de sombrio silêncio e lágrimas eram seguidos por um período de histérica animação e a enferma passava a falar quase incessantemente do filho, das esperanças pelo futuro dele... Suas fantasias eram, por vezes, muito estranhas. Eles a animavam, fingiam concordar com ela (talvez ela percebesse que estavam fingindo), mas, apesar de tudo, continuava falando.

Cinco meses depois da confissão, Raskolnikov recebeu a sentença de condenação. Razumihin e Sônia iam vê-lo na prisão sempre que possível. Finalmente, chegou o momento da separação. Dúnia jurou ao irmão que a separação não seria para sempre e Razumihin disse o mesmo. Em seu ardor juvenil, Razumihin expressou o firme propósito de lançar as bases de sua futura carreira, trabalhando duro durante os três ou quatro anos seguintes para amealhar dinheiro suficiente, a fim de emigrar depois para a Sibéria, terra rica de todo tipo de recursos naturais e com falta de trabalhadores, de empreendedores e de capital. Ali haveriam de se estabelecer, na cidade onde Rodya estivesse, e todos juntos haveriam de começar uma nova vida. Todos eles choraram ao se despedir.

Raskolnikov tinha andado muito pensativo nos últimos dias. Perguntava seguidamente pela mãe e se mostrava constantemente ansioso por causa dela. Preocupava-se tanto por ela que acabou alarmando Dúnia. Quando soube da doença da mãe, ficou muito abatido. Ele era muito reservado com Sônia. Graças ao dinheiro que Svidrigailov lhe havia deixado, já fazia tempo que Sônia se preparava para seguir a leva de presos, com a qual ele haveria de ir para a Sibéria. Raskolnikov e ela nunca tinham trocado uma palavra sequer sobre o assunto, mas os dois sabiam que deveria ser assim. Na última despedida, ele sorriu de maneira estranha diante das ardorosas projeções de Razumihin e da irmã sobre o futuro feliz que viveriam juntos quando ele saísse da prisão. Ele predisse que a doença da mãe logo teria um desenlace fatal. Finalmente, Sônia e ele partiram.

Dois meses depois, Dúnia e Razumihin se casaram. Foi um casamento reservado e triste. Entre os convidados, estavam Porfírio Petrovitch e Zossimov. Nos últimos tempos, Razumihin havia assumido ares de homem de firme decisão. Dúnia acreditava cegamente que ele haveria de concretizar seus planos e, na verdade, ela só poderia acreditar nele. O jovem exibia uma rara vontade de ferro. Entre outras coisas, tornou a seguir as aulas na universidade, visando a conseguir seu diploma. Os dois faziam contínuos planos para o futuro e contavam emigrar para a Sibéria ao final dos próximos cinco anos. Até lá, confiavam em Sônia.

Pulquéria Alexandrovna ficou feliz em poder abençoar o casamento de Dúnia e Razumihin, mas depois do casamento ela se tornou ainda mais triste e ansiosa. Para lhe proporcionar algum momento de consolo e emoção, Razumihin lhe contou como Raskolnikov havia cuidado do pobre estudante doente e do velho pai do mesmo e como, um ano antes, tinha se queimado e ferido ao resgatar duas crianças pequenas de uma casa em chamas. Essas duas notícias excitaram tanto o já abalado juízo de Pulquéria Alexandrovna que a deixaram quase num estado de êxtase. Falava constantemente disso, chegando a conversar com estranhos a esse respeito, em plena rua, embora Dúnia a acompanhasse sempre. Nas carruagens públicas, nas lojas, sempre que encontrasse alguém que a escutasse, passava a falar do filho, do artigo que ele havia escrito, de como havia ajudado um estudante, de como se havia queimado num incêndio e assim por diante. Dúnia não sabia mais como contê-la. Além do perigo dessa mórbida agitação, havia também o risco de que alguém pudesse recordar o nome de Raskolnikov e falar do recente processo e julgamento. Pulquéria Alexandrovna chegou a descobrir o endereço da mãe das duas crianças salvas pelo filho e insistia em ir visitá-la.

Por fim, a perturbação dela atingiu limites extremos. Algumas vezes começava a chorar de repente e, com frequência, a doença se agravava e passava a delirar. Certa manhã, afirmou que, por seus cálculos, Rodya não tardaria a chegar em casa, pois se lembrava de que, ao se despedir dela, lhe havia dito que poderiam esperar pela volta dele depois de nove meses. Ela começava então a arrumar a casa para o retorno dele, passava a lhe preparar o quarto, a limpar os móveis, a lavar e a pôr cortinas novas e assim por diante. Dúnia ficava ansiosa, mas não dizia nada e até a ajudava a arrumar o quarto. Depois de um dia de fadigas, passado em contínuas fantasias, em alegres devaneios e lágrimas, Pulquéria Alexandrovna se recolheu mais adoentada pela noite e, pela manhã, estava com febre e delirava. Duas semanas depois morria. Em seus momentos de delírio lhe escapavam palavras que mostravam que ela sabia muito mais sobre o terrível destino do filho do que eles imaginavam.

Por muito tempo, Raskolnikov não ficou sabendo da morte da mãe, embora uma correspondência regular fosse mantida desde o dia em que ele chegou à Sibéria. Era Sônia que se encarregava dela e escrevia todos os meses para a residência de Razumihin, recebendo sempre resposta, com infalível regularidade. De início, eles acharam as cartas de Sônia um tanto secas e insatisfatórias, mas depois chegaram à conclusão de que as cartas não podiam ser melhores, pois, por meio delas, recebiam uma descrição completa da vida do infeliz irmão. As cartas de Sônia estavam repletas dos detalhes mais concretos, se configuravam como a mais simples e clara descrição de todo o cenário da vida de Raskolnikov como presidiário. Não havia palavra a respeito das esperanças dela, nenhuma conjetura sobre o futuro, nenhuma descrição de seus sentimentos. Em vez de tentar interpretar o estado de ânimo e a vida íntima dele, ela fornecia simplesmente os fatos... isto é, as próprias palavras dele, um relato exato da saúde dele, o que ele pedia em suas conversas, que recado lhe transmitia e assim por diante. Comunicava todas essas coisas com extraordinárias minúcias. Finalmente, a imagem do infeliz irmão transparecia com a maior clareza e precisão. Não podia haver engano, porque nada era transmitido a não ser fatos.

    Mas Dúnia e o marido pouco conforto podiam ter com essas notícias, especialmente no início. Sônia escrevia que ele estava constantemente mal-humorado e não se dispunha a falar, que mal parecia se interessar pelas notícias das cartas deles, que às vezes perguntava pela mãe e que, ao perceber que ele havia adivinhado a verdade, ela lhe falou finalmente de sua morte; ficou surpresa ao constatar que ele não parecia ter sido profundamente afetado por isso, pelo menos externamente. Comunicava, entre outras coisas, que, apesar de aparentemente estar tão absorto em si próprio e como que fechado para todos... tinha uma visão direta e simples de sua nova vida; que compreendia perfeitamente sua situação, que não esperava nada de melhor por ora, que não tinha ilusões mal-fundadas (como é tão comum nesse estado) e raramente parecia ficar surpreso com o que acontecia em seu derredor, mesmo que fosse tão diferente de tudo o que conhecera anteriormente. Ela escreveu que a saúde dele era satisfatória; fazia seu trabalho sem esquivar-se ou procurando fazer mais do que o solicitado; mostrava-se praticamente indiferente quanto à alimentação, exceto com a dos sábados e domingos, que era tão ruim que, finalmente, acabou por aceitar dela, Sônia, com prazer, algum dinheiro para conseguir seu próprio chá todos os dias. Pediu para que ela não se preocupasse com mais nada, declarando que toda essa confusão por causa dele só o aborreciam. Mais adiante, Sônia narrava que na prisão ele dividia a mesma cela com o resto, que ela não tinha visto o interior dos barracões, mas concluía que deviam estar lotados, imundos e insalubres. Contava ainda que ele dormia sobre uma prancha de madeira, forrada com um tapete, e que não queria qualquer outra melhoria. Mas o fato de viver tão pobre e rusticamente não se devia a nenhum plano ou desígnio, mas simplesmente por descuido e indiferença.

    Sônia dizia claramente que ele, de início, não tinha mostrado nenhum interesse por suas visitas e que se havia até aborrecido com as idas dela até a prisão, recusando-se a falar e sendo até mesmo rude para com ela. Mas aos poucos essas visitas tinham se transformado num hábito e quase numa necessidade para ele, de maneira que ficava muito triste quando ela ficava doente e não podia visitá-lo. Ela costumava ir vê-lo nos dias festivos, ficando junto aos portões da prisão ou na sala especial munida de guardas, para onde era levada por alguns minutos. Nos dias úteis, podia ir vê-lo no local de trabalho, tanto nas oficinas, nos fornos da olaria ou nos barracões às margens do rio Irtich.

De si mesma, Sônia escreveu que tinha conseguido fazer algumas amizades na cidade, que trabalhava com costura e que, como na cidade não havia costureiras, ela se tornava indispensável em muitas casas. Mas não mencionava que, graças a ela, a direção do presídio passou a se interessar por Raskolnikov e que aliviava os trabalhos dele, e assim por diante.

Finalmente chegou a notícia (Dúnia havia notado, de fato, sinais de alarme e de preocupação nas últimas cartas) de que ele se afastava de todos, de que os outros prisioneiros não gostavam dele, de que passava dias inteiros sem falar e que estava ficando cada vez mais pálido. Na última carta, Sônia escreveu que ele tinha caído gravemente doente e se encontrava no hospital do presídio.

EPÍLOGO
DOIS

Fazia muito tempo que estava doente. Mas não eram os horrores da vida na prisão, não era o trabalho duro, nem a comida ruim, nem a cabeça raspada, nem as roupas miseráveis que o abatiam. Que lhe importavam todos esses tormentos e apuros! Pelo contrário, o trabalho duro o deixava até contente. Fisicamente exausto, pelo menos conseguia ter algumas boas horas de sono tranquilo. E que significava para ele a comida... a sopa rala de couve com batatas flutuando nela? No passado, como estudante, muitas vezes nem isso tinha. Suas roupas eram adequadas a seu modo de vida. Mal sentia as algemas. Teria de se envergonhar por ter a cabeça raspada e usar casaco de duas cores? Diante de quem? Diante de Sônia? Sônia o temia, por que deveria se envergonhar diante dela? E ainda assim, ele se envergonhava diante de Sônia, porque a fazia sofrer com seus modos rudes e desprezíveis. Mas não se envergonhava da cabeça raspada nem das algemas; seu orgulho tinha sido profundamente ferido. Era o orgulho ferido que o deixou doente. Oh, como teria sido feliz se pudesse ter-se inculpado a si próprio! Teria podido suportar tudo então, até a vergonha e a desonra. Mas julgava-se severamente e sua exasperada consciência não encontrou nenhum erro terrível em seu passado, exceto uma simples *asneira*, que poderia ter acontecido a qualquer um. Estava envergonhado exatamente porque ele, Raskolnikov, tinha sido tão inábil e estupidamente prejudicado através de um decreto do destino cego que agora devia se humilhar e se submeter à "idiotice" de uma sentença, se quisesse de algum modo viver em paz.

Uma ansiedade vaga e sem objetivo no presente e, no futuro, um contínuo sacrifício que não levaria a nada... isso era tudo o que lhe restava. E que consolo seria para ele que, no final de oito anos, ele só tivesse 32 anos e pudesse começar uma nova vida! Para que haveria de viver? A que haveria de aspirar? Por que haveria de se esforçar? Para viver só por viver? Ora, ele já se havia prontificado mil vezes antes a dar a própria vida em prol de uma ideia, por uma esperança e até por uma fantasia. A mera existência sempre tinha sido pouco demais para ele; sempre havia aspirado a mais. Talvez fosse justamente por causa da força de seus desejos que tinha chegado a sentir-se como um homem a quem mais era permitido do que aos outros.

Ainda se o destino, ao menos, lhe tivesse enviado o arrependimento... um arrependimento ardente que tivesse dilacerado seu coração e lhe tirasse o sono, aquele arrependimento cuja terrível angústia resulte em visões de enforcamento ou de afogamento! Oh, como teria ficado contente com isso! Lágrimas e agonias, pelo menos teriam sido vida. Mas ele não se arrependia de seu crime.

Pelo menos ele poderia ter encontrado alívio ao se enraivecer por sua estupidez, como se havia encolerizado pelas grotescas asneiras que o haviam levado à prisão. Mas agora entre as grades, "em liberdade", refletia e revia todas as suas ações e, de maneira alguma, as achava tão descuidadas e grotescas como lhe tinham parecido na hora fatal.

"Em que", ele se perguntava, "era minha teoria mais estúpida que as outras que correm e se entrechocam desde o começo do mundo? O que se deve é somente olhar para a coisa de modo totalmente independente, amplo e livre da influência das ideias comuns e minha ideia não vai parecer, de forma alguma, tão... estranha. Oh, céticos e filósofos de meia tigela, por que é que param no meio do caminho?"

"Por que é que minhas ações lhes pareceram tão hediondas?", disse ele para si mesmo. "Por que foi um crime? O que se pretende dizer por crime? Minha consciência está em paz. Claro, foi um crime legal, é claro, a letra da lei foi infringida e sangue foi derramado. Bem, punam-me pela letra da lei... e basta! É claro, nesse caso, muitos dos benfeitores da humanidade, que arrebataram o poder em vez de recebê-lo por herança, deveriam ter sido punidos desde seus primeiros passos. Mas esses homens tiveram êxito e assim *eles estavam certos* e eu não; e assim eu não tinha o direito de ter dado aquele passo."

Era unicamente nisso que ele reconhecia seu crime, somente no fato de que ele não tinha alcançado êxito e, em decorrência, por tê-lo confessado.

Sofria também por causa dessa ideia fixa: "Por que não se havia suicidado? Por que tinha parado a olhar para o rio e ainda assim preferiu confessar? Teria sido o desejo de viver tão forte que seria tão difícil vencê-lo? Mas Svidrigailov não o tinha vencido, ele que tinha tanto medo da morte?".

Com profunda tristeza se fazia essas perguntas e não podia compreender que, na mesma hora em que tinha ficado parado olhando para o rio, talvez tivesse estado vagamente consciente da real falsidade em si mesmo e em suas convicções. Ele não compreendia que essa sutil consciência poderia ser o anúncio de uma futura crise, de uma nova visão da vida e de sua futura ressurreição.

Preferia atribuir isso ao peso morto do instinto de que não podia se desprender, uma vez mais por causa de sua fraqueza e insignificância. Olhava para seus companheiros de prisão e ficava surpreso ao ver como todos eles amavam a vida e como a prezavam. Parecia-lhe que eles amavam e valorizavam a vida mais na prisão do que em liberdade. Que terríveis sofrimentos e privações alguns deles, por exemplo, os vagabundos, tinham suportado! Eles poderiam se importar tanto por um raio de sol, por uma floresta primitiva, por uma fonte de água fresca escondida em algum local invisível, que o vagabundo havia assinalado três anos antes e que ansiava em ver de novo, como se pudesse encontrar ali sua amada sonhando, com a erva verde em volta e os passarinhos cantando nos arbustos? À medida que continuava, descobria exemplos ainda mais inexplicáveis.

Na prisão, é claro, havia muitas coisas que ele não via e que não queria ver; vivia como se estivesse de olhos baixos. Para ele, olhar era repugnante e insuportável. Mas por fim havia muitas coisas que o surpreenderam e ele começou, quase sem querer, a reparar muito naquilo de que nem sequer tinha suspeitado antes. O que o surpreendia mais de tudo era o terrível e intransponível abismo existente entre ele e todos os outros. Eles pareciam ser de uma espécie diferente e ele olhava para eles e eles para ele com desconfiança e hostilidade. Ele sentia e sabia as razões de seu isolamento, mas nunca teria pensado antes que essas razões fossem tão profundas e fortes. Na prisão, entre eles havia alguns exilados poloneses, prisioneiros políticos. Estes simplesmente olhavam do alto para todos os demais como se fossem camponeses ignorantes; mas Raskolnikov não podia olhar para eles dessa maneira. Via que esses homens ignorantes eram, sob muitos aspectos, bem mais inteligentes que os próprios poloneses. Havia alguns russos que eram igualmente desprezíveis, como um ex-oficial e dois ex-seminaristas. Raskolnikov percebia claramente o erro deles. Mas ninguém gostava dele e todos o evitavam; finalmente, passaram a odiá-lo... Por quê? Não conseguia atinar. Homens que eram mais criminosos do que ele o desprezavam e riam do crime dele.

– Você é um cavalheiro! – costumavam dizer. – Não podia andar por aí com uma machadinha; não é coisa que um cavalheiro faça.

Na segunda semana da quaresma, chegou a vez dele de participar de um serviço religioso com o grupo de seu alojamento. Foi à igreja e rezou com os outros. Um dia se armou uma briga, sem que ele soubesse como. Todos caíram em cima dele, furiosos.

– Você é ateu! Não acredita em Deus! – gritavam eles. – Você deve morrer.

Nunca lhes tinha falado de Deus nem de sua crença, mas queriam matá-lo por ser ateu. Ele não dizia nada. Um dos presos se atirou sobre ele, tomado de fúria. Raskolnikov o esperou calmamente e em silêncio; suas sobrancelhas não se cerraram nem seu rosto se contraiu. O guarda conseguiu intervir e se postou entre ele e o agressor. Não fosse isso, teria havido derramamento de sangue.

Havia outra questão que, para ele, não tinha explicação. Por que todos eles gostavam tanto de Sônia? Ela não tentou conquistar a simpatia deles, raramente se encontrava com eles; só a viam às vezes, quando ela ia vê-lo por uns momentos no local de trabalho. E ainda assim, todos a conheciam, sabiam que tinha vindo para segui-lo, sabiam como e onde vivia. Ela nunca lhes dava dinheiro, nem lhes prestava qualquer tipo de serviço. Somente uma vez, no Natal, mandou presentes para todos eles, pastéis e bolinhos. Mas aos poucos surgiram relações mais estreitas entre eles e Sônia. Ela escrevia as cartas dos presos para parentes deles e as postava no correio. Quando parentes dos prisioneiros vinham à cidade, deixavam, por indicação deles, os presentes e até o dinheiro, que lhes traziam, nas mãos de Sônia. As mulheres e as namoradas deles a conheciam e costumavam visitá-la. E quando ela visitava Raskolnikov nos locais de trabalho ou encontrava uma leva de presos na rua, todos tiravam seus bonés diante dela. "Mãezinha Sofia Semionovna, a senhora é nossa querida e boa mãezinha!", diziam esses rudes criminosos à frágil e delicada criatura. Ela sorria e fazia uma reverência; e todos se deliciavam quando ela sorria. Eles admiravam até o jeito dela de andar e se voltavam para vê-la caminhar; admiravam-na também por ser tão pequena e, na realidade, não sabiam o que deveriam admirar mais nela. Chegavam até a procurá-la e pedir ajuda caso caíssem doentes.

Ele ficou no hospital desde meados da quaresma até depois da Páscoa. Quando se restabeleceu, lembrou-se dos sonhos que tivera enquanto estava com febre e delirando. Havia sonhado que o mundo todo estava condenado a uma terrível e nova praga estranha que tinha chegado à Europa das distantes profundidades da Ásia. Todos deveriam perecer, exceto uns poucos escolhidos. Algumas espécies de novos micróbios estavam atacando os corpos dos homens, mas esses micróbios eram dotados de inteligência e de vontade. As pessoas atacadas por eles logo se tornavam loucas e furiosas. Mas nunca os homens se haviam considerado tão inteligentes e tão completamente de posse da verdade como esses pacientes atacados pela moléstia; nunca haviam considerado suas decisões, suas conclusões científicas e suas convicções morais tão infalíveis. Vilarejos inteiros, cidades e povos foram contagiados e enlouqueceram. Todos estavam agitados e não se entendiam uns aos outros. Cada um por si só pensava ser o dono da verdade e se sentia triste ao ver os outros bater no peito, chorar e baixar as mãos. Eles não sabiam como julgar e não conseguiam chegar a um acordo sobre o que era bom e o que era mau; não sabiam a quem condenar nem a quem justificar. Os homens se matavam uns aos outros, impelidos por ímpeto insensato. Reuniam-se em exércitos, uns contra os outros, mas os próprios exércitos em marcha começavam a se autoatacar, a ordem de batalha se desfazia e os soldados se atiravam uns contra os outros, empunhando as armas, golpeando e cortando, mordendo e devorando-se entre si. O toque de alarme ecoava o dia inteiro nas cidades; os homens acorriam, mas por que eram convocados e quem os convocava, ninguém sabia. Todas as atividades mais comuns eram abandonadas, porque cada um propunha as próprias ideias, seus próprios métodos e ninguém mais se entendia. O cultivo da terra também foi abandonado. Homens se reuniam em grupos, concordavam em alguma coisa, juravam manter-se unidos, mas começavam imediatamente a fazer qualquer coisa totalmente diferente daquela que haviam proposto. Passavam a se acusar mutuamente, brigavam e se matavam uns aos outros. Houve incêndios e fome. Todos os homens e todas as coisas estavam envolvidos na destruição. A praga se espalhava e avançava sempre mais. Somente uns poucos homens conseguiram se salvar em todo o mundo. Eram um povo puro e escolhido, destinado a fundar uma nova raça e uma nova vida, a renovar e a purificar a terra, mas ninguém via esses homens, ninguém ouvia suas palavras e suas vozes.

 Raskolnikov ficou aborrecido porque esse sonho sem sentido se agarrava em sua memória tão sombriamente, porque a impressão desse delírio persistia por tanto tempo. Tinha chegado a segunda semana depois da Páscoa. Eram dias quentes e límpidos de primavera. Na prisão, as janelas gradeadas, sob as quais caminhavam as sentinelas, estavam abertas. Durante todo o tempo de sua doença, Sônia só pôde visitá-lo duas vezes; ela sempre devia obter autorização e isso era difícil. Mas ela costumava vir ao pátio do hospital, especialmente ao escurecer e, às vezes, unicamente para ficar um minuto e olhar para o alto, para a janela da enfermaria.

Uma tarde, quando estava quase completamente restabelecido, Raskolnikov dormia. Ao acordar, foi até a janela e viu imediatamente Sônia ao longe, no portão do hospital. Parecia que estava esperando alguém. Algo fez seu coração palpitar. Estremeceu e se afastou da janela. No dia seguinte, Sônia não apareceu, nem no outro dia; ele percebeu que estava esperando por ela ansiosamente. Finalmente, teve alta. Ao voltar para sua cela na prisão, soube pelos presos que Sônia Semionovna estava de cama, doente e não podia sair de casa.

Ficou muito preocupado e mandou perguntar por ela. Logo ficou sabendo que a doença dela não era grave. Ao saber, por sua vez, que ele estava aflito por causa dela, Sônia lhe escreveu um bilhete a lápis, contando que já estava muito melhor, que tivera um leve resfriado e que breve, muito em breve viria vê-lo no local de trabalho dele. O coração de Raskolnikov palpitou dolorosamente ao ler a mensagem.

Era mais um dia quente e límpido. De manhã cedo, às seis horas, ele saiu para o trabalho, na margem do rio, onde costumavam preparar a argila e onde havia um forno de olaria instalado num barracão. Mandaram para lá somente três deles. Um dos presos foi com o guarda até a fortaleza para buscar uma ferramenta; o outro começou a recolher a lenha para alimentar o fogo do forno. Raskolnikov saiu do barracão pelo lado do rio, sentou-se num monte de toras de madeira, postas ao lado do barracão, e passou a olhar o largo e deserto rio. Da margem elevada, abria-se diante dele uma ampla vista e, da outra margem, vinha flutuando o som apenas audível de uma canção. Na vasta estepe, banhada pelo sol, ele podia ver, como manchas negras, as tendas dos nômades. Ali, além delas, havia liberdade, ali viviam outras pessoas, totalmente diferentes daquelas do lado de cá; ali o próprio tempo parecia ficar parado, como se a época de Abraão e de seus rebanhos não tivesse passado. Raskolnikov ficou olhando e seus pensamentos se transformaram em devaneios, em contemplação; não pensava em nada, mas uma vaga inquietação o agitava e o perturbava. De repente, viu Sônia ao lado dele. Ela se havia aproximado sem fazer qualquer rumor e se havia sentado ao lado dele. Era muito cedo ainda. O frio da manhã ainda persistia. Ela vestia seu pobre e velho albornoz e o xale verde; seu rosto mostrava ainda sinais da doença, estava mais magra e pálida. Sorriu contente e o cumprimentou, mas lhe estendeu a mão com a usual timidez. Era sempre tímida ao lhe dar a mão e, às vezes, nem chegava a estendê-la, como se tivesse medo de que ele a recusasse. Ele sempre tomava a mão dela como se o fizesse com repulsa, sempre parecia aborrecido com a visita dela e, às vezes, permanecia obstinadamente em silêncio durante essas visitas. Por vezes ela tremia diante dele e partia profundamente entristecida. Mas agora as mãos dos dois não se soltavam. Ele lhe lançou um breve olhar e baixou os olhos, sem dizer nada. Estavam sozinhos; ninguém os tinha visto. O guarda se havia afastado naquele momento.

Como isso aconteceu, ele não sabia. Mas, de repente, algo pareceu invadi-lo e ele se jogou aos pés dela. Chorava e pôs os braços sobre os joelhos dela. No primeiro momento ela ficou terrivelmente assustada e empalideceu. Levantou-se de um salto e, tremendo, olhou para ele. Mas no mesmo instante compreendeu tudo e uma luz de infinita felicidade brilhou em seus olhos. Sabia e não tinha mais dúvidas de que ele a amava acima de tudo e que, finalmente, o momento havia chegado...

Queriam falar, mas não conseguiam. Lágrimas brotavam dos olhos de ambos. Estavam pálidos e magros; mas esses rostos doentios e pálidos se enchiam de brilho com a aurora de um novo futuro, de uma plena ressurreição para uma nova vida. Eram renovados pelo amor. O coração de cada um continha infinitas fontes de vida para o coração do outro.

Resolveram esperar e ter paciência. Tinham mais sete anos à espera deles pela frente; e, entrementes, que terrível sofrimento e que infinita felicidade os antecedia! Mas ele havia ressuscitado e o sabia; sentia-o em todo o seu ser, enquanto ela... ela vivia unicamente da vida dele!

Na noite desse mesmo dia, quando os barracões já estavam fechados, Raskolnikov estava deitado em sua prancha e pensava nela. Nesse dia, tinha até imaginado que todos os presos, que tinham sido seus inimigos, o olhavam com outros olhos. Até falava com eles e eles lhe respondiam de modo amistoso. Lembrava-se disso agora e pensava que deveria ser assim. Tudo não deveria passar por mudanças agora?

Pensava nela. Lembrava-se de como a havia atormentado continuamente, ferindo-lhe o coração. Recordava seu rosto pálido e magro. Mas essas recordações quase não o perturbavam agora; sabia com que infinito amor iria agora compensar todos os sofrimentos dela. E o que eram todas, todas as agonias do passado? Tudo, até seu crime, sua condenação e prisão lhe pareciam agora, nessa primeira exaltação do sentimento, um fato exterior, estranho, que não tinha relação com ele. Mas nessa noite não podia pensar longamente em nada e não podia analisar nada conscientemente; ele estava simplesmente sentindo. A vida tinha tomado o lugar da teoria e algo inteiramente diferente deveria se desenvolver em sua mente.

Embaixo de seu travesseiro estava o Novo Testamento. Tomou-o maquinalmente. O livro era de Sônia. Era o mesmo em que ela havia lido para ele a passagem da ressurreição de Lázaro. De início, receava que ela o importunasse com questões de religião, que falasse sobre o Evangelho e o aborrecesse com livros. Mas para sua grande surpresa, não tocou no assunto uma única vez sequer e tampouco lhe havia oferecido o Novo Testamento. Ele mesmo o havia pedido a ela pouco antes de cair doente e ela lhe trouxe o livro sem dizer uma palavra. Até então ele não o havia aberto.

Agora também não o abriu, mas um pensamento lhe passou pela mente: "As convicções dela não podem ser minhas agora? Seus sentimentos, suas aspirações, pelo menos..."

Ela também andou muito agitada nesse dia e, à noite, voltou a ficar doente. Mas estava tão feliz... e tão inesperadamente feliz... que quase estava assustada com sua felicidade. Sete anos, *só* sete anos! No início da felicidade deles, em alguns momentos os dois passavam a olhar para esses sete anos como se fossem sete dias. Ele não sabia que a nova vida não lhe seria dada gratuitamente, mas que ainda teria de pagar caro por ela, que lhe custaria grande esforço, grande sofrimento.

Mas esse é o começo de uma nova história... a história da gradual renovação de um homem, a história de sua gradual regeneração, de sua passagem de um mundo para outro, de sua iniciação numa nova vida desconhecida. Esse poderia ser o tema de uma nova história, mas a presente chega ao fim.

Impressão e Acabamento
Gráfica Oceano